ALERTE PLONGÉE IMMÉDIATE

DU MÊME AUTEUR
CHEZ LE MÊME ÉDITEUR

La Dernière Torpille, 2003.

Opération Seawolf, 1994, 2003.

Menace en haute mer, 2001.

Piranha, tempête en mer de Chine, 2000.

Coulez le Barracuda !, 1998.

Seawolf : mission de la dernière chance, 1997.

Le Sous-marin de l'apocalypse, 1996.

MICHAEL DIMERCURIO

ALERTE
PLONGÉE IMMÉDIATE

traduit de l'américain par
Dominique Chapuis

l'Archipel

Ce livre a été publié sous le titre
Emergency Deep
par Onyx, New York, 2004.

Si vous désirez recevoir notre catalogue et être tenu au courant de nos publications, envoyez vos nom et adresse, en citant ce livre, aux Éditions de l'Archipel,
34, rue des Bourdonnais 75001 Paris.
Et, pour le Canada,
à Édipresse Inc., 945, avenue Beaumont,
Montréal, Québec, H3N 1W3.

ISBN 2-84187-685-3

À la mémoire de Robert Lee Carter Jr
(1965-2002)

« Non pas disparu,
seulement envoyé en éclaireur. »

Objectif, mission et valeurs de la CIA
(Central Intelligence Agency)

Notre objectif

Être la clé de voûte de l'ensemble des services secrets américains, les meilleurs au monde, reconnus à la fois pour la grande qualité de notre travail et l'excellence de nos équipes.

Notre mission

Nous appuyons le Président, le Conseil national de sécurité et tous ceux qui organisent et collaborent à la sécurité nationale, soit en fournissant des renseignements précis, contrôlés, clairs et régulièrement actualisés sur la situation à l'étranger, soit par des missions de contre-espionnage, des opérations spéciales et autres activités relatives au renseignement et à la sécurité nationale, conformément aux directives du Président.

Nos convictions profondes et nos valeurs

Nous nous engageons à fournir des renseignements essentiels pour la gestion de crise, la conduite de la guerre et l'élaboration d'une ligne politique, en toute objectivité, avec un profond respect pour le client en ce qui concerne le contenu et les délais.

Objectif des forces sous-marines américaines

Les forces sous-marines américaines conserveront leur suprématie dans le monde. Nous poursuivrons notre politique active d'intégration des innovations technologiques afin de maintenir notre position dominante sur l'espace maritime. Nous mettrons en valeur les multiples capacités des sous-marins et orienterons notre tactique en fonction des objectifs nationaux pendant la préparation des théâtres d'opérations, le contrôle des océans ; nous apporterons notre soutien aux combats terrestres et à la dissuasion stratégique. Nous remplirons notre rôle de plate-forme furtive, de force expéditionnaire auprès du commandement des armées.

USS *Hampton*
Tranche avant
SSN 767

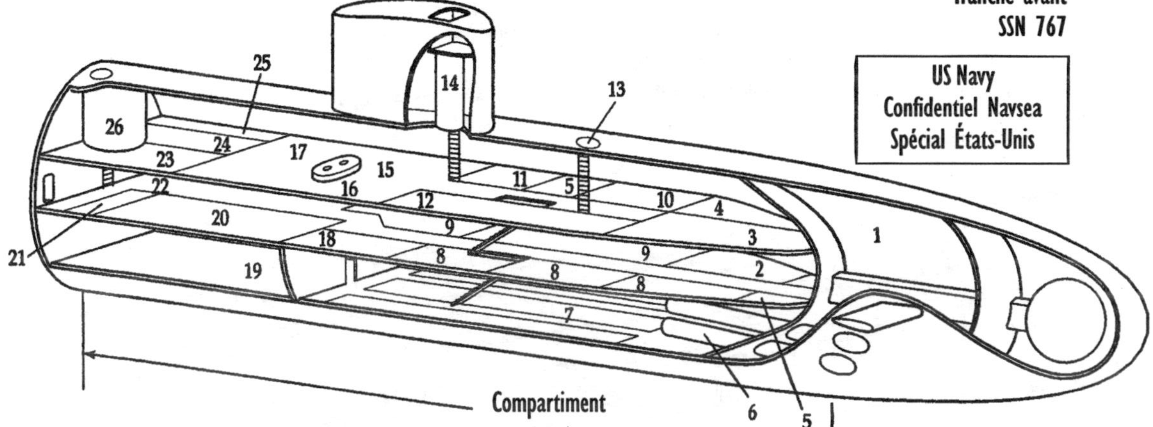

1 Ballast avant
2 Logements officiers mariniers
3 Local équipement sonar
4 Local guerre électronique
5 Poulaines (toilettes)
6 Tube torpille
7 Local torpille
8 Logements des officiers
9 Logements équipage
10 Chambre du commandant en second
11 Chambre du commandant
12 Local sonar
13 Sas d'embarquement munitions
14 PCNO
15 Passerelle
16 Central opération
17 CO
18 Carré
19 Local diesel auxiliaire
20 Cuisine
21 Compartiments réfrigérés
22 Cafétéria équipage
23 PC radio
24 PC navigation
25 Local ventilation
26 Sas de sauvetage avant

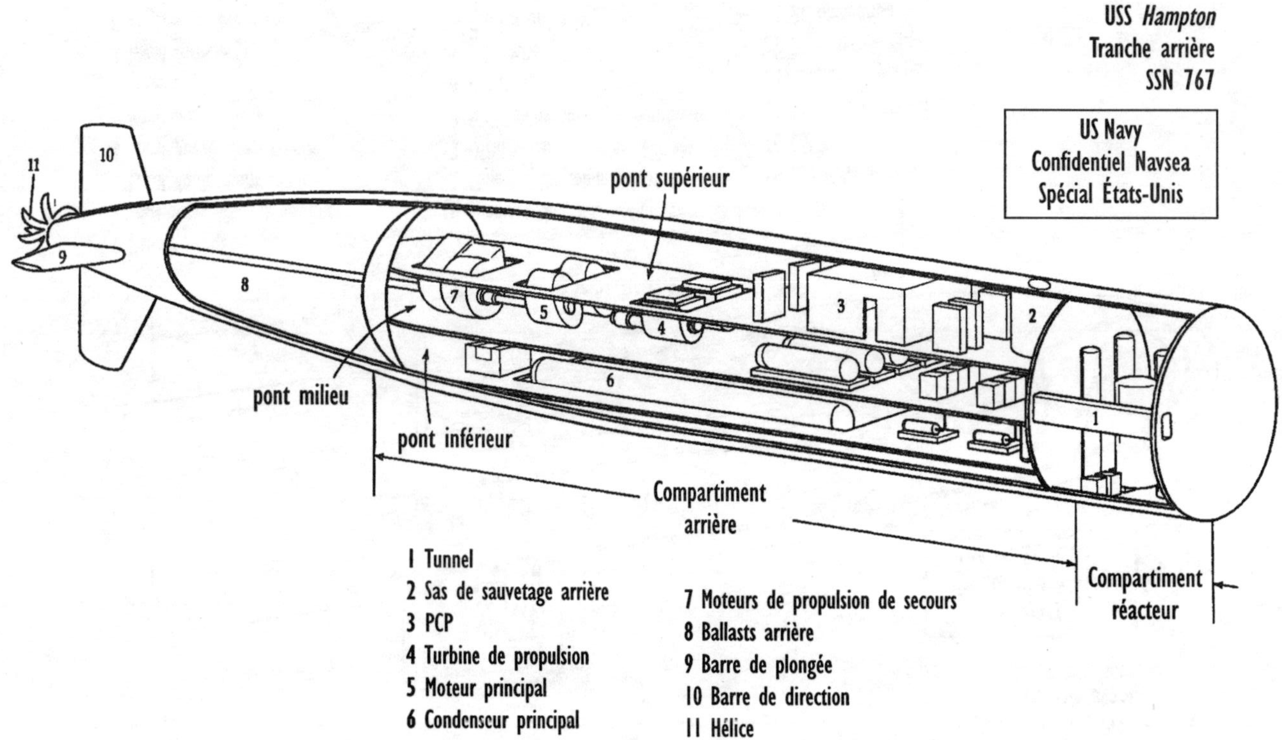
USS *Hampton*
Tranche arrière
SSN 767
US Navy
Confidentiel Navsea
Spécial États-Unis
pont supérieur
pont milieu
pont inférieur
Compartiment arrière
Compartiment réacteur
1 Tunnel
2 Sas de sauvetage arrière
3 PCP
4 Turbine de propulsion
5 Moteur principal
6 Condenseur principal
7 Moteurs de propulsion de secours
8 Ballasts arrière
9 Barre de plongée
10 Barre de direction
11 Hélice

Disposition intérieure
Sous-marin Lira
SECRET OTAN

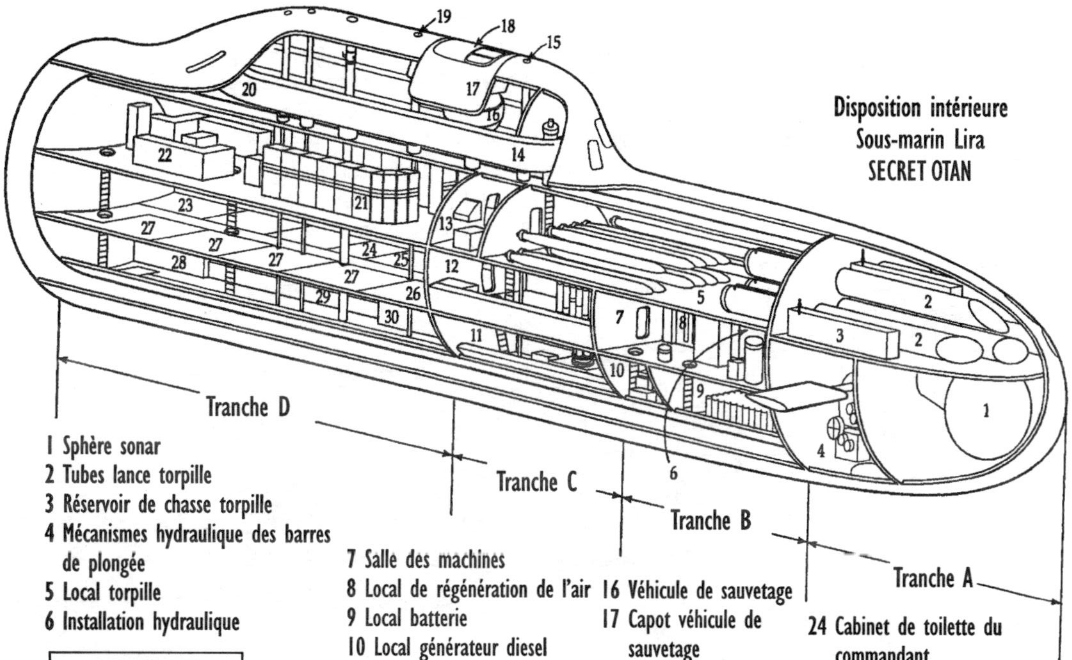

1 Sphère sonar
2 Tubes lance torpille
3 Réservoir de chasse torpille
4 Mécanismes hydraulique des barres de plongée
5 Local torpille
6 Installation hydraulique
7 Salle des machines
8 Local de régénération de l'air
9 Local batterie
10 Local générateur diesel
11 Local moteur diesel
12 Local réservoir oxygène
13 Local alternateur
14 Sas d'accès
15 Schnorchel
16 Véhicule de sauvetage
17 Capot véhicule de sauvetage
18 Passerelle
19 Périscope
20 Sas d'accès passerelle
21 PCNO
22 Local électronique
23 Chambre invité
24 Cabinet de toilette du commandant
25 Chambre du commandant
26 Cuisine
27 Chambres
28 Local ventilation
29 Locaux de stockage
30 Stockage d'eau potable

SECRET OTAN

Disposition intérieure
Sous-marin Lira
SECRET OTAN

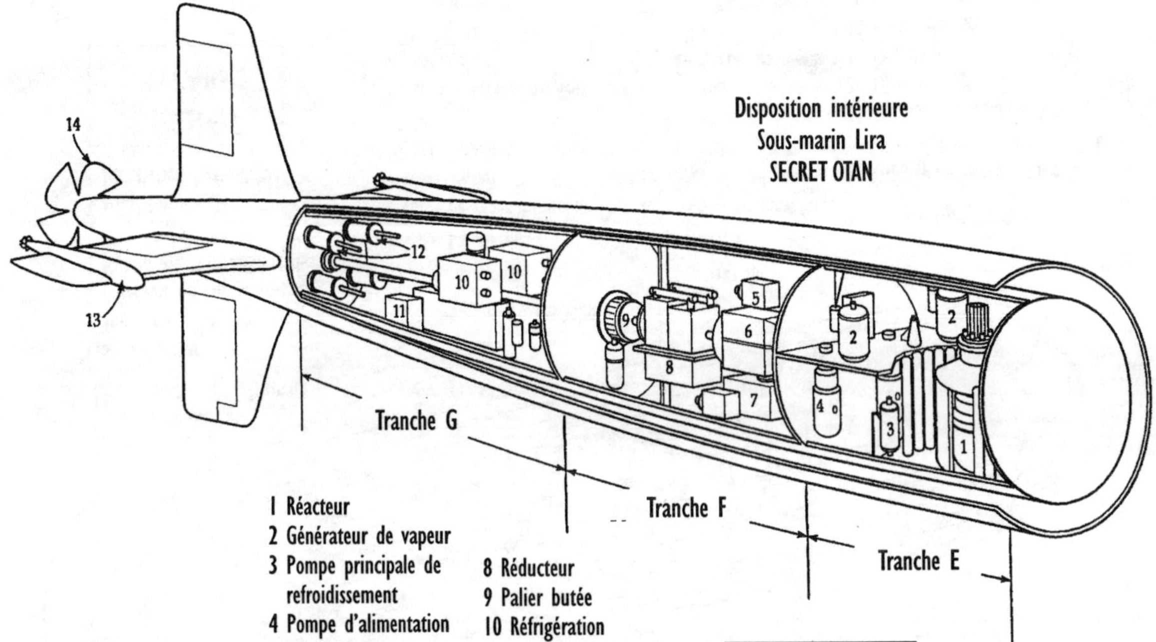

1 Réacteur
2 Générateur de vapeur
3 Pompe principale de refroidissement
4 Pompe d'alimentation principale
5 Turbo générateur
6 Moteur principal
7 Condenseur
8 Réducteur
9 Palier butée
10 Réfrigération eau de mer / eau douce
11 Batterie arrière
12 Vérins hydrauliques
13 Propulseurs d'appoint
14 Hélice

SECRET OTAN

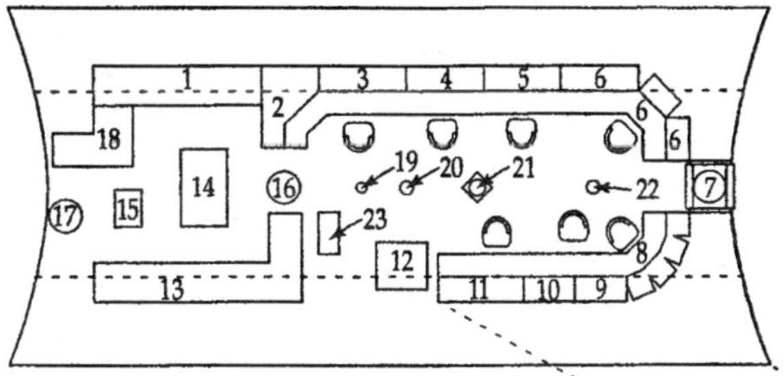

Disposition intérieure
Sous-marin Lira
SECRET OTAN

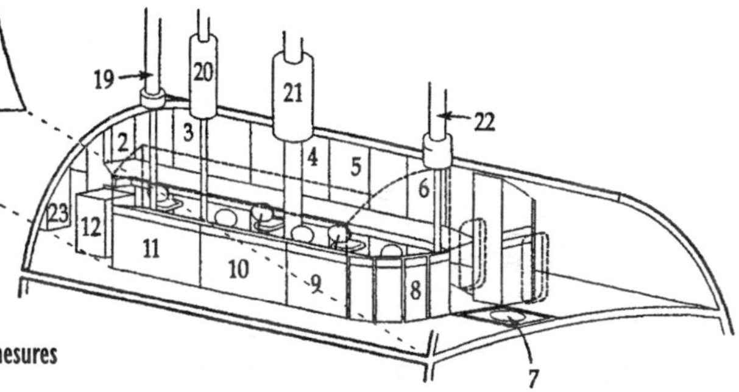

1 Sonar et système de combat
2 Contrôle de l'installation du réacteur
3 Régulation de la température
4 Contrôle de l'installation vapeur
5 Moteurs principaux
6 Installation hydraulique
7 PCP
8 Installation système de combat
9 PC Radio

SECRET
OTAN

10 Panneau de contre-mesures électroniques
11 Sonar
12 Panneau de contrôle de la navigation
13 Poste de navigation électronique
14 Générateur 400 cycles
15 Gyros et centre de navigation inertielle
16 Habitacle de navigation inertielle
17 Accès au niveau inférieur

18 Systèmes électronique de contrôle du réacteur
19 Mât ESM
20 Mât radar
21 Mât d'antenne multifréquence
22 Mât du périscope
23 Écran vertical

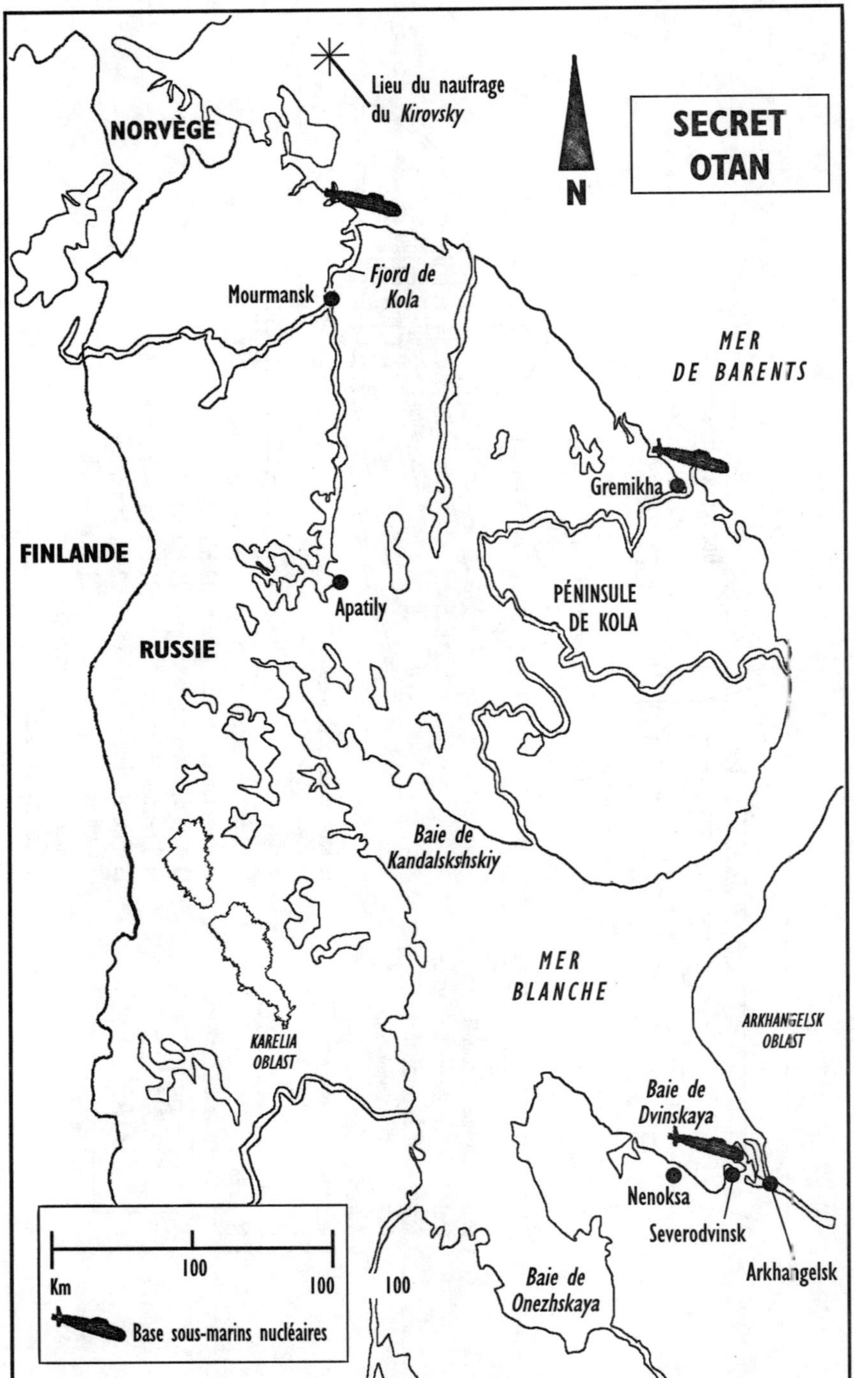
Lieu du naufrage
du *Kirovsky*
SECRET
OTAN
N
NORVÈGE
Fjord de
Kola
Mourmansk
MER
DE BARENTS
Gremikha
FINLANDE
Apatily
PÉNINSULE
DE KOLA
RUSSIE
Baie de
Kandalskshskiy
MER
BLANCHE
ARKHANGELSK
OBLAST
KARELIA
OBLAST
Baie de
Dvinskaya
Nenoksa
Severodvinsk
Arkhangelsk
Km
100
100
100
Baie de
Onezhskaya
Base sous-marins nucléaires

Prologue

Les buissons parfaitement entretenus de la plate-forme d'observation dessinaient des ombres sur les pavés éclairés par la lueur de la lune et sur la balustrade surplombant la falaise. En contrebas, dans la vallée creusée par la Severn River, le site de l'École navale américaine occupait la moitié de l'horizon. Des bâtiments aux murs de granit d'une hauteur impressionnante, coiffés de toits de cuivre vert patinés par le temps, s'alignaient sur le front de mer, telles des forteresses invincibles. Le grand bâtiment central, Bancroft Hall, s'étendait sur plusieurs centaines de mètres carrés – les huit ailes du plus grand dortoir au monde encadraient une haute rotonde et un réfectoire de trois cents mètres de long. Sur la gauche, les immenses terrains de sport, dont quelques-uns éclairés par de puissants projecteurs, étaient déserts. Dans le port, des dizaines de bateaux à voile grinçaient sur leur mouillage. Sur la droite, les bâtiments de l'École respectaient un plan rigide. Les parois de béton verticales et planes, sans les gargouilles grimaçantes et les proues de navires sculptées de Bancroft Hall, parfaitement caractéristiques du style du XIXe siècle, accentuaient la modernité de leur architecture. Derrière les bâtiments académiques, la majestueuse chapelle montait la garde. La pointe de son clocher paraissait vouloir percer le ciel d'été étoilé ; ses massives portes en bronze étaient gravées de détails complexes. La lueur de la lune suffisait pour mettre en valeur les vitraux. Sous le sol de marbre, le capitaine de vaisseau John Paul Jones reposait paisiblement dans un tombeau massif gardé par trois élégants dauphins de marbre noir.

Seules quelques fenêtres de Bancroft Hall étaient allumées. Mais, à l'entrée principale, de brillants projecteurs éclairaient la grande cour de brique enclavée entre les quatre premières ailes.

Une volée de marches et deux rampes à la courbe élégante menaient à l'entrée en rotonde. De lourdes colonnes de granit encadraient les portes de bronze hautes de trois étages. Deux canons de gros calibre se faisaient face à l'entrée de la cour, juste derrière l'inquiétant visage de la figure de proue indienne récupérée sur le bâtiment de guerre *Delaware*, autrefois surnommée Tecumseh. Dans cinq heures, un millier de midships se presseraient dans la cour et défileraient à la cadence des tambours d'une fanfare installée devant le perron. Mais en ce lundi de juillet, à 2 heures du matin, dans la cour, régnait un silence de cimetière. Seules bruissaient les feuilles des arbres derrière les murs de la seconde aile sous l'effet de la brise de mer estivale humide.

Les yeux de Tecumseh étaient imperturbablement dirigés vers les fenêtres de la façade de la quatrième aile, à la droite des portes principales de la rotonde, situées de l'autre côté de la cour de brique couleur sable, en haut des marches, derrière les colonnes de granit. Une fois les portes de bronze franchies, un silence de cathédrale régnait sous la rotonde. Le plafond en dôme s'élevait à dix-sept mètres au-dessus du sol de marbre. En haut des portes, une fresque murale en arc de cercle représentait un combat naval désespéré. Un navire de guerre gravement endommagé, pratiquement couché sur le flanc, n'avait pas renoncé à utiliser ses énormes canons contre un ennemi tout aussi acharné ; un océan de feu recouvrait la mer, des explosions se déchaînaient au-dessus des déferlantes. Dans un bain de sang, le visage déformé par la souffrance, des marins et des officiers mouraient en se battant. À droite et à gauche, les rambardes en acier des niveaux supérieurs de la troisième et de la quatrième aile surplombaient l'espace recouvert du dôme. En face, un escalier de marbre permettait d'accéder, deux niveaux plus haut, à Memorial Hall, immense et silencieux, où étaient gravés en lettres d'or et sous un gigantesque drapeau bleu les noms de tous les anciens élèves tombés au combat. Les lettres blanches passées du drapeau étaient lisibles depuis le sol ; les lettres capitales évoquaient les siècles passés, rappelant la vieille devise : « Ne pas abandonner le navire. »

Les doubles portes à droite donnaient sur les cent cinquante mètres du couloir central de la quatrième aile, aussi large qu'une autoroute. En bas d'une volée de marches, un brun terne remplaçait le bleu des carreaux de céramique murale, dans un espace largement éclairé même au milieu de la nuit. À l'extrémité, le couloir faisait un coude et devenait plus étroit, se réduisant à trois mètres de large. Trente mètres plus loin, à une intersection, sur la droite, un passage dérobé à colonnades ramenait à Tecumseh Court.

La quatrième porte ouvrait sur une chambre de midship typique, mis à part une plaque de cuivre fixée au mur sur laquelle apparaissait le portrait d'un jeune homme au visage rude et au regard pénétrant en uniforme blanc de cérémonie. Une inscription rendait hommage au capitaine de frégate Howard Gilmore, ancien élève de l'École navale et commandant du sous-marin *Growler* durant la Seconde Guerre mondiale. Au cours d'une attaque aérienne brutale, Gilmore avait été touché et blessé alors qu'il se trouvait sur la passerelle. En cet instant crucial, Gilmore avait opté pour ce qui lui valut la médaille d'honneur et cette plaque commémorative. Il avait ordonné à son second une plongée rapide, de le laisser sur la passerelle, coupant court à ses protestations d'un impératif : « *Alerte cinquante mètres !* » Le USS *Growler* avait disparu sous l'eau et son équipage avait été sauvé. Mais personne ne revit jamais Howard Gilmore. Depuis sa mort, dès leur entrée à l'école, tous les nouveaux élèves devaient connaître le récit de cet exploit, la conduite exemplaire de Gilmore et son sens de l'honneur au combat.

La porte à droite de la plaque était fermée. De l'autre côté, les plafonniers étaient éteints. Les rayons de la pleine lune qui filtraient à travers les stores vénitiens permettaient de distinguer un jeune homme silencieux assis à son bureau, la mine renfrognée. En face de lui, un autre midship se taisait. Cela faisait seulement dix-sept jours qu'ils étaient entrés à l'École, mais il y avait peu de chance pour qu'ils restent midships pendant dix-sept jours de plus.

L'entraînement des nouveaux élèves, le « *Plebe Summer*[1] », avait commencé fin juin, le jour de leur intégration. Le nom était trompeur. Il pouvait laisser imaginer un séjour type camp de vacances, et les jeunes recrues pouvaient rêver à un été pittoresque consacré à la navigation à voile et à des sessions d'orientation sur le campus de l'École, en bord de mer. De la même façon, loin dans le nord, dans l'ancien fort de West Point, les cadets de l'armée de terre

1. Période de formation militaire et maritime.

suaient sang et eau pendant la période d'entraînement bien connue sous le vocable de « quinzaine de la bête », qui, bien que plus parlant, restait encore loin de décrire la réalité. Pendant l'été, les jeunes midships, les recrues, devaient se soumettre à une rude période d'initiation combinant des épreuves physiques dignes d'un camp d'entraînement de nouvelles recrues du corps des Marines et des épreuves psychologiques comparables à celles que subissait un prisonnier de guerre dans un camp nazi.

Le midship que l'on distinguait à la lueur de la lune était le plus grand de la seconde section de la promotion de novembre, troisième escadron. Il avait une silhouette élancée et puissante. Très vif et doté de réflexes rapides comme l'éclair, il s'était distingué à l'Université à la fois en athlétisme et en tennis. Son teint pâle et ses yeux bleu foncé contrastaient avec son crâne rasé auparavant couvert de fins cheveux blonds. Il tapotait son sous-main du bout de son crayon, en pensant aux deux bourses académiques de l'Ivy League qu'il avait refusées pour venir ici. Sur la plaque nominative de son uniforme soigneusement suspendu dans le placard derrière lui on lisait « VORNADO », nom qu'il devait à l'amiral pilote de chasse qui l'avait convaincu d'entrer à l'École navale et qu'il craignait de décevoir.

Le midship assis dans l'ombre en face de Peter Vornado manifesta son impuissance en secouant la tête. Le midship de quatrième classe Burke Kinnaird Dillinger mesurait pratiquement une tête de moins que son camarade, mais était doté d'une corpulence d'haltérophile – les muscles saillants, la poitrine large, le cou plus épais que la cuisse de Vornado, les biceps gonflés. Il était arrivé avec une épaisse chevelure ondulée aussi noire que du mazout. L'air sombre, il fixait de ses yeux d'un gris-bleu glacial l'autre côté du bureau. Le jour de l'intégration, Vornado avait appris que son camarade de chambre était, comme lui, fils d'un officier général. Mais alors que l'amiral Vornado avait commandé un groupe aéronaval, le général Dillinger avait travaillé dans les recoins sombres des services secrets de la Défense. Cela n'avait pas d'importance, pensait Vornado, puisque, dans quelques jours, ils seraient renvoyés de l'École.

D'un murmure de sa voix de baryton, Vornado rompit enfin le silence.

— Nous devrions réfléchir une dernière fois, B.K. Si nous le faisons, nous avons de grandes chances de nous faire prendre ; et si nous ne le faisons pas, nous aurons des comptes à rendre. Si nous mentons, on nous mettra dehors à coups de pied aux fesses pour violation du code d'honneur. Si nous avouons, ce sera pour manquement majeur au code de conduite. De toute façon, on l'a dans l'os. En rentrant chez nous, il sera bien difficile de fournir des explications et nous ne pourrons même pas intégrer l'université locale. Je veux autant que toi me venger, mais pas à n'importe quel prix.

— Nous avons déjà discuté de ça, dit Dillinger de sa voix harmonieuse de ténor qui trahissait son ennui. Nous devons prendre une décision. Deux solutions s'offrent à nous. Dans un cas, ce fils de pute de Whitehead et ses camarades de classe comprennent qu'ils n'ont pas intérêt à nous faire chier. Ils cessent de s'acharner sur nous et nous pouvons espérer recevoir notre diplôme. Mais si nous n'agissons pas, Whitehead nous bizutera dès que nous franchirons la porte. Il nous a dans le collimateur depuis le début et chaque jour cela empire. Après ce que ce salopard a fait cette nuit, je ne peux plus me contrôler. Si je cède en face de lui, je suis fait, et c'est exactement ce qu'il souhaite. Si nous ne réagissons pas, il faudra nous faire à l'idée de ne jamais vivre la fin de la période d'intégration. Et je n'ai pas du tout envie d'expliquer ça à la maison. Alors, réfléchis, Vornado. Quel choix s'offre à nous ?

Vornado secoua la tête. Le jour de la rentrée, quelques minutes après avoir abandonné leurs cheveux sur le sol du coiffeur et troqué leurs vêtements civils contre leurs uniformes de coton blanc sans allure, le midship de première classe Whitehead était venu parader devant leur formation dépenaillée. Whitehead était un senior décharné, un aspirant vêtu d'un uniforme blanc parfaitement amidonné, aux épaulettes noires, la poche de poitrine enluminée de barrettes de décoration. Il se pavanait vêtu de son uniforme coupé sur mesure devant les élèves de première année dans leur tenue informe. Sous sa casquette, il arborait une chevelure noire à la coupe impeccable. Un ceinturon de cuir noir, auquel était accroché le fourreau doré de son sabre, sanglait sa taille. Il gardait une main sur la poignée, comme s'il était sur le point à tout moment de dégainer et de couper la tête de l'un de ces impudents élèves de première année. Il affichait son exaspération, à peine contrôlée, les yeux écarquillés, laissant apparaître le blanc des yeux, ponctué par des iris marron foncé. Lors de sa prise de commandement de l'escouade, il se présenta lui-même en approchant son visage à cinq centimètres de celui de Vornado. Sous la visière noire et brillante de sa casquette blanche, impeccable, ses yeux transpercèrent ceux de Vornado, laissant à ce dernier l'impression d'être nu sous son ridicule béret de marin à bande bleue. Après l'avoir fixé un long moment, Whitehead poussa un rugissement de corne de brume qui lui vrilla les tympans tout en lui postillonnant dans les yeux :

— Face d'enculé ! Écoutez ! Espèce de rebut ! Vous valez moins que de la merde de baleine dans le fond de l'océan ! Vous ne tiendrez pas un mois dans mon école !

Vornado avala sa salive et continua à regarder fixement devant lui. Il lutta pour conserver son calme et pour ne pas tourner le visage en raison de l'haleine fétide de l'ancien. Après cinq pitoyables minutes de vociférations, Whitehead continua à passer les élèves en revue et s'arrêta devant sa seconde cible, le midship Dillinger. Le regard figé, Vornado écouta Whitehead railler le nom de Dillinger et lui prédire à lui aussi, et avec force hurlements, un renvoi rapide de l'École.

Lorsque Whitehead eut enfin fini, il fit sortir l'escouade au pas. Vornado pensait qu'ils allaient recevoir leur matériel mais, au lieu de cela, il se retrouva dans McDonough Hall, un des gigantesques gymnases équipé d'un ring de boxe. Whitehead fit mettre les élèves deux par deux, par poids et taille similaires, sauf Vornado et Dillinger. Vornado jeta un coup d'œil à la stature de joueur de football américain de Dillinger et se demanda combien de temps il résisterait avant de se retrouver K.-O. Pour lui, cela ressemblait assez à une mise à mort. Les deux opposants n'échangèrent pas un mot de salutation. Vornado enleva son pantalon et sa vareuse. Il portait la tenue de gymnastique réglementaire. Il obtempéra avec réticence à l'injonction de Whitehead de monter sur le ring. Il fut soudain pris de panique et son cœur battit la chamade en voyant son imposant adversaire contracter ses muscles. Jamais de sa vie Vornado n'avait boxé, et son dernier combat aux poings remontait au cours élémentaire. Il enfila un vieux casque de cuir usagé, hypothétique protection contre les futurs coups de poing de Dillinger.

Il déglutit au moment où Whitehead donna un coup de cloche. Dillinger chargea tout droit à travers le ring avec une vitesse surprenante pour quelqu'un de sa stature. Il arma un direct de la force d'un marteau-piqueur en direction du visage de Vornado. L'espace d'un instant, celui-ci se sentit paralysé par la peur. Mais, instinctivement, il se baissa et bondit en arrière. Il tendit le bras droit en direction de son adversaire. Son poing atteignit violemment l'oreille de Dillinger. Vornado se trouva projeté dans les cordes et Dillinger fit un quart de tour sur la droite. Vornado rebondit, son inertie le propulsa en direction de Dillinger. Ce dernier essaya une seconde fois de frapper et, de nouveau, Vornado esquiva le coup. Dillinger, rendu furieux, attaqua lâchement son adversaire qui reculait. Il frappa du droit mais, une fois de plus, d'un bond de côté, Vornado évita le coup et riposta. À son tour, Dillinger simula un déplacement vers la gauche et, en réalité, se décala à droite. Vornado ne vit pas venir le poing qui s'aplatit sur son visage. Du sang jaillit de son nez et éclaboussa le ring. Au début, à part le choc de la projection brutale à travers le ring, il ne ressentit aucune douleur. Dillinger se laissa distraire par le déluge de sang, ce qui donna le temps à son adversaire de le frapper à l'œil d'un crochet du gauche. La force d'impact projeta Dillinger dans un coin, le visage ouvert sur la moitié, maculé de sang rouge sombre. Après un instant de surprise et de fureur, Dillinger bondit à travers le ring pour prendre sa revanche. Il se trouvait au milieu lorsque la cloche de Whitehead retentit, annonçant la fin du combat. Whitehead hurla à Dillinger et Vornado de se mettre au garde-à-vous. Vornado ressentit alors dans le nez une douleur insoutenable qui l'étourdit. Le ring et les visages des camarades qui assistaient au combat se mirent à tourner lentement autour de lui. Dillinger et lui se tenaient debout, stupides, dégoulinants de sang et essoufflés. Whitehead secoua la tête de dégoût et leur adressa un signe désobligeant de la main.

— En général, faire couler le sang sur un ring vous vaut un « A », mais pas pour ces poltrons de seconde zone. Regardez bien les « frères de sang », messieurs. Vous ne les verrez pas longtemps, parce qu'ils partiront dès que le commandant aura accepté les démissions en fin de troisième semaine. Et s'ils ne s'exécutent pas, ils vont le regretter. Et savez-vous pourquoi ? Tout simplement parce qu'ils ne sont pas dignes d'être ici, voilà pourquoi.

Whitehead ordonna aux suivants de prendre place et leur cria de combattre au lieu de caracoler comme Vornado et Dillinger sur ce qu'ils avaient pris pour une piste de danse. Vornado rompit le garde-à-vous le temps de jeter un coup d'œil en direction de Dillinger. Ce dernier lui rendit un regard sombre plein de fureur. Mais Vornado savait que cette colère s'adressait au chef d'escouade et non pas à lui.

Trois heures plus tard, après la distribution de l'équipement, Whitehead emmena l'escouade en rang jusqu'au rez-de-chaussée de Bancroft Hall et attribua les chambres.

— Vous prendrez la chambre Gilmore, Vornado. Peut-être réussirez-vous à vous imprégner un peu de son caractère, mais j'en doute.

Vornado pénétra dans la chambre spartiate et laissa tomber son sac de mer tout neuf. La porte s'ouvrit et son adversaire sur le ring entra. Il lança un regard circulaire autour de lui et salua lentement d'un signe de tête.

— Peter Vornado, Norfolk, Virginia, dit Vornado et tendant la main. Excellent combat. Tu m'as fichu une de ces peurs.

Un sourire illumina l'espace d'un instant le visage de l'élève râblé lorsqu'il saisit la main de Vornado d'une poigne ferme.

— B.K. Dillinger, McLean, Virginia. Qui aurait pu imaginer qu'un maigrichon comme toi serait capable de frapper avec une telle force, dit Dillinger en se frottant le sourcil.

Les jours suivants, ils n'eurent que peu d'occasions de se parler, totalement absorbés par les épreuves d'intégration. Sous les incessantes brimades de Whitehead, les minutes duraient des éternités. L'aspirant ne s'était pas contenté d'insulter les deux camarades de chambre devant leur escouade, ni de passer quotidiennement sa colère sur eux. Il préparait avec soin ses tortures dans la misérable routine de l'École. La principale épreuve de l'entraînement d'été était le « quiz à brûle-pourpoint ». Les recrues devaient s'aligner contre le mur, au garde-à-vous, raidis, le cou enfoncé dans la poitrine, tandis que Whitehead les accablait d'injures et leur faisait réciter les « préceptes » qu'ils étaient censés retenir par cœur, mettant à l'épreuve leur mémoire d'une façon plus agressive que dans n'importe lequel des examens de fin d'études jamais passés.

— Lieutenant, la marine a battu ces enfoirés de l'armée de terre il y a quarante-trois jours ; il reste cent soixante-deux jours jusqu'aux permissions de Noël, trois cent trente-trois jours jusqu'au bal des deuxième année et trois cent trente-sept jours jusqu'à la graduation des aspirants. Lieutenant, le menu de midi se compose de hamburgers avec du fromage, des oignons et un assortiment de pickles, des pommes dauphine, des haricots, de la glace, du thé glacé accompagné de morceaux de citron et de lait. Quelle heure est-il ? Lieutenant, je suis très ennuyé et profondément humilié. En raison de circonstances inopinées échappant à mon contrôle, les rouages et les mécanismes de mon chronomètre se trouvent dans une telle incohérence avec le grand mouvement sidéral, avec lequel le temps est généralement estimé, que je ne peux pas donner l'heure exacte, lieutenant, mais sans craindre une trop grande erreur, je dirai qu'il est environ quatre minutes trois secondes et onze tic-tac après les trois coups de l'horloge, lieutenant.

Il fallait apprendre un grand nombre de choses sans intérêt, comme les noms et villes d'origine des cent recrues de leur escouade, le code de conduite des prisonniers de guerre, les vingt-sept strophes d'un poème de quatre pages, intitulé « Les lois de la marine », l'histoire de huit navires, plus de soixante termes techniques de mécanique, des ordres de manœuvre, l'art du virement à bord d'un bateau à voiles carrées, le morse, les noms des entraîneurs et des capitaines dans tous les sports, douze chansons de marin, l'histoire d'une centaine de monuments, la latitude et la longitude d'Annapolis, le nombre de briques de Tecumseh Court, le score de tous les matchs de football de la marine, cinquante dictons marins, les noms des directeurs des départements académiques, des officiers dans les départements professionnels, apprendre par cœur trois articles en première page de journaux et trois articles de la page des sports du *Washington Post* du jour. Quotidiennement, les exigences se multipliaient.

Mais il ne suffisait pas qu'ils mémorisent l'équivalent d'un annuaire téléphonique. Ils devaient être capables de recracher tout cela sous les vitupérations de Whitehead, dans un quiz ou au milieu d'un repas, durant lesquels Whitehead s'acharnait généralement sur Vornado et Dillinger. La règle voulait que la recrue « mâche trois fois et avale » avant de déclamer la réponse à la question de Whitehead. Les dernières semaines, Vornado n'avait que peu mangé. Il maigrissait, son visage s'émaciait. Dillinger avait perdu du poids encore plus rapidement – il flottait dans ses T-shirts et ses pantalons.

Les interrogatoires au cours des repas s'avéraient difficiles, mais Whitehead concoctait des quiz spéciaux pour Dillinger et Vornado, qui les humiliaient complètement. C'était chaque fois une nouvelle torture. Whitehead les gardait à l'écart du reste de l'escouade, leur faisant redoubler le pas pour monter un escalier jusqu'à une pièce vide au quatrième étage. Tandis que Whitehead avançait, ils recevaient l'ordre « d'abattre » le centre des couloirs, c'est-à-dire qu'ils devaient courir le menton levé, les yeux droit devant, pivoter pour tourner « à angle droit », en criant : « Allez la marine, lieutenant », ou bien : « À bas l'armée de terre. » Une fois dans la salle, Whitehead leur intimait de démissionner. Devant leur refus d'obtempérer, il leur ordonnait de tenir leur fusil à bout de bras devant eux, parallèle au sol jusqu'à ce que leur arme oscille et que leur peau se couvre de sueur. Ou bien il les faisait s'accrocher en haut de la grande porte de la salle, les mains entaillées par les plaques métalliques, ruisselantes de sang. Lorsque leurs muscles tremblaient sous l'effort, Whitehead leur hurlait en pleine figure qu'ils n'étaient que des bons à rien, qu'ils avaient triché au cours des épreuves d'admission, qu'ils n'avaient pas leur place à l'École navale.

Pendant un quiz spécial, Vornado envisagea de démissionner, mais il revit le visage de son père et entendit sa voix alors qu'il descendait d'un gigantesque porte-avions et avait pris dans ses bras le petit garçon de six ans qu'il était à l'époque, au retour d'une longue campagne. Durant quelques secondes de répit, il oublia Whitehead. Vornado essayait de ne pas se remémorer les moments pénibles, la longue maladie de sa mère alors qu'il était en CE1, sa mort au cours de cet été si chaud avant son entrée en CE2, la bataille perdue contre le cancer qui avait transformé une femme belle et énergique en un triste spectre. Le père de Vornado s'était démené pour concilier sa vie de marin et l'éducation de Vornado et de sa petite sœur. Son père avait demandé à sa jeune sœur célibataire de venir s'installer provisoirement avec eux, et cette mesure d'urgence avait fini par devenir permanente. Le père de Vornado ne s'était jamais remarié. Il prétendait qu'entre ses enfants et les hommes de l'escadrille de chasse qu'il commandait, il n'avait pas le temps. Ses longues absences étaient les périodes les plus pénibles. Mais lorsqu'il rentrait à la maison, la famille retrouvait le bonheur. Diana, la sœur de Vornado, avait vécu une période très sombre après le décès de leur mère. Il avait tout fait pour l'aider et, à présent, ses lettres lui permettaient de tenir le coup, comme les longues lettres de son père lui expliquant un certain nombre de choses au sujet de la marine que Vornado n'avait jamais soupçonnées, et évoquant ses propres expériences à Annapolis. Deux ans auparavant, le père de Vornado avait reçu sa troisième étoile et il avait repris du service. Vornado s'inquiétait pour Diana, loin de son père et séparée de son frère pendant l'été d'intégration, mais il ne pouvait guère que lui écrire durant les rares moments de liberté dont il disposait.

Dans les lettres qu'il lui adressait, Vornado ne mentionnait jamais Whitehead ni ses brimades. Cette nuit-là, le traitement spécial réservé par Whitehead s'était révélé encore pire que les autres fois. La salle vide du quatrième étage était équipée d'un téléphone. La fenêtre était ouverte sur le large toit de cuivre et une grande boîte se trouvait à quelques dizaines de centimètres du bord, surplombant un vide de vingt-cinq mètres. Dillinger avait reçu l'ordre d'attendre à l'extérieur, figé au garde-à-vous contre un mur. Vornado se mit au garde-à-vous lui aussi lorsque Whitehead lui ordonna de prendre le téléphone, d'appeler son père et de lui annoncer qu'il démissionnait de l'école. Vornado cria : « À bas l'armée de terre, lieutenant ! » Whitehead lui ordonna d'enjamber la fenêtre. Vornado obéit, se sentant stupide de se trouver au garde-à-vous sous les étoiles en cette chaude nuit de juillet. Whitehead lui ordonna de regarder la cour en bas. Le rez-de-chaussée étant bâti au-dessus de deux sous-sols, le surplomb représentait donc un vide de sept étages. Vornado regarda en bas et un terrible vertige lui retourna l'estomac. Il parvint tout de même à se remettre au garde-à-vous. Whitehead lui ordonna d'entrer dans la boîte. Dans un moment d'inconscience, Vornado obéit, sachant pertinemment qu'il commettait une grossière erreur. Trois fois, Whitehead ordonna à Vornado de démissionner, et trois fois Vornado refusa. Il sentit la boîte basculer à gauche, puis à droite, tandis que Whitehead poussait la boîte à un mètre vingt de la bordure du toit. Lorsque Vornado sentit Whitehead renverser la boîte, il douta. Il se pencha violemment contre la cloison opposée de la boîte. Sous l'effet de la peur, son cœur battait la chamade.

Pour la première fois depuis que Vornado l'avait rencontré, Whitehead parla calmement. Il murmura depuis l'extérieur de la boîte que, déconcertés, les nouveaux venaient parfois à cet endroit et sautaient par la fenêtre pour en finir avec le bizutage afin d'éviter la honte de démissionner ou d'être mis à la porte. Si la boîte venait à se renverser, l'enquête conclurait donc à un énième suicide. Après un bref instant, il ordonna une dernière fois à Vornado de démissionner.

Mais celui-ci ne put prononcer une parole. Dans la panique du moment, il réfléchit à ce que Dillinger aurait fait dans sa situation. Son imprévisible camarade de chambrée serait tout simplement sorti de la boîte et aurait écrasé son poing sur le visage de Whitehead. Non, en réalité, jamais Dillinger ne serait entré dans cette boîte. Vornado en était là de ses réflexions lorsque, soudain, il sentit la boîte basculer. Whitehead mettait réellement son plan à exécution. La boîte se renversa. Terrifié, Vornado sentit son estomac se nouer. Une fureur et une terreur incontrôlables envahirent son cerveau. Lentement, la boîte se renversa. Vornado ferma les yeux. Au bout de quelques effroyables et interminables secondes, la boîte tomba. L'impact fut brutal, mais amorti. La boîte se trouvait à l'envers, son couvercle s'ouvrit et Vornado fut précipité sur un matelas. Incrédule, il regarda autour de lui, réalisant avec stupeur qu'au lieu d'atterrir dans la cour, il était tombé dans la pièce. Vornado sentit qu'il avait envie de vomir, mais rien ne vint. À cause du harcèlement de Whitehead pendant les repas, il n'avait rien mangé depuis deux jours. Il eut de nouveau trois haut-le-cœur. Il garda les paupières fermées pour retenir les larmes de peur et de rage qui montaient contre sa volonté. Il se rendait compte qu'il tremblait. Il sentit qu'il allait se redresser et écraser son poing sur le visage de Whitehead.

Puis il entendit la voix de son père, lui confiant que c'était justement ce qu'espérait Whitehead – une agression d'une recrue contre un aspirant après moins de trois semaines d'intégration. C'était la méthode de Whitehead pour faire expulser Vornado, qui ne pourrait bénéficier d'aucune circonstance atténuante. Les officiers d'état-major ne feraient pas confiance à un jeune capable de porter atteinte à son aspirant. Au combat, il perdrait certainement le contrôle de lui-même. Vornado parvint à se contrôler. Il se releva, toujours tremblant, se figea au garde-à-vous et cria de sa voix de baryton « À bas l'armée de terre, lieutenant ! »

Le visage de Whitehead trahissait une colère meurtrière.

— Allez, demi-portion, espèce de chat efflanqué, dit-il avec dédain. Allez dans le couloir et collez-vous contre le mur.

Vornado s'empressa de sortir de la pièce, s'arrêta près du mur, fit un demi-tour et se figea dans un garde-à-vous impeccable tandis que Whitehead faisait entrer Dillinger. Pendant qu'il attendait dans cette position, il se demanda si Whitehead allait soumettre Dillinger à la même épreuve. Enfin, Dillinger réapparut, le visage rouge et l'uniforme trempé de sueur, le regard noir et impénétrable. Ils retournèrent à leur chambre au pas. Vornado était tenté de demander à Dillinger ce que lui avait infligé Whitehead, mais le regard de Dillinger l'en dissuada. Vornado n'avait d'ailleurs pas plus envie de parler de son expérience.

Deux heures après ces épreuves, ils ne trouvaient toujours pas le sommeil. Ils se levèrent et s'installèrent à leur bureau. Vornado martelait le buvard avec son crayon, sans cesser de réfléchir aux options qui s'offraient à eux tout en regardant par la fenêtre.

De son côté du bureau, Dillinger se mordait la lèvre, attendant que son camarade prenne une décision. Il était étonnant de constater combien Vornado, grand et sûr de lui, lui rappelait son frère aîné. Comme cela devait être facile, pensait Dillinger, de voguer dans la vie avec cette confiance innée. Vornado et le frère de Dillinger semblaient bénéficier de l'assurance naturelle qui permet que l'ordre qu'ils donnent est immédiatement exécuté. Ni l'un ni l'autre ne connaissaient les doutes ou les inquiétudes contre lesquels Dillinger luttait quotidiennement.

Cela faisait deux ans que sa vie s'était trouvée bouleversée par la stupéfiante déclaration de son père pendant un dîner. Toute sa vie, il avait cru que son père était un commercial pour la General Dynamics, un important fournisseur de la Défense. Il s'absentait pendant des mois pour travailler sur des projets de vente. Un soir, entre la poire et le fromage, son père avait annoncé qu'il venait d'être promu. Il avait à présent trois étoiles. Dillinger avait fixé son père d'un air interrogateur. Ce dernier avait poursuivi en déclarant qu'il allait occuper le poste de directeur adjoint à la *Defense Intelligence Agency* au Pentagone avec le grade de général de division. Il avait fallu un certain temps au jeune Dillinger pour réaliser que son père avait toujours appartenu à l'armée de terre, et qu'il avait été un agent de terrain pour une obscure agence de services secrets, et qu'à présent il allait faire partie d'un état-major et pouvait enfin révéler sa couverture. Une couverture qui avait fait de lui un menteur.

Dillinger père était un ancien élève de West Point – les diplômes et l'étoile de bronze dans son bureau l'attestaient, mais, dans le couloir, il y avait aussi un témoignage de satisfaction accroché au mur, exprimant les remerciements de la General Dynamics, des photos de son père vêtu d'un costume et d'une cravate serrant les mains des clients, ainsi que des classeurs emplis de chiffres de vente. Lorsque Dillinger avait reposé sa fourchette dans son assiette, il avait imaginé son père prêchant la devise de West Point, « Devoir, Honneur et Patrie », alors qu'il avait vécu dans un gigantesque mensonge. Dillinger ne pouvait s'empêcher de se sentir trahi. Il ne trouvait de soutien que dans les réprimandes de Matt, son frère aîné, un élève doué, qui avait insisté pour qu'il se ressaisisse et aille de l'avant.

Dillinger n'avait jamais été aussi brillant que Matt, mais il s'était investi à fond dans le sport, domaine dans lequel son frère n'avait jamais excellé. Il savait qu'il ne réussirait pas à entrer dans une école de l'Ivy League et que, même s'il y parvenait, il serait incapable de se mesurer à Matt qui, à la fin de cette année scolaire, intégrerait la section de droit à Harvard. Postuler pour Annapolis revenait à lancer un défi à son père qui, en trente ans, n'avait jamais manqué d'assister à un match de l'armée de terre contre la marine. Choisir une école militaire était encore un clin d'œil à son père, une tentative pour l'imiter en portant l'uniforme ou peut-être aussi pour se distinguer de son frère et de son intellectualisme. Après l'École navale, il intégrerait le corps des Marines et appartiendrait, comme son père, à l'infanterie, ou à celui des Navy Seal, les commandos. Le jour où il avait reçu la lettre lui fixant rendez-vous à Annapolis, il avait été le plus heureux des hommes. Mais, compte tenu de la tournure que prenaient les événements avec Whitehead, Dillinger serait contraint de rentrer à la maison moins d'un mois après son départ, portant un misérable échec sur les épaules. Dillinger se mordit les lèvres de dépit devant l'indécision de Vornado, en pensant qu'il se trouverait seul confronté à cette situation.

— Je ne sais pas ce que tu en penses, dit Dillinger, mais si je dois être mis à la porte, je veux que ce soit pour avoir botté le cul de l'aspirant de première classe Whitehead. Je suis prêt à me battre sans le moindre regret. Et je le ferai avec ou sans toi. Je te laisse dix secondes pour décider avant de quitter la pièce.

Vornado leva promptement les yeux.

— Donne-moi des détails, B.K. Comment allons-nous nous y prendre ?

Dillinger se pencha et ouvrit un coffre dans son bureau, unique reliquat de vie privée pour une recrue. Il sortit un rouleau de Scotch large, un sac à fermeture Éclair rempli de longues estropes en plastique, des masques de ski noirs et deux survêtements noirs. Vornado regarda l'attirail avec curiosité.

— Nous enfilons une tenue noire et nous entraînons Whitehead jusqu'à la rivière. On va le faire nager pieds et poings liés, ce fils de pute.

Vornado secoua la tête.

— La rivière est trop loin. Il faudrait le porter sur quatre cents mètres, en passant par Bancroft Hall ou par la cour, et sa chambre se trouve juste sur T-Court. J'ai une meilleure idée.

Vornado exposa son plan et Dillinger approuva.

— À part ça, murmura Vornado en enfilant le sweat-shirt noir et en ajustant le passe-montagne, où as-tu réussi à te procurer ce matériel ?

— J'ai appelé mon père le week-end dernier. Je lui ai demandé ce dont j'avais besoin et il me l'a expédié dans un colis personnel.

— Tu lui as dit ce que nous allions en faire ?

— Non, mais je pense qu'il a sa petite idée.

Vornado déglutit en réalisant ce qu'il était sur le point d'accomplir.

— Paré ? demanda Vornado.

Dillinger acquiesça de la tête en se levant. Il s'approcha de Vornado les poings tendus. Tout d'abord, Vornado le regarda, étonné, mais il comprit ce que souhaitait Dillinger. Comme s'ils étaient sur le point de se lancer dans un combat de boxe, Vornado serra les poings et frappa ceux de Dillinger. Celui-ci grimaça, se tourna vers la porte et l'ouvrit.

Le couloir était largement éclairé par des plafonniers au néon. La pendule sonna la demie de 2 heures. Ils traversèrent rapidement le couloir. C'était la première fois qu'ils empruntaient un couloir sans raser les murs. La chambre de Whitehead se trouvait tout au bout du hall, du côté de Tecumseh Court. La chambrée de trois des aspirants bénéficiait d'un angle de vue sur la grande esplanade de brique qui séparait les différentes ailes. Près de l'entrée, se trouvaient les doubles portes de la cour réservée aux anciens. En arrivant devant la chambre de Whitehead, Vornado jeta un coup d'œil en direction de Dillinger. Par les étroites ouvertures du masque de ski, il ne distingua que les yeux. Le regard de Dillinger était déterminé et concentré. Vornado fit un signe approbateur de la tête et ils ouvrirent lentement la porte de la chambre.

Ils restèrent un instant debout dans la pièce. La porte se referma silencieusement derrière eux. Il leur semblait étrange de se trouver dans la chambre de l'aspirant qui les avait torturés sans répit pendant les trois dernières semaines. Son sabre et son ceinturon reposaient en travers de la chaise de bureau. Un uniforme blanc fraîchement nettoyé était suspendu à l'extérieur du placard, épaulettes et barrettes de décoration agrafées. Sur le bureau, ses chaussures soigneusement cirées étaient posées sur une feuille de papier journal. La chambre semblait parfaitement rangée, à part la couverture défaite sur le lit de Whitehead. Celui-ci était allongé par-dessus le drap, vêtu d'un caleçon et d'un T-shirt blanc. Il ronflait tranquillement dans l'obscurité.

Dillinger tendit une estrope à Vornado et en prit une lui-même. Vornado déplaça doucement le bras de Whitehead pour rapprocher ses poignets, puis les entoura de l'estrope. Le crochet du lien fit un léger bruit lorsque Vornado le ferma, mais Whitehead ne broncha pas. Vornado regarda Dillinger, qui avait dégagé les chevilles de Whitehead de la couverture et les avait attachées d'une estrope. La suite se révélerait plus délicate, car Whitehead risquait de se réveiller et de se débattre. Avant de quitter leur propre chambre, ils avaient coupé la longueur nécessaire de bande adhésive afin d'éviter tout cri. Vornado prit le morceau le plus court, le positionna soigneusement et discrètement sur la bouche de Whitehead et le colla par-dessus les oreilles jusque sur l'arrière du crâne. Puis il lui tourna doucement la tête et rattrapa la bande adhésive de l'autre côté. Lorsqu'il eut fini, Whitehead eut un mouvement convulsif, mais ne se réveilla pas. Dillinger extirpa une plus grande longueur de bande adhésive de la poche de son survêtement, entoura une extrémité autour des poignets de Whitehead puis lui entoura la taille. Pour finir cette opération, ils devaient l'extraire de son lit et Whitehead ne manquerait alors pas de se réveiller.

Dillinger souleva Whitehead. Ce dernier émit un borborygme et il lança brutalement un coup de pied. Paniqué, il ouvrit grand les yeux et essaya de se lever. Vornado lui maintint les épaules tandis que Dillinger lui saisissait les jambes, mais l'aspirant, svelte, se contorsionna, rageur. Vornado commença à regretter leur action, constatant que Whitehead s'avérait trop fort pour qu'à eux deux ils parviennent à le traîner dans le hall. Soudain, Dillinger leva le poing et frappa Whitehead à l'estomac. Celui-ci cessa instantanément de se débattre et, pris d'une quinte de toux sous la bande adhésive qui lui immobilisait la bouche, il s'effondra en position fœtale sur le lit. Rapidement, profitant de ce que Whitehead avait perdu ses esprits, Vornado le souleva suffisamment pour finir d'enrouler la bande adhésive autour de sa taille et de ses bras, immobilisant ainsi le haut du corps.

Sans un mot, les deux recrues empoignèrent leur chef d'escouade, sortirent de la chambre, traversèrent le hall et accédèrent à Tecumseh Court en empruntant les portes réservées aux deuxième classe. Whitehead récupéra suffisamment ses esprits et commença à se débattre, mais cela ne les ralentit pas. Les poignets attachés à la taille et les chevilles entravées, il ne pouvait guère que se courber et se tourner. Sous les puissants projecteurs de la cour, Vornado se sentit à nu. Le personnel de garde au bureau principal, près de la rotonde, ne manquerait pas de les voir et se précipiterait pour les arrêter. Dans la cour, ils se pressèrent jusqu'à ce qu'ils se trouvent près de la figure de proue menaçante de Tecumseh. Dillinger poussa Whitehead contre l'imposant socle du monument. Il sortit le rouleau adhésif. Vornado maintint Whitehead debout. Dillinger fit rapidement une dizaine de fois le tour de la statue en attachant Whitehead avec la bande adhésive. Dans la cour paisible, la bande adhésive crissait en se déroulant. Whitehead les fixait avec un regard qui traduisait une fureur impuissante. Ses cris étaient étouffés par le bâillon. Dillinger fit un dernier tour au niveau du front pour lui maintenir la tête contre l'obélisque de marbre.

Une fois qu'ils eurent fini, Dillinger recula et resta debout un instant. Puis il sortit un marqueur indélébile et écrivit sur le front de Whitehead l'injure dont il les avait affublés ces dernières semaines : *LA CHATTE*.

Vornado était sur le point de faire demi-tour vers les portes de l'aile des seconde classe lorsque Dillinger serra le poing et l'écrasa sur le front de Whitehead. Le crâne de Whitehead rebondit sur le marbre avec un craquement sinistre. Le corps de l'aspirant se détendit, retenu par la bande adhésive.

— Bordel, B.K., qu'est-ce qui t'a pris de faire ça ? gronda Vornado en écartant Dillinger.

Dillinger soutenait sa main douloureuse en jurant doucement. Vornado tira Dillinger vers le hall. Tous deux coururent vers les portes réservées aux recrues. Ils se pressèrent dans le couloir, dépassèrent la porte de Whitehead pour retrouver enfin la sécurité de leur chambre. Ils se débarrassèrent de leur survêtement noir et enfilèrent leur tenue de sport réglementaire. Vornado était partagé entre l'exultation et la peur, avec un pincement au cœur au souvenir du bruit du crâne de Whitehead heurtant le marbre.

— Qu'est-ce qu'on fait de tout cet attirail ? souffla Vornado.

— On le remet dans le coffre, répondit Dillinger. J'ai gardé la boîte d'expédition. Je l'enverrai à mon frère demain pendant notre temps libre.

— Et s'ils perquisitionnent ? murmura Vornado de dessous ses couvertures, le corps trempé de sueur.

— Ne t'inquiète pas, lui répondit Dillinger d'une voix basse qui trahissait malgré tout sa colère. S'ils me demandent ce que je faisais, je leur répondrai la vérité. Je dormais, plongé dans un rêve.

Vornado ferma les yeux, mais il savait qu'il ne parviendrait pas à dormir du reste de la nuit. Vingt minutes plus tard, il entendait les ronflements de Dillinger.

Les élèves de la promotion de novembre, seconde section, troisième escouade, se mirent en rang comme d'habitude à l'extérieur de la chambre de l'aspirant Whitehead pour le rassemblement de 6 h 15. Pas un signe de Whitehead. Vornado s'appuya contre la cloison pour attendre. Plusieurs minutes passèrent sans que l'aspirant manifeste sa présence. Vornado jeta un coup d'œil de l'autre côté du couloir et vit Dillinger, dans un garde-à-vous impassible, le visage serein. Au bout de dix minutes d'attente, le lieutenant Adcock, le second, s'avança lentement.

Il resta devant l'escouade pendant une minute, en rentrant sa chemise dans son pantalon avec un air endormi et en bouclant son ceinturon autour de la taille. Lorsqu'il eut fini, il leva les yeux, le visage sérieux, et parla d'une voix grave.

— Messieurs, M. Whitehead a été emmené à Hospital Point. Il est gravement blessé à la tête. Il semblerait que quelqu'un l'ait ligoté à Tecumseh. Le commandant va mener une enquête. Un nouveau chef d'escouade prendra ses fonctions dans la journée. Si vous pensiez que M. Whitehead était dur, vous avez intérêt à vous préparer à M. Kaminski. M. Kaminski prendra le commandement de la promotion pour la rentrée académique.

Figé au garde-à-vous, Vornado regardait droit devant lui. Le mot « enquête » lui donnait un frisson qui descendait le long de sa colonne vertébrale. Et le fait que le nouveau chef d'escouade fût le plus ancien des midships de l'école lui provoquait des aigreurs à l'estomac.

La porte de l'ancienne chambre de Whitehead s'ouvrit lentement, et l'aspirant de première classe Kaminski apparut dans l'encadrement.

— Entrez, dit-il à Vornado d'une voix forte, autoritaire mais posée.

Vornado pénétra dans la chambre et se mit au garde-à-vous. Kaminski passa derrière lui pour fermer la porte.

— Repos et asseyez-vous, dit-il en se plaçant derrière le bureau sur lequel se trouvaient, la nuit précédente, les chaussures blanches de Whitehead.

— Oui, chef, lança Vornado, en saisissant le dossier d'une chaise et en s'asseyant sur le bord, le buste raide.

— J'ai dit repos, monsieur Vornado. Relax, dit Kaminski.

Vornado se détendit en jetant un regard en direction de Kaminski qu'il voyait pour la première fois, le grand aspirant n'ayant jusque-là été qu'une silhouette dans son champ de vision. Le large crâne de Kaminski était rasé. Ses épaules tendaient sa chemisette blanche d'uniforme et ses biceps semblaient près de faire exploser ses manches. Un haltérophile, pensa Vornado. Il devrait bien s'entendre avec Dillinger, au moins jusqu'à ce qu'il découvre ce que nous avons fait.

Kaminski s'écarta du bureau et regarda par la fenêtre Tecumseh Court, inondée de soleil.

— Je suppose que vous savez pourquoi nous sommes ici, dit Kaminski, d'une voix lasse, sans quitter la cour des yeux. Je ne suis pas uniquement le premier commandant de la brigade, je suis également le président du comité d'honneur.

Vornado essaya de ne pas trahir son sentiment de culpabilité en déglutissant, mais il sentit son cœur s'accélérer lorsque Kaminski se tourna face à lui. Kaminski le regarda un instant, les yeux rivés sur sa plaque nominative. Puis il retourna près de la vitre et tambourina du bout des doigts sur le rebord de la fenêtre.

— Monsieur Vornado, puisque nous savons pourquoi nous nous trouvons ici, je voudrais que vous récitiez le code d'honneur.

— Oui, chef, dit Vornado en se redressant sur son siège. Un midship ne mentira pas, ne trichera pas, ne volera pas. Il ne tolérera pas ces attitudes chez les autres, chef.

— Parfait. Repos. Je vais vous dire comment je me suis trouvé impliqué dans le comité d'honneur, dit-il lentement. J'étais en première année. Mon chef d'escouade m'a appelé et m'a appris que j'avais été dénoncé pour atteinte à l'honneur. Pour une atteinte à l'honneur, il n'y a pas d'avertissement. Si vous êtes reconnu coupable, vous êtes renvoyé de la marine le jour même. C'était sérieux, mais j'étais coupable d'avoir dérobé un litre de lait dans le hall du réfectoire.

Kaminski traversa lentement la chambre et s'assit au bureau en face de Vornado.

— Maintenant, nous ne nous gênons plus pour prendre du lait au réfectoire. Les troisième année ont commencé, puis les seconde année, et enfin les fistots. Personne ne considère plus que cela constitue une atteinte à l'honneur. Cela ne vient même à l'idée de personne. Mais, d'une certaine façon, cela a paru évident à celui qui m'en a accusé. Ridicule ou pas, il a fallu suivre toutes les procédures d'enquête. Une semaine a été nécessaire pour toutes les mener à bien et, bien entendu, il a été démontré que je n'étais pas coupable. Mais, pendant ce temps, j'imagine que le commandant s'est fait une idée de ma personnalité, et j'ai été nommé représentant de l'escouade au comité d'honneur. Je suis rapidement devenu un gradé régimentaire. Si cette accusation d'atteinte à l'honneur n'avait pas été un coup monté, je serais aujourd'hui un simple gradé, gardant la tête basse et essayant d'obtenir mon diplôme. Amusant la façon dont se passent les choses.

Vornado se tut, ne sachant pas si Kaminski attendait une réponse de sa part. L'ancien marqua un temps d'arrêt les yeux baissés vers le bureau.

— Plus tard, j'ai su qui m'avait accusé, dit Kaminski en riant la bouche fermée. Fred Whitehead.

Vornado regarda fixement l'aspirant, la bouche ouverte.

— Amusant, dit Kaminski en se relevant et en retournant vers la fenêtre. Pendant notre été d'intégration, Smokin'Joe Kraft, notre chef d'escouade, a pratiquement obtenu le renvoi de Whitehead. M. Kraft avait une dent contre Whitehead. Trois rassemblements spéciaux chaque jour, des tours de stade, des pompes et des accès d'autorité. Whitehead était le souffre-douleur de l'escouade. Un peu comme vous l'étiez, Dillinger et vous.

Vornado avala sa salive, se demandant si l'emploi du passé voulait présager quelque chose.

— M. Kraft était persuadé que Whitehead n'avait rien à faire ici. J'ai vu tout ce que Kraft a balancé sur Whitehead, et j'en ai été désolé pour lui. Après que Whitehead a survécu à ce harcèlement et a réussi son été d'intégration, j'ai pensé qu'il avait eu la peau d'un trou du cul de troisième année. Et puis il a sorti cette histoire de violation au code d'honneur. Alors, j'ai compris. M. Kraft avait eu raison d'un bout à l'autre. Il avait percé le personnage de Whitehead et avait compris une chose dont personne d'autre ne pouvait s'apercevoir.

Kaminski allait et venait jusqu'à son fauteuil, les yeux rivés dans ceux de Vornado.

— Autre chose amusante, monsieur Vornado. M. Kraft était le fils d'un amiral trois étoiles. Il ne s'en était jamais vanté, mais tous ses camarades de promotion s'en étaient chargés. Ils se sont acharnés sur Whitehead, lui assenant que si le fils d'un amiral trois étoiles ne voulait pas de lui, il ne lui restait qu'une seule et unique alternative, empaqueter son barda et démissionner.

Vornado expira, la gorge soudain serrée.

— Vous êtes également fils d'un amiral, n'est-ce pas ?

Kaminski continuait à regarder Vornado droit dans les yeux.

— Oui, chef, confirma Vornado.

Kaminski prit quelque chose sur son bureau, la télécommande de sa radio. Il regarda les boutons puis commença à les faire tourner.

— Monsieur Vornado, je vais vous poser une question directe et je veux que vous me répondiez franchement, dit Kaminski. N'oubliez pas que votre honneur est en jeu.

Vornado déglutit, conscient que sa pomme d'Adam venait de remonter. Kaminski devait deviner la moindre de ses pensées.

— Oui, chef.

— Avez-vous participé à l'opération au cours de laquelle M. Whitehead a été blessé ?

Vornado expira, sachant que le moment était venu. Il savait pertinemment qu'il ne pourrait pas regarder Kaminski droit dans les yeux et mentir.

— Ou...

Brusquement, la stéréo hurla. Vornado sursauta et faillit tomber de sa chaise. De grands haut-parleurs diffusaient de la musique dans la chambre. La musique s'arrêta aussi rapidement qu'elle avait commencé, le silence revint et on aurait entendu tomber une aiguille.

— Désolé, dit Kaminski en regardant la télécommande. Ce truc me semble assez sensible. Je vous renouvelle ma question, monsieur Vornado. Avez-vous participé à l'opération au cours de laquelle M. Whitehead a été blessé ?

— Chef, oui, j'...

De nouveau la chaîne stéréo hurla, plus longtemps cette fois. Au bout de vingt secondes, Kaminski éteignit l'appareil.

— Voyons si nous parvenons à notre but cette fois, dit Kaminski, en dodelinant de la tête sur une musique imaginaire.

Il semblait danser en rythme, de façon cocasse, comme s'il essayait de priver la situation de sa gravité.

— Monsieur Vornado, dit Kaminski en dirigeant de manière très manifeste la télécommande en direction de la chaîne, le doigt au-dessus du bouton « lecture », avez-vous participé à l'opération au cours de laquelle M. Whitehead a été blessé ?

Vornado regarda Kaminski dans les yeux, comprenant enfin.

— Non, chef. J'ai dormi toute la nuit. J'ai appris l'affaire au cours du rassemblement matinal.

Kaminski secoua gravement de la tête, en signe d'approbation, tel un professeur ayant enfin réussi à faire comprendre un point obscur à un élève lent à la détente.

— C'est bien ce que je pensais, dit-il, en prenant un crayon et en griffonnant dans un dossier ouvert sur son bureau. Merci, monsieur Vornado. Vous pouvez regagner votre chambre. Demandez à M. Dillinger d'entrer, s'il vous plaît.

Le cœur battant, Vornado se leva brutalement, se figea au garde-à-vous et lança :

— Oui, chef.

Il se raidit, gagna rapidement la porte, l'ouvrit puis se dirigea vers le milieu du couloir. Il pivota alors de quatre-vingt-dix degrés vers la droite en hurlant : « Allez la marine, chef ! » Il rejoignit la chambre Gilmore le menton enfoncé dans la poitrine. Devant la porte, il pivota et cria de nouveau : « À bas l'armée, chef ! » Puis il ouvrit la porte.

Quatre aspirants, en tenue kaki, ce qui paraissait surprenant car ils avaient passé l'été en uniforme blanc, se trouvaient là avec Dillinger. Vornado se raidit au garde-à-vous, rectifia sa position et annonça d'une voix forte :

— Midship Vornado, quatrième classe, chef !

Un des anciens eut un large sourire.

— Repos, enfoiré, dit-il.

Vornado relâcha sa position et s'aperçut qu'il se trouvait en face d'un junior, élève de seconde classe. Les autres aspirants portaient également les insignes d'élèves de seconde classe, une ancre dorée sur chaque coin du col. Deux d'entre eux s'approchèrent tout près de lui, comme pour lui hurler au visage. Vornado se contracta, inquiet de la nouvelle torture qui allait lui être infligée. Mais un des aspirants posa la main sur son épaule et l'autre saisit sa main droite qu'il secoua chaleureusement. Ils affichaient tous un large sourire. Comme s'il pouvait deviner leurs futures paroles : « Bon travail, monsieur Vornado… excellent travail… de toute évidence, les recrues de la 23e compagnie ont des couilles, pour une fois. »

Vornado les regarda fixement, puis se souvint que Kaminski souhaitait voir Dillinger. À l'instant où il allait ouvrir la bouche, la porte s'ouvrit et Kaminski apparut.

— Garde-à-vous ! cria Vornado, sur le même ton que quelques instants auparavant. Dillinger bondit également et se figea dans la même position.

Kaminski évalua la situation et secoua la tête d'un air affligé. Il serra la main aux aspirants.

— Dégagez d'ici, les gars. Vous foutez en l'air tous les efforts d'endoctrinement des fistots.

— Oh, allons, pas besoin de toi sur notre dos, Vic, dit l'un des midships. Nous étions simplement en train de raconter aux jeunes Vornado et Dillinger quelques histoires concernant Whitehead. Pour qu'ils sachent que l'école n'est pas uniquement composée de gens de ce type.

— Bon, ça ira, dit Kaminski, tel un père fatigué essayant de gérer des enfants indisciplinés. Allez, sortez d'ici. Et ne revenez pas avant le début des cours, ou bien vous aurez des comptes à rendre.

— C'est le commandant de la brigade qui parle, dit ironiquement un autre junior en esquissant un vague salut. Oui, chef, monsieur six galons.

Lorsque le dernier midship fut sorti, Kaminski regarda Dillinger.

— Monsieur Dillinger, je veux vous voir dans mon bureau, s'il vous plaît.

Vornado se mit à arpenter la pièce en se demandant ce qui allait se passer, la tête pleine de son entrevue avec Kaminski et la bande des aspirants. Il entendit enfin Dillinger dans le couloir, son « Allez la marine, chef ! » au loin et, plus près, « À bas l'armée ! »

Vornado le regarda. Le visage pétrifié de Dillinger trahissait une grande consternation. Vornado sentit son cœur se retourner. Kaminski avait sans doute fait rejaillir toute la responsabilité sur Dillinger. Mais Dillinger lui décocha soudain un large sourire. Son visage s'éclaira. Il s'était amusé à inquiéter son camarade. Vornado le dévisagea.

— Eh bien ? Que s'est-il donc passé, bordel ?

Dillinger haussa les épaules.

— Il m'a demandé si je l'avais fait, et je lui ai dit la vérité. La nuit dernière, j'ai dormi comme un bébé. Il a approuvé de la tête, comme s'il me croyait. Il a écrit quelque chose et m'a renvoyé dans ma chambre.

— Alors, ça veut dire que nous sommes hors de cause ?

Dillinger acquiesça, sans cesser de sourire. Il s'approcha de Vornado, les deux poings serrés comme avant l'expédition contre Whitehead. Vornado frappa ses poings contre ceux de Dillinger. Ce dernier grommela de douleur et se prit le poing droit. Vornado baissa les yeux – un hématome, conséquence du coup porté au front de Whitehead, rougissait et bleuissait ses articulations.

— Kaminski a vu ça ?

Dillinger fit signe que oui.

— J'ai frappé sur le bureau il y a quelques jours. Dépêche-toi, nous allons être en retard pour le rassemblement.

Vornado approuva d'un signe de tête. Comme dans un rêve, il se tourna, s'approcha de la fenêtre et regarda le site de l'école. Il vit Tecumseh et les deux canons à l'entrée de T-Court. Pour la première fois depuis son arrivée, il eut la sensation que cet endroit, d'une certaine façon, était le sien, qu'après tout, il appartenait à ce lieu. Il regarda Tecumseh Court et songea à son père traversant ces murs de brique des années auparavant et il s'imagina les parcourir lui-même en élève de dernière année.

Tecumseh lui rendit son regard, immuable, inchangé par les événements de la nuit et de la matinée. Vornado sourit et mit son béret, ouvrit la porte et courut derrière Dillinger dans le couloir, le menton rentré dans la poitrine.

— Allez la marine, chef ! hurla-t-il.

VINGT ANS
PLUS TARD

PREMIÈRE PARTIE

Stolen Arrows

1

Le dessous des vagues où se reflétait la lumière argentée de la lune scintillait douze mètres au-dessus de sa tête. Il frissonna malgré la tiédeur de l'eau de la marina tropicale. Il sentait battre son pouls dans ses tempes ; il respirait trop vite l'air de l'unique bouteille et sa main trembla lorsqu'il leva sa montre pour la cinquième fois en deux minutes.

Burke Dillinger ferma les yeux et se remémora le plan pour la centième fois, pensant au millier de choses qui pouvaient mal se passer. Il était 3 h 08 en ce vendredi matin, le 5 juillet. Si Buffalo Patterson avait raison, presque tout le monde dans un rayon de deux kilomètres ronflait, en proie à la gueule de bois, suite aux festivités d'*Independence Day* du soir précédent. Dans une minute, Dillinger remonterait vers la surface. Il chercha l'endroit où il se trouverait dix minutes plus tard, mais il faisait trop sombre au fond du bassin. Il se demanda si c'était à cause des lentilles de contact, mais on l'avait assuré que cela n'aurait aucun effet. Noires, elles couvraient le blanc et l'iris de ses yeux. Il était équipé d'un matériel de plongée en circuit fermé. Son maquillage étanche à l'eau et ses lentilles noires rendaient son visage grotesque. Il avait un goût de cuivre et d'amertume dans la bouche mais c'était sans doute une conséquence de la nervosité qui avait précédé cette opération ou du maquillage de ses dents également noircies.

Sa montre affichait 3 h 09. Il remonta doucement du fond de la cale, ferma les yeux en retirant son masque qu'il passa à son bras droit pour qu'il ne réfléchisse pas la lumière des projecteurs du quai et n'alerte pas le factionnaire. Son objectif se situait juste en face de lui, mais il l'ignora et fouilla du regard l'obscurité du front de mer du quai de Port Lauderdale. Sa vision s'était accommodée, mais il ne voyait rien bouger. Il jeta un rapide coup d'œil par-dessus son épaule droite en direction de la digue. De ses yeux de marin, il mesura l'étroitesse du chenal d'entrée entre le brise-lames et les bateaux de la marina. En pensant à sa destination, il frissonna de nouveau, sans savoir si c'était d'excitation ou de peur. Il se tourna en direction du quai, mais toujours aucun mouvement. Il regarda longuement l'objet de sa mission.

Il reposait à la lueur de la lune de Floride, aussi séduisant et beau qu'une jeune mariée. Sa coque s'étirait loin vers la droite où son avant légèrement arrondi pointait vers le quai. Le cylindre de son corps s'allongeait gracieusement, formant un arc léger à la surface de l'eau. Les vagues tièdes léchaient ses flancs. Vers l'arrière, la barre de direction pointait vers le ciel. L'eau sombre du bassin donnait l'impression qu'il était séparé du reste du navire. Vers l'avant, le massif se détachait au-dessus du cylindre de la coque. L'antenne radio pointait au-dessus du massif et deux périscopes étaient hissés derrière la passerelle.

Le sous-marin nucléaire d'attaque était amarré à quai, les haussières passées en double. L'équipage avait pris soin d'amarrer l'avant vers la sortie, dans le petit bassin de plaisance. Il n'y avait pas de risque de patrouille des gardes-côtes, pas de canot pneumatique de surveillance, aucune mesure de sécurité perceptible, mis à part la clôture intérieure et extérieure de la marina gardée par deux factionnaires armés sur le quai et un tireur d'élite antiterroriste en haut du massif. Dillinger espérait que les mesures de sécurité se résumaient à cela. Responsable de l'équipe experte en sous-marins, il avait assuré Buffalo qu'il n'y aurait que les deux factionnaires sur le quai et le tireur d'élite. Par chance, il avait eu raison : à part les deux pistolets 9 mm automatiques des deux sentinelles et le pistolet M-16 automatique du sniper, il n'y avait aucun obstacle entre Dillinger et ce glorieux vaisseau. C'était un type Los Angeles *Albany*, numéro de coque *SSN-754*, avec ses dix missiles de croisière Tomahawk mer-terre conventionnels à lancement vertical, deux douzaines de torpilles ADCAP Mark 48 et, le jackpot, deux missiles de croisière mer-terre à charge nucléaire Tomahawk TLAM-N à lancement vertical. Leur charge était faible, mais il s'agissait de bombes à hydrogène extrêmement efficaces, petites mais capables d'atteindre des cibles inaccessibles. Dillinger regarda de nouveau sa montre avec impatience. Ce qui semblait lui avoir pris cinq minutes n'avait duré en réalité que trente-sept secondes.

Sa montre affichait enfin 3 h 10. Sur le quai, Dillinger perçut un léger mouvement sur la gauche. Un éclair de lumière illumina la silhouette d'un des factionnaires qui s'écroula avec un bruit sourd à peine audible. Un second éclat de lumière surgit de la gauche, et le second factionnaire s'effondra sur le béton. L'opération avait commencé. Dillinger prit une profonde inspiration et nagea rapidement vers l'arrière, là où les vagues venaient mourir sur la pente douce du pont. Trois des hommes de Buffalo Patterson étaient déjà montés sur la coque. L'un d'eux, Meathook Allman, se tourna, attrapa Dillinger et le tira sur la surface glissante. Le revêtement antisonar lui donna l'impression qu'il marchait sur le dos d'une baleine.

— Allumez votre radio, lui ordonna Meathook.

Dans la panique de l'instant, Dillinger avait oublié de mettre son écouteur radio et son micro sous sa combinaison noire dès qu'il avait posé le pied sur le pont. Il courut, accroupi, vers l'avant, jusqu'au massif, tout en bricolant maladroitement pour placer correctement son écouteur et son micro. Au début, il n'était pas certain que la radio à fréquence spéciale faible puissance EHF fonctionne, jusqu'à ce qu'il entende Buffalo marmonner le mot « deux », pour déclencher la seconde phase de l'opération.

Pendant que Dillinger courait, ses mains effleurèrent l'étui de son pistolet. Les mots de Buffalo résonnaient dans ses oreilles. « Si vous devez dégainer votre arme, la mission échoue, et si la mission échoue, vous êtes mort. » Dillinger continua à courir jusqu'à ce qu'au bruit de ses pas il reconnaisse le panneau fermé et verrouillé de la tranche opération. Les procédures antiterroristes qui voulaient que le panneau de pont soit fermé et verrouillé rendaient l'intrusion à bord beaucoup plus difficile. Le massif était le seul accès. Il fallait donc descendre par le tunnel vertical gardé par le tireur d'élite du bâtiment qui se tenait, protégé dans la baignoire. Il atteignit le massif du côté où généralement des barreaux d'acier soudés permettaient de monter à la passerelle depuis le pont. Cela faisait longtemps que les barreaux avaient disparu – les ouvriers du chantier les avaient enlevés conformément aux mesures antiterroristes prises récemment. L'équipage du bâtiment utilisait une échelle de chaîne portable, déroulée depuis la passerelle extérieure ; c'est ainsi que devrait procéder l'équipe de Buffalo.

Le dégingandé Meathook Allman s'accroupit, sortit un grappin en aluminium recouvert de caoutchouc et essaya d'atteindre le mât de l'antenne radio. Lorsque les deux premiers essais échouèrent, Dillinger fut persuadé que le planton appellerait ou tirerait. Ou bien que quelque participant à une fête à bord d'un yacht composerait le 911 et les signalerait pendant qu'ils se trouvaient sans secours dans l'ombre de la superstructure. Le cœur de Dillinger battait la chamade dans sa poitrine serrée tandis qu'il s'appuyait fermement contre le métal tiède du massif. Enfin, le troisième essai réussit et le filin s'enroula autour du mât de l'antenne. Meathook enfila calmement des gants spéciaux, regarda autour de lui, puis escalada les huit mètres jusqu'au sommet du massif, les jambes à l'horizontale, une main après l'autre, avec beaucoup d'élégance dans le geste. Dillinger regarda avec respect la force des membres supérieurs de l'homme. Son ascension paraissait si facile que Dillinger fut tenté d'essayer.

L'échelle de chaîne descendit sur le côté tribord du massif, côté mer, deux minutes à peine après que Meathook eut quitté le pont. Le tireur d'élite au sommet du massif ne devait rien avoir entendu. Il ne s'attendait certainement pas à voir débarquer un intrus lui brandissant un Taser en plein visage et pressant la détente. Deux des hommes de Buffalo grimpèrent pendant que Dillinger assurait l'échelle, puis un autre prit sa place et, à son tour, il escalada le massif. Il passa la jambe par-dessus le plat-bord de la passerelle et atterrit sur le caillebotis du cockpit. Il jeta un coup d'œil vers l'arrière là où le corps du sniper aurait dû se trouver mais il ne vit rien. Dans l'obscurité, Dillinger passa les pieds par le panneau supérieur ouvert et trouva les barreaux de l'échelle verticale. Il descendit cinq échelons, encombré par sa bouteille de plongée, puis une rangée de lampes rouges s'allumèrent et illuminèrent l'étroit espace.

— C'est verrouillé, dit Meathook sur la radio.

— Laissez-moi essayer, dit Dillinger de sa voix de ténor en activant sa radio, puis il coupa la communication.

Meathook et son partenaire, Cowpie Kipling, firent de la place pour qu'il puisse s'accroupir au-dessus du panneau inférieur du tunnel d'accès. Ils avaient sans doute raison, pensa-t-il, mais ils étaient les muscles, lui était le spécialiste technique, et il était possible qu'ils ne manœuvrent pas correctement le volant de verrouillage. « À droite, on ferme, à gauche, on ouvre », pensa Dillinger en se penchant au-dessus du panneau et en tournant le volant dans le sens contraire des aiguilles d'une montre. Il tourna de dix degrés puis s'arrêta. Il essaya trois fois et soupira. Dillinger avait raison également sur ce point. Les procédures antiterroristes imposaient que les panneaux soient verrouillés dans les ports étrangers et dans les ports civils. C'était pourquoi l'équipage du sous-marin avait requis aussi peu de factionnaires sur le quai. Le sous-marin était hermétiquement fermé et verrouillé, véritable forteresse d'acier. Un groupe terroriste normal serait stoppé par le panneau verrouillé. Un groupe hostile normal devrait employer une torche à acétylène et une heure de travail serait nécessaire pour pénétrer à bord du sous-marin. Mais les hommes de Buffalo Patterson n'appartenaient pas à la moyenne et leur mission ne devait pas durer une heure.

Il marmonna « verrouillé » et remonta les dix échelons. Sur la radio, la voix de Buffalo annonça : « trois ». L'homme en attente à la passerelle, Beergut Barnes, descendit un lourd sac étanche rempli d'outils. Un second suivit, alors que les hommes avaient déjà commencé à travailler sur le panneau inférieur avec les outils du premier sac. Dillinger les éclaira avec sa lampe rouge tandis que les deux terroristes mettaient en œuvre un petit compresseur à air alimenté par une batterie et gonflaient un anneau de caoutchouc autour du panneau. Une fois qu'ils eurent fini, cela ressemblait à une piscine gonflable d'enfant, dont le fond aurait été constitué par le panneau.

— Dispositif gonflé, entendit Dillinger dans son oreillette.

Il inséra son régulateur tandis que les hommes sortaient une grande bouteille du second sac d'outils. Elle ressemblait à une bouteille Thermos du diamètre d'un sac de golf, mais seulement de la moitié de sa hauteur. Meathook ouvrit le couvercle et, avec Cowpie, ils versèrent précautionneusement un liquide clair dans la « piscine ». Immédiatement, le liquide se mit à bouillir fortement et un nuage de vapeur froide emplit le tunnel, un brouillard si épais que la visibilité se réduisit à moins de trente centimètres. Les hommes vidèrent complètement le contenu de la bouteille sur le panneau et la piscine se trouva à moitié pleine, toujours bouillonnante. Ils mirent la bouteille de côté, attendirent que le brouillard envahisse le tunnel et que le liquide ait fini de bouillir, ne laissant qu'une couverture de glace sur le panneau. Une grande mallette apparut dans la main de Meathook. Il lui fit décrire un arc au-dessus de sa tête et l'écrasa contre le panneau qui explosa en mille éclats à l'intérieur du sous-marin. En tombant, le panneau évacua la fumée vers l'intérieur. Le fracas soudain fit sursauter Dillinger.

— Rien de mieux que le nitrogène liquide pour venir à bout de l'acier HY-8, affirma Meathook en écartant la mallette. « Quatre-vingt mille psi[1] à température ambiante, de zéro à moins quatre-vingt-dix degrés Celsius. »

— Silence radio, trous du cul, ordonna Buffalo.

Dillinger regarda le trou béant laissé par le panneau de deux cents kilos et chercha les lumières blanches fluorescentes qui se diffusaient dans le brouillard du tunnel. « Quatre », dit Buffalo et Meathook lança ses jambes fluettes dans l'ouverture. Son corps disparut le long de l'échelle, le pistolet à la main. Il posa le pied sur le pont couvert de débris. Cowpie le suivit, puis Dillinger. Dès qu'il se trouva sur le pont, ce dernier dégagea son régulateur, espérant qu'il aurait suffisamment d'air pour la phase suivante de l'opération. Il attendit, le corps tendu contre la cloison, que les hommes de Buffalo dévalent par le panneau. Une douzaine d'entre eux était sortis de l'eau pendant que Meathook versait le nitrogène liquide. Cinq des experts en sous-marins sous le commandement de Dillinger devaient émerger depuis la cale et se diriger vers le massif à leur suite.

— « Cinq », lança Buffalo.

Dillinger se dirigea vers le central opération à l'arrière avec Buffalo. À pratiquement 3 h 30 du matin, personne ne s'était inquiété du vacarme produit par l'effondrement du panneau dans la coursive supérieure. Les plaques de pont spécialement équipées pour amortir les sons devaient avoir assourdi le bruit de la chute de l'acier HY-80. Ce fut la dernière pensée de Dillinger avant qu'il ne se retrouvât face au maître de service, cent kilos et un mètre quatre-vingts, qui resta figé, incrédule, les yeux écarquillés à la vue des intrus aux visages noircis, équipés de tubas. Dillinger cessa de respirer tandis que la panique le saisissait à la gorge. Il regarda Cowpie sortir son Taser et faire feu dans la coursive. Deux électrodes partirent en direction de l'officier marinier et le frappèrent à la poitrine. Une décharge électro-musculaire de vingt-six watts le

1. 5 600 kg/cm².

fit tomber à terre avec un bruit sourd. Il resta au sol, en proie à des convulsions, clignant des yeux, la bouche ouverte. Meathook s'avança au-dessus de lui, sortit deux câbles, entoura l'un d'eux autour des chevilles et le second autour des poignets de l'officier marinier, puis il l'enjamba.

— Allons-y, dit Meathook à l'oreille de Dillinger.

Ce dernier suivit le terroriste, enjamba la forme immobile de l'officier marinier et pénétra dans le CO. Celui-ci était désert. L'officier de quart et son adjoint devaient se trouver sur le pont milieu, peut-être à la cafétéria, ou bien en train de faire un somme entre les rondes de sécurité à bord et sur le quai.

Se souvenant des procédures, Dillinger se précipita vers bâbord et trouva le panneau électrique derrière celui de contrôle des ballasts. Il ouvrit le couvercle gris, puis les dix coupe-circuits de sécurité et dévissa dix fusibles. Il mit les fusibles dans sa poche et referma le panneau. Il venait de désactiver les dix circuits des systèmes d'alarme et de communication. Aucun homme de quart ne pourrait lancer une alarme, sans devoir au préalable aller chercher des fusibles de rechange dans une réserve. Pas d'inquiétude à se faire quant à l'équipement radio – celui-ci était compliqué et enfermé derrière une porte à combinaison. En outre, il n'y aurait pas d'opérateur radio.

Dillinger fit un signe de tête à Meathook et tous deux se précipitèrent à l'arrière vers le local ventilation. Dillinger n'aurait été qu'à moitié surpris que la porte soit verrouillée, mais elle ne l'était pas. Il fit tourner les quatre lourds volants de métal et ouvrit avec peine la porte. Dans ce local, de la taille d'un placard, passait tout l'air du bâtiment au moyen d'un ventilateur équipé d'un moteur de cinquante chevaux. Si les instructions de Dillinger avaient été suivies à la lettre, le panneau d'accès au pont supérieur avait été refermé après que Buffalo eut annoncé le début de la phase « cinq ». Cela signifiait que tout l'air qui circulait à l'intérieur du sous-marin passait par ce local.

— Enfilez les masques, ordonna Dillinger dans son micro tandis que Meathook fouillait dans son sac à outils.

Il mit son régulateur d'air dans la bouche, dégagea son masque de son bras et l'enfila par-dessus la capuche de sa combinaison. Meathook sortit de son sac à outils trois grenades oblongues de la taille d'une bouteille de soda de deux litres, les arma, régla leur retardateur sur dix secondes, retira les goupilles et les jeta dans le local ventilation. Dillinger referma la porte et verrouilla les quatre volants. Trois explosions sourdes résonnèrent dans le local. Dillinger fit signe à Meathook d'avancer, de revenir au CO où ils passeraient les dix minutes suivantes. Pendant ces dix minutes, le local de recyclage de l'air diffusa dans le bâtiment hermétiquement fermé un gaz fentanyl dérivé de l'opium. Aucun de ceux qui dormaient ne se réveillerait, et les autres s'effondreraient sur le pont. Les effets du gaz dureraient au moins une demi-heure, suffisamment longtemps pour que les hommes de Buffalo leur ligotent les chevilles et les mains, et les bâillonnent.

Dillinger escalada la plate-forme du périscope et regarda, aussi bien qu'il pût, à travers son masque de plongée. L'observation n'était pas tout à fait aussi bonne que lorsque l'œil était en contact direct avec la lentille, mais il put apercevoir un petit cercle de lumière. Il fit tourner l'instrument et regarda le long du quai. Les corps des factionnaires avaient été dissimulés par la seconde équipe et on ne distinguait plus rien. Aucun véhicule de police ou militaire n'approchait depuis le nord, et rien depuis le sud. Il semblait que personne ne bougeait sur les bateaux de la marina. Jusqu'à présent, ils avaient apparemment accompli leur travail sans être détectés.

Buffalo Patterson tapa sur l'épaule de Dillinger. Celui-ci se recula afin que l'imposant chef de la cellule puisse regarder à son tour. Buffalo semblait descendre d'une Harley de deux cents chevaux prêt à s'affaler dans un bar à motards, les manches de la combinaison arrachées pour exposer une douzaine de tatouages sur chacune de ses épaules massives, ses bras paraissaient aussi gros que des poteaux téléphoniques. Il avait la tête rasée et il portait une moustache blonde en guidon de vélo. Ses dents jaunes étaient mal alignées. Bien entendu, à cet instant, les bras, les dents, la moustache, la tête et l'orbite des yeux de cet homme étaient noirs, lui donnant l'image d'un personnage de cauchemar. Dillinger jeta un coup d'œil à sa montre. Cela faisait onze minutes que les grenades de gaz avaient explosé.

— Buffalo, c'est l'heure, dit Dillinger.

— Cowpie, enlevez votre régulateur, ordonna Buffalo

Cowpie cligna des yeux, enleva son régulateur avec précaution et prit une bouffée d'air. Dillinger s'était enquis du plan de Buffalo pour tester l'atmosphère, mais Buffalo avait insisté pour que ce soit pratique et rapide. Si Cowpie s'affalait, ils devraient attendre cinq minutes avant d'essayer de nouveau. Cowpie fit un signe de tête approbateur et enleva son masque. L'air était respirable.

— « Six », ordonna Buffalo, qui quitta le CO par la coursive avant.

Dillinger enleva son masque et se débarrassa de son régulateur puis il retira sa bouteille et l'équipement de compensation de flottabilité. Il se sentit soudain allégé de cinquante kilos. Il inspira légèrement. L'air avait une odeur bizarre, celle de la respiration de quelqu'un qui avait passé la nuit à boire. Mais il ne ressentit aucune irritation oculaire. Dillinger vit son reflet à donner la chair de poule dans une plaque de Plexiglas. Il avait trente-huit ans et aurait paru beaucoup plus jeune sans son épaisse chevelure prématurément devenue sel et poivre. Il était un peu plus grand que la moyenne, de stature plus modeste que vingt ans auparavant, après qu'il eut perdu la plus grande partie de sa masse musculaire. Il avait un regard de loup, bleu-gris, froid et pénétrant, des pommettes prononcées, un teint olive clair, un nez retroussé et des lèvres pleines. Il avait conservé sa mâchoire carrée. Du moins, telle était son apparence en temps normal. Là, tout son visage était noir : les cheveux, la peau, les dents jusqu'à ses yeux recouverts de lentilles noires. Il ouvrit grand les yeux, approcha sa main noire de son visage et fit sauter la lentille de contact de son œil gauche. La sensation désagréable de la lentille en polymère se détachant en glissant de la rétine lui fit serrer les dents. Il avait dans la main une lentille de contact de près de quatre centimètres. Il lui avait fallu près de vingt minutes pour la mettre. Il jeta la lentille par terre et enleva la seconde. Il avait toujours une allure épouvantable, mais au moins ses yeux avaient retrouvé leur allure normale. Il jeta de nouveau un coup d'œil sur son reflet. Ses cheveux noirs le rajeunissaient.

Il cligna des yeux et tourna le dos à la cloison. Il vit cinq membres de son équipe entrer dans le CO. À présent, le panneau supérieur de la passerelle était rouvert. Dillinger désigna Flood pour prendre la veille au périscope. Steve Flood était le bras droit de Dillinger, un célibataire grand, élancé, toujours souriant, originaire du New Jersey. Il portait habituellement des bottes de cowboy pointues et une boucle de ceinture ovale. Il était coiffé comme dans les années 80, les cheveux tirés en arrière.

— Comment cela s'est-il passé, commandant ? demanda Flood, la voix assourdie par le module optique du périscope type 18.

— Nominal. Il a fallu utiliser le LIN pour le panneau.

— J'ai vu. Est-ce que le nitrogène liquide a endommagé la surface du surbau du panneau ?

— Je ne pense pas, dit Dillinger en vérifiant nerveusement sa montre. On verra si le bateau prend l'eau en immersion.

— Le panneau supérieur devrait résister à la pression. Le panneau inférieur n'est là que pour la finition. Vous avez trouvé de la résistance à l'intérieur ?

— Nous avons dû neutraliser le maître de service.

Buffalo Patterson retourna au CO. Il regarda Dillinger tandis que ce dernier parlait dans son micro.

— À quelle distance sommes-nous ?

Dillinger aboya dans le micro.

— Patty, rendez compte de votre situation.

Patrick Schluss était âgé de vingt-six ans, le visage constellé de boutons, un homme prématurément chauve qui bizarrement avait sur le visage et sur le corps le système pileux le plus développé que Dillinger eût jamais vu. Ce jeune homme plein d'entrain était un génie de la mécanique et se chargerait de mettre en fonction les installations de propulsion afin de leur permettre de se déplacer en toute autonomie. Les trois autres membres de l'équipe de Dillinger aideraient Schluss. Le plus difficile serait de prendre possession du PCP[1].

La voix de baryton de Schluss résonna.

— Commandant, la propulsion est sur le moteur de secours. Batteries connectées ? Nous sommes parés à larguer les amarres.

— Bon boulot, Schluss, répondit Dillinger. Buffalo, je prends la relève. Messieurs, phase « sept ».

Dillinger donna une tape sur l'épaule de Flood et s'empara d'une paire de jumelles accrochées dans une case.

— Bonne chance, commandant, dit Flood.

Dillinger se dirigea vers la sortie avant du CO. Il escalada l'échelle jusqu'à la baignoire, rabaissa le panneau à claire-voie afin d'avoir une surface plane où se tenir. Il regarda à l'œil nu la cale,

---

1. Poste de conduite propulsion. Local d'où est télécommandé l'ensemble de la propulsion du sous-marin.

le brise-lames, le bassin des yachts, le quai sur bâbord et, au loin, le quai des bateaux de croisière. Tout était encore désert, baigné dans la lueur des projecteurs de la marina. Il scruta à présent à travers ses jumelles, cherchant le chenal de sortie du bassin, en quête d'un bateau de surveillance. Il examina le bassin, yacht après yacht, mais les ponts étaient déserts et à bord tout était éteint. Il n'y avait pas de vent. On apercevait la lumière de la lune tandis que le ciel se dégageait. Le courant dans la cale devait être minime. La marée serait haute dans dix minutes. Dillinger avait mémorisé la carte, étudié les photographies et les vidéos du bassin. Il était paré.

— Rendez compte des charges des haussières, souffla Dillinger dans son micro.

Les hommes de Buffalo avaient entouré les quatre haussières en double et les trois lourds câbles d'alimentation électrique de cordons de plastic Semtex RDX/PETN avec des détonateurs explosifs télécommandés. S'ils n'avaient pas utilisé assez de plastic Semtex, ils devraient couper les amarres ou tirer dessus. S'ils en avaient utilisé trop, la ville entière serait réveillée par le bruit de la détonation. Les explosifs, bien que mettant en cause la discrétion de l'opération, leur permettraient d'appareiller sans personne sur le pont du sous-marin. Quelqu'un vêtu d'une combinaison suspecte serait tué ou reconnu. De toute façon, le bruit alerterait les yachtmen et le capitaine du port. Dillinger secoua la tête et pria pour que les yachtmen aient bu plus que de raison.

— Toutes les charges sont armées, annonça Buffalo sur la radio.

Dillinger baissa la fermeture Éclair de sa combinaison et sortit d'une poche intérieure un petit paquet enveloppé de plastique, de la taille d'un paquet de cigarettes. Il déballa trois épaisseurs d'emballage étanche et sortit un petit téléphone cellulaire pliable.

— On y va, dit Dillinger. Merc, c'est bon ?

— En place et paré, annonça la voix calme du jeune Matt Mercury-Pryce.

« Merc » était un jeune de grande taille avec des cheveux ondulés couleur du sable, un athlète intelligent, sérieux au travail durant la journée, buvant à l'excès la nuit, ayant l'habitude de gaspiller son argent entre les femmes, les voitures de course et les escapades au ski, mais il était connu pour conserver son sang-froid. La marine était sa famille et il était l'un des meilleurs marins que Dillinger eût jamais connus. Avec ce garçon au CO, le bâtiment se trouvait entre de bonnes mains.

— Parfait, Merc, dit Dillinger. Descendez les propulseurs. En route au 0-9-0.

Dillinger ouvrit son téléphone cellulaire et le mit en marche. Lorsque l'écran s'alluma, il composa un numéro spécial dans le menu. Une sonnerie courte résonna et il appuya trois fois sur le bouton « 9 ». Puis il raccrocha et rangea le téléphone dans sa poche de poitrine. Buffalo avait affirmé qu'à partir de ce moment-là le délai était de quinze secondes.

— Commandant, appela la voix de Merc. Propulseurs en position basse, en route au 0-9-0.

Avant que Dillinger ait pu répondre, les charges de Semtex placées sur les haussières et sur l'alimentation-terre du quai explosèrent dans un bruit sourd. La détonation brisa le silence de l'aube. Dillinger fronça les sourcils en se demandant combien de yachtmen venaient de se réveiller, mais Buffalo avait insisté, disant que c'était inévitable. Toutes les amarres pendaient lamentablement sur les taquets du pont. Il n'y avait aucune trace des câbles d'alimentation électrique par la terre. Le bâtiment flottait librement dans la cale.

— Merc, démarrez le propulseur externe, ordonna Dillinger.

À présent, le bâtiment était détaché du quai. Les propulseurs placés un mètre vingt en avant de la barre de direction tireraient l'arrière du bâtiment dans la cale. Sous le regard attentif de Dillinger, l'arrière s'écarta lentement du quai. Le sous-marin pivotait dans le sens inverse des aiguilles d'une montre. Dillinger regarda l'avant en espérant qu'au cours de la manœuvre le fragile dôme sonar en fibre de verre ne serait pas endommagé, mais la coque paraissait s'écarter du quai. Lorsque l'espace entre l'arrière et le quai atteignit soixante centimètres, Dillinger prononça dans son micro :

— Arrêtez les propulseurs, la barre tout à droite, en arrière un tiers.

— Propulseurs stoppés, la barre est à droite toute, réglés en arrière un tiers.

Dillinger tendit le cou au-dessus du plat-bord pour regarder la barre de direction tourner pendant que le sous-marin reculait.

Il n'y avait que quarante-cinq mètres de marge avant d'endommager l'hélice contre le quai du yacht club.

— Stoppez partout, en avant deux tiers, maintenez la barre à droite toute.

— Roger, en avant deux tiers.

Le bâtiment s'immobilisa dans la cale. Dillinger retint sa respiration tandis que le bâtiment reprenait lentement de l'erre en avant. Il fallait que le safran morde dans l'eau rapidement ou le bâtiment s'écraserait contre le quai. Dillinger était attentif au déplacement du sous-marin tandis qu'il prenait de la vitesse, prêt à ordonner à Merc de battre en arrière toute si la barre ne faisait pas pivoter l'avant. Mais lorsque le sous-marin approcha à une demi-longueur du quai, la barre de direction devint efficace et l'avant pivota. Le bâtiment était dégagé du quai. Et toujours personne pour les arrêter.

Dillinger regarda l'avant qui commençait à s'aligner dans le chenal parallèle à la longue digue rocheuse, une langue de terre qui pointait droit à l'est.

— Merc, zéro à la barre, gouvernez comme ça.

— La barre à zéro, en route au 0-9-0.

— Roger, Merc. Les propulseurs à 0-0-0.

— Les propulseurs à 0-0-0, répéta Merc. Propulseurs réglés à triple zéro.

— Rentrez les propulseurs, Merc.

Le sous-marin sombre approchait lentement du chenal. La fin de la digue se trouvait par le travers du massif. La mer se formait et les bouées s'agitaient dans la houle longue de l'Atlantique. La profondeur augmentait rapidement. S'ils avaient pris possession du sous-marin à Norfolk, ils auraient dû naviguer durant dix heures à vitesse maximale avant d'atteindre la ligne de fond des 180 mètres. Mais depuis Port Lauderdale, ils pouvaient plonger en vingt minutes. À condition que le réacteur soit opérationnel.

— Merc, ralentissez en avant un tiers.

Ils devaient économiser leur batterie ou elle ne durerait pas jusqu'à ce que le réacteur prenne le relais.

— Un tiers, roger.

Avec ses jumelles, Dillinger étudia le chenal devant eux – ils étaient seuls sur l'eau. Il remarqua que son estomac s'était calmé, sans doute parce qu'ils s'éloignaient du danger. Tandis que la digue s'estompait sur l'arrière, il jeta un dernier regard au port de plaisance qui était aussi calme qu'un cimetière et appela Merc en bas.

— Clair pour la digue, Merc. Passe la barre à Meathook et donne-moi le relevé de sonde.

— Roger, pacha. Meathook prend la barre.

— Meathook, vous m'entendez ?

— Je vous entends, commandant, j'ai pris la barre. Route au 0-9-0, en avant un tiers.

— Meathook en avant un tiers. Sur le pont phase « huit ». Allons-y, le point de plongée dans dix minutes.

L'équipe de pont se pencha au-dessus du panneau et ils hissèrent à la force des bras un gros paquet, que la seconde équipe avait livré pendant que Dillinger se trouvait dans le local ventilation. Cette dernière tâche à effectuer sur le pont, avant que le sous-marin ne plonge, était la plus fastidieuse, mais elle se révélait inévitable. Dillinger regarda vers l'arrière pendant que l'équipe de pont défaisait l'emballage du paquet. Le bruit d'un gros compresseur retentit depuis le pont arrière tandis qu'une barge gonflable grossissait et prenait lentement forme. Au final, elle mesurait neuf mètres de long sur deux mètres quarante de large. Ses côtés formés de boudins de trente centimètres de diamètre se refermaient en ovale. Le fond était en caoutchouc solidement renforcé. Buffalo avait garanti qu'elle pouvait contenir une centaine d'hommes couchés sans prendre l'eau. Ils n'avaient qu'une trentaine d'hommes environ à y entasser – ceux qui dormaient dans une couchette –, le reste de l'équipage se trouvait à terre en permission. L'alarme retentirait dès que ces soixante-dix hommes retrouveraient un quai vide.

Dillinger tendit le cou pour regarder en arrière et vit l'équipe musclée de Buffalo qui remontait les membres de l'équipage par le panneau avant et les débarquaient sur le ponton. Enfin Buffalo annonça :

— Tous les membres d'équipage sont embarqués sur le ponton, commandant.

— Vous avez bien vérifié partout, vous êtes sûr de n'avoir oublié personne ?

— C'est fait. Nous redescendons.

Sous les yeux de Dillinger, le panneau se referma après que toute l'équipe fut descendue.

— Tout le monde est en bas, rendit compte Buffalo. Faites plonger.

— Patty, quel est l'état du réacteur ?

— Normal, paré pour la pleine puissance, répondit Schluss. Commandant, je demande à passer sur propulsion principale.

— Meathook, stoppez partout. Patty, passez en propulsion principale. Merc, préparez-vous à plonger.

Dillinger entendit résonner dans ses écouteurs une série de vérifications et d'ordres. Il s'empressa de préparer la passerelle pour plonger. Un des hommes de Buffalo monta et rabattit le panneau à claire-voie, puis le pare-brise, le compas et le coffret de transmissions de passerelle. Il contrôla que rien n'avait été oublié à l'intérieur de la baignoire et fourra sa lampe dans sa poche. Toujours accroupi, il hissa les plaques de fibre de verre qui fermaient le cockpit de la passerelle et rendaient la surface du massif lisse. Il passa les jambes par le panneau et descendit jusqu'à ce qu'il pût saisir l'opercule étanche et le fermer. Il tourna le volant et serra fort. C'était leur frontière avec la pression puisque le panneau inférieur était détruit. Il descendit le tunnel vertical, franchit le panneau inférieur désintégré et poursuivit sa descente le long de l'échelle jusqu'au pont. Un des membres de l'équipe de Buffalo avait nettoyé les débris de métal.

— Commandant, passé en propulsion principale, paré pour en avant normal.

— Meathook, en avant normal.

Il se hâta au CO, où Meathook était installé sur le siège droit du poste de contrôle du bâtiment qui ressemblait au cockpit d'un 747 avec deux sièges, une console centrale, constellée de cadrans. À gauche se trouvait le poste de contrôle des ballasts muni d'une console d'instrumentation. Merc se tenait sur la plate-forme du périscope les yeux soudés au viseur, opérant en cercles lents pour effectuer une recherche de surface.

— Commandant, nous sommes prêts, rendit compte Merc.

— Profondeur ?

— 500 mètres.

— Merc, paré pour plonger.

Après quinze minutes d'agitation, le bâtiment se trouvait à cent vingt mètres sous la surface et s'éloignait en accélérant de Port Lauderdale. Dillinger poussa un profond soupir de soulagement. Ils avaient réussi, pensa-t-il. Au cœur de la nuit, en moins de deux heures, avec son équipe, ils s'étaient emparés d'un sous-marin nucléaire.

— Je vais me laver le visage et essayer de trouver une combinaison, affirma Dillinger, se fendant d'un sourire. Steve, prenez le quart. Pas plus de 18 nœuds en route à l'est. Merc, demandez à l'un des hommes de Buffalo de vous remplacer. Sortez les cartes de l'Atlantique et reportez notre position inertielle de navigation. Sortez aussi les cartes du cap de Bonne-Espérance, du golfe Persique et de la mer Rouge et tracez un cercle de mille nautiques de rayon autour de Tel-Aviv. Que Buffalo fasse sauter tous les coffres. Et assurez-vous que Lionel étudie sérieusement les missiles nucléaires. Dites-lui de trouver comment insérer les données de la cible et de vérifier s'il y a des protocoles à respecter. Il dispose de quarante-huit heures. Il ne doit pas dormir avant d'avoir fini.

Dillinger sortit du CO et trouva la porte de la chambre du commandant ouverte. Il la referma derrière lui et soupira. Ils étaient sains et saufs, sous l'eau. Il vérifia sa montre de plongée. Il était 4 h 48. Dans une heure, l'équipe de relève se présenterait à la marina, bâillant après cette nuit de liberté, et s'apercevrait que leur sous-marin avait pris le large. La barge ne serait découverte que plus tard, après le lever du soleil. D'une manière ou d'une autre, à 6 heures, toutes les procédures se déclencheraient au Pentagone et à la Maison Blanche.

Depuis sa vengeance avec ce bâtard de Whitehead, Dillinger n'avait jamais rien senti de plus agréable que l'eau tiède avec laquelle il enleva le maquillage noir et la sueur qui recouvraient son visage. De retour au CO, vêtu de la combinaison du commandant du sous-marin et chaussé d'une paire de tennis noires trop grandes, l'équipage présent applaudit. Buffalo Patterson scurit en sortant le reste de leur nécessaire du sac à outils étanche : six bouteilles de Dom Pérignon et vingt verres à pied enveloppés dans du papier bulle. Les bouchons fusèrent dans le CO de l'USS *Albany*. La force d'invasion fêtait sa réussite en faisant tinter les verres les uns contre les autres et en buvant du champagne.

— Un toast à la livraison que nous devons effectuer à Tel-Aviv, Israël, grogna Buffalo, en levant son verre.

L'équipe répondit à son toast, excepté Dillinger. Mais quelques instants plus tard, en descendant son deuxième verre, il sourit. « Nous avons réussi », pensa-t-il.

2

La brise de la forêt de pins souleva les cheveux de son front lorsqu'il prit dans sa poche un talkie-walkie. Avec la voix grave d'un baryton empreinte d'autorité, il annonçait la dernière séquence. « Quarante-six, soixante-dix-sept, hut, hut hut ! »

Le ballon de foot atterrit dans ses mains et il fonça vers les buts, jetant un œil sur l'arrière qui tentait de l'intercepter. Ce dernier, baraqué comme un fût de cent cinquante litres, représentait un réel obstacle. Il arma son geste et lança le ballon sur une trajectoire parfaite, non pas en arrière mais vers l'endroit où se trouverait son partenaire une seconde et demie plus tard lorsque la balle retomberait. Il la vit descendre, en tournoyant légèrement en direction des bras tendus du receveur. Un adversaire se jeta sauvagement sur la balle et la manqua. C'était tout ce dont il se souvenait avant que l'arrière le plaquât violemment au sol. Le défenseur s'effondra sur lui. Il leva les yeux tandis que les longs cheveux bruns de l'arrière lui tombaient en cascade sur le cou et sur le front. Son visage souriant le regarda une demi-seconde puis ses lèvres rouges s'écrasèrent sur les siennes. Leurs langues se rencontrèrent et elle enfonça ses hanches étroites contre lui, à la fois séductrice et subtile. Il regarda ses yeux vert émeraude.

— Hello, dit-elle essoufflée. Regarde-toi, tu as l'air sexy, comme le jour de la remise des diplômes à l'École navale.

Elle lui passa la main dans les cheveux, puis se mit à genoux et rit.

— Je fais l'envie de toutes les filles.

— Tu n'es pas mal non plus, dit Peter Vornado.

Sa voix de baryton était devenue douce. Il regarda Rachel, étonné que ce corps mince eût pu donner naissance à leurs trois enfants, encore plus surpris que ce visage si charmant fût celui d'une femme qui l'aimait. Bien qu'ensemble depuis seize ans, il semblait toujours vivre dans un rêve. Et, comble du bonheur, ce sentiment semblait réciproque.

— Essai ! cria en triomphe la voix de son fils de huit ans à l'autre bout du terrain.

— Certainement pas ! Faute : il y a en avant, Papa ! cria sa fille qui paraissait plus mûre que ses douze ans.

— Est-ce que ce n'est pas supposé être un sport de contact ? demanda Vornado à son épouse en lui souriant.

— Si je ne me trompe pas, je te touche, non ?

Elle sourit, ses dents blanches étaient une invitation. Ses lèvres se posèrent de nouveau sur les siennes, lui rappelant la promesse du moment où les enfants dormiraient.

— Bien sûr.

Vornado lui sourit.

Elle se pencha encore et l'embrassa de nouveau avec avidité, mais le baiser fut si court qu'il se demanda s'il avait été réel. Elle souriait toujours lorsque deux pieds s'arrêtèrent près d'eux.

— Eh, vous deux, les paresseux ! interrompit la voix de leur fille Marla. Vornado s'allongea sur les coudes et regarda l'élégante jeune fille qui, hier encore, n'était qu'une petite fille, qui s'habillait à présent comme un mannequin et se comportait comme une femme. Elle se tenait au-dessus d'eux. Elle plissait le nez et souriait. Un garçon essoufflé arriva en courant et parut dégoûté de la scène. Peter Junior était maigre et plus petit que ses camarades, mais c'était un élève motivé, gai et il aimait le sport. Pour une fois, il était d'accord avec sa sœur.

— Exactement, les paresseux. Il jeta la balle sur la poitrine de Vornado qui, sous l'effet de la surprise et de la douleur, s'assit.

— Excuse-moi, dit Vornado en adressant un clin d'œil à Rachel. Je suis obligé de lui botter l'arrière-train. Il se releva et regarda le gamin s'enfuir.

Vornado mesurait un mètre quatre-vingt-cinq. À trente-huit ans, il avait conservé une musculature impressionnante de ses années de marathon et de vélocross. Une mèche de cheveux blond-gris tombait sur son front. Il avait les yeux bleu clair, une solide ossature avec des pommettes marquées et une mâchoire carrée. Sa belle peau sans rides était bronzée, même en hiver. De loin, on lui aurait donné dans les vingt-cinq ans. Ce n'était que de près que l'on remarquait les rides au coin des yeux, la peau légèrement burinée de ses joues et de son front, mais les signes de l'âge ne faisaient qu'ajouter à son air naturel d'autorité.

Vornado se lança dans un sprint en direction de la ligne de but, attrapa son fils et le fit rouler dans l'herbe. Il chatouilla le jeune garçon avec un rire sonore. Lorsque Peter demanda grâce, Vornado le laissa partir et se redressa. Il regarda la clairière de la forêt de pins dense, s'émerveillant de la paix, de la beauté et du silence.

Soudain ce silence fut rompu par un bruit insolite. Tout d'abord, Vornado pensa qu'il s'agissait d'un effet de son imagination, mais, un moment plus tard, il était de nouveau là – un claquement, une vibration. Le bruit se fit de plus en plus fort, s'amplifiant en un grondement de puissant moteur. Il regarda Rachel dont le visage s'était assombri. Vornado ressentit une soudaine tension, un éclair de nervosité et sa gorge se serra. Il essaya de se défaire de cette sensation en se persuadant qu'il s'agissait d'un hélicoptère de surveillance, de sauvetage, ou de lutte contre l'incendie. Le bruit s'amplifia jusqu'à ce que Vornado puisse sentir le fracas des puissants rotors dans sa poitrine. L'hélicoptère géant, enfin visible, descendit au-dessus du sommet des pins. L'appareil pouvait sans problème se poser dans la clairière, mais le cercle décrit par son rotor était si large qu'il allait étêter les arbres les plus proches. Le bruit du rotor augmenta soudain de façon fracassante.

— Papa ! Papa ! Regarde, cria son fils en montrant du doigt et en sautillant.

De chaque côté de l'hélicoptère en approche volaient deux petits hélicoptères d'attaque Apache. Ils évoluaient au-dessus des arbres et surveillaient le gros aéronef durant sa descente. Vornado reconnut dans le gigantesque hélicoptère gris un SH-60B Seahawk. Son logo était constitué d'une étoile placée au milieu d'un cercle avec trois bandes de chaque côté et, en grandes lettres capitales, US NAVY.

Les patins du Seahawk touchèrent le sol au milieu du jardin ; les rotors se mirent à tourner au ralenti. Les arbres de la forêt se courbaient sous le souffle produit par l'engin, l'herbe se couchait comme pour protester. Vornado regarda en clignant des yeux dans le soleil l'escorte des hélicoptères d'attaque tandis que trois membres d'équipage vêtus d'une combinaison de Nomex apparaissaient à la porte coulissante arrière du Seahawk. Deux hommes étaient équipés de pistolets automatiques MAC-10 parés à tirer et portaient des ceintures porte-grenades. Le troisième, le plus gradé, avait à la ceinture un 9 mm dans un étui. Il gardait une main sur son holster, comme un agent de police lors d'une dangereuse intervention. L'homme au holster regardait Vornado, les deux autres scrutaient les alentours avec méfiance. Le chef examina quelque chose dans sa main, puis s'approcha lentement de Vornado. Lorsqu'il fut suffisamment proche, Vornado vit que l'homme regardait une photo. Une photo de Peter Vornado.

Grand, l'air menaçant, large de carrure, âgé d'une trentaine d'années, cheveux coupés en brosse, l'homme cria pour couvrir le rugissement du rotor.

— Peter Vornado ?

Vornado acquiesça.

— Qui êtes-vous ?

Sur la combinaison de l'homme il n'y avait ni insigne ni nom ou autre. Il sortit un portefeuille en cuir qui contenait une carte d'identité militaire de l'US Navy et la présenta à Vornado.

— Capitaine de corvette Alex Detmer, dit-il.

— Vous appartenez à l'escadrille ou au quartier général ?

— DRM, dit laconiquement Detmer. Direction du renseignement militaire, section marine.

— Qu'est-ce que c'est que tout ça ? demanda Vornado, en désignant d'un signe de tête le Seahawk et les Apache en stationnaire.

— Une urgence, commandant. Vous devez nous suivre.

Stupéfait, Vornado serra les mâchoires. Le visage de Detmer affichait une expression sérieuse et ses hommes étaient équipés d'armes automatiques lourdes et l'hélicoptère de la marine était protégé par deux hélicoptères d'attaque lourdement armés. Il essaya de se souvenir d'une telle situation où des hélicoptères d'attaque de l'armée gardaient un hélicoptère de la Navy et se rappela que cela s'était produit une seule fois. La situation était certainement critique.

— Pouvez-vous me fournir quelques explications ? demanda Vornado en jetant un coup d'œil en direction de ses enfants qui regardaient, terrifiés, les trois hélicoptères.

Le regard méfiant de Rachel restait figé sur les pistolets automatiques des hommes qui entouraient son mari.

— Négatif, commandant. Nos ordres sont de vous octroyer dix minutes pour préparer vos affaires.

Vornado commença à ressentir un mal de tête, une légère douleur derrière les yeux qui se déplaçait vers les tempes et devenait lancinante à l'intérieur de son crâne.

— Allons-y, dit Vornado.

Il s'approcha de la maison en attirant Rachel contre lui. Detmer les suivait. L'un des hommes assura la garde près du Seahawk. Le second accompagna Detmer.

— Tu vas partir avec eux ? demanda Rachel à voix basse.

Il acquiesça de la tête.

— Ai-je le choix ?

— Ils ne t'ont pas dit ce qui se passait, n'est-ce pas ?

— Non.

— Tu pourrais appeler Smokin'Joe. Pour t'assurer au moins qu'il est au courant.

Vornado réfléchit un moment et se demanda ce que cela signifierait si Joe Kraft ne savait rien. Il approuva d'un signe de tête.

— Cette foutue machine va finir par réveiller le bébé, se plaignit Rachel.

— Au moins si elle est réveillée, je pourrais lui dire au revoir.

Le moniteur accroché à la ceinture de Rachel s'alluma soudain. Le bébé de deux ans pleurait, paniqué par le bruit.

— Peter, fais-les rester hors de la maison, dit-elle tandis qu'ils approchaient de la terrasse de l'arrière du chalet en bois.

Elle entra pendant qu'il parlait avec Detmer qui adressa un signe de tête à son subordonné. Detmer suivit Vornado à l'intérieur de la maison tandis que le garde restait sur la terrasse.

Vornado se précipita dans le bureau du rez-de-chaussée et mit son ordinateur jusqu'à sa mallette. Il monta les marches de l'escalier quatre à quatre jusqu'à la salle de bains, trouva un tube d'aspirine et avala quatre cachets sans eau. Le goût de médicament lui emplit la bouche ; il espérait que, cette fois, le mal de tête lancinant cesserait. Il cligna plusieurs fois les yeux, se forçant à ignorer la douleur, prépara une trousse de toilette et jeta quelques vêtements dans un petit sac de cuir. Il n'avait pas apporté d'uniforme avec lui en vacances et donc, où qu'il aille, ils devraient l'accepter en jeans, chaussures de marche et polo de golf. Il sortit un veston marron usagé, échangea sa montre de sport en plastique contre une Rolex Submariner bleue puis, furtivement, jeta un coup d'œil vers la porte de la chambre et prit le combiné sans fil du téléphone. Il se tenait près de la fenêtre, loin de la porte, et regarda le Seahawk qui semblait attendre avec impatience dans la clairière tandis qu'il composait un numéro mémorisé.

La voix féminine au téléphone était froide et impersonnelle.

— ComSubRom Huit, lieutenant de vaisseau Monroe, cette ligne n'est pas sécurisée, que puis-je pour vous, monsieur ?

— Melissa, passez-moi Kraft, ordonna Vornado d'un ton ferme.

— Oui, commandant, je vais vous passer l'amiral, dit-elle d'une voix adoucie.

Detmer entra dans la pièce. Vornado se demanda s'il essaierait de couper la communication, mais il se tint à distance et regarda Vornado. Il ne fallut que dix secondes à l'amiral pour répondre.

— Hello, Peter, dit le vieil homme, d'une voix enrouée par le tabac et le bourbon. Je crois deviner que vous avez des visiteurs.

— Ils sont ici, amiral. Est-ce que cela vient de vous ? Vous ne pouviez pas me prévenir, ou m'envoyer plus simplement une voiture ?

— La situation est trop critique et nous n'avions pas le temps.

La voix de l'amiral était monocorde et animée. Il lui manquait son habituel ton enjoué.

— Allez-y, Peter. On vous expliquera. Bonne chasse.

L'amiral raccrocha. Vornado regardait le téléphone stupéfait en pensant à la dernière fois qu'il avait entendu l'amiral utiliser cette phrase.

Rachel entra dans la pièce, l'air perdu et déçu. Elle portait dans les bras Erin, âgée de vingt-deux mois, aux cheveux blond platine et aux yeux bleu saphir. Elle avait les mêmes superbes traits que sa mère. Le bébé lui adressa un sourire charmeur.

— Pa-pa ! dit-elle en tendant les bras vers Vornado.

Il la prit dans ses bras. Le corps de l'enfant réveillé de sa sieste de l'après-midi était tiède. Vornado jura en lui-même. Il n'avait absolument pas envie de quitter sa famille et le chalet. Quel que soit le souhait de Kraft, cela n'annonçait rien de bon.

Detmer, qui s'était retiré dans le hall, l'interpella.

— Commandant, c'est l'heure.

— Papa, raconte ? demanda Erin.

Sa petite voix et ses fautes de prononciation le faisaient fondre. Elle aimait la caisse de livres qu'il avait achetée pour elle au début de la semaine et, s'il la laissait faire, elle passerait toutes ses journées accrochée à ses genoux pour qu'il lui raconte des histoires. Il regarda son petit visage implorant et sourit sans conviction.

— Papa doit aller travailler, ma chérie, lui dit-il gentiment.

— Non, papa, pas travailler, protesta-t-elle.

Vornado jeta un regard en direction de Rachel qui semblait toujours ennuyée et anxieuse.

— Marla, appela Vornado.

Sa fille se tenait sur le pas de porte de la chambre avec Peter Junior. Tous les deux le regardaient.

— Emmène Erin en bas et donne-lui son goûter. Peter, aide ta sœur.

Il embrassa Erin et la mit dans les bras de Marla, bien que la petite fille s'accrochât à lui. Les enfants quittèrent la pièce et descendirent lourdement les marches. Le bébé continuait de gazouiller.

— Peter, dit Rachel, que penses-tu de tout cela ?

— Je ne suis pas sûr, dit Vornado.

Si l'amiral Kraft avait interrompu ses vacances avec une telle précipitation, c'est qu'il se passait quelque chose de grave. Durant un instant, Vornado s'inquiéta pour la sécurité de sa famille, mais il ôta cette idée de son esprit.

— Ce n'est peut-être rien, mentit-il. Un de ces foutus exercices.

À travers la fenêtre, Rachel regarda l'énorme Seahawk et les Apache dans les airs, puis elle se tourna vers lui. Sa voix tremblait lorsqu'elle répondit :

— Oui, un exercice.

— Commandant, affirma Detmer d'un ton de moins en moins courtois. Suivez-moi tout de suite ou je suis autorisé à vous emmener de force.

Vornado l'ignora et embrassa sa femme. Elle lui rendit son baiser puis l'étreignit. Il s'écarta, prit son sac et quitta la chambre. Elle le suivit dans le hall. Les enfants se tenaient près de la porte.

— Au revoir, ma chérie, dit-il à Rachel, voyant ses yeux humides qui le regardaient fixement. Peter, tu es l'homme de la maison. À toi de prendre le quart, lui dit-il en lui pressant l'épaule. Marla, je t'aime ma grande, obéis bien à ta maman. Au revoir, Erin.

Il se pencha pour embrasser la plus jeune des Vornado qui lui posa un baiser mouillé sur les lèvres et lui sourit.

— Au revoir travail, Papa, dit-elle, usant de son expression habituelle lorsqu'il partait travailler.

Vornado saisit ses affaires et sortit. Il détestait les au revoir et se pressa avec Detmer jusqu'à l'hélicoptère. Les sous-officiers les rejoignirent, pistolets automatiques pointés vers le ciel. Vornado s'approcha du Seahawk vrombissant et grimpa à l'intérieur, suivi des hommes d'équipage. Il fallut un moment pour que sa vue s'accommode à l'éclairage parcimonieux de l'appareil. Il s'assit sur un siège en toile, fixa son harnais de sécurité et regarda par le hublot de gauche. Tandis que le dernier homme de Detmer embarquait, Vornado aperçut par l'entrebâillement de la porte de droite Rachel qui courait vers l'hélicoptère.

— Attendez, cria Vornado en tapant sur l'épaule de Detmer.

Il se pencha par la porte à moitié ouverte tandis qu'elle courait à perdre haleine dans sa direction.

— Que se passe-t-il ? lui demanda-t-il.

— Tu as oublié ça, dit-elle.

Même soucieux, le visage de Rachel conservait sa beauté. Elle lui tendit une médaille en or de saint Christophe, la lui passa autour du cou puis elle l'embrassa.

— S'il te plaît, sois prudent, dit-elle en essayant de couvrir le grondement des rotors. Et n'enlève pas cette médaille. J'ai vraiment un mauvais pressentiment concernant tout cela.

— Ne t'inquiète pas, tout se passera bien, ma chérie, mais merci, dit Vornado en glissant la médaille sous son T-shirt.

Il sentit une main qui le tirait à l'intérieur de l'appareil et la porte se ferma.

Les moteurs accélérèrent. L'appareil frémit et le fuselage s'inclina fortement vers l'avant pendant le décollage. Le sol s'éloigna et la cime des arbres se trouva soufflée sur leur passage. La vallée s'estompa dans le lointain alors que l'hélicoptère accélérait à une vitesse incroyable. Le Seahawk rasait la cime des arbres, comme si le pilote s'attendait à se faire tirer dessus à n'importe quel moment. Un peu derrière eux sur la gauche, volait un des Apache, un engin vicieux qui paraissait prêt à partir au combat à chaque instant. Vornado se demanda si l'urgence qui l'avait extrait de son chalet dans la Shenandoah Valley était si grande pour que les pilotes dussent agir comme s'ils survolaient une zone de combat. Vornado sentit son estomac remonter lorsque l'hélicoptère s'éleva brutalement puis replongea pour suivre les courbes de niveau de la campagne virginienne.

— Monsieur Detmer, cria Vornado au barbouze des services de renseignements, où allons-nous ?

— Vers l'océan Atlantique au large de Virginia Capes, à environ cent soixante nautiques à l'est d'Hampton Roads, dit Detmer.

Vornado ferma les yeux. Le mal de tête dardait dans ses tempes, mais au moins ce n'était pas la sensation de marteau-pilon qu'il avait éprouvée au moment où le Seahawk était arrivé.

Au bout d'une heure, le bruit du moteur de l'hélicoptère changea, les rotors ralentirent, puis accélérèrent, pour ralentir de nouveau. Vornado ouvrit les yeux et regarda par le hublot. L'Apache était toujours là, mais il ne voyait qu'une étendue bleue d'océan jusqu'à l'horizon. Les vagues se rapprochaient lentement et régulièrement jusqu'à ce que l'hélicoptère ne se trouvât plus qu'à quelques dizaines de mètres au-dessus de la surface. Ils réduisirent la vitesse et l'océan parut immobile. La proximité des vagues devenait inquiétante. Vornado aperçut une forme noire par le hublot, ce dont il s'était douté.

Detmer ouvrit les portes de l'hélicoptère en les faisant coulisser. Le soleil se réverbérait sur l'océan et inonda l'intérieur de l'appareil. Celui-ci n'était plus qu'à une trentaine de mètres au-dessus du massif. Il survolait une mer hachée. Le rugissement des rotors envahit la cabine. Juste en dessous de la porte, en surface, un sous-marin nucléaire flottait sans trace de sillage. On pouvait distinguer le haut du massif. Dans la baignoire se trouvaient deux officiers. Un périscope était hissé ainsi qu'un mât radio, un peu en arrière. Sur le pont cylindrique, une équipe d'hommes revêtus d'un gilet de sauvetage attendait.

— Commandant, enfilez cette brassière de sauvetage par-dessus votre harnais !

Vornado obéit. Pendant ce temps, Detmer attacha le sac de Vornado à un câble et le descendit sur le sous-marin, puis il remonta le câble et l'amarra au harnais de Vornado.

— Paré, commandant ?

De la tête, Vornado fit signe que oui et Detmer l'aida à passer la porte.

— Bonne chance ! lança Detmer en tapant vigoureusement sur l'épaule de Vornado. Et bonne chasse !

Vornado lui fit un signe et s'extirpa lui-même hors de l'hélicoptère. Le câble oscilla dans les airs. Il lui sembla rester en suspens durant un long moment, jusqu'à ce qu'enfin l'équipe de pont l'attrape et que ses bottes touchent le sous-marin. Le chef d'équipe, un lieutenant de vaisseau portant une plaque nominative au nom de Logan, lui sourit tout en larguant le harnais de Vornado.

— Heureux de vous revoir à bord, commandant.

3

Le capitaine de frégate Peter Vornado adressa un signe de tête aux deux hommes sur le massif. Ses pattes d'oie au coin des yeux se plissèrent.

— Content de vous revoir, monsieur Logan, mais pour le prochain appareillage j'aimerais bien que vous m'attendiez à quai. Une idée de ce qui se passe ?

— Nous espérions que vous pourriez nous apporter quelques éléments, commandant. Il vaudrait mieux se dépêcher de descendre. Le second veut que nous reprenions l'immersion à vitesse maximum dès que possible.

Vornado se glissa par l'échappée avant. Le bleu profond de l'Atlantique disparut. Il se trouva soudain agressé par l'odeur électrique du bâtiment. C'était une odeur unique d'huile, de gaz d'échappement de diesel, de graisse de cuisine et d'ozone, une odeur qui lui rappelait le danger imminent. Le sas de sauvetage faiblement éclairé descendait sur trois mètres soixante à l'intérieur des entrailles du bâtiment. Les pieds de Vornado atterrirent au niveau de la cafétéria, au pont milieu. Au-dessus de sa tête, un haut-parleur de diffusion générale annonça : « Le commandant monte à bord ! »

Vornado se pressa de rejoindre l'échelle d'accès au pont supérieur et au CO. L'espace étroit, bourré de câbles, de vannes, de tableaux, de consoles et d'écrans lui était plus familier que sa propre maison. Il avait grandi dans des CO de ce type, pensa-t-il, aussi confortables que la chaire d'un pasteur ou que le cockpit d'un pilote. C'était dans ce genre d'espace qu'il avait acquis son expérience, où il était devenu ce qu'il était. Au centre de la pièce se trouvait une rambarde en acier inoxydable et la plate-forme surélevée des périscopes d'où l'officier de quart dominait la situation.

Une voix venant de l'arrière annonça : « Le commandant au CO ! »

Un des périscopes était hissé et un officier avait le visage collé contre le module optique. Un second officier se tenait près de lui, un homme grand, élancé et robuste, un peu plus petit que Vornado, au visage tanné et affable, avec une barbe de plusieurs jours sur une mâchoire carrée, des yeux marron et pénétrants. Ses cheveux noirs étaient striés de gris. Sur sa combinaison bleue étaient agrafés des dauphins dorés, les coins de son col portaient des feuilles de chêne dorées et sur sa plaque nominative on lisait WILLEY. Lorsque Vornado s'approcha de lui, ses yeux se plissèrent, manifestant une sincère estime. D'un discret clin d'œil, il montra sa connivence avec Vornado.

— Content de vous retrouver, commandant, dit-il avec un accent du Sud, mélange de l'est du Texas et de l'ouest de la Louisiane.

Il tendit une main que serra Vornado.

— Merci, second, dit Vornado.

— Le dernier homme est en bas, parés à plonger ! Vérifications faites par le maître principal Matthiews et par le lieutenant de vaisseau Farragut, annonça Logan à la cantonade.

Vornado leva un sourcil en regardant Willey et lui demanda calmement :

— Route prévue et vitesse ?

— Route au 1-4-5, répondit d'une voix traînante le second, vitesse maximum.

Constatant la surprise de Vornado, il confirma sa réponse d'un signe de tête.

— Maître de central, faites régler à vitesse maximum, reprenez la route prévue. Ralliez le point marqué sur la route. Je vais dans ma chambre débriefer avec le second.

L'officier de veille au périscope écarta la tête juste le temps de répéter l'ordre de Vornado. Il recolla le visage contre le viseur et ordonna :

— Maître de central, immersion rapide cent quatre-vingts mètres. Pilote, en avant deux tiers.

Le pont prit une assiette négative pendant que Vornado remontait prudemment jusqu'à sa chambre suivi de Willey.

— Le commandant quitte le CO, annonça l'homme de quart à la console de navigation électronique.

Derrière lui, dans la partie avant du CO, Holmes, l'officier de quart, continua à faire des tours au périscope jusqu'à ce que le sous-marin se trouve trop profond pour percevoir la lumière de la surface. Il lâcha le périscope puis se pencha au-dessus du siège du maître de central et claqua des doigts trois fois.

— Aboule, mec, dit-il.

Le maître de central sortit un billet de vingt dollars et le lui passa par-dessus l'épaule.

— Tu avais raison, CGO[1], dit le maître de central.

Pour le commandant, c'est comme s'il se faisait hélitreuiller tous les jours sur le sous-marin en transit.

— Je te l'avais dit. Il est aussi calme que l'eau de mer à immersion max. C'est une vraie mécanique.

Dans sa chambre, Vornado saisit le bord de son bureau escamotable tandis que l'assiette négative du sous-marin continuait à s'accentuer. Il prit un uniforme dans le placard et enleva ses vêtements civils en luttant pour garder son équilibre sur un pied malgré la forte inclinaison du sous-marin.

Alors qu'il remontait la fermeture Éclair de sa combinaison, un craquement puissant, tel un grondement, résonna au plafond, montant crescendo et se terminant en une détonation. Vornado sourit en pensant aux nouvelles recrues à bord qui devaient courber le dos en entendant ce bruit effrayant. Après dix ans de mer, Vornado savait que c'était la coque qui se comprimait sous l'effet de la pression et de l'immersion. Sous ses pieds, tandis que le sous-marin accélérait à vitesse maximum, le pont commença à vibrer et se stabilisa une fois qu'ils se trouvèrent à vitesse de croisière.

Il sortit du cabinet de toilette en uniforme, se sentant presque normal. En enfilant ses chaussettes et ses bottes de sous-marinier à semelle de caoutchouc, il regarda autour de lui la chambre de trois mètres sur trois. Elle était rangée, le lit au carré, avec une tablette à café et des sièges. Une petite table escamotable était abaissée devant le fauteuil du commandant. Sur la cloison, étaient accrochées trois photos, une de l'USS *Hampton* prise d'hélicoptère avec Vornado dans la baignoire, une de Vornado

1. CGO : chef du groupement opérations. Officier chargé de la navigation du sous-marin et de la préparation des opérations ou exercices futurs.

avec Rachel et les deux aînés, la dernière était un portrait d'Erin pris quelques mois auparavant. Les bagages de Vornado étaient soigneusement alignés près de la porte du cabinet de toilette. Vornado fit signe à Willey de s'asseoir, tout en relevant son bureau et en s'affalant dans son fauteuil.

— Alors, second, qu'est-ce que c'est que ce bordel ?

Willey plissa les yeux en regardant Vornado :

— Aucune idée, commandant ! Ce matin encore nous étions en permission. Je partais faire la vidange de ma voiture et, en arrivant sur l'autoroute, je me suis trouvé face à face avec un 4×4 de l'escadrille avec des gendarmes maritimes armés. Ils m'ont ordonné de tout laisser tomber et, lorsque je suis arrivé au quai, l'équipe de permanence de l'escadrille et le personnel de service à bord avaient démarré le réacteur à 8 heures du matin. Ils avaient déconnecté les lignes téléphoniques du quai et consigné l'équipage, les téléphones cellulaires avaient été confisqués, y compris le mien. Le temps qu'ils me récupèrent, le réacteur était paré, l'alimentation terre coupée et les amarres dédoublées. Le reste de l'équipage avait été ramené à bord en voiture, escorté par du personnel de l'escadrille en armes. Partout il y avait des armes, des armes, des armes. Lorsque je suis monté à bord, l'amiral Smokin'Joe Kraft lui-même se trouvait sur le pont arrière, portant lui aussi une arme au côté, comme tous les autres. Il m'a ordonné d'appareiller avec le sous-marin sans toi. Je lui ai demandé ce qui se passait, et il m'a répondu que j'aurai rendez-vous avec toi sur la ligne de sonde des cinquante mètres et que tu me mettrais au courant.

Vornado tapota le bras de son fauteuil avec sa chevalière en platine de l'École navale, comme chaque fois qu'il réfléchissait. Il regarda Willey.

— Ça a dû être difficile pour toi et pour l'équipage d'appareiller sans le commandant à bord.

Willey haussa les sourcils.

— Pourquoi, commandant ? Ça a été un des appareillages les plus calmes que nous ayons connus.

Vornado en laissa tomber sa mâchoire, jusqu'à ce qu'il réalise que Willey lui lançait une pique.

— Espèce de faux-jeton de second, dit-il et Willey éclata de rire.

— Alors Kraft a laissé un ordre d'opération ?

— Oui, commandant, dit Willey. Il m'a fait signer une décharge. J'ai enfermé l'ordre dans mon coffre, mais il est scellé et il n'y a que toi qui puisses l'ouvrir.

Willey disparut par la porte du cabinet de toilette et revint avec une enveloppe.

— Que faisaient les autres bâtiments à quai ? demanda Vornado en ouvrant l'enveloppe. Étaient-ils en train de se préparer à appareiller ?

— Oh oui, les bâtiments étaient en train de larguer les amarres et d'appareiller.

— Et le *Tucson* ?

Le *Tucson* était leur plus sérieux concurrent, avec un commandant original, ami de longue date de Vornado. C'était l'un des sous-marins les plus perfectionnés de l'escadrille, équipé du dernier FY05, un sonar modernisé. Seuls les sonars du *Tucson* et du *Hampton* avaient été modernisés de cette façon, leur permettant d'accomplir des performances comparables à celles du *Seawolf* et du *Virginia*.

— Depuis deux jours, on remplace la batterie du *Tucson*. Il y en a pour deux semaines. Il ne peut donc aller nulle part.

Vornado acquiesça et regarda les deux petites copies d'un ordre au milieu d'une liasse d'ordres d'opération reliés portant le tampon TOP SECRET, *Stolen Arrows*. Les deux derniers mots rendaient la mission encore plus secrète.

Vornado tendit l'un des ordres à Willey et brisa le sceau du second, puis il lut en silence. Au bout de quinze longues minutes, il leva les yeux vers Willey qui le regardait, incrédule. Vornado déglutit bruyamment. Willey secoua la tête et finalement lâcha les deux mots qui correspondaient à la situation :

— Bordel de merde.

Vornado approuva et regarda de nouveau l'ordre d'opération. Un commando terroriste s'était emparé d'un SNA américain et l'emmenait à portée de missile de croisière de Tel-Aviv. Il n'existait que deux options : aller en Méditerranée, ou approcher de la péninsule saoudienne par l'océan Indien. La plus grande partie des forces sous-marines américaines traversait l'Atlantique et pénétrait en Méditerranée par le détroit de Gibraltar. Le *Hampton* avait reçu l'ordre de garder le point d'interception le plus distant, et le plus improbable, de l'entrée de l'océan Indien, au cap de Bonne-Espérance. Les règles d'engagement de l'ordre d'opération donnaient froid dans le dos. Ils devaient intercepter l'*Albany* et le couler.

Vornado sortit de sa chambre pour rejoindre le CO. Il se pencha sur la table à cartes et calcula leur route et leur vitesse en direction de l'Atlantique Sud. Il jeta un coup d'œil sur sa Rolex. On approchait de 16 heures. Il lui était difficile de se dire qu'il se trouvait au fond de l'océan, alors qu'il avait commencé la journée avec ses enfants et sa femme en mangeant des crêpes dans leur maison perdue au fond de la forêt. Il avait l'impression qu'il y avait de cela une éternité.

4

Le dix-huitième jour commençait dans l'obscurité banale des profondeurs de l'océan. Là où il n'y avait rien d'autre que l'eau sombre et glacée, deux cents mètres en dessous des vagues, quelque chose prenait forme, une ellipse de matériau dur fendait l'eau, la mer glissait le long de l'ellipsoïde qui devenait progressivement un cylindre d'acier. Mètre par mètre, le cylindre se prolongeait, jusqu'à un aileron vertical, une tour sans ornement qui pointait vers la surface. L'aileron s'estompait et l'ellipse continuait sur l'arrière jusqu'à se terminer en pointe. Des barres de plongée verticales et horizontales dépassaient, une hélice à sept pales tournait lentement et soulevait l'eau, laissant son sillage derrière l'engin. Plusieurs minutes après le passage de la bête, l'eau bouillonnait puis se calmait. Quelques minutes plus tard, tout redevenait parfaitement calme, comme si le monstre d'acier et de fibre de verre n'avait pas existé et la mer sombre continuait pour la perpétuité d'un temps sans fin. Dans les flancs du cylindre au niveau supérieur du compartiment avant, dans la chambre du commandant, Peter Vornado s'essuyait après sa douche matinale. Il enfila sa combinaison et ses chaussures de mer, resta un moment plongé dans ses pensées, puis fouilla dans un placard, et trouva, suspendue à un crochet, une chaîne en or au bout de laquelle pendait une médaille. Il la caressa du bout des doigts et revit le visage inquiet de sa femme alors qu'il se penchait à la porte de l'hélicoptère. Il entendait encore sa voix résonner dans ses oreilles : « S'il te plaît, sois prudent. Et n'enlève pas ça. J'ai vraiment un mauvais pressentiment. » Il leva la médaille, la passa autour de son cou et la glissa sous son T-shirt.

Il regarda rapidement son visage dans le miroir. La semaine précédente, il avait laissé pousser sa barbe, mais il était surpris de voir comme elle était devenue complètement grise. Elle contrastait bizarrement avec ses cheveux blonds, ses yeux bleus et sa peau claire. Cela le faisait paraître plus vieux de vingt ans. Il prit son rasoir, se passa de la mousse et se rasa. Après s'être séché le visage, il fronça de nouveau les sourcils devant le miroir. Il avait toujours l'air beaucoup plus âgé que la semaine précédente. Peut-être le stress de cette mission, pensa-t-il. Il n'avait pas bien dormi et ses maux de tête empiraient. Vornado se promit de consulter un médecin dès son retour à Virginia Beach.

Il quitta sa chambre et se rendit au CO. Le capitaine de corvette Mark Holmes était de quart à la passerelle. Vornado lui fit un signe et se pencha sur la table à cartes, sur l'arrière bâbord. Ils se trouvaient au point d'interception du Cap depuis dix jours. Vornado avait ordonné au bâtiment de suivre une route en nœud papillon, nord-est sur vingt nautiques, sud sur cinq, ouest sur vingt nautiques, de nouveau sud sur cinq nautiques, puis retour au nord-est pour une nouvelle branche de vingt nautiques. En gardant leur zone de détection en dehors de leurs propres bruits, la manœuvre évitait que leur passage ne perturbe leur veille sonar. À aucun moment, le *Hampton* ne mettait « le vecteur menaçant », la direction d'où était supposé approcher l'*Albany*, dans les baffles, là où les sonars large bande seraient aveugles. Derrière lui, le bâtiment traînait la fine antenne linéaire remorquée, un long transducteur sonar fixé sur un câble, d'un demi-nautique de long, suffisamment éloigné pour se trouver en eaux calmes évitant ainsi le bruit propre du bâtiment, écoutant dans les différentes couches de l'océan et réglé pour entendre la signature émise par les sous-marins de type 688.

Vornado parlait tranquillement à l'officier de quart du matin, Mark Holmes, et au petit chef Mike Logan. Il se pencha au-dessus de la console du répétiteur sonar, puis se rendit au local sonar où le maître principal Bradley avait pris le quart avec un de ses jeunes adjoints. Vornado leva les paumes des mains comme pour demander « quelque chose ? » et Bradley secoua la tête gravement, une moue sur les lèvres.

B.K. Dillinger prit trois cigares cubains Montecristo dans la réserve du commandant de l'*Albany* conservée dans un coffre et se rendit au CO. Il était le dernier. Tout l'équipage était présent, à part les hommes de quart au PCP et quelques personnels de Buffalo dans le local torpilles. Steve Flood lui tendit un casque audio. Dillinger ajusta le micro et vérifia le circuit. Le chronomètre de bronze indiquait qu'il était un peu plus de 14 heures GMT[1].

— Lionel, dit Dillinger à son jeune adjoint ASM[2], préparez les tubes 1 et 2 et ouvrez les portes extérieures.

Lionel Tonelle accusa réception de l'ordre depuis le poste de contrôle des armes. Le jeune officier avait proposé une approche originale du point d'étranglement du cap de Bonne-Espérance où Patty Schluss était persuadé que la marine américaine aurait un sous-marin en embuscade. Dillinger avait prévu d'allonger le transit de cinq jours et de passer très au large du Cap afin d'éviter une telle rencontre. Mais Lionel avait envisagé une solution qui leur permettait d'approcher le Cap. Le jeune homme proposait de récupérer les données d'une des torpilles Mark 48 et de les utiliser dans le sonar actif BQQ-5E. Le sonar de la torpille, en mode passif d'écoute uniquement, naviguerait vingt nautiques devant eux pour capter le signal acoustique d'un sous-marin placé en embuscade. Le plan était parfait, car utiliser une torpille comme « senseur hors bord » signifiait qu'ils détecteraient un ennemi avant d'être eux-mêmes détectés.

Un sous-marin américain tapi au large du Cap détectant une torpille en approche deviendrait absolument fou et tenterait une action d'évasion d'urgence en faisant demi-tour et en s'écartant à vitesse maximum. Un sous-marin en attente était pratiquement silencieux, mais un sous-marin à vitesse maximum ferait autant de bruit qu'une collision de trains. Dillinger passerait la torpille de sa situation d'éclaireur à la position arme et la Mark 48 poursuivrait l'adversaire et le coulerait. Même si la torpille se trouvait à court de carburant avant de détruire le sous-marin en embuscade, elle aurait fait son travail en provoquant la fuite de l'adversaire. Dillinger pourrait lancer contre lui une salve, à sa convenance.

— Tubes 1 et 2 parés, commandant, portes 1 et 2 ouvertes.

— Très bien, Lionel, sélectionnez les préréglages et lisez-les-moi.

— Torpille 1.

---

1. Heure du méridien de Greenwich, utilisée de façon universelle. Également appelée « heure Zulu ».

2. Combat. Lutte anti-sous-marine.

Lionel récita la liste des préréglages de la torpille, programmant l'arme pour effectuer une recherche en spirale à vitesse lente, à l'immersion optimum pour entendre un contact sous-marin, environ deux cents mètres et, le plus important, lui imposer un plafond de cinquante mètres évitant toute détection en surface. Une torpille touchant de façon accidentelle un navire marchand dans les chenaux ultrafréquentés du cap de Bonne-Espérance s'avérerait un désastre. Si cela se produisait, jamais ils ne parviendraient jusqu'au golfe Persique.

— Parés ? Lionel, lancez tube 1 dans le relèvement programmé.

Lionel configura l'écran, enclencha la commande « prêt » puis « feu ». Le pont vibra tandis qu'un violent rugissement claquait dans les oreilles de Dillinger. L'air à haute pression chassait l'eau du tube qui propulsait l'arme d'une tonne et demie. Cet air était renvoyé à l'intérieur du sous-marin, ce qui évitait de faire des bulles à l'extérieur, mais la surpression se révélait pénible pour les tympans sensibles.

Flood s'était équipé d'un casque au sonar. Il leva le pouce.

— Bon pour la torpille.

Dillinger lui adressa un signe de tête approbateur. Il n'aurait pas apprécié que son arme se retourne contre lui. Il entra dans le local sonar et regarda par-dessus l'épaule de Lionel. L'écran s'actualisait d'après les informations transitant par le fil de la torpille. Cela ressemblait un peu à un écran radar, mais au lieu de former une vue circulaire, comme le faisait un radar, le centre de l'écran paraissait horizontal. Un point brillant sur la droite indiquait qu'une unité avait été détectée. De même, un point à six heures indiquait une détection plus profonde. Le programme de contrôle au combat indiquait la distance et le relèvement estimés de la torpille par rapport au bâtiment. Au cas où Lionel détecterait quelque chose sur son écran, Merc, connaissant la position de la torpille, pourrait définir le relèvement et la distance du but par rapport à son point de détection.

Il n'y avait plus qu'à attendre. Dillinger déballa un Montecristo et l'alluma. Un moelleux nuage de fumée enveloppa son visage. Dans une heure, il lancerait une seconde torpille de reconnaissance à dix nautiques devant eux, la première torpille, à court de carburant, coulerait. Dillinger déplia le siège sur la plate-forme des périscopes et s'assit en tirant sur son cigare. Steve Flood le rejoignit.

— Eh bien, Steve, dit Dillinger en soufflant un anneau de fumée. Si quelqu'un se trouve en embuscade à nous attendre, il va avoir une désagréable surprise.

— Commandant, interrompit Lionel, nous avons une détection. Regardez l'écran Q-5.

Pour quelqu'un qui ne le connaissait pas, la voix de Lionel paraissait aussi normale que s'il annonçait que le dîner allait être servi. Mais Dillinger connaissait son officier ASM. Lionel était anxieux, excité et peu sûr de lui.

Dillinger se précipita au local sonar et se pencha par-dessus le fauteuil à haut dossier de Lionel. Alors que la torpille décrivait des spirales, des points sur un côté de l'écran apparaissaient, puis se déplaçaient vers le quadrant suivant tandis que les points du précédent quadrant s'effaçaient. Dillinger se mordit les lèvres, attendant le prochain virage de la torpille. La détection réapparut, et même plus nette.

— On le tient, dit Dillinger. Vous pouvez passer les torpilles en mode d'attaque ?

— Absolument, commandant.

Peter Vornado ferma la porte de sa chambre après son dernier passage rapide à la table à cartes et au répétiteur sonar du CO. Il s'effondra dans son fauteuil. Il réfléchissait à l'aspect le plus inquiétant de cette mission, à savoir que les amiraux de l'état-major ne partageaient pas son optimisme, comme le prouvait le message d'intervention d'urgence qu'ils avaient envoyé. À mi-chemin de leur patrouille, ils avaient été rappelés à l'immersion périscopique par un message ELF[1] – ce système original, qui nécessitait une puissance phénoménale et des émetteurs radio de la taille d'un village, auquel il fallait vingt minutes pour émettre un seul caractère, permettait de rappeler un sous-marin à l'immersion périscopique pour recevoir un message urgent depuis les satellites de transmission rapide. Lors de leur passage à l'immersion périscopique, ils avaient reçu un message d'intervention d'urgence qui lui avait glacé le sang, un ordre qu'il n'aurait jamais cru lire un jour, celui d'employer des missiles anti-sous-marins RUR-5 Delta Subroc

1. *Extreme low frequency.* Ondes radio très basse fréquence.

à charge nucléaire contre l'*Albany* dans le cas où il estimerait le *Hampton* en danger.

Aucun commandant de sous-marin n'avait jamais reçu ce type d'ordre dans toute l'histoire des armes nucléaires. Les deux Subroc récemment embarqués avaient été qualifiés par Vornado lui-même d'inutiles, car ils ne pouvaient être utilisés dans le feu du combat contre un ennemi sous-marin. Leur lancement nécessitait une remontée à l'immersion périscopique pour recevoir une autorisation. Seul le président pouvait la délivrer. Mais la permission était là, couchée sur le message, autorisant Vornado à prendre l'initiative et lui ordonnant de lancer une arme nucléaire contre l'*Albany* si l'affrontement devenait critique. Et c'était même plus sérieux qu'il ne le pensait.

Les nouveaux Subroc différaient de leurs prédécesseurs, des missiles muets qui déployaient une bombe sous-marine beaucoup trop près du bâtiment lanceur. Ces derniers avaient représenté des armes suicidaires durant la guerre froide. Les nouveaux RUR-5 Delta étaient essentiellement des missiles de croisière Block V Tomahawk qui volaient sur cent nautiques ou plus et faisaient sauter la charge sous-marine nucléaire W-44 directement sur l'ennemi, ou suffisamment près. Tant que l'ennemi se trouvait dans un rayon de vingt nautiques, une charge relativement réduite de dix kilotonnes explosait. La coque de l'adversaire serait déchiquetée. Bien entendu, l'utilisation d'une charge nucléaire restait une décision délicate car elle rendrait impraticable tout un secteur. Il faudrait des jours et des jours pour entendre de nouveau le bruit d'un sonar dans la zone de l'explosion. Un ennemi à la limite de la zone d'explosion pourrait en tirer avantage pour s'enfuir et se remettre en embuscade contre le bâtiment lanceur. Les Subroc avaient été chargés durant les vacances de Vornado. Toutes les torpilles Mark 48 Mod 6 avaient été remplacées par des Mod 5, plus vieilles mais plus sûres. La justification donnée à ce remplacement était que les torpilles Mod 6 étaient sensibles aux contre-mesures acoustiques et pouvaient être leurrées, tandis que les vieux modèles étaient plus résistants, même s'ils accusaient un ou deux milles de portée en moins.

Vornado fut interrompu dans ses pensées par le déclic du haut-parleur de la diffusion générale qui n'aurait jamais dû être utilisée en situation supersilence et la voix stressée de l'officier de quart annonçant les mots les plus effrayants que puisse entendre un sous-marinier :

— Torpille en approche ! Torpille en approche !

5

Vornado se leva si brutalement que son siège alla s'écraser contre la cloison. Il ouvrit la porte de sa chambre et se précipita au CO. Tout ce qu'il avait entendu raconter concernant la peur intense se révéla vrai. Il était devenu tellement conscient des événements autour de lui que le temps paraissait s'allonger. Bien qu'il fût en train de courir pour rejoindre le CO, il avait l'impression de se déplacer très lentement. L'officier de quart avait le visage crispé par la peur, les yeux écarquillés, les mains tremblantes. Vornado, à plus d'un mètre cinquante de l'écran, regarda l'affichage du sonar et son regard se fixa sur une large trace verticale brillante au nord-ouest.

Lorsque l'officier de quart, Mark Holmes, aperçut le commandant, il se retourna et essaya de débiter aussi vite que possible le résumé de la situation, mais cela sembla durer une éternité.

— Commandant, le sonar a détecté une torpille Mark 48 ADCAP, en rapprochement dans l'azimut 3-3-2. J'évolue pour nous éloigner de la torpille à vitesse maximum et mon intention est de lancer trois torpilles dans l'azimut...

Vornado allait acquiescer de la tête mais quelque chose lui sembla sonner terriblement faux. Dans un flash, une image se forma dans son esprit, puis il la perdit. Désorienté, il cligna des yeux se demandant si l'adrénaline qui faisait battre son cœur interférait avec son jugement ou si des maux de tête pouvaient être le symptôme d'un quelconque dysfonctionnement de son cerveau. Le flash réapparut, plus éclatant, plus fort. L'image nimbée de lumière persista – un requin édenté portant un bandeau sur les yeux. Vornado marqua un temps d'arrêt, doutant de ce qu'il avait perçu. Mais lorsqu'il essaya de l'examiner à nouveau, la vision s'évanouit. Il se demandait si l'image provenait de sa propre intuition, ou bien de l'extérieur de lui-même.

À la détection d'une torpille, la réaction d'urgence habituelle consistait à foncer le plus vite possible, les machines émettant mille fois plus de bruit. Mais si, pour une raison quelconque, cette torpille était inoffensive, s'enfuir de cette façon bruyante ne ferait qu'alerter ceux qui l'avaient lancée. Un requin aveugle et sans dents, pensa Vornado.

— Attendez, attendez, lança Vornado.

Les yeux de l'officier de quart s'écarquillèrent. Tout autour de lui le CO était en pleine effervescence tandis que les hommes ralliaient précipitamment le poste de combat – action réflexe à l'annonce de la détection d'une torpille.

— Central, à gauche vingt, venez au 2-7-0, aboya Vornado.

Il vérifia le transmetteur d'ordres au PCP – l'aiguille indiquait toujours avant un tiers. Holmes n'avait pas ordonné au bâtiment d'accélérer à vitesse maximum.

— Le commandant prend la manœuvre, annonça Holmes.

Les ordres du commandant au central lui transféraient automatiquement la responsabilité du bâtiment et en relevaient Holmes.

Vornado enfila un casque et s'empressa de régler son micro tout en affichant l'image du sonar large bande.

— Sonar du commandant, dit Vornado dans son micro. Vous avez une vitesse écoute sur la torpille ?

Si les hommes du module sonar respectaient les procédures plutôt que de céder à la panique, ils devaient être en train de compter le nombre de tours des hélices de la torpille pour estimer sa vitesse. La Mark 48 possédait trois vitesses de transit et une seule vitesse d'attaque. Si elle filait 58 nœuds, elle avait détecté le *Hampton*, si au contraire elle filait 28 nœuds, elle était en simple phase de recherche.

— *Commandant de sonar*, grésilla une voix dans ses écouteurs. *Nous pensons que la torpille est en rapprochement à vitesse lente.*

Vornado laissa échapper un soupir de soulagement.

— Attention CO, annonça-t-il dans son micro. La torpille a été lancée au hasard, pour provoquer une réaction d'un sous-marin inconnu contre le bâtiment lanceur. Elle se déplace à vitesse lente, ce qui signifie qu'elle ne nous a pas encore détectés. Nous avons encore le temps de nous sortir de son cône de recherche avant qu'elle ne se trouve en portée. Mon intention est de m'écarter à angle droit de la route de la torpille, pour nous maintenir en doppler nul vis-à-vis d'elle si elle passe en actif. Nous allons accélérer légèrement pour nous écarter mais pas trop, afin de ne pas faire de bruit et de ne pas l'alerter. Nous continuerons à la surveiller et à suivre particulièrement toutes les informations écoute du quadrant nord-ouest. Adoptez 28 nœuds pour la torpille.

— Éléments adoptés, répondit Willey depuis son siège devant les consoles du système de combat.

Durant les phases de combat, le second devenait le coordinateur des différentes actions du central opérations, ou plus simplement le « coordinateur » et était chargé de la « solution » sur la cible, cet ensemble de données inconnues – distance, vitesse et route – qui devait être calculé et déduit en utilisant uniquement les azimuts en provenance du sonar passif. Seule la direction des bruiteurs était mesurable avec un sonar qui écoutait sans émettre. Mais, grâce à la puissance d'un ordinateur et aux astuces de la géométrie plane, il était possible de calculer la solution en manœuvrant son propre bâtiment et en relevant les variations d'azimut du but.

Tandis que Vornado ordonnait de faire route au sud-ouest, perpendiculairement à la route de la torpille, il ressentit une curieuse sensation de confiance, comme si ce n'était pas la première fois que la situation se présentait. Mais un nouveau mal de tête se fit sentir, refoulant son optimisme.

— La torpille passe en actif, commandant, annonça Lionel. La torpille a accéléré à 58 nœuds ! Elle passe en recherche rapide.

— Vous avez quelque chose à l'écoute, Steve ? demanda Dillinger à Flood.

— J'ai une trace minuscule à la fréquence d'un harmonique de turbine d'un 688. L'antenne remorquée indique un azimut dans le 0-8-5. Je le passe au système de combat, baptême le Un.

Dillinger se précipita au CO. Ses hommes s'y trouvaient et attendaient.

Vornado fixait l'écran, attendant que l'*Albany* entre dans leur volume de détection tandis que l'équipage surveillait la torpille afin de s'assurer qu'elle ne les avait pas encore détectés.

— *CO de sonar,* appela le maître principal Bradley. *Nouveau contact sonar bande étroite sur l'antenne remorquée, azimut 0-2-0 ou 0-8-0, baptême le 7. Le contact est un sous-marin de type* Los Angeles.

Le CO manifesta sa satisfaction avec retenue, ce qui était compréhensible étant donné la tension qui y régnait. L'affrontement venait juste de tourner à leur avantage puisqu'ils avaient détecté l'*Albany* en premier. Vornado sourit et tapota l'écran de contrôle. Le sonar FY05 modernisé s'était révélé efficace. Il se demanda ce qui se serait passé si les deux bâtiments avaient disposé du même matériel. Il ressentit une brusque douleur derrière l'œil gauche qui lui fit fermer les paupières. Se souvenant que l'équipage le regardait, il fit un effort pour les rouvrir.

— Attention CO, annonça-t-il d'une voix basse et autoritaire. Le nouveau contact sonar est le but prioritaire. Mes intentions sont de manœuvrer pour deux branches de télémétrie afin d'obtenir une solution de tir et de lancer une salve de torpilles Mark 48 ADCAP dès que possible. Second, trouve-moi un défilement.

« Un défilement » représentait la moitié des données nécessaires pour déterminer la distance, la route et la vitesse de la cible.

— Un défilement, reçu.

La voix de Willey présentait une pointe de gaieté, ce qui était rare chez lui.

Vornado attendit, supervisant l'équipe CO et contrôlant l'écran numéro deux, configuré par le jeune lieutenant de vaisseau Carl Howden, l'officier sécurité de Farragut. Moins de deux minutes plus tard, Willey avait obtenu sa première branche et était paré à manœuvrer le sous-marin.

— Commandant, nous avons un défilement.

Vornado ordonna au bâtiment de se diriger au nord-est.

— Sonar, du commandant, on évolue. Second, une fois sur la nouvelle route, tu te dépêches de me trouver un défilement pour que nous puissions à nouveau nous éloigner de la torpille.

— Reçu.

Vornado se mordit l'intérieur de la lèvre, essayant de ne pas laisser transparaître sa tension et sa nervosité quant à sa manœuvre en direction de l'axe de progression de la torpille. Il devait prendre ce risque, sinon il ne pourrait pas lancer contre l'*Albany.* Une fois de plus, il avait l'impression de mettre la tête dans la gueule d'un lion sauvage.

— Commandant, annonça triomphalement Willey, nous avons une solution.

— Attention pour lancer, dit Vornado à l'équipe.

Il allait ouvrir la bouche pour annoncer l'ordre suivant lorsqu'il fut brutalement interrompu par la voix paniquée du maître principal Bradley.

— *CO de sonar, la torpille a accéléré à vitesse d'attaque. Elle est active.*

Brutalement, le temps sembla de nouveau ralentir. Une poussée d'adrénaline et de peur envahit le système nerveux central de Vornado. Il essaya de prendre une profonde inspiration et de se forcer à réfléchir avant d'agir, mais la partie rationnelle de son cerveau semblait maintenant bien loin et tout lui hurlait qu'il fallait fuir. Il chercha à dominer sa peur, mais sa raison finit par s'y accorder. Il était véritablement temps de fuir.

— Central, en avant, vitesse maximum ! Trois cent cinquante mètres !

Les ordres de Vornado, déterminé, ne trahissaient en aucune façon la poussée d'adrénaline dans son sang. De toute façon, crier des ordres que l'équipage ne pouvait pas comprendre n'avait aucun sens. Il prit le micro de l'interphone au-dessus de sa tête et l'enclencha.

— PCP du commandant, autorisation de caviter !

Normalement, les hommes de quart au PCP devaient accélérer lentement pour éviter de produire des bulles de vapeur à la surface des pales du propulseur. Ces bulles s'effondraient bruyamment sur elles-mêmes une fois la pression locale revenue à sa valeur habituelle et produisaient la signature caractéristique d'un sous-marin en accélération rapide. La furtivité n'avait plus d'importance depuis douze secondes, depuis que la torpille les avait détectés et qu'elle était passée en phase d'attaque.

— Central, situation des lance-leurres ?

— L'avant est chargé avec un leurre actif et l'arrière avec du passif.

— Lancez les contre-mesures avant et arrière.

Le leurre actif quitterait son sas et flotterait immobile entre deux eaux. Il commencerait par émettre un spectre de fréquences de niveau élevé, correspondant à celui d'un sous-marin de type 688 à vitesse maximum. Si le leurre était illuminé par l'autodirecteur actif de la torpille, il répondrait sur la même fréquence décalée d'un effet doppler haut ou bas, pour faire croire à l'écho d'un sous-marin en déplacement. Le leurre actif réussissait presque toujours à tromper une torpille en approche, mais uniquement pendant un laps de temps court, car les armes intelligentes comme les Mark 48 décriraient un cercle autour du leurre avant de passer en mode « réattaque » et de recommencer la recherche du vrai but. Le leurre passif émettrait un gros nuage de bulles très denses, suffisamment pour gêner un sonar actif en renvoyant un écho important. Entre les deux engins, la torpille serait occupée, au moins pour quelques minutes.

Le pont commença à frémir sous l'effet du passage à la vitesse maximum. Tout d'abord, les vibrations parurent insignifiantes, mais au bout d'une minute, l'ensemble du bâtiment était secoué comme s'il était accroché à l'une de ces anciennes machines de massage à courroie. Vornado saisit la rambarde de la plate-forme des périscopes, les phalanges blanches sous l'effort, calmé par les vibrations du sous-marin, comme si celles-ci lui indiquaient qu'il fonçait aussi vite qu'il pouvait hors de la zone de danger.

— Attention CO, pendant notre manœuvre d'évasion, nous reprenons l'attaque.

Lancer des torpilles à vitesse maximum représentait un risque, se dit Vornado, parce que les armes, sortant de leurs tubes en barbette, pouvaient se briser en deux sous l'effet des filets d'eau et exploser presque contre la coque. Après tout, c'est la guerre, pensa-t-il.

— J'ai l'intention de lancer malgré notre vitesse. Attention pour lancer, tubes 1 et 2, salve horizontale, la torpille de référence est la Une, écart horizontal deux degrés, intervalle de lancement une minute.

Les principaux adjoints de Vornado annoncèrent un par un leur état de préparation.

— Sous-marin paré, dit Holmes.

— Torpilles parées, informa Mario Marchese, l'officier armes.

— Solutions parées, rendit compte Willey.

— Tube 1 feu ! ordonna Vornado.

— Solution... annonça Howden tandis qu'il envoyait les derniers éléments sur le but à la console torpilles de Marchese.

— Attention... dit Marchese en appuyant sur la touche de fonction codée qui ordonnait à l'arme de se préparer à faire démarrer son propulseur.

— Lancez ! ordonna Vornado.

— Feu ! répondit Marchese en appuyant sur la touche de lancement.

Pendant un dixième de seconde, un sifflement se fit entendre à travers tout le bâtiment, suivi d'un fort craquement accompagné d'un grondement sourd qui dura une demi-seconde. Le son comprima la poitrine de Vornado et lui claqua les tympans. La puissance du bruit ne provenait pas du lancement lui-même mais de l'équilibrage dans le bord de la capacité d'air haute pression qui avait servi à éjecter l'arme. Cette sensation avait quelque chose de satisfaisant, un peu comme celle de tirer avec un pistolet de gros calibre.

— *CO de sonar, torpille partie, j'ai la torpille à l'écoute, lancement nominal.*

C'était peut-être la surpression due au lancement ou bien le stress du moment, mais quelle qu'en soit la raison, les maux de tête de Vornado passèrent de quelque chose de supportable, de diffus, à une douleur aiguë, qui se répandit dans le sommet de son crâne. Il passa la main dans sa poche, mais il n'avait pas d'aspirine.

— La minute est presque écoulée, commandant, rappela Holmes.

— Tube 2, lancez ! ordonna Vornado.

La douleur s'étendit du sommet du crâne aux oreilles, devenant plus sourde à chaque seconde.

— Solution, annonça Howden d'une voix qui semblait provenir d'un tunnel.

— Attention, dit Marchese d'une voix encore plus distordue.

Vornado s'agrippa des deux mains à la rambarde de la plateforme des périscopes pour se stabiliser, juste avant que le bâtiment ne semblât prendre de la gîte sur bâbord.

— Commandant ? appela Willey d'un ton préoccupé.

— Lancez ! se souvint Vornado, portant une main à son front, les yeux fermés pour lutter contre la douleur.

— Feu ! cria Marchese juste avant que la détente de l'air comprimé ne résonnât à travers le sous-marin et que le pont ne semblât se soulever sous l'énergie du lancement.

— *CO de sonar, j'ai la torpille à l'écoute, lancement nominal.*

— Sonar du commandant, commença Vornado, sachant qu'il avait quelque chose d'important à ajouter.

La douleur qui s'étendait à ses tempes lui fit oublier ce qu'il devait dire.

— Second, bordel, tu envoies tout de suite un planton dans ma chambre me chercher cinq aspirine, au galop !

Willey apostropha le téléphoniste qui se tenait près de lui et l'envoya vers l'arrière. Il disparut dans la chambre de Vornado.

— *Commandant de sonar, j'écoute.*

— Commandant, dit Willey en masquant son microphone de la paume de la main, pour qu'ils ne puissent pas être entendus sur le réseau des interphones du CO. Tu es pâle comme un fantôme.

— Je vais bien, répondit Vornado.

L'effort nécessaire pour articuler ces quelques mots lui procura des vagues de douleur qui irradièrent sa mâchoire et ses tempes. Soudain, ses orbites semblèrent se refermer sur ses yeux, tellement le mal de tête s'intensifiait. Il n'avait jamais ressenti pareille souffrance. Celle qu'il avait éprouvée lors de l'atterrissage du Seahawk n'était rien comparée à celle-ci. Il devait continuer, pensait-il, ou bien il risquait de perdre le bâtiment. Le planton glissa devant lui et s'arrêta, avec les comprimés d'aspirine et un gobelet d'eau. Vornado avala les cinq comprimés d'un coup. Il prit le verre d'eau des mains du jeune homme effrayé et le vida d'un trait. Il inspira profondément. La souffrance continuait à augmenter et un éclair soudain passa devant son regard. Il cligna des yeux, essayant d'avoir l'air normal.

— Distance approchée de la torpille assaillante ? demanda Vornado, espérant que la douleur ne transparaissait pas dans sa voix.

B.K. Dillinger aspira les premières bouffées de son second Montecristo tandis qu'il s'appuyait sur le métal froid du périscope numéro deux, attendant que Lionel annonce la rupture du fil de la torpille, premier signe que l'arme n'existait plus et avait explosé. L'indication apparaîtrait sur le panneau de contrôle plusieurs secondes avant que l'onde de choc de l'explosion ne les atteignît.

Mais, au lieu de l'annonce de victoire attendue, Lionel dit :

— Commandant, nous avons perdu la torpille.

— Qu'est-ce que ça veut dire ? répliqua Dillinger.

— J'ai toujours la continuité fil mais j'ai perdu les perceptions et la vitesse. Je les avais depuis soixante-dix minutes. Là, je vois la torpille à vitesse élevée en direction du fond. Je pense qu'elle est à bout de carburant.

— Putain de bordel de merde, Lionel ! explosa Dillinger dans un accès de colère en arrachant son casque et le jetant dans le panneau de commande de l'un des équipements de navigation, à l'autre bout du CO.

— *CO de sonar, la torpille assaillante...*

Le maître principal Bradley fit une courte pause. Vornado se mordit les lèvres, attendant d'autres mauvaises nouvelles.

— La torpille s'est arrêtée !

— Ouais ! hurla Marchese, le poing levé.

Howden se redressa et tapa dans la main de Logan, à la console du système de combat.

— Plus de carburant, affirma Willey en faisant une grimace à Vornado. Trop longtemps dans l'eau. Maintenant, ces cochons vont voir l'effet que ça fait de se retrouver du mauvais côté d'une Mark 48 ADCAP...

Vornado devait arrêter leur fuite bruyante à toute vitesse. S'il pouvait rendre son bâtiment silencieux rapidement, l'*Albany* pourrait les perdre et ne pas les retrouver à temps pour lancer une seconde fois contre eux.

— Central, stoppez, ordonna Vornado. À gauche un, venir au 2-7-0. Sonar du commandant, je viens à l'ouest et je ralentis. PCP du commandant, passez les pompes de circulation du réacteur en toute petite vitesse.

Vornado jeta un coup d'œil à Willey qui souriait, jusqu'à ce qu'il aperçût le visage du commandant. Il retrouva alors son expression soucieuse.

— Commandant, je recommande le lancement d'un Subroc, dit Willey. Il nous faut volatiliser ce salaud avant qu'il ne puisse relancer contre nous. Cette fois, il pourrait avoir plus de chance.

Vornado se mordit l'intérieur des lèvres, la pulsation de son mal de tête interférant avec sa capacité de penser. En faisant un effort, il se dit qu'avec une torpille il pourrait au moins confirmer la disparition de son adversaire. Une explosion nucléaire sous-marine remplirait la mer de milliards de bulles et le sonar, complètement ébloui, ne pourrait pas détecter d'éventuels signes de l'*Albany* s'il avait survécu. Et s'il lançait depuis l'autre côté du rideau de bulles, la torpille assaillante ne pourrait être détectée que lorsqu'elle serait très proche. Mais quelque chose le harcelait, même si la bataille tournait en faveur du *Hampton.*

— *CO de sonar, notre première torpille passe en actif.*

— Reçu, sonar.

Vornado jeta un coup d'œil à la console des armes, sur laquelle s'afficheraient les premières indications d'une détection du but. Il regarda son second et dit :

— Pas besoin d'utiliser les armes nucléaires, second, les Mark 48 vont l'avoir.

— *CO de sonar, notre deuxième torpille passe en actif.*

— Je te recommande quand même le nucléaire, commandant. Nous ne pouvons pas laisser une seule chance à ce type.

— Attendons le résultat de notre salve mais prépare quand même les tubes 11 et 12 du système de lancement vertical, au cas où, second.

Ces tubes étaient chargés des nouveaux missiles Subroc équipés d'une grenade sous-marine à charge nucléaire.

Un léger sourire éclaira le visage de Willey.

— Préparer les tubes 11 et 12, bien commandant, ce sera un plaisir.

— *Commandant,* appela Steve Flood depuis le module sonar, *transitoires dans l'azimut du but. Je dirais qu'il s'agit d'un lancement de torpille.*

Dillinger se mordit les lèvres, avec l'envie d'écraser quelque chose. Quelle façon stupide de perdre cette bataille ! Que pensait-il bien pouvoir réussir à faire, en attaquant le but avec une arme presque à bout de carburant ! Il aurait dû en lancer une deuxième, mais il lui aurait fallu une heure pour arriver au point où l'autre s'était arrêtée. Il se força à se concentrer et à trouver un nouveau moyen de faire face à la situation. Tandis qu'il commençait à échafauder un plan pour contre-attaquer, Flood prononça leur sentence de mort.

— *Commandant, un deuxième lancement de torpille. Elle fait du bruit. Elle est sans doute en transit rapide, 45 nœuds.*

— On a toujours le but ?

— *Oui, en bande étroite,* répondit Flood. *Une bonne détection bande large au moment des lancements. Ce n'est pas terrible, commandant, mais on pourrait lancer sur ces éléments. Au moins, avec des torpilles dans l'eau, l'adversaire pourrait être obligé d'interrompre son attaque.*

B.K. Dillinger prit sa décision. Il allait lancer une salve de torpilles dans l'azimut du but et les piloterait pendant leur temps de parcours ou bien les amènerait à proximité du point de lancement estimé. Au moins, les armes allaient effrayer le but, comme elles l'avaient fait un peu plus tôt. Lorsque la Mark 48 était passée en phase d'attaque, le but avait fui à pleine vitesse, faisant plus de bruit qu'un train de marchandises. Dillinger et l'*Albany* allaient modifier tout cela.

— Messieurs, pas d'angoisses à propos de ce raté. Nous allons lancer les torpilles des tubes 1 et 2, couper les fils, et lancer les tubes 3 et 4. Nous garderons le filoguidage pour les ramener sur le but, en fonction de ses réactions.

« Pour autant que nous puissions entendre ce fumier, se disait Dillinger, mais quand il entendrait les autres torpilles à sa poursuite, il fuirait et se dévoilerait. »

— Après avoir lancé, nous quitterons le datum à vitesse maximale et ferons une manœuvre d'évasion comme nous la pratiquons sous la glace.

Flood le regarda fixement, la bouche ouverte, mais il n'était plus temps de discuter.

— Lancez, tubes 1 et 2 !

Merc entra la solution sur le but et l'envoya à Flood, à la console de commande des armes.

— Paré, annonça Merc.

— Attention, reprit Flood. Feu tube 1 !

Le pont trembla tandis que le grondement du lancement se répercutait à travers tout le bâtiment. Dillinger bâilla pour libérer la surpression de ses tympans torturés, et focalisa son attention sur l'écran de la console numéro deux.

— Paré pour la numéro deux, dit Merc.

— Attention... Feu tube 2.

Flood appuya sur le bouton de la fonction codée et le bruit du lancement de la seconde torpille envahit le PCNO[1].

1. Poste central navigation-opérations. Local du bâtiment d'où sont conduites toutes les actions importantes. Ce local est divisé en deux parties, le central, d'où sont contrôlées la plongée et la sécurité du sous-marin, et le CO (central opérations), d'où le commandant conduit son bâtiment au combat.

— Terminez le filoguidage des armes un et deux, coupez les fils et fermez les portes avant des tubes, ordonna Dillinger. Ouvrez les portes avant des tubes 3 et 4.

Flood manœuvra son panneau de commande. Dillinger jura en lui-même à cause du temps nécessaire à l'opération.

— Paré, annonça Merc.

— Tube 3, feu ! informa Flood, et le système de lancement gronda une fois encore.

— Tube 4.

Flood lança la quatrième torpille.

— Vidangez les tubes 1 et 2 et demandez à Meathook et Beergut de les recharger. Quand ils seront parés, demandez à Lionel de descendre pour brancher les connecteurs et fermer les portes culasse. Buffalo, assis à la place du pilote. En avant, vitesse maximum, à gauche dix, venir 0-9-0.

Buffalo saisit le bouton du transmetteur d'ordres au PCP et afficha « Avant 6 ». Il tourna le manche de commande jusqu'à ce que l'aiguille indique un angle de dix degrés vers la gauche du safran de direction.

Le bâtiment commença à vibrer doucement sous l'accélération.

— Tu veux que Pat cavite ? demanda Flood avec une certaine anxiété.

— Non, répondit Dillinger. On s'éloigne tranquillement de notre point de lancement ainsi que de l'azimut de nos torpilles avant qu'elles ne passent en actif. De toute façon, avant ce moment, elles sont aveugles.

Dillinger attendit, observant le loch qui passa de 5 à 10, puis 15, puis 20 nœuds et plus. La rambarde de la plate-forme des périscopes se mit à trembler lorsque le bâtiment atteignit sa vitesse maximale de 34 nœuds. Dillinger fit la moue, jurant contre la faible vitesse maximale de ce sous-marin vieillissant. Il observait l'aiguille des secondes de la pendule faire lentement le tour du cadran. Une minute s'était écoulée depuis qu'ils avaient atteint 34 nœuds.

— Les torpilles devraient être passées en actif, maintenant, commandant, grogna Flood.

Dillinger saisit le microphone de la diffusion zone arrière au-dessus de lui et dit :

— Pat, ferme les vannes d'admission de vapeur et mets le réacteur en alarme. Utilise la vapeur résiduelle pour battre en arrière 3.

Il lâcha le micro, qui rebondit sur le pont, suspendu à son cordon spirale.

— Buffalo, affiche arrière 3. Surveille le loch et dis-moi quand il atteindra 2 nœuds. En attendant, à droite un, venir au 1-6-0, pour pointer sur les torpilles assaillantes.

Dillinger se précipita au panneau de commande sécurité-plongée et se laissa tomber dans le siège. Il jeta un coup d'œil aux instruments, se demandant si Pat aurait assez de vapeur pour ralentir le bâtiment avant d'assécher les générateurs de vapeur. Le buzzer du transmetteur d'ordres répondit à son interrogation et l'aiguille passa de la position « Arrière 3 » à la position « Stop » alors que le loch affichait toujours 4 nœuds. Pat avait épuisé la réserve de vapeur et avait dû fermer les vannes d'admission sur les secteurs de marche arrière, sous peine de risquer d'endommager le réacteur.

Avec le réacteur en alarme et presque tous les équipements électriques délestés du réseau, le sous-marin devenait particulièrement silencieux. Dès que la vitesse serait devenue nulle en raison de la friction de l'eau sur la coque, le bâtiment deviendrait pratiquement indétectable, à la fois pour les sonars du sous-marin à l'affût mais aussi pour les autodirecteurs des torpilles. Le bâtiment ne produirait presque aucun bruit, ni aucun doppler sur les émissions des autodirecteurs. Mais cette situation les rendait également vulnérables si l'une des torpilles finissait par les trouver, puisqu'ils ne disposaient plus d'aucune mobilité. Il fallait dix à douze minutes pour ramener le réacteur en puissance et disposer à nouveau de la propulsion.

— Vitesse 2 nœuds, annonça Buffalo. En route au 1-6-0.

Dillinger s'affaira sur le panneau de commande pour enclencher le système de tenue automatique d'immersion. Il jeta un coup d'œil à l'indicateur d'immersion, qui affichait 167 mètres. Il sélectionna 170 mètres sur le calculateur, avec une vitesse verticale nulle, et attendit que le bâtiment ralentisse.

Soudain, un sifflement aigu montant en fréquence puis descendant se fit entendre au CO. Le visage de Flood s'assombrit lorsqu'il annonça :

— Les torpilles sont passées en phase de recherche, commandant, mode actif.

— Vitesse nulle, dit Buffalo.

— Affichez « Stop », ordonna Dillinger en activant la tenue automatique d'immersion.

Il attendit pour vérifier que le système assurait bien sa fonction. La vitesse et l'immersion étaient correctes, mais si le sous-marin était lourd ou léger, l'ordinateur ne prendrait pas la main. Dillinger retint sa respiration, espérant que le bâtiment était bien pesé.

Tandis qu'il attendait, un second sonar actif rejoignit le premier, les deux autodirecteurs émettant de concert leurs cris de sirènes stridentes. Dillinger sentit un frisson lui parcourir la colonne vertébrale. La peur allait devenir un facteur important, maintenant, il le savait, pour lui et pour ses hommes. Avec leur sous-marin qui se cachait de ses adversaires, il n'y avait pas de faute à commettre. Il jouerait un jeu de cache-cache, aussi discret qu'un trou dans l'océan. Les torpilles ne le détecteraient pas, leurs processeurs rejetant tout écho à vitesse nulle pour filtrer les échos parasites renvoyés par les particules en suspension dans l'eau. Les autodirecteurs ne réagissaient qu'à des échos dont la fréquence était légèrement décalée vers le haut ou vers le bas, indiquant un mouvement, presque comme les yeux des oiseaux de proie qui ne réagissent qu'aux déplacements de leurs futures victimes.

C'était une tactique étrange, mais comme il connaissait parfaitement la programmation des torpilles, il savait qu'elles ne le détecteraient pas s'il restait parfaitement immobile. La réjection des échos à Doppler nul empêchait les Mark 48 d'exploser sur des contre-mesures fixes mais permettrait à Dillinger de cacher son bâtiment, tout au moins si l'ennemi n'avait pas jugé utile de reprogrammer cette particularité. Mais Dillinger n'avait pas de temps pour tout cela. Il ne pouvait plus qu'espérer que sa tactique fonctionnerait.

Le calculateur de tenue d'immersion accepta le contrôle du sous-marin et Dillinger se leva, soulagé.

— Il ne nous reste plus qu'à attendre, dit-il en essuyant la sueur de son front d'un revers de main.

Le PCNO était devenu chaud et humide depuis que Pat Schluss avait arrêté le réacteur. La perte d'énergie avait en effet entraîné l'arrêt du système de conditionnement d'air. L'énorme quantité de chaleur stockée dans le réacteur remplirait l'atmosphère confinée du sous-marin d'un air chaud saturé d'humidité. Il devait faire déjà au moins trente-cinq degrés dans le PCNO. À l'arrière, la température devait avoisiner les cinquante degrés.

Les aisselles de Dillinger dégoulinaient de sueur tandis qu'il montait sur la plate-forme des périscopes. Le système de combat restait en fonction, sa réfrigération étant alimentée par un collecteur des auxiliaires avant et son alimentation étant effectuée sur les barres vitales. Mais d'ici peu, la température élevée du local commencerait à affecter son fonctionnement. Dillinger regardait les traces des torpilles sur le plot géographique affiché sur la console un. Chaque seconde, l'ordinateur mettait à jour la position des deux symboles en forme de pique qui se rapprochaient du diamant central, représentant l'*Albany*. Les deux trajectoires étaient droites comme des I depuis leur point de lancement.

Dillinger se mordit la lèvre tandis que les Mark 48 se rapprochaient toujours.

Le maître principal Bradley cria soudain à l'oreille de Vornado :

— *Commandant de sonar, alerte torpille ! Azimut 3-5-7.*

— Merde, jura Vornado, se concentrant sur l'image de la situation tactique.

— *CO de sonar, une deuxième torpille, azimut 3-5-6, non... maintenant nous avons trois... non, quatre torpilles ! Secteur de fuite : sud !*

Les tempes de Vornado palpitèrent sous la douleur intense. Il eut l'intuition que ses souffrances étaient liées d'une façon ou d'une autre à la peur et au stress. Mais cela n'avait aucune importance. Le mal s'étendit à la base de son crâne et à ses yeux. Il essaya de respirer mais son mal lui clouait la tête et il commençait à voir trouble.

— *CO de sonar, la première torpille est passée en mode actif à grande vitesse.*

— Second, fais venir l'infirmier ici, tout de suite, s'il te plaît, demanda Vornado entre ses dents, furieux contre sa douleur, se disant qu'elle pourrait lui coûter la bataille et même son bâtiment.

Willey expédia le planton vers l'arrière et regarda Vornado.

— Je recommande de régler pleine vitesse, cavitation autorisée, cap au sud, commandant.

La seule chose à laquelle Vornado pouvait penser était le missile Subroc. Son bâtiment se trouvait soudain en danger, et sa mission était largement compromise. Les ordres exigeaient qu'il lance la charge nucléaire au cas où la bataille tournerait à son désavantage et qu'il se trouverait en péril.

— Non, second, ordonna Vornado.

Il pensa faiblement qu'il y était enfin, qu'aujourd'hui était le jour où son cœur cesserait de battre. Cette idée s'évanouit tandis qu'une douleur lancinante lui vrillait les tempes. Un instant, Vornado crut que les consoles du système de combat se trouvaient très loin de lui. Il entendait le sifflement faible d'un autodirecteur de torpille sur tribord.

— Commandant? demanda Willey, une expression étrange sur le visage.

« Il ne me reste qu'une seule option », pensa Vornado.

— Attention CO, commença Vornado d'une voix trop forte. J'ai l'intention de faire cap sur les torpilles et de chasser rapide pour remonter en surface. Nous replongerons sans erre jusqu'à l'immersion de lancement des Subroc et nous tirerons les missiles des tubes 11 et 12. Avec un peu de chance, les Mark 48 ne franchiront pas leur plafond de 30 mètres. Si on en réchappe, le but devrait disparaître pour de bon, cette fois. Central, à droite toute! En avant, vitesse maximum, chassez rapide à l'avant!

Les hurlements des autodirecteurs sifflaient à l'extérieur de la coque, sans interruption, leur modulation en « dent de requin » permettant d'émettre et de recevoir simultanément. Le son se faisait de plus en plus puissant, jusqu'à devenir un grincement insupportable. Sur l'écran, les piques se rapprochaient du diamant central. Les traces les faisaient passer dans l'ouest de l'*Albany*. Dillinger retenait sa respiration quand, soudain, quelque chose d'incroyable se produisit. Le son d'un autodirecteur diminua brutalement de fréquence. La première Mark 48 ADCAP venait de dépasser l'*Albany*, à moins d'un nautique à l'ouest. Tandis que Dillinger attendait, la seconde torpille passa plus près, peut-être à moins d'un demi-nautique.

Flood, le visage pâle et baigné de transpiration, laissa éclater soudain son soulagement.

— Vous avez réussi, commandant. Elles sont passées à côté!

— Pas de réjouissance anticipée, Steve. Attendons de savoir si le but filoguide encore ses engins. Où en sont les nôtres, à propos?

Dans la tension du moment, Dillinger en avait oublié les quatre torpilles qu'il avait lui-même lancées.

— Les torpilles une et deux sont en mode actif recherche sinueuse. Trois et quatre sont encore en approche.

Dillinger approuva de la tête. Quelque part au sud, le sous-marin d'attaque qui leur avait tendu une embuscade se trouvait maintenant en train de fuir face aux torpilles de l'*Albany*. Il tira un nouveau cigare de la poche poitrine de sa combinaison.

— Alors, qu'est-ce que ça fait, tête de con ? murmura-t-il à l'écran du système de combat.

— Pardon, commandant ? demanda Matt Mercury-Pryce.

— Je m'adressais au but, Merc, répondit Dillinger en grimaçant tandis qu'il allumait son cigare et se calait dans une chaise.

Si ces torpilles trouvaient leur but, la bataille était gagnée et l'*Albany* et lui pourraient continuer leur chemin vers le point de lancement des Tomahawk.

— Chassez rapide à l'avant ! collationna le maître de central depuis son tableau de sécurité-plongée en jetant par-dessus son épaule un œil inquisiteur à Vornado.

Celui-ci fit de son mieux pour lui renvoyer une expression sereine, mais la douleur commençait à lui enlever toute capacité de penser logiquement.

Le maître de central déverrouilla la sécurité du gros levier en acier inoxydable qui pointait vers le bas, puis poussa la commande complètement vers le haut. Immédiatement, un grondement violent secoua le PCNO – le bruit d'écoulement de l'air à très haute pression qui quittait ses bouteilles de stockage pour aller chasser l'eau des ballasts avant au travers des ouvertures de remplissage, situées à la partie inférieure de ceux-ci. Le *Hampton* venait de s'alléger d'une centaine de tonnes et, d'ici quelques secondes, il serait en route vers la surface, aucune force au monde ne pouvant le retenir sous l'eau. L'indicateur commença à afficher la remontée depuis l'immersion de 350 mètres. Le pont prit lentement de l'assiette positive sous l'effet de l'allègement à l'avant, puis de plus en plus chaque seconde.

— Chassez rapide à l'arrière, ordonna Vornado dans le brouillard de son esprit.

Il réalisa soudain que le brouillard du PCNO était bien réel. Le local se remplissait d'une brume glacée et dense, qui provenait des minuscules fuites du système de chasse. La visibilité diminua au point que Vornado apercevait à peine Willey, debout devant lui.

Il agrippa la rambarde de la plate-forme des périscopes tandis que le bâtiment passait quinze degrés d'assiette positive.

— Chassez rapide à l'arrière !

Le maître de central releva un second levier.

Le bruit, déjà très fort auparavant, était devenu assourdissant. Le brouillard au PCNO était devenu si dense que Vornado ne distinguait plus les consoles du système de combat et à peine les indications des manomètres du poste sécurité-plongée. Un malaise soudain le frappa, sans doute amplifié par l'absence de cloisons ou de pont visible et les conditions du moment. Il se retint à la rambarde, un vertige le frappant à l'estomac.

— 150 mètres, assiette plus quarante, commandant, annonça le maître de central.

— Tiens bon chasser ! lança Vornado.

Même sa voix était maintenant affectée par son mal de tête.

— Maintenez une assiette inférieure à cinquante degrés.

— Cent mètres !

— Stoppez, ordonna Vornado.

— On fait surface !

L'assiette diminua brutalement et le redressement du bâtiment catapulta Vornado sur la rambarde et le siège du maître de central. Ses oreilles sifflaient, ses tempes palpitaient et sa mâchoire lui faisait mal. Il tenta d'ouvrir les yeux et aperçut le brouillard du PCNO de l'œil droit, mais un néant noir total du gauche. La douleur le submergea par vagues, chacune d'entre elles le rendant plus nauséeux que la précédente. Il tenta de tourner la tête lorsqu'il sentit son estomac se manifester. Il vomit à moitié sur lui, éclaboussant sa combinaison, à moitié sur le pont. Mais, dans la tourmente de sa souffrance, cela lui était bien égal.

Il entendit la voix de Willey qui lui semblait provenir du fond d'un tunnel long d'une centaine de kilomètres.

— Commandant ? Commandant ! *Commandant !*

Vornado se rendit soudain compte que sa conscience s'évanouissait. Il attrapa le périscope et regarda Willey.

— Second, tu prends la manœuvre. Tu replonges sans erre jusqu'à l'immersion de lancement missile. Tu tires les Subroc contre le but. Atomise-moi ce fils de pute.

Vornado toussa durement avant de vomir à nouveau. Il lutta pour terminer de communiquer ses ordres :

— Tire toutes les torpilles qui nous restent contre lui, combats du mieux que tu peux. Et...

Vornado avala difficilement sa salive, sachant que son prochain ordre allait paraître pour le moins étrange.

— Appelle ma femme.

Il ferma les yeux sous l'effet de la souffrance, conscient que Willey le regardait fixement.

Vornado ouvrit à nouveau les yeux, mais il ne voyait plus le PCNO. Une autre vague de nausée le parcourut. Son estomac se contracta et il vomit à nouveau. Quand le spasme s'éloigna, il réalisa qu'il était trempé de sueur. Il sentait de l'humidité sur ses joues, de la sueur et du vomi. Le monde semblait tourner autour de lui. Pendant longtemps, il se sentit flotter, comme désincarné, la douleur s'effaçant peu à peu jusqu'à ce qu'il ne reste plus rien qu'un brouillard gris.

Dans son univers de grisaille, il entendait des voix, un ensemble de sons étranges qui se mélangeaient les uns les autres. Il en reconnaissait quelques-unes, d'autres non.

Capitaine de frégate Willey, je prends la manœuvre. Le capitaine de corvette Holmes garde le quart.

Il est salement atteint, second... évacuation médicale, un hélico...

Plongée sans erre... effectuée. Toutes purges fermées. Immersion trente mètres.

Joli bateau, Peter, félicitations pour ton commandement.

Tu es une merde irrécupérable, fistot Vornado, hurla l'aspirant Whitehead.

Tube 11 du système de lancement vertical paré ! annonça Mario Marchese.

Une bien belle petite fille, dit le médecin.

Lancez ! ordonna George Willey.

Fais attention à toi, là-bas, dit Rachel.

Le bruit sourd d'un lancement.

Missile du tube 11 parti, allumage propulseur du Subroc numéro un, rendit compte Marchese.

Ne t'en va pas, papa, implora la voix de Marla.

Tube 12 paré.

Papa, travaille pas, dit la petite voix d'Erin.

Lancez ! Un autre bruit sourd.

Missile du tube 12 parti, allumage propulseur du Subroc numéro deux.

Marchese, disposez les tubes 1 et 2.

J'ai un mauvais pressentiment, cette fois, mon chéri, dit Rachel. Un instant, son visage flotta devant lui puis elle s'évanouit dans le gris.

Les bruits s'estompèrent et la douleur diminua, et pour un temps, il ne resta plus que le gris.

Les cheveux de B.K. Dillinger collaient à son front. La température du PCNO se révélait bien plus élevée que ce à quoi il s'attendait après l'arrêt du réacteur et du conditionnement d'air. Le système de combat avait fini par s'arrêter et Lionel l'avait remis en marche en partie en le rechargeant depuis les lecteurs de bande. La perte du disque dur rapide était frustrante. Les quatre consoles ne pouvaient plus afficher maintenant qu'un simple diagramme primitif d'éléments buts et le calculateur s'était ralenti. Dillinger jouait avec l'idée de relancer le réacteur juste pour redisposer du système de combat, mais il y renonça. Au moins, le sonar fonctionnait toujours.

— On a perdu le Q-5, annonça Steve Flood depuis le module sonar.

Dillinger se retourna pour regarder dans le local et vit que toutes les consoles s'étaient éteintes. Le sonar était hors service.

— Et c'est fini pour le système de combat, commandant. Il fait trop chaud pour l'électronique.

Dillinger acquiesça d'un signe de tête.

— Vous croyez que les torpilles ont reçu leurs dernières commandes avant l'arrêt du système de combat ?

Il avait demandé de faire grimper les torpilles au-dessus de la couche après avoir entendu un sifflement au sud, l'azimut du but. Dillinger s'était demandé si le fils de pute n'avait pas fait surface d'urgence, ce qui l'aurait fait passer au-dessus de la couche thermique, avec en plus l'intérêt de produire des millions de bulles qui pourraient leurrer les Mark 48.

— Pas de problème, les commandes sont passées, répondit Lionel. Elles sont certainement au-dessus de la couche.

Le sifflement d'un autodirecteur de torpille résonna à nouveau au PCNO, se rapprochant sur bâbord. Dillinger attendit, retenant sa respiration, jusqu'à ce que le sifflement décroisse et disparaisse sur tribord. C'était la sixième fois en vingt minutes qu'une torpille passait à proximité.

— Elles sont toujours en mode réattaque, commenta Flood.

Les Mark 48 décrivaient des cercles autour de la position estimée du but, cherchant une présence. Elles pourraient probablement obtenir un écho sonar de la coque de l'*Albany* mais l'absence de Doppler les perturberait. Elles étaient aveugles face à un but complètement immobile.

— Encore combien de temps avant qu'elles ne tombent à court de carburant ?

— Vingt minutes, une demi-heure, peut-être, répondit Flood.

Dillinger fit un signe de tête. Le local était aussi silencieux qu'une tombe, sans les ventilateurs du conditionnement d'air et les sifflements de l'électronique. Le calme en devenait presque inquiétant. Tout à coup, le silence fut brisé par un bruit de mauvais augure – quelque chose venait d'entrer dans l'eau, directement au-dessus d'eux.

— Qu'est-ce que c'était ? demanda Flood.

— Une bouée sonore larguée par un avion ? suggéra Dillinger.

— Trop fort, répondit Flood, les yeux écarquillés. Merde, ça pourrait bien être une torpille aéroportée ou bien une grenade sous-marine.

— Restez tranquille et attendez. Si c'est une torpille, elle sera aussi inefficace que les Mark 48.

Un deuxième impact faible se fit entendre au-dessus d'eux.

Dillinger ouvrit la bouche pour parler lorsque l'onde de choc d'une explosion percuta la coque.

— *Commandant de sonar, alerte torpille, azimut 2-7-0.*

— Merde, gronda Willey. Sonar, au-dessus ou au-dessous de la couche ? Distante ou proche ?

— *Commandant de sonar, au-dessus de la couche, distante. Deuxième torpille, azimut 2-9-0, au-dessus de la couche, beaucoup plus forte !*

La voix de Willey était rauque quand il cria :

— Central, en avant toute, immersion 350 mètres, assiette moins quarante ! À droite cinq, venir au 0-8-0 !

Il attrapa la diffusion zone arrière et annonça :

— PCP, autorisation de caviter !

L'assiette augmenta rapidement tandis que le bâtiment accélérait et franchissait la couche. Willey regardait les chiffres défiler rapidement sur l'indicateur d'immersion, tandis que le pont avait pris l'inclinaison d'un toboggan.

La coque craquait bruyamment pendant que le sous-marin s'enfonçait de plus en plus profond. Le pont se mit à trembler sous l'effet de la poussée de l'hélice et le bâtiment dépassa bientôt 20 nœuds. Le grincement de l'autodirecteur était nettement perceptible, en provenance de l'arrière, faible au début, mais en augmentation constante. Le bâtiment retrouva une assiette nulle en atteignant son immersion. Un second autodirecteur était maintenant perceptible à l'arrière et les deux sonars faisaient penser à l'équipage qu'ils étaient poursuivis par un camion de pompiers. Les secondes s'égrenaient, le niveau des émissions augmentait régulièrement.

— *CO de sonar, les torpilles sont proches, probablement moins de mille mètres.*

La voix de Bradley restait froide comme la banquise, comme s'il avait conscience que rien ne pouvait plus être fait pour arrêter les machines de mort qui approchaient.

Willey se mordit les lèvres. La tactique de la chasse rapide aurait pu fonctionner une fois de plus, mais les bouteilles d'air étaient vides. Tout leur contenu avait été utilisé pour la première remontée d'urgence. S'il pouvait perdre les torpilles dans la couche, il lui restait peut-être encore une chance de s'en sortir.

— Central, 100 mètres, assiette plus cinq.

Le maître de central collationna tandis que les sonars des torpilles se faisaient de plus en plus proches. Elles seraient sur eux incessamment sous peu. L'indicateur d'immersion diminua lentement jusqu'à afficher 100 mètres et le bâtiment reprit une assiette nulle.

Une goutte de sueur roula lentement sur le front de Willey pour couler dans son œil. Il l'essuya et ordonna :

— Central, immersion trente mètres, avec aussi peu d'assiette que possible.

Il jeta un coup d'œil à Vornado, qui était allongé sur le pont, se demandant ce qu'il aurait bien pu faire à sa place.

— Nous allons entrer dans la couche tout doucement. À un moment donné, les émissions des autodirecteurs se réfléchiront sur la couche et les Mark 48 vont nous perdre. Là, elles peuvent même redescendre pour passer en mode réattaque.

Les sonars hurlaient de plus en plus fort derrière eux. Willey surveillait l'indicateur d'immersion, sachant que la couche se trouvait à peu près à 80 mètres. Une fois au-dessus d'elle, la propagation sonore se trouverait fortement altérée et avec un peu de chance les émissions des torpilles se réfléchiraient en direction du fond et elles perdraient le *Hampton.*

— Immersion trente mètres, commandant, annonça le maître de central.

— Stoppez ! ordonna Willey.

Le PCNO se figea. Un instant, le niveau des émissions diminua tandis que les torpilles fonçaient sous la couche et dépassaient leur but. Pendant que l'équipage attendait, une forte détonation se fit entendre au nord-ouest.

— Explosion du Subroc, annonça Holmes.

Quelques instants plus tard, la seconde explosion leur parvint.

— On l'a eu, cria Willey.

À cet instant, le hurlement d'un autodirecteur se fit entendre depuis l'avant.

— Elles nous ont trouvés, dit Holmes, le visage grimaçant d'angoisse, d'impuissance et de peur.

Willey respira profondément, se demandant dans combien de temps il allait mourir. Il avala sa salive avec difficulté. Il ne voulait pas mourir noyé. Il préférait encore se faire réduire en miettes en une fraction de seconde. L'autodirecteur hurla de plus en plus fort ; la torpille s'approcha à moins d'une longueur de bateau.

Le bruit de l'explosion fut assourdissant.

6

Le commandant en second George Willey ouvrit les yeux, étonné que le CO fût intact. Le pont n'avait pas vibré et le bâtiment n'avait pas pris de gîte. La lumière était restée allumée et les ventilateurs bourdonnaient toujours. Les écrans de la console de tir étaient parés. On entendait le bruit de la seconde torpille en approche. Son sonar émettait un son aigu dans la mer. Il les avait poursuivis au-dessus de la couche, et, comme lors de la première détonation, il ne se passa rien à bord.

— Central, réglez à cinquante mètres, ordonna Willey. PCP de CO, passez les pompes principales en vitesse lente. Sonar, nous venons à l'immersion périscopique.

Willey s'agenouilla devant le capitaine de vaisseau Vornado, affaissé contre le siège du périscope. Il était moite et inconscient. L'infirmier se pencha sur lui, de l'autre côté, lui souleva la tête et entrouvrit une paupière pour examiner son œil.

— Qu'est-ce qui ne va pas ?

— Je ne sais pas, commandant, mais c'est grave. Nous devons demander une évacuation sanitaire d'urgence.

Willey se tourna vers Holmes, qui devrait maintenant assurer la fonction de second.

— Second, à votre avis, que s'est-il passé avec les torpilles Mark 48 ?

Holmes secoua la tête.

— Deux ratés, je pense, second. Les charges militaires ont bien explosé, mais sans puissance.

Willey approuva de la tête.

— *CO de sonar,* appela la voix de Bradley sur l'interphone, *quelque chose ne va pas. Les Subroc ont explosé, mais je n'ai pas de saturation.*

Willey cligna des yeux.

— Vous pouvez répéter, sonar ? Que voulez-vous dire par pas de saturation ?

— *Nous avons entendu deux détonations nucléaires dans le nord. J'aurais dû ne plus rien entendre dans un secteur de quatre-vingt-dix degrés, or j'entends des biologiques et les bruits normaux de la mer dans tous les azimuts.*

Willey écarquilla les yeux. Sans indication d'une explosion nucléaire, cela signifiait que les Subroc pouvaient également avoir des ratés et que *Master One*, l'*Albany*, se trouvait encore dans les parages.

— *CO de sonar, nous détectons* Master One *en bande étroite dans le nord.*

— Oh merde, dit Willey. CO, fermez les portes extérieures des tubes 1 et 2 et ouvrez les portes des tubes 3 et 4. Paré à lancer les unités trois et quatre.

— *CO de sonar, nous entendons* Master One *en large bande, et autre chose.*

— Comment, sonar ? demanda Willey, absorbé par le lancement de deux nouvelles armes contre l'*Albany*.

— *Commandant... on dirait une voix.*

Le rugissement de l'explosion du second Subroc dura quelques secondes avant de s'atténuer. Le CO replongea alors dans un calme inhabituel. Campé sur le siège du périscope, B.K. Dillinger s'essuya les yeux. La mission terroriste de l'*Albany* était terminée.

— Eh bien, c'est fini, dit-il.

Il se leva et prit le micro de diffusion générale suspendu au plafond. Il le brancha et fit son annonce. Sa voix se répercutait dans tous les compartiments, à tous les niveaux.

— Messieurs, ici le commandant. Nous nous sommes bien défendus dans ce foutu combat. Si notre adversaire n'avait pas utilisé d'arme nucléaire, nous aurions gagné. À présent, vous pouvez oublier tout cela et passer à autre chose. Je veux que tout le monde se concentre sur le trajet retour vers Norfolk. Tenez bon pour le poste de combat. Allez.

Il reposa le micro sur son support et prit celui de l'interphone avec le PCP qui pendait au bout de son cordon, jusqu'au pont.

Dix minutes plus tard, le réacteur redémarrait, le sonar était réinitialisé, la ventilation diffusait de l'air frais.

— Commandant, l'UQC est paré.

Dillinger fit un signe de tête et parcourut rapidement la feuille de service que Flood lui tendait. Il saisit le micro de l'UQC qui lui permettait d'intervenir dans le système du sonar actif. Il parla lentement et distinctement. Depuis le dôme sonar à l'avant, sa voix portait à plusieurs nautiques, se réfléchissait sur le fond de l'océan et revenait en écho sur la console.

— Charlie… delta… four… echo, énonça-t-il lentement. Charlie delta four echo, ici lima mike eight fox.

Il renouvela son annonce cinq fois, puis commença à lire le message au micro.

— Comment ça, une voix ? demanda Willey

— Je distingue la phrase « Charlie delta four echo ». Je vous la transmets au CO.

Willey regarda la console d'où sortait une voix humaine.

« Charlie delta four echo, à vous. »

Depuis le sol, les yeux toujours fermés, Vornado se mit soudain à parler :

— B.K., qu'est-ce que tu fous là ?

— Lieutenant, c'est quoi ? demanda Willey à l'officier Mikey Selles.

Selles se précipita vers le PC radio. Il revint dix secondes plus tard, le visage pâle.

— Commandant, « Charlie delta four echo » est notre code d'appel pour aujourd'hui. *Master One* nous appelle sur le téléphone sous-marin.

— B.K. ? dit Vornado, en souriant dans un demi-sommeil. Dillinger, c'est toi ?

Selles tendit le manuel de code au capitaine de corvette Holmes, qui approuva et leva les yeux en direction de Willey.

— Je vous traduis, dit Holmes. Il dit : « Terminer l'exercice et initialiser la communication Nestor UHF[1] sécurisée, signé capitaine de frégate Dillinger, commandant par intérim, USS *Albany.* »

---

1. Système de radiocommunication qui crypte la voix avant transmission et qui la décrypte à la réception. Peut être utilisé dans le monde entier, en passant par les satellites. Moyen de communication rapide et très sûr.

Willey regarda Holmes.

— Terminer l'exercice ? Commandant par intérim ? Qu'est-ce que c'est que cette histoire ?

— Ça concorde, commandant, dit Selles. Les Mark 48 ratées ? Les Subroc produisant un bruit énorme sans signe d'explosion ? Pendant que le commandant était absent, ils ont rechargé tout notre poste torpilles avec des Mark 48 ADCAP mod. cinq et débarqué les mod. six. Mais ces armes n'étaient pas des mod. cinq, il s'agissait d'armes d'exercice.

— Bordel, jura Willey. Espèce d'enfoirée d'escadrille. Nous participions à un foutu exercice.

L'hélicoptère sud-africain Sea King de la force nationale de défense approcha du point de rendez-vous à vitesse maximum, puis ralentit lorsqu'il fut en vue du massif des deux sous-marins. Les deux sous-marins d'attaque américains étaient à vitesse nulle, à deux longueurs l'un de l'autre. Sur le pont de l'un d'entre eux, un groupe d'hommes d'équipage équipés de brassières de sauvetage faisait des signes. Un homme blessé, enveloppé dans des couvertures, était sanglé sur un brancard. Le pilote approcha l'appareil au-dessus de l'arrière du sous-marin. La porte arrière du Sea King s'ouvrit et un câble descendit vers le pont.

Sur le pont du USS *Hampton*, un homme se pencha au-dessus de Vornado et scruta ses yeux ouverts pour déceler une éventuelle manifestation de conscience. Vornado cligna enfin les paupières et leva les yeux vers l'officier. Il fronça les sourcils, ses yeux étaient vitreux.

— B.K., c'est vraiment toi ? demanda-t-il avec sévérité.

— C'est moi, Peter, répondit Burke Dillinger, la main sur la manche de Vornado. Comment vas-tu, mon vieux ?

— B.K., sois prudent, dit d'une voix rauque Vornado, les yeux vides. Ils ont volé l'*Albany*. Ils vont lancer sur toi.

— Je sais, Peter, continua Dillinger. C'était un exercice. Je commandais l'*Albany*. Nous avions des ordres de ComSubLant pour essayer de trouver d'éventuelles failles dans notre défense. Tu as fait du bon travail en lançant sur nous.

Vornado fronça les yeux.

— Alors, tu seras sur tes gardes ? Pour l'*Albany*, B.K. ? Je ne veux pas qu'ils te descendent aussi.

Dillinger approuva gravement en tapotant l'épaule de son ami.

— Je serai prudent, Peter. Ces gens vont prendre soin de toi, O.K. ?

— Un autre hélicoptère, dit Vornado, en levant les yeux vers le Sea King, qui se maintenait en vol stationnaire au-dessus d'eux et laissait descendre son câble d'hélitreuillage. Dis à Rachel que je le porte toujours. Tu lui diras ?

Dillinger fit un signe affirmatif, s'interrogeant sur ce que voulait dire Vornado, mais il mémorisa le message au cas où il signifierait quelque chose pour Rachel Vornado.

— Je lui dirai, Peter. Prends soin de toi.

— Commandant, nous devons le remonter maintenant ! intervint le chef de pont.

Dillinger secoua la tête. Il baissa les yeux vers Vornado pour lui dire au revoir et s'aperçut qu'il écartait les poings de son corps. Dillinger afficha un sourire courageux, serra les poings et frappa doucement ceux de Vornado, puis il s'éloigna.

Au signal du chef de pont, l'hélicoptère hissa le brancard. L'énorme appareil fit demi-tour et ferma sa porte arrière, puis s'inclina fortement vers l'avant, le rotor mordant l'air tandis qu'il s'éloignait en accélérant.

DEUXIÈME PARTIE

Terminal

7

Quatre heures plus tard, un petit jet privé décollait d'un aéroport proche du Cap, en direction de Newark. L'unique passager était enveloppé de couvertures et, malgré la chaleur à l'intérieur de l'avion, il frissonnait. Deux infirmières de la force nationale de défense sud-africaine veillaient sur lui, vérifiant les flacons des perfusions et inscrivant régulièrement des notes dans son dossier médical. À un hémisphère de là, deux spécialistes du cancer du système nerveux du centre anticancer Memorial Sloan-Kettering de New York avaient été prévenus de l'arrivée d'un nouveau patient.

Ce dernier dormait difficilement et parlait dans son sommeil. Un moment, il murmura le mot « Albany », puis frissonna.

Un quart d'heure plus tard, l'aube se levait sur l'Asie centrale et dissipait l'obscurité, sauf sur le nord de la Russie où une chape humide et froide recouvrait plus de la moitié du continent. La couverture de nuages s'étendait du nord-ouest de Moscou jusqu'à la mer Blanche et la mer de Barents et se transformait en lourds cumulonimbus au-dessus de la péninsule de Kola, près des frontières norvégienne et finlandaise. La population de la péninsule se concentrait essentiellement autour de la ville de Mourmansk, située sur la côte orientale du fjord de Kola.

La ville avait connu des jours meilleurs. Son histoire moderne commençait durant la Seconde Guerre mondiale lorsqu'elle constituait un terminal de débarquement pour les convois alliés, leur fournissant le nécessaire pour affronter la glace hivernale de la mer de Barents. Au cours de la dernière moitié du XXe siècle, Mourmansk s'était retrouvée au centre de la course à l'armement avec l'Ouest. Avec le programme de construction de sous-marins nucléaires de l'Union soviétique, la ville et les cités alentour avaient vu s'installer des chantiers navals. Il y a vingt ans, le vigoureux effort s'était considérablement ralenti. À présent, les chantiers navals et les bases sous-marines étaient laissés à l'abandon. Sur les terrains possédés par l'État tout au long du fjord de Mourmansk et de la côte de la péninsule de Kola, les coques délaissées de sous-marins nucléaires se délabraient et rouillaient, en attente de démantèlement ou de décontamination. Avec la fin d'une époque, Mourmansk avait tenté de retrouver vie en tant qu'aéroport maritime arctique et plaque tournante de trafic commercial. Mais, en l'absence d'industries dans les provinces situées plus au nord, les efforts des notables de la ville avaient échoué ; cette ville côtière autrefois animée était à présent une ville fantôme en train de rouiller. Les voies de chemin de fer reliant les usines du fjord de Mourmansk au sud, jusqu'à Moscou, tombaient en ruine, une seule permettait encore la circulation de trains de marchandises.

Sur le front de mer, près des anciens réservoirs et des quais de la Mourmansk Oil Company, un bâtiment allongé, abandonné, surplombait de dix mètres l'eau du fjord. Quelques dizaines d'années auparavant, il avait constitué le « terminal du matériel de l'Armée rouge ». Là, des tonnes de camions en prêt-bail, de canons et de munitions étaient arrivés avec les convois qui se formaient en Nouvelle-Écosse pour ravitailler les armées de Staline durant la grande guerre patriotique. Un demi-siècle plus tard, le bâtiment se trouvait dans un état de délabrement catastrophique. Pendant les années 90, un incendie avait fragilisé la structure et les quelques occupants étaient partis, laissant un intérieur contaminé et dégradé. La présence de peinture au plomb et d'amiante aurait nécessité des millions de dollars pour le démolir en toute sécurité. Il était donc abandonné aux éléments. C'était un parallélépipède massif en brique, sans intérêt. Les vitres étaient cassées. La plus grande partie du niveau supérieur était noircie par les flammes qui avaient sévi lors d'un incendie. Le toit était déformé et à moitié effondré. Jamais personne n'aurait accordé la moindre attention à ce bâtiment en ruine.

Cependant, en pénétrant à l'intérieur, on laissait derrière soi la Russie crasseuse des années 20 pour plonger dans une usine moderne, d'une propreté exemplaire. De puissants projecteurs éclairaient le blanc éclatant d'une haute travée. Cette dernière s'étendait en longueur sur un axe perpendiculaire à celui du fjord. Elle mesurait trente-cinq mètres de large sur trois cents de longueur, sous quarante mètres de hauteur. Au-dessus, un gigantesque pont roulant en acier brillant coulissait sur douze roues de chemin de fer jusqu'à l'extrémité de l'usine, du côté du fjord. Leonov Kaznikov, le camarade le plus âgé de l'usine, avait acheté l'endroit pour une bouchée de pain. Avec Sergeï, plus jeune et plus compétent dans le domaine technique, ils avaient discrètement construit un nouveau bâtiment à l'intérieur du premier. Ils avaient monté des murs de solides blocs et poutrelles d'acier, creusé le sol – le plancher de l'usine se trouvait à présent à presque trente mètres sous le niveau du sol extérieur et vingt mètres sous le niveau de la haute mer du fjord. Depuis qu'elle était opérationnelle, les ouvriers avaient redonné à l'installation le nom de « Terminal » et c'est avec respect qu'ils parlaient de l'incroyable prouesse technique de sa double structure.

Mais si le bâtiment était spectaculaire en lui-même, cela ne représentait rien par rapport à ce qu'il contenait : un cylindre de dix mètres de diamètre et d'une longueur de trois mètres. Il ressemblait à une boîte de thon géante posée sur le côté. L'ensemble était recouvert de plastique blanc ; autour, des ouvriers en combinaison antipoussière s'activaient. Cinq mètres plus loin se trouvait un cylindre identique. Son axe, tout comme pour le premier, était aligné avec celui du bâtiment. Bien qu'il fût difficile de discerner quelque détail sous les couches protectrices de plastique blanc, chaque cylindre comportait une double paroi délimitant un espace d'environ cinquante centimètres.

Le gigantesque pont roulant fila silencieusement vers la gauche. Un crochet transportait une lourde caisse de matériel jusqu'à la partie la plus à l'est de l'édifice. Les cylindres étaient parfaitement alignés dans l'axe du bâtiment. Sur toute la longueur, leur diamètre était identique, sauf à l'extrémité, où il commençait à diminuer légèrement. Sur une photographie prise de cet endroit, on aurait eu l'impression de voir un thon coupé en morceaux et dont les darnes reposeraient encore sur le côté. Mais il ne s'agissait pas d'un thon.

Une nouvelle cargaison de nouveaux cylindres de métal devait arriver aujourd'hui. Mais, contrairement aux modules luisants et sans taches entreposés à l'intérieur du bâtiment, le chargement serait couvert de rouille, d'une odeur nauséabonde, peut-être rempli de boue et de sable, ou même infesté de rats. Il avait été embarqué à bord d'une barge poussée par un remorqueur qui avait descendu le fjord la veille, après le coucher du soleil, et avait rejoint l'ouest du Terminal après minuit. L'extrémité du bâtiment côté fjord pouvait s'ouvrir pour permettre l'entrée de la barge. L'équipe du Terminal halerait la barge jusqu'à ce que cette dernière soit complètement à l'abri des regards. Depuis l'autre rive du fjord, l'installation était insoupçonnable. Le local de débarquement paraissait aussi délabré que le bâtiment extérieur et un vestiaire permettait aux hommes d'accéder du secteur de débarquement vers la zone propre.

La cargaison des barges était conditionnée pour pénétrer dans une section longue de douze mètres, incluse dans la partie côté terre du Terminal. Elle était nettoyée à la vapeur et sablée, l'extérieur était traité pour recevoir le revêtement spécial qui protégeait la surface externe de l'acier. L'intérieur, en titane, était enduit d'un autre type de revêtement. Le chargement, fortement radioactif, devrait également subir une décontamination dans une section spéciale du Terminal doublée d'un revêtement de plomb et d'un polymère. Lorsque le cylindre serait prêt, de larges portes s'ouvriraient pour le laisser entrer dans la zone propre, où il rejoindrait les autres cylindres. Le travail dans le Terminal serait alors terminé.

Le campus du complexe de bureaux tentaculaire était niché à McLean, une banlieue boisée de Virginie du Nord, sur la rive occidentale du Potomac, dans une propriété ayant autrefois appartenu à des membres de la famille du général confédéré Robert E. Lee. La ville de l'époque avait été absorbée par celle de McLean, en 1910. Avant son annexion, elle portait le nom de Langley, toujours utilisé par les vingt-trois mille personnes qui travaillaient là, bien que Langley n'existât sur aucune carte. Cela convenait parfaitement aux services qui y étaient installés, et qui préféraient rester anonymes. Le bâtiment principal était une structure de béton en forme de U qui faisait face à ce qui avait été auparavant un terrain herbeux ; mais trente ans après sa construction, un nouveau bâtiment d'acier et de verre et un auditorium sphérique dans lequel pouvaient prendre place sept mille personnes, baptisé « la bulle », avaient été érigés. Alors que le campus aurait pu être celui du siège de n'importe quelle compagnie du groupe des cinq cents, le complexe bénéficiait de la sécurité la plus étroite de tous les États-Unis. Deux gardes patrouillaient devant la porte intérieure de sécurité, tandis qu'un troisième vérifiait l'identité de ceux qui se présentaient à l'entrée. La plaque en bronze sur le poste de garde était récente et jamais par le passé elle n'y aurait été accrochée. Mais les temps avaient changé. Sur cette plaque, on pouvait lire, en grandes lettres majuscules : « CENTRAL INTELLIGENCE AGENCY ».

Au centre national d'interprétation photographique des bureaux de sciences et de technologie, un expert du renseignement maritime était penché sur les données collectées sur le Terminal.

— Seigneur Dieu du ciel, souffla-t-il. L'Alfa est de retour.

8

— Je peux sortir tout seul, dit Peter Vornado, ignorant l'inquiétude de Rachel.

Après trois essais infructueux, il retomba sur le siège arrière de la voiture. L'aide-soignant le sortit doucement et l'installa dans le fauteuil roulant. Vornado regarda autour de lui, plus attentif que quiconque au temps qu'il faisait, même en un jour comme celui-là. Un luxe pour un sous-marinier. Dans l'Upper East Side de Manhattan, c'était un beau jeudi d'août sans nuages. Des oiseaux pépiaient dans les arbres qui bordaient l'allée d'accès vers le grand bâtiment et des parterres de fleurs multicolores encadraient les portes. Vornado fut conduit dans le hall puis vers l'ascenseur. Après l'éclatante lumière du soleil, l'intérieur du centre anticancéreux Memorial Sloan-Kettering paraissait lugubre.

Les quatre derniers jours, Vornado était venu dans ce bâtiment pour y subir des examens – principalement des scanners et des PET-scans[1], mais aussi des injections, des examens de sang, des radiographies et même des vidéo-endoscopes insérés dans son nez et dans sa bouche. Et avec cela, les maux de tête lancinants qui ne cessaient de l'accabler puis de se calmer, et une attaque qui l'avait violemment secoué la veille. Depuis son évacuation sanitaire du *Hampton*, il avait recouvré la vue, puis de nouveau sa vision s'était troublée. Ce matin-là, il ne voyait plus de l'œil gauche. Toutes ces machines et tous ces médecins ne feraient que confirmer ce que Vornado savait déjà : il souffrait d'une tumeur au cerveau. Maligne ou bénigne ? Le médecin-chef de service avait insisté

1. PET-scan : Tomographie à émissions de positons (TEP), autre procédé d'imagerie de type scanner. Le sigle américain PET-scan est couramment utilisé en France.

pour attendre d'être en possession de la totalité des résultats des examens avant tout pronostic.

Rachel accompagnait Vornado dans la salle d'examen pendant que l'on mesurait ses signes vitaux et que l'on s'enquérait de sa vue. Puis on poussa son fauteuil roulant dans le bureau du médecin-chef de service, le Dr Peppinger, un New-Yorkais mince, amène et vif, aux cheveux courts poivre et sel et plus âgé que Vornado. Sous sa blouse blanche, il portait une cravate et une chemise empesée. Il était assis derrière un bureau en cerisier. Des diplômes et des agrandissements de photos de famille décoraient les murs. La façade, entièrement vitrée, offrait une vue sur l'East River. Le Dr Peppinger se leva tout en continuant à parcourir le dossier de Vornado. Il s'assit brutalement et leva les yeux, les sourcils relevés avec un air compréhensif.

— Peter, Rachel, je suis désolé. J'ai de mauvaises nouvelles.

La douleur qui dardait à l'arrière de la tête de Vornado lança brutalement dans ses tempes. Il fronça les yeux et porta la main à son front.

— Vous avez une tumeur au cerveau, Peter. Assez importante, un peu plus grosse qu'une balle de golf, du côté gauche. Nous appelons cela un glioblastome[1]. Voici quelques documents, que vous pourrez étudier avec Rachel, mais vous devez voir la réalité en face. Cette tumeur diffuse ses cellules aux quatre coins de votre cerveau depuis le premier jour, et nous en sommes à un stade avancé.

Vornado plissa les yeux en regardant le médecin, essayant de comprendre malgré son mal de tête. Il finit par retrouver la voix et demanda d'un ton rauque :

— Et que faisons-nous maintenant ?

— Nous devons intervenir rapidement et « réduire » la tumeur.

— Une opération du cerveau, dit Vornado, une moue sur les lèvres. Vous n'avez pas besoin de faire une biopsie, un prélèvement ou autre avant ?

Peppinger secoua la tête.

— Non, Peter. Les glioblastomes sont malins et votre tumeur en est au stade quatre. Dans votre cas, nous ne pouvons envisager une ablation de la tumeur. Nous allons la réduire au minimum

1. Tumeur maligne (gliome) qui se développe dans les hémisphères cérébraux.

pour éviter la pression sur les centres vitaux de votre cerveau et prévenir une atteinte sévère des centres de la vue, du langage et de l'intellect. C'est comme une sorte d'araignée avec une masse centrale et des tentacules qui touchent plusieurs parties du cerveau. Même si nous réussissons à retirer tout ce que nous voyons, nous ne pourrons jamais supprimer toutes les cellules et quelques-unes suffiront à régénérer la tumeur. L'opération permettra de préserver une certaine qualité de vie.

Pour la première fois, Rachel s'exprima d'une voix calme, légèrement tremblante :

— Docteur, existe-t-il un traitement ? Radiothérapie ou chimiothérapie ?

— Les glioblastomes sont parmi les cancers les plus agressifs. Il faudra suivre des cures intensives de radiothérapie et de chimiothérapie, toujours dans le but de conserver une certaine qualité de vie. Nous disposons de nouveaux traitements de chimiothérapie qui évitent certains effets secondaires désagréables. Mais je ne vous cache pas que cela restera pénible.

— Et avec les rayons et la chimio, il n'y a aucun espoir de rémission ? demanda Rachel.

— Je suis désolé, les chances sont pratiquement nulles, Rachel. Après l'opération, nous devrons lutter au quotidien.

— Combien de temps ? demanda Vornado, d'une voix redevenue normale.

Il jeta un regard soucieux en direction de Rachel, qui semblait ne pas réaliser que le médecin venait d'annoncer sa mort prochaine.

Peppinger hocha la tête. Il s'attendait à la question.

— En tenant compte de votre excellent état général avant d'être atteint par cette tumeur et de votre jeune âge, Peter, avec l'opération, les rayons et la chimio, nous pouvons espérer six à huit semaines.

Vornado retomba brutalement contre le dossier de son fauteuil.

— Seigneur, je pensais que vous parleriez d'un, deux ou trois ans. Vous me donnez deux mois ?

Peppinger acquiesça de la tête.

— J'en ai peur, Peter.

— Et pour un sursis de soixante jours, je dois quand même subir une opération du cerveau, faire de la chimio et des rayons. Et vous me donnez combien de temps si je ne fais rien ?

— Entre deux et trois semaines. Vous aurez d'autres crises somato-sensitives[1] et il est probable que vos problèmes de vue s'aggraveront. Vous risquez de perdre la parole et l'ensemble des fonctions motrices seraient rapidement atteintes. Vous ne tarderiez pas à sombrer dans le coma. La décision vous appartient, mais le traitement vous laisserait un peu plus de temps à partager avec votre famille. Sans compter le confort de vie. Ce ne sera pas facile, mais nous disposons de nouvelles solutions pour atténuer la douleur qui vous permettront de conserver votre lucidité. Avec l'opération, la chimio et les rayons, vous pourrez profiter pleinement de votre famille et de vos amis. Et vous pourrez aider Rachel à préparer son avenir.

Vornado regarda Rachel. Elle avait réalisé la situation. Elle avait les yeux humides mais aucune larme ne coulait. Vornado réfléchit aux solutions qui lui étaient proposées. Une part de lui-même voulait éviter le traitement. Il détestait être allongé dans un lit d'hôpital, entouré de gens s'affairant autour de lui comme un bateau impuissant dans le fond d'un bassin. Il préférait rentrer chez lui, s'asseoir dans un profond fauteuil de cuir et s'en aller doucement sans avoir à subir toutes ces manipulations médicales. Mais le regard de Rachel le décida à se raviser. En pensant à ses enfants, sa décision était prise. Chaque jour gagné auprès d'eux était précieux. Pourrait-il accomplir une vie entière de père en soixante jours ? Il se demandait ce que ses enfants penseraient de lui plus tard, si les deux aînés évoqueraient leur père avec la petite Erin, trop jeune pour se souvenir de lui. Il imagina Marla et Peter Junior à vingt ans parlant de lui à Erin âgée de dix ans. À cette pensée, il se prit la tête dans les mains et se cacha les yeux. Mais les larmes ruisselaient quand même sur ses joues. Rachel se précipita contre lui pour l'embrasser, ce qui ne fit qu'aggraver son désespoir. Il sentit son corps secoué de sanglots.

— Je vous laisse seuls tous les deux, dit Peppinger en se levant. Vous n'êtes pas obligés de décider maintenant. Revenez lundi. Nous en reparlerons et nous prendrons des dispositions en

1. Crise épileptique partielle caractérisée par des impressions d'engourdissement, de fourmillements, de douleurs à début localisé et s'étendant parfois de proche en proche, en suivant une marche du type des crises motrices dites bravais-jacksoniennes.

ce qui concerne le traitement. Passez à l'accueil en sortant lorsque vous serez prêts.

En sortant de son bureau, Peppinger serra l'épaule de Vornado.

Vornado lutta pour retrouver ses esprits. Il parvint enfin à se redresser et à afficher un visage serein devant Rachel. Il lui caressa les cheveux et essuya les larmes sur son visage.

— Ça va aller, ma chérie, dit-il d'une voix rauque et tremblante. Depuis quand n'ai-je pas passé deux mois d'affilée à la maison ? Ce sera comme des vacances.

Toute sa vie d'adulte, Vornado avait trouvé sa raison d'être dans son travail. Comme son père avant lui, il avait accompli une belle carrière dans la marine. Il avait accédé à la pointe de la pyramide et avait fait partie des rares officiers sélectionnés pour prendre un commandement. Il avait eu la grande chance d'être distingué comme un des meilleurs commandants des forces sous-marines. La dernière année, il n'avait vécu que pour cela. Et à présent, tout ça était à jamais fini. Peu lui importait. Il avait aimé les forces sous-marines et sa carrière, mais, à présent, face au cancer et à la mort, il ne pensait plus qu'à Rachel et aux enfants qu'il laisserait derrière lui. S'il lui était donné de recouvrer la santé, il pensait qu'il lui serait égal de gagner sa vie en poussant un balai. Il souhaitait simplement vivre, être un mari et un père. Il ne lui restait que soixante jours.

— Nous devons parler aux enfants, dit-il à Rachel.

Elle approuva de la tête. Ils remplirent les formalités de sortie à l'accueil, quittèrent le bâtiment et retournèrent à leur voiture pour regagner leur hôtel. Les enfants les attendaient en compagnie d'Ann, la sœur de Rachel. Vornado redoutait de leur annoncer la nouvelle et essayait de prévoir leur réaction. Ils savaient qu'il se passait quelque chose de grave, mais ils n'imaginaient certainement pas la mort de leur père dans quelques semaines. « Nous sommes début août », pensa Vornado lorsque les portes s'ouvrirent sur le large trottoir. Le fauteuil roulant s'arrêta pendant qu'ils attendaient la voiture. Cela signifiait qu'il ne célébrerait pas son dix-septième anniversaire de mariage la première semaine de novembre. Il avait vécu son dernier Thanksgiving et son dernier Noël avec les enfants. Il secoua la tête en pensant à leur peine lors des prochaines fêtes. Et il restait le problème financier et ce qui se passerait pour Rachel.

Lorsque l'aide-soignant ferma la portière, Vornado regarda Rachel.

— Je veux que tu te remaries, se surprit-il à dire, sans savoir pourquoi il disait cela ou pourquoi à ce moment-là.

Rachel ferma les yeux et fondit en larmes, la tête contre son épaule. Il leva la main pour toucher son visage, il tremblait. La voiture démarra et se dirigea vers le sud.

Onze étages au-dessus, par la baie ouverte à l'est, le Dr Peppinger regarda la voiture s'infiltrer dans la circulation. Il garda le téléphone contre son oreille attendant qu'on lui passe le Dr Friedman au centre anticancéreux de Duke University. Quelques minutes plus tard, son téléphone sonna.

— Allan, dit Peppinger. Je pense avoir un candidat pour l'essai clinique du vaccin. Un homme en bon état physique âgé de trente-huit ans, aucune complication. Je souhaiterais personnellement le voir participer au programme. Je te fais parvenir son dossier. Je te le fais suivre tout de suite par e-mail.

Peppinger reposa le téléphone, puis appela son assistante.

— Diane, s'il vous plaît, pouvez-vous expédier par e-mail le dossier de Peter Vornado au Dr Friedman à Duke.

Après une telle consultation, il aimait se tenir debout devant la fenêtre et regarder l'horizon. Il n'avait pas parlé à Vornado des expérimentations de Duke. Les essais cliniques du vaccin en étaient à leur début et ne portaient que sur très peu de malades chaque année. La dernière fois qu'il avait parlé à Allan, le programme était complet. Même si Vornado intégrait le programme, il n'aurait de toute façon pas plus d'espoir qu'avec la chimio et les rayons. Mais peut-être les résultats de ces essais contribueraient-ils à la recherche sur le glioblastome. Peut-être quelque chose serait-il gagné de toutes ces tentatives, pensa Peppiner. Ce serait bien, un jour, s'il pouvait donner un peu d'espoir à tous ces jeunes hommes et ces jeunes femmes qui passaient dans son bureau et qui recevaient ces sombres nouvelles.

Peppinger s'adossa dans son fauteuil, essayant durant quelques minutes d'imaginer ce que cela serait d'avoir une autre carrière. Il pensa à celle de Vornado, commandant de sous-marin nucléaire. Une sacrée carrière, pensa Peppinger. Lorsque Vornado se réveillerait après l'opération, Peppinger décida qu'il lui demanderait ce que cela faisait d'être commandant de sous-marin nucléaire.

9

Dans le nouveau bâtiment administratif, Victor Kaminski traversa rapidement le hall jusqu'au bureau de Hank Lewis. Après une année sur le terrain, il ne se sentait pas très à l'aise en costume. Après sa sortie de l'École navale et un passage chez les Marines, Kaminski avait servi pendant dix ans comme officier de renseignement dans les services secrets de la CIA. Il avait passé la plupart de son temps en Russie, dans l'administration russe, jusqu'à deux ans auparavant, lorsqu'il avait été invité à rejoindre la force d'intervention antiprolifération de Hank Lewis. Il devait recevoir une nouvelle affectation.

De stature robuste, Kaminski mesurait un mètre quatre-vingts. Âgé de quarante-deux ans, il avait à son grand dam pris dix kilos ces dix dernières années. Mais on lui disait que cet embonpoint lui allait bien et qu'il paraissait plus intimidant. Kaminski avait l'allure et le visage tanné d'un ouvrier. Son crâne rasé accentuait encore la rudesse de son apparence. Ses yeux bleu terne lui donnaient un regard intelligent et perçant, mais, lorsqu'il le voulait, il pouvait adopter une expression vide qui le faisait paraître inoffensif, insignifiant et nonchalant.

On conduisit Kaminski jusqu'au bureau de Lewis. Il sourit et serra la main du chef. Lewis était grand, avec un visage affable mais exigeant, il était vêtu d'un costume gris impeccable et d'une cravate rouge. Il portait des chaussures de luxe reluisantes, ses cheveux étaient courts et soignés. Lewis lui rendit son sourire et lui donna une claque sur l'épaule.

— Je suis content de vous voir, Vic. J'ai quelque chose d'intéressant pour vous.

Kaminski secoua la tête.

— Quand est-ce que je pars ?

Lewis sourit.

— Dans l'heure. Je vous ai demandé une voiture, et un avion vous attend. Votre première escale sera la Pologne, où vous approfondirez vos connaissances en soudure au titane. Vous recevrez également une remise à niveau sur les moteurs diesel et sur les systèmes hydrauliques. Vous allez être tôlier-mécanicien.

— Et cette fois, je pars pour combien de temps ?

— Environ six semaines, mentit Lewis.

Kaminski sourit, c'était entre eux une plaisanterie classique. La première fois que Lewis l'avait envoyé pour une mission de six semaines, il était rentré quatre ans plus tard.

— Et après la Pologne ?

— Le nord de la Russie.

Le bureau de Lewis était un ISIC, une installation spéciale information compartimentée, où il pouvait parler sans craindre une surveillance électronique. Il prit un clavier autonome sous son bureau, entra son mot de passe, puis démarra une présentation Powerpoint. La première planche représentait une carte de la péninsule de Kola en Russie septentrionale, la ville de Mourmansk à l'intérieur des terres et une rivière coulant vers le nord, sur la côte occidentale du fjord de Kola.

— Mourmansk, dit Lewis. Il y a une usine privée sur le bord du fjord de Kola.

Une photo aérienne du Terminal apparut.

— Une belle saloperie cette usine, si vous voulez mon avis, affirma avec mépris Kaminski.

— Voici un agrandissement.

Lewis afficha l'image suivante, qui représentait le Terminal depuis le sol. Il avait toujours l'air en mauvais état.

— Voici l'intérieur.

La pont roulant, d'un blanc éclatant, levait un module cylindrique enveloppé de plastique blanc et le mettait en place en ligne avec les autres sur le sol blanc étincelant de l'atelier hors poussière. Kaminski se leva pour examiner la photographie, le visage près de l'écran. Il siffla.

— Ça ressemble à un atelier d'assemblage.

— Nous ne savons pas grand-chose, mais ce que nous savons nous amène à nous poser des questions. Ils appellent cette installation le « Terminal ». La famille du crime organisé Kaznikov l'a acheté comme bâtiment abandonné.

— Kaznikov, répéta Kaminski en réfléchissant.

— Une ramification de la *Mafaya* Dianov de Moscou. Cousins au second degré. C'est la plus jeune génération des Kaznikov qui est impliquée dans cette opération. Le frère aîné, Leonov, est le cerveau commercial et criminel. Entre les deux, il est également le représentant commercial. Le jeune frère, Sergeï, est le cerveau technique qui a eu l'idée de reconstruire le Terminal et qui a été capable de le faire sans que cela soit détecté. L'usine était un bâtiment pourri, en ruine, sur le point de s'effondrer. Mais les Kaznikov l'ont restaurée et ont passé des années à en équiper l'intérieur d'un matériel extrêmement coûteux. Ensuite, ils ont commencé à recevoir des cargaisons dans des barges couvertes. Ce qui a attiré notre attention, c'est que les barges peuvent pénétrer à moitié à l'intérieur du bâtiment et être déchargées à l'abri des regards.

— Vous avez donc besoin de quelqu'un pour voir ce qui s'y trame ?

— Non, nous savons ce qui se passe. Ils construisent un sous-marin en utilisant des éléments mis au rebut par la marine. Ils ont un contrat avec Moscou pour désarmer et démanteler ces sous-marins, mais au lieu de les démanteler, ils les reconstruisent. Cela représente un énorme investissement mais, apparemment, ils disposent des moyens pour le faire. Ils sont destinés à l'export.

— Des terroristes ?

— C'est ce que nous pensions au départ.

Sur l'écran, le visage d'un homme plutôt âgé, l'air autoritaire, d'origine hispanique, le teint basané et les traits sombres. De larges lunettes à monture métallique rectangulaire cerclaient ses petits yeux.

— C'est un magnat colombien de la drogue du nom d'Orlando Suarto. Il a déjà aidé la mafia russe à construire ce sous-marin au plus profond des montagnes colombiennes.

Une nouvelle planche montrait l'intérieur de l'atelier abritant de grands cylindres de métal peints en rouge.

— Je me souviens. Un sous-marin diesel qui devait être utilisé pour le trafic de drogue. Un truc plutôt difficile à prendre.

— Exact. Nous avons de la chance d'avoir eu vent de l'affaire.

— Mais ce sous-marin se trouvait dans un atelier à Bogota, en altitude. Stupide, non ?

— Ils disposaient des matériaux et des ouvriers en ville. Le sous-marin était petit, seulement trente mètres de long avec une coque d'un diamètre de 3,5 mètres. Ils l'avaient construit en modules suffisamment petits pour tenir dans un camion, étant donné le diamètre réduit de la coque, il aurait pu être transporté par la route. Le module le plus lourd était celui qui contenait les machines. Il avait été construit sur un camion à chenilles. Le but consistait à terminer tous les modules, puis à les expédier dans un grand chantier naval sur la côte des Caraïbes où Suarto possédait une marina. Ils devaient ensuite être assemblés dans un bassin construit spécialement, équipé d'un toit, loin du regard indiscret des satellites. Si la construction avait pu être terminée, cet engin aurait passé en contrebande deux cents tonnes de cocaïne à chaque voyage. Le premier voyage aurait suffi à couvrir plus de vingt fois les frais de construction du sous-marin. Si ce sous-marin avait été achevé, nous nous serions trouvés impuissants face à lui.

— Sans doute la raison pour laquelle nous avons compromis nos sources de renseignement afin de surprendre Suarto avant qu'il n'ait le temps de finir son sous-marin.

— Nous ne savions rien à ce sujet. Pas plus que la DEA. Apparemment, les Russes, que Suarto avait fait venir pour construire l'engin, ont trop parlé et ont éventé la couverture de l'opération. Une fois l'opération révélée, Suarto a disparu pendant un moment, mais il n'a jamais abandonné l'idée d'un sous-marin pour faire de la contrebande de drogue. Il a décidé d'aller s'en enquérir ailleurs. Il s'est de nouveau tourné vers les Russes, puisqu'ils s'étaient montrés fiables et rapides pour le premier. Mais cette fois, il éviterait sa première erreur et construirait le sous-marin en Russie.

— Continuez.

— Les Kaznikov ont acheté le Terminal, l'ont reconstruit et ont obtenu ces vieilles pièces détachées sur les sous-marins russes. Pour aller plus loin, la mafia russe a proposé que Suarto achète un sous-marin nucléaire. Il a été impressionné. Le prix était beaucoup plus élevé, mais un nucléaire pourrait transporter beaucoup plus de « marchandise » et serait plus discret. Un millier de fois moins bruyant que le bâtiment diesel que Suarto avait commencé à construire.

— Et alors, qu'est-ce que je viens faire là-dedans ?

— Vous installerez sciemment des parties endommagées qui ne fonctionneront pas. Notre but consiste à retarder ce sous-marin. Peut-être indéfiniment. Jetez un coup d'œil là-dessus.

L'image suivante montrait un ensemble de formes cylindriques placées sur le sol de l'atelier hors poussière par un pont roulant. L'image cessa de défiler et la photo de six cylindres de métal brillant se figea sur l'écran.

— Les gens des Sciences et Technologies affirment qu'il s'agit de tubes lance-torpilles. À l'origine, les six tubes étaient fermés par des tapes métalliques pour assurer l'étanchéité de la coque. Mais à présent, elles ont été enlevées et les six tubes équipés de leur mécanisme d'ouverture de porte et de chargement de torpille sont en cours d'installation.

Kaminski regarda la photographie sans comprendre.

— Et alors ? Peut-être Suarto veut-il que son sous-marin résiste à un engagement contre un garde-côte.

— Non, répondit Lewis en secouant la tête. Un système d'armes est incompatible avec l'idée de trafic de drogue. Il utiliserait la majeure partie de l'espace disponible pour la cocaïne. D'autre part, un sous-marin impliqué dans un trafic de drogue ne se risquerait pas à dévoiler sa présence par un engagement, il s'échapperait silencieusement et laisserait passer deux nuits avant de revenir. Pour Suarto, la furtivité représente l'ultime arme, pas la puissance de tir. Non, les tubes lance-torpilles ont une autre raison d'être.

Sur l'écran apparut un visage rude de type arabe, d'âge indéterminé, entre trente-cinq et cinquante-cinq ans. Une barbiche soigneusement taillée de chaque côté de son menton lui donnait un air démoniaque. Ses yeux étaient sombres et intenses. Il avait un nez dur et des lèvres fines. Même le visage détendu, il conservait une expression agressive.

— Voici Abdas al-Sattar, dit Lewis. Jusqu'au mois dernier, Abdas était le commandant en second du mouvement extrémiste islamiste égyptien Ahel al-Beit, ce qui signifie la « famille du prophète ». Voici le café où le leader d'Ahel al-Beit prenait son petit déjeuner après les prières du matin.

L'écran montrait un cratère brûlé entouré de gravats noircis.

— Abdas a renvoyé son chef chez Allah puis en a accusé la CIA. Une manière très efficace pour prendre la tête d'une organisation terroriste. Abdas voulait qu'Ahel al-Beit adopte une position plus agressive dans son action contre Israël. Il veut lâcher une bombe atomique sur Tel-Aviv. Voilà pourquoi son voyage à Mourmansk le mois dernier a sonné l'alarme à Langley. S'il rend visite aux Kaznikov, c'est peut-être pour essayer d'enchérir auprès de Suarto pour son sous-marin.

— À quoi serviraient des torpilles contre Israël ?

— Pas à grand-chose, répondit Lewis. Mais ces tubes lance-torpilles peuvent lancer des missiles de croisière. Des missiles à charge nucléaire. Avec ce sous-marin et quelques missiles, Abdas al-Sattar peut effacer Tel-Aviv de la carte, et l'arrêter se révélerait difficile. À notre demande, la marine vient d'improviser un exercice en condition réelle afin de tester la capacité d'un sous-marin mal intentionné à s'échapper et à parvenir en portée de lancement de Tel-Aviv. Dans le court laps de temps entre le début des opérations du sous-marin et le moment où il se trouverait en portée de tir d'Israël, il semble pratiquement impossible d'arrêter une mission comme celle-là sans utiliser des armes nucléaires tactiques anti-sous-marines,

— Monsieur, il ne s'agit que d'un vieux sous-marin nucléaire rouillé sorti d'une casse russe. En quoi peut-il être dangereux ?

— C'est le sujet de votre prochain briefing dans l'avion avec l'administration des Sciences et Technologies. Apparemment, certains aspects de ce sous-marin posent un problème. Ils prétendent qu'il s'agit d'un super sous-marin russe au long passé, responsable de peurs phénoménales dans les cœurs des amiraux de la Navy.

Lewis éteignit l'écran et se leva.

— Un jet vous attend à Dulles. Un agent des Sciences et Technologies vous mettra au courant dans l'avion.

Kaminski soupira.

— Un vol intercontinental en compagnie d'un dingue d'informatique de l'administration des Sciences. Merci, chef.

10

Dans son bureau lambrissé de chêne, situé au troisième étage, Orlando Suarto se tenait debout devant la grande baie vitrée qui offrait un panorama sur la vallée. Dans l'air pur de ce début de matinée, une voiture soulevait un nuage de poussière. Il sirota son café dans une petite tasse de porcelaine, la vapeur du liquide chaud lui chatouillait les narines.

— Le bandit est presque là, dit calmement Suarto à son lieutenant en chef, Filip Valdez.

Suarto était de taille moyenne et chauve, avec une couronne de cheveux gris-blanc. Ses yeux marron étaient mis en valeur par les larges verres de ses lunettes à monture métallique démodées depuis des lustres. Il portait généralement une chemisette de golf, un jean et des chaussures de bateau. Il était légèrement voûté et, depuis vingt ans déjà, son visage avait commencé à se rider. Suarto n'avait sans doute jamais été un personnage imposant, mais son énergie et sa vigueur stimulante pouvaient remplir un stade. Ces qualités, associées à sa détermination impitoyable en matière de business, l'avaient rendu riche.

Suarto regarda le bus qui montait péniblement de la vallée, loin en dessous, par la route en lacet. Lors de son coup de téléphone, Kaznikov lui avait annoncé qu'un autre client souhaitait acheter le sous-marin qui était sur le point d'être terminé. Bien entendu, Kaznikov avait refusé que quelqu'un enchérisse au-dessus de Suarto, arguant que Suarto et lui avaient une longue relation commune. Mais il avait indiqué que le nouveau candidat voulait tripler le prix d'achat, que l'opération avait explosé son budget, et qu'un prix plus élevé était donc attractif. Kaznikov disait avoir persisté dans son refus, mais, soumis à une forte pression, il avait accepté d'appeler Suarto pour lui demander de bien vouloir recevoir l'autre client. Kaznikov avait insisté sur les qualités de persuasion de cet homme. Il avait assuré Suarto que le second sous-marin serait livré seize mois après la prise de décision, indépendamment de l'équipement final du premier bâtiment. Sur la côte de Kola, il restait des tonnes de pièces détachées pour construire d'autres sous-marins, si Suarto avait lui-même besoin d'un bâtiment identique.

Suarto essaya de contrôler sa colère. Il était passé par trop de souffrances pour accepter l'idée de laisser la primauté à un acheteur nanti d'un portefeuille mieux garni et d'attendre la livraison dix-huit mois supplémentaires. Il existait une façon de faire cesser cette regrettable situation. Si le nouvel acheteur tentait trop Kaznikov, Suarto réglerait la question en lui logeant une balle entre les deux yeux. Mais le meilleur moyen de mettre de l'ordre dans le crâne du nouveau client était de le rencontrer sur la chasse gardée de Suarto. Ce dernier s'était enquis de l'acquéreur. Kaznikov n'avait pu révéler aucun détail avant que Suarto n'eût donné son accord pour la réunion. Il avait accepté la rencontre, uniquement à condition qu'elle se passât sur son territoire, à la montagne. Même après la promesse de Suarto, Kaznikov n'avait pas voulu fournir plus de détails sur le nouveau client. Il s'appelait Abdas al-Sattar, chef égyptien du groupe Ahel al-Beit, ennemi juré d'Israël. Kaznikov n'avait pu dire quels étaient ses projets, mais il avait supposé qu'il comptait l'utiliser pour ses qualités militaires.

Lorsque Suarto avait essayé d'avancer la date de la réunion, Kaznikov lui avait répondu que l'Égyptien préférait le rencontrer en Europe. Suarto avait refusé, insistant pour que Abdas vînt à Bogota. Le lieu de réunion avait été enfin décidé, mais la date retardée d'un mois. L'Égyptien, à en croire Kaznikov, redoutait le voyage en avion et insistait pour venir à bord de son yacht, suffisamment grand pour transporter son propre bus, un véhicule longue distance spécialement équipé.

Suarto observait l'ascension de l'énorme bus sur la route de montagne en secouant la tête et en pensant à cet Égyptien pour le moins original. Comment ne pas attirer l'attention avec un tel convoi de 3,5 mètres de large et 18 mètres de long ? Le bus se présenta au porche en dessous des fenêtres de la façade du bureau de Suarto. Ce dernier se détourna de la fenêtre et fit face à la large double porte du bureau pour accueillir son visiteur. Il croisa le regard de Valdez qui répondit en posant la main sur l'étui de son

Glock. Suarto ouvrit le tiroir de son bureau dans lequel dormait son pistolet automatique MAC-10, chargeur plein. Il le souleva, respira l'odeur du mécanisme huilé en appréciant le cliquetis de la sécurité qu'il enleva avant de le reposer dans le tiroir.

Suarto attendait. Pendant ce temps, en bas, l'Égyptien était fouillé et se soumettait au contrôle d'un détecteur de métaux. L'homme se présenta enfin à la porte. Suarto le fixa droit dans les yeux pour l'évaluer. Abdas, qui dépassait Valdez d'une tête, dut se baisser pour pénétrer dans la pièce. Il entra à grandes enjambées, sa longue cape blanche traînant sur le sol. Il portait une coiffe traditionnelle arabe avec un bandeau noir, ainsi qu'une tunique de soie et une ceinture blanches. La tunique brillait sous la lumière, comme si des diamants avaient été cousus dans le tissu. Abdas avait un visage long et étroit, des pommettes hautes, des yeux noirs, perçants, un nez crochu et une barbiche bizarrement coupée qui pointait vers les oreilles telles deux cornes symétriques. Suarto ne parvenait pas à déterminer si ce visage était beau ou effrayant. Cela semblait dépendre de l'expression de l'homme. Alors qu'il s'avançait sur le tapis épais et tendait la main, son visage s'arrondit en un masque cordial comme s'il saluait un ami de longue date.

— Lord Suarto, c'est pour moi un privilège de vous rencontrer enfin, dit al-Sattar avec un accent anglais.

Sa voix de baryton était sans doute la plus grave que Suarto eût jamais entendue. Sa poignée de main était sèche et ferme, sa main gauche agrippait le poignet gauche de Suarto. Ce dernier joua de son propre charme, souhaitant la bienvenue à Bogota à l'Égyptien et l'invitant à s'asseoir. Les plaisanteries durèrent une heure, après quoi Suarto conduisit al-Sattar dans une immense salle à manger pour un long repas. Le visiteur mangeait copieusement de petites portions, il paraissait les apprécier, bien qu'il refusât le vin et le whisky. À la fin du repas, Suarto invita al-Sattar à regagner son bureau, se demandant quand l'homme se déciderait à parler affaires. Une demi-heure plus tard, il semblait clair qu'Abdas attendait qu'il aborde lui-même le sujet.

Suarto se lança.

— Je crois comprendre que vous êtes prêt à surenchérir pour acheter le sous-marin en cours d'achèvement au Terminal.

Abdas sourit et approuva de la tête :

— Exactement, senior Suarto. J'ai besoin tout de suite d'un tel bâtiment. Je vous paierai la totalité de son prix pour vous dédommager du délai nécessaire à la construction d'un second sous-marin.

Suarto secoua la tête.

— Je crains que ce ne soit tout simplement impossible, monsieur. Cela fait sept ans que je travaille sur ce projet et le prix de revient de ce sous-marin est vingt fois son prix de vente. Je doute que vous vouliez payer une telle somme. Kaznikov peut vous construire une seconde unité, mais j'insiste pour prendre livraison de ce bâtiment.

Suarto lança un coup d'œil rapide en direction de Valdez qui se tenait à l'écart. Celui-ci avança imperceptiblement la main vers son arme. Abdas approuva de la tête d'un air avenant, comme si Suarto avait accepté au lieu de refuser.

— Puis-je essayer de vous convaincre en doublant mon offre initiale ? Je suis prêt à vous payer sur l'heure, avec l'or que j'ai transporté dans mon bus.

Suarto secoua la tête.

— Merci, mais je me vois contraint d'insister. Je suis désolé, Abdas, j'ai besoin du premier bâtiment. J'apprécie votre offre généreuse, mais il m'est tout simplement impossible d'accepter.

Suarto et Valdez observèrent l'Égyptien qui but tranquillement son café, sourit et se leva en tendant la main.

— Je désirais être entendu, et vous m'avez écouté, senior Suarto. Je vous remercie pour votre gracieuse hospitalité. À présent, je vais prendre congé, je vous souhaite bonne chance avec le sous-marin.

Suarto fut surpris qu'al-Sattar cède aussi facilement, mais il avait connu des situations plus étranges. Il pensa un instant à tuer tout de même l'homme, mais il décida de le prendre au pied de la lettre. Le visage de l'homme ne montrait aucune déception. Il raccompagna al-Sattar au rez-de-chaussée où un groupe d'Égyptiens était en pleine discussion avec une demi-douzaine d'hommes de Suarto.

— Quel est le problème ? demanda Valdez.

— Le bus est en panne, répondit l'aide de camp d'al-Sattar. Avec ce long trajet dans la montagne, le moteur a chauffé. Il faudra le remorquer pour descendre.

Abdas se tourna vers Suarto.

— Senior Suarto, je suis extrêmement embarrassé de ce qui se passe. Nous attendrons dans le bus jusqu'à l'arrivée d'un camion adapté pour le remorquage. Je suis profondément désolé qu'il reste immobilisé devant votre manoir.

Suarto secoua la main d'un geste généreux.

— Je vous en prie, prenez mes voitures pour regagner votre yacht. Je les ferai ramener lorsque vous n'en aurez plus besoin. Pour vos bagages, vous pouvez utiliser les Land Cruisers. Je veillerai à la réparation de votre bus et je vous le renverrai par bateau afin que vous ne soyez pas retardés.

Abdas parut touché par la générosité de Suarto.

— Monsieur, permettez-moi de vous dédommager pour ce dérangement. C'est extrêmement gentil de votre part.

— Pas de problème, Abdas. J'insiste.

Après vingt minutes supplémentaires de discussions, Abdas accepta enfin de rejoindre son yacht avec le convoi de Mercedes de Suarto. La porte se referma derrière Abdas al-Sattar qui continuait d'agiter la main en direction de son hôte colombien. La voiture roula pendant dix minutes sur la route en lacet. Au sommet de la montagne, loin au-dessus, le complexe se détachait encore. Le bus bleu éclatant était garé juste en face de l'immense manoir en pierre. Abdas ne quittait pas le bus des yeux. Pendant la descente, il pensait aux trois tonnes de plastic Semtex stockées dans le bus qui remplissaient le coffre à bagages, chaque placard, table, cloison et plafond. Le bus était presque en totalité fabriqué à base d'explosifs, ce qui avait rendu le trajet jusqu'à la propriété de Suarto angoissant.

— Votre Sainteté ? demanda son aide de camp.

Abdas approuva de la tête. L'adjoint composa dix chiffres sur son téléphone cellulaire. Sous les yeux d'Abdas, le manoir disparut dans une boule de feu orange. Un nuage en forme de champignon s'éleva à cent mètres d'altitude avant que l'onde de choc ne vienne frapper violemment la voiture qui poursuivait sa route en direction de la vallée. Le rugissement se répercuta plusieurs minutes, puis cessa lorsque le nuage de fumée se détacha du lieu où avait dominé le manoir. Abdas voulut rester jusqu'à ce que la fumée se dissipe afin de s'assurer qu'il ne restait rien du gigantesque manoir et que Suarto était mort, mais le temps était compté.

— Combien de temps jusqu'à l'aéroport ? demanda-t-il.

— Une heure à ce moment de la journée, répondit son adjoint.

— Faites démarrer les jets dans vingt minutes, ordonna Abdas. Nous devons nous trouver hors de l'espace aérien colombien le plus tôt possible. Suarto a des amis puissants.

— Oui, Votre Sainteté, répondit l'adjoint, le téléphone cellulaire contre l'oreille.

Abdas al-Sattar s'adossa dans le luxueux siège de cuir et ferma les yeux, esquissant un sourire. À présent, le sous-marin lui appartenait officiellement.

— Appelez Kaznikov, ordonna-t-il, les yeux fermés. Demandez un compte rendu de l'avancement des tubes lance-torpilles.

La voiture atteignit le bas de la montagne et le dernier virage masqua le nuage de fumée. Ils croisèrent trois camions de pompiers, sirènes hurlantes et gyrophares clignotants. Abdas ouvrit un œil et murmura : « Trop tard. »

Une heure après, le jet privé d'al-Sattar décollait de la piste de Bogota et mettait le cap au nord-est, en direction de Mourmansk.

11

Victor Kaminski franchit la porte de sécurité du bâtiment de fret, sur le tarmac, pour rejoindre le gigantesque avion cargo 747 de Polar Air. Un homme d'équipage passait sous le fuselage et inspectait l'équipement. Kaminski s'approcha de l'avion, à quelques centaines de mètres de la façade du bâtiment. Le pilote leva les yeux, interrompant son inspection avant décollage.

— Vous êtes Danalov, cria-t-il pour se faire entendre malgré le bruit des moteurs.

Danalov était la nouvelle identité de Kaminski. Il approuva d'un signe de tête.

— Je voudrais vérifier votre passeport, dit le pilote.

Kaminski le sortit de la poche arrière de son jean. Le pilote fit un signe de tête affirmatif.

— Je vous en prie, veuillez embarquer, monsieur Danalov.

— Vous êtes prêt à partir ? demanda Kaminski.

— Dix minutes. Nous attendons un passager supplémentaire.

Kaminski fit un geste de la main et escalada la passerelle donnant accès à la porte de l'avion, son sac de marin sur l'épaule, la mallette d'un ordinateur portable à la main. Il pénétra dans la vaste carlingue vide. Tandis que ses yeux s'habituaient à la relative pénombre, le chef de cabine l'orienta vers le pont supérieur. Le couloir donnait accès à plusieurs cabines et, tout au bout, à une zone équipée de sièges et à un office. Le mécanicien de vol fit un mouvement de tête depuis le cockpit et lui indiqua un des larges sièges. Après la touffeur du mois d'août sur le tarmac, il faisait frais dans l'avion. Kaminski s'assit sur un siège près d'un hublot, du côté droit, fourra son sac sous le fauteuil devant lui et ouvrit son ordinateur portable sur la tablette.

— Viktor Danalov ? demanda une jeune voix féminine.

Kaminski leva les yeux et vit une superbe brunette dans l'allée. Il se leva en baissant la tête sous le plafond bas, serra la main tendue. Il ne s'attendait pas à ce que l'officier de l'administration des Sciences et Technologies chargé de le mettre au courant fût une femme.

— Je m'appelle Tina, dit-elle. Tina Rancourt, « S-et-T ». Je vais faire le voyage en votre compagnie.

— Ravi de faire votre connaissance, bégaya Kaminski.

Elle déballa sa mallette, posa son ordinateur portable dans la poche du siège côté couloir, puis s'installa à côté de Kaminski et boucla sa ceinture.

Le bruit dans la cabine changea dès la fermeture de la porte d'accès au pont principal. L'avion commença à avancer et tourna lentement pour rejoindre la piste 0-3. Sur l'interphone, la voix du chef de cabine diffusa les habituelles consignes de sécurité. En cinq minutes, l'avion frémit au bout de la piste lorsque les mécaniciens lancèrent la puissance au maximum. Tout d'abord, il roula lentement, puis gagna de la vitesse. Au milieu de la piste, il prit un angle de montée important et mit le cap vers le nord-est. Les roues se rétractèrent avec un fort grincement, aussi fort que le bruit des volets de sustentation lorsque l'avion arriva à mi-altitude de son ascension hors de la Virginie centrale.

Une fois en l'air, Kaminski put parler en toute liberté à Rancourt, sans craindre que leurs voix ne soient interceptées. Rancourt ouvrit son ordinateur portable sur la tablette de Kaminski et commença son briefing. Elle tourna légèrement l'écran afin qu'ils puissent le regarder tous les deux. Lorsqu'elle se pencha, Kaminski sentit une légère odeur, peut-être celle de son shampooing. Il se mordit la lèvre, réalisant qu'il avait jusqu'à présent négligé les femmes. Son esprit errait ; il se demandait si leur relation resterait platonique.

— Que vous a dit Hank Lewis au sujet de cette opération ? demanda Tina Rancourt.

Kaminski rapporta le briefing crypté de Hank en moins de dix phrases, et conclut sur sa description d'un « super sous-marin russe ».

— Parfait, dit-elle. Il n'a pas exagéré. La nature du sous-marin en construction au Terminal est d'une importance phénoménale. Ils auraient pu choisir de construire n'importe quel autre sous-marin, nous n'aurions alors pas accordé autant d'attention à l'opération. Mais pas avec *ce* sous-marin !

Elle cliqua sur la première planche de présentation PowerPoint. Les mots ZOLOTAYA RUBA apparurent sur l'écran.

— Ce terme vous est-il familier ?

Kaminski secoua la tête. Rancourt passa la planche suivante. En dessous de la phrase russe, les mots GOLDEN FISH s'affichèrent. Sur le schéma qui succéda, s'ajoutait le mot LIRA. Puis la phrase PROJECT 705 compléta le texte. Et enfin, NATO CODENAME : ALFA.

— Ça ne me dit rien.

— C'est normal, continua Rancourt. Il s'agit de références russes concernant le sous-marin en cours de construction dans le Terminal.

Elle passa ensuite sur une photo du Terminal prise d'avion. Le bâtiment en ruine paraissait sur le point de s'effondrer. Puis une vue latérale apparut , suivie d'une photo de l'intérieur d'une zone d'assemblage hors poussière – les différents tronçons métalliques y étaient assemblés les uns après les autres, en commençant par l'avant. Tandis que Kaminski regardait l'écran, l'arrière-plan s'estompa et seules les sections du sous-marin restèrent à l'écran. Sur une animation informatique, toutes les sections du sous-marin s'assemblèrent et le revêtement de plastique blanc de chaque section se transforma en une surface lisse, peinte en noir. Une superstructure, un long massif légèrement incurvé, se dessina au-dessus du cylindre, l'avant s'arrondit et l'arrière s'effila, les barres de stabilisation horizontale et verticale apparurent. L'animation continuait : l'arrière-plan blanc prenait la couleur bleue de la mer, la surface supérieure de la coque brillait dans le reflet des vagues. Un mât monta au-dessus du massif, vers la surface. Kaminski se tapota le menton, une habitude lorsqu'il était plongé dans ses réflexions. Il jeta un coup d'œil en direction de Tina Rancourt qui sirotait un Coca en attendant la fin de l'animation.

— Projet 705, continua-t-elle. Le sous-marin Alfa était un des projets militaires les plus insolites dans l'histoire de la guerre. C'est ce projet russe qui a mis tous les plans de défense militaire des années 70 en éveil et a perturbé la façon dont nous avons par la suite abordé la guerre froide durant vingt ans. Ce sous-marin a changé l'histoire et avait la capacité de modifier l'issue de la guerre froide.

— Oh, allez, se moqua Kaminski. Il s'agit d'un simple sous-marin qui lance des torpilles et peut couler des bateaux. En quoi pouvait-il se montrer si dangereux ?

— Écoutez-moi, dit Rancourt. Laissez-moi revenir en 1955, dix ans après la Seconde Guerre mondiale.

Après un fondu au noir, l'écran diffusa un film du milieu des années 50, montrant l'artère principale d'une ville américaine, les voitures bombées et élégantes, des femmes en robe longue, collier de perles et chignons haut maintenus par de la laque, des lotissements de maisons blanches séparées par des clôtures blanches, des hommes en costume et chapeau, fumant la pipe. Le président Eisenhower apparut en train de jouer tranquillement une partie de golf.

— N'oublions pas que la guerre avait été gagnée grâce à l'utilisation par les États-Unis de deux armes nucléaires contre leur adversaire, semant la peur dans le cœur de tous les pays qui auraient envisagé de s'opposer à nous.

L'écran diffusa le film de l'explosion de la bombe atomique de Hiroshima, puis celle de Nagasaki, et de divers essais d'explosions d'armes nucléaires. Pendant que Tina Rancourt parlait, le nuage en forme de champignon s'épanouissait sur l'écran.

— Nous nous considérons toujours comme justes et généreux. Le reste du monde, en particulier les Soviétiques des années 50, ne partage pas cette opinion.

Rancourt cliqua sur la souris, l'écran redevint noir et une nouvelle image apparut, un porte-avions américain fonçant à grande vitesse, le pont bondé d'avions de chasse d'ancienne génération, datant de la guerre de Corée. Un des avions décolla et monta vers le ciel.

— Souvenez-vous, c'était avant l'invention des missiles balistiques intercontinentaux et la surveillance par satellite. Pour lancer des bombes nucléaires, les États-Unis devaient, soit utiliser des bombardiers longue distance…

Rancourt marqua une pause lorsqu'un bombardier B-47 traversa le ciel, les six réacteurs et l'accélérateur ventral d'appoint crachant de la fumée noire. Sur l'écran, un chasseur bombardier du porte-avions fut catapulté et vira en prenant de l'altitude.

— ... soit mettre en œuvre des chasseurs plus petits projetés depuis un porte-avions. Les forces aériennes soviétiques redoutaient moins les bombardiers que les porte-avions. Trouvez-vous ça logique ?

Un avion d'interception supersonique soviétique, une étoile rouge peinte sur la queue argentée, apparut à l'écran. Il s'inclina fortement sur la droite et prit de l'altitude, les ailes hérissées de missiles air-air.

Kaminski se tapota le menton.

— Je ne serais pas arrivé à cette conclusion. Mais si vous le dites, je suppose que c'est vrai. J'imaginais que les Russes considéraient que leurs défenses RADAR étaient adaptées et pourraient intercepter tout bombardier qui s'approcherait, qu'ils supposaient que des intercepteurs, tel celui que vous montrez, arrêteraient les bombardiers.

— Très bien, c'est un gros morceau, approuva Rancourt. Mais je suis surprise que vous ne pensiez pas comme un espion.

Kaminski se mordit la lèvre.

— O.K. Ma seconde réponse est que les bases aériennes se trouvent généralement à proximité de villes, ou de villages. Lorsqu'un bombardier décolle, il fait vibrer les fenêtres des alentours, ce qui laisserait à un agent russe le temps de téléphoner pour prévenir du décollage d'un B-52.

— Exact. Les Soviétiques disposaient d'agents sur le terrain près de toutes les bases de l'US Air Force, même celle top secret de Dream Land. Chaque fois qu'un bombardier décollait, Moscou était au courant et mettait ses escadrilles d'intercepteurs en état d'alerte maximum. Les bombardiers transitaient le plus souvent en haute altitude et, à tort ou à raison, les forces aériennes russes étaient persuadées de leur capacité de descendre les bombardiers américains avant qu'ils ne puissent causer quelque dommage. Le Politburo soviétique avait confiance dans ses généraux des forces aériennes. Restaient les chasseurs projetés depuis les porte-avions de l'US Navy.

Sur l'écran, on voyait le dessous du fuselage d'un chasseur, de l'arrière, pendant sa course sur le pont du porte-avions. Brutalement, le pont disparut, remplacé par les vagues bleues toutes proches, puis il réapparut tandis que la taille du bâtiment diminuait rapidement avec la distance et que l'avion prenait de l'altitude. Les escorteurs de la force d'intervention apparurent, naviguant sur une route parallèle à celle du porte-avions, laissant derrière eux un sillage rectiligne jusqu'à l'horizon.

— C'est le porte-avions qui a inquiété fortement les Russes. Rendez-vous compte, avant la surveillance par satellite, une force d'intervention pouvait appareiller des côtes américaines et disparaître, en particulier par mauvais temps ; si elle restait en mer pendant plusieurs mois, il était impossible de connaître sa position. Des « agents » du KGB embarqués à bord de chalutiers prétendaient pêcher. En réalité, ils espionnaient les bases américaines, mais ils étaient dans l'incertitude au sujet des mouvements des forces de porte-avions. Un groupe aéronaval se déplaçant rapidement avec tous ces avions capables de lâcher des bombes atomiques s'évanouirait jusqu'au moment où il se trouverait à portée des cibles russes.

L'image de l'escadre en train d'appareiller disparut. Puis des montagnes et des canyons défilèrent, puis les immeubles d'une ville, incroyablement proches, sous les ailes de l'avion.

— Les chasseurs de l'US Navy, projetés depuis les porte-avions, sont capables de transporter d'énormes bombes à hydrogène à l'intérieur de l'espace aérien russe en volant durant tout leur trajet en dessous de la zone de détection radar et de franchir les défenses russes jusqu'au Kremlin. Dans les cauchemars russes, l'attaque furtive ne venait pas des forces aériennes américaines, mais des missions de l'US Navy.

L'image changea et montra Moscou la nuit. Les fenêtres du Kremlin étaient largement éclairées et il neigeait un peu.

— Au début de la guerre froide, au ministère de la Défense, les lumières étaient allumées dès les premières heures du jour. Il s'agissait de trouver un antidote à la menace des porte-avions américains.

— Je ne le savais pas, dit Kaminski. Maintenant que vous le dites, je comprends pourquoi ils avaient peur. Vous devriez enseigner l'histoire.

Rancourt, toujours concentrée sur son travail, ne releva pas le compliment.

— De toute façon, le ministre soviétique de la Défense avait donné des ordres à la marine russe, définissant sa nouvelle mission urgente : intercepter et couler un porte-avions américain avec un préavis quasiment nul, avant que ses chasseurs-bombardiers ne se trouvent à portée de Moscou.

— Et pourquoi n'auraient-ils pas envoyé leurs propres chasseurs-bombardiers contre le porte-avions, avec une bombe atomique ? Boum. Plus de porte-avions.

— Vous parlez comme un sénateur du comité de la Défense.

— Vous venez de me traiter d'imbécile ?

Pour la première fois, Rancourt éclata de rire.

— Désolée, mais ce qui peut paraître comme une évidence n'est absolument pas une solution. Les pilotes de l'US Navy sont entraînés au combat rapproché, ils sont les meilleurs au monde dans ce domaine. La veille radar d'un porte-avions et de son escorte est plus efficace que vous ne pouvez l'imaginer. Si une mouette approche d'un porte-avions, l'amiral commandant la force le sait. Et vous ne pouvez pas vous infiltrer à proximité d'une force d'intervention en volant près de l'eau, car des patrouilles de surveillance radar survolent le groupe en permanence. Un bombardier russe, même lors d'une mission suicide, n'approcherait jamais à moins de cinquante nautiques du porte-avions, trop loin pour pouvoir utiliser une bombe à hydrogène de dix mégatonnes.

— Et pour les missiles ?

— Aucune chance. N'oubliez pas que les têtes nucléaires des années 60 étaient grosses et lourdes. Les Russes ne disposaient d'aucun missile rapide capable d'emporter une charge atomique, ni suffisamment agile pour éviter les radars américains et les défenses des chasseurs.

— Je commence à comprendre le cauchemar russe. C'est pour cela que les recherches pour neutraliser les porte-avions ont bénéficié de tous les financements possibles.

— Exactement. Des instructions ont été données à tous les bureaux d'études et chez tous les concepteurs. Celui qui aurait trouvé un moyen sûr de se débarrasser d'un porte-avions aurait été considéré comme un héros.

La photo du visage d'un jeune homme russe apparut sur l'écran.

— En 1956, un architecte naval, jeune et ambitieux, du nom d'Anatoly Petrov, du bureau d'études Malakhit, releva le défi et proposa une solution tellement radicale qu'à toute autre époque on l'aurait empêché de parler ou considéré comme un cinglé. Mais les militaires russes étaient en proie à une panique désespérée, et la proposition révolutionnaire de Petrov fut prise en compte.

L'écran montrait à présent le plan d'un sous-marin vu de côté, dont la forme ressemblait beaucoup à la photographie du début de la présentation. On pouvait distinguer des lettres cyrilliques, leur traduction apparaissait en sous-titres : « Élévation tribord du *Golden Fish* ».

— Petrov proposait de construire un sous-marin d'interception à propulsion nucléaire. Ne perdez pas de vue que le sous-marin nucléaire n'avait pas plus de deux ans à cette époque et que les Russes n'en avaient encore construit aucun.

De vieilles images du sous-marin *Nautilus* au moment de son lancement défilèrent avant que ne réapparaissent les plans du *Golden Fish*.

— Petrov suggérait que ce sous-marin d'interception consiste en un mini sous-marin nucléaire avec équipage, quasiment une torpille guidée humainement. Ses machines devaient fonctionner en permanence, grâce à un réacteur nucléaire miniature, en utilisant un cœur à très haut taux de puissance, mis en œuvre par un équipage en alerte vingt-quatre heures sur vingt-quatre.

De nouveau, sur l'écran, un sous-marin Lira à quai, puis un petit groupe d'hommes se ruant hors des casernes en direction du sous-marin. Le sous-marin appareilla, laissant derrière lui un sillage bouillonnant.

— Voilà en quelque sorte la façon dont on gérait les bombardiers, dit Kaminski.

— Exact. Le Lira de Petrov n'était jamais stoppé, jamais arrêté, simplement accosté, paré à appareiller. À l'annonce de l'approche d'un porte-avions américain, l'équipage d'alerte se précipitait à bord, prenait la relève de l'équipage consigné et le *Golden Fish* de Petrov appareillait. Le sous-marin aurait dû peser seulement 1 500 tonnes, soit un sixième de la taille des bâtiments actuellement en cours de conception.

Sur l'écran apparut un nouveau plan. Cette fois, il s'agissait d'un sous-marin conventionnel des années 50 : *NOVEMBER* CLASS. La silhouette du *November* occupait toute la largeur de l'écran. En dessous, un mini sous-marin, de la moitié du diamètre du *November* et d'un tiers de sa longueur, catalogué LIRA CLASS, était suffisamment petit pour être transporté dans la coque du *November*.

— Le Lira aurait sans doute pu approcher la vitesse de 60 nœuds, vitesse nécessaire pour aller suffisamment loin pour torpiller et couler un porte-avions avant qu'il ne parvienne à portée de tir de Moscou. Un sous-marin allant à 60 nœuds à une époque où 20 nœuds sous l'eau était le maximum de ce que la technologie pouvait faire ! Comme je l'ai déjà dit, à une autre époque, la proposition de Petrov aurait directement trouvé le chemin de la corbeille à papiers. Mais les temps étaient fous.

Une animation montrant un Lira en trois dimensions, vu de côté, défila à l'écran. Près du centre, on voyait le réacteur qui brillait en orange.

— De toute façon, une telle vitesse pour un sous-marin exigerait une surface de coque mouillée minimum et des machines ultraperformantes. Petrov prévoyait un réacteur très puissant mais petit, refroidi par du métal liquide. Mais le métal liquide gèle à température ambiante. Le réacteur ne devait donc jamais être arrêté, ce qui concordait parfaitement avec l'état d'alerte constante de la mission d'interception. Il était nécessaire de limiter le poids afin d'obtenir un volume minimum.

Les cloisons intérieures du Lira s'affichèrent sur l'animation.

— Il ne devait y avoir que trois compartiments, et seuls les espaces avant devaient abriter l'équipage, permettant ainsi d'économiser un sas de sécurité et du poids. Cela impliquait une automatisation sans précédent, un équipage réduit à quinze ou dix-sept hommes, tous officiers. Les deux compartiments arrière recevaient le réacteur et les machines. Le compartiment avant était essentiellement occupé par un poste torpilles avec un petit CO. L'équipage disposait d'une petite zone de repos avec un office réduit et un seul W.C. L'« hôtel » réservé à ces hommes devait occuper une surface moindre que celle d'une cuisine américaine moyenne.

Kaminski secoua la tête, dubitatif.

— Si je comprends bien, à l'époque du *Nautilus*, Petrov propose un mini sous-marin six fois plus petit, trois fois plus rapide, un équipage divisé par dix, un sous-marin complètement automatisé et armé par un équipage d'officiers, entassé dans un placard à balais.

— C'est à peu près ça. Dans leur programme spatial, les Russes avaient maîtrisé les automatismes, en lançant une énorme fusée non habitée sur orbite. Mais un sous-marin nucléaire est très différent d'un vaisseau spatial. Croyez-le ou non, le vide de l'espace est un environnement bien plus clément que l'océan, et les installations nucléaires, en particulier celles des Russes, n'acceptent pas aussi facilement un contrôle automatique. Mais en 1957, dans une Russie redoutant les porte-avions, le projet trouva une oreille intéressée.

— Bien, dit Kaminski. Venons-en au fait, Tina. Notre homme, Petrov, a élaboré ça et, cinquante ans plus tard, c'est le sous-marin qui se trouve dans le Terminal, exact?

— Non, répondit Tina, avec un léger sourire. Laissez-moi parler, Vic. La nouvelle de la proposition insensée de Petrov est parvenue au comité central soviétique, et Petrov est devenu un sauveur héroïque aux yeux du secrétaire du parti. Il a immédiatement reçu des crédits, ainsi qu'une autorité sans précédent pour construire ce bâtiment. Le projet Lira était né et fut baptisé projet 705.

L'écran montra une gigantesque salle ; de nombreux dessinateurs s'activaient au-dessus de leur table, des groupes d'hommes en costume sombre et cravate noire se penchaient sur les planches. En arrière-plan, sur une banderole, on lisait en lettres cyrilliques une inscription qui n'était pas traduite à l'écran, mais on reconnaissait le nombre 705. On vit apparaître à l'écran des images en noir et blanc d'un bassin rectangulaire, surplombé d'une structure en acier. Un petit modèle de sous-marin immergé était suspendu à un support vertical et, sur un signe d'un technicien, la structure du plafond plaça le sous-marin dans l'eau ; la scène suivante le montrait en train d'approcher de l'autre bout du bassin ; munis de planchettes, des ingénieurs observaient, perplexes, les cadrans d'un grand panneau d'instruments.

— Tout semblait bien se passer les premières semaines jusqu'à ce que Petrov se heurte au premier obstacle. Le concept ne pouvait pas fonctionner. Le sous-marin qu'il avait conçu était trop petit pour recevoir une installation suffisamment puissante permettant de le propulser à une vitesse supérieure à 55 nœuds, nécessaire pour l'interception d'un porte-avions, même avec un réacteur révolutionnaire refroidi au métal liquide. Petrov devait construire un bâtiment plus gros, donc plus lourd. Le projet s'écroulait. Un autre problème concernait la vitesse. Les bâtiments russes avaient rencontré des difficultés hydrauliques sur les barres de plongée. On appelle ça un « jam dive » : les commandes de plongée cafouillent ou ne répondent pas. Vers 1959, les premiers sous-marins nucléaires russes avaient vécu de nombreuses plongées problématiques à la moitié de leur vitesse maximale. Avec les effarants 60 nœuds du projet 705, un problème de barres, même léger, pouvait entraîner le bâtiment très en dessous de son immersion maximum. Plus vous descendez profond dans l'océan, plus vous avez au-dessus de vous une masse importante d'eau et une grande pression sur votre coque. Si vous descendez trop profond, votre coque s'écrase comme un œuf sous le pneu d'une voiture.

Une animation apparut à l'écran, décrivant un sous-marin nucléaire naviguant à cinq longueurs de bateau sous la surface. Brutalement, la barre de plongée arrière s'inclina vers le bas et le bâtiment plongea, pratiquement à pic, puis approcha la ligne rouge horizontale, repérée « immersion max ». Lorsque le bâtiment descendit en dessous de la ligne, il se désintégra, des débris s'éparpillèrent et coulèrent vers le fond de l'océan.

— Avec la spécification de vitesse du type Lira, le bâtiment devrait être capable de descendre beaucoup plus profond que ceux d'aujourd'hui. L'épaisseur de l'acier nécessaire pour atteindre une telle immersion rendrait le Lira si lourd que sa vitesse en serait réduite. Le réacteur devrait donc être plus important, rendant le sous-marin plus gros. Vous voyez la contradiction : vous ne pouvez pas aller vite à moins que votre sous-marin ne soit petit et léger, mais cette vitesse implique un poids plus important et un surdimensionnement du réacteur et de la coque d'acier, ce qui augmente la surface extérieure, donc les frottements, avec pour conséquence de ralentir le bâtiment. Petrov luttait contre les limites de la nature.

— Les concepteurs auraient pu négliger le problème du « jam dive », commenta Kaminski. Cela aurait au moins permis de gagner du poids sur la coque. Alors, quel intérêt de se soucier du danger, il n'a jamais été prévu que ce soit une croisière de plaisir. La mère patrie était menacée.

— Vous réfléchissez comme un Américain. Pensez comme un Russe, vous travaillez avec une bureaucratie qui ne pardonne pas les erreurs. Si vous êtes un concepteur américain et que votre sous-marin coule avec son équipage, vous devrez témoigner devant le comité des forces armées, au pire, vous devrez dire au revoir à vos contrats avec le Pentagone, mais la vie poursuivra son cours. Si vous êtes russe et que votre sous-marin coule, vous êtes enfermé dans un goulag, avec ou sans procès. Et les amiraux russes se trouvent dans les cellules voisines. En cas de désaccord sur le projet, les membres de l'état-major de la marine rendraient l'opération impossible pour le concepteur. À partir de rapports concluant à une conception inadéquate, et pour éviter de telles conséquences, la marine soviétique avait la possibilité de garder le projet d'un mauvais sous-marin pour toujours dans un bassin. Les concepteurs savaient qu'ils ne pourraient jamais faire accepter le projet à la marine soviétique avant d'avoir résolu le problème du rapport vitesse/immersion. C'était déjà une performance que de faire accepter l'idée qu'un équipage consigné maintienne un réacteur opérationnel en permanence et que presque vingt officiers vivent entassés dans un mini sous-marin.

La nouvelle image en noir et blanc sur l'écran représentait un homme vêtu d'une combinaison spatiale en train de souder dans un laboratoire de métallurgie au milieu d'un halo d'étincelles.

— Le projet paraissait voué à l'échec, mais un chercheur solitaire du nom de Litski, du bureau d'études Malakhit, étudiait l'utilisation du titane comme matériau pour les coques. Dans le salon de thé des ingénieurs, il laissait volontiers entendre que le titane serait pour les sous-marins ce que l'aluminium avait été pour l'aviation. Le titane était léger et extrêmement résistant. Petrov avait toujours considéré Litski comme un cinglé. Après tout, le titane était rare, il n'existait pas de mines de titane et il était difficile à souder. Petrov et les autres concepteurs avaient cessé de l'écouter depuis des années, mais un matin où ils étaient en train de se lamenter sur les données d'immersion et l'énigme du poids, Litski prit la parole et suggéra le titane. Il avait déjà fait quelques calculs prouvant ce qui se passerait si on remplaçait l'acier par du titane. Petrov avait du mal à le croire, Litski sauvait sa carrière en démontrant que le projet pouvait fonctionner avec du titane.

Kaminski pensa à son récent entraînement à la soudure sur titane.

— Mais Petrov avait raison. Ce métal est une véritable saloperie à souder. Il y a peu de monde à pouvoir le faire. Par chance pour la société, je fais partie des spécialistes de cette soudure.

Rancourt approuva d'un signe de tête.

— Le titane était la solution, mais il n'existait qu'en laboratoire. Personne ne pouvait produire des plaques de titane. Ainsi, dès 1957, le projet se trouvait dans une impasse. La totalité du projet

Lira aurait dû finir aux oubliettes. Mais Petrov a poursuivi, sans le moindre souci de financement. Peut-être parce que le bureau d'études ne pouvait reconnaître son échec devant le bureau du comité central, ou peut-être parce que, malgré les vices de forme du 705, l'idée d'un sous-marin filant à 60 nœuds, capable d'intercepter les porte-avions américains, avec en plus la capacité d'échapper aux torpilles occidentales, restait attractive.

» De toute façon, Petrov devait créer toute une industrie du titane. Il fallut attendre 1960 pour obtenir l'autorisation d'entamer la phase de construction. Entre-temps, le prix du projet du sous-marin avait été multiplié par vingt mille pour cent et celui du plan de production par cinq cents pour cent. Le projet était un gâchis évident. Dès l'instant où quelqu'un s'inquiéterait de la transparence du programme, le projet Lira serait condamné. Peut-être l'invention du missile balistique intercontinental a-t-elle conduit à cette transparence. Lorsque les ICBM ont pointé leur terrible tête, ils ont paru aux Russes bien plus menaçants que quelques porte-avions et leurs chasseurs-bombardiers. Les deux puissances possédaient des ICBM. Dans un conflit nucléaire, les Russes avaient la capacité de s'engager dans une compétition avec les Américains. L'idée de la menace des porte-avions devenait obsolète. Vous devinez la suite.

Sur l'écran passèrent plusieurs lancements de missiles balistiques, avec une simulation de leur trajectoire au-dessus de l'océan Atlantique depuis les États-Unis vers l'Union soviétique, et inversement.

— En 1963, de manière parfaitement prévisible, une réunion de suivi du projet tourna très mal pour Petrov. Il fut renvoyé, arrêté et déporté *manu militari* au goulag, dont il ne fut libéré que dans le milieu des années 70.

Le film d'un camp de prisonniers en Sibérie passait maintenant sur l'écran.

— Une fois débarrassés de Petrov, les Soviétiques avaient une seconde chance de voir s'éteindre le projet 705. Mais le projet survécut. Nous pensons qu'en le laissant entre les mains des assistants de Petrov, les Russes avaient imaginé que le projet dépérirait doucement, sans porter préjudice aux carrières des preneurs de décisions. C'était sans compter avec l'opiniâtreté des adjoints de Petrov. Mikhail Rusanov, un jeune architecte naval ambitieux et ingénieux, et Vladimir Romin, son assistant, animé de motivations identiques, reprirent le projet 705.

» Lorsque Rusanov hérita du programme, il était évident que la puissance démesurée – quarante-sept mille chevaux – nécessaire pour approcher les 60 nœuds, ne pourrait être produite que par un réacteur petit et léger comme celui que Petrov prévoyait dans son second projet. Nous estimons que ce projet a survécu dans sa forme modifiée grâce au marché passé par Rusanov avec la marine. Ce dernier leur proposait un sous-marin plus gros et plus maniable, plus habitable, en échange de l'appui de la marine pour poursuivre le programme. Rusanov modifierait les spécifications du projet, en ne conservant qu'un impératif, les 60 nœuds. De nouveau la taille du bâtiment augmenta pour atteindre 2 800 tonnes. Au lieu de trois tranches, il en prévoyait six. Pour pallier la réduction des automatismes et rester dans des proportions acceptables pour la marine, l'équipage était doublé.

Sur l'écran, apparaissaient deux prototypes. En haut, un petit sous-marin, en dessous un sous-marin deux fois plus grand. Le premier prototype était désigné comme LIRA MODÈLE 1.0-PROPOSITION ORIGINALE DE PETROV. Le second, LIRA MODEL 3.0-MODIFIÉ/RUSANOV.

— Pour des raisons économiques, il devenait impossible d'envisager de réparer le réacteur, plus lourd et plus grand, même dans un chantier naval. Les ingénieurs en physique nucléaire se trouvèrent donc contraints de concevoir un cœur capable de fonctionner pendant soixante-dix ans sans rechargement. Ce qui accroissait les difficultés de construction.

» En 1964, après la crise des missiles de Cuba, le Kremlin ne redoutait plus la menace représentée par les porte-avions. La nouvelle crainte des Russes, plus vive que celle des missiles balistiques, devenait celle des sous-marins nucléaires de type *George Washington* et leurs missiles balistiques nucléaires Polaris lancés en immersion.

L'écran montra une étendue d'océan vide. Soudain, dans une éruption d'écume blanche, un missile nucléaire jaillit, se maintint à altitude moyenne durant un instant, puis ses moteurs s'allumèrent et l'engin se trouva propulsé hors du champ de la caméra.

— Lors de la dernière réunion de suivi de projet, au cours de laquelle il devint évident que le tonnage du sous-marin devait augmenter jusqu'à 3 800 tonnes, le projet Lira final prit un nouveau retard. Mais le projet n'était pas abandonné, peut-être parce que l'annuler aurait représenté la reconnaissance officielle d'un revers de la bureaucratie, pas uniquement pour le bureau d'études Malakhit, mais aussi pour les amiraux.

Sur l'image suivante, un film en noir et blanc dont on distinguait les pixels, on découvrait un bassin couvert et fermé, prévu pour la construction du Lira, rappelant à Kaminski le sous-marin Lira du Terminal. Sur une banderole entourant la coque du sous-marin, on lisait « K-377 ».

— En 1965, le nouveau modèle 4.0 du 705 revu par Rusanov était prêt pour la production. Sept ans plus tard, en 1972, la première section de coque en titane du prototype du projet 705 Lira de type quatre était entreposée dans le chantier naval de Sudomekh.

Sur l'image suivante, un Lira version Rusanov prenait la mer et évoluait avec élégance sur l'eau. Kaminski regarda attentivement le film, ému en pensant à tous ces hommes qui avaient transpiré et souffert pour faire du sous-marin russe une réalité.

— Le K-377 a navigué en 1972 et, durant les essais, il a atteint en immersion la vitesse jamais atteinte de 55,8 nœuds, un record dépassé uniquement par les sous-marins Lira qui ont suivi, jamais approché par aucun autre type de sous-marin. Petrov avait tout mis en œuvre pour construire un sous-marin naviguant à 60 nœuds, il avait réussi.

— Donc, au bout du compte, le Lira se révélait un succès, dit Kaminski. Mais vous n'avez toujours rien dit sur ce monstre issu de la guerre froide.

— Permettez que je réponde à votre première remarque concernant le succès du Lira, dit Rancourt. Techniquement, le projet était un échec. À sa sortie, il n'y avait absolument aucune raison valable pour naviguer à une vitesse pareille en immersion. Les satellites de surveillance se trouvaient sur orbite en 1972 et les Russes pouvaient suivre les porte-avions américains. Il était plus difficile de garder un œil sur leurs sous-marins nucléaires lanceurs d'engins. Et les performances du Lira des années 70 ne correspondaient plus aux exigences de 1957. Durant une traversée de longue durée, au cours de laquelle le sous-marin procédait à ses essais à la mer, le K-377 fut victime d'un très grave accident de réacteur. Le compartiment du réacteur fut détruit et il se révéla impossible de retirer les composants individuels à cause du réfrigérant, du métal liquide, figé à l'état solide. Le bâtiment fut démantelé et les parties non nucléaires abandonnées. En 1973, le secrétaire du Comité central à la Défense, D.F. Ustinov, dénonça l'exiguïté des volumes du projet 705 et l'inaccessibilité pour la réparation et la maintenance. Rusanov fut congédié et alla rejoindre Petrov en Sibérie. Vladimir Romin le remplaça, mais il était trop tard pour sauver le projet 705.

» Les sous-marins de type Lira mis en service après le K-377 s'avérèrent pires et développèrent immédiatement des avaries graves. Les systèmes automatisés et l'instrumentation n'étaient pas fiables, ils ne résistaient pas aux hautes radiations des réacteurs à taux de puissance élevé. Les équipages et la hiérarchie de la marine soviétique détestaient leurs sous-marins. Le marché passé entre Rusanov et la marine avait attiré des ennuis aux deux parties. Après la disparition de Rusanov, la marine retira toute aide. Les amiraux supprimèrent le financement pour les pièces détachées et la maintenance, et les équipages sabotèrent les sous-marins chaque fois qu'ils le purent, sous le regard de leurs officiers. Même si la marine s'était montrée enthousiaste au sujet des Lira, leur conception rendait leur entretien impossible. Sans surveillance, le liquide de refroidissement gelait, leurs réacteurs devaient fonctionner en permanence, leurs capteurs avaient été conçus uniquement pour le type Lira et il n'existait en commun aucune pièce de rechange.

» Quatre des sept Lira connurent de graves accidents nucléaires, dont quelques-uns fatals à des membres d'équipage – ce qui n'était pas surprenant –, les a rendus indisponibles hors périodes de réparation et d'entretien. Les crédits alloués au Lira par la marine furent annulés. Des exercices montrèrent également que ces sous-marins étaient incroyablement bruyants ; lorsqu'ils naviguaient à grande vitesse, on les détectait à plusieurs centaines de nautiques sur les sonars russes. Bien que cela restât techniquement possible, les chantiers navals ne remédièrent jamais à ces problèmes de bruit des sept sous-marins.

L'image en noir et blanc d'une côte arctique déserte passait à l'écran. Des coques de sous-marins abandonnés polluaient le paysage, certains lamentablement couchés, pour la moitié à demi coulés sur un haut fond, l'autre moitié échouée sur la plage et finissant de rouiller dans un désert de sable.

— En 1982, le projet 705 fut déclaré « échec total ». Une coque de sous-marin fut remise en état avec un réacteur à eau pressurisée pour l'entraînement, mais les autres furent retirés du service actif. Les éléments du réacteur furent extraits des sous-marins et laissés dans des sites abandonnés de la péninsule de Kola, utilisés comme lieux de stockage des déchets hautement radioactifs. Les Russes, déjà financièrement saignés par les sous-marins de type Lira, ne procédèrent ni au démontage ni au déclassement des éléments des réacteurs, pas plus qu'au démantèlement des sections non nucléaires. Les sous-marins de type Lira – un des projets les plus innovants au monde, né prématurément en 1957 avec cinquante ans d'avance sur son temps – étaient officiellement morts, sans espoir de retour. Dans plusieurs lieux isolés au nord de la Russie, les cimetières de Lira restèrent intacts jusqu'en 1980.

Kaminski approuva de la tête.

— O.K., le Lira était un morceau de ferraille.

— Pour les Russes, le Lira représentait un échec terrible. Mais s'il avait su son impact en Occident, le Kremlin l'aurait considéré comme un succès incomparable, et Petrov et Rusanov auraient été consacrés « héros de la Nation ».

Kaminski regarda l'officier d'un air étonné. Elle acquiesça de la tête avec emphase.

— Nous arrivons au moment cocasse, dit-elle. Comment expliquer l'importance historique de ce sous-marin et pourquoi a-t-il presque changé l'histoire du monde ? Le Pentagone et la Maison Blanche craignaient terriblement ce sous-marin. Sa vitesse vertigineuse sema la peur dans les communautés de défense occidentales, non seulement parce qu'il pouvait échapper aux torpilles américaines, mais aussi parce qu'il pouvait plonger plus profond que l'immersion maximale de ces torpilles. Le nouveau sous-marin, dont la CIA connaissait relativement peu de chose, fut baptisé « Alfa » – première lettre de l'alphabet – par l'Otan et le Pentagone. Les objectifs des services secrets et de la Défense furent orientés pour trouver la parade contre un sous-marin totalement invulnérable, capable de traverser un océan telle une flèche et de couler un porte-avions. Nous ne pouvions rien faire à part lancer contre lui une bombe nucléaire qui avait toutes les chances de le manquer.

» À présent, essayez de vous glisser dans la peau d'un amiral américain en 1972. Les Russes produisent en masse un sous-marin ultrarapide qui peut frapper à travers les océans et battre à plate couture vos sous-marins d'attaque et vos SNLE. Or, ces sous-marins donnaient à l'US Navy un gigantesque avantage dans le lancement depuis la mer de missiles balistiques. Souvenez-vous que le Pentagone comptait très largement sur ces armes en matière de dissuasion. C'étaient en réalité les seules armes de seconde frappe en notre possession, les bombardiers basés à terre et les silos de missiles seraient décimés par une attaque furtive des SNLE russes. Mais nous croyions que nos missiles sous-marins dissuaderaient les Russes de se lancer dans une opération aussi téméraire. À présent, avec l'Alfa, une guerre éclair sous-marine détruirait nos capacités de dissuasion, coulerait tous nos sous-marins et serait capable de distancer nos armes. Cela donnerait aux Russes la victoire dans une première phase de frappe nucléaire. Dans l'esprit des amiraux, de la CIA et de la Maison Blanche, l'apparition de l'Alfa signifiait la défaite américaine dans la guerre froide.

Rancourt marqua une pause tout en cliquant sur son ordinateur portable. Une nouvelle séquence montrait un sous-marin de type Los Angeles fendant la mer et laissant derrière lui un puissant sillon.

— Le premier choc passé, les amiraux établirent un plan pour contrer l'Alfa. Ils créèrent le sous-marin de type Los Angeles, bien plus rapide que les précédents sous-marins américains, mais toujours incapables de concourir dans la même arène que l'Alfa et que la torpille Mark 48 ADCAP d'une vitesse de 60 nœuds, pouvant descendre en immersion profonde. Rapidement, l'Alfa fut reconnu comme un bâtiment très bruyant, mais l'Otan crut qu'il s'agissait d'un vice de forme superficiel aisément réparable. Il n'était bruyant que lorsqu'il naviguait à vitesse maximale. Il pouvait traverser l'Atlantique à toute allure puis ralentir et disparaître acoustiquement.

Kaminski hocha la tête.

— Tous les renseignements concernant les défauts du Lira n'étaient donc pas valables ?

— Pratiquement aucun. La majeure partie de ce que vous voyez ici a été obtenue dans les années 80 ou 90. Au milieu des années 70, nous ne disposions que de rumeurs au sujet d'un sous-marin capable d'intervenir partout dans le monde, qui plongeait plus profond et naviguait plus vite que tous nos systèmes d'armement. Vu depuis notre côté de l'Atlantique, l'Alfa, produit en nombre suffisant, était capable de décimer notre marine. L'Alfa paraissait avoir été conçu par les Russes comme une frappe navale préventive faisant partie d'une action organisée pour gagner la Troisième Guerre mondiale. Nous ne savions absolument pas qu'il était né d'un plan datant de vingt ans, destiné à intercepter des porte-avions nucléaires.

Kaminski secoua la tête.

— Bon Dieu, si c'était nécessaire, voilà une histoire qui justifie l'existence des services secrets. Entre les deux protagonistes, c'était une vraie partie de poker menteur.

Rancourt approuva.

— Des milliards de dollars et plusieurs dizaines d'années perdus.

Rancourt cliqua sur l'image suivante qui revenait sur les coques de Lira abandonnées dans les décharges nucléaires côtières de la péninsule de Kola.

— Ceci nous amène à aujourd'hui : à cause du prix astronomique du démantèlement des réacteurs contenant un réfrigérant de métal liquide contaminé, il y a, sur les sites de Kola, assez d'éléments pour reconstituer six sous-marins type Lira. Les Russes avaient dépensé suffisamment de roubles pour les Lira, ils les ont donc abandonnés sur les plages de Kola sur lesquelles ils sont restés depuis les années 80. Du moins, ils y étaient.

Une vue satellitaire de la côte arctique apparut sur l'écran.

— Les passages photographiques du satellite de surveillance de la côte nord de la Russie, renseignements photographiques de priorité basse, pendant un an, furent enfin analysés et comparés à des photos plus anciennes. Quelque chose de très inquiétant fut découvert : les épaves des Lira avaient disparu.

— Récupérées par les hommes qui ont construit le Terminal ?

— Oui. Au début, la menace était considérée comme minime. Un sous-marin qui se livre au trafic de drogue représente un problème pour les services de répression nationale des drogues, mais pas pour la Défense nationale. Nous avons pu conserver un œil dessus pour la DEA et les laisser préparer leur coup de filet final. Mais voyons la suite.

Sur une vue d'hélicoptère, on apercevait une villa en montagne, un gigantesque château de pierre surplombant une vallée.

— Voici une photo du complexe d'Orlando Suarto, un des pivots du trafic de drogue.

Sur l'image suivante, il ne restait plus qu'un cratère noirci et des ruines.

— La même chose aujourd'hui.

Sur un film de surveillance apparut un homme de type arabe dans un aéroport.

— Voici le général Abdas al-Sattar, chef de la faction Ahel al-Beit égyptienne. Il y a quelques jours, Abdas a rendu une courte visite à Suarto. Voici le résultat. Nous pensons qu'il a acheté le Lira en cours de reconstruction au Terminal à Sergeï Kaznikov et éliminé son premier acquéreur. Kaznikov pouvait ainsi conserver l'acompte versé par Suarto et obtenir un meilleur prix avec al-Sattar.

— Aucun sens de l'honneur chez les truands.

— C'est certain, des marchés importants peuvent être conclus sous la menace d'un pistolet. La plupart des associés de Suarto ont été tués. Il ne reste donc plus personne pour le venger. De plus, un terroriste radical tel que Abdas est difficile à approcher.

L'écran présentait de nouveau une vue intérieure du Terminal que Lewis avait montrée à Kaminski, sur laquelle le pont roulant soulevait trois cylindres de métal brillant.

— Voilà où nous en sommes. Nous pensons qu'il s'agit de cinquante tubes lance-torpilles de cinquante-trois centimètres de diamètre. Ils sont capables de lancer des missiles de croisière Granat. Les RK-55 Granat, ou SS-N-21 Sampson selon le code Otan, sont des Tomahawk russes qui transportent une charge nucléaire de deux cents kilotonnes et ont une portée de trois mille kilomètres. Ils peuvent être lancés en immersion depuis un tube de cinquante-trois centimètres de diamètre. Nous pensons qu'Abdas est en train de les faire installer sur le nouveau Lira afin de les lancer sur Israël. Nous avons obtenu des renseignements qui prouvent qu'Abdas a réussi à se procurer quatre Granat. Dans moins de quatre mois, il pourra appareiller avec deux à quatre missiles nucléaires de croisière dans un sous-marin trop discret pour que nous le détections.

— Attendez une minute, dit Kaminski. Je croyais que vous aviez dit que le Lira était bruyant.

— Exact. Je vous ai également dit que le problème était aisément modifiable. La nouvelle construction prévoit des suspensions élastiques mises au point ces dix dernières années. Les équipements et le pont ont été isolés de la coque. Nous avons un problème, Vic. Le Lira est à présent aussi discret que notre Los

Angeles. Et ce n'est pas tout : il peut toujours distancer nos torpilles. C'est notre cauchemar : un terroriste déterminé, à bord d'un sous-marin invisible, impossible à attaquer, capable d'atteindre des vitesses auxquelles nous ne pouvons nous mesurer, armé d'engins nucléaires.

Kaminski prit une profonde inspiration :

— Je vois le problème. Et qu'attendez-vous de moi ?

— Vous allez étudier pour nous les spécificités techniques du Lira. Vous confirmerez ce que je viens de vous apprendre, car ces informations ne résultent que de déductions à partir d'interprétations photographiques. Si ce que vous avez observé se révèle exact, alors l'opération entrera dans une nouvelle phase.

— Qui sera ?

— Trouver un moyen pour saboter le Lira avant qu'il ne prenne la mer.

Kaminski approuva de la tête et passa le reste du vol à étudier les photographies de l'intérieur du Terminal. Puis l'avion fit son approche et atterrit à l'aéroport international JFK. Rancourt prit congé, en souhaitant bonne chance à Kaminski.

Ce dernier sentait déjà monter l'appréhension qui précédait chaque opération.

12

Lorsque Peter Vornado se réveilla, l'oreiller était chaud sous la peau de son crâne rasé. Il scruta la pièce sombre et silencieuse, regrettant de ne pas être à l'étage, couché près de Rachel. Depuis qu'il était descendu au rez-de-chaussée, c'était la jeune Erin qui partageait le lit deux places avec sa maman. Près de l'oreiller, se trouvait un interphone, qui lui permettait d'appeler Rachel, mais elle n'avait pas bien dormi depuis de nombreuses semaines et il décida de surmonter seul la nausée qu'il sentait l'envahir. Il attrapa la bassine près du lit à barrières et vomit. Lorsqu'il eut fini, il recouvrit la bassine, la reposa par terre et se rallongea. La pièce tourna plusieurs fois avant que le malaise ne s'éloigne.

Il ferma les yeux et essaya de dormir mais, au bout d'une heure, il s'allongea sur le dos et regarda le plafond. Cela faisait cinq semaines que le médecin de Sloan-Kettering lui avait laissé six semaines à vivre. Deux jours plus tard, Vornado avait subi une intervention chirurgicale pour réduire la tumeur maligne au cerveau. À son réveil, il avait ressenti des douleurs et un mal de tête sourd, sans rapport cependant avec les terribles migraines qui avaient précédé l'intervention. Cela avait duré une semaine, puis les maux de tête avaient repris, encore plus intenses, comme si la tumeur avait cherché à se venger.

Il essayait de ne pas penser à la fin, mais c'était difficile. En présence de Rachel et de leur avocat, il avait pris des dispositions légales pour que le jour où il perdrait ses capacités intellectuelles, pour que Rachel puisse décider de l'arrêt du respirateur artificiel. Une inquiétude tenace cependant le tourmentait : Rachel serait seule pour élever Erin, Peter et Marla. Et cela, il n'y pouvait rien. Le plus difficile était de regarder les yeux bleus d'Erin et d'écouter sa joyeuse petite voix haut perchée de bambin. Il se sentait coupable de devoir l'abandonner. Il n'envisageait d'autre alternative que la mort. Deux fois déjà il l'avait affrontée, et deux fois, dans un sentiment mêlé de terreur et d'incrédulité, il l'avait vaincue. Mais mourir maître de son destin, à son poste en combattant, était une chose, être une victime dans une chemise d'hôpital et mourir avant son quarantième anniversaire en était une autre. Mais il semblait qu'il n'avait pas le choix.

Deux jours après l'opération, entouré de bandages, il s'assit dans son lit, mieux que jamais depuis un mois. Le Dr Peppinger était entré et avait parlé du programme de recherche fondamentale pour une thérapie par vaccination expérimentale au centre d'études sur le cancer de Duke University. À l'échelle du pays, le programme n'acceptait que quelques patients et le Dr Peppinger y avait fait intégrer Vornado. Le médecin avait averti Rachel que ce n'était qu'un programme de recherche, qui devait fournir des données concrètes pour une science en pleine genèse, et que les résultats de Vornado serviraient à aider de futurs malades. Cela ne représentait en aucun cas un dernier espoir. Cependant, certains malades connaissaient une rémission durant le programme. Quelques patients étaient encore en vie cinq ans après le diagnostic du glioblastome. Même si les chances de survie de Vornado restaient proches de zéro, il aurait au moins la possibilité d'essayer de combattre la tumeur au lieu d'attendre passivement qu'elle le prît. Peppinger insistait sur le fait que cette maladie restait fatale. Le programme Duke et la vaccination ne lui laisseraient que quelques mois de vie supplémentaires. Mais pour Rachel cela suffisait.

Rachel était cadre commercial dans une compagnie de consultants de gestion pour la région Est. Au cours de ses études, elle avait toujours détesté les matières scientifiques, mais ces dernières semaines, elle s'était lancée dans des recherches poussées sur la thérapie par vaccination pour le cancer en stade terminal. Ses connaissances nouvellement acquises lui laissaient imaginer que son mari pouvait s'en sortir. Pour la première fois depuis le diagnostic, Vornado décelait de l'espoir dans ses yeux. Il ne pouvait supporter de lui briser le cœur en lui rappelant l'avertissement du Dr Peppinger.

Le Dr Friedman, chargé du programme à Duke University, ne perdit pas de temps. Le traitement commença avec les examens préalables, IRM[1] et PET-scan. Ils prélevèrent un demi-litre de sang à Vornado, isolèrent les globules blancs, les traitant au niveau moléculaire, non comme pour un traitement anticancéreux, mais pour permettre à son corps de survivre aux autres effets mortels de la vaccination. Après le traitement, ils ajoutèrent le vaccin aux globules blancs et au plasma et on lui injecta le mélange dans l'aine. Deux jours plus tard, ils lui refirent une série de scans du cerveau. Pour les traitements de chimio et de rayons, il rentra chez lui à Virginia Beach.

Les médicaments qui apaisaient les douleurs des patients sous chimiothérapie et réduisaient la fatigue ne pouvaient être utilisés dans ce programme. Vornado passait donc des heures à vomir et il était trop faible pour bouger. Sous l'effet des rayons, il vit son épaisse chevelure blonde tomber par touffes, lui laissant des traces de duvet irrégulières. Rachel avait accepté de lui raser la tête, ce qui avait provoqué le fou rire d'Erin. Il avait l'impression de se trouver nu et vulnérable. Rachel répéta que ça lui donnait l'air sévère, qu'il ressemblait à M. Propre. Il savait qu'elle essayait ainsi de le réconforter. La chimiothérapie se révéla une torture, mais il s'y soumit stoïquement. Ce qu'il détestait le plus, c'étaient les nausées, encore plus que la fatigue. La nourriture le rendait malade, même l'odeur de la cuisine. À certains moments, il était persuadé d'avoir vomi plus que personne d'autre au monde. Depuis un mois, il avait perdu plus de dix kilos ; il était squelettique et affaibli. Mais même ainsi, il était encore capable de parler avec les enfants et de jouer avec Erin. Cependant, au fond de son esprit, il n'oubliait pas que le temps lui était compté.

Rapidement, il devint trop faible pour monter l'escalier, même avec l'aide de Rachel. Elle dut donc dégager son bureau au rez-de-chaussée et fit installer un lit médicalisé. Vornado restait allongé toute la journée, la petite Erin assise près de lui. Peter Junior et Marla passaient leurs vacances dans un camp d'été de *soccer*[2] et de tennis, mais lui tenaient compagnie tous les soirs. Au moins comprenaient-ils la situation, contrairement à Erin. Au début, la

1. IRM : Imagerie par résonance magnétique nucléaire, sorte de scanner utilisant l'effet d'un champ magnétique intense sur les noyaux des atomes.
2. Nom américain du football. Le « football américain » est appelé « football » aux États-Unis. *(N.d.T.)*

petite fille avait voulu jouer avec lui, désappointée qu'il fût cloué au lit. Elle avait insisté pour rester dans la chambre pour regarder la télévision ou écouter Rachel lui faire la lecture. Il ne parvenait plus à se concentrer sur ses chers romans policiers. Elle remplit donc les étagères de livres de Mark Twain. Au milieu d'un passage, lorsqu'il se penchait pour vomir, Erin lui caressait le dos avec sa petite main tandis que Rachel lui tenait le front.

Après trois vaccins, le programme Duke entama une phase d'observation. La chimiothérapie et les rayons étaient finis. Après le premier vaccin, il n'avait ressenti ni maux de tête ni malaises. Rachel avait commencé à croire qu'il était hors de danger, mais Vornado doutait. Les maux de tête reprirent avant le voyage à Duke pour le post-traitement. Pendant le trajet, il s'était effondré, une violente crise l'avait secoué sur le siège de la voiture. Ils s'étaient précipités à l'hôpital le plus proche où il avait été admis, déshydraté, désorienté et faible. Il fallut des heures pour le stabiliser. Quand il arriva à Duke, il fut emmené en chaise roulante et installé dans un lit d'hôpital. Lorsque les résultas des IRM et PET-scan arrivèrent, le Dr Friedman n'eut pas besoin de prononcer une parole. Son visage parlait pour lui. Le programme de vaccination avait échoué et la malignité était de retour. L'IRM n'avait rien révélé, mais le dernier PET-scan avait montré une grosseur dans le cerveau.

— Peter, il nous reste une décision à prendre, dit calmement le médecin. Normalement, à ce point, nous vous conseillerions une hospitalisation. Vous pouvez rentrer chez vous avec un traitement antidouleur de choc, un cocktail de morphine que vous prendrez à la demande afin de limiter la souffrance. Vous éviterez ainsi une hospitalisation prolongée et vous profiterez de votre femme et de vos enfants.

— Vous parliez d'une décision à prendre, dit Vornado avec effort.

— Vous pouvez choisir de prendre un dernier risque. Nous vous administrerions une dose ultraforte de chimiothérapie. Je ne parle pas de ce que vous avez déjà eu auparavant. Il s'agirait d'une seule dose injectée directement à la base du cerveau, d'une nocivité telle que les chances de mortalité seront à leur maximum. Dans votre état, je dirais que vos chances de survie à un traitement de cet ordre sont minimales. Et nous serions contraints de supprimer tout autre traitement, ce qui impliquerait une douleur extrême. De plus, les produits chimiques suffisamment puissants pour éliminer le cancer ont le potentiel de causer des dommages importants des tissus cérébraux. En principe, les fonctions cognitives ne devraient pas être atteintes, par contre, il n'en sera pas de même en ce qui concerne les fonctions motrices, de la vision, de l'audition et de l'équilibre.

— C'est le risque. Et le bénéfice possible ? demanda Rachel.

— Eh bien, une seule prise de chimiothérapie à une telle dose éliminera le cancer. Les cellules cancéreuses de la nouvelle repousse sont beaucoup plus faibles que celles de la tumeur originelle. Nous disposons d'une fenêtre étroite pour une dose de très haute concentration pour éliminer toutes les cellules cancéreuses. Définitivement.

Vornado regarda le médecin et prit une profonde inspiration.

— Que feriez-vous à ma place ?

Sombre et grave, le médecin regarda Vornado dans les yeux.

— Eh bien, nous n'avons expérimenté ce traitement que dans huit cas similaires. Cinq patients sont décédés dans les soixante-douze heures. Deux ont sombré dans le coma et sont morts deux semaines plus tard. Le huitième s'est remis et est en rémission totale, mais il ne remarchera jamais. Voilà donc le dilemme que nous devons gérer. Ce que je ferais ? Je rentrerais chez moi, je prendrais le traitement hospitalier, le traitement antidouleur et je jouerais avec mon enfant. J'organiserais une dernière soirée avec mes amis. Je leur dirais au revoir. Mais ce n'est pas à moi de décider. Discutez-en avec votre épouse. Mieux encore, rentrez chez vous et profitez d'une bonne nuit de sommeil, puis appelez-moi. Si vous vous décidez pour le traitement ultradosé, vous pouvez le suivre à Virginia Beach au lieu de faire le trajet jusqu'ici.

L'au revoir de Rachel au Dr Friedman, son dernier espoir, fut difficile. Elle pleura en l'embrassant, le remercia puis poussa la chaise roulante de Vornado jusqu'au parking. Sur le trajet du retour, ils ne prononcèrent pas un mot. Rachel installa Vornado dans son ancien bureau, sur son lit médicalisé et s'assit sur le siège en cuir dans le coin.

— Qu'en penses-tu, Peter ? demanda-t-elle.

Toute sa vie, Vornado avait accepté le risque même s'il devait le payer de sa vie. Mais toujours au service de son pays. En mer, sa mort aurait servi à quelque chose. Ce qu'il risquait de perdre à présent, c'étaient quelques semaines de plus avec ses enfants. Si précieux qu'ils fussent pour lui, la perspective de rester allongé pendant un mois, sous un traitement draconien de morphine, d'attendre la fin impuissant et misérable, gâcherait le peu de temps qui lui restait auprès d'eux. Il pouvait choisir de parier à tout ou rien. Il ne tarderait pas à être fixé – soit il vaincrait, soit le combat prendrait fin. Et une chance sur huit, même si la survie signifiait la chaise roulante, c'était précieux comparé à l'alternative qui consistait à attendre la mort en victime sans pouvoir réagir.

— Je suis d'accord pour essayer, dit Vornado. Si cela ne fonctionne pas, nous aurons simplement perdu quelques semaines.

— Vous ne redoutez pas la douleur ?

Ce ne pouvait être pire que les cinq dernières semaines, pensa-t-il. Il secoua la tête.

— Puis-je donner mon avis ? demanda Rachel les yeux remplis de larmes. Je ne veux pas que tu essaies. J'ai un terrible pressentiment.

— O.K., dit Vornado. On laisse tomber.

Peut-être était-ce aussi bien, se dit-il. Peut-être valait-il mieux pour sa famille qu'il s'efface doucement pendant le mois suivant plutôt que de suivre son agonie durant plusieurs jours.

Rachel resta un moment silencieuse, les yeux perdus autour du bureau, regardant les photos de ses sous-marins, son sabre d'officier posé contre le mur dans un coin, son diplôme de l'École navale à la place d'honneur sur le mur, à côté de sa lettre de commandement et sa médaille de bronze pour une opération effectuée en mer de Barents l'année précédente. Elle donnait l'impression de penser à autre chose et elle déglutit bruyamment.

— Penserais-tu que je suis insensée si je te disais que j'ai changé d'avis ? demanda-t-elle.

Il sourit et éclata de rire en grimaçant de douleur.

— Non, ma chérie, dit-il tendrement. À quoi penses-tu ?

— À toi. Cette pièce est remplie de ta vie. Tu n'es pas du genre à rester allongé sans combattre. C'est la première chose qui m'a séduite chez toi.

Vornado approuva de la tête, puis fronça les sourcils.

— Il y a de grandes chances pour que nous ne gagnions pas cette partie, ma chérie.

— Je sais. Mais je crois que, plus tard, les choses seront plus faciles en sachant que nous avons tout essayé.

— Tu es plus courageuse que moi, dit-il.

Elle lutta pour retrouver son calme. Des larmes coulaient de ses yeux fermés. Lorsqu'elle retrouva sa voix, elle était éraillée et sèche.

— Veux-tu profiter de quelques jours de repos avant ?

— Non, dit-il. Allons-y. Appelle.

Rachel laissa un message au Dr Friedman, passa encore une heure dans le bureau, puis elle monta se coucher. Elle resta allongée, éveillée, se remémorant les six dernières semaines et se demandant ce que sa vie aurait été sans ce cancer. À l'approche de l'aube, la pièce s'éclaircit et Vornado pensa que c'était peut-être le dernier matin dont il pourrait profiter. Au prix d'un effort surhumain, il bascula la barrière de son lit et se leva. Il s'approcha lentement de la fenêtre de la cuisine orientée à l'est, s'assit sur une chaise et regarda le soleil se lever au-dessus des arbres du jardin.

Il entendit le bébé pleurer et les pas de Rachel se dirigeant vers la cuisine.

— Hé, pa... pa, dit joyeusement Erin avec un sourire et en tendant les bras.

Rachel lui donna le bébé et Vornado l'assit sur ses genoux.

Il embrassa Erin et essaya de faire un clin d'œil à Rachel, sans parvenir à le rendre convaincant.

— Tu veux toujours le faire ? s'enquit-elle.

— Oui, répondit-il.

Les deux aînés arrivèrent pour le petit déjeuner et écoutèrent gravement leur mère leur parler du traitement. Tous deux demandèrent à s'absenter du camp d'été et à rester à la maison. Vornado adressa un signe approbateur à Rachel.

À l'hôpital, distant de huit kilomètres, il s'assit sur le fauteuil de chimiothérapie. En attendant la piqûre, il ferma les yeux et pensa aux prisonniers attendant l'injection fatale. L'aiguille lui fit mal et le produit injecté le brûla en pénétrant. Il se sentit immédiatement incommodé et nauséeux et commença à se demander s'il avait pris la bonne décision. Le retour à la maison fut une torture. Durant les huit kilomètres, il eut une demi-douzaine de haut-le-cœur. Rachel eut du mal à l'installer dans son lit. Puis il resta allongé, impuissant. Il n'avait pas la force de bouger ni même de soulever la tête pour vomir. La douleur et les nausées étaient bien pires qu'il ne l'avait imaginé. Ça le prenait par vagues, de plus en plus violentes. Durant un de ces terribles moments, Vornado acquit une certitude : il avait parié et il avait perdu. C'était fini. Il ne passerait pas la nuit.

Sa sœur Diana était sa seule famille et elle travaillait au Japon. Elle avait prévu un voyage depuis un mois et il savait qu'il ne vivrait pas suffisamment longtemps pour lui laisser le temps de traverser le Pacifique. Il ne voulait pas affronter le dernier coucher de soleil seul. Il demanda à Rachel d'inviter ses amis et associés, tout particulièrement B.K. Dillinger, son vieux camarade de chambre de l'École navale, son meilleur ami et son adversaire dans l'exercice de torpillage. Rachel passa plusieurs coups de téléphone. Sur son visage, on comprenait qu'elle savait qu'il avait abandonné. Elle revint avec de mauvaises nouvelles. Dillinger avait appareillé avec le bâtiment dont il assurait le commandement, l'USS *Tucson*, et venir serait difficile. D'un signe de tête, Vornado montra qu'il avait compris. Il commençait à réaliser qu'il ne reverrait jamais B.K. Il se prit à repenser à l'été d'intégration et à Whitehead et il sourit.

Tandis que les ombres de fin d'après-midi s'allongeaient, ses amis remplirent la maison. George Willey, l'ancien second de Vornado, arriva accompagné de tout l'état-major et des officiers mariniers supérieurs du *Hampton*. L'amiral Smokin'Joe Kraft et son état-major vinrent également, tout comme les autres officiers généraux pour qui Vornado avait travaillé. Kraft lui annonça qu'il avait ordonné au *Tucson* de faire surface afin qu'un hélicoptère puisse hélitreuiller B.K. Dillinger et l'amener. Il serra la main de Vornado, puis s'éclipsa.

Rachel essayait de paraître gaie, et les remerciait de leurs condoléances anticipées, mais tous les visiteurs regardaient avec étonnement l'état décharné et le crâne rasé de Vornado. Il retenait ses larmes chaque fois que quelqu'un prenait congé, jusqu'à ce que la maison fût vide et dans l'obscurité complète. Il lutta encore pendant deux heures contre la douleur en attendant l'arrivée de Dillinger. Il réalisa combien ces visites l'avaient fatigué. Un épuisement pesant et accablant lui donnait envie de dormir, mais il résistait sachant que s'il fermait les yeux il ne les rouvrirait pas. Il s'accrocherait jusqu'à l'arrivée de Dillinger. Il voulait dire quelque chose à son vieil ami. Mais les heures d'attente pesaient de plus en plus lourd. Rachel et les enfants attendaient près de lui.

Une nausée l'avait repris et lorsqu'on frappa à la porte d'entrée, Vornado ne savait plus si c'était vrai ou s'il avait rêvé. Mais la porte du bureau s'ouvrit et la silhouette athlétique du capitaine de frégate Burke Dillinger entra, vêtue d'un uniforme d'été kaki froissé. B.K. sourit, embrassa Rachel et salua les enfants, puis il frappa des poings contre ceux de Vornado. Rachel fit lever les enfants et sortit avec eux. Elle ferma la porte du bureau derrière elle. Vornado leva les yeux vers le visage de son ami, espérant parler d'une voix assurée, mais il émit une sorte de son rauque.

— B.K., c'est fini. Il est l'heure de fermer la boutique.

Vornado rassembla ses dernières forces pour prononcer les derniers mots :

— Puis-je compter sur ton aide ? Est-ce que tu t'occuperas de Rachel et des enfants ?

Dillinger approuva d'un signe de tête et, incapable de retenir plus longtemps ses larmes, il attira Vornado dans une embrassade. Au bout d'un moment, Dillinger relâcha son étreinte et essaya de dire quelque chose, mais la voix lui manqua. Vornado laissa retomber sa tête sur l'oreiller, les yeux humides. Au bout de quelques minutes, alors que Rachel ramenait le bébé et le posait sur le lit, B.K. recula. Peter Junior prit la main droite de son père, Marla la gauche et la petite Erin caressait son bras et disait de sa voix de soprano : « C't'O.K., papa, c't'O.K. ». Il sentit son petit bras le caresser, reconnut l'odeur du shampooing de bébé dans sa chevelure blonde et soyeuse.

Il essaya de dire « Je t'aime » à son bébé, sans succès, pas même dans un murmure. Il articula ces quelques mots, espérant que Rachel parviendrait à lire sur ses lèvres et répéterait à Erin ce qu'il essayait de lui dire. Il serra la main de Peter et sourit à Marla, puis à Rachel. Il embrassa le front d'Erin. Il n'avait plus la force de garder la tête droite. Une vague de nausées l'envahit, la pièce se troubla et lentement se mit à rouler d'avant en arrière, comme s'il se retrouvait en mer.

Il pensa qu'il vivait peut-être ses derniers instants de conscience. Il devait lutter, pensa-t-il pour rester éveillé.

« Laisse-toi aller », murmurait une voix intérieure.

Il essaya de l'ignorer et de fixer le plus longtemps possible les visages de son fils et de ses filles, de sa femme et de son ami. Il sentait leurs mains serrer les siennes. Il essaya de rendre la pression, mais bientôt, il perdit toute force dans les bras. Il tenta d'articuler quelques mots, mais ses lèvres gercées et sèches ne lui obéissaient plus. Chaque inspiration devenait de plus en plus difficile, comme si les muscles lui faisaient défaut l'un après l'autre.

Il se sentait lourd, il avait l'impression de couler à l'intérieur du matelas. À chaque clignement des paupières, il lui était plus difficile de rouvrir les yeux. Il essaya de rassembler ses forces afin de tenir encore éveillé, mais il ne parvint pas à garder les yeux ouverts. Il sentit ses paupières se fermer doucement sur ses yeux humides et l'épuisement remplaça la douleur. Cette sensation dura le temps de quelques battements de cœur.

Puis plus rien.

Il volait sans effort au-dessus des vagues, le corps et l'esprit légers et libres, grisé par la sensation de vitesse. La clarté du soleil de midi s'affaiblissait lentement tandis que les nuages traversaient le ciel. Puis vint le crépuscule, puis l'obscurité de la nuit tandis que des étoiles apparaissaient au-dessus des vagues.

Il savait qu'il avait une dernière chose à accomplir. Il se tourna jusqu'à apercevoir le sable de la plage. Tandis qu'il revenait audessus de la terre, les hôtels généreusement éclairés défilaient en dessous. Le paysage se déroula rapidement jusqu'à ce qu'il aperçût la maison. Il fit un effort pour descendre jusqu'à la pelouse de l'avant de la demeure. Une fois arrêté, la sensation de vitesse lui manqua, il y avait là quelque chose d'important. Il regarda autour de lui, mais réalisa que la maison lui paraissait déserte sans la bicyclette de Peter Junior, sa batte et son gant de base-ball. Sans la voiture de Rachel, l'allée lui paraissait également étrange. Il entendait un bruit venant de l'intérieur. Au début, il n'était pas certain, mais il reconnut les pleurs d'Erin. Il regarda par la fenêtre de la chambre principale, mais elle baignait dans l'obscurité. De nouveau la petite fille sanglota. Il entendit autre chose, la voix de Rachel essayant de la réconforter. Il attendit longtemps que les pleurs cessent, puis franchit la porte d'entrée.

Il commença par visiter son bureau, ainsi qu'il en avait l'habitude, mais cette fois, il n'avait pas de clés de voiture ni de portefeuille à déposer dans le vide-poches en métal argenté sur la bibliothèque. Le lit d'hôpital avait disparu, son bureau avait repris la disposition initiale, bien que mieux rangé que lorsqu'il l'occupait. Il se dirigea vers la cuisine reluisante de propreté, le désordre habituel n'était qu'un lointain souvenir. Sans les pleurs d'Erin et le contenu de son bureau, il aurait pu penser que quelqu'un d'autre habitait la maison. Dans l'évier de la cuisine, une seule tasse à café trempait. Un moment, il la regarda stupidement, vaguement conscient que cela signifiait quelque chose.

Il fit demi-tour et survola lentement l'escalier. La chambre de Peter Junior était plus désordonnée que d'habitude. Son fils était allongé sous les couvertures, les yeux ouverts et il contemplait le plafond. Deux larmes roulaient sur ses tempes et dans ses cheveux. Il essaya d'appeler son fils, mais ne parvint pas à proférer un son. Il toucha les cheveux ébouriffés du garçon, mais Peter Junior ne réagit pas. Il quitta la chambre après un dernier coup d'œil. Plus loin dans le hall, il se trouva devant la porte fermée et verrouillée de la chambre de Marla. Il la traversa et regarda autour de lui. La chambre faisait penser à une photo de magazine, à part la robe noire posée sur le fauteuil de bureau et les chaussures noires à talons plats sur le plancher à côté. Un moment, il regarda sa fille dormir. Il s'approcha de son visage, mais c'était comme s'il n'avait pas été là. En se retournant sous sa couette, un froncement de sourcils sur son visage endormi, elle fit tomber quelque chose par terre. Dans un cadre argenté, la photographie d'un officier. Le visage sérieux et sévère de l'homme blond fixait l'appareil photo de sous une casquette blanche d'officier, l'uniforme blanc amidonné uniquement coloré par une double rangée de barrettes de décorations en dessous des dauphins dorés de sous-marinier. Il essaya de prendre le cadre et de le reposer sur le bureau, mais il était trop lourd. Il toucha de nouveau les cheveux emmêlés de Marla, puis retourna vers la porte. Il la traversa et s'approcha de la chambre principale.

La porte était entrebâillée. Il s'avança vers le pied du lit dans lequel Rachel dormait avec Erin. Son côté était vide et les couvertures n'étaient pas défaites. Il s'approcha plus près et écouta la respiration régulière du bébé. Il écarta doucement une boucle blonde du petit visage d'Erin puis regarda tendrement Rachel. Même endormie, elle paraissait fatiguée et épuisée. Elle était toujours aussi belle qu'au premier jour de leur rencontre. Durant les instants qui suivirent, il les regarda et se remémora leur histoire d'amour qui, à présent, semblait avoir duré si peu de temps. Il se reprocha de penser qu'elle appartenait au passé.

Quelque chose l'attira dans la salle de bains attenante. Il y pénétra lentement. La lumière de la lune éclairait la pièce. Il constata qu'il n'y avait qu'une seule brosse à dents dans le gobelet sur le lavabo. Il la regarda un long moment, ses pensées s'accélérèrent, jusqu'à ce que la brosse à dents isolée lui fît réaliser la vérité.

Il était mort et ne reviendrait jamais.

Il se mit à pleurer.

TROISIÈME PARTIE

Nouvelles instructions

13

Une clarté vive et étincelante l'enveloppa. Lentement il essaya de nager vers le haut pour tenter de l'atteindre. L'éclat de la lumière s'intensifiait. Dans un laps de temps qui lui parut durer la moitié d'une vie, une sensation étrange et inconnue l'envahit. Il se sentait optimiste et satisfait sans parvenir à comprendre pourquoi.

L'éclat de la lumière le força à détourner son attention. Il lui fallut un moment pour réaliser que la lumière n'était pas surnaturelle, mais parfaitement réelle. Lentement, il concentra son attention jusqu'à parvenir à distinguer le monde qui l'entourait. Il baignait dans la clarté du soleil qui entrait par une fenêtre.

Puis sa perception de l'espace s'affina. Il sentit un corps, son corps, mais quelque chose lui manquait. Comme s'il s'éveillait après une amputation, en essayant de comprendre ce qu'il avait perdu, une panique momentanée l'envahit. Lentement il trouva ce qui lui manquait : la douleur. Un instant, baignant dans la lumière, il savoura la merveilleuse absence de douleur. Cependant, rapidement, il ressentit une souffrance dans le bas du dos et dans les doigts de la main droite. Il cligna plusieurs fois des yeux.

Perturbé, il s'assit lentement et regarda attentivement autour de lui. Son bureau avait toujours ressemblé à une grotte sombre. Exposées au nord, les fenêtres étaient équipées de rideaux toujours tirés. Pour obtenir une telle lumière, il aurait fallu allumer des projecteurs. Il réalisa que son dos le faisait souffrir car il était penché au-dessus de la baignoire de la salle de bains principale à l'étage. Pourquoi, se demanda-t-il, Rachel et B.K. Dillinger l'auraient-ils traîné là ? Il lui semblait impossible d'être sorti du lit médicalisé en bas et d'être monté seul sans tomber. L'origine de la douleur à la main le surprit plus encore. Durant son sommeil, il avait serré quelque chose très fort. Il ouvrit le poing et, muet, regarda sa brosse à dents. Il essaya de rassembler ses souvenirs, de retrouver quelque chose d'important en rapport avec cet objet, sans succès. Il haussa les épaules et décida d'y réfléchir plus tard.

Il bougea le bras et trouva miraculeux d'être capable de poser la brosse à dents sur la tablette sans ressentir une douleur lui transpercer les os. Il posa la main sur son estomac, il ne souffrait pas, puis sur la tête : aucune douleur. Il tourna lentement le visage, s'attendant à être pris de nausée. Mais il n'était pas malade. Il essaya d'appeler Rachel, mais ne put articuler un son. Comme Rachel ne venait pas, il décida de tenter de se lever sans aide. La tablette du lavabo lui paraissait distante de plus d'un kilomètre, mais il parvint à l'atteindre et s'y accrocha. Il fut surpris de sentir son corps se redresser. Il se retrouva debout devant le lavabo, stupéfait, s'attendant à retomber sur le carrelage en proie à une nouvelle nausée. Mais la seule sensation qu'il ressentit fut la faim. Il regarda son reflet dans le miroir et aperçut un étranger chauve au visage amaigri et émacié, les yeux profondément marqués de cernes noirs, les joues creuses et les lèvres gercées. Mais quelque chose avait changé, un éclat dans son teint, la pâleur grise des dernières semaines avait disparu. Il sortit lentement dans le couloir. Il se rendit compte qu'il boitait plus par habitude que par nécessité. Il se redressa, son corps lui obéit. Il parvint à descendre sans le soutien de Rachel. Il sourit en arrivant dans le hall du rez-de-chaussée. Il se tourna et ouvrit la porte de son bureau plongé dans l'obscurité.

Erin était allongée sur le lit d'hôpital et, plongée dans un profond sommeil, elle ronflait. Rachel était assise sur une chaise près du lit, la tête posée sur le matelas. Il secoua son épaule sans parvenir à la réveiller. Il aurait voulu pouvoir l'allonger sur le lit, mais il savait qu'il n'en aurait pas la force. Il prit une couverture et la disposa sur ses épaules, puis il sortit en fermant doucement la porte derrière lui.

Il traversa la salle de séjour. Quelqu'un ronflait sur le canapé. Il le contourna et vit B.K. Dillinger profondément endormi, une couverture de lainage posée sur lui, vêtu d'un jean et d'un T-shirt des forces sous-marines, ce qui était curieux car il était arrivé en uniforme. Vornado secoua l'épaule de Dillinger qui lui non plus ne se réveilla pas.

La faim le tenaillait de plus en plus. Vornado quitta le séjour et se dirigea lentement dans la cuisine. Tout d'abord, il en fit calmement le tour, prépara du café et des toasts. Puis il haussa les épaules et fit griller du bacon et des œufs brouillés, en sifflotant. Il mit le couvert et approcha la chaise haute. Au moment où il se servait, Rachel entra lentement. Dans ses bras, le bébé bâillait. Sa femme était hâve. Elle n'en croyait pas ses yeux. Vornado lui sourit et lui fit signe de s'asseoir à table.

— Oh, mon Dieu, bégaya-t-elle. Tu étais dans le coma depuis cinq jours. Je pensais que c'était fini. J'ai essayé de rester éveillée près de ton lit. J'ai réussi pendant quatre nuits. J'étais certaine de te perdre si je m'endormais et, lorsque je me suis réveillée, tu étais parti ! J'ai eu tellement peur que j'en ai des douleurs dans la poitrine.

Elle s'effondra sur une chaise, la tête dans les mains, et pleura si fort que la table en tremblait. Il s'assit près d'elle, passa le bras sur ses épaules et elle l'embrassa.

— Tu vas bien ? demanda-t-elle d'une voix hésitante.

Il approuva d'un signe de tête, pensant à lui dire où il avait passé la nuit.

— Aucune nausée, aucune fatigue. Pas de maux de tête.

— Prends ton petit déjeuner pendant que j'appelle une voiture, dit-elle. Nous allons à Duke.

Cet après-midi-là, le trajet jusqu'à Duke lui parut facile. Tout de suite, les yeux du Dr Friedman affichèrent un optimisme mesuré. Après une nouvelle série de scanners, son visage trahit sa stupéfaction. On leur demanda de rester pour la nuit afin que le concepteur du programme de vaccination pût venir de Suède afin de vérifier les résultats. Pendant des heures, les médecins se concertèrent à voix basse. L'inventeur du vaccin insista pour que soit réalisée une biopsie de la zone précédemment cancéreuse. Vornado se soumit à la procédure, espérant qu'il s'agirait de la dernière. Au matin du troisième jour à Duke, Vornado et sa femme attendaient dans le bureau du médecin pendant que ce dernier contrôlait les résultats de la biopsie. Au bout de ce qui leur parut des heures, le médecin entra enfin dans son bureau. Vornado se leva. Pour la première fois, ses yeux se plissèrent de contentement.

— Eh bien Peter, les analyses montrent une croissance normale des cellules. C'est remarquable. Ce que vous avez expérimenté tient du miracle médical. Nous pensons que l'effet de la vaccination devrait être soutenu par une dernière chimiothérapie très fortement dosée, dit-il. Nous envisageons de l'introduire dans une forme de thérapie de base. Mais de toute façon, vous avez vaincu le cancer.

— Alors, demanda Vornado, je suis guéri ?

— Tous les examens sont favorables. Nous continuerons cependant à vous suivre. Vous devrez passer des examens et des scanners de contrôle tous les trois mois jusqu'à ce nous ayons éliminé tout doute, et puis… Eh bien, nous verrons comment se déroulera l'année prochaine. En attendant, mes félicitations.

Le médecin se fendit brusquement d'un grand sourire et donna l'accolade à Vornado.

Sur le chemin du retour pour Virginia Beach, Rachel pleura des larmes de bonheur tandis que Peter Vornado essayait de s'habituer à l'idée que la vie continuait. Cela faisait tellement longtemps qu'il s'était préparé à mourir que vivre lui semblait impossible. La seule chose qui l'aida fut de parler avec Erin, qui babillait dans son siège-auto.

Perdu dans ses pensées, Vornado regardait la ville par la vitre. Il ne parvenait pas à imaginer ce qui l'attendait. Il décida de reprendre ses fonctions. Il se ferait certainement radier des cadres et devrait passer des entretiens de reconversion. Que pourraient-ils faire d'autre ? Il était médicalement inapte, ou, du moins, médicalement fragile, ce qui revenait au même. On ne pouvait plus compter sur lui pour accomplir les mêmes missions que par le passé. Il avait retrouvé la vie, mais sa carrière était terminée. Après l'année qu'il venait de passer, il ne pouvait plus appartenir à la race des hommes qui trouvent leur identité dans le travail, même si les missions qu'il avait dirigées suffisaient à rendre les autres hommes envieux. Son métier lui manquait déjà.

Vornado posa la tête contre la vitre et ferma les yeux, persuadé qu'il ne parviendrait pas à s'assoupir. Lorsque la voiture franchit la frontière de l'État de Virginie, il pensa qu'il était enfin autorisé à dormir. Il s'était résolu à mourir, et la vie lui était revenue. À présent, il devait renoncer à sa carrière. Il se mit à ronfler légèrement.

Dans son rêve cette fois, il y avait deux voitures dans l'allée, un évier plein de vaisselle, un lit défait des deux côtés, les deux enfants en train de dormir tranquillement dans leur chambre en désordre, deux brosses à dents posées sur le lavabo. Vornado se tenait debout dans la salle de bains en regardant les brosses à dents. Il essayait de comprendre ce que cela symbolisait. Il comprit enfin qu'il se trouvait face à une seule vérité : il était vivant.

Peter Vornado sourit.

Pour le premier jour de sa nouvelle vie, il avait prévu de reprendre ses anciennes habitudes. Il ouvrit les yeux à 4 heures du matin sans l'aide d'un réveil. Il s'assit sur le lit et regarda autour de lui. Il était heureux de se trouver dans sa chambre, dans son lit et non dans le lit médicalisé au rez-de-chaussée. Des déménageurs étaient venus le reprendre le samedi précédent et ils avaient obligeamment réinstallé les meubles.

Vornado ferma les yeux quelques secondes, juste pour savourer ce moment. Lorsqu'il les rouvrit, le monde était identique. Dans la pénombre, il se tourna pour regarder Rachel. Elle était plongée dans un profond sommeil, enserrant Erin dans un bras. La petite fille dormait avec les doigts dans la bouche, lovée contre sa maman. Vornado se pencha et caressa les cheveux de sa femme. La nuit précédente, ils avaient fait l'amour pour la première fois depuis six mois. Ils avaient commencé tendrement et terminé sauvagement. Il se frotta l'épaule et remarqua une morsure de Rachel. De nouveau il sourit, et se prit à espérer que son retour à la vie comprendrait un retour au commandement de sous-marins. Mais même avec l'appui de Smokin'Joe Kraft, il n'avait aucune chance.

Vornado se leva et se dirigea vers la salle de bains. Lorsqu'il eut pris sa douche, il alla dans le placard. Il chercha son uniforme kaki, mais se ravisa. S'il devait apprendre sa radiation, il préférait porter une tenue de sortie. Il déballa son uniforme du sac du teinturier et l'enfila à l'aveuglette dans l'obscurité. Il agrafa ses épaulettes galonnées, comprenant chacune une étoile dorée et trois galons. Il trouva son macaron doré sur l'étagère et l'épingla au-dessus de sa poche de poitrine gauche. Il sentit les dauphins de sous-marinier tournés vers le massif d'un sous-marin. En dessous du macaron, il épingla trois barrettes de décorations. Sur la barrette du dessus, étaient agrafés l'étoile de bronze, une médaille du mérite et une médaille d'honneur présidentiel, gagnées lors d'exploits qui lui paraissaient lointains. Vornado réalisa qu'il n'y en aurait pas d'autres. Devant la troisième barrette, une agrafe avec une ancre dans un petit cercle de la taille d'une pièce de monnaie, son macaron de commandant, il resta pensif. Smokin'Joe Jack l'avait certainement remplacé au commandement du *Hampton*. Vornado haussa les épaules et l'épingla tout de même, persuadé que son port ne faisait pas plus de lui un imposteur que le reste de l'uniforme.

Pendant une demi-seconde, il envisagea de troquer son uniforme contre un costume civil, mais il renonça. Jusqu'à la signature des papiers officiels le radiant de la Marine, il restait le capitaine de frégate Peter Vornado, de l'US Navy. La dernière barrette était une plaque nominative en plastique noir, sur laquelle on lisait CDR. P. VORNADO, USS HAMPTON, COMMANDANT. Cela non plus n'était plus vrai, mais il l'épingla tout de même sur sa veste d'uniforme. Il boutonna sa chemise kaki, noua sa cravate noire puis grimaça en enfilant son pantalon, qui était trop large. Au moins, la veste d'uniforme kaki cacherait les plis de son pantalon à la taille. Il haussa les épaules, trouva sa casquette et l'essaya. Elle était une taille trop grande. Même son tour de tête avait diminué. Il cala la casquette sous son bras, descendit l'escalier sur la pointe des pieds et entra dans son bureau.

Après qu'il eut failli mourir là, la pièce paraissait différente. Peut-être modifierait-il la disposition des meubles et la repeindrait-il, pensa-t-il. Sa vieille mallette de cuir était vide et légèrement poussiéreuse. Il trouverait bizarre d'aller travailler sans, mais il n'en aurait de toute façon pas besoin. Il trouva les clés de la vieille Corvette qu'il avait achetée à Dillinger lors de son divorce. Il quitta la maison et, en ces petites heures de la matinée, il respira la brise marine salée qui soufflait depuis la plage. Il bâilla, s'étira et sourit en s'approchant de la voiture de sport noire. En la déverrouillant, il se souvint combien il avait insisté pour que Dillinger la reprenne pendant sa maladie. Mais son ami avait refusé, prétendant qu'elle lui rappelait trop son ancienne vie. Vornado était persuadé qu'elle ne démarrerait pas, mais elle reprit vie et ronronna dans l'allée. Il était 4 h 30 du matin.

Le trajet jusqu'à la base se fit sans encombre. Il alla sur le parking réservé aux officiers supérieurs mais pas à son ancienne place. Quelqu'un d'autre avait dû la prendre. Vornado stoppa le moteur et s'approcha du poste de contrôle pour accéder aux quais. Un garde taciturne fronça les sourcils en notant la différence entre la photo de Vornado et son aspect et lui demanda de taper son mot de passe. Il lui fit enfin signe de passer.

Sur le quai 3, le grand panneau était toujours là, un requin poussant un billard à huit boules. En dessous, on pouvait lire : HUITIÈME ESCADRILLE DE SOUS-MARINS. Vornado franchit un nouveau poste de sécurité en saluant un nouveau factionnaire. Il avait l'intention de se rendre directement au bâtiment de soutien *Centurion*, mais une force étrange le poussa et le tira à la fois plus loin sur le quai, jusqu'au poste du sous-marin *Hampton*, son ancien bateau. Il se mordit la lèvre en pensant à ces deux mots « ancien » et « bateau » associés. « Apitoie-toi sur ton sort », pensa-t-il avec mépris, en se forçant à se souvenir d'avoir frôlé la mort et plein de gratitude pour chaque souffle qui lui restait. Il atteignit alors le quai numéro 7, poste d'amarrage de l'USS *Hampton*, SSN-767. Le sous-marin était long, mince et noir depuis le nez arrondi jusqu'à l'arrière en fuseau. L'eau de la cale clapotait sinistrement sur l'arrondi de l'avant, luisante dans la lumière crue des projecteurs du quai. Il voyait les aboutements dans le revêtement du sonar en caoutchouc anéchoïque au niveau des douze porte-missiles du système de lancement vertical, un rappel de la puissance de ce bâtiment, capable de lancer une charge de missiles de croisière depuis la pleine mer contre l'abri le plus reculé au milieu des terres. Dans un autre hémisphère, des ennemis avaient déjà eu à souffrir de la piqûre de ces armes. Mais c'était fini, en tout cas pas sous son commandement.

Vornado fit la moue en touchant sa veste d'uniforme. Il dégrafa son macaron de commandant. Pendant un moment, il le soupesa, puis il le regarda à la lumière vive des projecteurs. « C'est fini, pensa-t-il. Le temps de rendre ton insigne à la mer est venu. » Il jeta le macaron dans l'eau de la cale, regarda les ondes qui se formèrent et l'imagina en train de couler au fond de l'eau sous l'avant du *Hampton*. Il regarda l'eau dans laquelle il avait disparu puis il entendit des bruits de pas derrière lui.

— Commandant ? demanda une voix jeune. Commandant Vornado ?

Vornado se retourna pour voir le marin chargé de la sécurité courir vers lui, une expression d'incrédulité inscrite sur le visage. Le jeune homme s'arrêta en dérapant et se figea au garde-à-vous, la main dans un salut impeccable.

— Bonjour, commandant, dit-il en esquissant un sourire. C'est vraiment vous. Bienvenue, commandant.

Vornado rendit son salut au jeune détecteur ASM en lui souriant aimablement.

— Je venais jeter un dernier coup d'œil à cette vieille demoiselle, Simmons.

L'arrivée du planton avait rompu le charme. « Je devrais y aller. » La gorge nouée, il tourna les talons. Ces premiers pas qui l'éloignaient du sous-marin qu'il avait commandé lui parurent les plus difficiles de son existence. Il avait l'impression de laisser un rêve derrière lui. Plus jamais il n'ordonnerait l'appareillage du sous-marin ni la préparation à plonger. Plus jamais il ne sentirait l'oculaire de caoutchouc froid du périscope contre son œil pendant la remontée de dessous la couche jusqu'à l'immersion périscopique, le dessous argenté des vagues grossissant paresseusement dans son angle de vue, l'objectif du périscope traversant les vagues mousseuses jusqu'à ce que la surface devienne carrément claire, le réticule encadrant le but du jour. Plus jamais il ne sentirait le frisson de l'équipage prenant le poste de combat, les armes chargées dans les tubes, l'aboiement lourd et agressif des tubes lance-torpilles ou le rugissement rapide du système de lancement vertical au cours de l'attaque de l'adversaire.

Il était heureux d'avoir fait son au revoir aux petites heures précédant le lever du jour, que personne n'ait pu être témoin de ses yeux gonflés ou de son nez qui coulait. Il se hâta le long du quai pour rejoindre le bâtiment de soutien, monta les trois niveaux de l'escalier métallique de la tour d'accès jusqu'au pont numéro 1. Par chance, l'amiral avait l'habitude d'être présent tôt le matin. Vornado pourrait mener à terme cette triste démarche, être démis et ouvrir un nouveau chapitre de sa vie, quel qu'il soit.

Il se retrouva dans le bureau du chef d'escadrille. Une vingtaine de photographies de sous-marins étaient punaisées sur les cloisons. Brenda, une superbe engagée volontaire à la poitrine avantageuse, était assise derrière le bureau. Elle se leva brusquement, fit rapidement le tour du bureau et l'embrassa si fort qu'il en perdit presque l'équilibre. Il la regarda et elle vira au rouge écarlate, marmonnant qu'elle pensait qu'ils l'avaient perdu. Il lui sourit gentiment, mais réalisa qu'elle avait raison, l'escadrille l'avait perdu. La porte s'ouvrit et l'amiral Kraft entra. Kraft avait une stature imposante et un regard intimidant. Il mesurait plus d'un mètre quatre-vingts, c'était un ancien boxeur de la brigade de l'École. Il était âgé d'une quarantaine d'années, mais paraissait plus vieux à cause de son visage tanné et buriné et des rides au coin de ses yeux. Il avait le visage étroit, des pommettes saillantes, une mâchoire carrée, une chevelure grise et blonde légèrement dégarnie, de curieux sourcils noirs et des yeux bleu clair. Son nez, fracturé durant un combat de championnat, qu'il avait perdu sur décision de l'arbitre, n'avait jamais été réparé et lui donnait un air agressif, bien que son expression habituelle fût celle d'une bienveillance magnanime. À présent, il était mince, ayant perdu les muscles volumineux de sa jeunesse, mais il avait conservé la même carrure. Il sourit. Sa paume de boxeur massif serra doucement la main de Vornado tandis que l'autre main l'attirait pour sa seconde accolade de la matinée.

Kraft fit entrer Vornado dans son bureau, lui posa quelques questions sur l'évolution de sa maladie et sur son état de santé actuel. Durant une demi-seconde, Vornado espéra que Kraft lui accorderait le commandement de son ancien sous-marin, mais le visage de l'amiral s'était assombri lorsqu'il prononça les mots qui mettaient fin à la carrière de Vornado.

— Peter, je suis désolé. Rachel m'a transmis la bonne nouvelle et j'ai sauté sur l'occasion. J'ai passé tous les coups de téléphone possibles, mais vous avez effrayé le *type commander* durant cet exercice de torpillage avec Dillinger.

Le *type commander* était l'amiral Chesty Schwarz, commandant les forces sous-marines en Atlantique.

— Nous pensions que nous allions vous perdre durant cet exercice que l'équipage croyait être une guerre. Schwarz s'est fait incendier par le chef d'état-major de la Marine pour ne pas avoir mis fin à l'exercice quand vous avez commencé à souffrir de terribles maux de tête et, dans la panique, une centaine de circulaires ont circulé au sujet de la santé des officiers supérieurs embarqués et ce qu'il fallait envisager lorsqu'un commandant se trouvait malade en mer. L'amiral Schwarz m'a rappelé et m'a confié que, même s'il recevait une recommandation médicale favorable, il prendrait un risque extrême en donnant la responsabilité d'un bâtiment transportant des armes nucléaires à un ancien malade d'un cancer du cerveau. Bon sang, Peter, c'est comme s'ils pensaient que vous êtes tombé dans vos bottes il y a deux minutes, ou quelque chose de pire, comme devenir fou à la suite d'une tumeur au cerveau au point de mettre en péril la sécurité nucléaire. L'ironie de la chose, c'est que votre superbe performance durant cet exercice a retenu l'attention des amiraux mais, à présent qu'ils sont impliqués, ils insistent pour prendre la bonne décision, ou du moins ce qui selon eux est la bonne décision. J'ai peur de ne pas pouvoir vous récupérer. Pour la Marine, vous n'êtes plus physiquement apte pour le service en mer. Je suis réellement désolé.

— Merci, amiral, dit Vornado en essayant de sourire. J'apprécie tout ce que vous avez fait pour moi, mais je ne peux pas blâmer Schwarz. Si vous ne m'aviez pas connu, vous auriez tenu la même position. Je devais m'y attendre.

Vornado se mordit la lèvre. Le bureau et Kraft lui-même lui paraissaient très éloignés, comme s'ils jouaient en arrière-plan sur un écran de télévision. Son esprit se mit à tourbillonner, et il se demanda ce que l'avenir lui réservait. Il s'était jusqu'à présent refusé à envisager ce qui se passerait après cette entrevue. Ses espoirs de repartir en mer avaient entièrement reposé sur Kraft. Il avait espéré que celui-ci lui demanderait de passer une visite médicale et laisserait aux médecins la responsabilité de décider de son aptitude à commander. À présent, il se trouvait face à une porte qu'on lui avait claquée à la figure. Il devait écrire le prochain chapitre mais une partie de lui-même restait totalement désorientée. Il faudrait qu'il parle de tout cela avec Rachel. Elle avait toujours été équilibrée et savait ce qu'elle voulait. Tout au long de sa carrière et jusqu'à son affectation en tant que commandant, elle lui avait prodigué de solides conseils. Sa première question serait certainement de savoir ce qu'il avait à gagner à rester dans la Marine. Un instant, il essaya d'imaginer ce qu'il ressentirait s'il devait diriger un bureau au Pentagone, à ComSubLant ou à CinClantFleet. Quelle frustration ! Il jura intérieurement. Il n'avait même pas trente-neuf ans, et il était déjà mis au placard. Dans le système « marche ou crève » de la Marine, on finirait par lui montrer la porte de sortie. Mais qu'était-il capable de faire d'autre ? se demanda-t-il. De formation, il était ingénieur mécanicien. Il parlait couramment français et russe. Il commença à envisager de travailler de l'autre côté de l'océan et rechercha parmi ses connaissances du secteur privé qui pourrait éventuellement l'employer. Peut-être pourrait-il faire quelque chose d'intéressant pour le ministère des Affaires étrangères, mais il leur serait bien moins utile s'il était incapable de voyager. L'idée d'une affectation à l'étranger ne concordait pas avec son désir de rester auprès de sa famille. Il pensa que ses habilitations de haut niveau et sa pratique du renseignement pourraient lui permettre d'envisager la Defense Intelligence Agency, ou la National Security Agency, ou même la CIA. Il réalisa soudain que Kraft lui parlait.

— Pardon, amiral, pouvez-vous répéter ?

— Je vous disais que vous étiez commandant du *Hampton* depuis un an, Peter. De toute façon, dans deux ans, vous auriez atteint la limite d'âge pour le commandement. Vous êtes juste arrivé à un tournant de votre carrière un peu plus tôt que prévu. Vous étiez le meilleur de mes commandants, peut-être le meilleur de la côte est. Vous avez ma meilleure notation pour passer amiral. Il n'y a aucune raison pour que votre carrière s'arrête en si bon chemin.

La voix avait une intonation suppliante.

Vornado y réfléchit mais la suggestion de Kraft paraissait incomplète. Il ne commandait que depuis un an, et il lui serait difficile de donner des ordres à des commandants de sous-marins plus chevronnés. Il aimait les forces sous-marines. Il aimait la vie, les gens, le travail. Il pouvait aider les hommes à résoudre leurs problèmes, il pourrait encore respirer cet air marin, et regarder les sous-marins partir en patrouille, être avec eux lorsqu'ils auraient besoin d'aide. Mais la pensée de rester à quai et de regarder les bâtiments appareiller sans lui apparaissait extrêmement déprimante. Il avait tellement aimé les forces sous-marines que cela le tuerait de vivre de telles situations. Certains pouvaient concilier la stratégie et l'entraînement passif, mais pas Vornado. Le temps était venu pour lui d'aller de l'avant.

— Je sais, amiral, et merci. Je ne veux pas que vous pensiez que je suis un ingrat. Simplement, à présent je me sens différent. Je ne suis plus le même que celui qui a fait l'objet d'une évacuation sanitaire depuis l'*Hampton*. Je ne suis pas certain du temps qui me reste, si le mal reviendra dans un ou cinq ans. Quelque chose me dit que je dois aller de l'avant, amiral, et peut-être dois-je l'écouter.

Kraft ouvrit la bouche pour parler. Après un moment, il demanda :

— Avez-vous des projets pour le futur ?

Vornado haussa les épaules :

— J'ai beaucoup réfléchi, amiral. Honnêtement, je ne sais pas. Mais j'ai une dernière requête.

— Tout ce qui est en mon pouvoir, Peter.

— Je veux que mon inaptitude soit officielle à la fin du mois, amiral.

Kraft acquiesça de la tête solennellement.

— Je verrai ce que je peux faire, Peter. Si je peux obtenir une décision médicale aussi rapidement, je vous mènerai à votre dernier débarquement. Ainsi, vous pourrez vous occuper de vos affaires.

Vornado se leva.

— Merci, amiral.

Il serra la main du vieil homme, puis sortit du bureau. Brenda vint l'embrasser une dernière fois. Il prit sa casquette et quitta l'étage des officiers supérieurs et généraux, et se dirigea vers le quai. Lorsqu'il se trouva sur le quai numéro trois, il observa les sous-marins de l'escadrille de l'autre côté du bassin. Le *Tucson* de B.K. Dillinger était amarré tout au bout, l'avant face au large, comme l'aimait Dillinger. Il était un peu plus de 8 heures, trop tôt pour aller rendre visite à Dillinger. Il valait mieux rentrer à la maison et parler de tout cela avec Rachel. Peut-être pourrait-il voir son ami plus tard. Tout en secouant la tête, Vornado s'avança lentement vers sa voiture. Il regarda une dernière fois autour de lui avant de s'y glisser pour rentrer chez lui. Au bout d'un moment, il soupira et fit route vers le sud, dans son antique Corvette.

14

— Il existe en réalité deux possibilités, chef, dit Kenneth « Roger » Bostonian, l'adjoint au directeur des opérations, depuis la baie vitrée qui surplombait la luxuriante verdure de Virginie dans le complexe du quartier général de la CIA.

Il avait gagné son surnom en raison de son crâne décharné. Ses subordonnés avaient imaginé que, s'il avait échangé son habituel nœud papillon contre des os croisés, il ressemblerait à Jolly Roger, le pirate.

— Continuez, dit Robert McKinley, le directeur, depuis son bureau en chêne de la taille d'un yacht.

Il inclina l'énorme fauteuil pivotant en cuir et mit le pied sur la vaste surface de bois poli. Les deux hommes et le comité exécutif venaient de rentrer d'une réunion où Hank Lewis, le chef de projet de l'opération Goldfish, avait exposé la situation financière et l'état d'avancement de cette opération en présence du directeur du groupe antiprolifération, Phil Cogsworth. Comme Bostonian, Cogsworth avait fait ses armes au sein de la CIA à l'époque de la guerre froide. Il ressemblait étrangement à Joseph Staline, arborant consciemment ou inconsciemment la même moustache exubérante et la même coupe de cheveux.

Lors de la réunion de situation, Lewis avait proposé de faire appel à un ancien commandant de sous-marin, Peter Vornado, pour le projet Goldfish, en tant que premier échelon. L'objectif principal était de retarder le sous-marin Alfa ; en introduisant ce nouveau membre dans l'équipe, ils pourraient retenir Abdas al-Sattar en mer. Bostonian envisageait toutes les possibilités, contrairement au nouveau directeur de la CIA, issu du monde politique et des affaires. Il revenait à Bostonian de former le directeur et de le faire évoluer d'une conception de civil à celle d'un directeur de services secrets.

— Examinez ces deux éventualités, dit Bostonian. Tout d'abord sans ce marin, Vornado. Imaginons que le projet de Lewis fonctionne. L'Alfa est stoppé en raison de toutes les anomalies de fonctionnement provoquées par les agents de Lewis. Il est possible que notre ami Abdas soit alors dégoûté du projet Alfa et se retire. Peut-être que la prochaine fois que nous entendrons parler de lui il aura réussi à se procurer une bombe dont nous ignorons tout.

McKinley approuva de la tête lorsque Bostonian leva un sourcil depuis le bar. Celui-ci versa deux doigts de scotch dans un verre et le tendit au directeur. McKinley but une gorgée, ferma à demi les yeux et approuva de nouveau.

— Vous avez parlé de deux éventualités.

— Exact. À présent, envisagez le projet Goldfish avec le capitaine de frégate Vornado en place et des paramètres de mission sensiblement différents. L'idée est que le sous-marin appareille avec Abdas al-Sattar à bord. Avec Vornado aux commandes, nous pouvons couler l'Alfa dans l'océan. Abdas est ainsi disparu pour toujours et, de plus, nous en tirons tous les bénéfices. Et nous pouvons même laisser transpirer certains détails montrant combien nous étions près d'une échéance. « Un super sous-marin russe reconstruit empêché de lancer des missiles de croisière à tête nucléaire contre Israël. » Ça ne fera peut-être jamais la une dans un média grand public mais, sûr comme l'enfer, cela le sera au comité de surveillance du Congrès. Il ne m'appartient pas de vous dire ce que vous avez à faire, mais avec mon expérience à la CIA, j'ai l'habitude de prendre en considération de telles hypothèses plutôt qu'un plan bien orchestré. Les députés doubleront votre budget, soyez-en certain, même si vous les craignez.

McKinley finit son scotch et leva les yeux vers Bostonian.

— Donc Abdas descend dans son monstre russe reconstruit. Comment cela se passe-t-il ?

— Je laisse ces détails à Lewis et à son équipe. Nos espions sur le chantier pourraient installer un émetteur que Vornado activerait. Un de nos sous-marins d'attaque, à l'affût, piste l'Alfa grâce au signal et le *SSN* torpille l'Alfa avant que ce dernier ne se rende compte de ce qui lui arrive. Vornado détournerait ensuite toute riposte.

— Et que se passera-t-il ensuite pour notre ami Vornado ?

Bostonian regarda McKinley et esquissa un haussement d'épaules.

— Il se donnera totalement à la cause. Nous placerons une étoile à sa mémoire dans le hall de notre vieux bâtiment administratif. Le président consolera sa veuve au cours d'une cérémonie top secrète. Ce sera très émouvant.

McKinley laissa retomber ses pieds sur le sol et bâilla.

— C'est prometteur. Allons chercher quelque chose pour dîner et continuons notre conversation.

Le directeur du groupe antiprolifération, Cogsworth, était debout dans l'encadrement de la porte du bureau d'Hank Lewis.

— Hé, Phil, dit celui-ci.

— L'ordre est tombé, dit Cogsworth. McKinley et Bostonian viennent de nous ordonner de recruter Vornado.

Cogsworth décocha un large sourire et tendit une main sèche et crevassée. Lewis la serra, incapable de masquer le contentement qui se lisait sur son visage.

— Bon boulot, Hank. Juste une chose. Le directeur souhaite que tu lui fasses un rapport deux fois par semaine, juste lui et toi, d'homme à homme. J'espère que tu es en forme car il veut que cela ait lieu pendant son jogging, le mardi et le vendredi midi. Il faudra que tu parles et que tu coures en même temps !

Lewis sourit.

— Pas de problème, boss.

— Sauf un. Est-ce que, mis au courant, Vornado acceptera de signer un contrat pour une mission aussi hasardeuse ?

Lewis se leva et sourit.

— Si je peux convaincre le directeur de la CIA, je suis sûr de pouvoir vendre cela à Vornado.

Mais tandis qu'il marchait dans le couloir pour rejoindre son bureau, Lewis n'était pas aussi sûr. Il fronça les sourcils, essayant de se mettre à la place d'un homme qui avait réchappé d'un cancer au cerveau, et il n'y parvenait pas. Peut-être pourrait-il agir de la même façon qu'avec McKinley, en lui disant toute la vérité ?

15

Hank Lewis arpentait son bureau dans le nouveau bâtiment administratif du quartier général de la CIA. Il n'avait qu'une seule et unique chance de recruter Peter Vornado et il ne pouvait risquer de la perdre. Le problème majeur consistait dans le fait que Vornado devrait pratiquement accepter l'affectation avant que Lewis pût l'instruire en détail de la mission. Et il n'y avait aucune raison pour que Vornado accepte sans savoir ce que cela impliquait. Il devrait quitter sa famille pour au moins cinq ou six mois, peut-être plus. En réalité, cela signifiait pour Vornado risquer sa vie et la possibilité de ne jamais revenir auprès de sa famille.

Il avait presque immédiatement regretté ce qu'il avait dit à Cogsworth au sujet du recrutement de Vornado. Par chance, Cogsworth était un chef compréhensif. Ils avaient passé la journée précédente à réfléchir à cette affaire.

— Envisagez-vous d'utiliser seulement un argument financier ? avait demandé Cogswoth. Nous disposons certainement du budget pour cela.

— Phil, Vornado n'est pas motivé par l'argent. Cela suffirait à le rendre méfiant. Si je lui jette un nombre à six ou sept chiffres, il reculera, peut-être même pensera-t-il avoir été approché par nos adversaires.

— C'est à vous de voir, mais vous avez une chance que cela se réalise. Allez à l'économie et demandez-lui de disparaître dans un chantier naval à l'étranger et il nous enverra probablement balader. N'oubliez pas que Vornado est responsable de sa femme, comme n'importe quel homme marié. C'est votre faiblesse, Hank. Vous, célibataires, ne comprenez pas les femmes.

Lewis sourit avec un air nostalgique.

— Pourquoi ne m'éduquez-vous pas, professeur ?

— Faites attention, fiston. De quoi s'inquiètent les femmes mariées ?

Lewis haussa les épaules.

— Je ne sais pas. Des chaussures ? De leur derrière qu'elles trouvent trop gros ?

— Vous êtes stupide, sourit avec suffisance Cogsworth. La sécurité ! La sûreté ! L'argent, pour l'amour de Dieu. Trouvez-moi une mère avec des enfants et je vous montrerai une créature qui bondira sans hésiter sur un million de dollars. Vous faites une proposition intéressante à Vornado, suffisamment pour éveiller l'intérêt de sa femme, et vous le tenez dans le creux de la main. Faites-moi confiance. Cela fonctionne chaque fois.

Le téléphone sonna. La voix rauque de Smokin'Joe Kraft résonna dans l'oreille de Vornado.

— Peter, ici Joe. Comment allez-vous ?

— Amiral, dit Vornado avec un authentique plaisir dans la voix, je vais bien. Et vous, amiral ? Vornado ne parvenait pas à appeler Kraft par son prénom.

— Appelez-moi Joe, O.K. ?

Vornado éclata de rire.

— Désolé, amiral. Vieille habitude. Que se passe-t-il ?

— Eh bien, malheureusement, Peter, je n'ai que des mauvaises nouvelles. J'ai essayé sans résultat de tirer toutes les ficelles pour obtenir l'annulation de votre inaptitude médicale au service. J'ai donc cherché à ce qu'une retraite à taux plein vous soit attribuée et, de tous les côtés, je me heurte à des murs. Je suis absolument désolé, Peter. J'aimerais vraiment pouvoir faire quelque chose pour vous.

— Merci, amiral, vous avez été un chef remarquable du début jusqu'à la fin. Je vous suis reconnaissant, vraiment, mais vous n'êtes pas obligé de vous donner tant de mal.

— C'est le moins que je puisse faire, Peter. Comment va votre tête ?

— Ça va mieux, amiral.

Vornado ne parla pas de la fatigue ni des légers maux de tête récents, qui n'étaient probablement que des manifestations de stress.

— Ils m'ont remis sur pied. Bonne nouvelle !

— Et en ce qui concerne votre recherche de travail ?

— Pas grand-chose d'encourageant pour le moment, dit Vornado en essayant de garder sa bonne humeur.

— Ne désespérez pas, mon garçon. Vous trouverez votre voie.

Vingt minutes après qu'il eut raccroché, il reçut un coup de téléphone de M. Hank Lewis, qui se présenta comme le vice-président des projets d'innovation en matière de sous-marins à Electric Boat.

16

Peu après minuit, après un long dîner durant lequel il s'était laissé convaincre de superviser un projet complexe sur un chantier naval étranger de la General Dynamics, la limousine d'Hank Lewis déposa Vornado devant chez lui. Il devait s'engager à couper tout contact avec sa famille pendant quatre ou cinq mois, une contrainte compensée par un chèque conséquent. Depuis le porche, Vornado regarda la grosse Lincoln s'éloigner. Il essayait de mettre bout à bout les quelques éléments dont il disposait. Lewis lui avait demandé d'en dire le moins possible à Rachel, mais il avait fini par accepter qu'elle soit mise au courant au sujet de l'argent. Vornado n'avait toujours aucune idée de la raison pour laquelle ce projet en suspens représentait un tel secret, ni pourquoi il était empreint d'un tel mystère, ni pourquoi Lewis insistait pour lui fournir des explications seulement dans l'avion.

Quand il ouvrit la porte, le monde sembla se mettre à tourner. Les six derniers mois, Vornado n'avait pas bu une goutte d'alcool, à l'exception d'une demi-bouteille de vin pour célébrer son rétablissement. Depuis, les nausées l'avaient fait renoncer mais, subitement, au cours de ce dîner, il s'était pris à boire tel un étudiant. En entrant dans la maison, il frotta sa tête douloureuse et renonça à réveiller Rachel. Ils parleraient dans la matinée. Il s'effondra sur son lit et sombra dans un profond sommeil sans rêve.

Il se réveilla, on criait au rez-de-chaussée. Il ouvrit un œil et constata qu'il était à peine plus de 6 heures. Il se leva et cligna des yeux, regrettant une fois encore d'avoir autant bu la veille au soir. Mais si désagréable que fût la gueule de bois, ce n'était rien comparé aux maux de tête que son cancer lui provoquait. Il prit une profonde inspiration et descendit l'escalier. Rachel se trouvait près de la table de la cuisine. Dans une main elle tenait la proposition de

General Dynamics, l'autre était pressée sur sa bouche. Elle leva des yeux grands ouverts vers lui et l'enlaça.

— Je le savais, je savais que tu pouvais le faire, chanta-t-elle. C'est incroyable !

— Eh, attends un peu, dit Vornado. Il y a quand même un petit problème.

— Tu n'as pas refusé, n'est-ce pas ?

Rachel fronça les sourcils en laissant retomber ses bras.

— Ai-je l'air cinglé ? Non, j'ai accepté. Simplement, le chantier se trouve à l'étranger et ça implique que je sois absent plusieurs mois d'affilée. Je ne signe pas tant que tu n'as pas donné ton accord.

— Tu ne peux pas rentrer pour le week-end ou pour une période de repos une fois de temps en temps ? Le mari de mon amie Vicky travaille en Arabie Saoudite et, toutes les six semaines, il rentre passer dix jours à la maison.

— Pas dans mon cas, ma chérie. Tout ce que je sais, c'est qu'il n'y aura pas à disposition de téléphone cellulaire, de téléphone classique ni d'accès à Internet. Quel que soit l'endroit où ça se trouve – je n'en sais encore rien –, c'est éloigné de toute civilisation. Je serai pratiquement séquestré. En d'autres termes, je serai en dehors du monde. Tu pourras appeler mon nouveau directeur pour savoir si tout va bien mais, à part ça, je ne serai pas joignable du tout pendant quelques mois. Ça explique en partie le montant du salaire.

Rachel le regarda, son joli visage faisait la moue. Vornado crut qu'elle lui demandait ainsi de refuser ce poste et c'est alors qu'il réalisa combien lui le voulait, bien que ne sachant pas exactement ce qu'il était supposé faire. Enfin, Rachel soupira et l'embrassa de nouveau.

— Est-ce qu'ils promettent de te faire revenir si tu as le moindre souci de santé ? Ou s'il y a une urgence avec un des enfants ?

— Je suis certain que ce ne sera pas un problème.

— Alors, quand dois-tu partir ?

— Demain matin.

— Officier de garde de l'USS *Tucson*, lieutenant de vaisseau Mercury-Pryce, à l'appareil. Cette ligne n'est pas protégée, que puis-je pour vous, monsieur ?

— Merci, ici Peter Vornado. Votre commandant est-il à bord?

— Oh, bonjour commandant. Patientez un instant, commandant.

Le téléphone cliqueta lorsque l'officier de garde le reposa en attente. Enfin la voix chaude et assurée de B.K. Dillinger résonna sur la ligne.

— Hello, camarade, comment va la tête ?

— Bien, B.K., bien. Tu as du temps pour une alerte verte ?

Une alerte verte était une tradition à Annapolis. Les aspirants avaient le privilège de pouvoir appeler leur chef d'escouade pour l'avertir qu'ils s'invitaient chez lui dans les cinq minutes afin d'effectuer un raid sur son réfrigérateur et engloutir sa réserve de bière. Malheur au chef d'escouade qui avait moins d'une caisse de bière dans son réfrigérateur.

— Viens déjeuner au carré. Il y a des *sliders* au menu. Appétissant, tu sais.

Les *sliders* étaient des hamburgers si gras qu'on pouvait les avaler sans les mâcher.

— Nous pourrons aller prendre une bière après.

Lorsque Vornado arriva à bord du sous-marin, on le conduisit directement dans la chambre de Dillinger.

— Content de te voir. Que se passe-t-il, camarade ?

Dillinger se leva et avança les poings. Comme toujours depuis Annapolis, Vornado les frappa, puis il agrippa la main de Dillinger aussi fort que possible. Les larges paumes de Dillinger écrasaient les siennes.

— Assieds-toi, dit Dillinger en regardant Flood. Steve, tu connais Peter Vornado. Peter, Steve était mon commandant en second sur l'*Albany*. Un sacré forban, très futé. Je l'ai entraîné moi-même.

Vornado s'assit en face de Flood à une table de style bistrot. Dillinger s'adossa dans son fauteuil de commandant, devant son bureau escamotable.

— Comment va ton second ? demanda Vornado.

Dillinger secoua la tête.

— Davey est toujours en congé maladie.

Davey McKee, le second de Dillinger, s'était cassé les deux jambes et le bassin dans un accident de moto avant que Vornado ne partît en permission, interrompue par la mission en Atlantique Sud.

— Il va se remettre ?

— Oui, ça ira. Mais il lui faudra encore un an de rééducation avant de remarcher. Steve a embarqué pour l'opération *Albany* et le mois suivant il a dû assurer l'intérim du second, mais la charge de l'ingénieur mécanicien est suffisamment lourde pour ne pas assumer en plus le rôle de second. C'est le premier jour du nouveau second. Tu la rencontreras au déjeuner.

— « La » ? Ton second est une femme ? Tu te fous de moi ?

— L'USS *Tucson* est la plate-forme d'essai de Smokin'Joe Kraft. Avec le directeur du personnel, ils ont décidé de nous affecter plus que les dix pour cent habituels de personnel féminin pour voir comment ça se passerait. Au carré, avec le second, l'officier ASM et l'adjointe de Steve à la propulsion principale, cela fait trois femmes.

— Je ne savais pas qu'il y avait des femmes ayant suffisamment d'ancienneté pour être second.

— Celle-là en a. Elle vient de finir une affectation d'officier de navigation sur le *Cheyenne*.

Flood se leva et s'adressa à Dillinger.

— Permettez-moi de me retirer, commandant.

— Vas-y, chef.

Flood sortit et ferma la porte de la chambre derrière lui.

— Tu as récupéré depuis *Stolen Arrows* ? demanda Vornado.

— J'ai toujours du sommeil en retard. Au fait, nous aurions eu besoin de trois fois plus de personnel pour cette opération. Nous étions tellement courts pour assurer les quarts que lorsque nous sommes arrivés au cap de Bonne-Espérance nous étions tous épuisés. Pendant ce temps, tes gars tournaient en quatre quarts avec six heures de sommeil et quatre repas chauds par jour. Diable, si nous avions pu dormir un peu, nous aurions gagné l'exercice.

— Attends une minute, dit Vornado les yeux écarquillés. Je pensais que tes gars avaient gagné l'exercice. Tes torpilles ont explosé autour de nous. Avec des armes réelles, nous nous serions retrouvés au fond de l'Atlantique.

Dillinger secoua la tête.

— Lorsque l'escadrille a analysé les enregistrements, ils sont arrivés à la conclusion officielle que tu nous avais battus d'une seconde et demie. Tes Subroc nous ont touchés avant que nos torpilles ne t'atteignent.

— Oh, s'il te plaît, continua Vornado en levant les yeux au ciel. Nous avons fini ex aequo. Et de toute façon, je devrais être mort.

— C'est ce que nous avons estimé, articula Dillinger en souriant. Mais Smokin'Joe Kraft a calculé que ton équipage avait survécu au mien de mille cinq cents millisecondes. Tu as réussi ta mission, tu as empêché le sous-marin de lancer ses missiles de croisière nucléaires et nous avons échoué, car nous n'avons pas réussi à nous placer en portée de Tel-Aviv.

Vornado restait dubitatif.

— Qui peut dire que dans la réalité le commandant de la flotte nous aurait donné dès le départ l'autorisation d'utiliser des armes nucléaires ? Ça n'a jamais été le cas auparavant. En cas d'opération réelle, les amiraux ne nous auraient probablement donné qu'au tout dernier moment l'autorisation d'utiliser l'arme nucléaire. Si mes Subroc n'étaient pas partis exactement à ce moment-là, tôt dans l'engagement, tu nous aurais descendus.

— Tu avais reçu une autorisation anticipée d'utiliser le nucléaire ? Enfoiré de Kraft. Dans la réalité, crise internationale ou pas, ça ne se serait jamais passé comme cela.

— Je sais. En situation réelle, tu aurais gagné.

— Je pensais avoir retenu quelque chose de nos instructions de combat concernant la première frappe. C'est une des raisons pour lesquelles j'ai lancé mes torpilles tôt. Mais bon sang, n'importe qui d'autre aurait fait dans son froc et se serait enfui tel un chaton apeuré. Tu as simplement tenu ton rôle à ta place et organisé ton attaque. Si Kraft avait envoyé un autre commandant de l'escadrille, je lui aurais botté le train et j'aurais lancé mes quatre Tomahawk nucléaires sur Tel-Aviv.

Dillinger avait adopté le ton de la plaisanterie, mais Vornado savait qu'il avait raison.

— Kraft avait pipé les dés en t'envoyant, toi, poursuivit Dillinger. Il savait que j'aurais battu n'importe qui d'autre, mais il ne voulait pas que les autorités pensent que le piratage d'un sous-marin signifie une victoire pour les terroristes. Avec un lancement prématuré des têtes nucléaires et en t'envoyant, toi, Smokin'Joe Kraft a triché.

Vornado éclata de rire.

— Qui ne triche pas ne met pas toutes les chances de son côté.

Le téléphone posé sur le bureau escamotable de Dillinger sonna. Il porta l'imposant combiné noir à son oreille.

— Commandant, dit-il d'un ton autoritaire, il est temps d'y aller.

Il raccrocha et leva les yeux vers Vornado.

— Le déjeuner est servi.

Vornado suivit Dillinger hors de sa chambre et descendit derrière lui l'échelle d'accès au pont milieu puis il lui emboîta le pas dans la coursive tribord. Le carré avait la taille de la salle à manger de chez Vornado, mais une grande table en occupait la majeure partie. Les cloisons étaient recouvertes de panneaux mélaminés imitation bois avec des finitions soignées en acier inoxydable. Le treillis métallique du plafond était peint en beige. La table, recouverte d'une nappe amidonnée, était dressée avec de la porcelaine brillante et de l'argenterie reluisante. Au souvenir des milliers de repas qu'il avait présidés dans son propre carré à l'époque de ses commandements, Vornado sentit la nostalgie l'envahir. La chaise au bout de la table, la plus proche de l'office, était celle de Dillinger. Vornado s'installa dans le siège de droite, celui de l'invité, en général occupé par le second. Le second prendrait la place du chef, à la gauche de Dillinger, repoussant Steve Flood d'une place. Les officiers subalternes se tenaient tous derrière leur siège, pas au garde-à-vous mais dans une attitude respectueuse. À l'unisson, lorsque Dillinger entra dans le carré, tous lancèrent un : « Bonjour commandant. »

— Bonjour, messieurs, dit Dillinger avec un sourire. Vous connaissez tous le capitaine de frégate Peter Vornado du *Hampton*, le vainqueur de l'exercice en Atlantique.

Vornado prit la peine de faire le tour de la table pour serrer la main de tous les officiers. Il se souvenait du transmetteur Matt « Merc » Mercury-Pryce, de l'adjoint sécurité Pat Schluss, du missilier Dick O'Dea et de l'officier de contrôle nucléaire Nick « Neon » Keondre. Vornado n'avait jamais eu l'occasion de rencontrer les deux femmes officiers subalternes. Dillinger lui présenta l'enseigne de vaisseau Lena Vickerson, adjointe de Flood, l'ingénieur. La seconde, l'enseigne de vaisseau de seconde classe Leslie Fortunato, était détecteur ASM. Vornado s'arrêta à la chaise vide du nouveau commandant en second, se demandant où elle se trouvait.

La porte du carré s'ouvrit et une femme grande et élancée, en tenue amidonnée kaki, entra. Vornado leva les yeux et marqua un mouvement de surprise lorsqu'elle enleva sa casquette d'officier, la posa sur une étagère et secoua ses longs cheveux bruns, brillants, retenus en queue-de-cheval. Une femme superbe, pensa

Vornado. Même son uniforme masculin kaki ne pouvait dissimuler ses épaules athlétiques, sa poitrine proéminente, sa taille fine, les courbes généreuses de ses hanches et ses longues jambes. Un instant, Vornado se demanda si Dillinger ne lui faisait pas une farce, en invitant peut-être une des nouvelles danseuses exotiques de son club d'officiers favori à se présenter comme commandant en second. Mais lorsqu'elle se tourna dans sa direction, il sut qu'elle était bien réelle. Elle le regarda avec de grands yeux marron et distingués. Vornado se surprit à la dévisager ; depuis qu'il avait rencontré Rachel, il n'avait pas vu une telle perfection. Ses cheveux bruns lui tombaient librement sur les sourcils. Son nez était sculptural, ses pommettes marquées et légèrement relevées vers les yeux, ses lèvres épaisses avaient la couleur d'une pomme rouge. Son menton et la ligne de sa mâchoire présentaient d'élégantes courbes. Vornado s'aperçut qu'il s'était levé pour la saluer, l'empêchant de passer.

— Excusez-moi, bégaya-t-il en lui tendant la main. Je suis Peter Vornado.

Elle sourit, dévoilant des dents aussi blanches et bien alignées que celles d'une star de cinéma. De discrètes rides se plissèrent sous ses yeux complétant un sourire ensorcelant. Il jeta un coup d'œil sur sa plaque nominative : CAPITAINE DE FRÉGATE N. D'ASSAULT, COMMANDANT EN SECOND DU SSN-30. Il se demanda si elle utilisait la prononciation française, qui rimerait avec Renault, ou la version américaine dans laquelle même le L était prononcé. Il eut l'impression qu'elle devait penser qu'il concentrait sans raison son attention sur sa poitrine et rapidement dirigea son regard sur son visage.

— Peter, je te présente mon nouveau second, le capitaine de corvette Nathalie D'Assault.

Vornado nota que Dillinger avait adopté la prononciation américaine.

— Second, le capitaine de frégate Vornado. Malheureusement tu as raté la mission *Albany*, mais voici le gars qui nous a envoyés au fond.

— Ravie de faire votre connaissance, commandant, dit-elle d'une voix chantante, avec le ton cadencé caractéristique de l'accent de la côte est, peut-être de Philadelphie, un peu grave pour une femme, mais d'une certaine façon cela correspondait à son personnage. Je n'ai entendu que des éloges à votre sujet et sur la façon dont l'équipage du *Hampton* a pourchassé notre équipage en Atlantique Sud. J'ai vu l'enregistrement, commandant, vous avez fait un travail fantastique.

Vornado se sentit rougir, incapable de trouver ses mots. Il s'aperçut qu'il lui tenait toujours la main et l'empêchait de contourner la table.

— Merci, second, mais appelez-moi Peter.

Il avait employé le terme utilisé communément dans la marine pour sa fonction, la seule façon dont tout le monde à bord appellerait cette femme pendant les trois années à venir.

Vornado s'installa dans son fauteuil et l'approcha de la table afin qu'elle puisse passer derrière Dillinger et s'installer à sa gauche.

Dillinger regarda gravement son second.

— Tu es en retard. Des problèmes à l'escadrille ?

D'Assault leva un instant ses grands yeux au ciel.

— L'officier chargé du planning est incapable de prévoir l'heure d'un déjeuner, commandant, il le peut encore moins lorsqu'il s'agit des opérations d'une escadrille de sous-marins. L'amiral devrait faire quelque chose.

Dillinger hocha la tête distraitement.

— Des modifications dans le planning ?

— Pour le moins, commandant, des changements drastiques. Je pensais que nous pourrions en parler après le déjeuner.

Vornado regarda l'effet produit par D'Assault sur Dillinger. Pas plus que les autres membres du carré, il ne semblait remarquer sa beauté, la traitant comme n'importe quel officier supérieur. Il était surpris et se demandait si son équipage du *Hampton* se serait montré aussi professionnel.

— Très bien, second, dit laconiquement Dillinger, d'un ton frisant l'agressivité.

Vornado crut déceler un problème relationnel entre D'Assault et Dillinger.

Les serveurs continuèrent leur service dans des plats en argent. La vaisselle et la solennité contrastaient avec la simplicité de la cuisine. Vornado prit le pain rond qu'on lui présentait et prépara lui-même son sandwich. D'un signe de tête, il accepta le thé glacé qu'un serveur lui proposait dans un pichet en argent étincelant. Les officiers subalternes commencèrent à parler sport. Dillinger et

D'Assault intervenaient de temps en temps. Ils finirent par aborder l'expédition dans l'Atlantique Sud. Le lieutenant de vaisseau Mercury-Pryce commença à assaillir Vornado de questions au sujet de l'expérience du *Hampton* au cours de l'exercice. Vornado décrivit les opérations du début à la fin, en commençant par l'arrivée de l'hélicoptère dans son jardin. Les officiers écoutaient, captivés. Un moment, Vornado remarqua que D'Assault l'observait, ce qui lui fit perdre le fil de son discours. Mais elle le relança en lui posant une question simple.

Le déjeuner se termina sans qu'il s'en rendît compte. Les jeunes officiers s'excusèrent et regagnèrent rapidement leur poste, laissant Vornado, D'Assault et Dillinger seuls.

Dillinger remua son café, porta la tasse en porcelaine à ses lèvres et but une gorgée tout en regardant D'Assault par-dessus le bord de sa tasse.

— Alors, second, que se passe-t-il avec le programme ?

— Puis-je parler en toute franchise devant ton invité, commandant ?

— Bien sûr, répondit Dillinger en accompagnant son approbation d'un signe de tête. Vornado a toutes les habilitations, sans avoir besoin de les énumérer. Il fait partie de notre équipe. Poursuis.

D'Assault secoua la tête.

— Je n'ai pu avoir connaissance de l'intégralité de l'affaire. L'amiral doit vous convoquer. Tout ce que j'ai pu obtenir de la part de l'officier opérations, c'est que la moitié de notre programme est annulée. Il semblerait qu'il se prépare quelque chose dans le Grand Nord.

Le Grand Nord, cela peut être l'Atlantique Nord, la mer de Norvège, l'océan Arctique et la mer de Barents. Les zones d'opérations étaient la République de Russie, où Vornado et Dillinger avaient appris le B.A.BA des opérations sous-marines au début de leur carrière. Mais depuis sa dernière expédition dans le nord, pensa Vornado, les Russes étaient restés calmes.

— Tu plaisantes, dit Dillinger aussi surpris que Vornado.

— Juré ! poursuivit D'Assault de sa voix égale et grave. Nous avons reçu l'ordre d'arrêter toute opération de maintenance, de remonter le matériel, de prévoir le ravitaillement, les armes et d'appareiller aussi vite que possible. L'amiral Kraft veut que le *Tucson* ait quitté les eaux territoriales lundi matin.

Dillinger reposa brutalement sa tasse de café dans sa soucoupe et regarda fixement D'Assault.

— Un déploiement de six mois dans le nord qui débute lundi ? Smokin'Joe n'a jamais soufflé un mot de tout cela.

— Je sais, commandant, dit respectueusement le second. L'amiral Kraft a également ajouté qu'il voulait te voir dans son bureau à 16 heures.

Dillinger jeta un coup d'œil en direction de Vornado.

— Nous voici en alerte verte, Peter, dit-il en se levant.

Le commandant quittant la table, D'Assault et Vornado se levèrent courtoisement à leur tour. Cette coutume marine signait la fin officielle du déjeuner.

— Je t'invite dans ma chambre, Peter. Au moins nous aurons le temps de parler avant que je n'aille voir le chef. Second, rassemble les chefs de service et demande-leur de lancer la check-list de préparatifs d'appareillage. Puis organise une réunion à 18 heures au carré. Toutes les permissions sont annulées et tout le monde doit être à bord demain matin, sans exception, même ceux qui sont en stage d'entraînement. Prévois d'embarquer les armes vendredi après-midi, le ravitaillement samedi et dimanche de 8 heures à minuit, je veux tout le monde à bord et paré. Demande au chef de démarrer le réacteur à 2 heures du matin lundi et avertis le chef opération de prévoir l'appareillage à 6 heures.

— Bien, commandant, dit D'Assault, raidie au garde-à-vous. Je vous demande l'autorisation de prendre congé, commandant.

— Accordé, dit Dillinger.

Vornado lui jeta un coup d'œil. Quelque chose le gênait dans la manière formelle et peu aimable dont Dillinger s'adressait à son second. Il réfléchit à l'agacement apparent de Dillinger lorsque D'Assault n'avait pas tari de compliments sur la démonstration de Vornado en Atlantique Sud. Alors que Dillinger se dirigeait vers sa chambre, cette dernière pensée le fit sourire. Dillinger se jeta dans son fauteuil et jura.

— Bon sang de bonsoir de programmes qui n'arrêtent pas de changer, se plaignit-il. Qui au nom de Dieu déploie un sous-marin pour six mois avec quelques heures de préavis ? C'est cinglé.

Soudain, Vornado regretta que les ordres ne s'adressent pas à lui. L'atmosphère des heures précédant un appareillage était électrique.

— J'imagine qu'il va falloir que tu annonces la nouvelle à ta petite amie, dit Vornado. Au fait, comment va-t-elle ?

— Oh, elle ! dit Dillinger en plissant les yeux, il y a de l'eau dans le gaz. Elle a accepté un nouveau poste sur une chaîne de télévision, à Washington. L'éloignement a fait son travail.

Dillinger et la journaliste Dayna Baines avaient à une époque parlé mariage. Peut-être fallait-il voir là une explication à l'irritabilité de Dillinger ? Si sa relation avec Dayna avait du plomb dans l'aile, un déploiement de six mois ne manquerait pas d'y mettre une fin définitive.

— Je suis désolé, dit Vornado. Je l'aimais bien.

Dillinger sourit.

— Crois-moi si tu veux, moi aussi. Mais qu'elle aille au diable. À quoi pensais-je en menant de front une relation sérieuse avec une femme et mon job ? « Au fait, Dillinger, tu prends discrètement un sous-marin et tu disparais pendant six semaines. » « Oh, Dillinger, maintenant tu reprends ton commandement normal à la mer et tu appareilles pour six mois sans préavis. » Doux Jésus !

— Ça me manque, B.K., dit calmement Vornado. Je serais heureux de recevoir ce genre d'ordre.

Dillinger leva les yeux et la surprise se transforma en consternation.

— Oh mon Dieu, je suis désolé, Peter. C'est impardonnable de ma part. Tu as raison. J'ergote comme un matelot alors que j'exerce le métier pour lequel je suis fait. Je suppose que je suis simplement agacé au sujet de Dayna. Avec ce déploiement, je n'ai d'autre choix que de rompre avec elle.

— Et tu ne peux pas simplement tout lui expliquer ?

— Eh non, dit Dillinger d'un ton monocorde et secouant la tête. Elle a décidé qu'elle avait investi suffisamment de temps dans notre relation. Elle veut se marier et faire un bébé tout de suite. Je ne comprends pas. Pourquoi une telle précipitation ? Pourquoi cet ultimatum ? C'est du chantage. « Épouse-moi ou je m'en vais. »

— Crois-moi si tu veux, c'est toujours comme ça que ça se passe. J'ai eu droit au même scénario avec Rachel et elle avait raison. Je me serais contenté de la garder comme petite amie pour toute la vie. Elle voulait fixer les choses.

Vornado pensa à sa fille. Il ne voudrait pas qu'elle perde son temps avec un homme refusant de s'engager. Mais il savait qu'il ne parviendrait pas à le faire admettre à son ami. Dillinger ne comprenait pas grand-chose aux femmes. Seule l'expérience pourrait lui faire comprendre.

— C'est de la manipulation, dit Dillinger, le visage en colère. Elle a engagé une partie de bras de fer avec moi pour me contraindre à une chose que je ne veux pas. Si j'avais souhaité une femme qui s'occupe de moi, comme tous les gars mariés que je connais, cela fait longtemps que je l'aurais épousée.

Vornado éclata d'un rire bruyant.

— Personne ne se fait « prendre »? Ce n'est pas si désagréable, tu sais, B.K., si c'est la femme idéale qui s'occupe de toi.

Dillinger secoua la main dans un geste de frustration.

— Au diable tout cela. Peut-être une longue absence est-elle justement le remède prescrit par le médecin?

Vornado acquiesça de la tête en pensant au capitaine de corvette D'Assault.

— Comment cela se passe-t-il avec ton second? Elle est magnifique, bien qu'aucun de tes gars, pas plus que toi, ne sembliez le remarquer.

— Quelque chose me gêne chez elle, Peter, que je ne parviens pas à définir.

Le visage de Dillinger paraissait indifférent, sa voix monocorde.

— J'ai remarqué. Elle semble t'agacer.

— Je sais. C'est insensé. Elle est intelligente, compétente et elle parvient par magie à faire accepter le programme du bateau à l'escadrille. Elle réussit tout. Les officiers subalternes l'aiment bien, les officiers mariniers la respectent et les jeunes engagés pleurent sur son épaule. Elle a un sens de l'organisation que tu ne peux pas imaginer, sans être un de ces seconds paperassiers. En tant qu'officier de quart au simulateur, elle ne manifeste pas la moindre peur, elle a des idées, est agressive, avec un esprit tactique presque aussi affûté que le nôtre. Et pourtant, je ne parviens pas à avoir en elle la même confiance que celle que j'avais pour Davey. Je pouvais finir les phrases de Davey et réciproquement. Flood lisait dans mon esprit. Tu aurais dû le voir en Atlantique Sud, nous formions une équipe du tonnerre. Mais D'Assault est trop différente de moi. Quand je suis de mauvais poil, elle est heureuse et gaie. Si je veux le silence, elle parle. Lorsque je veux de l'action, elle est perdue dans ses pensées. Et il y a quelque chose dans la façon dont elle me regarde. Impossible à décrire, mais quelque chose qui me gêne. Bon sang, je demande simplement le retour de Davey, ou bien la promotion de Flood. Avec D'Assault, nous ne pourrons pas faire du bon travail. Mais si je demande à Smokin'Joe de la débarquer, je serai marqué d'une grande croix noire pour incapacité de travailler avec un subordonné.

Vornado se rendait compte que ses doutes se révélaient exacts, soit à cause des problèmes de Dillinger avec Dayna, ou réciproquement, soit par simple chimie mutuelle. Dillinger était follement attiré par D'Assault et il refusait de se l'avouer. Peut-être cela entrait-il en conflit avec ses sentiments pour Dayna, ou simplement nuisait-il à son professionnalisme ? Ou, peut-être, le sentiment profond que D'Assault le rejetterait ? Dillinger n'avait jamais accepté le moindre échec féminin.

— D'Assault fréquente-t-elle quelqu'un ?

Dillinger fronça les sourcils.

— Qu'est-ce que tu veux, un rendez-vous ? Fais gaffe, Peter, ou Rachel saura te remettre dans le droit chemin.

Dillinger était jaloux, pensa Vornado.

— Eh, une longue chevelure noire, des yeux noirs, un joli visage, grande et mince, intelligente et accueillante, elle me conviendrait bien.

Vornado sourit, mais son ami avait l'air sombre. Il décida de prendre le risque d'attaquer Dillinger de front.

— Avoue-le, B.K., elle est aussi ton type de femme.

— Absolument pas, répliqua brusquement Dillinger. J'aime les blondes et les rousses.

— Depuis quand ? Tes petites amies à Annapolis étaient toutes aussi brunes que D'Assault.

Dillinger serait sorti avec Rachel si Vornado ne l'avait pas découverte en premier.

— Eh bien, c'est pour ça que j'en suis lassé. De toute façon, tu n'as pas de chance, Nathalie D'Assault est fiancée à un lieutenant colonel, héros de guerre du corps des Marines. Rencontré au Pentagone lorsqu'elle était jeune aspirant.

— Content pour elle, dit Vornado en jetant un coup d'œil à sa montre. Je crois qu'il est temps que je te laisse partir. C'est bientôt l'heure de ton rendez-vous avec Smokin'Joe. Et il faut que je me prépare pour mon voyage.

— Un voyage ?

Vornado savait qu'il n'était pas censé parler de sa nouvelle affectation, mais B.K. disposait des habilitations les plus secrètes, peut-être avait-il entendu parler du programme ? Vornado lui décrivit son engagement, passant sous silence le côté financier de l'affaire.

— Tu as entendu parler des projets archisecrets en stand-by d'Electric Boat ?

— Non, répondit Dillinger. Rien. Mais c'est génial pour toi, Peter. Beau travail. Et Rachel accepte que tu repartes aussi rapidement après tes problèmes de santé ?

— Elle pense que je suis déprimé sans un sous-marin sous les bottes. Elle croit que cela m'occupera l'esprit.

— Sur ce plan-là, elle a raison.

Vornado lança un nouveau regard gêné à son ami. Il ne pensait pas être déprimé, mais décida de ne pas répliquer. Ils se levèrent en même temps.

— Bonne chance pour ta mission, dit Vornado en serrant la main de Dillinger.

— Bonne chance à toi, sourit Dillinger et frappant Vornado sur l'épaule. Allez, je t'accompagne jusqu'au bout du quai.

17

La limousine prit l'une des premières sorties du périphérique. Tout d'abord, Vornado pensa que le chauffeur empruntait un raccourci pour se rendre à l'aéroport de Dulles par les petites routes de McLean, mais la voiture s'arrêta devant une entrée, la plus massive qu'il eût jamais vue. Il leva les yeux et lut sur la structure de béton, en lettres capitales de bronze : « CENTRAL INTELLIGENCE AGENCY ». Plusieurs choses commençaient à exciter son attention : le secret qui entourait ce job, le règlement d'un chèque du gouvernement d'un montant astronomique et non de la General Dynamics, se trouver coupé du monde à l'époque de la communication instantanée.

Deux heures après, enfin pourvu d'un badge, il s'assit dans un des fauteuils de l'opulent bureau vitré d'Hank Lewis.

— De toute évidence, vous ne travaillez pas pour la General Dynamics.

— Non, je suis chef principal de projet du groupe antiprolifération, qui dépend du Département des opérations. Ma mission consiste à éviter que l'arme nucléaire ne tombe entre de mauvaises mains. Mon supérieur est le directeur de la force d'intervention, qui rend compte à l'adjoint du directeur des opérations, qui lui-même rend compte au directeur de la CIA.

— Et le bâtiment en cale sèche ? Était-ce également une ruse ?

— Oh, il existe réellement un bâtiment en cours de construction, un sous-marin nucléaire qui n'a rien à voir avec la General Dynamics. Peter, ce briefing est top secret, sous le nom de code « Poisson rouge ». Vous devriez commencer à trouver un certain nombre de réponses à la plupart de vos questions.

Lewis pianota sur son ordinateur quelques instants et les mots PROJET 705/LIRA/NOM DE CODE OTAN : ALFA apparurent sur l'écran mural. Lewis fit démarrer une présentation multimédia. Lorsque la lumière revint dans la pièce, Vornado cligna des yeux, comme s'il sortait d'un théâtre par un après-midi ensoleillé.

— Hank ? dit Vornado après un long silence. Nom de Dieu, qu'est-ce que je fais dans cette histoire ?

— Peter, des membres de mon équipe ont délibérément tenté de saboter le sous-marin en construction dans le Terminal. Le but initial consistait à retarder la construction et provoquer des dysfonctionnements afin d'inciter Abdas al-Sattar à abandonner l'ensemble de son projet tordu. Mais Abdas est un personnage imprévisible. En l'absence de sous-marin, il est capable d'emporter les charges militaires Granat et de disparaître de la circulation. Et ensuite, à chaque coupe du monde de football, pour tous les réveillons du nouvel an, à chaque période de jeux Olympiques, nous passerons notre temps à nous demander si Abdas n'a pas concocté quelque chose. Les hauts responsables ont décidé que le meilleur moyen de neutraliser Abdas était de régler le problème une fois que l'Alfa aurait pris la mer. Une fois en plongée, Abdas ne pourrait plus quitter le bâtiment. Si nous connaissons la position de l'Alfa, nous savons où se trouve Abdas, et nous pouvons prendre les dispositions adéquates.

— Et en quoi est-ce que j'interviens dans cette histoire ?

— Vous faites appareiller l'Alfa, répondit Lewis en regardant Vornado droit dans les yeux. Vous êtes le commandant.

Vornado fixa l'officier de la CIA. Il venait d'avoir un déclic. L'argent n'avait aucune importance. La seule chose qui comptait pour lui était de commander un sous-marin nucléaire. On venait de lui offrir ce dont il rêvait. Mais la mission que Lewis venait de lui décrire avait tout l'air d'une impasse.

— Cela ressemble assez à une mission suicide. Vous avez bien sûr prévu de placer quelqu'un dans le détroit de Barents, n'est-ce pas ? Avec deux tubes lance-torpilles ouverts et deux Mark 48 armées ainsi que des solutions de tir verrouillées ? Je fais plonger l'Alfa à l'embouchure du fjord de Kola et *bang*, Abdas al-Sattar disparaît avec ses missiles Granat. Et moi avec.

Lewis secoua vivement la tête.

— Non, vous faites fausse route, Peter. Nous avons abandonné cette idée au cours de nos réunions. Si Abdas se trouve à bord et que l'Alfa s'éloigne, nous nous trouverons confrontés à une situation plus ennuyeuse. Non, nous voulons que vous restiez à l'intérieur. D'autres membres de mon équipe seront à vos côtés. À un instant déterminé, vous lancerez une mutinerie. Avec l'aide de mon équipe, vous tuerez Abdas et ses hommes et vous ramènerez l'Alfa à la maison.

— Pourquoi ne pas tout simplement le faire assassiner avant qu'il n'embarque ?

— C'est une hypothèse que nous avons également envisagée. Abdas est un terroriste futé et, si aucun des membres de l'équipage ne peut le remplacer, l'ensemble de ses lieutenants en est capable. Nous devons éliminer ses douze disciples, ou ces derniers reviendront pour achever son entreprise. Si Abdas se retrouvait martyr de leur cause, ses adjoints persévéreraient et nous nous trouverions plongés dans le même bourbier. L'autre problème, ce sont les missiles Granat. Nous devons les retirer de la circulation et, avec toutes les sociétés privées spécialisées en plongée profonde qui traînent dans le coin, la probabilité est trop grande pour qu'un autre groupe de pirates les récupère avant nous. Et nous voulons acquérir l'Alfa. Il a beau être âgé de cinquante ans, il est équipé d'une technologie que nous n'avons jamais pu atteindre. En plus, il a subi une série d'améliorations qui en font la référence mondiale.

— Ils ont peut-être amélioré l'Alfa, mais j'ai du mal à croire qu'il est devenu le numéro un. Il restera toujours plus bruyant que notre dernier 688. Un sous-marin de type Los Angeles ne manquerait pas de le détecter et de le poursuivre.

Lewis sourit.

— Le nouvel Alfa a un avantage acoustique sur le type LA Flight III. Les scientifiques frustrés et les ingénieurs de marine, qui habituellement exerçaient leurs compétences dans les bureaux d'études russes, disposent à présent d'un énorme budget privé, Peter. Et au Terminal, ils ont mis en œuvre toutes leurs découvertes sur les installations de l'Alfa : quatre remarquables amortisseurs de vibrations tridimensionnels Fourier, des suspensions actives pour les liaisons sur la coque, des pompes et des tuyauteries extrêmement silencieuses, des ponts insonorisés. D'autre part, le bâtiment dispose d'un nouveau sonar.

Vornado haussa les épaules. La légende de l'Alfa voulait qu'il soit si bruyant qu'on pouvait l'entendre à une distance d'un demi-hémisphère, mais peut-être Lewis avait-il raison. Celui-ci n'avait toujours pas répondu à la question de Vornado.

— Je ne comprends pas pourquoi vous avez besoin de moi pour cette mutinerie. Si vos agents se trouvent à bord, je ne vois pas en quoi le commandant a de l'importance.

Lewis acquiesça.

— Je pensais justement à ça. Il y a dans notre plan une lacune que je veux que vous puissiez combler. En cas d'échec de la mutinerie, nous devons prévoir un plan d'urgence, afin que l'Alfa ne s'éloigne pas avec Abdas à bord. Vous êtes notre solution d'urgence. Vous contrôlerez alors le bâtiment et son système d'armes afin d'éviter un désastre et rendre le tout inopérant. Si vous êtes contraint de lancer, vous vous arrangerez pour que les missiles explosent en mer sans provoquer de dégâts.

Vornado comprit.

— Mais alors, quelles sont les chances de survie en appareillant avec l'Alfa ?

Lewis haussa les épaules.

— Bien entendu, nous ne sommes pas à l'abri des aléas classiques, relatifs à l'utilisation d'un sous-marin nucléaire, en particulier au cours de sa première sortie – fuites d'eau, feux, incidents nucléaires, explosion d'armes à l'intérieur des tubes. Sans oublier qu'Abdas et son équipe sont les terroristes les plus dangereux au monde. Mais à notre avantage, ils vous confieront leur sous-marin en toute confiance en imaginant que vous êtes l'un des leurs. Le risque que vous prenez se limite donc à la conduite du sous-marin, jusqu'au moment où Abdas se rendra compte que vous l'avez trompé.

— Hank, vous ne m'inspirez aucune confiance.

— Nous pouvons limiter tous les risques imaginables, dit Lewis. Les autres membres de l'équipage embarqués pour la mission et pour vous protéger s'assureront qu'Abdas ne peut pas vous nuire. Vous le ramènerez lui et ses hommes, morts, et le sous-marin et ses missiles à la maison. Mission accomplie.

— Alors pourquoi moi ? demanda Vornado. Vous avez à votre disposition une bonne vingtaine de personnes capables de le faire. Les experts en sous-marins d'Electric Boat, les anciens commandants de sous-marins, et tous vos agents.

— Eh non… Vous parlez couramment le russe, certains de vos ancêtres ont travaillé dans le nord de la Russie. Vous êtes un expert en technologie sous-marine et un génie en tactique. Vous savez conserver votre calme dans les situations tendues, ce que nous a prouvé l'opération *Stolen Arrows.* Je suis désolé en ce qui concerne votre inaptitude médicale, mais une porte se ferme et une autre s'ouvre.

Il marqua un temps d'arrêt puis se pencha en avant.

— Le programme est serré, Peter. Est-ce que vous acceptez ?

Qu'allait-il bien pouvoir répondre à Lewis ? Qu'il acceptait d'embarquer pour la Russie afin de commander une épave de titane rouillée reconstituée de bric et de broc, probablement destinée à sauter lors de sa sortie inaugurale ? Et comme si cela ne suffisait pas, on attendait qu'il s'enferme volontairement à l'intérieur de la coque de ce maudit sous-marin en compagnie du terroriste le plus recherché au monde ? Pour une mission qui, au mieux, l'amènerait à un cheveu de la mort ?

Il regarda le sol. Avant son cancer, sa réponse n'aurait fait aucun doute. Il aurait immédiatement refusé. Il était responsable de sa femme et de ses enfants et il ne risquerait pas sa vie alors que sa famille avait besoin de lui. Même pour de l'argent, il n'aurait jamais accepté. Il serait sorti pour s'accorder un temps de réflexion. À son retour, il aurait conclu qu'on tentait de le soudoyer.

Mais la situation avait changé. Il avait essayé de minimiser l'impact du cancer, mais gardait le sens de la réalité. Il se trouvait à un tournant de sa vie. Aucune des équations régissant cet univers ne s'appliquait dans ce cas. Avant, il se serait presque méfié de l'argent, persuadé que plus un homme en possédait, moins il était honnête. À présent, il se rendait compte combien ce point de vue pouvait se révéler naïf et stupide. Il devait voir les choses en face. Cette petite fortune lui fournissait la paix de l'esprit. Dans le cas où son cancer se manifesterait de nouveau, il n'aurait pas à se soucier de l'avenir de Rachel et des enfants. Ils seraient à l'abri du besoin.

Mais Vornado savait que ce n'était qu'une partie du problème. Depuis son hélitreuillage du *Hampton*, il avait l'impression de vivre au ralenti. Il avait tout d'abord supposé que tout redeviendrait normal lorsqu'il se serait habitué à la routine des soins, mais il comprit que là n'était pas le problème. C'était l'idée de ne plus jamais commander de sous-marin.

Mais il avait rejeté cette excuse. Il n'avait aucune raison de vendre son âme pour une semaine supplémentaire au commandement d'un sous-marin nucléaire. L'Alfa ne transporterait que ces armes diaboliques, les Granat, destructrices de villes. Il serait aussi certainement difficile de naviguer avec ces gangsters de Moscou, ces terroristes islamistes et les quelques membres de l'équipe de Lewis.

Mais s'il pensait avant tout à sa famille, n'était-ce pas par orgueil, d'une certaine façon ? Et son pays ? Il avait un devoir envers les États-Unis, après tout. Il était patriote et avait déjà servi son pays. Seulement, à présent, on avait besoin de lui d'une façon différente. Si Lewis ne trouvait que Vornado pour accomplir cette mission, son refus serait moralement préjudiciable.

Mais les risques étaient importants. Par le passé, son métier l'avait entraîné à prendre des risques sérieux, mais rien comparativement à ce qu'on lui demandait d'accomplir maintenant. Il croyait en lui. Si la mission avait besoin de lui, il était mieux placé que personne d'autre. Il accepterait l'affectation et que Dieu prenne pitié de l'âme d'Abdas al-Sattar. Dans quelques mois, le sous-marin Alfa se trouverait dans une cale sèche américaine. Quant à lui, il profiterait de la piscine du chalet de montagne à Shenandoah avec sa femme et ses enfants. Ainsi, il servirait à la fois son pays et sa famille.

Il regarda ses chaussures.

— J'accepte, Hank. Mais je demande une faveur.

Lewis lui donna une tape dans le dos.

— Vous faites le bon choix, Peter. Que pouvons-nous faire pour vous rendre les choses plus agréables ?

— J'ai besoin de torpilles.

— Des torpilles ? Pourquoi ?

— Il me faut convaincre Abdas que mon commandement peut le protéger. S'il me fait confiance, il me laissera seul au CO. Je dois être le seul à bord à savoir programmer les torpilles et à programmer le système de combat. En dernier ressort, je pourrai les utiliser comme moyen d'autodestruction.

Lewis réfléchit un instant.

— Torpiller votre propre bâtiment. C'est une option radicale.

— Vous avez dit vous-même que vous ne pouviez pas vous permettre de voir Abdas libre avec ces missiles à bord.

— Exact. Mais cela devient une mission suicide.

— Non, les sous-marins russes disposent de modules de survie. Je pourrais lancer une torpille qui ferait demi-tour et revenir sur l'Alfa, puis évacuer vos agents dans le module de survie. Abdas serait mort, l'Alfa et les Granat éliminés, mais nous pourrions survivre.

— L'idée ne paraît pas mauvaise. Cela prouverait à Abdas que vous avez vraiment l'intention de mener votre opération à bien. Parfait. Vous proposerez cela à Kaznikov ?

Vornado le regarda, se disant qu'il avait été pris de vitesse, que Lewis avait dit : « Si vous le voulez, obtenez-le vous-même. »

— Allons rencontrer mes chefs, puis nous vous installerons dans un hôtel sur le campus. La semaine prochaine, vous ne parlerez que russe, et étudierez la technologie de l'Alfa et quelques missions spécifiques. Lorsque vous serez au point, je vous enverrai à la Ferme où vous devrez ingurgiter une année d'entraînement en sept jours. Pendant ce temps, nos agents au Terminal vous construiront une solide couverture et trouveront un moyen pour vous introduire parmi le personnel.

— Et quelle sera ma couverture ?

— Laissons cela pour l'instant. Je dispose de toute une équipe qui vous mettra au parfum.

18

— Sur le pont ! fit la voix tonitruante de l'enseigne de vaisseau de première classe Nick Keondre, amplifiée par le porte-voix. Larguez partout !

Dillinger se retint de manifester son désaccord. Il aurait d'abord largué la pointe en laissant prendre du mou sur la garde arrière. À présent, Keondre se trouvait à la merci des lamaneurs et de ceux qui largueraient leur amarre en dernier. Il attendit patiemment que toutes les lourdes amarres fussent dégagées des bollards et renvoyées à bord où l'équipage du *Tucson* les lovait soigneusement dans leur compartiment. Le bâtiment restait amarré au quai. Manifestement, la faiblesse du courant ne suffisait pas à déplacer la coque. Dillinger inspira, se demandant si la bruine céderait bientôt la place à la saison des pluies. L'aube ne s'était pas encore levée. Le crachin dessinait des cônes dans la lumière des projecteurs au sodium du quai et seule une faible lueur traversait la brume épaisse. Au loin, depuis l'un des énormes bâtiments de commerce du terminal international de Norfolk, une corne de brume mugissait sur le plan d'eau.

Lorsque la dernière amarre fut larguée, Keondre se retourna vers la passerelle.

— Envoyez les couleurs !

L'homme équipé de son haut-parleur avait provisoirement rejoint Dillinger en haut du massif. Sur un mât d'acier inoxydable haut de trois mètres, il hissa rapidement le pavillon américain. Dans la bruine, ce dernier pendait lamentablement. Keondre plongea sous le plat-bord de la baignoire et tira sur le levier de la corne de brume. Un mugissement retentit, aussi puissant que celui du plus gros des porte-avions. « Après ça, plus personne ne doit dormir à deux nautiques à la ronde », pensa Dillinger. La corne de brume hurla durant huit longues secondes annonçant au monde entier que le *Tucson* avait appareillé et qu'il était autonome. Lorsque Keondre relâcha le levier, le silence parut inquiétant.

Le bâtiment avait légèrement progressé dans le courant. Keondre pencha la tête par-dessus le plat-bord du massif, attentif au déplacement du bâtiment, dans l'attente que le courant et la marée les écartent du béton. Dillinger nota qu'il faudrait féliciter le jeune officier pour sa patience.

Le sous-marin s'était enfin dégagé du quai de l'équivalent du quart de sa longueur. Keondre empoigna le micro relié à la console de communication de la passerelle en dessous du pare-brise de la baignoire. Il l'enclencha et sa voix grave se répandit dans tout le bâtiment.

— Pilote de passerelle, en avant un tiers.

Dayna, pensa Dillinger. La nuit précédente, Dayna Baynes était venue chez lui pour aborder un sujet sérieux.

Dillinger fronça les sourcils et s'efforça de se concentrer sur le bateau. La coque avait commencé à s'éloigner du quai. Depuis le perchoir où se tenait Dillinger sur la passerelle supérieure, le déplacement devint sensible. La vague d'étrave frisa le miroir de la mer. Lorsque l'extrémité du quai se trouva au niveau de la barre, Keondre le regarda, puis la rivière, enfin, ce qu'il en distinguait dans la brume. Keondre actionna de nouveau la corne de brume. Le mugissement de deux secondes annonçait leur présence dans le chenal.

— Pilote de passerelle, ordonna Keondre, la barre à droite toute, route au 0-1-0.

La porte de la chambre s'était ouverte lentement et Dayna Baynes était entrée, hésitante. Dillinger l'avait regardée et, sous l'effet de l'émotion, il avait senti son cœur battre la chamade. La joie de la voir, la peur qu'elle fût venue pour mettre fin à leur liaison, l'attirance et le désir sexuel, le soulagement que cette impasse entre eux fût enfin résolue. L'envie d'une réconciliation l'habitait toujours et il avait guetté dans ses yeux des signes d'espoir.

Dillinger scrutait l'horizon. Un immense miroir d'eau limpide qui se terminait dans un épais brouillard s'étendait devant eux. Dans cette purée de pois, ses jumelles ne lui servaient à rien.

— Ralentissez en pénétrant dans le chenal, ordonna Dillinger.

— Bien, commandant.

Dillinger avait rencontré Dayna Baynes alors qu'elle visitait l'*USS Miami* dans l'intention d'écrire un article sur les sous-marins pour le journal local de Norfolk. Jamais il n'oublierait la première fois où il avait posé les yeux sur elle. Immédiatement, il fut séduit par son corps grand et mince, le ton cuivré de ses cheveux auburn, son teint pâle d'ange et ses yeux bleus envoûtants. Chaque fois qu'elle lui adressait la parole, il perdait le fil de ses pensées, il bégayait et avait l'air idiot.

Lentement, le bâtiment atteignit son premier point tournant. Il mit le cap à l'est en direction du port de Norfolk. Dillinger vérifia sa montre avec impatience. À cette vitesse, il faudrait un temps infini pour rejoindre les VaCapes. Soudain, il se mit à pleuvoir des gouttes aussi larges que des pièces de vingt-cinq cents. Une minute plus tard, un déluge s'abattit avec la force d'une lance incendie. Dillinger remonta sa capuche et jura contre le temps. La pluie n'avait pas dissipé la brume.

Les trois heures de trajet depuis Washington l'avaient ébouriffée et la fatigue cernait ses yeux de cercles sombres. Elle ne s'en trouvait que plus belle encore. Peu importait ce qui s'était passé entre eux, il s'était dit qu'il l'aimerait toujours.

Alors qu'ils faisaient cap à l'est, le vent se leva. Presque aussitôt, il se renforça et souffla depuis l'ouest, donnant à la pluie une trajectoire horizontale. Sous l'effet d'une rafale soudaine, les nuages bas dépassèrent le bâtiment depuis l'arrière vers l'avant pour s'étirer vers l'extérieur du chenal. Derrière Dillinger, le pavillon commençait à claquer avec un bruit sec. Il sentait la pluie battante qui transperçait sa parka et son uniforme de coton. Il frissonna, mais sourit lorsque le vent chassa enfin le brouillard.

— Réglez à la vitesse normale, officier de quart, ordonna-t-il.

— Vitesse normale, commandant. De pilote à passerelle, en avant vitesse normale.

— Je t'ai appelé de la voiture en partant, avait-elle dit. Mais pas de réponse.

Sa voix avait tremblé. Elle lui avait toujours remué le cœur. Dayna avait détesté sa propre voix jusqu'à leur rencontre. Elle la trouvait rauque et éraillée, mais lui aimait la musique sensuelle de sa conversation. Son accent traînant du sud d'Atlanta, sa façon de prononcer certaines consonances l'avaient toujours excité, même lors des disputes les plus sévères.

La lenteur de leur progression avait laissé le temps à l'équipe de pont de finir de ranger les amarres dans les parcs à haussières. Ils avaient rentré tous les taquets à l'intérieur de la coque et, à l'exception de celui du panneau supérieur de la trappe de sauvetage, sur l'avant de la tranche milieu, le pont était totalement lisse et paré pour plonger. Rapidement, l'équipe de pont disparut à travers le panneau et le ferma derrière lui. Le bâtiment pouvait accélérer.

Une petite vague d'étrave se retroussait doucement sur le nez arrondi, fendant l'eau et caressant doucement la coque cylindrique. Devant eux, on apercevait le pont tunnel de l'autoroute 64 et Keondre adapta leur route en fonction des éléments fournis par le navigateur. Bientôt, ils laissaient un sillage derrière eux. Keondre vira pour s'aligner dans le chenal du Thimble Shoal.

— En avant toute, cria Dillinger à Keondre depuis son perchoir.

La vitesse maximum autorisée dans le chenal était de 15 nœuds et à cinquante pour cent de la puissance du réacteur ils la dépasseraient de 2 nœuds, mais c'était un problème de garde-côte. Dillinger voulait rattraper le temps perdu par la lenteur de leur appareillage.

— En avant toute, commandant. Pilote de passerelle, en avant toute.

Elle était plus grande que la majorité des femmes, ce qu'elle considérait comme un défaut. À vingt-neuf ans, elle paraissait aussi gauche qu'une adolescente. Elle était mince, ses petits pieds soutenaient de longues jambes, ses hanches étroites dessinaient une courbe subtile. Sa taille était très fine. Elle avait été dotée d'une poitrine généreuse dont elle se plaignait toujours et qui l'indisposait. Pour Dillinger, le cou long et gracile de Dayna était élégant, mais elle le cachait toujours sous des vêtements à col haut et sous de longs cheveux. Son visage était d'un dessin parfait, chaque trait élégamment sculpté comme si l'artiste céleste avait réfléchi avant de tailler et de polir chacune de ses lignes. Elle n'avait besoin d'aucun maquillage pour avoir l'air ravissante, mais il ne l'avait jamais vue sans fard.

La vague d'étrave commença à monter plus haut sur la coque, jusqu'au niveau inférieur du massif, puis elle prit de la hauteur, couvrit l'arrière du pont et retomba au niveau du safran. Le bruit du déferlement couvrait maintenant le vent qui venait par chance de l'arrière. Dillinger pouvait voir l'entrée du chenal de la Chesapeake, à treize mille mètres devant, et un pétrolier lourdement chargé qui rentrait.

— *Passerelle de CO,* annonça la voix de Schluss. *Détection d'un bâtiment de commerce droit devant nous en route au 0-9-7, distance 13 000 mètres, vitesse 8 nœuds, relèvement cinq degrés sur bâbord. CPA 900 mètres par bâbord.*

— CO de passerelle, bien reçu.

Le pétrolier partageait le chenal avec eux et passerait sur leur côté bâbord.

— Appelez-les, ordonna Dillinger à Keondre.

Deux jours après la patrouille médiatisée du *Miami*, Dayna avait appelé à bord et avait demandé à lui parler. Sa voix traînante avait fait accélérer son pouls. Sur le coup, il l'avait invitée à dîner, sans y croire, mais elle l'avait surpris en acceptant immédiatement. Ce ne fut qu'une fois le combiné téléphonique reposé qu'il s'était rendu compte qu'elle avait exactement prévu sa réaction. Il avait manœuvré d'une main tremblante la poignée de la porte de sa chambre tout en réalisant que de toute évidence Dayna Baynes paraissait amoureuse de lui. Pendant le dîner, elle avait avoué avoir été impressionnée dès leur première rencontre et que ça l'avait obsédée. Dès le premier rendez-vous, où ils avaient couché ensemble, sans exiger l'un de l'autre l'exclusivité, leur engagement mutuel avait paru naturel et évident. Trois semaines plus tard, elle s'était installée chez lui. Pour la première fois de sa vie d'adulte, il s'était senti réellement heureux.

Keondre prit le micro de sa radio VHF.

— Pétrolier entrant dans le chenal de Thimble Shoal, ici un sous-marin de l'US Navy, à vous.

Jamais le bâtiment ne s'identifierait par son nom, signalant seulement son état de bâtiment de guerre de l'US Navy. Une réminiscence de la guerre froide intégrée dans les procédures d'opérations.

La radio de Dillinger bipa, puis une voix traînante du Sud grésilla :

— *Roger, commandant du sous-marin. Ici le CalTex Zephir entrant, à vous.*

— Pour le commandant du CalTex Zephir, ici le sous-marin américain sortant, dit Keondre, je propose un croisement par bâbord, à vous.

— *Roger, commandant du sous-marin, confirmez par deux coups de sirène. Bonne journée malgré ce temps de chien, terminé.*

— Roger du commandant du sous-marin, merci et bonne journée également à vous, commandant.

Keondre raccrocha le micro de sa VHF sur sa veste.

Depuis quelques mois, Dillinger avait pris le commandement du *Tucson* et Dayna avait quitté son poste à la station locale pour travailler sur la chaîne d'informations par satellite de Norfolk, en tant que présentatrice adjointe. Si mouvementée que fût leur relation, une connivence non conventionnelle s'était installée entre eux. Ils auraient sans doute fini par se marier sans leurs ambitions respectives de carrière. Dillinger avait passé un nombre incalculable d'heures en mer. Dayna détestait ces patrouilles excessivement longues et les départs imprévisibles. Leur relation aurait pu survivre à ce rythme, mais Dayna s'était vu proposer un poste à la direction de SNN à Washington en tant que présentatrice de la journée. Pour elle, cela représentait un tournant de sa carrière, l'équivalent pour Dillinger d'un commandement à la mer, le sommet de la pyramide. Dayna lui avait avoué qu'elle envisageait d'accepter, non pour progresser dans sa carrière, mais uniquement parce qu'elle était certaine qu'il ne lui restait plus que deux ou trois ans avant que le journalisme ne se débarrasse d'elle définitivement. Elle pourrait ainsi mettre de côté son confortable salaire pour le jour où il ne lui serait même plus possible d'obtenir un poste de présentatrice de météo locale.

La visibilité était enfin suffisante pour permettre l'utilisation de jumelles. Dillinger explora le chenal. À part le pétrolier, sous une pluie torrentielle et dans les rafales de vent, il était désert. La mer moutonnait vers l'est. Si le vent persistait, les vagues continueraient à s'amplifier. Dillinger secoua l'eau de sa capuche, agacé par la pluie. Sans aucun doute le temps le plus détestable qu'il eût jamais connu lors d'un appareillage. Il se demanda si c'était un manque de chance ou s'il fallait évoquer le dicton des vieux marins : « Mariage pluvieux, mariage heureux. »

Dillinger s'était résigné à l'idée de voir Dayna partir pour Washington. Il avait prétendu que cela signait la fin de leur relation. Elle avait répliqué que cela ne durerait que quelques années et qu'il serait probablement affecté à Washington rapidement. Il savait pertinemment que ni l'un ni l'autre ne seraient capables de supporter une telle situation. Elle avait plaisanté, faisant remarquer que Washington était à environ trois heures de route, qu'elle l'avait patiemment attendu lors de ses absences et qu'il manquait de maturité. Il avait soutenu qu'aller passer les week-ends à Washington n'était pas la réponse au problème.

Ils croisèrent le pétrolier sur bâbord alors qu'ils approchaient du pont tunnel. Lorsque l'équipage du pétrolier descendit son pavillon, Dillinger fit de même et affala le sien à mi-drisse, puis il le rehissa, en guise de geste de courtoisie entre bâtiments en mer. Ils passèrent au-dessus du pont tunnel et poursuivirent leur route dans le chenal en direction de Fort Story. Le CGO annonça la distance et la nouvelle route au prochain point tournant. Enfin, ils le laissèrent sur tribord. Il disparut derrière eux. Cummins annonça le point tournant et Keondre ordonna de faire route au sud. En passant au large de Fort Story, Dillinger aperçut le phare du cap Henry. Les périscopes tournaient afin que l'équipe chargée de la navigation prît des relèvements sur le phare et sur les amers de Virginia Beach. Dillinger détailla la plage aux jumelles, mais avec ces intempéries elle était déserte. Le vent soufflait depuis tribord et les vagues déferlaient vers le large. Ils firent route au sud pendant un moment, jusqu'à ce qu'ils arrivent à la bouée marquant le point de séparation du trafic.

Dillinger avait été appelé dans une salle de conférences de ComSubLant où on lui avait appris qu'il n'avait même pas besoin de préparer son sac et qu'une camionnette de service l'attendait pour le conduire dans un centre secret d'entraînement au combat spécial. Surpris, il avait accepté les ordres, inquiet cependant que cette nouvelle absence soudaine sans explication donnât l'impression qu'il partait fâché. À son retour, Dayna était partie.

— Passerelle de CGO, faites route au 0-9-0.

Le bâtiment venait de quitter les chenaux réglementés. Il se trouvait à présent dans l'Atlantique, mais les fonds étaient encore insuffisants pour plonger ; il devait rallier la bordure est du plateau continental. Keondre ordonna de virer de bord, maintint une route à l'est, puis regarda Dillinger.

— Commandant, je recommande la vitesse maximum.

— Très bien, officier de quart, réglez à vitesse maximum.

— Vitesse maximum, bien reçu, dit Keondre. PCP de passerelle, réglez les pompes de réfrigération principales sur grande vitesse.

— *Passerelle de PCP, disposons les pompes de réfrigération principales sur grande vitesse.*

— *Passerelle de PCP, les pompes de réfrigération principales sont disposées en grande vitesse.*

— Bien reçu, PCP. Barre, passerelle, en avant toute.

Le pont commença à vibrer sous les bottes de Dillinger lorsque la puissance du réacteur passa à cent pour cent, les 35 000 chevaux les propulsant à travers les vagues déferlantes grises. Il aimait cette sensation, comme si le frémissement du pont les menait à un rendez-vous urgent, une mission vers le destin. Dans quelques heures, il recevrait à bord le message qui préciserait sa mission. Il se retourna pour regarder derrière lui. La côte de Virginia Beach s'effaçait lentement au loin, estompée par la pluie et les lourds nuages, jusqu'à disparaître totalement. Il ne resta rien dans leur sillage que la mer et le vent.

Dillinger avait allumé la télévision le premier vendredi soir après la patrouille de l'*Albany* et s'était autoflagellé en mettant Satellite Network News. Il avait regardé le *journal de Dayna Baynes* en descendant trois doubles-bourbons. Il s'était endormi sur le canapé et avait eu la migraine tout le week-end. Lâchement, il en avait rejeté la responsabilité sur Dayna. Une idée incongrue lui était venue – il l'avait imaginée assise près de son téléphone, pleurant à chaudes larmes dans l'attente de son coup de fil. Il s'était assis à son bureau au sous-sol et s'était saisi du téléphone pour l'appeler. Mais avant qu'il eût pu toucher l'appareil, celui-ci avait sonné. Rachel Vornado lui avait annoncé que Peter n'avait plus que quelques semaines à vivre.

Soudain, deux dauphins bondirent hors de l'eau à l'avant ; la courbure de leur dos et leur nageoire dorsale ne furent visibles qu'une fraction de seconde avant qu'ils ne disparussent. La chance les accompagnait, pensa-t-il. Il rallongea son harnais et s'assit sur le sommet du massif, les bottes se balançant à l'intérieur du cockpit. À présent qu'ils avaient quitté les chenaux réglementés d'accès, il pouvait se détendre un peu.

Dillinger avait passé la dernière moitié de l'été avec Peter et Rachel. Ils avaient eu besoin de lui et cela l'avait aidé à oublier ses propres tracas. L'annonce du cancer au cerveau de Vornado l'avait forcé à réfléchir à sa solitude.

— Bon travail, monsieur Keondre. Restez vigilant. Vous devriez appeler le veilleur sonar afin de vous assurer que tout va bien.

— Bien, commandant.

Au fur et à mesure qu'ils s'écartaient de la côte, les vagues ne déferlaient plus mais formaient des creux d'un mètre. L'état de la mer se dégradait. Lorsqu'ils arriveraient au point de plongée, ils se trouveraient certainement au milieu d'une sérieuse tempête. Malgré cela, le bâtiment resterait aussi stable qu'un immeuble. Deux cents mètres sous la surface, ils ne ressentiraient plus rien.

Chaque fois que Dillinger avait voulu prendre le téléphone, il avait renoncé, pensant qu'elle devait être occupée ou endormie. Tandis que le courage continuait à lui manquer, il avait commencé à s'installer dans le confort de l'incertitude. Il pensait qu'il comptait toujours pour elle. Il valait mieux laisser passer le temps et attendre qu'elle prît l'initiative de l'appeler. Son arrivée soudaine la nuit précédente avait été parfaitement inattendue. Il avait espéré qu'elle allait lui annoncer qu'elle avait abandonné son job à Washington pour revenir vivre avec lui.

Le sous-marin vibrait sous l'effet de la puissance développée par la machine. Les vagues commençaient à prendre de l'ampleur. À bord, le mouvement de la coque, inadaptée à la navigation en surface et peu stable, rendit malade la moitié de l'équipage, qui implora qu'enfin le sous-marin atteignît son point de plongée. Mais tout en haut du massif, la situation était plus acceptable. Dillinger releva sa capuche et le vent rejeta ses cheveux en arrière. Il se pencha contre les rambardes de la baignoire ; il sentait l'énorme puissance des moteurs principaux et espérait qu'il parviendrait à cesser de penser à la nuit dernière. Mais il était de retour dans sa cuisine avec Dayna Baynes.

— Tu voulais me parler, s'était-il empressé de lui dire alors qu'ils étaient tous les deux assis à la table de la cuisine.

— Burke, je ne pense pas que notre relation survive à l'éloignement.

En entendant ces mots, son cœur avait flanché. La fin avait semblé soudain imminente.

— Tu es venue ici pour me larguer ? Sa voix incrédule et accusatrice tremblait légèrement.

Les yeux de Dayna étaient devenus rouges et elle avait fondu en larmes.

— Tu n'as pas répondu à mes appels. Je devais mettre fin à notre relation même si cela impliquait que je vienne en personne.

Elle marqua un long moment de silence puis elle reprit :

— J'ai vu mon patron, Evan English.

Dillinger l'avait regardée, surpris. Une centaine d'émotions l'avaient traversé. L'imaginer avec quelqu'un d'autre n'avait rien à voir avec le fait d'entendre de sa propre voix qu'elle voyait en effet quelqu'un. La nouvelle lui avait coupé le souffle. Il en était resté bouche bée et les yeux écarquillés. Il avait été trahi, lui avait soufflé une voix dans sa tête. Enfin, il s'était entendu prononcer, d'une petite voix :

— Qu'est-ce que tu as dit ?

— Je suis avec Evan.

Dillinger avait cligné plusieurs fois des yeux.

— Il n'est pas marié ?

Elle avait baissé son regard.

— Il va quitter sa femme.

Il s'était forcé à prendre une profonde inspiration tandis qu'il avait entendu le sang battre fort dans ses oreilles.

— C'est bien, Dayna. Je te souhaite une vie heureuse. Je contacterai un déménageur pour tes affaires. Laisse-moi une adresse où les envoyer et je m'en occupe. Bon retour.

Des larmes avaient commencé à couler sur les joues de Dayna.

— Tu n'as pas le droit de te montrer aussi froid, sanglota-t-elle. Je n'ai pas dit que je l'aimais. Je t'aime toujours, Burke.

Dillinger avait émis un rire strident :

— Tu as choisi une façon étrange de me le prouver.

— Je le pense vraiment, avait-elle dit en marquant une pause, essayant de se reprendre. Il aurait suffi que tu t'engages et rien de tel ne se serait passé.

Ses épaules étaient secouées par les sanglots.

— Alors, c'est de *ma* faute ? Tu me mets ça sur le dos ? Que tu files pour Washington, que tu mettes le grappin sur un homme marié ? Et je suppose que c'est également de ma faute si tu reviens ici me balancer tout ça à la figure ? Bon Dieu, si tu y réfléchis vraiment, je suis un personnage épouvantable !

Dayna avait dégluti bruyamment.

— Bon sang, Burke, c'est toujours la même chose. Tu te places toujours en dehors de l'événement. Evan ne me traite pas comme cela.

Les larmes avaient fait couler son mascara. En essuyant son visage, il s'était étalé tout autour de ses yeux.

— Eh bien, retourne avec lui ! avait crié Dillinger. Qu'est-ce que tu fous ici ?

Les yeux de Dayna avaient lancé des éclairs de fureur mais sa voix était restée calme et froide.

— Parce que je veux t'entendre dire : « S'il te plaît, Dayna, quitte-le et reviens avec moi, épouse-moi, faisons des enfants, partage ta vie avec moi. » Mais tu n'as jamais compris.

— Écoute, Dayna, si c'est ce que tu désires, vas-y. Si tu avais décidé que tu voulais faire ta vie avec moi, tout ce que tu viens d'énumérer — le mariage, les enfants, passer notre vie ensemble –, tu aurais eu tout cela. Nous aurions envisagé la question. Mais tu es venue dans cette maison et tu t'es toi-même vendue aux enchères comme si tu étais une foutue peinture ! Je ne parierais pas sur toi. Tu dois faire un choix. Tu choisis cet intellectuel british aux dents écartées, et tu retournes à Washington, vous faites construire votre maison, vous supportez tous les deux son sale divorce et tu te maries comme une princesse, vous faites ensemble tout un tas de bébés aux dents écartées.

Son visage avait exprimé à la fois l'horreur et la surprise, comme s'il l'avait frappée. Elle avait fait volte-face, avait appuyé son visage contre le mur, puis s'était précipitée hors de la pièce.

Il avait entendu le bruit de ses pas sur le plancher de l'entrée, et la porte s'était ouverte en grinçant. Elle l'avait refermée doucement derrière elle. Au bout d'un long moment, ses pas avaient résonné sous le porche, la porte de la voiture s'était ouverte et avait claqué, le moteur avait démarré. Puis il était sorti, les narines encore pleines de son parfum, réalisant que sa colère impulsive lui avait fait faire une erreur fâcheuse. Par la fenêtre, il avait regardé disparaître les feux arrière de la voiture. Il avait posé son front contre la vitre froide et avait repensé à chacun des mots qu'ils avaient échangés, regrettant ce qu'il venait de dire.

C'était fini.

Dillinger soupira. Avec un peu de chance, cette mission lui ferait oublier Dayna. Il annonça qu'il descendait. Il traînerait pendant un moment dans le CO – domaine du second lorsqu'ils étaient en surface –, puis se retirerait dans sa chambre. En se faufilant par l'échelle d'accès à la passerelle, il sentit le léger roulement du bâtiment qui commençait à peiner dans les vagues. Le frémissement était plus sensible à l'intérieur, pensa-t-il. Il fit irruption au CO, réalisa qu'il était trempé jusqu'aux os et que des litres d'eau coulaient sur le pont. Il fit signe à D'Assault pour l'avertir qu'il se rendait dans sa chambre. Il enleva sa parka étanche avant d'y entrer. Il la suspendit dans le cabinet de toilette en inox qu'il partageait avec D'Assault, puis retira son uniforme détrempé. Il prit une douche et enfila sa combinaison de mer en coton noir d'une seule pièce, avec, brodé sur l'épaule droite, l'écusson du bâtiment, et sur celle de gauche, le drapeau américain. Sur la poche gauche, les classiques dauphins or et, sur les pointes de col, les feuilles de chêne qui correspondaient à son rang. De nouveau, pensa-t-il, il avait retrouvé figure humaine.

Il se rendit au CO et passa le reste de la matinée à observer l'équipage et D'Assault. Plus il la regardait, plus il l'appréciait. Bien sûr, il faudrait la voir après soixante heures sans sommeil. Ce serait la minute de vérité pour Nathalie D'Assault. Pendant une seconde, il la compara à Dayna, mais il s'arrêta aussitôt. Personne ne tenait la comparaison.

Au revoir, Dayna, pensa-t-il.

— Dans trente secondes au point de plongée !

— Bien reçu, confirma le CGO, le lieutenant de vaisseau Kurt Vauxhall, la voix étouffée dans les jumelles du périscope.

Dillinger jeta un coup d'œil sur les écrans de contrôle puis un dernier regard sur la carte.

— *CO de radio,* grésilla le haut-parleur au plafond.

— J'écoute, radio, répondit Vauxhall.

— *CO de radio, message urgent de l'escadrille classé « personnel commandant », reçu dans le buffer.*

— Radio de CO bien reçu.

D'Assault leva les yeux.

— Probablement le message de notre mission, dit-elle.

— Juste à temps, répliqua Dillinger.

— Marquez le point de plongée, annonça l'officier marinier Swales.

— Maître de central, immersion cinquante mètres, équilibrez les ballasts, ordonna Vauxhall.

Le maître de central, le maître principal mécanicien Mate Fred Davies, le chef de bord, le plus ancien non-qualifié en matière nucléaire à bord, désigna la console de conduite du navire.

— En avant deux tiers.

Il contrôlait la vitesse du bâtiment en train de plonger et réglait l'assiette. Le pilote abaissa et tourna la poignée du transmetteur d'ordres pour afficher « un tiers ». La sonnerie résonna et le répétiteur du PCP confirma « un tiers ».

Instantanément, les vibrations des plaques de pont provoquées par la vitesse maximale cessèrent et les vagues semblèrent commencer à passer au-dessus du bâtiment. Il prit un important coup de gîte sur bâbord, puis sur tribord. Dillinger eut un haut-le-cœur. Dieu merci, dans quelques minutes ils se trouveraient en dessous de cet enfer.

— Chef de quart, ouvrez les ballasts avant et faites sonner l'alerte plongée.

Le chef de quart saisit trois manettes à la partie supérieure du poste de contrôle des ballasts. Trois voyants verts sur la console s'éteignirent et furent remplacés par des cercles rouges.

— Ballasts avant ouverts, dit le chef de quart en saisissant la commande du Klaxon de plongée.

Il prit le micro de la diffusion générale et annonça :

— Paré à plonger !

Il fit tourner la commande de la sonnerie d'alerte de plongée et un traditionnel « OUH-GAHH » résonna dans les haut-parleurs. Puis il répéta :

— Paré à plonger !

— Barres de plongée avant, quinze degrés à plonger, ordonna l'officier de plongée à l'homme de barre. Barres de plongée arrière, dix degrés à descendre.

Le pont prit lentement une assiette négative. Sur le moniteur vidéo, un jet de vapeur d'eau jaillit sur le pont avant depuis les purges déjà immergées des ballasts principaux.

— Ballasts avant purgés ! annonça Vauxhall.

— Chef de quart, purgez les ballasts arrière !

Le chef de quart accusa réception et manœuvra trois autres commandes. De nouveau, trois voyants verts s'éteignirent et trois rouges s'allumèrent.

L'inclinaison du pont s'accentua. Dillinger s'agrippa à une poignée pour garder son équilibre. D'Assault se rattrapa sur une console de conduite de tir.

Vauxhall fit pivoter le périscope afin de surveiller l'arrière. Sur le pont arrière, les vagues montaient si haut que seul le cylindre de la coque était visible. Un nouveau geyser d'eau fusait depuis les ballasts arrière.

— Ballasts arrière purgés !

— Quinze mètres, annonça l'officier de quart en lisant l'immersion de la quille sur la jauge d'immersion numérique du poste de conduite du navire. Dix-sept mètres. Dix-huit mètres. Massif submergé.

Sur le moniteur vidéo, la coque avait disparu depuis longtemps et les vagues paraissaient de plus en plus grosses.

— Vingt mètres. Vingt-deux. Vingt-trois mètres.

— Périscope au ras de l'eau, annonça Vauxhall.

La vue s'éclaircit, mais une nouvelle vague s'abattit avec un jaillissement d'écume. Le dessous des vagues paraissait encore plus agressif.

— Périscope sous l'eau. On affale le périscope numéro deux.

— Trente mètres. Trente-trois mètres. Barres de plongée avant, cinq degrés à plonger. Barres de plongée arrière, trois degrés à descendre.

Dillinger attendait que le pont se stabilise.

— Barres de plongée arrière, bulle à zéro. Barres de plongée avant à zéro. Immersion cinquante mètres, commandant.

L'officier de plongée se concentra sur le panneau de conduite du navire.

— En avant un tiers.

Pendant les vingt minutes suivantes, l'officier de plongée pompa dans les caisses de réglage et transféra l'eau entre divers ballasts jusqu'à ce que le sous-marin fût parfaitement équilibré. Sous l'effet des vagues, le bâtiment tanguait doucement à cette profondeur, mais rien comparativement aux remous de la surface.

— Officier de quart, annonça-t-il enfin en triomphe. Bâtiment réglé.

— Très bien, maître de central, immersion cent cinquante mètres. Pilote, en avant vitesse maximum.

Vauxhall prit l'interphone avec le PCP.

— PCP, de CO, passez les pompes de réfrigération principales sur petite vitesse.

— *CO de PCP, bien reçu,* répondit Vauxhall en raccrochant le micro.

— Commandant, nous réglons notre immersion selon l'ordre d'opération.

— Très bien, officier de quart, dit Dillinger en regardant D'Assault. Allons lire ce message dans ma chambre.

Alors qu'il entrait dans sa chambre, Vauxhall annonça :

— Le commandant quitte le CO.

— Qu'est-ce que tu en penses ? demanda Dillinger à D'Assault, qui lisait le nouvel ordre d'opération, le visage concentré.

— Ça n'a aucun sens, commandant. Nous avons un chargement d'armes complet. Pourquoi devrions-nous rendre compte à Autec pour en obtenir un autre ?

Dillinger reprit le message et le relut. Le premier paragraphe spécifiait l'autorité dont ils dépendaient. Le groupe 2.01, du Conseil national de sécurité, qui dépendait directement du Président. Cela était déjà suffisamment inhabituel. Il arrivait que certaines missions d'espionnage dépendent du CNS, mais c'était peu fréquent. Les missions détachées au CNS étaient directement pilotées par la CIA, ce que l'on évitait habituellement de mentionner.

Le deuxième paragraphe les informait du premier objectif de leur mission : rendre compte au centre d'évaluation et de tests sous-marins en Atlantique, ou Autec, dans l'île d'Andros aux Bahamas, géré par RCA, sous contrat avec le Pentagone. Contrairement aux autres îles des Bahamas, la surface d'Andros était désertique. La petite ville qui mettait en œuvre les antennes sonar dans TOTO était habitée soit par du personnel civil de la défense, soit par la marine. TOTO signifiait « Tongue of the Ocean », et consistait en un profond bassin d'eau de mer entouré d'un plateau continental très peu profond : l'idéal pour contrôler un sous-marin sans risquer d'être espionné par des éléments extérieurs. La fosse était équipée de trois antennes sonar tridimensionnelles afin de permettre la simulation d'un combat sous-marin et ainsi l'entraînement d'un équipage. Le bassin était également utilisé pour enregistrer le bruit produit par un bâtiment. Celui-ci traversait le bassin à une certaine vitesse, avec certaines pompes en fonctionnement et des hydrophones mesuraient la signature acoustique. Si une pompe émettait un crissement ou un grincement, l'antenne sonar le repérerait. Il valait mieux que ce soit la base de contrôle acoustique qui mesure une déficience sonore plutôt qu'un adversaire qui en tirerait avantage. Comme prévu, les ordres leur intimaient de se rendre le plus rapidement possible à la station contrôle acoustique, puis de rejoindre le bâtiment de soutien *Gladiator* pour régler au plus vite quelques problèmes de bruit ou d'équipement rotatif.

Le troisième paragraphe sonnait faux. Le bâtiment de soutien devait leur fournir un chargement d'armes. Ils emportaient déjà un plein chargement de torpilles Mark 48 ADCAP Mod 7 ; des vraies cette fois. Il n'y avait plus de place au poste torpilles. Même les tubes lance-torpilles étaient chargés. Et les tubes verticaux étaient équipés de missiles de croisière tactiques Tomahawk Block IV, utilisés soit comme armes contre des navires soit comme armes terrestres. Impossible d'embarquer quoi que ce soit d'autre, pensa Dillinger.

Mais ce message ne donnait aucune indication quant à leur destination et au but de leur mission. Une fois de plus, il allait vers l'inconnu.

— Ordre de mission de merde ! lança D'Assault calmement.

Il fit volte-face et la regarda. Dillinger aimait entendre une femme jurer. Il avait longtemps attendu que Dayna le fît et cela s'était enfin produit alors qu'ils faisaient l'amour. Entendre D'Assault jurer lui remit la scène en mémoire. Mais cela paraissait d'autant plus bizarre que D'Assault s'était toujours montrée irréprochable et respectueuse depuis son arrivée à bord. Autant qu'il se souvînt, elle terminait toujours ses phrases, sa prononciation était exemplaire, son discours parfaitement poli. Et voilà qu'elle s'oubliait avec ce « merde ». Elle leva les yeux, il la regardait fixement.

— Désolée, commandant. J'essaierai d'éviter de jurer à bord.

— Je pense que ce serait une erreur, second, dit-il.

Ou peut-être l'avait-il appelée par son prénom ?

— Dans certaines situations, il faut jurer. Et plutôt fréquemment à bord d'un sous-marin. Si les hommes pensent que tu en es incapable, ils se montreront obscènes, ils essayeront de te choquer. S'ils t'entendent balancer un chapelet de jurons, crois-moi si tu veux, ils te respecteront.

Elle sourit, découvrant ses dents blanches de star de cinéma.

— Tu as raison, commandant.

— Je sais que j'ai sacrément raison, dit-il en souriant. Il vaudrait mieux mettre le CGO au courant. Faisons route sur Autec. Et prévois de briefer les officiers juste après le dîner.

QUATRIÈME PARTIE

Résurrection

19

Peter Vornado se sentait aussi fatigué que durant sa chimiothérapie. L'ascenseur exigu de l'hôtel Arktika dégageait une odeur étrange de poisson pourri ou de détritus. Il s'arrêta enfin dans un grincement au douzième étage. Vornado suivit les panneaux jusqu'à l'aile de l'hôtel en forme de Y qui s'étendait jusqu'au golfe de Kola. Dans la chambre régnait une odeur de renfermé, qui n'avait cependant rien de comparable avec celle de l'ascenseur.

Il jeta ses bagages par terre, dégagea les couvertures, se déshabilla, s'effondra sur le lit et ferma les yeux. Si fatigué fût-il par le voyage, il ne parvenait pas à s'endormir. Il se força à garder les yeux fermés, espérant que le sommeil viendrait. Il devrait se lever tôt pour la conférence et il envisagea de mettre son réveil. Puis il décida de faire confiance à son horloge biologique et se tourna sur le côté. Il faisait froid dans la chambre mais, pour dormir, il préférait cela. Le sommeil ne venait toujours pas.

Il était probablement préoccupé par les entrevues du lendemain, ainsi que par le voyage qui l'avait amené ici. De Washington, il avait pris un vol pour Miami, où il avait passé la nuit. Puis il avait pris l'avion jusqu'à Varsovie, via Francfort. Il avait passé la nuit à Varsovie. Il s'était réveillé dans un petit hôtel proche de l'aéroport pour prendre un nouvel avion pour Moscou et enfin un train de Moscou à Mourmansk. Il avait demandé pourquoi il ne pouvait pas prendre un vol direct de Washington à Moscou, puis une ligne intérieure jusqu'à Mourmansk. La réponse lui avait paru pour le moins saugrenue, cela coûtait moins cher, avait-on prétexté. On lui avait donné quelques milliers de dollars en cash et on l'avait envoyé acheter les billets lui-même. Il avait dû se séparer de toutes ses cartes de crédit. Il était parti avec un bagage préparé par l'Agence et un portefeuille qui contenait un permis de conduire et de l'argent liquide. Le permis de conduire correspondait à sa couverture. Il s'appelait Peter Vornado, mais le permis était plus récent que le vrai et enregistré à une adresse dans un quartier populaire.

Par contre, la couverture retenue par la CIA ne lui convenait pas : il sortait tout juste d'un divorce et devait verser une forte pension alimentaire pour son enfant. Il venait aussi d'être mis à la porte de la marine. L'histoire voulait qu'il ait démissionné, soit pour éviter de payer la pension à son ex-femme, qu'il détestait, soit au contraire pour trouver un emploi plus rémunérateur et ainsi gagner suffisamment d'argent pour remplir ses nouvelles obligations. Il avait répondu à une petite annonce du Terminal dans un journal technique professionnel, ce qui paraissait cohérent puisque certains éléments de l'équipe de recrutement du Terminal travaillaient pour l'Agence. Une fois que les recruteurs eurent obtenu quelques informations supplémentaires, ils l'avaient convoqué à Mourmansk. S'il réussissait son entrevue, le Terminal lui rembourserait ses frais de transport. Cela expliquait son voyage chaotique : un pauvre ne pouvait pas voyager en *business class* sur un vol direct.

Même si Vornado n'était pas satisfait de cette histoire de couverture ni des précautions prises par l'Agence, il devait faire abstraction de ses réticences et se concentrer sur sa tâche d'une part, sur la réussite de son entrevue avec les dirigeants du Terminal d'autre part.

Il fut enfin prêt. Il attendit à l'extérieur de la salle de conférences au troisième étage jusqu'à 8 heures précises. Une jolie jeune fille à l'allure guindée ouvrit la porte. Elle portait des lunettes à monture métallique et une jupe mi-longue, les cheveux tirés en chignon. Elle lui sourit, découvrant des dents parfaitement blanches. Elle était grande, svelte et jeune, âgée peut-être d'environ une vingtaine d'années.

— Entrez, dit-elle en fermant la porte derrière lui. Je m'appelle Svetlana, directrice des ressources humaines. Je travaille pour Sergeï Kaznikov.

Elle lui serra la main. Elle avait un accent typique du sud de Moscou.

— Ne vous méprenez pas sur mon apparence : j'ai une formation d'ingénieur dans le nucléaire et l'électricité. Je suis chargée de recruter les ingénieurs pour ce projet.

Elle sourit de nouveau, puis elle reprit :

— Mais cela suffit pour ce qui me concerne. Je suis contente de vous rencontrer enfin, monsieur Vornado.

Elle lui tint la main plus longtemps que nécessaire, mais finit par la relâcher.

— Peut-être devrais-je vous appeler *commandant*?

Elle rougit, ou du moins il en eut l'impression.

— Je vous en prie, faites comme bon vous semble.

Elle le conduisit dans une salle de conférences où se trouvait une table ovale, avec une chaise à une extrémité et quatre autres à l'opposé.

Tandis qu'elle le questionnait, il trouvait que quelque chose paraissait anormal. Manifestement, elle s'intéressait à lui, mais d'une façon différente inhabituelle pour un DRH. Il se rendit compte qu'il ne portait pas son alliance, dont même l'empreinte avait disparu. Et le dossier le concernant stipulait qu'il était divorcé.

— Permettez-moi de vous mettre au courant des diverses entrevues prévues aujourd'hui, dit-elle.

Elle commença par Leonov Kaznikov et sa volonté de retaper un sous-marin russe désarmé afin de le vendre à un « acheteur spécial » ; puis poursuivit avec Sergeï Kaznikov, le maître d'œuvre de cette idée et l'esprit pratique des deux frères ; Vasily Ilyivitch, le responsable de la sécurité du Terminal ; Anton Nessov, le commandant chargé du contrat pour le sous-marin Lira. Elle le fit s'asseoir en bout de table, là où se trouvait le siège pivotant isolé et poussa une des autres chaises de ce côté. Tout en parlant, elle enleva ses lunettes et le regarda droit dans les yeux. Aucun doute, elle était attirante et, pendant un instant, il se demanda s'il était utile ou stupide de lier contact avec cette femme. L'équipe d'entraînement d'Hank Lewis à Camp Perry avait lourdement insisté : « Vous êtes divorcé, donc n'agissez pas comme si vous étiez toujours marié. Confronté à une situation dans laquelle un célibataire normal de votre âge passerait à l'acte avec une femme, il vaudrait mieux agir. Évaluez la femme en question, et son implication dans la mission. Si une femme vous approche, ne la découragez pas, sauf s'il s'agit de la femme de quelqu'un de puissant. »

Vornado s'était montré très attentif à ces recommandations, mais tout cela lui était apparu très académique. Pourquoi serait-il soumis à une quelconque tentation romantique, dans la péninsule perdue de Kola, au cours de la mission la plus dangereuse de sa vie? Et, dix minutes après le début de l'opération, voilà Svetlana, avec son parfum attirant, les yeux plongés dans les siens et le regardant fixement comme si elle cherchait bien plus qu'une simple conversation.

De la bile envahit son estomac. Peter Vornado avait à peine jeté un coup d'œil sur une autre femme depuis sa rencontre avec Rachel. Peut-être se faisait-il des idées? Ce devait être cela. Mais alors qu'il venait de s'en convaincre, Svetlana posa sa main sur son genou tout en lui expliquant la façon dont Leonov avait créé la société qui construisait ce sous-marin. « KKS », comme la nommait celui-ci, en référence aux deux frères « Kaznikov » et à une troisième personne dont le nom commençait par un « S ». Supportant mal la main de Svetlana sur son genou, Vornado se leva brutalement et s'étira.

— Pardonnez-moi, je ne peux plus rester assis. Le voyage a été long, dit-il.

Elle lui sourit et rougit de nouveau. Elle était vraiment très jolie, pensa-t-il, bien que beaucoup trop jeune pour lui. Lâchés sur les épaules, ses cheveux blonds auraient été superbes et ils contrastaient élégamment avec ses yeux marron et sa peau légèrement tannée. Sans doute une fausse blonde, aurait dit Rachel avec une moue méprisante. Mais avec son teint de brune et ses cheveux soigneusement décolorés en blond, elle était excitante.

Il se demanda si elle était la petite amie de Leonov ou de Sergeï. Il pouvait peut-être dans un premier temps essayer d'être sur la même longueur d'onde qu'elle, au moins jusqu'à ce qu'il découvrît qui était son chef. Il se demanda si elle pouvait être un contact de Lewis, mais écarta rapidement cette éventualité. Elle n'avait rien dit qui pût laisser soupçonner qu'elle fût déloyale envers les Kaznikov ou un agent interne.

Aucun doute, elle était bel et bien ce qu'elle prétendait être. Elle poursuivit son briefing.

— Vous devrez avoir un entretien avec Vasily Ilyivitch, le responsable de la sécurité. Il ne vous ménagera pas avec ses questions.

— De quel genre?

Vornado s'adossa dans son fauteuil.

— Pourquoi avez-vous quitté l'Amérique? Pourquoi, fidèle à votre patrie, commandant de sous-marin, tourneriez-vous le dos à une vie tout entière consacrée au service des États-Unis d'Amérique pour venir ici ?

— C'est simple. J'ai été radié de la marine pour raison médicale, bien que je me sente en aussi bonne santé qu'à vingt ans.

Il écarquilla les yeux et reprit :

— Impossible de faire entendre quoi que ce soit aux autorités médicales. La seule chose que j'aie faite dans la vie, c'est travailler à bord de sous-marins ou les commander. Et brutalement plus rien. Ma superbe femme, dit-il en essayant d'injecter un maximum de tension dans sa voix, me voyait déjà mort et, lorsque j'ai recouvré la santé, elle a laissé entendre combien elle s'était sentie soulagée de ne plus être mariée avec moi. Dans sa peine, elle avait réalisé qu'elle pouvait vivre sans moi. Son seul souci était les enfants. Le jour de ma dernière visite médicale, elle m'a présenté les papiers. Le juge des affaires familiales a terminé le travail. J'ai été condamné à lui verser une prestation compensatoire aussi importante que si j'avais été coupable de quelque méfait envers ma femme mais il a ignoré que je me trouvais sans emploi. Le juge a même prétendu qu'avec mon C.V., je devrais pouvoir me faire 250 000 dollars par an. Il a fixé le montant de la pension alimentaire à un niveau bien plus élevé que ce que j'aurais pu payer, même si j'étais resté dans la marine. Avec la pension alimentaire et la prestation compensatoire, il me serait resté pour vivre moins de six cents dollars. Le loyer d'un appartement misérable aurait englouti cette somme. Sans parler du crédit ? De la carte bancaire ? De l'emprunt immobilier ? Des mensualités pour la voiture ? Ils me restent sur les bras, même si ma femme garde la maison, les enfants, une des voitures et tous les meubles.

Svetlana le regarda, incrédule. On lui avait conseillé de ne pas s'étendre trop sur le sujet, mais il s'était laissé emporter par sa propre histoire.

Il soupira et regarda la moquette.

— J'ai décidé de voir si le juge avait raison. Si mon C.V. valait vraiment 250 000 dollars par an, n'importe où sur la planète. J'ai trouvé votre petite annonce dans le *Naval Archtitect's Digest* à peu près au moment où Rachel, mon ex-femme, a vendu la maison et a emmené les enfants en Californie. J'ai pensé, puisqu'ils se trouvaient à l'autre bout du continent, que cela n'avait pas d'importance que je travaille de l'autre côté du globe. Malgré tout ce que je dois à mon ex-femme, j'aurai de quoi vivre dignement.

Il fouilla dans sa poche et sortit les photos d'une petite fille de deux ans, d'un garçon de huit ans et d'une adolescente de treize ans. Ce n'étaient pas ses enfants, mais ils lui ressemblaient suffisamment pour que les photos donnent de la crédibilité à son histoire.

— Voilà la raison de ma présence ici. J'ai besoin de gagner de l'argent pour récupérer mes enfants. Si l'argent, comme le prétend la justice, fait de moi un père ayant le droit de voir ses enfants, c'est tout ce que je désire.

Il soupira.

— Je suis désolé, Svetlana. Je suis ici pour une entrevue et, au lieu d'être professionnel, je me retrouve à larmoyer sur mon sort. Je suis désolé. Pardonnez-moi.

— Non, non, dit-elle tranquillement, la main sur son épaule, de nouveau très près de lui. Je me sens très triste pour vous.

Ils gardèrent le silence un moment. Vornado décida de tenter sa chance.

— Vous avez mentionné que ce bâtiment est une aventure commerciale risquée. Il ne s'agit pas d'une collaboration avec la marine russe, mais avec un acheteur particulier ?

Svetlana acquiesça.

— Qu'est-ce qu'un civil peut bien vouloir faire d'un sous-marin Lira ?

Elle sourit.

— Ce sous-marin est rapide. J'imagine qu'il va servir à du transport sous-marin secret.

— De la contrebande ?

— Pourquoi poser la question ? s'enquit-elle. Cela représente-t-il un problème moral pour vous ?

— Non. Je souhaite simplement savoir combien demander pour ce travail. Plus le projet est défini et précis, plus je peux demander. Il n'y a que l'argent qui m'intéresse en ce moment.

Elle lui lança un long regard compréhensif. Enfin, elle jeta un coup d'œil sur sa montre.

— Je devrais aller voir ce qui les retient, dit-elle.

— Alors, demanda Sergeï à Vasily Ilyivitch, chef de la sécurité de KKS, tu le crois ?

Ilyivitch observa un long moment l'écran de télévision puis, à contrecœur, approuva de la tête.

— J'ai déjà entendu parler de situations semblables, dit-il. Les Américains punissent les hommes qui choisissent de divorcer. Mais il paraît incroyable que tout cela se soit passé uniquement parce que Vornado est tombé malade. Si cette histoire sonne faux, c'est probablement parce que sa femme l'a surpris avec sa meilleure amie.

— Anton ?

Sergeï interrogea le directeur de programme du Lira, Anton Nessov, ancien capitaine de vaisseau de la marine de la République de Russie. Nessov était petit et joufflu avec des cheveux blancs et clairsemés. Une fine ligne de barbe blanche, plus généreuse sur son menton et sa moustache, descendait comme un trait de crayon le long de ses joues pleines. Il portait des lunettes à monture métallique carrée dont les verres accentuaient ses yeux bouffis et porcins. Il affichait une expression à la fois joviale et arrogante qui, associée à sa barbe, lui donnait un air professoral. Il était vêtu d'une veste à chevrons, d'une chemise blanche sans cravate, d'un pantalon kaki et d'une paire de chaussures en daim à semelle de crêpe dans lesquelles ses orteils se trouvaient plus hauts que ses talons. À son cou pendaient deux épaisses chaînes en or. Nessov sortit une pipe de la poche de sa veste et l'alluma. Il souffla un nuage de fumée trop suave, à l'odeur de cerise.

— Eh bien ! je ne sais pas, répondit-il d'une voix forte. Pourquoi la marine aurait-elle mis à la porte un commandant de sous-marin si brillant de façon aussi cavalière ? Il y a des chances qu'ils aient trouvé une excuse et que la vraie raison soit plus embarrassante. Peut-être a-t-il touché le fond, ou s'est-il pris dans un chalut ? Ou a-t-il arraché un périscope sur la coque d'un superpétrolier ? La théorie de Vasily sur sa femme prend tout son sens.

Ilyivitch approuva de la tête.

— Peut-être les deux. Peut-être baisait-il la femme de son chef, ce qui lui a valu à la fois une éviction des cadres militaires et son divorce.

Nessov éclata de rire.

— C'est bon, Vasily. Ton hypothèse a l'élégance de la simplicité tout en correspondant aux faits connus.

— Nous devrions vérifier son histoire en détail, affirma Ilyivitch en se frottant le menton.

— Allons lui parler, continua Sergeï. Et, sachez-le, je me fous qu'il ait violé la fille de l'amiral ! Cet homme peut nous aider dans notre entreprise.

L'entrevue se déroula sans surprise. Seul l'aîné des Kaznikov manquait à l'appel. Peut-être avait-il été retenu pour justifier les défauts techniques et les problèmes de délais à Abdas al-Sattar ? De prime abord, le plus jeune des Kaznikov ressemblait à un technocrate typique : concentré, extrêmement intelligent, au discours posé mais autoritaire lorsqu'il abordait les sujets relevant de sa compétence. Sergeï était petit et mince. Il portait des lunettes et avait le crâne rasé. Il était vêtu d'un pantalon en chintz, d'une chemise blanche amidonnée et d'une veste sport. Vornado lui donnait une petite quarantaine.

Sergeï présenta le projet comme étant une aventure commerciale conduite dans le plus grand secret en dehors des sphères militaires afin de fournir à un tiers un sous-marin remis à neuf, rapide et silencieux, autonome par rapport à la surface, un bâtiment nucléaire destiné à une utilisation connue, bien entendu, uniquement de l'acheteur. Il demanda à Vornado si cela lui posait un problème de travailler pour une telle entreprise et, pour la seconde fois, Vornado expliqua qu'il se considérait comme une sorte de mercenaire. Sergeï précisa qu'ils disposaient déjà à bord d'un personnel technique complet, mais que le sous-marin souffrait de problèmes mécaniques, électriques et électroniques, et qu'il nécessitait un regard neuf ; sur le papier, Vornado semblait pouvoir répondre à ces besoins.

Une fois cette courte présentation terminée, il commença à poser à Vornado des questions plus techniques, testant ses connaissances sur la propulsion nucléaire, et même sur un sujet aussi pointu que les flux neutroniques thermiques. Le fait qu'ils puissent disserter de cette façon à propos de la physique nucléaire parut satisfaire pleinement Kaznikov. Anton Nessov était plus difficile à séduire. L'ancien commandant de sous-marin était assis, fumait la pipe et posait des questions à Vornado sur ses expériences. Il semblait désireux de trouver une faille. Il était difficile de ne pas se sentir sur la défensive lorsque fusaient des questions du genre : « À quel moment vous êtes-vous trouvé confronté à une fusion de combustible nucléaire ? Et soyez honnête. » Enfin Kaznikov reprit la direction de l'interrogatoire, insistant sur le fait que l'important restait les réparations dans le chantier naval. Le sujet semblait devoir se prolonger durant plusieurs heures. Or midi approchait et on apporta le repas.

Après le déjeuner, deux nouveaux interlocuteurs arrivèrent. Le premier était un homme grand, carré d'épaules. Il portait un costume marron tellement froissé qu'il paraissait avoir passé les dix dernières années avachi par terre. Il avait un visage expressif, des cheveux noirs et courts, ses sourcils formaient un arc de cercle au-dessus de larges yeux marron, son nez était agressif et ses lèvres figées en un sourire artificiel. Une cigarette brune russe était coincée entre ses dents. Il entra dans la pièce, très sûr de lui, comme s'il était le maître du domaine. Sergeï Kaznikov s'avança, lui sourit aimablement et lui serra la main.

— Monsieur Vornado, permettez-moi de vous présenter Yuri Belkov, directeur du projet et ingénieur chef des systèmes. Yuri, voici Peter Vornado, l'ingénieur sous-marinier américain dont je t'ai parlé.

Vornado se leva et salua Belkov tandis que Kaznikov serrait la main du second arrivant.

— Je vous présente Andrei Rusanov. Andrei, peut-être êtes-vous le mieux placé pour expliquer votre fonction à M. Vornado.

Rusanov mesurait presque une tête de moins que Vornado et, comparé à Belkov, il paraissait comiquement petit et gros, le ventre proéminent. Les muscles volumineux de ses bras et ses mains calleuses appartenaient à quelqu'un qui avait passé de nombreuses années à manier des outils lourds et massifs. Il rappelait à Vornado un ouvrier avec lequel il avait eu l'occasion de travailler par le passé sur un chantier. Rusanov avait les cheveux blonds coupés en une brosse sévère. Bien que charnu, son visage restait dur et agressif. Lorsqu'il parlait, sa voix résonnait telle une corne de brume.

— Je suis à l'origine de l'idée, dit-il.

Vornado remarqua son accent particulier, sans aucun doute local.

— Je dois rendre hommage à mon grand-père en ce qui concerne le premier Lira, mais c'est moi qui ai proposé à Leonov l'idée de la refonte du sous-marin à des fins civiles. Sergeï est ici pour mener à bien la refonte.

— Asseyez-vous, messieurs, dit Sergeï. Monsieur Vornado, ces ingénieurs ont quelques questions à vous poser. Ce ne sera pas long, je vous le promets.

L'interrogatoire dura des heures mais, au fur et à mesure que Vornado racontait ses exploits passés, répondant correctement à toutes leurs questions techniques, ils gagnèrent confiance. La phase suivante de l'entrevue commença au club de KKS où le vin et la vodka coulèrent à flots. Sergeï offrit à Vornado le poste de directeur adjoint du projet. La négociation concernant le salaire dura une heure. Après une longue et violente discussion, Vornado avait obtenu près d'un million de dollars, la moitié pour mettre le Lira au point, la deuxième en bonus s'il pouvait en assurer l'appareillage. Tout d'abord, Sergeï avait douté que Vornado ou qui que ce soit y parvînt, mais Vornado l'avait convaincu que c'était possible.

Au bout d'une autre heure de libations, Sergeï demanda à son chauffeur de raccompagner Vornado à son hôtel. En entrant dans la petite suite, il réalisa que l'odeur avait changé. Le parfum de Svetlana, une douce odeur de bougie y régnaient. Il devait être complètement ivre pour avoir de telles hallucinations olfactives, se moqua-t-il de lui-même. Il s'approcha du lit, se déshabilla, laissant ses vêtements en tas par terre et se coucha en caleçon. Il posa la tête sur l'oreiller et ferma les yeux. Sous l'effet de la vodka, la pièce tournait lentement autour de lui. Il prit une profonde inspiration et se détendit.

Une main tiède se posa sur sa poitrine. Il s'assit brutalement, effrayé et surpris. Il alluma la lampe de chevet et vit la tête de Svetlana sur l'oreiller. Ses cheveux lâchés constellaient la taie, des mèches cachaient une partie de son beau visage. Lentement, elle entrouvrit ses yeux endormis.

— Je pensais que tu serais sorti toute la nuit, dit-elle calmement, sans perdre son contrôle.

— Que faites-vous là ? Comment êtes-vous entrée ?

— Que de questions, Peter ! La première réponse semble évidente. Pour la seconde, j'ai prétendu à l'accueil que je devais déposer des papiers, et comme j'avais personnellement fait votre réservation, cela n'a posé aucun problème.

Avant qu'elle ait prononcé la dernière syllabe, elle passa le bras autour de son cou, le serra contre elle avec un profond baiser de bienvenue. Il se demanda dans un premier temps s'il était ivre au point de la décevoir, mais il sentit qu'il réagissait à son baiser. Immédiatement, il se sentit envahi d'un sentiment de culpabilité en pensant qu'il allait tromper Rachel. La simple idée de se trouver aux côtés de Svetlana le mettait mal à l'aise. Puis il céda à la tentation.

De nouveau il entendit la voix de son récent entraînement. « Parfois, la situation fera la décision. Et ne pensez pas que vous tromperez votre femme au cours de vos rencontres en Russie. Vous devrez toujours être imprégné de votre histoire. À partir du moment où vous quitterez le quartier général, vous serez une personne différente. Et celui que vous deviendrez n'est pas marié. »

Il avait la vague impression que l'entrevue continuait. Il s'écarta de Svetlana. Il essaya de ne pas penser à Rachel lorsque les doigts de Svetlana se glissèrent sous sa taille et se refermèrent sur son sexe. Il réalisa soudain qu'il devait paraître bien stupide et inexpérimenté de n'avoir connu qu'une seule femme dans sa vie d'adulte. Il ne savait pas du tout comment il devait s'y prendre. Il se rapprocha d'elle et sentit sa poitrine se loger au creux de ses mains. De nouveau, elle posa ses lèvres sur les siennes, sa langue douce fouilla sa bouche puis aspira la sienne. Sans cesser son baiser ni sa caresse, elle se mit sur un genou et passa lentement l'autre jambe par-dessus les siennes puis se redressa sur ses pieds pour le chevaucher. Ses doigts le guidèrent à l'intérieur d'elle.

Sa moiteur le fit gémir doucement lorsqu'elle le força à entrer en elle. Elle commença des mouvements de va-et-vient de grande amplitude. Il se laissa enivrer. Plus elle bougeait, plus il sentait monter l'excitation en lui. Le sang afflua dans son sexe et sa respiration s'accéléra. Il atteignit enfin l'orgasme au fond de son ventre. Elle se reposa doucement contre sa poitrine en prenant bien soin de le garder à l'intérieur d'elle.

— C'était formidable pour moi, lui murmura-t-il, mais tu n'as pas joui.

— Si, lui reprocha-t-elle en léchant le lobe et l'intérieur de son oreille. Je jouis juste doucement. Il y a des hommes qui me le reprochent.

— Il est difficile de l'imaginer, dit-il.

Il savait que dans l'obscurité il rougissait en pensant qu'il venait de tromper Rachel.

Non, tenta-t-il de se convaincre. Il n'était pas plus infidèle à son épouse qu'il ne l'était à son pays. Simplement, reconquérir sa vie le contraignait à traverser cette épreuve et ce n'était que provisoire.

Il se rendit compte qu'elle l'observait. Il sourit et l'embrassa sur la joue. Elle se dégagea mais laissa sa jambe douce et bien galbée au niveau de son pubis humide, le bras autour de sa poitrine.

— Puis-je te poser une question difficile ? lui murmura-t-il à l'oreille. Pourquoi as-tu fait cela ?

La question parut la sortir de sa torpeur. Ses paupières papillonnèrent et s'ouvrirent et elle le regarda dans les yeux.

— Je te voulais. Ces deux derniers mois, Sergeï n'avait qu'une idée en tête : remplacer Nessov, mais personne ne pouvait assurer ce boulot. Il avait également besoin d'un ingénieur pour aider Yuri et Andrei pour tous les problèmes du chantier naval. C'est alors qu'ils ont entendu parler de toi pour répondre au second problème, et, curieusement, tu correspondais aussi au premier. Lorsqu'il a lu ton C.V., il était tellement excité qu'il n'en a pas dormi durant une semaine. Tu étais son seul sujet de discussion.

— J'aurais apprécié que tu m'en parles avant que je négocie mon salaire, sourit-il.

— Ne m'interromps pas, dit-elle le doigt sur ses lèvres. De toute façon, j'ai décidé que je voulais être la première à t'avoir.

— Il y a d'autres femmes qui travaillent au Terminal ?

— Pas beaucoup. Quelques-unes dans l'ingénierie et dans le design. Les deux mécaniciennes de coque ne te conviendraient pas. Mais les ingénieurs sont jolies. Et il y a des bars sur le bord de mer où les filles feraient la queue pour toi.

— Je suis certain que personne ici ne t'arrive à la cheville.

Elle sourit.

— Et maintenant ? demanda-t-il en regrettant immédiatement sa question. Il se pressa contre elle tandis qu'elle levait un sourcil. Est-ce que c'est une fois en passant ?

— C'est ce que tu veux ?

— Non, s'entendit-il dire hypocritement, sans réfléchir, le cœur de nouveau envahi de honte.

— Je suis certaine que d'ici une semaine ou deux, tu t'intéresseras aux autres femmes, dit-elle sur un ton de plaisanterie mâtinée de sérieux.

— Qu'est-ce qui te fait croire ça ?

— C'est ce qu'a avancé Nessov. Que tu avais été mis à la porte à cause de ta tendance à courir les jupons.

Vornado approuva sagement de la tête.

— C'est ce qu'il croit. Quelle est cette expression : « Les maris espionnent derrière la porte de leur chambre à coucher uniquement s'ils s'y sont un jour trouvés eux-mêmes » ?

Elle éclata de rire. Sa main avait de nouveau glissé en dessous de sa taille et il sentait qu'il réagissait à la caresse. Il lui parut évident que, s'il parvenait à conserver une alliance avec elle, il pourrait se passer du rôle de goujat avec les autres femmes.

— Alors, c'est exact ?

— Quoi ?

— Que tu es un briseur de cœur ? Un coureur de jupons ?

— Non, répondit Vornado avec dégoût. Je suis juste comme ça.

— Je ferai ce qu'il faut pour m'assurer que tu n'as aucune raison de me tromper, dit-elle en le ramenant à la vie avec la main.

Il roula par-dessus elle et ils firent l'amour de nouveau, lentement et tendrement et, cette fois, elle jouit si fort qu'elle l'étreignit dans un spasme. L'expression de son visage comblé suffit à le mener à un orgasme violent. Il l'attira contre lui, tous deux transpiraient et étaient épuisés.

Il lui parut évident qu'il avait été correct lors de leur deuxième étreinte mais que, s'il s'endormait le premier, elle pourrait tenter quelque chose, l'empoisonner par exemple. Alors qu'il pensait à cette menace, les yeux de Svetlana se fermèrent derrière ses longs cils et rapidement sa respiration devint lente et profonde.

Doucement, il se leva et se dirigea vers la salle de bains, puis il souffla les bougies. Il décida de fouiller le sac à main de Svetlana. Il pensait qu'elle pouvait être un des agents d'Hank Lewis. Il trouva sa carte d'identité, qui lui donnait vingt et un ans. Une poussée d'adrénaline le saisit à la lecture de son nom : Svetlana A. Belkov.

Que venait-il de faire ? se demanda-t-il. Yuri Belkov était le chef de projet. Svetlana était-elle sa femme ou, pire, sa fille ? Vornado venait peut-être de faire sa mission.

Il était plus de 3 heures lorsqu'il trouva le sommeil, mais celui-ci fut ponctué par des rêves de torture du midship Whitehead. Lorsqu'il se réveilla, Svetlana était partie. Il se leva pour se préparer et se rendre dans le bureau de Sergeï. Si tout se passait bien, il se mettrait au travail au Terminal dans une heure. Lorsqu'il quitta l'hôtel, sa main tremblait en appuyant sur le bouton de l'ascenseur.

Tandis que son cœur battait fort dans sa poitrine, il réalisa qu'il n'avait jamais connu une telle anxiété.

20

Dillinger jeta un coup d'œil derrière lui lorsque la passerelle supérieure annonça qu'ils avaient appareillé. Le bâtiment était amarré à l'intérieur d'un immense hangar de chargement d'armes ouvert dans le complexe RCA de l'île d'Andros, aux Bahamas. Ce hangar était principalement utilisé pour charger ou décharger des torpilles sous-marines d'exercice dont les charges militaires avaient été enlevées et remplacées par des instruments de mesure. Leur sous-marin se verrait retirer une douzaine d'armes réelles, remplacées par des torpilles d'exercice. Après le lancement de celles-ci, dans le champ d'essai, il reviendrait ici pour récupérer ses armes de guerre.

La raison de leur présence en cet endroit restait un mystère, autant que le reste de leur mission. Pendant trois jours, ils avaient sillonné la fosse de Tongue of the Ocean, allant et venant entre les antennes fixes en faisant fonctionner leurs équipements en diverses configurations, afin que les antennes sonar passives puissent enregistrer leur signature acoustique et analyser leurs émissions sonores. Le jour suivant, ils étaient restés en stationnaire à deux cents mètres en situation ultrasilencieuse tandis que les réseaux d'hydrophones actifs procédaient à des enregistrements sous différentes incidences et que des électroniciens embarqués spécialement calibraient et analysaient le sonar BQQ-5 E. Cet après-midi-là, lui et son second recevraient les résultats des vérifications du sonar, ils rencontreraient ensuite les représentants du Conseil national de sécurité.

La première réunion dura une heure de plus que prévu, Dillinger fulminait. Les techniciens présentèrent l'étude des émissions sonores, recommandant une certaine disposition des pompes et des équipements pour obtenir les conditions de fonctionnement les plus discrètes. Le Q-5 fut reconnu en état de fonctionner et l'équipe sonar du *Tucson* déclarée « bon pour le service ». La seconde réunion se tiendrait dans un SCIF[1] dans le sous-sol du bâtiment de deux étages, en brique, d'Autec ComSubLant. Dans le SCIF, Dillinger faisait les cent pas en se passant la main dans les cheveux, attendant le dernier rapport du CNS.

La porte s'ouvrit enfin et un homme en costume entra. Il était légèrement plus petit que Dillinger, il avait vingt ans de plus et un air autoritaire. Il avait une grosse tête, de longs cheveux gris et une moustache hirsute. Derrière ses sourcils gris broussailleux, on distinguait de petits yeux noirs. Dillinger avait l'impression de connaître cet homme. Il présentait une certaine ressemblance avec Joseph Staline. Il regarda Dillinger et lui tendit la main, puis se tourna et sourit gentiment à D'Assault.

— Je suis Phil Cogsworth, dit-il.

Sa carte d'identité pendait à son cou, avec sa photo, le sigle VISITEUR et, en dessous, MINISTÈRE DE LA DÉFENSE.

— Je travaille pour le sous-secrétaire à la Défense. Je coordonne le groupe d'intervention 2.01, donc, sur le plan technique, une fois que vous aurez réappareillé, c'est à moi que vous rendrez compte.

Dillinger jeta un coup d'œil à D'Assault, puis revint sur Cogsworth.

— Si vous êtes le chef, peut-être pourriez-vous alors nous apporter quelques éclaircissements sur cet appareillage précipité.

Cogsworth haussa les épaules.

— Pour le moment, je ne peux vous donner qu'une petite pièce du puzzle. Je vous en prie, asseyez-vous.

Cogsworth s'assit en bout de table, Dillinger prit place à côté de lui, puis vint D'Assault. Cogsworth ouvrit sa mallette et la posa sur la chaise à côté de lui. Dillinger ne put s'empêcher de penser qu'il agissait ainsi pour éviter que l'un ou l'autre puisse en voir le contenu.

— Vous êtes amarré dans le hangar réservé aux armes afin de décharger vos Tomahawk tactiques et les remplacer par deux RUR-5 Delta Subroc. Savez-vous ce qu'est un Subroc ?

D'Assault parut hésiter mais Dillinger acquiesça de la tête.

— C'est une Tomahawk dont les charges terre ou air ont été enlevées et remplacées par une charge sous-marine. Celle-ci est une bombe à hydrogène.

1. *« Special compartmented information facility. »*

Une W-44 contenait une charge militaire de dix kilotonnes – charge faible pour une arme nucléaire, mais suffisamment puissante dans un affrontement sous-marin.

Dillinger manifesta sa perplexité :

— Désolé, monsieur Cogsworth, mais les armes nucléaires sont inutiles.

Cogsworth leva les sourcils.

— Et pourquoi ça, commandant Dillinger ? demanda-t-il d'un ton froid.

— En raison de la complexité des procédures de commandement et de contrôle nécessaires. Je peux décider moi-même de lancer une torpille si je me trouve pris dans un conflit, mais pas une arme nucléaire. Seul le Président ou le chef d'état-major des armées ont autorité pour me donner l'ordre de lancer une arme nucléaire. Et il faut une bonne demi-heure pour recevoir et décoder le message d'action d'urgence autorisant son emploi. Essayez de remonter à l'immersion périscopique et de recevoir les messages au beau milieu d'un conflit. C'est impossible. Et le Président ne délivrera pas l'ordre d'autorisation d'emploi du nucléaire par avance.

Cogsworth dévisagea D'Assault un long moment. Dillinger commençait à ressentir un sentiment de protection à l'égard de D'Assault.

— Pardonnez-moi, commandant, mais ne faisiez-vous pas partie des participants à l'opération *Stolen Arrows* ?

Dillinger approuva lentement de la tête.

— Parfait. Alors je considère que vous retirez vos objections.

Dillinger jeta un coup d'œil dans la direction de Cogsworth. L'homme venait pratiquement de reconnaître que Dillinger se verrait attribuer une autorisation anticipée de lancer une arme nucléaire, comme Vornado contre l'*Albany*. Mais un lancement contre qui ? Qui diable était cet ennemi ? Au fur et à mesure, le ton de la voix de Dillinger trahissait la colère qui montait en lui.

— Monsieur Cogsworth, c'est quoi notre foutue mission ? Qu'est-ce qui peut être grave au point de nous contraindre à appareiller dans des conditions invraisemblables, nous imposer un contrôle sonar approfondi, puis nous faire embarquer des armes nucléaires anti-sous-marines et nous renvoyer sans le moindre ordre d'opération ? Est-ce que tout cela a un sens pour vous ?

— Oui, commandant. Et je vous assure, à cinq cents nautiques d'ici, vous comprendrez. Ici, je ne peux rien vous dire d'autre. Il y a trop de bouches et deux fois plus d'oreilles. Une fois que vous serez en mer, personne ne pourra parler.

— Ils parleront des Subroc. Un équipage n'embarque pas des armes nucléaires tous les jours.

— Ils ne savent pas. Elles sont identifiées comme étant des Tomahawk tactiques. Aucun inspecteur de sécurité nucléaire n'est présent. Pour tout observateur, les missiles que vous embarquez dans vos tubes verticaux un et deux sont conventionnels.

Cogsworth fouilla dans sa mallette et sortit une enveloppe en plastique fermée par une bande adhésive transparente. En dessous de celle-ci était inscrit « secret ».

— Voici le manuel technique des Subroc. Pour votre système de combat de tir, ils apparaîtront comme des Tomahawk et, si vous êtes capables de lancer une Mark 48 contre un sous-marin, vous pouvez le toucher avec un Subroc. En revanche, n'ouvrez pas l'enveloppe jusqu'à ce que vous receviez votre ordre d'opération.

Dillinger approuva de la tête.

— Autre chose ?

Cogsworth sortit une feuille de papier.

— L'inventaire des Subroc. Vous devez signer pour en prendre la responsabilité.

Dillinger jeta un coup d'œil sur le document et signa en bas.

Cogsworth rangea le formulaire dans sa mallette qu'il referma, puis il se leva. Dillinger et D'Assault firent de même. Après les serrements de main conventionnels, Dillinger et D'Assault sortirent et empruntèrent le couloir.

— C'est quoi cette histoire de lancement d'arme nucléaire et d'exercice ? murmura D'Assault.

— Du calme, ordonna Dillinger lorsque la porte de l'ascenseur s'ouvrit. Nous parlerons de tout cela lorsque nous serons sous l'eau.

L'après-midi entier fut nécessaire pour décharger les tubes 1 et 2 et les approvisionner avec de nouvelles armes. L'équipage fut intrigué, ne comprenant pas pourquoi on remplaçait deux missiles de croisière en parfait état de fonctionnement par deux armes parfaitement identiques.

Lorsque l'officier ASM Lionel Tonelle, interrogea Dillinger, ce dernier haussa les épaules.

— Ils pratiquent un contrôle de qualité sur les armes. S'ils décèlent la moindre anomalie sur une arme que nous avons à bord depuis deux mois, ils la dépèceront jusqu'à ce qu'ils trouvent ce qui ne va pas.

Au coucher du soleil, le complexe du RCA s'estompait sur l'arrière et le bâtiment franchissait la courbe des trois cents mètres. Dillinger aspira une dernière bouffée d'air et se faufila par le panneau. Trente minutes plus tard, la coque craquait tandis que le *Tucson* descendait à son immersion de croisière et accélérait. Les instructions de route leur ordonnaient simplement de se diriger au nord-est à 15 nœuds. Tout ce que Dillinger pouvait faire était d'attendre d'autres instructions.

Tout en tambourinant du bout des doigts sur la table de son carré, il réalisa combien la patience lui manquait.

La longue silhouette revêtue d'une combinaison du directeur de projet Yuri Belkov arriva et sauva Vornado de la litanie des consignes de sécurité nécessaires pour accéder au Terminal. En voyant Belkov et en se remémorant la soirée précédente avec Svetlana, Vornado se sentit soudain coupable mais, ou bien Belkov ignorait tout de leur rendez-vous, ou bien il se révélait excellent acteur.

L'arrivée de Vornado au sein de leur équipe rendait Belkov enthousiaste. Il l'entraîna dans l'escalier jusqu'à l'étage principal du Terminal. Vornado resta en admiration un long moment devant les installations et l'élégance du sous-marin, niché au milieu de plusieurs niveaux d'échafaudages et d'équipements. L'expression d'émerveillement de Vornado ravissait Belkov.

— Oh mon Dieu, soupira enfin Vornado. C'est magnifique.

Belkov rit.

— Le hangar ou le Lira ?

— Yuri, les deux. J'ai l'impression d'arriver au paradis. Qui construit cela ? C'est un triomphe d'ingénierie.

— C'est moi. Rusanov est à l'origine de l'idée. Leonov disposait des contacts commerciaux et obtint la possibilité d'acquérir des épaves de Gremikha.

— Qu'est-ce que c'est ?

— Un site de sous-marins désarmés à quatre cents kilomètres au nord-est d'ici. La marine russe a démantelé les plus anciens sous-marins nucléaires, mais le délai a été plus long pour les Lira car personne au gouvernement n'est venu se hasarder à éliminer le liquide réfrigérant métallique contaminé. Ils avaient conçu et mis au point un processus, mais il ne fonctionnait pas et s'est révélé dangereux. Si bien qu'il fut abandonné. Les Lira étaient donc appelés à rester échoués dans ces contrées. Le problème atteignait une grande ampleur et allait dégénérer en scandale. Pendant que les experts se grattaient la tête, Leonov leur a fait une proposition pour le moins alléchante. Il a proposé au gouvernement une méthode révolutionnaire simple pour désarmer les réacteurs à métal liquide. Comme tout le monde le sait, les réacteurs sont détruits et le matériel radioactif est stocké dans des fûts doublés de plomb et renvoyés à Gremikha pour stockage à long terme dans des enceintes sécurisées. L'acier et le titane du sous-marin sont mis à la casse, et les Kaznikov gardent l'argent. Sauf que les fûts de stockage ne contiennent pas de matières radioactives, juste un peu de plomb pour faire du poids et quelques déchets radioactifs pour qu'ils agissent sur un détecteur de radioactivité. Au lieu de désosser les Lira, nous les reconstruisons. Rusanov a trouvé un hangar en bord de mer près de Gremikha, il lui suffisait donc de faire remorquer les coques sur une courte distance. Le remorquage des sous-marins fait partie de la routine dans le coin, alors un de plus, un de moins, en plein milieu de la nuit, ça passe inaperçu. J'ai organisé un chantier à l'intérieur du hangar dans lequel on peut découper les sections de coques en modules qui sont ensuite transportés discrètement par barge jusqu'au Terminal.

Vornado regarda Belkov et compara distraitement les traits de l'énergique ingénieur de chantier avec ceux de Svetlana. Le nez était différent, mais il reconnaissait les yeux de Svetlana et la structure de son visage dans le vieil homme.

— Donc votre gouvernement croit que vous démantelez les Lira ici ? Et en ce qui concerne le carburant nucléaire, ne contrôle-t-on pas la charge que l'on peut mettre dans une bombe ? Est-ce que tout cela n'est pas sévèrement inspecté ?

— Ah, fit Belkov en secouant la main. Leonov achète ça au marché noir pour d'autres marchés. Il considère l'uranium et le plutonium traités pour une bombe comme une simple marchandise. Chère, certes, mais disponible. Il se contente de rendre un peu de combustible nucléaire non traité aux fournisseurs auprès desquels il s'était approvisionné. Aucun problème dans aucun inventaire – les inspecteurs sont satisfaits, les gens soudoyés par

Kaznikov également, et ce dernier ne perd pas d'argent car il s'en fait sur le dos du client.

Vornado ne s'était jamais senti l'âme d'un homme d'affaires. Une opération byzantine comme celle-ci ne lui serait jamais arrivée et, même après une explication en termes simples, il avait toujours des difficultés pour comprendre tous les subterfuges nécessaires au fonctionnement d'une telle organisation.

— Quel est le danger de faire cela ici, près d'une ville ?

— Pour le gouvernement, nous procédons à toutes les opérations à caractère radioactif dans le complexe de Gremikha, et ici nous démantelons les coques et nous séparons l'acier du titane. Ce qui fait la beauté de l'opération, c'est que si nous ne trouvons pas d'acheteur pour le deuxième et le troisième sous-marins, nous les démantèlerons, en respectant à la lettre les obligations contractuelles de Leonov.

Vornado approuva de la tête. Tout était au point. Il se demanda de quoi Lewis et son équipe étaient exactement au courant.

— Et comment sortez-vous cette bête de Mourmansk si c'est un tel secret ? Comment faire remonter le sous-marin vers le nord du fjord alors qu'il est supposé n'être plus qu'un amas de métal démantelé ?

Belkov affecta un sourire, une expression de conspirateur apparut sur son visage.

— Attendez et vous verrez, dit-il en fronçant les sourcils et en levant les yeux. Pour le moment, ce que vous avez sous les yeux est la coque et le module du réacteur du vieux K-493. Nous avons choisi de nous en occuper en premier car la partie mécanique est en bon état et le compartiment réacteur fut des plus faciles à réparer. Quelques-uns des autres bâtiments ont subi des accidents nucléaires. Pour les deuxième et troisième sous-marins, nous devrons regrouper les éléments pour les assembler. Si nous vendons un quatrième Lira, nous devrons reconstituer la plus grande partie de son compartiment réacteur à partir d'éléments démantelés, ce qui rallongerait le programme d'un an, mais cela reste possible. Nous sommes capables de vendre cinq, six ou sept unités.

— Est-ce qu'il a un nom ?

— Pas vraiment. Le client a l'honneur de baptiser son sous-marin et il s'en fiche. Nous nous contentons de le désigner simplement par « Lira Unit 1 », ou plus simplement de « Unit 1 ».

— Qui est le client ?

Belkov haussa les épaules.

— Je n'en ai aucune idée. Ce n'est pas mon boulot. Mais j'imagine qu'il ne s'intéresse qu'à l'aspect financier, les yeux plongés dans le grand livre de comptes.

Vornado acquiesça.

— Vous parliez de problèmes à résoudre pour lesquels vous vouliez de l'aide ?

— Vous êtes prêt à vous plonger dans la saleté ?

Vornado sourit.

Belkov fit faire à Vornado un grand tour de l'extérieur du sous-marin. Il manquait à l'arrière la dernière tranche, les barres de plongée et le safran. Le bâtiment se terminait de manière abrupte, il ressemblait à un poisson dont la queue aurait été coupée net. Tout au long de leur visite, Belkov énumérait les problèmes.

Belkov conduisit Vornado au milieu de la coque et lui fit monter les escaliers jusque sur le pont. Vornado regarda avec étonnement le long massif légèrement incurvé. Il restait tellement peu de place entre le massif et la coque qu'il était impossible de passer du pont arrière au pont avant en marchant sur la coque.

— Comment passez-vous de l'arrière à l'avant ?

— En passant par un tunnel dans le massif. Suivez-moi.

Belkov marcha sur la coque recouverte de mousse spongieuse, qui était plus légère que sur le *Hampton* et s'écrasait sous ses bottes. Il s'approcha de l'arrière du massif. Sur les deux côtés inclinés, se trouvait un panneau d'un mètre quarante de haut et de soixante centimètres de large. Il ouvrit celui de tribord et disparut à l'intérieur du massif. Vornado le suivit et se trouva dans un tunnel étroit et faiblement éclairé. Il dut se faufiler derrière Belkov. Le tunnel faisait une légère courbe autour de ce qui devait être les périscopes et les mâts. Ils émergèrent enfin dans une partie plus large. Un simple panneau menait au pont avant. Vornado s'accroupit et regarda l'avant à travers l'ouverture. À l'intérieur de l'aileron, derrière la porte avant, se trouvait un surbau de panneau circulaire que Vornado heurta du menton. C'était la partie supérieure d'un tambour vertical cylindrique par lequel on descendait à l'intérieur de la coque épaisse. Mais, au lieu de descendre, Belkov ouvrit un panneau pour sortir sur le pont avant.

Une passerelle permettait d'accéder aux plates-formes d'échafaudage qui entouraient le bâtiment à tous les niveaux. Belkov s'écarta de la coque, atteignit une plate-forme puis monta rapidement deux volées d'une cage d'escalier. Vornado le suivit, un œil sur le bâtiment en dessous de lui. Belkov se pressa vers l'arrière du massif. Vornado put voir les ouvertures pour les mâts sur lesquels travaillait une équipe de techniciens. Sur un tiers du passage vers l'arrière le long du massif se trouvait une chose étrange, un pare-brise à trois vitres, mais les vitres étaient horizontales et s'ajustaient avec la surface supérieure de l'aileron.

— En surface, voici la passerelle. Ce que les vieux sous-mariniers appelaient la baignoire.

Belkov poussa un autre bouton de contrôle hydraulique sur la colonne d'échafaudages et l'ensemble vitré tourna lentement. Lorsqu'il s'arrêta, Vornado put voir que l'ensemble constituait une passerelle à l'abri du vent. Il apprécia le système. C'était une façon bien plus élégante de régler les problèmes de vent sur la passerelle que celle retenue par les Américains qui disposaient de « coquilles Saint-Jacques » ou de portes en fibre de verre qui pivotaient vers le bas du cockpit, ce qui nécessitait d'ajouter un pare-brise en Plexiglas. Ici, avec un seul bouton hydraulique, on réalisait un espace étanche autour de l'équipe de quart à l'extérieur. Vornado suivit Belkov sur une petite échelle qui permettait d'accéder à la passerelle. Elle était bien plus grande que celles des sous-marins américains, mais il y avait cette descente cylindrique d'accès au CO en dessous et le panneau était si grand qu'il occupait la totalité du dessus du massif.

— Pourquoi ce panneau est-il si grand ? Pourquoi pas au niveau du pont ?

— À cause de ses deux fonctions, Peter.

Belkov s'approcha du panneau supérieur, y passa une jambe puis disparut à l'intérieur. Vornado attendit puis escalada pour entrer à son tour. Il regarda vers le bas, mais l'intérieur était sombre. Vornado se faufila par le tambour vertical. Il mesurait environ soixante centimètres de large mais seulement environ un mètre quatre-vingts de hauteur, ce que Vornado trouva étrange puisqu'il se situait à environ six mètres au-dessus du pont supérieur. Il se glissa et se trouva dans un compartiment étroit, d'à peine un mètre dix de hauteur muni d'un panneau dans sa partie inférieure. L'espace était cylindrique, d'environ trois mètres de diamètre. Les parois circulaires comprenaient des équerres et des étagères vides et, d'un côté, en haut, se trouvait un petit tableau de commande.

— Qu'est-ce que c'est ? demanda Vornado. Il y a plus de choses ici que dans un tambour d'accès à la passerelle.

— C'est un module de sauvetage d'urgence. Il peut être séparé de la coque. C'est le seul endroit où nous pouvions le mettre, dans le massif. C'est pour cette raison que le massif est si large. En cas d'urgence, les douze membres d'équipage peuvent se rassembler ici et quitter le sous-marin. Les circuits de déconnexion du véhicule de sauvetage sont sur le panneau ici.

— Est-ce que ça marche ?

— Les contrôles sont déconnectés. Le client ne voit pas l'utilité de dépenser de l'argent pour le faire fonctionner. Descendons.

Belkov fit tourner le volant du panneau et disparut par le tambour vertical. Une faible lueur arrivait depuis le bas dans l'ensemble module de survie – tambour d'accès au pont. Vornado le suivit, se coulant à son tour dans le second tunnel d'accès d'un mètre quatre-vingts.

Lorsqu'il eut enfin la tête à l'intérieur du bâtiment, l'odeur qu'il avait sentie auparavant devint plus forte. L'intérieur était éclairé par plusieurs rampes de lampes provisoires de chantier, connectées ensemble par leur câble d'alimentation renforcé. Il se trouva lui-même coincé dans un sas d'accès vertical, un réduit, les bottes sur une grille métallique. S'il avançait, il aurait à peine assez de place pour relever la grille, la verrouiller en position, et se glisser à travers l'ouverture du pont vers une échelle donnant accès au pont inférieur. Derrière lui, vers l'avant, se trouvait le panneau d'accès au compartiment suivant. Vornado ouvrit en grand la porte du réduit dans lequel il se trouvait. Il resta figé, les yeux écarquillés.

Yuri Belkov se tenait au milieu du CO le plus moderne que Peter Vornado eût jamais vu de sa carrière. Il était si impressionné qu'il avait du mal à respirer. Il était entouré par une longue console en forme de fer à cheval. D'une extrémité à l'autre, le pont mesurait environ cinq mètres de large. Les tableaux consistaient en une succession de sections inclinées à portée de main, suivie d'une section verticale, puis de nouveau une section inclinée. Devant les tableaux étaient disposés sept fauteuils en cuir à haut dossier. Dans l'axe du compartiment se trouvaient quatre cylindres verticaux pour les passages des mâts. L'un d'entre eux devait correspondre à un périscope, pensa Vornado.

— Bienvenue dans le CO automatisé du Lira, dit Belkov.

Le calme régnait, simplement perturbé par un bourdonnement assourdi d'électronique. Vornado regarda l'un des tableaux. Il ressemblait au panneau de contrôle d'un avion de ligne moderne qu'il avait vu en photo, où les écrans plats remplaçaient les manomètres et les cadrans des anciennes générations. Chaque partie des panneaux, à l'exception de la partie inférieure inclinée, était constituée par un écran plat. La partie inclinée des consoles présentait un impressionnant assortiment d'interrupteurs de commande, de leviers, de clés de mise en fonction, d'interrupteurs à bascule, de porte-tasses, de pots à crayons et de pinces blocs-notes. Tandis que Belkov regardait, amusé, Vornado entreprit de faire le tour du fer-à-cheval en commençant à l'avant bâbord. La première partie du panneau en arrondi faisait face à l'entrée. Sur les panneaux étaient représentées les barres de plongée avant et arrière, l'inclinaison du bâtiment, la barre et la situation de tous les ballasts fixes et de réglage du sous-marin.

— Le CO, dit Vornado.

Belkov se contenta de hocher la tête.

Le panneau suivant, dans l'angle du fer-à-cheval, indiquait le volume des ballasts, leurs purges ; un autre panneau, le niveau des citernes et la situation de plusieurs pompes de ballasts. Un panneau représentait le circuit hydraulique, un autre le système du Snorchel et indiquait la situation des moteurs diesel.

— Le poste de contrôle des ballasts.

À nouveau Yuri approuva de la tête.

En arrière, un panneau était dévolu à la position de commande d'environ un millier de vannes automatiques. Plus en arrière encore, Vornado reconnut aisément le PCP et le poste de contrôle du réacteur. Il retourna à son point de départ et reprit son investigation. Tous les écrans du premier panneau tribord étaient noirs.

— Système de combat, indiqua Yuri.

Vornado continua son inspection. Il trouva le PC radio, le module de contrôle des mesures de surveillance électronique, puis une double section du panneau arrière consacrée au sonar. La console arrière sur tribord concernait les équipements de navigation, avec un immense panneau horizontal représentant une carte. Au centre se trouvait Mourmansk et un petit bip clignotait sur le bord de la rivière.

— Voici notre position, dit Yuri.

Vornado se déplaça vers l'arrière par une ouverture entre le poste de contrôle du réacteur et le tableau de navigation et se retrouva dans un espace dédié aux équipements électroniques, avec des armoires d'instrumentation superposées du pont jusqu'au plafond. Yuri désigna du doigt ces divers éléments : les systèmes de contrôle du bâtiment et de navigation électronique sur tribord, puis les redresseurs 400 Hz, les gyroscopes et l'habitacle de navigation inertielle au centre, les coffrets électroniques de contrôle du réacteur sur bâbord de l'axe et, à l'extrême arrière bâbord, le tableau de contrôle incendie et les armoires des équipements sonar. L'arrière bâbord était réservé au système de combat. Tout était parfaitement compact, peut-être un tiers des armoires étaient-elles occupées par des équipements similaires à ceux des type 688.

Vornado retourna au centre du CO.

— Je veux faire appareiller ce sous-marin quelle que soit la mauvaise impression que j'en aie, marmonna-t-il.

Yuri sourit.

— J'ai fait disposer tout cela pour vous faire une démonstration. Allons au pont milieu afin de laisser les ouvriers reprendre leur travail ici.

Belkov revint vers le sas d'accès et appuya sur le bouton d'un interphone sur un petit panneau de communication.

— Nous avons fini au CO.

Il se glissa dans le coin exigu du sas, releva le panneau à claire-voie et le verrouilla. Puis il disparut vers le pont milieu. Vornado lui emboîta le pas. Durant les quatre heures qui suivirent, les deux hommes se faufilèrent dans tous les recoins du sous-marin, explorant chaque niveau, chaque local. Vornado examina tout le matériel, posa des tonnes de questions en prenant mentalement des notes.

Enfin, en sortant par l'ouverture de coque du compartiment réacteur, dans la remorque d'accès radioactif, Vornado soupira.

— Je prendrais bien une bonne douche.

— Et j'ai besoin de boire, dit Belkov. Allons faire une toilette avant de nous rendre au club de la KKS Company.

Après une longue soirée passée en compagnie de Yuri Belkov, Vornado était tellement saoul qu'il ne put que saluer Svetlana de la main et s'effondrer sur le lit. Pendant la nuit, il se leva pour se rincer la bouche, desséchée par l'alcool. Il retourna se coucher mais ne put trouver le sommeil. C'était comme si la vodka et le vin s'étaient évaporés et il ne pouvait détacher ses pensées du sous-marin Lira. Il revoyait l'intérieur, les renseignements fournis par Yuri lui tournaient dans la tête et se mélangeaient avec les connaissances accumulées au cours de sa carrière. Il était trop excité pour dormir. Il n'avait rien connu de comparable, sauf être amoureux.

Il regarda Svetlana, dont les yeux endormis étaient grands ouverts. Elle le regardait, captivée, comme amoureuse de lui autant que lui l'était du Lira.

— Bonjour, dit-il.

— Bonjour, répondit-elle, un éclair dans les yeux.

Elle se redressa sur un coude et voulut passer la main sous l'élastique de son caleçon.

Il attrapa son poignet.

— Pas ce soir. Je suis trop fatigué.

Elle fit la moue mais acquiesça.

— Puis-je te poser une question ? Quel est ton lien de parenté avec Yuri Belkov ?

Elle sourit.

— C'est mon père. Tu ne le savais pas ? Est-ce que je ne t'ai pas dit que c'était pour cette raison que je me suis intéressée à toi ? Papa parle de toi jour et nuit.

Vornado soupira.

— Non, en fait tu ne l'as pas mentionné.

Elle approuva de la tête, avec un léger sourire.

— Si je l'avais fait, tu ne m'aurais pas touchée. Comme ce soir.

Vornado fronça les sourcils.

— Dormons un peu. Demain une longue journée nous attend.

Il ne lui dit pas qu'il reviendrait vers midi à l'hôtel pour reprendre ses affaires. Au club KKS, Vornado avait insisté auprès de Belkov pour disposer d'un bureau personnel à l'intérieur du Terminal, équipé d'un lit de camp, d'un réfrigérateur et d'une salle de bains. Les prochaines semaines, il travaillerait vingt heures par jour comme à l'époque où il commandait l'*Augusta*, lorsqu'il avait bouleversé le chantier naval en installant son lit de camp dans son bureau, travaillant vingt-quatre heures sur vingt-quatre pendant deux ans pour rendre le sous-marin apte à la mer, se contentant de courtes siestes et de quelques heures de sommeil. Il avait également insisté pour disposer d'un ordinateur portable contenant les plans du Lira, ses particularités, les prévisions du chantier, les ordres de travaux, les rapports et les documents de contrôle de qualité. Yuri avait promis que tout serait prêt en début de matinée.

21

Au milieu de la nuit, le téléphone sonna.

— Le commandant, annonça Dillinger dans le combiné.

— *Officier de quart, commandant,* dit la voix de Matt Mercury-Pryce dans l'interphone. *Zéro cinq cinquante, commandant. Nous recevons une des lettres du code alphanumérique, via ELF. Je demande que nous ralentissions et que nous remontions pour préparer l'immersion périscopique.*

ELF correspondait à des ondes radio très basse fréquence, les seules capables de pénétrer à trois cents mètres sous la surface et être ainsi captées par une des antennes radio du massif. Ce système ne permettait de recevoir qu'un message toutes les vingt minutes ; la vitesse de transmission des données de ces ondes était lente. Elles nécessitaient une puissance considérable, ainsi que des centaines de kilomètres carrés de pylônes mais cela suffisait pour transmettre un signal d'appel et alerter un sous-marin en immersion profonde afin qu'il remonte à l'immersion périscopique et puisse prendre rapidement une transmission UHF depuis le satellite de télécommunication militaire.

— Très bien, dit Dillinger. Remontez et préparez-vous à venir à l'immersion périscopique. Si le second dort, réveillez-la.

Ça y est, pensa Dillinger en entrant dans le cabinet de toilette et en enlevant son T-shirt et son caleçon. Il avait l'intention de prendre une douche rapide. Depuis son été d'intégration, il n'avait pas perdu l'habitude de passer sous la douche, de se laver les cheveux, de se savonner, de se rincer, de se sécher et de s'habiller en trois minutes. Il ferma le robinet, ouvrit le rideau de douche, sortit et chercha la serviette, lorsqu'il vit le capitaine de corvette D'Assault debout, à moins de cinquante centimètres de lui.

Elle lui sourit.

— Désolé, commandant.

Elle le détaillait de la taille au visage et soudain elle rougit.

— Nathalie, dit-il en trouvant la serviette, heureux d'entendre sa voix grave. Je pense qu'après ça, nous devrions commencer par utiliser nos prénoms.

— O.K., Burke, dit-elle calmement, toujours debout devant lui, sans paraître choquée par sa nudité.

Il voyait sa poitrine monter et descendre au rythme de sa respiration.

— Ou bien préfères-tu B.K. ?

Il la regarda, amusé de se rendre compte qu'il réfléchissait à sa question plutôt que de lui ordonner de sortir.

— Tous les autres m'appellent B.K., mais j'aime la façon dont tu prononces « Burke », finit-il par dire.

— Allons-y pour Burke, souffla-t-elle.

Elle tendit le bras et lui toucha la poitrine de l'index. Elle s'écarta brutalement de lui et ouvrit la porte pour sortir. Elle lui lança un dernier regard et un sourire. Il baissa les yeux et réalisa qu'il n'avait pas mis sa serviette autour de la taille, qu'il était nu. Il secoua la tête, se dit qu'il dormait encore et que rien de tout cela ne s'était passé en réalité. Mais il ne pouvait s'empêcher de penser à la façon dont les yeux de D'Assault s'étaient écarquillés. Il se souvenait encore de ses iris brun clair, totalement dilatés dans la lumière crue de la salle de bains.

« Elle m'aime bien », pensa-t-il, soudain envahi par la joie. « Tais-toi et remets-toi au boulot », se commanda-t-il, mais il ne pouvait pas s'empêcher de sourire.

Il enfila un uniforme propre, des chaussures de mer noires et fit irruption dans le CO. Nathalie se tenait à la table à cartes.

— Où sommes-nous ? lui demanda-t-il, réalisant trop tard que la question pouvait être interprétée de plusieurs façons.

Leurs regards se croisèrent. Il aperçut de petits éclats de lumière dans le sien.

— Nous sommes ici, commandant.

Elle pointa sur la carte un ongle long. C'était le même ongle avec lequel elle lui avait tapoté la poitrine.

« Qu'est-ce qui ne tourne pas rond chez moi ? » interpella en lui une voix masculine. Il s'imaginait se réveillant auprès de Dayna, et se revoyait nu près de son second, ce qui lui provoqua une érection. Il devait conserver le contrôle de lui-même.

— Commandant, interrompit Mercury-Pryce. Nous avons reçu les deux messages de notre signal d'appel ELF. Le bâtiment se trouve à cinquante mètres d'immersion, en route vers le nord, vitesse 6 nœuds. Nous avons entièrement vérifié le baffle, pas de contact proche. Un navire commercial dans le 2-7-8. Je demande la permission de remonter à l'immersion périscopique pour recevoir notre message, commandant.

Dillinger jeta un rapide coup d'œil dans la pièce.

— Officier de quart, prenez l'immersion périscopique.

Dillinger surveillait pendant que Merc procédait à l'opération périlleuse consistant à faire remonter suffisamment le bâtiment pour que le périscope et son antenne radio se trouvent au niveau des vagues. Dès que le bâtiment fut remonté, et que le périscope domina les vagues, il hissa l'antenne radio BRA-34 et reçut les messages qui leur étaient destinés. La transmission se répétait toutes les sept minutes. Une fois confirmé que les radios avaient reçu tous les messages, Merc fit redescendre le bâtiment.

Dillinger et D'Assault ouvrirent la porte du PC radio et lurent le message. Lorsque Dillinger eut fini, il leva les yeux vers D'Assault.

— Salopard de menteur, dit-il.

— Qui ? demanda-t-elle.

— Smokin'Joe Kraft. Il m'a soutenu que nous ne partions pas en patrouille vers le nord. Cet ordre d'opération nous emmène dans la mer de Barents juste au nord de Mourmansk. Difficile d'être plus au nord que cela.

D'Assault regarda le message dans les mains de Dillinger en s'approchant suffisamment de lui pour que son épaule touche son bras. Il sentit une décharge électrique à son contact, mais il était déterminé à ne pas trahir son sentiment pour D'Assault.

— Il dit simplement que nous allons au nord de la péninsule de Kola. Il ne précise pas ce que nous allons y faire.

Dillinger secoua la tête. Il commençait à être habitué aux informations distillées au compte-gouttes.

— Officier de quart, demandez au CGO de venir au CO.

Le CGO allait devoir déterminer une nouvelle route en tenant compte de l'ordre d'opération.

— Bien reçu, commandant, annonça Mercury-Pryce. Officier de quart, immersion quatre-vingt-dix mètres. Pilote, en avant deux tiers, la barre à droite cinq, faites route au 0-4-0. Sonar, de CO, on redescend. Rentrez le périscope numéro deux.

Tandis que le *Tucson* prenait une assiette négative et accélérait en direction du nord-est, Dillinger relut l'ordre d'opération, se demandant ce qu'ils allaient foutre dans les eaux arctiques au nord de la République de Russie, avec deux armes nucléaires anti-sous-marines.

Peter Vornado sombra dans le sommeil cinq minutes après s'être assis à table avec Svetlana. Elle essaya de le réveiller, sans succès. Elle écarta la nourriture, l'aida à marcher jusqu'au lit, l'allongea et le déshabilla. Elle le regarda un long moment, nu sur le lit. Lorsqu'il dormait, il ressemblait à un petit garçon. Par moments, il suçait sa lèvre inférieure. Elle le voyait remuer, et elle se demanda s'il rêvait à ses seins, ou à ceux de son ex-femme, ou à ceux de sa mère. Elle s'allongea près de lui et lui caressa les cheveux. Elle sourit en repensant aux événements de la journée.

Deux semaines auparavant, Peter avait mis un plan au point avec Yuri et Rusanov. Il avait constitué des équipes de quinze ouvriers chacune, selon les systèmes principaux : électronique et mécanique de l'installation réacteur, installations électriques, système de vapeur principal, les mâts et les antennes, les optiques du périscope, le diesel de secours, les contrôles atmosphériques – toutes les spécialités étaient présentes : mécaniciens, électriciens, électrotechniciens, nucléaires ou non, ajusteurs, soudeurs, tôliers et techniciens radio. Devant l'insistance de Svetlana pour que fussent utilisées ses compétences en mécanique, il l'avait intégrée dans une équipe de jour. Il prit personnellement la direction de la première équipe de jour. Le second groupe dépendait de Belkov, et Rusanov était chargé de l'équipe de nuit.

Peter était infatigable : il restait généralement au Terminal les quatre dernières heures du quart de Rusanov ; il aidait Svetlana et son équipe ; et passait au moins cinq heures avec l'équipe de Yuri. En présence de Peter, le personnel du Terminal était animé d'une grande frénésie, motivé par un chef qui n'hésitait pas à plonger les mains dans la graisse. Parfois, Svetlana le regardait et pensait qu'il avait raté sa vocation, qu'il aurait dû être général sur le terrain. Elle se souvenait alors qu'il avait été un héros militaire jusqu'à ce que sa santé le trahisse. Il était impossible de dire à quel poste il aurait terminé s'il avait eu la possibilité de rester dans la marine américaine.

Svetlana avait troqué sa tenue de ville et ses escarpins contre une combinaison de chantier et des bottes de travail. Cela faisait deux semaines que ses cheveux étaient retenus en queue-de-cheval. Tous les soirs, elle était couverte de saleté, elle sentait la crasse et la transpiration, mais elle était plus heureuse qu'elle ne l'avait jamais été. Peter lui donnait des conseils chaque fois qu'elle rencontrait une difficulté. Il l'aida également en lui attribuant un chef d'équipe, Viktor Danalov, un mécanicien de coque aux larges épaules, au crâne rasé, capable de diriger les quinze membres de l'équipe. Elle savait que Peter souhaitait que son équipe travaille lentement quand il devait s'absenter. Elle avait conscience qu'il n'avait pas une pleine confiance en elle, car elle était jeune, inexpérimentée et, bien entendu, une fille.

Mais peu lui importait. Ce poste lui permettait d'être de longues heures durant aux côtés de Peter. Elle avait réussi à se placer au centre de ses problèmes et donc au centre de son univers.

Une nuit, alors que Peter se trouvait dans son appartement après avoir travaillé jusqu'à 1 heure du matin, le téléphone sonna. C'était son père, Yuri, qui l'appelait pour lui annoncer qu'Anton Nessov venait de mourir dans un terrible accident de voiture. Les obsèques auraient lieu le lendemain soir. Cette nouvelle la choqua et elle s'effondra. Elle savait que Peter n'avait aucun lien particulier avec Nessov, mais c'était elle qui avait recruté le commandant hargneux de l'ex-marine russe.

— A-t-il souffert ? demanda-t-elle.

— Par chance, tout s'est passé trop vite pour qu'il ait le temps de vraiment réaliser, répondit Yuri. Il a dû se laisser aller à ses habitudes, il devait être ivre lorsqu'il a quitté le club. Peux-tu en informer Peter ?

Elle rougit en regardant le corps nu dans son lit. Son père venait de faire allusion à sa liaison avec l'impétueux ingénieur sous-marinier américain !

Ils avaient tous eu deux semaines très chargées. Les équipes que Peter avait formées avaient fait de gros progrès. À la fin de chaque quart, Peter organisait une réunion avec le contremaître. Ils établissaient alors avec rigueur la liste des difficultés rencontrées. Ils se plongeaient dans les plans de tuyauteries, d'instrumentation et les schémas de contrôle. Ils passaient parfois trois ou quatre heures pour dégager une pompe de circuit de réglage, ou rampaient à travers un ballast pour essayer de débloquer une soupape de purge.

La réputation de Peter devenait légendaire au Terminal. Sergeï Kaznikov l'observait depuis une mezzanine au niveau supérieur, et approuvait de la tête avec satisfaction. Svetlana savait qu'il était sur le point de proposer le poste de Nessov à Peter. Mais une interrogation subsistait : la constitution de l'équipage du sous-marin lorsqu'il serait paré à prendre la mer. Nessov désirait que ses vieux copains de la marine russe soient engagés, mais ils devaient encore faire leurs preuves devant Svletana. C'était une bande de soûlots paresseux et elle savait que Peter n'en accepterait aucun. Avant d'avoir rejoint l'équipe de Peter, elle avait discrètement essayé d'en recruter d'autres, plus professionnels, d'anciens marins des forces sous-marines russes, et elle les avait trouvés tout aussi bourrés de défauts. Elle avait étendu sa recherche au niveau international, mais les candidats manquaient de qualification dans le domaine nucléaire ou alors il s'agissait d'expatriés français ou britanniques désabusés, présentant les mêmes problèmes que les Russes. Peter l'avait écoutée exprimer sa désillusion, il l'avait rassurée en lui conseillant de ne pas se faire de souci à ce sujet et de cesser de perdre son temps dans ces recherches.

— Lorsque le sous-marin appareillera, nous prendrons du personnel au sein des équipes de construction du Terminal. Il sera plus aisé de former un expert des systèmes et de la construction du bâtiment à la conduite des installations plutôt que d'enseigner les complexités du bâtiment à un opérateur quelconque. Le personnel de conduite sera directement sous mon contrôle. Or, je suis le meilleur opérateur sous-marin ici, et je sais comment entraîner le personnel.

Il n'y avait aucune prétention dans ces propos, simplement de l'honnêteté.

Un petit espoir lui vint à l'esprit. Peut-être pourrait-elle impressionner Peter et faire partie des opérateurs. Comme ce serait excitant de le voir en mer, dans un élément encore plus naturel pour lui que les techniques de construction. Elle décida de tout mettre en œuvre pour y arriver, mais elle ne disposait que de très peu de temps. Environ deux semaines après les obsèques de Nessov, Peter avait résolu toutes les difficultés majeures qui retardaient la construction du bâtiment. Les prévisions réalistes de Kaznikov – onze mois pour préparer le bâtiment à appareiller – s'étaient réduites à trois petites semaines grâce à l'organisation de Peter et à sa connaissance détaillée des sous-marins et de leur construction. Kaznikov eut donc l'honneur d'avertir le client que sa commande serait prête dans les temps.

Les représentants de l'acheteur arrivèrent donc nombreux dans le Terminal, tous des Égyptiens vêtus de djellabas et de turbans. Svetlana les observa, arpentant le hall de construction. L'un d'entre eux éprouva une vive répulsion à la vue d'une femme portant combinaison et chaussures de sécurité, un plan dans les mains. Il lui fut donc difficile de se montrer professionnelle au milieu d'eux, clients ou pas.

Les représentants du client commencèrent à vouloir embarquer leur matériel à bord, avant même que Peter eût fixé la date de mise à l'eau du sous-marin. En l'apprenant, il devint furieux. Le bâtiment, selon Peter, était maintenant le sien, et personne ne faisait rien sans sa permission. Les représentants du client proposèrent un curieux arrangement : ils insistèrent pour apporter l'ensemble de leur matériel et du personnel dans quatre énormes bus. Ils voulaient les garer à l'intérieur du Terminal une semaine avant l'appareillage afin de pouvoir décharger leur cargaison secrète et utiliser ces bus comme hébergement. Ils embarqueraient leurs bagages juste avant le départ et, au final, le petit groupe de clients qui ferait la traversée embarquerait dans la discrétion la plus totale.

Peter avait présenté des objections. Il ne voulait aucune distraction à l'intérieur du Terminal. Il n'autoriserait pas les bus jusqu'à la mise à l'eau du sous-marin et au moins jusqu'à ce que tous les problèmes de systèmes soient éclaircis. Il fallait effectuer les pleins en huile de lubrification pour le groupe électrogène de secours et pour les circuits hydrauliques, en eau potable, en eau distillée pour le circuit de vapeur, en métal liquide pour la réfrigération du réacteur, en eau pour le réacteur et pour les réfrigérants, en produits chimiques pour le générateur de vapeur et pour le contrôle de l'air du bord et en oxygène liquide. Alors seulement il autoriserait les clients à monter à bord et à embarquer leur cargaison illicite. Peter avait serré les mâchoires, comme lorsqu'il enrageait, et il avait demandé à parler au client. Sergeï avait secoué la tête et affirmé qu'il devait en référer à son frère aîné. Leonov Kaznikov était capable de mettre les Égyptiens dans sa poche là où Sergeï reviendrait les mains vides. Peter accepta avec réticence.

Lorsque Peter se réveillerait avant le changement d'équipe du matin, débuterait le jour le plus important depuis son arrivée, celui de la mise à l'eau du bâtiment et des dernières mises au point. S'il n'était pas retenu comme commandant, son travail serait terminé le lendemain, après l'embarquement des produits chimiques et des fluides et après le démarrage du réacteur et de l'installation à vapeur, ainsi que la vérification des systèmes principaux et ceux d'urgence.

Svetlana décida de le réveiller comme elle en avait l'habitude depuis qu'elle l'avait rencontré. Il dormait toujours lorsqu'elle glissa la main sous son caleçon, mais son sexe, lui, se réveilla.

22

Son insomnie empirait. Cela lui arrivait généralement durant les périodes les plus tendues d'une mission, quand le sous-marin dont il avait le commandement était à la poursuite d'une cible hostile, ou en immersion dans les eaux peu profondes d'un port étranger. Mais il restait encore deux jours avant qu'il ne soit en situation et il ne parvenait pas à trouver le sommeil.

Chaque fois qu'il était confronté à ce genre d'événement, Burke Dillinger reproduisait ce que ses propres commandants avaient fait lorsqu'il était jeune officier. Ils se penchaient sur la carte de navigation et bombardaient l'officier de quart d'une multitude de questions, se rendaient à l'arrière et harassaient les mécaniciens et puis ils s'effondraient, épuisés, dans leur fauteuil au carré et discutaient avec les officiers. Il était 23 heures passées lorsque Dillinger s'assit dans son fauteuil. Il n'y avait personne au carré, à part un serveur qui mettait la table pour le casse-croûte de minuit, servi entre 23 h 30 et 0 h 30. Dillinger leva les coudes afin que le serveur puisse étaler la nappe.

— Qu'est-ce que vous nous avez préparé ? demanda Dillinger.

— *Beanie-weenies*[1] sur du riz avec des crackers, du beurre de cacahuète et de la gelée avec du pain blanc, du thé glacé, du jus de fruits, du café et du lait, répondit le serveur.

Le plat principal était constitué de hot dogs et de haricots, un plat bien consistant, juste ce qu'il fallait pour tenir éveillée la relève de quart de minuit.

Dillinger approuva de la tête. S'il avait l'intention de dormir, il valait mieux qu'il évite le casse-croûte. Il trouva la télécommande de la télévision, ouvrit le placard dans lequel était placé l'écran

1. Hamburger.

plasma et l'alluma. Il fit défiler le menu pour trouver le dernier bulletin d'informations chargé à partir d'une communication satellite. Une brève communication permettait de charger cinq minutes de programmes. Dillinger appuya sur le bouton de lecture et les informations commencèrent en affichant la date et l'heure, puisque les nouvelles avaient toujours un jour de retard.

Le logo de Satellites News Network illumina l'écran puis s'effaça pour laisser place au visage de Dayna Baines au-dessus d'un sous-titrage qui annonçait : « Dernières nouvelles, Taiwan/Chine, escalade des tensions, Taipei menace d'attaquer Pékin. »

« Bonsoir depuis les studios de SNN mondial », annonça sa voix à briser le cœur avec son accent d'Atlanta.

— Oh merde, dit Dillinger.

— Est-ce votre façon d'accueillir votre second ?

Nathalie D'Assault, au-dessus de son épaule droite, lui sourit. Il appuya sur le bouton de pause de la télécommande et lui rendit son sourire.

Elle portait une combinaison noire avec l'emblème de l'USS *Cheyenne* plutôt que sa tenue habituelle au logo du *Tucson.* Il était courant dans les forces sous-marines de porter un badge *« Ustafish »*, qui indiquait le nom de son précédent sous-marin. Mais cela était rare chez les officiers supérieurs. Ses cheveux étaient en partie retenus par une queue-de-cheval. Le reste de sa chevelure noir corbeau brillante tombait raide sur ses épaules, une frange dissimulait son front. Il ne parvenait pas à savoir si elle était maquillée. Des cils naturellement longs ombraient ses yeux sombres et ses lèvres rouge cerise paraissaient plus pleines que d'habitude. Il devinait un vague parfum. Il se rappela l'incident de la douche, qui avait eu lieu plus de deux semaines auparavant, alors qu'ils venaient de recevoir l'ordre d'opération.

Depuis le début de leur transit vers le nord, elle prenait la suppléance du quart à 23 h 30, le soulageant de cette obligation et lui permettant de dormir jusqu'à 6 heures. Elle avait dormi durant le quart du soir lorsque, traditionnellement, le bâtiment se relaxait un peu. À la cafétéria comme au carré, on diffusait le film de la soirée, et l'odeur des pop-corn envahissait le sous-marin. Durant les quarts du matin et de l'après-midi, elle s'occupait à des tâches administratives, requises par la gestion à long terme du bâtiment même lors d'une longue mission. Elle passait également énormément de temps à résoudre les problèmes du personnel du bord avec l'aide de son meilleur allié, le « patron ». C'était l'officier marinier le plus ancien, non qualifié nucléaire, qui l'aidait à gérer l'emploi du temps des cent trente hommes du bord : promotions, comptes rendus, rapport du commandant en second[1], tableaux d'aptitude et entrevues. Le second était traditionnellement « l'homme » le plus occupé du bord et D'Assault ne faisait pas exception. Elle semblait savourer son travail, toujours disponible et prête à en faire plus, ce qui contrastait totalement avec la façon dont Dillinger avait assuré les fonctions de second. En la regardant, il constatait combien le travail de second pouvait être bien fait. Il se souvenait de ses propres mauvaises humeurs, de la façon dont il invectivait le président des officiers mariniers et de la sévérité avec laquelle il donnait ses ordres aux officiers subalternes. D'Assault gérait tout cela avec tellement plus d'assurance, usant de psychologie alors que Dillinger s'était contenté de faire appel à la force. Il commençait à se demander s'il ne devait pas son accession au poste de commandant à l'article de Dayna Baynes.

— Bonjour, second, je suis juste en train de parler à mon ancienne petite amie. Comment vas-tu ? Et l'équipage ?

D'Assault jeta un coup d'œil à l'écran en s'asseyant avec grâce sur sa droite. Il était seul dans la pièce avec elle et elle était assise tellement près de lui qu'il sentit son pouls s'accélérer.

— Ta petite amie ? Oh, je vois. Vous, les hommes, tombez toujours amoureux de la présentatrice de la météo, lui dit-elle d'un ton taquin.

— Non, je suis sérieux, dit-il. Elle était présentatrice des informations locales à Norfolk et elle a fait un reportage sur le *Miami* lorsque j'en étais le second. De retour au port, elle m'a demandé de sortir avec elle.

Il lui adressa son plus éclatant sourire, ou du moins ce qu'il considérait comme tel. Comment pouvait-elle résister ?

D'Assault le regarda sérieusement en soulevant légèrement un sourcil, jeta un rapide coup d'œil à l'écran puis, de nouveau, à Dillinger.

— Oh, exactement, pacha, dit-elle calmement. Qui pourrait la blâmer. Je sais ce qu'elle ressent.

---

1. Passage d'un fautif devant le commandant en second ou le commandant.

Il lui rendit son regard, abasourdi, puis observa le tableau d'instrumentation, qui indiquait la route du bâtiment, sa vitesse et son immersion – les aiguilles n'avaient pas bougé en vingt heures.

— Cela n'a pas d'importance, dit-il en essayant de ne pas laisser transparaître de lourdeur dans sa voix, mais il n'était pas certain d'y être parvenu. Elle a pris un job sur SNN à Washington il y a quelques mois, puis elle s'est éprise de son nouveau patron. Nous avons rompu la veille du départ.

D'Assault resta un moment silencieuse.

— Si cela peut te consoler, pacha, j'ai tout récemment vécu la même chose, dit-elle avec compassion. Charlie et moi avons rompu nos fiançailles juste avant que j'embarque. Il a trouvé quelqu'un d'autre.

Elle secoua la tête, mais sans manifestation de tristesse et reprit :

— Ce genre de chose est toujours très pénible, même si, au final, c'est peut-être mieux.

Dillinger la regarda bêtement, réalisant qu'il avait la bouche ouverte. Il ne savait pas, pour sa part, si c'était mieux. Il regarda l'annulaire gauche de D'Assault. Elle avait toujours porté la chevalière de l'École navale de ce côté-là, comme ce soir, pensa-t-il. Il ne lui était jamais venu à l'esprit qu'elle pouvait avoir rompu des fiançailles. Il avait simplement supposé qu'elle n'était pas du genre à porter une telle bague.

— Tu as évoqué l'équipage. Les choses se passent mal.

Dillinger reprit immédiatement ses esprits.

— Que veux-tu dire ?

Le serveur entra, posa une tasse à café devant Dillinger et la remplit d'un liquide parfumé. D'Assault accepta une tasse et attendit que le serveur soit sorti.

— Eh bien, l'ordre d'opération précisait que le commandant du groupe d'intervention 2.01 puisse « contrôler toutes les communications privées entrantes ou sortantes ». Ils ont fait bien pire. Personne n'a reçu d'e-mail depuis cet ordre d'opération. Les miens, tous officiels, sauf un adressé à ma mère, me sont revenus.

Dillinger lui répondit par un sévère froncement de sourcils.

— Tu aurais dû m'en parler tout de suite. J'aurais envoyé un message de protestation à 2.01.

Il aurait dû être déjà au courant, mais il n'avait aucune raison d'envoyer des e-mails. À qui pourrait-il envoyer un message ?

À son ex-petite amie Dayna ? À son vieux copain Vornado ? Il travaillait sur un chantier paumé, coupé de tous moyens de communication. Il aurait pu envoyer un message à Rachel Vornado, mais elle ne savait sûrement pas grand-chose de plus. D'une certaine façon, il était malheureux d'être aussi isolé. Il regarda D'Assault en essayant de se concentrer sur ce qu'elle disait.

— Je sais, commandant, et c'est pour cela que je ne t'en ai pas parlé. Ça n'est pas si dramatique si Suzie ne peut pas envoyer de message d'amour à l'officier marinier Smith.

— Si, c'est dramatique, dit Dillinger, l'estomac noué par la colère. Et les urgences ? Et la femme du lieutenant de vaisseau Schluss sur le point d'accoucher ? Et le gamin de Keating atteint de leucémie ? Si l'escadrille nous coupe la liaison Internet, nous perdons toute crédibilité auprès de l'équipage.

Elle posa la main sur la sienne, comme une maman essayant de calmer un adolescent hystérique.

— Toutes ces communications personnelles et urgentes arrivent à bord sous la forme de familigrammes, commandant.

Les familigrammes dataient de l'époque où n'existaient pas les e-mails. C'étaient des messages codés qui se trouvaient au milieu d'une suite de messages officiels pour le sous-marin, délivrés par les radios directement aux membres de l'équipage.

D'Assault enleva sa main et la posa sur son propre genou. À ce moment, le lieutenant de vaisseau Pat Schluss entra.

Dillinger approuva d'un signe de tête. Sa colère s'évanouissait.

— Eh, Pat, dit-il en décidant de tester les informations de Nathalie. Des nouvelles de la maman ?

Schluss sourit.

— J'ai reçu un familigramme lors de la dernière remontée à l'immersion périscopique. Elle a passé sa dernière échographie. Tout va bien. C'est un garçon. En fait, les mots exacts de l'infirmière ont été : « Oh, aucun doute possible, c'est bien un garçon. » Il semblerait qu'il tienne de moi, physiquement, je veux dire…

Dillinger leva la main.

— Nous avons bien compris, Patty. Ça suffit. Il n'y a pas que des hommes à bord.

— Le second, commandant ? C'est un des nôtres. Avec tout le respect que je vous dois, madame. Je veux dire, c'est un compliment.

D'Assault sourit au jeune officier.

— Je sais, Patty, et merci.

Dillinger les regarda tous les deux.

— Eh bien, à présent, adjoint sécurité, dit-il en s'adressant à Schluss par le titre de sa fonction, pouvons-nous vous offrir quelques *beanie-weenies*?

Schluss accepta d'un signe de tête et s'avança dans le carré. Il se tourna pour voir ce qu'il y avait sur l'écran et sourit en voyant Dayna Baines. Pendant qu'il se retournait pour prendre sa serviette dans le placard mural, il fit des commentaires par-dessus son épaule.

— Ta petite amie est rudement mignonne ce soir, pacha.

Dillinger regarda directement D'Assault, un léger sourire sur le visage.

— Crois-moi, je suis au courant, dit-il, espérant qu'elle savait qu'il ne parlait pas de Dayna.

D'Assault lui rendit son regard, aussi vide et protecteur que le sien. Ses yeux étaient grands ouverts jusqu'à ce qu'enfin elle cligne des paupières et baisse le regard sur son assiette.

Le CGO Rob Cummins entra à cet instant.

— Bonsoir, commandant, second, dit-il de sa voix curieusement haut perchée.

Cette fois, la génétique avait joué un tour, pensa Dillinger, pour que Cummins soit d'une taille aussi impressionnante avec une voix aussi douce. Il prit sa serviette et s'assit juste à côté de D'Assault. Le serveur revint et prit les commandes. Une minute plus tard, tous les officiers étaient servis.

Cummins leva les yeux vers l'écran vidéo.

— Quelque chose de nouveau ?

Ils avaient regardé les nouvelles pour voir si l'on parlait du nord de la Russie, ce qui les aurait aidés à comprendre cette mission incongrue.

— Rien, dit D'Assault.

Dillinger jeta un coup d'œil sur la console de contrôle, vérifia la vitesse, l'azimut et l'immersion. La vitesse était tombée en dessous des habituels 15 nœuds, à 11 nœuds, et continuait à diminuer.

Remarquant l'attention portée par son commandant sur l'indicateur de vitesse, Rob Cummins intervint :

— Commandant, à ce point de la carte, le PIM[1] ralentit jusqu'à 5 nœuds.

À présent, ils se trouvaient au sommet du monde, au milieu de la mer de Barents, au nord du cercle arctique, cap à l'est, au nord de la Suède, en route vers la frontière entre la Suède et la Finlande. De là, ils pénétreraient directement dans les eaux russes au nord de la péninsule de Kola.

Dillinger adressa un signe de tête au CGO lorsque le téléphone du CO sonna.

— Juste au bon moment, dit-il en prenant le combiné téléphonique en dessous de la table.

L'espace d'un instant, sa main effleura le genou de D'Assault. Il ressentit des décharges dans le bras et se demanda s'il avait rougi. Leurs regards se croisèrent et il lui sembla que le coin de ses yeux se plissait en un secret sourire.

— *Commandant, ici l'officier de quart,* crépita la voix du lieutenant de vaisseau Mercury-Pryce. *Nous nous trouvons au point Kilo de la carte secrète. Les ordres d'opération sont de réduire la vitesse à 5 nœuds, conformément au PIM. J'ai ralenti en avant un tiers, nous tournons pour 5 nœuds.*

— Parfait, officier de quart. Où nous trouvons-nous par rapport au PIM ? demanda Dillinger.

Le PIM était un point sur la carte où le commandant du groupe d'intervention prévoyait de se trouver à un certain moment. Jusque-là, ils avaient navigué à 15 nœuds, une vitesse relativement élevée dans des eaux hostiles. Suffisamment rapide pour progresser, mais assez lente pour ne pas émettre de bruit et aussi pour que leur recherche sonar ne soit pas perturbée par le bruit rayonné par leurs propres machines.

— *Deux nautiques sur l'avant, commandant. Les ordres d'opération prévoient que nous restions dans une zone de dix nautiques mais nous permettent de nous éloigner de vingt nautiques du PIM.*

— Très bien. Quelque chose d'autre ?

— *Oui, commandant. Je demande la permission de passer le bâtiment en situation supersilence rouge.*

Dillinger regarda le chronomètre sur la cloison. Passer le bâtiment en situation supersilence signifiait fermer la cuisine, et il

1. Point of intended motion. Position définie par un ordre d'opérations.

voulait que l'équipe qui allait quitter son quart puisse prendre un dernier repas chaud. Le mot de code « rouge » était une invention de Dillinger, lorsque, sur le *Miami*, il avait ordonné au compartiment avant de passer en lumière rouge afin que l'équipage se souvienne qu'il devait marcher sur la pointe des pieds.

— Officier de quart, à l'exception de la cuisine. À 0 h 30, passez tout le bâtiment en mode supersilence.

— *Bien reçu, commandant, passez en situation supersilence rouge, sauf la cuisine. Commandant, je demande à réduire les pompes de réfrigération principales.*

La situation supersilence impliquait de reconfigurer les pompes du bâtiment afin qu'elles fonctionnent en faisant le moins de bruit possible, ainsi que le préconisait le rapport de contrôle acoustique d'Autec.

— Où en êtes-vous en ce moment?

— U*n, deux, quatre et cinq en fréquence réduite. Nous avons besoin des trois, quatre, cinq et six.*

— Très bien, informez le chef et changez les pompes de recirculation du réacteur.

— *Bien, commandant. Terminé.*

Dillinger raccrocha le téléphone. En le remettant sous la table, il toucha le doigt de D'Assault. Durant un court instant, sa main resta figée, il sentait l'agréable tiédeur de son doigt et le doux tranchant de son ongle long sur le dos de sa main. Il réalisa que ses paupières se fermaient à demi pendant qu'elle se concentrait sur sa caresse. Il se reprit et ouvrit grand les yeux. Le doigt de D'Assault s'écarta de sa main et il raccrocha le combiné sur son support, mais avant de reposer la main sur la table, il effleura le genou de son second, cette fois délibérément, tout en tournant la tête vers l'affichage de la vitesse. Lorsqu'il retira la main, il constata que sa respiration était anormalement rapide.

Contrôle-toi, pensa-t-il. Il réagissait comme un adolescent. Il cligna des yeux en pliant sa serviette. Sous la table, le genou de D'Assault touchait le sien. Il se leva avec le visage le plus impassible possible, sachant qu'il devait quitter le carré et qu'il désirait parler à D'Assault.

— Je vais examiner la carte, second. Je voudrais te voir dans ma chambre dans cinq minutes, dit-il du ton le plus professionnel possible.

— Bien, commandant, répondit-elle d'une voix légèrement rauque.

Lorsqu'il quitta la pièce, les lampes fluorescentes s'éteignirent et laissèrent la place à l'obscurité. Une demi-seconde plus tard, une lumière rouge s'alluma, s'éteignit puis se stabilisa après quelques clignotements. Le ronflement des ventilateurs changea subitement, les pales ralentirent. Le sous-marin n'était plus que murmure. Dillinger monta rapidement mais sans faire de bruit l'escalier du CO.

— Le commandant est au CO, annonça Mercury-Pryce.

Dillinger lui adressa un signe de la main tout en étudiant la carte. Dans quelques heures, ils se retrouveraient dans les eaux russes, tout près du dernier point mentionné dans l'ordre d'opération, le point November, au nord du fjord de Kola, la rivière qui remontait vers Mourmansk. Une seule chose pouvait motiver l'ordre d'opération : un nouveau sous-marin russe, pensa Dillinger. C'était un des endroits d'où un sous-marin russe nouvellement construit pouvait émerger pour effectuer des essais à la mer. C'était une méthode classique : rester sans bouger et attendre la sortie d'un nouveau bâtiment nucléaire russe afin d'enregistrer des bruits émis dans un large spectre et permettre ainsi d'identifier dans le futur d'autres sous-marins du même type avec la même signature acoustique. Mais pourquoi avaient-ils embarqué deux bombes anti-sous-marines à hydrogène ?

D'après leur ordre d'opération, ils devaient éviter de hisser le périscope et le mât radio une fois au nord du cercle polaire. Dillinger était satisfait de la précision de son système de navigation dans le Grand Nord, il avait reçu l'ordre de ne pas refaire surface du tout, et de ne remonter à l'immersion périscopique que s'il était rappelé des profondeurs par un signal ELF, ou en atteignant sa destination, le point November. Une fois là-bas, ils avaient l'ordre de remonter à l'immersion périscopique pour une mise à jour de l'ordre d'opération et pour recevoir des renseignements, à moins que le commandant de la force d'intervention n'intervienne plus tôt. Dillinger serait soulagé lorsque l'addenda à l'ordre d'opération arriverait. Il voulait des réponses aux questions que chacun se posait au sujet des Subroc.

Mercury-Pryce, relevé de son quart par Steve Flood, qui assurait le quart de nuit, demanda à rendre compte à Dillinger. Ce dernier l'écouta attentivement, puis lui rendit sa liberté et adressa un signe de tête d'encouragement à Flood. Le chef était debout sur la plateforme du périscope. Il portait des lunettes rouges malgré l'éclairage rouge de la pièce afin d'assurer une vision parfaite en cas de remontée soudaine de nuit à l'immersion périscopique. Les écrans verts du système de combat pouvaient interférer avec son adaptation à la vision nocturne.

Dillinger se dirigea vers sa chambre à l'avant. Il verrouilla les deux portes du CO et du couloir. Il s'assit dans son fauteuil en cuir à haut dossier et attendit D'Assault, se demandant pourquoi il l'avait fait venir. Était-il dans ses intentions de lui avouer qu'ils devaient arrêter tout de suite ce petit jeu avant même de commencer ? ou bien négocier une relation, avec tout ce que cela impliquait ? Oh Seigneur, pensa-t-il. Il n'avait jamais demandé cela. Il n'en avait tout simplement pas besoin. Ça lui tombait dessus en dépit du fait qu'il avait été sélectionné pour le commandement en raison de son autodiscipline en plus de ses qualités de marin.

Une partie de lui blâmait le commandement. Qu'attendaient-ils en mettant en toute connaissance de cause deux jeunes officiers célibataires dans une situation qui leur demandait de travailler main dans la main, durant des mois et des mois ? Il n'était pas une machine, enragea-t-il. Du sang lui coulait dans les veines, comme tout homme normalement constitué, et Nathalie D'Assault était une superbe femme, une source inépuisable de fantasmes. Tout règlement de la marine est insuffisant pour contrôler ces pulsions. Pourquoi Smokin'Joe Kraft ne lui avait-il pas affecté quelqu'un de laid ?

Il riait encore lorsque la porte du cabinet de toilette qu'il partageait avec son second s'entrouvrit en grinçant.

— Commandant ?

— Entre, Nathalie, dit-il d'une voix chaude.

Peut-être aviserait-il selon ses répliques. Si elle avait la tête plus froide que lui, elle devrait prendre l'initiative et lui demander de cesser ce petit jeu. Dans ce cas, il était prêt à abonder dans son sens, malgré l'attrait qu'il éprouvait pour elle. Mais lorsqu'il leva les yeux, le désir l'envahit, il se prit à haleter et son pouls s'accéléra. Il se mordit l'intérieur des lèvres pour essayer de garder son sang-froid.

— Assieds-toi.

— Commandant, avant tout autre chose, je voudrais te demander de m'excuser pour…

Son visage paraissait plus proche dans l'éclairage rouge de la chambre. Elle semblait affligée et il vit qu'elle était aussi torturée que lui. Il décida de ne pas la laisser souffrir davantage.

— Nathalie, interrompit-il, tu n'as pas à t'excuser. Tu n'as rien fait de mal. S'il doit y avoir blâme, il est uniquement pour moi. Je dois te l'avouer, j'ai perdu le contrôle de moi-même. Si nous nous étions rencontrés en d'autres circonstances, notre relation aurait été totalement différente. Tu aurais été libre de... enfin, tu sais.

D'une voix traînante, il se trouvait à court de mots pour décrire ce qu'il ressentait à son égard.

Un instant, elle parut morose, elle faisait une moue délicieuse, mais après qu'il eut prononcé le mot « relation », quelque chose avait changé sur son visage.

— Burke, que veux-tu dire en réalité ?

Dillinger soupira.

— Nathalie, je t'en prie, aide-moi.

Il regarda l'indicateur de vitesse près de la tête de sa couchette, elle affichait 5 nœuds. D'après le compas, ils faisaient route à l'est. Un cadran digital indiquait une immersion de cent mètres dans les eaux peu profondes du détroit de Barents.

— Je ressens pour toi quelque chose qui n'a rien à voir avec ce qu'un commandant doit ressentir pour son second. Lorsque tu es près de moi, je ne suis plus qu'un homme seul qui regarde et pense à une femme superbe. Je suis tellement désolé, Nathalie. Je sais que cela n'a rien de professionnel. Je n'avais aucune intention, ce n'est pas mon genre. Je...

Il leva les mains comme pour demander de l'aide et la regarda dans les yeux.

Elle lui rendit son regard, les yeux humides, comme au bord des larmes. Ses lèvres s'écartèrent légèrement. Il vit sa langue humidifier rapidement ses lèvres, puis elle se leva à moitié. Ses mains touchèrent ses épaules lorsqu'elle se pencha pour s'approcher de lui et il la regarda. Leurs lèvres se rencontrèrent brutalement. Tout ce qu'il sentait, c'était leur tiédeur et ses mains qui le caressaient. Sans qu'il le veuille, il attrapa ses bras et l'attira plus près de lui. Il l'embrassa comme il n'avait jamais de sa vie embrassé une femme. Il sentit ses cils contre ses joues, et il ouvrit les yeux. Elle le dévisageait avec amour tout en l'embrassant. Il fouilla sa bouche de sa langue avec avidité, le coin de ses yeux se plissa de bonheur. Comme il commençait à lui caresser un sein, la sonnerie du téléphone retentit. Il bondit et, aussi soudainement qu'elle était venue dans ses bras, elle s'adossa à son siège. Lorsqu'elle se sépara de lui, il eut l'impression qu'on lui arrachait la moitié de lui-même, le laissant ensanglanté et seul. Il éprouvait encore du désir et il souhaitait l'embrasser de nouveau. Il prit une profonde inspiration, essaya de contrôler sa respiration et saisit le combiné.

— Le commandant.

Sa voix avait-elle légèrement tremblé ? se demanda-t-il.

— *Commandant, ici officier de quart,* dit Steve Flood.

Si Flood avait la moindre idée de ce qui était en train de se passer, il ne le laissa pas percevoir.

— *Nous venons de recevoir notre signal ELF. Je demande l'autorisation de remonter afin de nous préparer à prendre l'immersion périscopique.*

Dillinger secoua la tête. Il commençait à avoir l'habitude de recevoir ses ordres de mission par doses homéopathiques, chacune précédée par un ordre ELF de remonter.

— Très bien, officier de quart, rendez compte de tous les contacts.

— *Aucun contact sonar, nous sommes seuls dans les parages.*

— Remontez, vérifiez les baffles puis remontez à l'immersion périscopique.

— *Remontez, vérifiez les baffles puis remontez à l'immersion périscopique. Bien reçu, commandant.*

— Je serai au PC radio.

Dillinger raccrocha et regarda sérieusement D'Assault.

— Garde ta porte soigneusement verrouillée lorsque nous sommes ensemble, murmura-t-il. Branche le téléphone afin de ne pas rater un appel. Et pour l'amour de Dieu, ne nous trahis pas en public.

Ils se levèrent tous les deux, il l'attira contre lui puis l'embrassa de nouveau, cette fois-ci d'un baiser aussi électrique que le premier mais qui ne dura qu'une seconde. Il s'écarta d'elle et la regarda dans les yeux. Elle l'observait intensément, comme si elle cherchait à lire dans son âme.

— Je suis si heureuse, Burke, murmura-t-elle. Depuis le début de la patrouille, j'attends ce moment.

Il lui posa un doigt sur les lèvres pour la faire taire puis se tourna vers le lavabo dans le coin. Il avait du rouge sur les lèvres et ses cheveux étaient ébouriffés. Il se coiffa et essuya le rouge à lèvres, et lorsqu'il se redressa, elle avait disparu. Il secoua la tête et prit de nouveau une profonde inspiration, essayant de revenir à la réalité.

Il monta au pont supérieur, pianota la combinaison du verrou de la porte du PC radio et entra. Alors que Flood les amenait à l'immersion périscopique, le pont roulait de bâbord sur tribord. La mer devait être mauvaise en surface pour les secouer ainsi, songea Dillinger.

Au bout de quelques minutes, sans qu'il fût parvenu une seule seconde à écarter Nathalie de ses pensées, le chef radio lui tendit deux messages. Il les parcourut, sans savoir lequel était le plus étonnant : l'un les autorisait à lancer une arme nucléaire, et l'autre leur demandait de faire route vers le profond chenal de l'embouchure du fjord de Kola pour attendre la sortie d'un sous-marin nucléaire russe.

Il opta pour le second. Le sous-marin qui appareillerait du fjord de Kola était un sous-marin nucléaire Alfa reconstruit et refondu, bénéficiant des capacités de vitesse et d'immersion stupéfiantes des anciens Alfa, mais doté d'un silence révolutionnaire. Le dernier paragraphe leur ordonnait de tirer et de couler l'Alfa à condition qu'il n'y ait personne dans les eaux alentour qui puisse observer les explosions de leurs torpilles et des missiles nucléaires Subroc.

Nathalie entra. Il lui passa les messages et vit son visage se renfrogner, puis elle parut choquée et apeurée.

— Oh mon Dieu ! s'exclama-t-elle en relisant les deux messages.

— Exactement, dit Dillinger. Je n'en ai rien à faire que nous soyons au milieu du quart, second, redevenant une fois de plus son commandant. Je veux tous les officiers au carré pour un briefing opération. Et sors tout ce que nous avons sur l'Alfa dans le coffre-fort. Autre chose. Il est temps de tout avouer à nos officiers au sujet des Subroc. J'ai le sentiment que nous risquons d'en faire usage.

Dillinger relut le message. Il se demandait si, entre ce qui s'était passé avec Nathalie et ces ordres fous, il ne dormait pas et s'il n'était pas simplement en proie à des rêves bizarres.

23

Le compte à rebours pour la mise à l'eau du sous-marin atteignait ses dernières heures. Assis à son bureau, dans la pénombre, Vornado essayait d'imaginer la suite des événements lorsqu'ils auraient appareillé. Selon les plans d'Hank Lewis, une fois le Lira en eaux profondes, ses agents organiseraient une mutinerie et prendraient possession du bâtiment. Danalov était de toute évidence un des atouts de Lewis. Vornado le lisait sur son visage. C'était le même homme qui avait sauvé sa carrière plusieurs années auparavant, durant l'été d'intégration, après qu'il eut avec Dillinger procédé au raid contre le midship Whitehead. L'aspirant Victor Kaminski avait fini par devenir Viktor Danalov, officier de la CIA. Quel que fût le nombre des années, la voix de Kaminski restait ancrée dans la mémoire de Vornado. La chirurgie plastique, s'il en avait subi, ne pouvait lui faire oublier ses yeux. Les mêmes yeux qui avaient répondu au regard de Vornado depuis la cinquième tranche au niveau inférieur pendant que Danalov travaillait sur une vanne de prise d'eau bloquée.

Ainsi qu'il y avait été entraîné durant une session éclair à Camp Perry, Vornado ne manifesta aucun signe lorsqu'il vit Kaminski. Apparemment, de vrais espions passaient leur temps à se croiser, mais aucun ne divulguait sa couverture, ni par un signe de tête, ni par un clignement d'œil. Vornado savait que la reconnaissance ne fonctionnait que dans un seul sens. Il se souvenait des noms de tous les aspirants qui l'avaient entraîné durant sa première année à l'École navale, mais avait oublié les noms et les visages de tous ceux que lui-même avait entraînés lorsqu'à son tour il était devenu aspirant. Il en était sans doute de même pour Victor Kaminski, à présent Viktor Danalov. Peut-être Lewis était-il certain que Vornado reconnaîtrait Danalov, et que c'était pour cette raison qu'il ne lui en avait pas parlé plus tôt. Depuis qu'il était sur le chantier, il n'avait jamais discuté avec le contact de la CIA. Comment Lewis savait-il que Vornado prendrait le commandement de l'équipage ?

La seule autre explication était que Svetlana travaillait pour Lewis. Il avait envisagé cette possibilité vingt fois et, chaque fois, elle lui paraissait tout à fait improbable. Elle était ce qu'elle disait être. Il en était convaincu.

Si les suppositions de Vornado se révélaient correctes, Danalov était l'homme qui l'aiderait dans l'accomplissement de cette mission. Vornado avait exigé plusieurs choses lorsque les Kaznikov lui avaient offert le poste de commandant du Lira. Tout d'abord, les torpilles. La discussion avait duré la moitié de la nuit, et Vornado avait menacé de s'en aller. Enfin, les Kaznikov avaient à contrecœur accepté de lui fournir cinq torpilles UGST, équivalentes aux Mark 48, sans être de pâles copies. Le seul désavantage de l'UGST par rapport à la Mark 48 américaine était que sa vitesse de poursuite était inférieure de 10 nœuds. Sur tous les autres plans, elle lui était supérieure. Contrairement à la Mark 48, dont la programmation de tir et de guidage était lourde et complexe, l'UGST était vraiment une arme facile d'utilisation, avec un développement que les Russes appelaient l'« algorithme Planshet », le Saint-Graal de la conception de torpille ; un programme de modélisation aléatoire du but qui évitait que la torpille soit déviée par les contre-mesures ennemies et permettait de distinguer le but du lanceur et des bâtiments amis en fonction de la situation tactique de la zone d'opération au moment du tir. L'opérateur indique uniquement au système de calcul de l'UGST si le but est un bâtiment de surface ou un sous-marin, la position approximative du but et la situation des forces amies. Son ordinateur effectue le reste ; en outre, tout comme pour la Mark 48, des instructions peuvent lui être données après le lancement.

Vornado avait également demandé à ce que le véhicule de sauvetage soit parfaitement fonctionnel, afin que les clients se sentent plus en sécurité. Les Kaznikov avaient accepté. Puis Vornado avait souhaité être autorisé à embarquer six membres du personnel du Terminal. Les Kaznikov s'étaient montrés très réticents, mais Vornado avait fini par avoir gain de cause. Dans sa liste, il incluait les ingénieux frère Maslov, Viktor Danalov, Svetlana Belkov, Yuri Belkov et Andrei Rusanov, qui serait second de Vornado.

Une fois tout cela réglé, Vornado fit une dernière demande.

— J'aurai besoin d'armes de poing. Je voudrais un pistolet Smith & Wesson en acier inoxydable de calibre quarante-cinq, modèle 4566TSW. Il m'en faut six avec un étui de ceinture. Il me faut également six pistolets Walter P99 modèle 9 mm avec quinze chargeurs et un holster d'épaule et deux pistolets 7.65 Whalther PPK avec sept chargeurs et un étui de cheville. Je veux cinq boîtes de munitions de chaque calibre. Les autres armes à feu, avec chargeurs et munitions, doivent être enfermées dans le coffre de la chambre du commandant. Si le coffre n'est pas assez grand, installez-en un plus grand. Immédiatement.

— Pourquoi tout cela ? demanda Sergeï, étonné.

— Contrôle du client, répondit Vornado sérieusement.

Les deux Kaznikov éclatèrent de rire. Leonov donna une tape sur l'épaule de Vornado.

— Croyez-moi, nous comprenons, dit Leonov, en continuant à rire tout bas. Nous aimerions utiliser des choses de ce genre pour contrôler cette sorte de client nous-mêmes.

— Je vous crois, dit Vornado, la mâchoire crispée. Mais si je commande le Lira, je suis le dictateur absolu. Votre client peut contrôler la mission, mais je commande le sous-marin, et tous ceux qui ne comprennent pas le regretteront. Une balle suffira. Et de toute façon, je testerai toutes les armes à feu dans un stand de tir. Je n'ai rien à faire d'embarquer des armes qui ne fonctionnent pas.

— Vous êtes sérieux ?

— Écoutez-moi bien, j'emmène en mer vos plus talentueux éléments avec quelques-uns des plus dangereux terroristes au monde. Je ne tiens pas à risquer de les voir passés à tabac par des lâches. Les Égyptiens ne doivent pas nous considérer comme de simples conducteurs de bus. Je vais essayer de gagner leur respect, mais s'ils se montrent réticents, un chargeur nous aidera à les convaincre.

Vornado débita son discours le plus nonchalamment possible, mais cela faisait des semaines qu'il le préparait dans sa tête, tout comme sa demande de torpilles.

Sergeï haussa les épaules.

— Pourquoi pas ? Je suis certain que vous ne les utiliserez qu'à bon escient.

Il griffonna sur son ordinateur de poche et leva les yeux.

— C'est tout ?

Vornado réfléchit un moment. Il secoua la tête.

— Non, je veux que vous m'assuriez que je serai responsable de la construction de la seconde unité si elle devait se vendre. Je réclame un salaire de base de deux millions avec une prime de deux millions si je termine avant le délai, que nous fixerons dès à présent à la moitié de celui de l'Unité 1.

Sergeï griffonna rapidement.

— Envisageriez-vous une seconde mission en mer ? demanda Leonov.

Vornado hésita.

— Cela dépend. Elle aura un prix. Et je pourrais réclamer plus de cinq malheureuses torpilles.

Les deux hommes sourirent et acceptèrent. Après cela, ils passèrent les deux heures suivantes à boire à leur succès futur. De temps en temps, Sergeï donnait quelques coups de fil pour satisfaire aux demandes de Vornado.

Grâce aux armes de poing, ils maintiendraient les terroristes en quarantaine. L'opération finale était de se mutiner, d'enfermer les terroristes dans un espace confiné, et si cela n'était pas possible, de les tuer, puis de ramener le sous-marin à Norfolk. L'US Navy disposerait ainsi d'une prise sans égale et Abdas al-Sattar et ses lieutenants seraient soit enfermés et transférés au FBI, soit enterrés.

Vornado avait dans l'idée que Lewis avait sans doute ordonné à un sous-marin américain de poursuivre le Lira et de lancer contre lui préventivement afin d'en finir avant qu'Abdas et ses hommes ne puissent provoquer le moindre dégât. Cette solution, bien entendu, entraînait le sacrifice de Vornado et de Danalov. Vornado ignorait s'il était dans les habitudes de la CIA de tuer ses propres agents lorsque la cible était si importante, mais il imaginait très bien une solution dans ce sens. C'était logique. La famille de Vornado y était préparée et Danalov était un professionnel. La seule chose qui pouvait lui faire douter de ce scénario était le Lira lui-même. Pour la CIA, le Lira était un super sous-marin. Ils voudraient certainement le récupérer intact. S'il parvenait à enfermer Abdas et à parer l'attaque d'un sous-marin hostile, il leur ramènerait le Lira. Et alors cette foutue mission serait terminée.

Il pensa ensuite que Svetlana Belkov emprunterait les mêmes rues de Virginia Beach que Rachel. Si elle était réellement un agent de Lewis, elle oublierait Vornado et reprendrait son service, et il n'aurait plus de crainte à avoir. Si elle n'était pas un agent de Lewis, le cas le plus probable, elle retournerait en Russie pour reprendre le cours de sa vie. Et si elle voulait rester auprès de lui ? se demanda-t-il. Ce serait un désastre. Cette éventualité n'avait pas été envisagée à Camp Perry. Que faisaient les professionnels lorsqu'une histoire de couverture devenait délicate, pour l'amour de Dieu ? Il laissa ces préoccupations de côté tandis que le chauffeur arrivait devant le bâtiment où logeait Svetlana.

Par chance, elle dormait déjà. Il se coucha près d'elle aussi discrètement que possible. Elle grogna et lova son corps nu autour du sien sous les couvertures, consciente de sa présence, même endormie. Il essaya de trouver le sommeil, mais son esprit ne cessait de tourner autour de sa mission en mer. Il se demandait comment se passerait la cohabitation avec le terroriste Abdas al-Sattar, qu'il devait rencontrer dans deux jours, après que le bâtiment fut mis à l'eau, tous systèmes en fonction.

Il finit par s'endormir et, comme durant son sommeil depuis les trois dernières semaines, dans ses rêves, il lutta pour survivre au harcèlement du midship Whitehead, la seule chose agréable étant la présence de Dillinger.

Peter Vornado accepta la tasse de café fumant que lui offrait Svetlana. Il revenait d'une pièce de stockage au sous-sol qu'il avait utilisée comme stand de tir pour tester les armes à feu que Sergeï lui avait apportées. Il portait un des pistolets 45 mm Smith & Wesson dans un étui sur la hanche. Dans l'étui d'épaule de sa combinaison se trouvait un des Walther P99 et, dans un étui spécial à la cheville, un des petits Walther PPK. Vornado aimait la lourde sensation des armes. Il n'imaginait pas appareiller avec les Égyptiens sans elles.

Ils se tenaient sur la plate-forme qui surplombait le Lira. Celui-ci ressemblait enfin à un sous-marin, pensa-t-il. L'échafaudage du Terminal, les monte-charges et les ascenseurs avaient été démontés. Les milliers de mètres de câblages électriques et de flexibles de gaz avaient été dégagés. Le bâtiment était enfin prêt à être mis à l'eau. On le descendrait verticalement dans le bassin, sur une plate-forme de construction identique à celle d'Electric Boat. Dès qu'il aurait reçu le feu vert de Rusanov, Vornado ferait démarrer le dispositif de manœuvre des colonnes et le Lira commencerait sa descente vers l'eau.

Inoccupé jusqu'à ce que Rusanov émerge de la coque, il sourit à Svetlana et remarqua que, pour la première fois depuis de nombreuses semaines, elle n'avait pas attaché ses cheveux en chignon ou en queue-de-cheval, ils flottaient libres sur ses épaules. Elle était tellement jeune, pensa-t-il, à peine huit ans de plus que sa fille Marla. À cette idée, il fut traversé par un sentiment de culpabilité. Il pensa à la façon dont elle lui rappelait Rachel, et songer à Rachel tout en regardant Svetlana suffisait à lui torturer le cœur. Il se retourna vers le sous-marin en dessous d'eux.

Rusanov arriva le long de la plate-forme, maugréant contre son empressement.

— Le bâtiment est prêt à être mis à l'eau, dit-il. Il regarda le pistolet de Vornado. Eh bien, je vois que vous êtes quelqu'un avec qui il ne faut pas plaisanter.

Vornado acquiesça de la tête et ouvrit le coffret de commande. Il permuta le sélecteur de contrôle de *commande à distance* sur *commande locale*, puis tourna le sélecteur de puissance de la position *automatique* à *down*. Un crissement métallique résonna dans tout le Terminal et une vibration ébranla le sol.

— Il descend, constata Svetlana.

Vornado surveillait la descente du sous-marin vers l'eau centimètre par centimètre. Il faudrait deux heures pour que le bâtiment atteigne le dernier point de repère. Ensuite, les vannes des ballasts seraient ouvertes afin d'assurer la stabilité et d'éviter un chavirement. Vornado avait l'intention de rester pendant toute l'opération. Il se demandait comment il allait réussir à prendre le dessus sur Abdas al-Sattar.

— Voici la liste des gens que je veux voir dans la salle de conférences en bas.

La montre de Vornado indiquait 5 heures du matin. On était dimanche, pensa-t-il en recalculant les jours de la semaine. Depuis qu'il travaillait sur le Lira, les week-ends n'existaient plus.

— Convoquez-les à 9 heures.

— Mais nous sommes dimanche. C'est jour de repos pour l'équipage.

— Trouvez-les. Ces gens appareillent avec le Lira mardi soir.

Rusanov regarda Vornado avec incrédulité.

— Y compris vous, Andrei. Vous êtes mon commandant en second. Préparez un sac.

Rusanov retrouva enfin la parole.

— Hum, commandant, j'ai peur. Je n'aime pas l'idée de me trouver sur un bateau et de descendre sous l'eau. Je suis incapable de le faire.

— Andrei, dit Vornado, au bout d'une heure vous vous y serez habitué. Pas de discussion. J'ai besoin d'un équipage et vous connaissez chaque boulon du bâtiment. Vous serez occupé à travailler, vous ne vous rendrez pratiquement pas compte que vous êtes en mer. Votre grand-père serait fier de vous.

Rusanov regarda attentivement Vornado comme pour l'évaluer.

— Vous me garantissez la sécurité ?

Il parlait comme un enfant à sa mère, pensa Vornado, soudain empli d'une certaine compréhension pour le jeune ingénieur.

— Vous serez en sécurité, Andrei, dit Vornado en posant la main sur son épaule. Je vous le promets.

Rusanov fit un signe approbateur de la tête, son visage trahissait son anxiété.

— Je le ferai, commandant.

Vornado se dirigea vers l'arrière du bâtiment, en direction de la rivière, lorsqu'il entendit le grondement du pont roulant, ce qui était bizarre puisqu'il ne restait rien de lourd à embarquer à bord du sous-marin. Le module de sauvetage de l'équipage ne nécessiterait pas de grue et, sauf pour les torpilles, cela faisait plus d'une semaine que la lourde grue n'avait pas traversé le hangar. Vornado s'approcha du bord de la plate-forme de construction, près des rambardes protégeant l'étroit filet d'eau dans lequel flottait le Lira, lorsqu'il vit un gigantesque bus bleu soulevé par la grue.

Il pensa que les clients avaient dû transporter ce bus par barge. Quelle façon étrange de faire venir des bus de Mourmansk ! Cela pouvait s'expliquer par le fait que ni la douane ni la police ne pouvaient fouiller sous la toile goudronnée d'une barge. Le client, de toute évidence, souhaitait éviter toute investigation. La grue déposa le bus tout au bout du bâtiment, près de l'avant du Lira, puis retourna lentement dans le hangar de débarquement des barges. Sous les yeux de Vornado, trois autres bus furent débarqués et déposés les uns à côté des autres, alignés le long du quai près du sous-marin.

Des hommes en djellabas et turbans sortaient de la salle de déchargement des barges et se dirigeaient vers les bus. Les clients, pensa Vornado. La plupart d'entre eux étaient âgés, avec des barbes drues et des lunettes teintées, mais il y avait quelques hommes plus jeunes. Il n'y avait pas de femmes. Un des plus jeunes aboyait des ordres à quelques hommes de l'équipe du Terminal, leur criant de retrouver leurs bagages et leur matériel dans le bus et de l'embarquer à bord du Lira. Bien que Sergeï et Leonov lui aient parlé du client, Vornado ressentait quelques scrupules à partager son sous-marin avec ces hommes qui donnaient avec arrogance des ordres à des techniciens expérimentés, comme s'il s'agissait d'esclaves. Il les observa, la révulsion lui montait à la gorge. Il ne les aimait pas, sans pouvoir expliquer pourquoi. Peut-être simplement parce que ces hommes avaient l'intention de massacrer des millions d'innocents pour une querelle vieille de plusieurs siècles. Des enfants, songea Vornado. Ils tueraient en toute connaissance de cause des gamins comme Erin si cela devait servir leurs intérêts et c'était ce qui les rendait différents de lui. Au cours d'un combat, lui-même tuerait sans réfléchir, ainsi qu'il y avait été entraîné durant toute sa carrière. Mais jamais, en toute connaissance de cause, il n'appuierait sur un bouton pour lancer une arme qui tuerait un enfant innocent. Guerre ou pas, il ne tirerait pas contre des navires-hôpitaux, des bateaux de croisière, il ne lancerait pas de missiles contre des populations civiles. Il porta la main à son cou. La médaille de saint Christophe que Rachel lui avait offerte lui manquait – il n'avait pas eu l'autorisation de l'emporter.

Il décida de monter à bord du sous-marin pour voir ce que les clients y faisaient. Il embarqua par une étroite coupée sur le pont avant et se faufila par le panneau sur l'avant du massif puis par l'échelle verticale. Il émergea au poste torpilles brillamment éclairé où Rusanov et ses hommes travaillaient sur le tableau d'interface torpilles. Celles-ci étaient toutes chargées sur leurs rances et assurées par des sangles garnies de gaines de caoutchouc. Lorsque Rusanov l'aperçut, il se précipita vers lui. Il voulait dire quelque chose, l'air fâché, mais Vornado parla le premier.

— Andrei, je veux que les cinq torpilles soient chargées dans les tubes, pas stockées sur leurs rances.

Rusanov ne l'écouta pas. Il haletait.

— Je dois vous dire quelque chose, commandant. Je le tiens des clients. Ils sont retournés au PCNO. Ils veulent charger quelque chose dans les tubes.

Il s'avança, lança un regard circulaire alentour et murmura :

— Elles étaient repeintes, mais j'ai longtemps travaillé dans un dépôt d'armes et je sais de quoi il s'agit, commandant. Des RK-55. Quatre missiles Granat. Ce sont des missiles de croisière. Ceux qu'ils veulent embarquer ont des têtes nucléaires. Ces hommes, ajouta-t-il dans un murmure, ont de très mauvaises intentions. Je n'aime pas cela, commandant. Je ne veux rien avoir à faire avec ça. Jamais Sergeï n'aurait construit ce sous-marin s'il avait connu les desseins de ces hommes. Ce bâtiment était supposé faire de la *contrebande*, transporter de la banale marijuana ou des immigrants clandestins. Pas des armes nucléaires ! Mon grand-père doit se retourner dans sa tombe. Il n'aurait jamais souhaité une chose pareille. Ce bâtiment a été construit pour défendre la mère patrie contre les porte-avions et les sous-marins nucléaires américains, non pour balancer des bombes à hydrogène contre des femmes et des enfants innocents.

Rusanov haussa les épaules pour respirer, puis il reprit :

— Je n'irai pas avec vous, commandant Vornado. Certainement pas.

Il secoua son visage rond, les yeux écarquillés et creusés par la peur en réalisant sur quoi il avait travaillé durant la dernière année.

On y est, pensa Vornado. En aucune façon il ne pouvait imaginer que son client renoncerait à sa mission, mais si l'équipage apprenait que le bâtiment appareillait pour une mission de destruction avec des armes nucléaires à bord, il refuserait de partir. Connaissant la détermination des terroristes Ahel al-Beit, aucun de ceux qui auraient eu connaissance de la vraie nature de la mission et refusaient d'embarquer ne survivrait un jour de plus. Il avait réfléchi à la réponse qu'il ferait à Svetlana si par hasard elle venait à découvrir le vrai but de cette mission. Mais il n'avait pas imaginé que Rusanov serait le premier à poser cette question. Rusanov était un homme rude, musclé et silencieux, mais il avait déjà révélé sa vulnérabilité à Vornado. Il devait trouver une bonne raison pour faire comprendre à Rusanov qu'il ne devait révéler à personne que ces missiles ne voleraient jamais.

— Vous avez raison sur *un* point, Andrei, dit calmement Vornado, les yeux rivés sur ceux de Rusanov. Une opération sous-marine est une affaire risquée. La seule chose plus dangereuse est peut-être d'envoyer une fusée dans l'espace ou de piloter un avion de chasse de haute performance. Et si nous ne sommes pas vigilants, des accidents peuvent arriver.

Vornado toucha la crosse de son calibre 45 bien calé dans son étui.

— Notre travail consiste à veiller à ce qu'il n'y ait pas d'accident durant notre patrouille. *Aucun accident*, Andrei. Il ne se produira à la mer que les événements que nous voudrons voir se produire.

Il regarda Rusanov dans les yeux, sans cligner des paupières. Rusanov finit par acquiescer, comme hypnotisé.

— Commandant, murmura-t-il, vous dites bien que vous allez vous employer à empêcher les clients de lancer leurs missiles ?

Vornado fronça les sourcils. Il serra les dents et parla d'une voix grave et menaçante :

— Écoutez attentivement ce que j'ai à vous dire. Je suis le commandant de ce bâtiment. Le travail du commandant consiste à remplir la mission du mieux possible pour son client. Si j'entends un seul membre d'équipage prétendre le contraire, je le débarque immédiatement.

Il leva un sourcil en regardant Rusanov, comme pour insister sur son intervention.

Rusanov resta confus plusieurs secondes, mais un semblant de compréhension commença à poindre en lui et un sourire éclaira lentement ses traits lourds. Il acquiesça.

— Je comprends, commandant. Je retire mon objection.

Vornado plissa les yeux, l'air sérieux.

— Vous êtes quelqu'un de bien.

Et il frappa l'épaule de Rusanov.

— Dois-je embarquer les armes du client maintenant ?

Il approuva de la tête.

— Faites-les embarquer. Mettez-en une au tube et stockez les autres sur des rances.

— Ils ne vont pas apprécier. Ils ont demandé à ce qu'elles soient toutes dans les tubes.

— Je ne savais pas que c'était le client qui commandait le sous-marin.

Rusanov sourit.

— Ne vous inquiétez pas, commandant. Il ne se passera rien sans un ordre de votre part.

— C'est bien, Andrei. Avez-vous informé les gens de la liste ?

— Oui, commandant. Ils seront là.

— Allez-y, Andrei.

Vornado se dirigea sur tribord, se faufila par le panneau de la cloison étanche vers la seconde tranche, traversa le compartiment du groupe électrogène et accéda au niveau supérieur de la troisième tranche. Le panneau était encombré de tuyaux, de câbles électriques et de palans pour le travail sur le sas de sauvetage. Le bruit provoqué par les clés à frapper pneumatiques était assourdissant dans cet espace confiné ; au-dessus, les ouvriers criaient pour couvrir le boucan. Vornado se glissa à travers ce fouillis et ouvrit la porte qui donnait sur le tambour vertical d'accès, au-dessus à la passerelle supérieure, au-dessous, au pont milieu. C'était très étroit, mais il parvint à franchir la porte et la referma. Après l'avoir verrouillée, il se trouva instantanément au calme.

Pour Peter Vornado, l'intérieur du CO avait commencé à ressembler presque à une cathédrale. Depuis que le bâtiment était à l'eau, son système de contrôle était en fonction en permanence, ses écrans étaient disposés selon les exigences de Vornado : le contrôle du bâtiment, l'enregistrement de la navigation et le contrôle de la propulsion sur bâbord, et la console armes, le poste de conduite de tir, le sonar, la radio, les contre-mesures électroniques et l'écran de navigation sur tribord. L'éclairage était volontairement réduit, seule la lueur des écrans éclairait la pièce. Sur l'avant du PCNO pénétrait le mât lisse en acier inoxydable du périscope. Vornado avait ordonné qu'il soit entouré de rambardes d'acier inoxydable sur un diamètre d'un mètre vingt afin que les membres de l'équipage ne se cognent pas en se déplaçant et qu'on puisse décrire des cercles rapides sans heurter un opérateur lors d'une observation périscopique. La salle était normalement très silencieuse, avec un léger chuintement aigu émis par les armoires électroniques derrière les consoles.

Une douzaine d'Égyptiens d'Ahel al-Beit étaient rassemblés derrière les périscopes, tous vêtus de leur djellaba blanche flottante, de leur burnous et de leur turban. Ils faisaient tous une tête de moins que Vornado, sauf deux. L'un était grand et élancé, enveloppé dans un burnous rouge sang, l'autre large et musclé. Ils portaient tous des ceintures, celle du plus grand était rouge, ornée de pierres précieuses. Tous arboraient également des poignards dans leurs fourreaux. Celui dont la ceinture était parée de pierres précieuses exhibait à la fois un poignard et un long cimeterre qui paraissait suffisamment lourd pour couper d'un seul coup en deux un petit arbre. Vornado l'observa plus attentivement, puisqu'il semblait être le chef. Il avait à peu près l'âge et la taille de Vornado, mais quelque chose en lui le gênait – il paraissait calme, mais donnait aussi l'impression qu'à tout instant il pouvait devenir furieux et violent. C'étaient ses yeux, pensa Vornado, qui semblaient se perdre dans le vague, comme s'il distinguait une chose que personne d'autre ne percevait. Ses yeux bleus contrastaient avec tous les yeux noirs ou marron. Il avait un nez légèrement retroussé entre des pommettes sombres, une ossature du visage burinée et un menton pointu. Un bouc étrange lui donnait un air sinistre. Sa moustache était soignée et fine, mais dépassait de ses lèvres. On aurait cru, avec sa longue chevelure flottante, une peinture romantique de pirate, si les pirates avaient porté des djellabas et des turbans.

L'homme semblait doté d'une autorité naturelle. Les autres lui manifestaient du respect. Il parlait d'une puissante voix de ténor, posée, avec un rythme mélodieux. Lorsqu'il se tut, trois de ses subordonnés en profitèrent pour réclamer l'attention de leur chef d'une voix désagréable, vulgaire et injurieuse. Puis deux d'entre eux se penchèrent sur les tableaux de commande des consoles, pressant les clés et les boutons.

La présence des Égyptiens au PCNO, leur tumulte, les libertés prises avec son équipement, emplirent soudain Vornado d'effroi. Il avait imaginé une sorte de confrontation entre lui et les terroristes, mais n'était pas préparé à ce que cela se produise avant que les présentations soient faites.

— Hé, enlevez les mains de mes machines, vitupéra-t-il d'un ton autoritaire.

Dans le local, au plafond légèrement arrondi et le pont couvert d'ordinateurs, ses mots sonnaient de façon stridente et forte, tel un coup de feu dans une église. Il réalisa à peine qu'il avait parlé anglais pour la première fois depuis un mois.

— Sortez du PCNO. Personne n'entre ici sans ma permission. Vous pourriez endommager le bâtiment ou vous-mêmes. Vos chambres se trouvent au pont milieu. Je vous suggère de vous y rendre ou de quitter le sous-marin.

— Comment ? demanda le plus grand des hommes, stupéfait, avec un accent presque anglais mâtiné d'une intonation moyen-orientale. Qu'ose me dire un serviteur infidèle ?

Menaçant, il s'approcha de Vornado et se tint suffisamment près pour que Vornado sente son souffle âpre. Il passa la main sous sa cape et en sortit un couteau. Vornado refusa de bouger, bien qu'il se demandât comment cela allait se terminer. Il vit le couteau dans un mouvement lent, avec sa lame plate noire de quatre centimètres de large. Vornado sentit l'acier froid sur la chair molle de son cou. La pointe lui écorcha la peau. Il sentit une goutte de sang couler le long de sa gorge. Il regarda l'homme dans les yeux. L'Égyptien concentrait de toute évidence son attention sur le couteau et la gorge de Vornado. Il ne vit pas la main de Vornado se poser sur son holster. Vornado pointa le lourd pistolet 45 mm d'un geste rapide mais calme sur l'œil gauche de l'homme. Ce dernier tituba d'un demi-pas en arrière, clignant des yeux de stupeur et de frayeur. À cette distance, pensa Vornado, le canon de l'arme devait paraître énorme.

Le problème était que le 45 mm avait un chargeur plein mais n'était pas armé. Vornado n'avait même pas pensé à enlever la sécurité avant de le mettre à la ceinture, ce qui lui aurait permis d'être prêt en une seconde. Il avait cru que la vue du pistolet aurait suffi à faire son effet et à intimider. Il ne lui était jamais venu à l'idée qu'il pourrait avoir à tirer en l'espace de quelques secondes. Vornado avait même jugé irresponsable et dangereux de porter un pistolet semi-automatique armé. Tandis qu'il fixait le solide Égyptien dans les yeux, celui-ci se précipita sur lui avec son poignard, qu'il dirigeait vers son cœur avec une vitesse étonnante. Par réflexe, Vornado poussa le calibre 45 aussi fort que possible contre la poitrine de l'homme pour essayer de le repousser, mais cela revenait à s'attaquer à un bâtiment de pierre et, sous l'effet de la poussée, Vornado recula. Instinctivement, il appuya sur la détente mais rien ne se passa. Vornado tomba sur le dos et sa tête heurta le sol. Calmement et délibérément, l'Égyptien modifia sa prise sur le poignard afin de pouvoir frapper vers le bas et, tandis que Vornado le regardait, incrédule, il le leva au-dessus de sa tête et s'apprêta à le frapper.

Après la surprise de l'attaque, Vornado retrouva enfin ses esprits. Sa main gauche saisit le canon de son 45 mm et tira la sécurité. Dans le silence, le cliquetis résonna fortement, le pistolet était à présent armé. Il dirigea l'arme parée à tirer vers son agresseur. Mais l'Égyptien ne semblait pas s'en soucier. Il gardait son couteau dans sa main gauche, et la droite fouilla dans sa djellaba dont il sortit la plus grosse arme de poing que Vornado eût jamais vue. Il s'agissait d'un pistolet d'assaut MAC-10 automatique. L'Égyptien le dirigea droit sur Vornado.

— Au revoir, infidèle. Et il visa les yeux de Vornado.

Vornado ne pouvait y croire, moins de cinq minutes après avoir rencontré les fameux clients, soit il tuait l'un d'entre eux, soit il se faisait descendre. Il pressa la détente en se demandant s'il vivrait suffisamment longtemps pour vider le chargeur avant que les balles à tir rapide du MAC-10 ne le coupent en deux.

Un bruit plus fort qu'un coup de pistolet résonna dans le PCNO, une voix humaine, celle d'Abdas qui parlait en égyptien. Tel un jouet coupé dans son élan, l'impressionnant attaquant s'arrêta immédiatement.

— Rentre ton arme, Arsalaan, cria Abdas en anglais en regardant Vornado. Vous, rengainez votre arme et mettez-vous debout.

Vornado obéit au second ordre mais pas au premier. Tout en pointant son arme sur le groupe de clients, Vornado se releva prudemment, sans quitter les Égyptiens des yeux. Jusque-là, ils restaient figés, incrédules. Suivant la façon dont il se comporterait, il se pouvait qu'il survive à la situation. Il pointa son arme en la tenant à deux mains, tel un policier, en visant d'un œil fermé, espérant que sa main ne tremblerait pas.

Tous les Égyptiens étaient tournés vers l'arme en acier luisant. Arsalaan fixait Vornado, mais rengaina son poignard et rangea son MAC-10.

— Qui êtes-vous ? demanda le leader, aussi calme que s'il se trouvait dans une salle de conférences, ignorant totalement le pistolet de Vornado.

— Je m'appelle Peter Vornado, dit-il en restant sur ses gardes. Et vous ?

L'homme inclina la tête, comme un personnage de rang royal s'adressant à un sujet.

— Moi ? Mon nom est Abdas al-Sattar. Vous pouvez m'appeler « Votre Sainteté ».

Il marqua un temps d'arrêt.

— Est-ce que je me trompe en supposant que vous êtes le chef de la sécurité dans cette installation ?

Son regard était froid. Vornado gardait l'arme pointée vers son visage.

— Je suis le commandant de ce bâtiment. Bien qu'heureux de faire la connaissance du propriétaire, je n'apprécie pas d'être attaqué avec une arme dangereuse sur mon propre bâtiment. Je dois réinsister sur le fait que ce local se trouve hors de limites pour vous et vos hommes.

Vornado attendit le cœur dans la gorge, l'arme pointée sur le chef terroriste. Les yeux d'Abdas al-Sattar transperçaient les siens en suivant le canon du pistolet. Il parla calmement, comme si l'arme n'était pas chargée, d'un ton posé et autoritaire, mais sans hostilité.

— Je suis consterné de voir que vous essayez d'utiliser la force contre un des propriétaires de ce bâtiment, d'un autre côté je suis heureux de voir que notre commandant est un combattant qui ignore la peur.

Il approuva, savourant le son de ses propres paroles.

— Ce ne sera que bénéfique au milieu de l'océan. Leonov avait raison à votre sujet.

Très lentement, il changea d'expression, il relâcha ses sourcils, son visage se détendit de façon bizarre.

— Arsalaan est impulsif, dit-il, comme si son garde du corps n'était pas dans la pièce. Je lui ai maintes fois dit qu'Allah le punirait de sa colère.

Son ton était mélodieux et posé, ses mots semblaient avoir été répétés des centaines de fois.

Vornado prit une profonde inspiration. Apparemment, la confrontation était terminée. À partir de cet instant, il décida que le 45 mm resterait armé dans son holster. Vornado rengaina l'arme.

— Ce sont mes principaux lieutenants.

Abdas les présenta par leur nom, en les désignant d'un geste, mais Vornado n'y prêta pas attention, les yeux rivés sur Abdas. Il ne pouvait se permettre de perdre ce qu'il avait gagné par accident et s'il s'inclinait, ou faisait un signe de tête ou les congratulait, ils perdraient tout respect à son égard. Abdas montra finalement du doigt son agresseur.

— Et voici mon demi-frère et chef de la sécurité, Arsalaan.

Vornado regarda le frère d'al-Sattar. Il ne devait pas inutilement provoquer la colère d'Abdas, mais il lui fallait insister sur les règles concernant le PCNO.

— Je regrette que tout cela ait failli tourner au drame, monsieur, dit-il. Cependant, il doit, comme vous tous, comprendre que ce local est un endroit stratégique pour les opérations du bâtiment. Une mauvaise manipulation de n'importe quelle commande de contrôle peut tous nous tuer, même dans le bassin du Terminal.

Abdas leva la paume de la main.

— Je vous apprécie, commandant Vornado.

Il peina à prononcer le nom de Vornado.

— Je suis heureux d'être sous le commandement de quelqu'un d'aussi... décidé, devrais-je dire ? Mais je dois réellement insister sur le fait que nous voulons observer ce que vous faites dans votre PCNO.

Vornado approuva de la tête.

— Très bien, mais seulement un seul d'entre vous à la fois. Et vous ne serez autorisé à parler qu'à l'officier de quart s'il est disponible. Je ne veux pas que vous distrayiez mon équipage. Vous pouvez sans problème regarder tous les écrans, mais personne ne touche un seul bouton, le moindre écran, manette, clé de commande, piste de commande, à moins d'y avoir été invité par l'officier de quart. Sommes-nous d'accord ?

Il se força à prononcer les mots suivants, voulant conserver une expression déférente mais inflexible.

— Votre Sainteté ?

Abdas al-Sattar sourit et s'inclina à moitié.

— Cela nous convient. Allons-y, messieurs. J'occuperai la chambre directement en dessous de cette pièce, de ce côté, dit-il en montrant du doigt le coin gauche.

C'était la chambre du commandant.

— Certainement pas, dit Vornado d'une voix posée mais autoritaire. C'est la chambre du commandant. C'est la chambre la plus proche du CO et ce n'est pas un hasard. En cas d'urgence, je dois être ici en deux secondes. Si vous voulez rallonger mon temps d'intervention, cela peut vous coûter la vie.

Comme pour ponctuer le discours de Vornado, quelqu'un en haut du module de sauvetage claqua violemment le panneau inférieur.

Le bruit se répercuta dans tout le CO, transformant le bâtiment en un tambour métallique géant. Terrorisés, les hommes qui entouraient Abdas se courbèrent, y compris Arsalaan, puis, lorsqu'ils comprirent qu'il n'y avait aucun danger, adoptèrent des mines renfrognées. Abdas était bel et bien le chef pour une raison, pensa Vornado, il n'avait pas bronché d'un millimètre.

— Les autres chambres sont trop petites, dit Abdas avec un air sévère. Je vous demanderai une chambre identique à la vôtre.

Une idée vint à Vornado afin de sortir de cette impasse en permettant à Abdas de sauver la face.

— Si vous me donnez une journée, Votre Sainteté, j'ai deux chambres qui peuvent être converties en une seule, et qui sera ainsi équivalente à la mienne, même un peu plus grande.

Pendant cette journée, il en profiterait pour terminer le sas de sauvetage et le tableau d'interface pour les torpilles USGT, pensa-t-il.

Abdas sourit.

— C'est bon, commandant Vornado, mais n'installez pas de table. Nous utiliserons l'espace restant au sol pour prier. Il est l'heure que nous nous préparions à la prière.

Il se leva et sortit par le panneau avant. Vornado s'effondra dans un siège, soupirant et réalisant que sa combinaison était trempée de sueur. Au-dessus de lui, l'interphone sonna.

— Commandant Vornado? grésilla la voix de Rusanov dans un haut-parleur caché.

Vornado manœuvra une manette sur le panneau devant lui.

— Je vous écoute, Andrei.

— Commandant, l'équipage est rassemblé dans la salle de conférences au pont inférieur.

— Très bien, j'arrive.

En ouvrant la porte du tambour vertical, une équipe d'Égyptiens entra par le panneau de la seconde tranche. Lorsqu'ils le virent, ils firent rapidement demi-tour en détournant les yeux. Excellent, pensa-t-il. Il voulait qu'ils le craignent, et jusque-là, à part Abdas lui-même, les terroristes d'Ahel al-Beit n'étaient rien de plus que de vulgaires voyous, et de surcroît peureux. Arsalaan, le frère d'Abdas, était une brute, mais au moins il avait eu le cran de tenir face à son ennemi. Abdas ne pouvait prétendre la même chose, ce qui expliquait sans doute pourquoi il avait cédé si rapidement.

Vornado réalisa combien il était fatigué lorsqu'il se sentit mal en sortant du tambour vertical. Le monde paraissait flotter autour de lui. Combien de temps était-il resté réveillé ? se demanda-t-il. Soixante heures ? Soixante-dix ? Il se dit qu'il devait aller dormir rapidement ou il allait s'effondrer.

Vornado se coucha sur le lit de camp de son bureau, complètement épuisé. Lorsqu'on frappa à sa porte, il n'ouvrit même pas les yeux, s'attendant à ce que ce fût Svetlana ou Andrei pour un rapport sur l'état du Lira. Mais c'était Danalov.

Ce dernier s'approcha du lit de camp, si près qu'il pouvait murmurer à l'oreille de Vornado. En l'entendant, Vornado s'assit, surpris. Il avait prononcé « *Head of White* ».

Head of White, réfléchit Vornado, *Whitehead*. C'était Vic Kaminski, l'aspirant qui avait sauvé sa carrière. Il plissa les yeux et regarda Danalov.

— Quel est le plan ? demanda Vornado.

— Mutinerie en haute mer, répondit Danalov. Vous restez loyal envers Abdas al-Sattar, mais depuis le pont milieu, le reste de l'équipage s'en prend aux Ahel al-Beit avec des armes. Lorsqu'ils auront tous disparu, nous faisons route vers l'Atlantique. Vous pouvez imaginer le reste.

— Des armes ? reprit Vornado dans un murmure.

— Uniquement les vôtres, dit-il tranquillement. De votre propre chef, vous en avez fait embarquer plus qu'il n'en faut. Une fois en mer, il faudra que vous me donniez la combinaison de votre coffre-fort afin que je puisse les distribuer sans que les Égyptiens s'en aperçoivent.

— C'est risqué, murmura Vornado. Une balle dans un placard électronique peut nous tuer. Et si un des Égyptiens survit, il peut nous causer bien des problèmes. Nous risquons de ne pas réchapper d'une mutinerie.

— Vous avez un meilleur plan ?

Vornado surprit le coup d'œil de Danalov. Pensait-il aux torpilles ?

— Non, nous partons pour la mutinerie.

Quelques minutes plus tard, on frappa de nouveau à la porte. Vornado cria à la personne d'entrer et se rassit dans son lit. C'était Yuri. Vornado voulait vérifier avec lui l'avancement des travaux sur le sas de sauvetage et sur le placard d'interface USGT, mais Yuri affichait un visage sombre.

— Je ne peux pas partir avec vous, et Svetlana non plus.

— Pour quelle raison ?

Yuri était furieux.

— Je n'ai jamais aimé la voir travailler ici. C'est une enfant, commandant Vornado. Je ne peux pas la voir en mer à bord d'un sous-marin. Pour une mission aussi dangereuse, vous voyez ce que je veux dire...

Vornado se trouverait à court de personnel sans elle, mais il ressentait du soulagement.

— Bien sûr, je comprends.

Yuri parut embarrassé de sa colère, il s'attendait apparemment à ce que Vornado discute. Il fit demi-tour avec maladresse et sortit. Un moment après, Svetlana ouvrit la porte et la ferma derrière elle. Elle s'approcha, les yeux rouges de larmes.

— Tu as entendu ? demanda-t-elle.

Il fit signe que oui.

— Yuri m'a dit.

Il la regarda, remarquant qu'elle s'était habillée comme d'habitude, d'un tailleur. Elle se pencha plus près.

— De toute façon, je viens. Mon père ne peut pas m'en empêcher. J'apporterai dans ton bureau les affaires que j'ai préparées. S'il te plaît, assure-toi qu'on les embarque.

Elle fit demi-tour, ses cheveux blond brillant flottaient sur ses épaules. Elle quitta le bureau, ses talons claquèrent sur le sol carrelé.

Épuisé, Vornado ferma les yeux. Il se glissa sous les couvertures.

Il dormit pendant environ trente heures.

24

L'*USS Tucson* reposait sur le fond, deux nautiques au nord de l'embouchure du fjord de Kola, depuis environ une semaine. Pendant tout ce temps, le bâtiment était en situation supersilence rouge sans exception. Dillinger avait demandé que l'antenne remorquée soit sortie avant que le sous-marin n'aille se poser sur le fond, au risque de la perdre si elle s'accrochait à un rocher. Le capitaine de corvette D'Assault avait abordé le sujet. Elle pensait qu'ils devaient être libres de faire surface verticalement pour remonter à l'immersion périscopique, pour voir qui sortait de la baie, mais Dillinger avait rejeté cette idée, estimant que, lorsque l'Alfa sortirait du fjord de Kola, il serait suffisamment bruyant pour être détecté par la sphère sonar large bande du BQQ-5 et que, grâce à l'antenne remorquée, ils pourraient enregistrer sa signature bande étroite.

C'était une tactique que Dillinger avait inventée en observant les murs de sa chambre et en essayant de ne plus penser à Nathalie. Depuis qu'ils s'étaient embrassés, rien ne s'était passé. Il y avait plusieurs raisons à cela. Premièrement, ils étaient en mission, et comme le sommeil était l'ennemi du commandement en mer, D'Assault prenait le quart à minuit. Elle se faisait réveiller à 23 heures par téléphone, et c'est alors que commençait sa journée. Elle prenait sa douche, partageait une collation avec les jeunes officiers qui quittaient ou prenaient le quart et discutaient avec eux. Puis elle se barricadait dans sa chambre pour régler la paperasse, en faisant un tour au CO toutes les heures environ. Elle considérait les officiers de quart comme suffisamment âgés et indépendants pour ne pas être sur leur dos à chaque instant. Cependant, leur inexpérience nécessitait une fréquente surveillance. Dillinger ne partageait pas cet avis. Il avait durci les limites, insistant sur ce qui nécessitait sa permission, ce qui devait être consigné, et ce qu'ils pouvaient faire sans son accord.

Nathalie assurant le quart de nuit, elle était donc fatiguée et irritable en fin d'après-midi. Elle insistait pour travailler durant le quart de jour et le quart de l'après-midi, bien qu'ils fussent en situation supersilence, ce qui la limitait dans ses activités. Elle ne pouvait pas faire fonctionner le PCP ni organiser des exercices de sécurité – l'entraînement était proscrit, tout comme les réunions avec les officiers subalternes. Le bâtiment n'avait plus qu'un seul but, capturer l'Alfa à sa sortie, le prendre en chasse, le suivre jusque dans les profondeurs de l'Atlantique Nord et le couler.

Elle continuait à s'absorber dans le fastidieux travail administratif du sous-marin. Lorsque Dillinger frappait à sa porte, elle avait ses écouteurs et était tellement concentrée sur l'écran de son ordinateur qu'il devait lui taper sur l'épaule pour attirer son attention. Lorsqu'il le faisait, il avait l'impression d'être un intrus. Elle disparaissait pour dormir un peu avant l'heure du dîner et ne réapparaissait que pour la collation de la nuit. Elle ne frappait jamais à la porte du cabinet de toilette qu'ils partageaient. Lorsqu'elle voulait lui parler au sujet de ce qui s'était passé durant le quart de nuit, elle le faisait au carré où il venait prendre un café après sa douche matinale.

Il était en partie soulagé qu'elle n'exigeât rien de lui. D'un autre côté, il avait l'impression de devenir fou. Avait-il rêvé la nuit où elle l'avait embrassé dans sa chambre ? La caresse de son doigt sur sa main avait été réelle, cela ne faisait aucun doute. Mais depuis, elle s'était jetée à corps perdu dans le travail. Il ne voyait que deux explications à une telle attitude. Soit elle regrettait son acte et avait renoncé à leur flirt, soit elle essayait de rester professionnelle.

Mais cette absence de relation entre eux lui avait laissé beaucoup de temps pour penser à la tactique pour capturer l'Alfa. Il avait lentement fait route plein est en tirant son antenne remorquée, tout en descendant à une immersion où il restait à peine trente-cinq mètres sous la quille. Dillinger avait ordonné que le bâtiment ralentisse jusqu'à l'arrêt total, sachant que l'antenne remorquée, d'une flottabilité légèrement négative, demeurerait en ligne en travers de la baie et coulerait sur les rochers et le sable. Après vingt bonnes minutes d'arrêt, une fois assuré que l'antenne était au fond, Dillinger avait exigé que soient abaissés les propulseurs. Un propulseur était un petit pousseur monté au niveau inférieur de la tranche arrière qui permettait de manœuvrer pour se dégager d'un quai sans l'aide de remorqueurs, comme il l'avait fait avec l'*Albany* durant la simulation *Stolen Arrows.*

Une fois le propulseur abaissé, Dillinger avait ordonné de le tourner et de le faire démarrer afin qu'il commence à tirer le bâtiment vers l'arrière. Au départ, il avait eu l'intention d'utiliser l'hélice, mais D'Assault l'avait convaincu qu'en agissant ainsi il pouvait couper l'antenne remorquée fixée à la coque trop près des pales de l'hélice. Une fois que le sous-marin eut reculé de quelques dizaines de mètres, Dillinger avait estimé qu'il y avait suffisamment de mou dans le câble pour ne pas le perdre s'ils devaient quitter le fond et que le câble enroulé sur le fond de la baie leur permettrait de remonter verticalement à l'immersion périscopique sans déplacer le reste de l'antenne.

Dillinger avait exigé que soit réglé le système stabilisateur de plongée sur un taux négatif, de sorte que le sous-marin puisse descendre lentement en immersion verticale. Le bâtiment était venu reposer sur le fond avec une légère gîte sur bâbord et une assiette insignifiante, à une immersion de quarante mètres.

Le profond chenal au milieu du fjord s'élargissait et devenait plus profond à l'embouchure de la rivière. Vingt nautiques au nord, le fond rocheux de la mer de Barents descendait doucement à cent quatre-vingts mètres, mais Dillinger voulait qu'ils soient plus proches. Ils se trouvaient suffisamment profond pour qu'aucun bâtiment de commerce ordinaire ne puisse heurter leur massif ou un périscope, mais c'était juste. Si un superpétrolier plein à ras bord se présentait lorsque le périscope était hissé, le problème risquait de se compliquer, mais il doutait que des bâtiments aussi gros descendent depuis Mourmansk. Le trafic paraissait principalement local et composé de barges, poussées par de vieux remorqueurs usés, ou tirées par des lignes de remorques courtes. Il y avait bien des petits cargos, des porte-conteneurs de taille moyenne mais aucun bâtiment d'un tirant d'eau supérieur à neuf mètres. Le sonar avait enregistré tous les bâtiments qui entraient et sortaient et le chef sonar, l'acerbe maître principal Harlan Keating, s'ennuyait tellement qu'il en était arrivé à essayer de reconnaître les remorqueurs à la fréquence de leur signature.

Au bout de quatre jours au fond, sans autre chose que le trafic ordinaire et sans rappel ELF à l'immersion périscopique, Dillinger lui-même se sentait près de craquer. Il n'avait jamais eu beaucoup de patience et ne savait pas attendre. L'improbable chasse à l'Alfa et l'attitude distante de Nathalie se conjuguaient pour le mettre à bout. Enfin, pendant un quart de l'après-midi, il regarda son ordinateur portable posé à côté de son bureau escamotable. Il était connecté par un câble LAN à l'Intranet du bâtiment. Ainsi les officiers, les chefs de service et les officiers mariniers supérieurs pouvaient correspondre par e-mail entre eux. L'e-mail était à la fois une bénédiction et une malédiction, car il devenait trop simple d'envoyer un e-mail plutôt que de se rendre à la machine pour parler au chef électricien. Il était trop tentant de passer son temps à regarder un écran plutôt que d'assurer son service. Mais jusqu'à présent, personne à bord du *Tucson* n'avait abusé du système. Dillinger ouvrit sa boîte mails et releva les messages en attente. De la routine, pour la plupart adressés à la maintenance. Il y avait cependant plusieurs messages de la part de D'Assault. Il décida de les ouvrir. La plupart du temps, lorsqu'elle envoyait ou faisait suivre un message, l'objet était indiqué : « Demande de permission du maître principal du 10 au 24 janvier » ou « Recommandation de décoration pour le LV Vauxhall ». Il les consulta tous rapidement et trouva un message sans objet :

« Hello, je pensais que peut-être nous pourrions communiquer par mail. Trop d'yeux et d'oreilles autour de nous. Si cela se sait, nous risquerions de perdre l'estime de l'équipage. Tu es un trop bon commandant pour que cela t'arrive. Mais tu es aussi un homme trop bon pour que je ne te dise pas combien je tiens à toi. S'il te plaît, réponds-moi. Tu me manques. Nathalie. »

Il datait de quatre jours. Le suivant datait du matin même :

« Je suis désolée, je me suis trompée sur ce qui s'était passé. J'y pense toutes les nuits. Je te demande de bien vouloir m'excuser pour mon écart de conduite et mon manque de professionnalisme. Si tu me pardonnes, j'essaierai d'être le second le plus efficace possible. Et ne te fais pas de souci de ton côté. Sous le coup d'une déception sentimentale, tu peux avoir eu une réaction impulsive. Je comprends parfaitement. Une fois de plus, je suis désolée, je me suis mal comportée mais je me rattraperai. Capitaine de corvette N. D'Assault. »

Dillinger relut le second message, puis revint au premier. Bon sang, pensa-t-il, pourquoi ne lui avait-elle tout simplement pas dit de consulter ses messages ? Soudain, il se souvint. Elle avait parlé d'e-mail à plusieurs reprises ces trois derniers jours. Il lui avait fait comprendre d'un geste que les tâches administratives pouvaient attendre et, dans la mesure du possible, elle n'avait qu'à venir le voir en personne.

Il cliqua sur « répondre » du premier message, décidant d'ignorer le second. Il regarda l'écran bleu un long moment, mais quelque chose ne lui semblait pas correct. Il finit par se décider à fermer le programme et à ranger son ordinateur. Il sortit son papier à lettres à l'en-tête du sous-marin sur la partie supérieure droite, et du sceau du ministère de la Marine en haut à gauche et, entre les deux, l'adresse électronique du bâtiment avec, en lettres capitales : CF Burke K. DILLINGER, USN, COMMANDANT. Le papier était épais et il lui fallait un stylo de qualité. Il sortit le Mont-Blanc que Dayna lui avait offert, qu'il avait rangé dans son bureau sans jamais l'utiliser. Ironie du sort, ce stylo allait lui servir à écrire une lettre d'amour à une autre femme. Il posa la pointe sur le papier se demandant si le blocage qu'il avait ressenti face à l'écran se manifesterait également devant la feuille mais, par chance, non. Dès que son stylo effleura le papier, un flot de mots se déversa sur la page :

« Chère Nathalie,

Je n'avais pas ouvert ma boîte mails avant maintenant. N'envoie plus rien par ce réseau, les yeux et les oreilles sont là aussi. Je ne peux supporter d'être aussi distant de toi. J'ai besoin de toi. Je te veux. Viens dans ma chambre à 2 heures cette nuit afin que je puisse te dire ce que je ressens pour toi. Et si tu veux, je pourrai t'en donner la preuve. Je saurai que tu viens si tu vas te coucher tôt pendant le quart de l'après-midi. Mais je comprendrai tout à fait que ta réponse soit "non". Peut-être as-tu changé d'avis, très chère Nathalie. Je sais que je n'ai pas changé. Burke. »

Il relut sa lettre quatre fois et faillit la chiffonner, mais il se mordit les lèvres et essaya de se souvenir de ce que le père de la marine américaine, John Paul Jones, avait déclaré : « Celui qui ne risque rien n'a rien. » Cette phrase lui rappela l'époque où il l'avait apprise, il y avait si longtemps, pendant l'été d'intégration lorsqu'il était capable de la ressortir, comme une centaine d'autres préceptes. Whitehead lui revint en mémoire, et il ne put s'empêcher de penser également à Vornado. Il se demanda où il pouvait bien se trouver. Il était impatient de le revoir devant une bière pour parler avec lui de cette folle mission, lui demander son avis au sujet de Nathalie. Pour la première fois de son existence, il était impatient de présenter sa petite amie à Peter et à Rachel. Ils avaient prétendu qu'ils appréciaient Dayna, mais elle était si particulière que Dillinger en avait toujours douté. En comparaison, Nathalie D'Assault paraissait si équilibrée, si directe, si professionnelle, si posée, si compétente et – il le réalisa soudain – tellement amoureuse de lui. Jamais Nathalie n'aurait donné rendez-vous à un homme marié pour essayer de vivre une relation plus sérieuse, comme l'avait fait Dayna. Cette réflexion l'incita à envoyer sa lettre. Il la glissa dans une enveloppe qu'il ferma et sur laquelle il écrivit « *Nathalie* ». Puis il secoua la tête, retira la lettre de l'enveloppe qu'il déchira rageusement. Il remit la lettre dans une nouvelle enveloppe et, sur celle-ci, il écrivit « *Personnel et confidentiel pour le second* ». Cela éviterait que des yeux et des oreilles se posent des questions alors que la première risquait de mettre du grain à moudre au moulin. Il glissa l'enveloppe sous sa porte.

Moins de deux minutes plus tard, on frappa à la porte.

— Commandant ? dit-elle d'une voix hésitante.

— Entre, second, répondit-il.

Elle passa la tête en premier. Ses cheveux tombaient sur ses épaules, ses mèches brillaient sous l'éclairage rouge de la chambre. Elle lui adressa un sourire sincère plein de satisfaction. Elle lui appartenait toujours, pensa-t-il, le cœur rempli d'une émotion inhabituelle. C'était donc ça le bonheur.

— Hello, dit-elle de sa voix grave et rauque.

Il ne savait pas comment il allait pouvoir attendre douze heures pour la serrer contre lui, mais il n'avait pas le choix. Steve Flood avait pris le quart au CO et il avait tendance à l'appeler fréquemment durant la journée pour le tenir au courant des derniers développements.

— Hello, dit-il.

Au ton de sa voix et à son expression, un seul mot suffisait à exprimer tout ce qu'il voulait lui dire. Ses yeux brillaient lorsqu'elle lui rendit son regard. Mais dès qu'elle parla, sa voix demeura très professionnelle.

— De toute façon, commandant, je pensais justement te faire savoir que je manquais de sommeil. Je vais aller me coucher quelques heures plus tôt. Je ne participerai donc pas au dîner, mais je serai réveillée pour te relever à 23 heures.

Il la regarda dans les yeux et réalisa qu'elle était celle qu'il avait attendue toute sa vie d'adulte. Il devait en finir avec cette foutue mission et rentrer à Norfolk, pensa-t-il. Ce serait tellement agréable de partager sa maison avec elle. Il savait qu'il n'y aurait pas de tasses à café balistiques, mais une passion commune et quelque chose de plus, quelque chose qu'il n'avait jamais connu avec une femme – la sécurité, le confort et le contentement.

— Très bien, dors bien, second, dit-il d'un ton cassant.

Ils échangèrent un clin d'œil et elle disparut par la porte.

Dillinger sentait son cœur battre la chamade. C'était comme un premier amour ou une affaire illicite. Quoi qu'il en soit, si le règlement de la marine avait quelque chose à redire à ce sujet… C'était comme le goût du hot dog, toujours meilleur sur un terrain de base-ball, l'amour était toujours plus intense lorsqu'il était interdit. Il se demanda ce que Nathalie ferait si elle devenait sa femme. Resterait-elle dans la marine ? Et si elle démissionnait, comment s'occuperait-elle ? Désirait-elle des enfants ? À quoi ressembleraient leurs enfants ? Un million de questions se pressaient à son esprit.

Dillinger se leva pour se rendre au CO afin de se mettre au courant de la dernière position de l'Alfa. Flood leva les yeux et fit un signe affirmatif de la tête.

— Le commandant est au CO, annonça-t-il.

À peine, songea Dillinger en souriant à Flood.

— Que se passe-t-il ? demanda-t-il d'une voix assurée et autoritaire.

Rien de mieux que d'éliminer les doutes romantiques pour faire de nouveau de lui un commandant de sous-marin.

— Nous avions au-dessus de la tête un gros tanker. Est-ce que vous avez entendu l'hélice ?

Dillinger secoua la tête. Il s'était sans doute trop concentré sur la correspondance et sa conversation avec le second.

— Sortant ?

— Non, entrant. D'après le maître principal Keating, c'est l'écho le plus profond que nous ayons détecté pour le moment, mais il était encore dans la partie la plus éloignée de l'estuaire.

Dillinger sourit.

— Est-ce qu'il reçoit toujours des signatures bande étroite de navire marchand dans ce marasme ?

Flood afficha un sourire satisfait.

— Et même les noms des commandants. Je pensais justement que, si nous ne lancions pas une torpille rapidement, le maître principal allait devenir cinglé.

Flood regarda le rideau fermé du local sonar.

— J'espère qu'il n'a pas entendu cela.

L'interphone était ouvert entre le CO et le sonar afin que Flood n'ait pas à prendre le micro pour parler au chef du module sonar.

— *CO de sonar, je n'ai rien entendu,* annonça la voix de Keating avec son accent du Tennessee.

Dillinger ricana.

— Le commandant quitte le CO, annonça Flood.

Dillinger regarda sa montre, il était presque 2 heures du matin.

Peter Vornado s'assit sur le lit de camp, sa tête tournait. Il se sentait mal, sans doute d'avoir trop dormi. Quand il restait longtemps sans dormir, il finissait toujours par s'effondrer. Lorsqu'il était midship, il avait l'habitude, après les examens de fin d'année, de dormir trois jours d'affilée. Au bout d'un court instant, la douleur diminua légèrement. Il se leva et alluma la lumière. Il prit dans le placard une combinaison propre et une serviette de toilette. Le jet d'eau de la douche était brûlant. Il sortit, enfila sa combinaison. Il remarqua que quelque chose avait changé dans la pièce. Sur un portemanteau près de la porte pendaient une parka fourrée et une casquette. Par terre, se trouvait un paquet sur lequel reposait une enveloppe. Il regarda à l'intérieur du sac. Il contenait cinq combinaisons neuves, des sous-vêtements et des chaussures de mer noires. À l'intérieur de l'enveloppe une note manuscrite aux lettres arrondies.

« Mon bien-aimé, lorsque tu te réveilleras, je serai partie. J'ai changé d'avis et ne souhaite plus aller en mer. Pas à cause de toi,

mais parce que mon père m'a suppliée les larmes aux yeux. J'ai accepté pour lui. Je pars pour un long moment rendre visite à ma mère qui habite Moscou. Cela fait des années qu'elle est séparée de mon père et ça me fera du bien d'apprendre à la connaître pendant quelques mois. Je veux que tu saches combien tu as compté pour moi ces dernières semaines. En toute honnêteté, je peux te dire que je t'aime plus que je n'ai jamais aimé et que je n'aimerai jamais. J'ai le cœur brisé de savoir que tu pars en mer sans moi, mais je suis contente, car je sais au fond de mon cœur que je te reverrai. Jusqu'à ce jour, s'il te plaît, garde mon amour avec toi. Je t'aime. Svetlana. »

Vornado leva les yeux et regarda le mur, envahi par une émotion des plus étranges, une sensation de perte. Il n'aurait jamais pensé être attiré par une femme comme Svetlana. Bien sûr, il n'avait rien à faire avec elle, il aimait Rachel et Svetlana était trop jeune pour lui. Mais, en dépit de cela, ils avaient partagé quelque chose d'incroyable et de précieux. Debout, il sentit ses yeux s'humidifier, il se trouvait stupide et surpris par ses propres sentiments. Je ne suis pas prêt à ce que notre aventure se termine et je ne t'ai même pas dit au revoir, pensa-t-il, la poitrine froide et lourde de tristesse. Il renifla, essayant de se contrôler en se disant que c'était ce qui pouvait arriver de mieux.

Elle lui avait confié qu'elle appareillerait avec lui, quoi qu'en pense son père, mais de toute évidence, elle avait changé d'idée pendant son long sommeil. Bon sang, jura-t-il, pourquoi avait-il dormi si longtemps ? Il n'aurait pas ainsi perdu le contrôle de la situation.

Son sac prêt lui rappela que le bâtiment devait être paré à sortir du bassin. Il regarda sa montre mais elle s'était arrêtée. Agacé, il jeta sa vieille Timex à la poubelle. Il rangea ses affaires de toilette dans le sac et inspecta la pièce autour de lui pour s'assurer qu'il n'avait rien oublié. Après avoir recherché la clé du tiroir, il sortit son calibre 45, sa ceinture, son holster et deux chargeurs. Il arma son pistolet et mit la sécurité puis le rangea dans son étui. Dans le tiroir, se trouvait également un ordinateur portable que Yuri Belkov lui avait confié et dont il aurait besoin en mer. Il lui parut évident que si quelque chose arrivait, à lui ou au Lira, les fichiers contenus dans l'ordinateur permettraient à la marine américaine de reconstruire un tel sous-marin.

S'il tenait un journal de bord, si le bâtiment s'en sortait mais pas lui, les Américains profiteraient tout de même de son travail. Il était morbide, pensa-t-il, et c'était sans doute à cause du départ de Svetlana. Après avoir rangé le lourd ordinateur dans sa housse de protection, et l'avoir casé dans son sac de mer, il quitta la mezzanine en emportant sa parka, sa casquette et son sac. Il descendit deux marches et il resta totalement abasourdi.

Le Lira avait disparu.

Lorsque son cœur se remit à battre, il dévala les marches deux à deux, manquant de peu de heurter Andrei Rusanov. Le Russe à la forte carrure portait une parka de fourrure et un chapeau, les deux saupoudrés de neige.

— Oh, commandant, dit-il avec une expression satisfaite sur son visage bien en chair. Vous m'évitez de monter. Svetlana a essayé de vous réveiller, sans succès.

Vornado rougit en se souvenant de la dernière fois où elle l'avait réveillé.

— Où se trouve ce fichu bateau, Andrei ?

— Venez avec moi, répondit Rusanov en souriant.

— Bon sang, vous l'avez déplacé sans ma permission, lança Vornado qui sentait la colère monter en lui et ses mains trembler. Combien de fois faudra-t-il que je vous répète que je suis le seul et unique commandant de ce foutu sous-marin ?

Il mit un point d'honneur à ne pas jurer, mais lorsqu'il était furieux, il n'avait plus de retenue, ce qui paraissait bien fonctionner car son équipage savait exactement ce qu'il ressentait.

— Commandant, mais vous nous aviez donné la permission. En fait, vous nous avez suggéré de faire cela.

— J'ai fait ça, moi ? Certainement pas, s'étonna Vornado.

Lorsqu'il manquait de sommeil, il pouvait s'écrouler et il était impossible de le réveiller. Il lui arrivait alors de parler en dormant, souvent de façon très lucide. De toute évidence, il avait ordonné aux Russes, tout en dormant, d'appareiller le sous-marin.

— Oui, commandant, vous l'avez fait.

— Oh, fit Vornado, dépité. Je suis désolé, Andrei.

— Pas de problème, commandant. Laissez votre sac ici et enfilez votre manteau et votre chapeau. Vous allez en avoir besoin.

Vornado se revêtit de sa parka et de son chapeau, avec l'impression d'enfiler un déguisement d'ours. Rusanov le conduisit jusqu'à l'échelle d'accès au toit à laquelle Vornado n'avait jamais grimpé. Elle était sale et rouillée, mais il escalada à la suite de Rusanov jusqu'au panneau d'accès. Il se demanda ce que penserait le chef de la sécurité Ilyivitch, mais éluda rapidement la question.

Dans ce mois de novembre arctique, il faisait nuit la plus grande partie de la journée, mais, à la lueur des lumières de la ville, à travers la neige qui tombait, Vornado distingua dans le fjord en dessous d'eux un gros cargo rongé par la rouille. Il devait faire dans les quarante à quarante-cinq mille tonnes, l'avant dirigé au nord vers l'aval de la rivière, bien amarré par tribord du côté des installations de débarquement des barges suspendues au-dessus des eaux sombres. Il avait certainement connu des jours meilleurs et, à en juger par la rouille sur le pont et sur les plats-bords, il était âgé d'au moins cinquante ans. Vornado distinguait des lumières au niveau des superstructures et une coupée faiblement éclairée permettait l'accès entre le ponton de débarquement et le cargo.

— Qu'est-ce que c'est que tout cela ? demanda Vornado.

Rusanov eut de la peine à retenir son excitation.

— Ça, commandant, c'est le *Kirovski*, c'est notre transporteur.

— Je ne vois pas ce que vous voulez dire, Andrei. Qu'est-ce qui se trame ici ?

— Ça ressemble à un cargo parfaitement normal, n'est-ce pas ? Vous ne lui prêteriez pas plus attention que cela, exact ?

— Non, dit Vornado, impatient.

— Le Lira se trouve à l'intérieur.

— Pouvez-vous répéter ?

— À l'intérieur. Ce n'est pas un vrai cargo et, sous toute cette rouille, se trouve un bâtiment en état de naviguer dont le fond est découpé sur une longueur de quatre-vingt-dix mètres.

Il marqua une pause et regarda le visage de Vornado changer d'expression. Pendant deux minutes, Vornado resta simplement debout, bouche bée. Il retrouva enfin sa voix.

— Mais comment ?

— Un système de treuils extrêmement puissants. Trois sous la superstructure, trois sous l'avant, sur lesquels passent des câbles fixés au Lira par des serre-câbles en acier. Il a fallu environ dix heures pour immerger le Lira et pour le hisser à l'intérieur du *Kirovski*, puis pour réinjecter de l'air comprimé afin de permettre au Lira de remonter dans le hangar du cargo. Quatre heures supplémentaires ont été nécessaires pour amarrer solidement le Lira. Puis une heure pour installer une coupée provisoire depuis le panneau de la passerelle vers l'intérieur du *Kirovski.* Puis nous avons aidé les divers personnels venus pour assurer les raidisseurs de renfort sous le Lira qui relient tribord et bâbord du cargo afin de lui conserver son aptitude à naviguer en dépit de ce trou dans la coque.

— Qui… bégaya Vornado, qui était responsable ? Qui a fait plonger le Lira ?

— C'est moi, commandant, répondit Rusanov avec le sourire radieux d'un enfant qui vient pour la première fois de faire le tour du pâté de maisons sur sa bicyclette.

Que pouvait-il dire ? pensa Vornado.

— Excellent travail, Andrei. Je suis impressionné.

Mais il saisit aussitôt le gros Russe par les épaules et le regarda dans les yeux.

— Vous rejouez un tour de ce genre et vous êtes renvoyé. J'exige que vous me réveilliez lorsque vous agissez de la sorte et peu importe qu'il faille une bombe nucléaire. Me suis-je bien fait comprendre ?

Après avoir réussi cette opération, Rusanov avait acquis une certaine confiance en lui. Il se contenta de sourire, d'acquiescer de la tête et de répondre :

— Oui, commandant. Je comprends.

Vornado souffla par la bouche ; sous l'effet du froid, un brouillard se forma. Sous la neige qui tombait, le monde paraissait incroyablement calme.

— Montrez-moi l'intérieur, dit-il.

— Après vous, commandant.

Vornado descendit l'échelle du Terminal puis suivit Andrei, franchit la porte du bâtiment de débarquement des barges et emprunta la coupée du *Kirovski.* De près, ce dernier était encore pire que de loin. En plus de la rouille et du délabrement, il sentait le poisson et le moisi. Rusanov précéda Vornado par un panneau d'accès à l'intérieur de la superstructure et ils descendirent vers les ponts inférieurs. Un petit placard à peinture se dressait sur la cloison avant. Rusanov déplaça un pot de peinture et l'ensemble du placard pivota sur un gond, laissant apparaître une porte. Il devait normalement s'agir de la cloison qui séparait le bateau de sa citerne de pétrole. Rusanov déverrouilla la porte, qui fit apparaître un vide d'environ soixante centimètres, l'espace de la double coque. De l'autre côté, on ne distinguait rien à part du métal rouillé. Rusanov appuya dessus et une ouverture se matérialisa.

Vornado déglutit. Des lumières blanches et éclatantes éclairaient l'intérieur du bâtiment, le métal fraîchement peint. Les parois semblaient appartenir à un bâtiment sorti d'un chantier de construction la semaine précédente. Vornado se tenait sur une plate-forme équipée d'une rambarde surplombant un bassin étroit contenant de l'eau et, en dessous de lui, se trouvait la coque cylindrique du Lira. À l'avant, il pouvait apercevoir le massif – une plate-forme en bois surplombait la baignoire. Le sous-marin paraissait à l'étroit dans son bassin, ses flancs touchaient presque les parois du cargo. De nombreuses défenses de caoutchouc étaient placées à tribord et à bâbord entre le sous-marin et le cargo, et le pont était divisé par une vingtaine d'attaches de dix mètres de diamètre, chacune fixée par quatre chaînes manillées sur des pitons soudés sur la structure du cargo.

— Surprenant, souffla Vornado. Combien de temps vous a-t-il fallu pour réaliser cela ?

— Un peu moins que pour le Lira, répondit Rusanov.

— Pourquoi ne m'avez-vous rien dit ?

— La sécurité, commandant. Moins de personnes étaient au courant, plus faibles étaient les risques pour que le projet soit éventé.

— Quand partons-nous ? demanda Vornado.

— Dans dix minutes, commandant. Yuri Belkov et les Kaznikov voulaient vous dire au revoir. Les clients sont à bord et les machines du cargo tournent au ralenti.

— Le Lira est sur groupes électrogènes ?

— Nous avons fait démarrer le réacteur, lancé les turbos générateurs et débranché l'alimentation terre avant de déplacer le bâtiment.

— Andrei, qu'avez-vous encore fait sans ma permission ?

— Voyons. J'ai embarqué l'huile de graissage, le liquide réfrigérant métallique, l'eau désionisée, l'eau distillée, l'alcool, le gazole, l'huile hydraulique, l'oxygène liquide, l'hydrogène pour la réfrigération des turbos générateurs, l'air comprimé…

— Ça suffit, Andrei. Je ne veux pas entendre la suite. Ça va me rendre fou. Faites-moi confiance, je ne me rendormirai pas tant que vous aurez les clés de mon sous-marin. Vous avez parlé d'alcool ? Pour quel équipement ?

Rusanov sourit.

— Cela n'a pas d'importance, dit Vornado.

Il avait tellement l'habitude que l'alcool soit interdit dans la marine américaine qu'il n'avait pas imaginé que Rusanov pût embarquer quelques caisses de vodka dans les frigos.

Ils quittèrent le cargo et retraversèrent la coupée pour rejoindre l'installation de débarquement de la barge. Andrei le conduisit dans le hangar vide où les attendaient les frères Kaznikov et Yuri Belkov, le sourire aux lèvres.

Yuri parla le premier.

— Vous souvenez-vous de notre première entrevue ? demanda-t-il.

— Je n'oublierai jamais, répondit Vornado en souriant.

— Vous souvenez-vous que vous avez parié cette fameuse montre Rolex Submariner ?

Vornado devint circonspect. Belkov sortit une boîte verte.

— Pour votre compétence en tant qu'ingénieur sous-marinier, et pour ce qui sera, nous n'en doutons pas, une traversée pleine de réussite, dit Leonov. Allez-y, ouvrez.

Vornado ouvrit la boîte. À l'intérieur, se trouvait une Rolex Submariner en or au cadran azur, presque identique à celle que Rachel lui avait offerte à sa nomination au commandement du *Hampton.* Mais c'était une montre en acier et or, celle-ci était en or massif. Pour la seconde fois en une heure, Vornado sentit les larmes lui monter aux yeux.

— Je ne sais que vous dire, bégaya-t-il. Je n'en reviens pas. Merci. Merci beaucoup.

— N'oubliez pas de lire l'inscription, Peter, dit Leonov.

Sur l'arrière de la montre, était inscrit en russe : « Pour le meilleur des sous-mariniers de l'Est et de l'Ouest réunis. Bonne mer, Peter. De la part de tous vos amis. » Bien qu'en mission pour la CIA, Vornado en avait la larme à l'œil. Il se trouvait en présence de vraies personnalités et il avait partagé avec eux de durs moments. Une larme coula de son œil et glissa sur sa joue. Il l'essuya avant que quiconque s'en aperçoive et donna l'accolade à Leonov, puis à Sergeï, Yuri et enfin Rusanov.

— Mettez-la, dit Yuri.

Vornado attacha le bracelet, lâche, comme il aimait. La montre était lourde et grosse. Il secoua le poignet pour la positionner.

Les trois hommes lui donnèrent une tape sur l'épaule, lui souhaitèrent bonne chance pour la mission. Vornado leur dit adieu. Alors qu'il se tournait pour les saluer de la main une dernière fois, le hangar du chantier de construction navale lui parut étrange et abandonné. Le puissant éclairage était toujours allumé ; il ne restait que les bus égyptiens aux vitres sombres, toujours alignés l'un derrière l'autre attendant d'être récupérés après la mission.

En traversant lentement la salle de débarquement puis la coupée du *Kirovski*, Vornado pensa qu'il détestait les au revoir. Un sentiment de tristesse envahit sa poitrine et sa gorge lorsqu'il passa la coupée. En arrivant au bout, il tapa deux fois sa chevalière de l'École navale sur le métal de la rambarde, une ancienne tradition d'adieu.

Tu me manques déjà, Svetlana, pensa-t-il. Il devrait à l'avenir mieux se contrôler. Dès qu'il eut embarqué à bord du cargo, la grue du Terminal retira la coupée et une partie de l'équipe de construction du sous-marin largua les lourdes haussières. Le *Kirovski* avait appareillé. Sur l'eau calme de la rivière, le bâtiment lança un coup de sirène. À l'arrière, l'eau se stria et le bâtiment avança, si lentement et si régulièrement qu'il semblait ne pas bouger.

Vornado traversa les superstructures du cargo pour gagner la passerelle. Sur la plate-forme arrière, surplombant les hélices, il trouva Rusanov en train de fumer, debout contre la rambarde. Il accepta une cigarette russe et regarda les lumières de Mourmansk qui se dissipaient lentement. Enfin la rivière décrivit une légère courbe et Mourmansk disparut. Vornado soupira et descendit des superstructures pour retrouver la cargaison secrète du navire, vers la coupée d'accès au module de sauvetage. Il se faufila dans le puits d'accès vertical jusqu'à se retrouver dans le module.

Il remarqua immédiatement une différence. Il ne s'agissait pas de la peinture fraîche ou des panneaux de contrôle fonctionnels, ni de l'équipement de sauvetage stocké contre les parois. C'était l'odeur. Le sous-marin n'avait plus l'odeur du chantier de construction, mais celle d'un sous-marin nucléaire. Il inspira, reconnaissant les odeurs de l'huile de graissage, l'ozone, les huiles de cuisson, la fumée de cigarette, les gaz d'échappement de l'essai du générateur de secours, les fluides dégraissants, l'odeur caractéristique de l'oxygène pur et la pointe aminée du contrôle atmosphérique. Une odeur agréable. Vornado regarda sa montre. Il était de nouveau sous-marinier, pensa-t-il.

Il continua à descendre l'échelle jusqu'à la coursive aux murs nus et pénétra dans le PCNO. Le bourdonnement des moteurs était enivrant. L'ingénieur électricien et électronicien Dmitri Maslov était de quart. Il était assis dans le coin arrière bâbord du local, devant le centre de contrôle de l'installation propulsion. Dmitri était le plus grand, le plus mince et le plus vieux des deux frères Maslov. Ses cheveux roux et ses taches de rousseur le faisaient paraître plus jeune que ses quarante ans, sauf lorsqu'il ouvrait la bouche et que résonnait sa voix sévère de baryton, autoritaire et sûre. Comme chaque fois que Vornado entrait dans une pièce, Maslov se leva et se raidit selon son habitude au garde-à-vous.

— Bonsoir, dit-il.

— Hello, Dmitri. Repos, je vous prie.

— Oui, commandant.

— Où en sont le réacteur et le circuit vapeur? demanda Vornado.

— Les pompes à métal liquide sont en petite vitesse, le réacteur est à quinze pour cent de sa puissance, les deux turbos générateurs sont couplés sur les tableaux principaux. Le moteur principal a été viré. Je pense qu'il est temps de le débrayer et de le réchauffer. Nous pouvons balancer la machine toutes les minutes pour la maintenir réchauffée.

— Dans combien de temps pourrons-nous nous libérer du *Kirovski*?

Maslov se dirigea vers l'arrière tribord où se trouvait l'affichage horizontal de contrôle de navigation.

— Nous atteindrons l'embouchure de la baie ici. Laissez-moi calculer.

— Attendez une minute, les horloges sont-elles réglées sur l'heure de Greenwich?

— Non, sur l'heure de Moscou.

Vornado secoua la tête.

— Nous sommes en GMT, commandant, dit Maslov en réglant deux chronomètres en cuivre fixés sur les consoles supérieures, à tribord et à bâbord.

Il s'assit et fit apparaître les écrans de configuration du système de contrôle puis changea le fuseau horaire. Satisfait que le calculateur eût enregistré la commande sans que cela entraîne de problème dans le module de navigation, Dmitri retourna à l'écran de navigation.

— Où en étais-je ? Nous allons passer l'embouchure du fjord de Kola au nord un peu après 2 heures du matin GMT. Nous naviguons à environ 12 nœuds, et nous mettrons le cap à l'ouest ici. Il y a peu de fond, seulement quelques centaines de mètres, mais c'est suffisant pour que nous puissions nous séparer ici, à environ cinquante nautiques au nord-est de la frontière entre la Russie et la Finlande.

— Parfait, dit Vornado et tapotant son 45 dans son étui. Où se trouvent les clients ?

— Ils souhaitaient être aux premières loges pour assister aux opérations. Ils sont en haut sur le pont du cargo. Je pense que vous leur avez fait trop peur pour qu'ils s'aventurent à revenir ici.

— Ils reviendront. Au bout de quelques heures passées dans leur petite chambre, ils viendront frapper à la porte du CO.

Il fit demi-tour pour s'en aller.

— Vous êtes autorisé à débrayer le vireur et à mettre la machine en réchauffage, mais je veux que Rusanov soit ici avant que vous ne commenciez.

— Oui, commandant, dit Dmitri.

Vornado s'esquiva par la porte vers les circulations verticales, souleva le panneau de sécurité et poursuivit sa descente vers la troisième tranche, au pont milieu pour regagner sa chambre. Il ferma la porte derrière lui et enleva son lourd manteau et son chapeau, qu'il accrocha dans un placard. Ses combinaisons y étaient suspendues. Quelqu'un avait déjà défait son sac. Son ordinateur était fixé sur un support spécial sur un coin de son bureau. Il huma l'air de la pièce. Il reconnut le parfum de Svetlana. Il était fréquent d'avoir des hallucinations en mer – les hommes entendaient la voix de leur femme et sentaient la cuisine de leur maman. Mais il était parfaitement reposé et cela ne faisait pas plus d'une demi-heure qu'ils avaient appareillé. Peut-être était-ce simplement parce qu'il pensait à elle.

Il ouvrit la porte de son cabinet de toilette privé : Svetlana était là, adossée à la paroi d'acier inoxydable, vêtue d'une combinaison bleue qui mettait en valeur son visage mince, avec ses fins cheveux blonds qui tombaient sur ses épaules, son habituel sourire angélique. Il se sentit à la fois soulagé et empli de joie. Mais il finit par froncer les sourcils. Les clients n'apprécieraient pas la présence d'une femme à bord du sous-marin.

Avant qu'il ait pu mettre de l'ordre dans ses pensées, elle avait ouvert la fermeture à glissière de sa combinaison et la lui avait enlevée, puis elle l'attira et l'étreignit. Il l'embrassa avec fougue. Son corps lui répondit et, malgré tout ce qui se passait, sa seule envie était de la prendre.

— Tu m'as manqué, dit-il.

Il l'embrassa de nouveau à pleine bouche.

— J'espérais bien, murmura-t-elle. Viens, essayons ton nouveau lit.

Il n'avait rien à faire durant les prochaines heures jusqu'à ce que le cargo se trouve seul en mer de Barents. Il décida de lui faire l'amour une dernière fois, puis d'insister pour qu'elle reste à bord du *Kirovski* et rentre à Mourmansk.

Mais, rapidement, il se rendit compte qu'une fois ne suffirait pas.

25

Le quart de nuit au local sonar de l'*USS Tucson* n'avait rien d'une routine. Le bâtiment reposait sur le fond rocheux de l'embouchure de la baie avec une légère inclinaison que le maître principal sonariste Harlan Keating considérait comme parfaite. Les caractéristiques du fond et la forme d'entonnoir de l'ouverture de l'embouchure de la baie de Kola étaient favorables à une excellente perception sonore. Malgré les méandres de la rivière, en raison de sa géographie rocheuse, ils pouvaient même détecter plus en amont.

Keating était âgé de trente-sept ans et exerçait le métier de sonariste depuis l'âge de dix-neuf ans. Il était grand et mince, avec des cheveux noirs et des traits rudes. Son accent du Tennessee était si prononcé qu'il était incompréhensible dans le cours d'une conversation normale mais, curieusement, lorsqu'il était excité, sa prononciation devenait aussi claire que celle d'un journaliste d'information télévisée. Il avait choisi de faire partie du quart de nuit car, chaque fois qu'il avait participé à une patrouille dans le nord, les Russes avaient toujours choisi d'appareiller sur la pointe des pieds en pleine nuit, contrairement aux forces sous-marines américaines sur lesquelles on pouvait compter pour commencer toutes leurs missions secrètes exactement à 8 heures le lundi matin, comme avait commencé celle-ci, malgré l'urgence de l'opération. Il vérifia le chronomètre digital. Il était 1 h 47. Il décida de réclamer déjà sa deuxième moitié de cafetière. Par chance, c'était la « nuit des beignets », et les cuisiniers devaient joyeusement être en train de préparer la douceur du matin. Avec un peu de chance, il pourrait avoir un beignet au chocolat saupoudré de vermicelles colorés avant que le reste de l'équipage ne s'en empiffre.

Pour Keating, la patrouille paraissait longue. S'il était heureux de pratiquer le métier auquel il avait dédié sa vie, cette mission ne pouvait pas tomber plus mal. Les médecins venaient de diagnostiquer une leucémie chez sa fille de six ans avant l'appareillage. Keating avait projeté de demander à être débarqué pour raison familiale mais Diane, sa femme, l'en avait dissuadé. « Harlan, avait-elle dit calmement, Becky a déjà été prévenue de ton départ par la fille de Fred Davies. Si tu restes à la maison, tu vas l'inquiéter. C'est une gamine futée et elle remarque tout ce qui est inhabituel. Elle est habituée à te voir disparaître pour t'occuper de ton sonar au milieu de l'océan. Si tu restes ici, sans but précis toute la journée, cela lui fera du mal. Elle pensera qu'elle est en train de mourir et cela la rendra encore plus malade. Appareille avec ton bateau. Je m'occuperai d'elle et tu seras de retour dans un mois. »

Diane était une excellente pédopsychiatre très expérimentée, mais il lui était déjà arrivé de la railler lui avançant que venant d'une famille de sept enfants, il en savait plus qu'elle sur le sujet. Mais cette fois, il savait qu'elle avait raison. Lorsqu'il avait souhaité bonne nuit à Becky tard le dimanche soir, juste avant son départ, Diane lui avait lancé un regard insistant pour qu'il ne pleure pas. Il avait lu à Becky quatre de ses histoires favorites, puis lui avait souri et l'avait embrassée sur le front. Elle lui avait souhaité bonne chance pour son voyage sous les mers. Le poste de son père à bord d'un sous-marin nucléaire avait captivé son imagination et il l'avait fréquemment emmenée le dimanche sur le *Tucson*. Le capitaine de vaisseau Dillinger aimait bien avoir des enfants à bord et en avait même invité deux à déjeuner au carré avec lui le samedi précédant l'appareillage.

Keating avait affiché un visage courageux face à la petite Becky, mais dès qu'il avait refermé la porte de sa chambre, il avait repoussé Diane de l'épaule pour se précipiter dans le garage, à son établi, le seul endroit dans la maison qui lui appartenait totalement. Il s'était assis sur un tabouret et avait pleuré toutes les larmes de son corps, les épaules secouées par les sanglots. Il ne voulait pas que Diane le vît dans cet état, car il savait qu'il n'était pas bon pour elle de le savoir si faible, mais il avait senti sa main sur son épaule et il leva les yeux pour la regarder à travers les larmes.

— Elle ira bien, Harlan, affirma Diane, mais ses yeux étaient rouges et gonflés.

— Seigneur Jésus, Diane, avait-il dit d'une voix tremblante, pourquoi Dieu s'en prend-il à un enfant ? Pourquoi Becky ? Pourquoi pas moi ? Bordel, pourquoi pas moi ?

Pour une fois, Diane était restée muette et tous les deux s'étaient embrassés dans le garage poussiéreux. Huit heures plus tard, Keating se tenait dans le local de la tranche avant du niveau supérieur du *Tucson*, révisant tranquillement la check-list de préparation à l'appareillage et priant pour que Becky soit épargnée.

Le café arriva fumant. Son arôme emplissait le local sonar, qui occupait un espace rectangulaire, et on pouvait difficilement parler de « pièce » – d'une largeur d'un mètre cinquante depuis le bord des consoles sur tribord jusqu'à la cloison sur bâbord, d'une longueur de cinq mètres entre la porte dissimulée par un rideau et la cloison avant. La rangée de consoles comportait trois postes sonar, chacun équipé de deux grands écrans, un vertical et un autre dans la partie supérieure, légèrement incliné, dirigé vers l'opérateur. Il y avait trois fauteuils pivotants à haut dossier fixés au pont pour les opérateurs et, derrière, un tabouret haut réservé au chef de quart sonar depuis lequel ce dernier pouvait surveiller les six écrans.

Le chef de chaque quart configurait les écrans à son goût, mais Keating aimait que ses opérateurs disposent les deux écrans de gauche de la console avant pour la réception large bande. Ils affichaient les données brutes non traitées reçues par l'antenne sphérique logée dans le cône avant, donnant l'azimut d'un bruit et son amplitude, ou son intensité. La brillance de la trace caractérisait le volume du bruit, la direction était indiquée sur l'axe horizontal. Keating aligna le sud au 1-8-0 au centre de l'écran. C'était le vecteur menaçant, la direction d'où la cible russe approcherait. Les azimuts 1-8-1 à 3-5-9 apparaissaient sur la droite de l'écran. Une trace brillante dans l'azimut 1-8-0 indiquerait l'approche éventuelle d'un bâtiment ou d'un sous-marin.

L'écran faisait ensuite défiler le temps. Un bruit en provenance du 180 donnerait une trace brillante, et s'il était confirmé, la trace apparaîtrait verticalement vers le bas avec le reste des données, tandis que les lectures de tous les azimuts se dérouleraient également lentement vers le bas. C'était la raison pour laquelle la lecture était appelée affichage « *waterfall*[1] ».

L'antenne sphérique était un récepteur « large bande », parce qu'elle permettait de capter toutes les fréquences, très semblable en cela à l'oreille humaine. Une trace sur l'écran était soit forte, soit atténuée, mais l'affichage ne donnait pas d'autre information. Il pouvait s'agir d'un sous-marin de haute valeur ou d'un simple bateau d'école de pêche, ou encore du déplacement d'une crevette. L'opérateur sonar, à travers son casque d'écoute, pouvait orienter le système pour entendre dans son casque le bruit que les hydrophones captaient dans cette direction – cela faisait de la sphère sonar un gigantesque microphone directionnel. Un bon opérateur était capable de fournir une foule de renseignements d'un simple bruit reçu dans son casque : une hélice de bateau de surface faisait par exemple un bruit constant dû à la cavitation des pales dans l'eau. L'hélice d'un sous-marin en plongée n'était pas sujette à ce phénomène, elle ne formait pas de bulles de vapeur sur la face en dépression de la pale. Mais un bruit pouvait provenir de l'écoulement de l'eau dans les pompes à eau de mer ou celui des grosses pompes de recirculation des réacteurs.

Avec des sous-marins plus discrets, le système à large bande était insuffisant pour une détection à distance. Le sonar à bande étroite avait été mis au point pour répondre à ces exigences. Il fallait rechercher les fréquences, fondamentales ou harmoniques, détectées par l'antenne remorquée, soixante-quinze mètres d'hydrophones sur un câble d'un nautique de longueur. Leur antenne avait été placée avec adresse sur le fond de la baie par le commandant Dillinger, la longue ligne d'hydrophones disposée perpendiculairement à la rivière. L'antenne remorquée captait tous les sons qui lui parvenaient, de même que la sphère, mais le traitement était différent, les impulsions électriques des hydrophones de la longue antenne segmentée étaient transmises par le câble de remorquage vers le puissant calculateur en bande étroite du BQQ-5, un filtre extrêmement sophistiqué. Les améliorations des trente dernières années avaient beaucoup augmenté la puissance de calcul et permettaient de faire un tri plus rapide pour distinguer, dans le bruit de fond de l'océan, l'aiguille d'un sous-marin. Les bruits bruts étaient

1. « Chute d'eau. »

filtrés, de sorte que des bruits de fréquence particulièrement stable pouvaient être détectés. Ces fréquences étaient affichées en un graphe étroit qui permettait immédiatement à l'opérateur de distinguer entre les bruits naturels en large bande – les vagues, le vent, la pluie, le déplacement des crevettes et l'eau de mer vaporisée par la lave bouillante – et les bruits en bande étroite, tels ceux d'un turbo générateur de bâtiment, une pompe à eau de mer de réfrigération principale ou une pompe de recirculation d'un réacteur. La fréquence naturelle de l'océan donnait un signal plat.

Un ennui demeurait : il y avait tellement de bruits dans l'océan, avec une telle diversité de fréquences, que les calculateurs du BQQ-5 pouvaient en être saturés, ils ne parvenaient alors pas à traiter les nouvelles détections suffisamment vite pour obtenir un résultat significatif. Cela n'avait rien à voir, pensait Keating, avec les films où un sous-marin caché sous l'eau savait tout de ce qui se passait autour de lui, et où les cibles sous-marines apparaissaient sur un écran radar. Ici, au fond de la baie du fjord de Kola, ils connaissaient le doute, avec des graphes mathématiques d'incertitudes pour déterminer si cette détection, là-bas, pouvait être un sous-marin ennemi.

Le flot de données saisi par le Q-5 devait être découpé et examiné en petits segments. L'antenne remorquée avait la possibilité de définir un faisceau dirigé pour éliminer toutes les informations extérieures à un étroit secteur, un cône dans la mer. Si l'opérateur sonar connaissait le secteur menaçant, il pouvait se concentrer sur ce faisceau. Au milieu de l'océan, l'opérateur ne pouvait s'offrir le luxe de savoir par avance quel secteur serait le bon, il fallait établir un plan de recherche sonar en surveillant un faisceau toutes les quinze minutes, éliminer les données et surveiller le secteur suivant pendant quinze autres minutes. L'autre méthode pour le Q-5 de traiter l'information consistait à surveiller un très petit nombre de fréquences sélectionnées. Les renseignements obtenus en enregistrant les cibles sous-marines, y compris les sous-marins américains, révélaient que chaque type de bâtiment avait sa propre signature en fréquences. Les spécialistes du renseignement sous-marin connaissaient quatre ou cinq fréquences émises par les sous-marins russes de classe Akula, Sierra et, évidemment, Alfa. Ils connaissaient aussi les fréquences émises par les sous-marins américains classes Seawolf et Los Angeles. Cette information nécessitait d'être recueillie à proximité du bâtiment, les enregistrements étaient effectués pour les nouveaux sous-marins à la sortie du port avant leur traversée de longue durée[1].

Malheureusement, pour trouver un but sous-marin, il était nécessaire de savoir exactement que rechercher. Si l'opérateur connaissait la cible, le reste allait de soi. Le Q-5 serait configuré pour contrôler quatre ou cinq plages de fréquences et quatre ou cinq tonalités supposées ; l'opérateur surveillerait successivement pour chacune des plages les pics apparaissant sur les graphes, en éliminant les autres données et en renouvelant son examen toutes les quinze minutes. Dans la position du *Tucson*, cela fut même facilité, car la disposition de l'antenne remorquée sur le fond de la baie permettait d'utiliser seulement quatre faisceaux. Ils savaient qu'ils recherchaient un Alfa, sa signature se situerait dans une plage de fréquences très étroite.

Sur les deux écrans centraux, quatre graphes recherchaient les fréquences principales des Alfa. La fréquence apparaissait sur l'axe horizontal du graphe, l'intensité du son sur l'axe vertical. Les deux écrans de droite présentaient les plages de fréquences secondaires enregistrées également sur les Alfa. Mais l'Alfa n'avait jamais été beaucoup observé depuis la fin des années quatre-vingts. C'était un sous-marin qui reposait uniquement sur la puissance, pensait Keating, sans finesse, et conduit par un équipage constitué seulement d'officiers.

Une plaisanterie courait à ce sujet. Le *Tucson* n'avait donc pas de soucis à se faire. Les blagues entre officiers et membres d'équipage étaient depuis toujours une tradition dans les forces sous-marines. C'était une conséquence du confinement de l'équipage dans un si petit espace. Cela permettait de briser le formalisme. Les uns et les autres n'étaient pas a priori sur un pied d'égalité, mais ils se comprenaient réciproquement et avaient un immense respect mutuel. De tous les engagés du bord, les spécialistes sonar étaient les plus importants. C'est ce que Keating soutenait au carré envers et contre tout, sans eux le bâtiment était un tube d'acier sous-marin sourd, muet et aveugle, sans ressource contre

1. Il s'agit de la première campagne effectuée par un bâtiment pour vérifier que l'endurance des équipements pendant une certaine durée et dans des conditions difficiles satisfait bien aux exigences des spécifications.

les ennemis. Les techniciens musclés du nucléaire, qui conduisaient la propulsion à l'arrière, les « nukes, » se moquaient de Keating, soutenant que les « demoiselles du sonar » ne faisaient que regarder la télévision pendant leur quart, prenaient trois douches par jour et sentaient le parfum français. Laissons-les se morfondre aux machines, pensait Keating. La véritable raison d'être d'un sous-marin, c'est ici.

— Rien ?

Keating et son adjoint de quart, Antonio « Pup » Morales, se partageaient entre trois consoles et l'ordinateur. Morales était un jeune dont le visage boutonneux affichait une expression studieuse, son ossature était fine, ses cheveux blonds se partageaient en une raie au-dessus de ses lunettes à monture métallique. C'était un bleu, mais il avait la tête sur les épaules. À la fin de cette mission, il recevrait les dauphins d'argent, et pourrait alors monter en grade. Jusque-là, il prendrait le quart avec Keating, le plus ancien des spécialistes sonar, et profiterait de son expérience. Morales aurait pu fréquenter un bon collège s'il l'avait voulu, mais, comme Keating lui-même, il avait été trop impatient d'entamer une vie d'aventures. Alors que certains ne pouvaient se résoudre à s'asseoir dans ce local éclairé de vert et de rouge pendant des heures à contempler des écrans animés, pour Keating c'était une aventure, et le jeune Morales partageait ce point de vue. À terre, les « nukes » avaient adopté le jeune officier marinier. Ils l'emmenaient avec eux au bar pour lui apprendre à boire comme un marin et chahuter les bikers, mais, en mer, ils le laissaient seul.

Le jeune Morales partageait son temps entre les affichages en large bande et en bande étroite. Keating gérait l'ensemble des données et la réinitialisation des fréquences. Morales écoutait les bruits en large bande et avertissait Keating en cas d'anomalie.

Keating regarda de nouveau le chronomètre. La pendule se traînait, se dit-il, mais s'ils ne captaient pas l'Alfa cette nuit, peut-être demain pointerait-il le bout de son nez ? Keating bâilla et remit à zéro l'enregistrement des fréquences.

La porte arrière du local était verrouillée, de même que la seconde porte qui donnait sur la coursive. Les lampes rouges étaient mises en veilleuse, ce qui correspondait à l'extinction de la moitié de l'éclairage. Il était près de 2 heures du matin. Il faisait froid dans le local, malgré la ventilation qui tournait à faible régime – en raison des eaux glacées nordiques. Aussi Burke Dillinger portait-il son vieux peignoir de bain en laine de West Point, vestige d'une défaite cuisante de l'équipe de football de l'US Army contre celle de l'US Navy. Il s'assit sur son lit, le regard dans le vide, se demandant si Nathalie viendrait le rejoindre et si ce qu'il allait faire était bien raisonnable. C'était plutôt malavisé et fou, se disait-il.

Il pouvait presque imaginer ce qu'ils diraient au sein d'une cour martiale, procédure administrative pour juger et sanctionner une faute d'un commandant en exercice. Avouer à Nathalie qu'il éprouvait des sentiments pour elle pouvait entraîner la révocation de son commandement, et interrompre sa carrière, même si cela se passait à terre, à Norfolk, un samedi soir, dans l'intimité de sa maison. Il n'était pas autorisé à la traiter autrement que comme son subordonné. Ils pouvaient être amis, naturellement, même boire un verre et plaisanter ensemble jusqu'à la fermeture du bar. Il pouvait la saisir pour l'empêcher de trébucher, mais à partir du moment où il mettait le bras autour d'elle, comme un homme qui embrasse une femme, cela relevait de la cour martiale. Coucher avec elle en mer était absurde : la chose la plus proscrite que l'on puisse imaginer dans la marine. Le scandale provoqué par une telle histoire sentimentale entre le commandant et son second sur un sous-marin nucléaire ne manquerait pas de faire la une des journaux. Et c'était pire que cela. Il n'était pas sur le point de coucher avec Nathalie lors d'un banal exercice dans les eaux territoriales américaines, il allait coucher avec elle ici, dans la mer de Barents, dans les limites sacro-saintes des douze nautiques de souveraineté d'une autre nation. L'ordre de pénétrer dans cette zone provenait du Président lui-même. Lui, le second et l'officier de navigation avaient lu le message dès qu'il leur était arrivé. Non, il n'y aurait pas de procédure administrative, pas de rapport de l'amiral, cela ferait l'objet d'une procédure officielle en cour martiale.

Ils en étaient là, au milieu d'une mission d'espionnage, à l'intérieur des douze nautiques de la zone russe, posés sur le fond dans un port, avec leur sonar surveillant un sous-marin ennemi, en silence complet. Ils avaient l'ordre de détruire ce sous-marin. Cette mission était si secrète et capitale qu'elle devait dépendre probablement du Pentagone, sinon de la Maison Blanche elle-même.

Dillinger était assis sur son lit, à 2 heures du matin, attendant que son second vienne dans sa chambre pour qu'ils commettent un crime relevant de la faiblesse humaine.

Pour la première fois depuis des mois, il pensa à son père, Kinnaird « Kin » Dillinger, qu'il avait placé sur un piédestal jusqu'au jour où il avait appris sa double vie. Que dirait le vieil homme de la situation ? Désapprouverait-il et dirait-il à son fils de s'écarter de cette femme, de se reprendre et de montrer un comportement professionnel ? Ou lui dirait-il qu'une femme comme Nathalie n'arrive qu'une seule fois dans la vie, et d'aller de l'avant, de ne pas hésiter à l'aimer ? Ou l'inciterait-il à adopter les deux éventualités, l'écarter dans l'immédiat et la retrouver plus tard ? Dillinger pensait connaître la réponse. Il devait faire ce qui pour lui était le plus raisonnable, tout en faisant et en respectant ce qu'il aimait dans sa vie, comme sa carrière, son sous-marin, son équipage, et Nathalie. Mais comment trouver le juste milieu ? La réponse sembla venir de l'extérieur. Il savait diriger son sous-marin, son équipage, et, quand l'heure viendrait, il saurait aimer Nathalie Whitworth D'Assault, capitaine de corvette, *United States Navy.*

Le grincement de la porte de leur cabinet de toilette commun le ramena à la réalité. Il tourna la tête. La porte s'ouvrit complètement. Nathalie se tenait là, dans la lumière rouge atténuée, à un mètre cinquante de lui, vêtue d'un T-shirt qui lui descendait à mi-cuisse. Il distinguait à travers le vêtement de coton les courbes généreuses de sa poitrine et de ses hanches. L'éclairage rouge de l'unique lampe allumée mettait en valeur ses cheveux qui lui tombaient sur les épaules. Il se leva pour mieux l'admirer. Son parfum lui emplissait les narines, une fragrance légère mais magnifique, une odeur qu'il avait déjà sentie auparavant mais dont il ne pouvait plus se souvenir. Elle se rapprocha de lui.

Il savait qu'il aurait dû lui dire que cela était impossible, qu'ils devaient préserver leurs carrières, que leur tâche ici, dans la mer de Barents, était trop importante pour se laisser distraire par une romance qui n'avait rien à voir avec le travail. Une romance qui était interdite, prohibée par les règlements et la logique. Elle s'approcha encore, ses lèvres, plus rouges sous cette lumière, s'ouvrirent légèrement. Il observa le léger éclat de sa lèvre inférieure sur laquelle elle venait de passer la langue voilà un instant. Ses lèvres s'ouvrirent un peu plus, comme pour lui dire quelque chose. Elle était plus près maintenant. Il pouvait voir la raie dans ses cheveux, et une idée étrange lui vint à l'esprit, qu'il aimait chacun de ses cheveux.

Dis-lui que c'est mal.

Il vint à elle, ses mains touchant ses épaules. Il l'attira contre lui, et lui murmura quelque chose à l'oreille.

Dis-lui que ceci ne devrait pas arriver. Que tu ne peux pas le faire. Que ton devoir envers le pays, la marine, l'équipage et la mission te l'interdit, quel que soit ton désir.

Elle se tenait tout près de lui, les mains sur ses épaules.

Dis-lui que c'est fini.

Ses paupières s'abaissèrent sur ses superbes iris bruns aux pupilles dilatée. Son menton et les ailes de son nez présentaient une petite constellation de taches de rousseur. Puis il sentit ses lèvres contre les siennes. Était-elle venue contre lui ? Non, pensa-t-il, c'était lui qui était venu la rencontrer.

Tu ne peux faire cela. Arrête maintenant. Tu lui expliqueras plus tard.

Dillinger pouvait sentir la douceur, la chaleur humide de sa bouche fouillant la sienne. Il sentait chaque molécule de ses lèvres sur les siennes, la douceur incroyable de sa langue qui le cherchait, l'attirait dans sa bouche. Il sentait son cœur battre, le sang lui monter aux oreilles et ses bras enserrer son dos, la peau fraîche de son avant-bras sur son cou. Il augmenta son étreinte. La passion lui montait dans une bouffée de désir, il l'embrassa plus ardemment. Elle gémit, doucement, et le bruit le ramena à la réalité, personne ne devait rien savoir de cela.

C'est tenter le diable. Dis-lui que tu ne peux faire cela, pas maintenant, pas ici.

Il l'emmena vers son lit et l'y étendit. Dans ce mouvement, son T-shirt s'était relevé et fit apparaître une simple culotte blanche. Il la rejoignit. Elle l'encercla de nouveau de ses bras, leurs bouches se rencontrèrent. Elle saisit sa main et la guida vers sa poitrine, sous son T-shirt. Il ferma les yeux au contact de son sein volumineux, chaud et souple, son mamelon ferme, tendu.

Il l'embrassa très fort, écrasant sa poitrine.

Il sentait sa respiration chaude dans son oreille, et alors leurs langues s'emmêlèrent lentement. Elle se glissa sous lui et il réalisa qu'elle avait enlevé sa culotte. Elle plaça un de ses genoux contre la cloison, enleva son T-shirt et le jeta par terre. À travers ses sous-vêtements, il sentit ses doigts frais, une onde de picotements lui envahit l'épine dorsale. Il gémit, mais elle l'embrassa aussitôt pour étouffer le son, et alors il sut qu'elle était aussi gênée que lui.

Elle l'attira, ses doigts le dirigeant en elle. Il fut surpris de la sentir déjà prête. Dayna avait toujours eu besoin de davantage de caresses, mais le sexe de Nathalie était humide, sa fourrure duveteuse et mouillée. Il la pénétra et ses yeux se fermèrent de nouveau. Il lui sembla que la pièce tournait autour de lui dans une explosion d'étincelles, le reste du monde s'estompant dans une obscurité rouge. Il allait et venait en elle, lentement d'abord, puis ne put plus se contrôler. Sa respiration s'amplifiait. Il lui murmura son nom à l'oreille et elle ouvrit les yeux. Pendant un dixième de seconde, il aperçut ce qu'il considéra comme la plus belle chose au monde, le bonheur sur son visage.

— Oh, chère Nathalie, murmura-t-il. Oh, Dieu.

— Burke, chuchota-t-elle, élevant la main pour se la passer dans les cheveux. Je t'aime.

Ses lèvres trouvèrent les siennes, ses dents mordirent sa lèvre inférieure.

Ces paroles lui revenaient encore et encore à l'esprit. Avait-il déjà entendu plus belle déclaration ? Il avait conscience que jamais mots d'amour ne lui avaient fait un tel effet. Et c'est alors que cela se produisit.

— Je t'aime, Nathalie, dit-il.

Elle l'embrassa, ses doigts parcourant son dos jusqu'aux hanches, puis elle l'attira plus profond, l'invitant à accélérer le rythme, sa respiration devenant plus rapide et plus forte. Il ferma les yeux et sentit la proximité de son corps souple et ferme, la douceur de sa peau, l'étroitesse, la chaleur et l'humidité de son sexe. Elle bougea plus vite les hanches. Il ouvrit les yeux et la vit froncer les sourcils, concentrée. Puis elle frissonna, la bouche légèrement ouverte, les lèvres brillant dans la lumière rouge, elle exhala un long *ooooohhhhh*, et parut se détendre légèrement. Elle sourit.

Il n'était pas sûr de ce qui le rendait heureux à ce point. Peut-être était-ce l'expression angélique, satisfaite du visage de Nathalie, ou la façon dont elle lui avait dit qu'elle l'aimait, ou le son qu'elle avait émis. Tout à coup, un raz de marée l'envahit, et une ultime extase le saisit.

Puis il frémit. Il sentit les bras de Nathalie le serrer. Il ouvrit les yeux, elle le regardait.

Il n'avait jamais vu tant d'amour dans les yeux d'une femme, et de constater cela chez elle lui donna envie de lui faire de nouveau l'amour. C'était une émotion nouvelle pour lui, car jusqu'à présent, après une relation amoureuse, même avec Dayna, il n'avait jamais ressenti que le besoin de dormir, ou de s'isoler. Il réalisa que rien n'était comparable au bonheur d'être entre ses bras. C'est ce qu'il avait voulu lui exprimer lorsqu'il lui avait dit qu'il l'aimait. Il aurait voulu que ce moment ne se termine jamais, niché dans ses bras avec ses douces jambes nues enroulées autour de lui. Il l'embrassa et la regarda dans les yeux avec un soupir de contentement.

— Je voulais te dire, lui chuchota-t-il à l'oreille.

— Quoi ? demanda-t-elle, en lui souriant, ses ongles lui caressant le dos.

— Quand je t'ai dit que je t'aimais.

Elle prit une expression sérieuse. Il était surprenant de constater combien chaque émotion transformait la beauté de son visage.

— C'est vrai ? demanda-t-elle.

Il y avait une vulnérabilité enfantine dans sa voix, et il ne l'en aima que davantage. Il hocha la tête.

— C'est vrai. Pensais-tu ce que tu as dit ?

Elle posa son visage entre sa poitrine et son cou pendant un moment, embrassa sa gorge, puis se leva, recherchant de nouveau ses yeux.

— Je t'aime depuis le premier instant où je t'ai vu, murmura-t-elle.

Morales aperçut une trace brillante sur l'écran avant Keating. Keating hocha la tête lorsque son assistant lui montra le signal. Une belle trace en large bande émergeait depuis le sud. Probablement un navire commercial, pensa Keating. Il mit son casque et releva l'azimut du bruit au sud. Il ne s'était pas trompé. C'était un lourd navire de surface. Les hélices tournaient lentement, environ trente tours par minute. Ce son lui paraissait familier. C'était le cargo qu'il avait observé entrant au port une semaine auparavant. Il l'avait baptisé le *Mammouth*. Il enclencha son téléphone.

— *CO de sonar, nouveau contact, désigné but 8, en large bande, azimut 1-7-9, navire de commerce, en route à trente tours par minute, hélice tripale. Il est au loin dans la rivière, probablement sortant. Je crois qu'il s'agit du* Mammouth.

— Sonar de CO, bien reçu, répondit la voix du lieutenant Mercury-Pryce depuis le microphone central du CO.

Mercury-Pryce s'efforçait de toujours parler d'un ton égal et calme, même dans les situations les plus tendues.

Keating se versa une nouvelle tasse de café et s'assit dans le siège face à la console de gauche pour surveiller l'affichage large bande. La trace se déplaçait sur la droite, puis sur la gauche. Le *Mammouth* suivait les courbes de la rivière. La trace de bruit devenait plus brillante sur l'affichage large bande. Le *Mammouth* se rapprochait.

Mais qu'est-ce que c'est ? se demanda-t-il, portant son attention au centre de l'écran. Le bouquet de fréquences 254 Hz commença à bondir. Il y avait un pic à 253,8 Hz. Keating entra des instructions sur le clavier, effaçant les anciens relevés pour en créer un nouveau. Le faisceau de l'antenne remorquée était dirigé vers l'aval de la rivière, actuellement vide d'information, le système intégrait le nouveau contact. Keating jeta un coup d'œil à l'affichage large bande pour voir d'où venait le contact sur la fréquence 254, mais à part le *Mammouth*, il n'y avait rien. Le bouquet de fréquences 254 fut relié au faisceau qui surveillait le sud ; en vertu de la méthode de constitution des faisceaux, il pouvait aussi détecter une fréquence tonale au nord, dans les baffles[1] du sous-marin. Keating s'assit sur le siège du milieu et observa, tandis que la fréquence 254 Hz grossissait encore sur l'affichage du détecteur de fréquences. C'était sans aucun doute un contact. Keating regarda les réglages inférieurs, il en resta bouche bée. Il y avait un double pic dans la fréquence 308 Hz, un à la fréquence 307,5 et l'autre à la fréquence 308,5. Cela ne se produisait que lorsqu'il y avait deux machines en rotation côte à côte, tournant à une vitesse légèrement différente en raison de leur déséquilibre de charge ; comme des turbos générateurs bâbord et tribord, si le réglage des régulateurs de vitesse est légèrement différent, ou s'il y a deux pompes

1. Zone située à l'arrière du sous-marin où l'écoute sonar est perturbée par le bruit des turbines de l'hélice.

dont l'une est plus chargée en raison d'une anomalie dans la tuyauterie.

Keating bondit de son tabouret afin d'avoir une vue d'ensemble. Le *Mammouth* sortait bien de la rivière, à présent à quarante-cinq tours par minute et dans le même azimut, il avait le doublet de fréquences 245 et 308 Hz.

Les deux tonalités étaient caractéristiques de l'Alfa. Lors de son arrivée au port et jusqu'à cet instant, le *Mammouth* n'avait émis aucune fréquence dans cette gamme.

— *CO de sonar,* dit Keating en essayant de rester calme, mais sachant que son accent était devenu traînant. *Nouveau contact but 9, bande étroite, sur le faisceau de l'antenne remorquée, azimut soit 1-8-0 soit 0-0-0, avec un doublet 2-4-5 et 3-0-8. But 9 est classé sous-marin. Je pense que but 9 appartient à la classe Alfa.*

La réponse de Mercury-Pryce fut immédiate et sa voix n'avait rien de calme, il demanda vivement :

— Sonar de CO, affirmatif. Désignez but 9 comme cible numéro Un. Un enregistrement quelconque large bande sur cible numéro Un ?

— *CO de sonar, négatif.*

— Le chef du module sonar au CO.

Keating retira son casque et ouvrit le rideau du CO. Il regarda Mercury-Pryce, qui se tenait sur la plate-forme des périscopes, un long cigare éteint entre les dents.

— À vos ordres, capitaine ?

— Est-il possible que l'Alfa se cache dans l'ombre du *Mammouth*, peut-être en immersion en dessous pour sortir furtivement du port ?

— Il y a peu de fond dans le chenal de sortie, répondit Keating, mais l'Alfa pourrait suivre le *Mammouth*, dans l'intention de plonger dessous pour éviter que nous le détections.

— Vous êtes sûr que c'est bien le mauvais sujet ?

Keating opina de la tête.

— Je parierais dix années de ma vie.

Mercury-Pryce écrasa son cigare.

— Je vais appeler le second. Merci, chef.

Keating s'empressa de retourner au local sonar pour entendre Mercury-Pryce ordonner par-dessus son épaule :

— Central, postes de combat, en silence.

Il la serra contre lui un long moment. Le rythme de sa respiration ralentit et elle s'endormit, ses beaux cheveux répandus sur l'oreiller. Il la regardait dormir, ses yeux fermés, la poitrine montant et retombant. Il embrassa son front encore un peu moite de la transpiration de leurs ébats. Peut-être, songea Dillinger, pourrait-il la garder une autre heure avant que quelqu'un ne l'appelle.

Comme en réponse à cette pensée, la sonnerie du téléphone du CO retentit. Dillinger ne pouvait pas la réveiller pour qu'elle réponde au téléphone. Il saisit le téléphone. Par chance, ils avaient la même ligne.

— Le commandant, dit-il d'une voix assurée.

Nathalie ouvrit les yeux et sauta du lit, paniquée. Elle ramassa ses vêtements et ferma tranquillement la porte du cabinet de toilette derrière elle.

— Désolé, commandant, mais je croyais avoir appelé le second. Commandant, nous avons…

— Le second, dit la voix de Nathalie tout à coup au téléphone.

Il pouvait encore sentir son odeur, comme si elle l'étreignait toujours. Il se demanda quand il pourrait à nouveau être avec elle, mais cette pensée disparut à la suite de l'annonce de Mercury-Pryce.

— *Commandant, second, nous avons l'Alfa.*

26

Andrei Rusanov se tenait sur la plate-forme d'observation arrière surplombant les hélices du *Kirovski.* L'écume blanche du sillage bouillonnait et disparaissait vers le sud jusqu'au fjord de Kola. Les falaises tombant à pic de la péninsule de Kola défilaient de chaque côté du bâtiment, puis disparaissaient. Ils sortirent enfin de la rivière et traversèrent l'embouchure du fjord en direction de la mer de Barents.

Il regarda sa montre. Il était 1 h 55 du matin, ils avaient un peu d'avance sur le programme. Il décida de surveiller la ligne de côte jusqu'à ce qu'elle disparaisse à l'horizon, puis de descendre. Quelques heures de sommeil ne lui feraient pas de mal avant de quitter le *Kirovski.*

Il frappa ses gants l'un contre l'autre, il avait froid en cette fin novembre et rêvait d'une boisson chaude lorsqu'il vit l'un des clients sortir sur le pont. Il hocha la tête en direction de l'homme, mais l'Égyptien le remarqua à peine. L'homme lui tourna le dos. Intrigué, Rusanov tendit le cou pour voir ce qu'il trafiquait. Il tenait un téléphone équipé d'une grosse antenne, plus gros qu'un téléphone cellulaire traditionnel. Un téléphone par satellite. Rusanov pouvait entendre les bips de l'appareil lorsque l'Égyptien enfonçait les touches. Il trouva bizarre que l'homme ne parle jamais dans le téléphone, se contentant d'appuyer sur les touches. Il devait vérifier l'état de son compte en Suisse, pensa Rusanov. Finalement, l'Égyptien raccrocha. Il se retourna, lança un regard à Rusanov, puis disparut dans les superstructures.

L'Égyptien se pressa à travers le passavant et escalada l'échelle raide de la passerelle où Abdas al-Sattar était assis dans le fauteuil du commandant, ses adjoints en cercle autour de lui. Abdas leva les yeux.

— Votre Sainteté, c'est fait.

Abdas sourit.

Loin au-dessus de l'horizon, vers le sud-est, dans les dix secondes qui suivirent l'appel par satellite, les quatre ordinateurs cachés sous le plancher des quatre autobus garés dans le Terminal reçurent le signal de commande d'explosion et quatre ensembles de détonateurs s'allumèrent. Vingt tonnes de plastic mou Semtex RDX/PETN explosèrent. Dans les premières millisecondes de la déflagration, les autobus se transformèrent en une boule de feu. Au bout de quelques instants, les boules de feu grossirent, se renforçant les unes les autres jusqu'à atteindre les murs et le plafond du bâtiment.

Puis le Terminal devint méconnaissable. Chaque colonne métallique fondit ou se réduisit à quelques débris de la taille d'un éclat d'obus, les structures du plafond se volatilisèrent. Les murs extérieurs en brique du vieux bâtiment en ruine explosèrent dans tous les azimuts à une vitesse proche de celle du son, tels dix mille canons dirigés dans toutes les directions. Le bois du toit se désagrégea en éclats qui montèrent vers le ciel. L'explosion déchira le bas de la plate-forme de construction des bateaux, projetant les lourdes pièces métalliques dans l'eau.

En quelques secondes, le Terminal avait cessé d'exister. L'acier, les briques et le verre de sa structure s'étaient transformés en millions de projectiles fusant dans toutes les directions. Si l'explosion du Semtex s'était limitée à cela, le ciel serait resté éclairé par les flammes pendant au moins vingt heures. Mais une pièce d'acier d'une demi-tonne chauffée à blanc fut projetée dans un réservoir de kérosène de 32 000 litres, de la Murmansk Oil Company. L'explosion mit le feu aux réservoirs proches répartis sur quinze hectares. L'un d'eux, de 150 000 litres, contenait de l'essence sans plomb, équivalant à mille tonnes de dynamite. L'onde de choc de la déflagration vint frapper la ville, détruisant les vingt immeubles à l'entour et provoquant des incendies de gaz naturel sur tout le front de mer.

Trois kilomètres plus loin, dans le sud, toutes les fenêtres côté nord de l'Arktika Hotel volèrent en éclats. Un nuage en forme de champignon de près de cent mètres de diamètre s'éleva au-dessus des bâtiments portuaires.

Il allait falloir plus de deux semaines pour que les pompiers de Mourmansk réussissent à maîtriser totalement les incendies. Jamais les corps de Yuri Belkov et des frères Kaznikov, qui fêtaient au champagne le succès du Lira Unité 1 dans la salle de conférences inférieure du Terminal, ne seraient retrouvés.

Dillinger sauta dans sa combinaison et ses espadrilles. Il se précipita au CO. Une seconde après son arrivée, Nathalie entra, calme d'apparence, en combinaison, les cheveux en arrière attachés en une queue-de-cheval. Alors qu'il prenait son micro sans fil, il capta son regard qui ne laissait transparaître que la considération d'un officier en second envers son commandant. Quelle femme incroyable, pensa-t-il, qui peut manifester une telle discipline et une telle force. Son cœur s'emplit d'amour pour elle l'espace d'une fraction de seconde. Peut-être l'avait-elle lu dans ses yeux, car elle sourit légèrement, avant de froncer les sourcils en regardant l'officier de quart.

— Que t'arrive-t-il ? demanda-t-elle sèchement.

Son émotion fut soudain remise à sa juste place, et son esprit retrouva cet état de clarté inébranlable qu'en privé il avait toujours appelé sa zone de poste de combat.

Mercury-Pryce leva les yeux, releva un sourcil.

— En large bande, navire marchand sortant de la baie, baptisé but 8. Il est passé au-dessus de nous il y a deux minutes. Sous-marin classe Alfa, baptisé *Master One*, dans les fréquences 254 et 308.

— On rappelle aux postes de combat ?

Autour de lui, le PC, normalement calme, était devenu aussi fréquenté qu'un ascenseur de gratte-ciel aux heures de pointe. Les sièges du système de combat étaient occupés par trois officiers. Devant la console armes, l'officier était équipé d'un casque spécial, à double circuit, en liaison avec le compartiment torpilles d'une part, et le CO d'autre part. La double table traçante était plus fréquentée qu'une table gagnante dans un casino, avec, au centre de l'action, le CGO pointant la « solution » du but sur la table tribord, puis se tournant vers la table bâbord pour la mettre à jour. Une table avait été rabattue dans l'angle arrière du compartiment pour consulter les relevés d'azimuts et de fréquences. Les adjoints surveilleraient la situation de la cible en utilisant le système de combat, les relevés d'azimuts et les données du système de navigation inertielle du bâtiment. Dans une situation calme, avec un seul but, il était possible d'arriver manuellement à une solution de tir acceptable. Cela permettait de parer à une avarie du système de combat mais nécessitait trois fois plus de personnel dans le CO. Malgré les températures arctiques à l'extérieur, l'atmosphère du local était devenue chaude. D'Assault avait déjà roulé ses manches et descendu de quelques centimètres la fermeture à glissière de sa combinaison. Dillinger se tourna pour écouter le rapport de Mercury-Pryce sur la prise des postes de combat.

— Complet pour les postes de combat, à l'exception de mon remplaçant, Flood, qui doit être relevé à l'arrière.

— Très bien, dit Dillinger, croisant les bras, debout, devant les consoles tribord du système de combat. Sonar de commandant, azimut de *Master One*?

— *Commandant, il y a une ambiguïté entre nord-ouest ou sud-est.*

— Coordinateur, dit Dillinger à Nathalie.

Durant une approche aux postes de combat, le commandant en second devenait le coordinateur de tir, ou plus simplement le « coordinateur ».

— Relevons l'antenne remorquée et prenons un peu de vitesse.

Dillinger se tourna vers la plate-forme des périscopes, où le capitaine de corvette Steve Flood, le plus ancien et le plus expérimenté des officiers de quart, relevait le lieutenant de vaisseau Mercury-Pryce, qui descendit s'asseoir devant la seconde position de la console du système de combat, devenant l'opérateur numéro deux.

— Central, remontez verticalement à 25 mètres.

— Bien reçu d'officier de quart, remonter verticalement à 25 mètres, répéta Flood.

— Chef de quart enclenche le système de stabilisation d'immersion, vitesse de remontée 1,5 centimètre par seconde jusqu'à 25 mètres. Maintenir à 25 mètres.

Dillinger observait le manomètre digital d'immersion, tandis que le sous-marin remontait doucement depuis le fond. Il regarda D'Assault, dont les lèvres serrées témoignaient de sa concentration devant l'affichage sonar. Elle leva les yeux en fronçant les sourcils.

— Quelque chose ne colle pas, dit-elle.

— Quoi ?

— Pas de large bande sur l'Alfa. Il se trouve dans les 2 000 mètres, mais tout ce que nous avons c'est but 8, le *Mammouth.*

— Nous pourrions ne jamais avoir de large bande sur lui, affirma Dillinger en regardant au loin. Il est beaucoup plus calme maintenant. Nous devrons le pister en bande étroite.

— Sonar de coordinateur, dit D'Assault dans son micro. Rendez compte du rapport signal bruit sur les fréquences de *Master One.*

— *Coordinateur de sonar, les deux sont environ plus huit décibels.*

Dillinger leva les sourcils.

— Sonar de commandant, quelle est votre estimation en distance ?

— *Commandant de sonar, proche.*

— Mais pas de large bande ?

Il n'y eut d'abord pas de réponse, puis Keating, le chef du module sonar, annonça calmement :

— Il est possible que *Master One* se cache derrière but 8, ou bien il est en plongée dessous, ou même, il est remorqué par lui.

— Aucune preuve d'une hélice avec plus de trois pales ?

— *CO de sonar, négatif.*

— Que diable se passe-t-il ? demanda-t-il en regardant Flood.

Flood, en tant qu'officier de quart aux postes de combat, était son assistant direct, tandis que le commandant en second était en quelque sorte son anticipateur, formulant des jugements indépendants sur l'évolution de la cible. Dillinger pouvait ne pas tenir compte du commandant en second, mais il l'avait rarement fait jusqu'à présent.

Flood regarda les consoles du système de combat et l'écran répétiteur double du sonar, imitant inconsciemment Dillinger, les bras croisés dans une attitude rigide.

— Je crois qu'il est remorqué à l'arrière du *Mammouth.* Pas de bruit d'hélice, pas de large bande, mais il se déplace et son azimut évolue avec celui de but 8.

Dillinger secoua la tête.

— Y a-t-il une possibilité pour qu'il soit en écoute sur le fond ? Cela expliquerait l'absence de bruit d'hélice.

D'Assault se retourna.

— Non, commandant, il avance. Il s'est déplacé depuis le travers jusqu'au 2-0-5. Je pense qu'il se déplace avec but 8, le cargo.

Elle regarda Dillinger, avec, sur le visage, une expression dure.

— Les Russes sont connus pour utiliser ce genre de procédés, commandant.

— Sonar de commandant, dit Dillinger d'une voix irritée. Jusqu'à présent nous avons considéré que but 8 est le cargo. Est-il possible que but 8 soit l'Alfa ? Émetteur de bruit avec une hélice tripale ?

— *Commandant de sonar, attendez.*

— Officier de quart, immersion 25 mètres, annonça le maître de central.

Le premier maître, Fred Davies, qui avait été promu cette année, était le meilleur maître de central du bord, on disait qu'il pouvait maintenir l'immersion périscopique dans un ouragan.

— En avant doucement, officier de quart, réglez à 2 nœuds.

— Central, en avant un tiers, ordonna Flood. PCP de commandant, tournez pour 2 nœuds. Central, route au 0-9-0. Tenir l'immersion à 25 mètres. Central, affichez 1 nœud.

— *CO de sonar, nous avons un fort transitoire sur l'antenne remorquée.* Master One *perdu.*

Dans l'atmosphère tendue et silencieuse du CO éclairé de rouge, Dillinger attendait que le loch indique le déplacement du sous-marin. Le remorquage de l'antenne sur le fond aurait tendance à les ralentir, mais l'hélice avait suffisamment de puissance pour couper les deux câbles.

— Sonar de CO, cria Dillinger. Le chef de module au CO.

Tandis que l'antenne remorquée raguait sur le fond, ils avaient perdu l'Alfa. Dillinger désirait avoir Keating en face de lui. La porte du local sonar s'ouvrit et Keating entra dans le CO, le visage tiré et plissé. Que ressentait-il, pris dans l'intensité de cette affaire, alors que sa petite fille était malade, loin de lui ? se demanda Dillinger. Mais les problèmes personnels devaient être mis en veilleuse, Dillinger avait besoin de son chef de module.

— Commandant, dit Keating, but 8 est incontestablement le même gros cargo qui est arrivé il y a quelques jours. Son hélice est grande, d'un diamètre de 5 mètres peut-être. Le spectre des transsoniques, crissements et gémissements, ne peut venir que d'un navire de surface. C'est moi qui l'ai appelé le *Mammouth*, et je n'ai jamais eu ces fréquences auparavant. J'étais de quart et je surveillais ces fréquences particulières. Il est impossible de détecter un sous-marin dans l'azimut du *Mammouth. Master One* est tout près de lui, peut-être dans le même azimut, mais ce n'est pas le même bateau.

— 1 nœud, commandant.

— Sonar de CO, appela Flood, nous montons à 2 nœuds. Situation de l'antenne remorquée.

La voix du premier maître ASM David Orleans, adjoint de Keating, parvint sur le réseau.

— *CO de sonar, nous avons de forts transsoniques dans le sud-sud-est. Comme une explosion.*

— Je demande la permission de retourner au module sonar, dit Keating.

Dillinger acquiesça de la tête et fit signe à Keating de retourner au module sonar, tout en gardant un œil sur l'affichage du répétiteur sonar. Une grosse trace était apparue dans le sud.

— Place-la sur la carte, demanda Dillinger à Rob Cummins. Azimut 1-6-9.

Cummins plaça la règle Cras sur la fréquence du bruit, la fit glisser sur la table et traça un trait au crayon depuis le point lumineux de la carte, qui brillait selon les indications de la table traçante.

Cummins leva les yeux.

— C'est la direction de Mourmansk, commandant, peut-être une grosse explosion de gaz.

— Sonar de commandant, est-ce une explosion sous-marine ? Y a-t-il des bulles, des ondes de choc, des ruptures de coque ?

— *Commandant de sonar, négatif. Émission aérienne, quelque chose à terre.*

— Attention système de combat, nous pensons que quelque chose a explosé sur la péninsule de Kola, cela n'est pas notre affaire. Oubliez l'explosion et concentrez-vous sur l'Alfa. On continue. Sonar de commandant, avez-vous de nouveau l'antenne remorquée ?

Dillinger se mordit les lèvres, sachant que la reprise de contact sur l'Alfa dépendait uniquement de l'antenne remorquée. Si elle s'accrochait sur une roche et si l'erre du sous-marin la coupait, ce serait la fin de la mission.

— *CO de sonar, le fort bruit de fond de l'antenne remorquée diminue. Je pense qu'elle est dégagée du fond en grande partie.*

— Sonar de CO, bien reçu, dit Flood, les yeux sur l'affichage de l'antenne remorquée sur l'écran double du sonar.

Les graphiques avaient été erratiques, à cause de l'intensité des bruits de frottements de l'antenne sur le fond.

— *CO de sonar,* grésilla la voix de Keating sur le réseau, *antenne dégagée du fond.*

— Officier de quart, 8 nœuds, ordonna Dillinger.

— Central, en avant deux tiers, commanda Flood.

Dillinger regarda le chronomètre. Il y avait seulement vingt minutes, il était indifférent au monde, pensa-t-il. Il observa le répétiteur sonar. Ils avaient décollé l'antenne remorquée du fond en faisant route à l'est, mais but 8 sortait de la baie par le nord-ouest.

— Venez au nord-ouest et montez à 12 nœuds.

C'était la vitesse du *Mammouth* avant qu'ils ne perdent l'Alfa.

— Central, en avant normal, garder dix degrés à la barre, faire route au 3-3-0.

— PCP de CO, réglez pour 12 nœuds. Sonar de CO, route au 3-3-0.

Flood retourna vers la carte. Dillinger le suivit. Ils regardèrent et calculèrent tandis que le sous-marin tournait lentement pour suivre le cargo.

— Attention CO. Si nous suivons le cargo, nous sommes susceptibles d'intercepter de nouveau *Master One*, dit Dillinger.

Il pouvait sentir le regard de Nathalie sur lui, mais il garda les yeux rivés sur l'affichage sonar.

Là, sur les 308 Hz, les échos commencèrent à augmenter verticalement au-dessus du bruit de l'océan. Dillinger sourit. Ils l'avaient, pensa-t-il. Ils avaient pris le risque de laisser l'antenne remorquée sur le fond de l'océan – ce qui n'était pas recommandé –, mais cela leur avait permis de retrouver la trace de l'Alfa lorsqu'il était sorti de la protection du cargo et, à présent, ils avaient réussi à décoller l'antenne du fond sans dommage. Il leur restait maintenant à localiser exactement l'Alfa, à le suivre en haute mer dans la mer de Norvège et, enfin, de l'envoyer en enfer grâce à une torpille. Dillinger regarda le commandant en second. Son visage était dénué de toute trace d'émotion, comme s'il n'y avait rien eu de personnel entre eux. Elle acquiesça à peine de la tête pour l'approuver quand il retourna au CO.

— *CO de sonar, nouvelle acquisition de* Master One, *azimut 3-1-5, coïncide approximativement avec l'azimut de but 8, à l'azimut 3-2-0.*

— On l'a eu ce fils de pute, dit Dillinger.

— *Sonar de CO, bien reçu,* collationna Flood.

— Le commandant vous demande au CO avec l'officier de quart, sur la plate-forme des périscopes, annonça D'Assault.

Dillinger approuva d'un signe de tête. Il n'était pas courant de tenir une réunion au CO entre les trois principaux officiers aux postes de combat : Flood, officier de quart, D'Assault, coordinateur, et Dillinger ; et particulièrement lorsque régnait une telle incertitude. Celle-ci ne devait en aucun cas arriver à la connaissance de l'équipage, sous peine de le voir perdre confiance en ses officiers supérieurs. Toutes les fois où la tactique à adopter en période de doute devait être discutée, les trois principaux officiers se réunissaient sur la plate-forme des périscopes. Dans l'espace confiné d'un sous-marin, il n'était pas vraiment possible d'éviter les oreilles indiscrètes, mais ils avaient l'illusion de la confidentialité, et c'est cela qui comptait.

— Commandant, commença D'Assault, il est de ma responsabilité de te prévenir que nous pouvons le tirer maintenant, de sorte qu'il ne réapparaîtra plus. Notre mission serait accomplie.

— Nous désobéirions ainsi à l'ordre d'agir discrètement, interrompit Flood. Nous sommes supposés attaquer loin de toute présence. L'équipage du cargo constituerait des témoins certains.

— Ou nous manquons le but et atteignons le cargo, ajouta Dillinger.

— Je suis seulement en train de le souligner. Nous sommes proches, sans large bande sur l'Alfa. S'il s'éloigne, nous pourrions regretter de ne pas lui avoir envoyé une torpille maintenant.

— Compris, dit Dillinger.

D'Assault était pessimiste à tort, pensa-t-il. Il se tourna vers Flood.

— Alors ?

— Commandant, pour ma part, j'attendrais. J'estime que nous n'avons pas de large bande parce que l'Alfa n'a pas encore fait démarrer sa machine, son réducteur et son hélice. Quand il commencera à monter en allure, nous l'aurons. Nous lui laisserons prendre quelques milles au-delà de l'horizon du cargo et nous lancerons à ce moment-là.

— Des torpilles ?

— Eh bien oui, bien sûr !

D'Assault saisit la réflexion de Dillinger au bond.

— Nous pourrions l'assommer avec les charges nucléaires. La durée de trajectoire est beaucoup plus faible, la mort est définitive, et nous en avons la permission.

Dillinger secoua la tête.

— Non. Le champignon serait aperçu de très loin par le cargo et n'importe qui sur la péninsule de Kola. De plus, nous aurions ensuite une saturation sonar sur toute cette zone de l'océan. Par malchance, nous pourrions le manquer, et nous serions alors incapables de confirmer sa disparition. Il sortirait de la zone perturbée avec la vengeance dans le cœur. Il observerait vers l'est, bénéficiant, lui, d'une bonne réception sonar dans cette direction, et nous détecterait. Il pourrait nous surprendre avec une torpille russe. Si nous avons des chances raisonnables avec les torpilles, utilisons-les.

— D'accord, commandant, confirma D'Assault. Commandant, les missiles peuvent être alimentés pendant des heures, mais dix minutes sont nécessaires pour le gyroscope. Au cours d'un combat, dix minutes peuvent se révéler mortelles. Vous pourriez peut-être placer l'un d'eux en réchauffage, de façon à pouvoir le lancer en urgence.

— Cela fait un autre gyro tournant près de la coque, commandant, intervint Flood. Cela pourrait provoquer un bruit indiscret. Mais je prendrais le risque.

Dillinger y réfléchit une seconde, puis il hocha la tête.

— ASM, le Subroc 1 paré à tous égards, à l'exception de l'ouverture de la porte extérieure.

Après que Tonelle eut accusé réception, D'Assault reprit :

— Relevons des analyses sur but 8. Nous avons l'azimut de l'Alfa, mais pas sa distance, je souhaite connaître exactement sa route. Si nous le perdons, nous pourrons admettre qu'il poursuit sur son vecteur.

S'ils pouvaient obtenir la distance entre l'Alfa et le *Tucson*, ils pourraient reporter sa route et sa vitesse sur une carte. De cette façon, en cas de perte, il serait possible de le rechercher en aval sur la route qu'ils avaient définie.

— Central, venir au sud-ouest.

Le *Tucson* tourna au sud-ouest, tandis que son sonar et le processeur du BQQ-5 décortiquaient les données du cargo et de l'Alfa.

Peter Vornado ferma le robinet de sa douche et revêtit en vitesse sa combinaison, se demandant s'il allait passer quelques minutes là-haut sur la plate-forme d'observation du *Kirovski*. Quand il sortit de la petite salle de bains, Svetlana était assise sur le lit, les cheveux en désordre après l'heure qu'ils venaient de partager.

Vornado lui sourit.

— Si j'avais fait mon boulot, tu dormirais à nouveau, la taquina-t-il.

— Tu dois travailler plus dur, dit-elle avec un grand sourire.

Vornado se tint debout, la regarda un long moment, et se demanda pour la énième fois comment il pourrait lui dire au revoir lorsque tout cela serait fini. Une fugitive pensée lui effleura l'esprit – ils pourraient l'un comme l'autre ne pas survivre à la prochaine semaine.

Le sourire de Vornado s'effaça.

— Écoute, tu ne peux pas te montrer, pas avec les Égyptiens et leur attitude envers les femmes. D'abord, ils te voudraient en robe noire et le visage voilé, ensuite ils te limiteraient à la cuisine et, troisièmement, ils te souhaiteraient ailleurs que sur le bateau.

— Je ne peux pas rester cachée. Je suis venue parce que tu as besoin de moi, pas seulement ici, mais au PC.

— Alors, tu dois t'habiller en homme. Tu peux prendre une de mes combinaisons et te rembourrer avec deux sweat-shirts en guise de sous-vêtements. Il faut que je te coupe les cheveux.

Il serait bien dommage de couper ses boucles resplendissantes, pensa-t-il, mais mieux valait prendre les devants que de voir les Égyptiens utiliser un de leurs couteaux sur elle.

— Et fais quelque chose à ton visage.

Elle fourragea dans son sac et en extirpa une paire de ciseaux. Dix minutes plus tard, ses cheveux blonds étaient taillés en brosse. Elle fronça les sourcils devant un miroir.

— Il faudrait que ce soit plus noir, dit-elle. Vas-y, je te rejoins dans un instant.

— Verrouille la porte derrière moi.

Vornado quitta sa chambre et escalada l'échelle du pont supérieur. Il pénétra dans le CO. Dmitri Maslov était encore de quart. Il se pencha sur la console de navigation et contrôla leur position. C'était presque le moment de stopper le cargo et d'envoyer les plongeurs pour déboulonner les supports et séparer le sous-marin du cargo.

Maslov traversa le compartiment vers l'affichage sonar, où un indicateur clignotait.

— Quelque chose ne va pas, dit-il.

— Quoi ? demanda Vornado par-dessus son épaule.

— Un fort grondement dans le sud-est. Le module de navigation montre qu'il a débuté il y a quelque temps.

— Combien ?

Maslov secoua la tête.

— Il a commencé réellement il y a deux minutes, mais il y a des détections dans cette direction depuis 15 h 05. Le niveau était de trois décibels au-dessus du bruit de fond.

Maslov tapota l'écran d'affichage.

— Damnée chose, j'aurais dû l'annoncer. J'étais occupé avec des questions de température du réacteur.

— C'est O.K., Dmitri. Pouvez-vous l'entendre ?

— Ici.

Maslov tendit un casque à Vornado. Le bruit ressemblait au hurlement du vent, entrecoupé de bruits d'explosion.

— Qu'est-ce que cela ?

— Ça ne vient pas de l'océan, du moins je pense. Il y a des perturbations sur la péninsule.

— Soyez en alerte, ordonna Vornado. Nous pourrions être obligés de passer en bande étroite si nous étions suivis par un sous-marin occidental.

— Oui, commandant, mais il y peu de chances que cela arrive.

— Soyez vigilant tout de même. Je monte récupérer l'équipage et les clients sur le *Kirovski*, dit Vornado.

Il traversa le panneau vers l'engin de sauvetage, mais les hommes dégringolaient déjà d'eux-mêmes depuis l'échelle supérieure. Les Égyptiens descendirent un par un, vers leurs chambres au pont milieu. Abdas al-Sattar fermait la marche, il adressa un signe de tête à Vornado avant de disparaître sur le pont milieu. Les Russes suivirent, le dernier étant Rusanov, qui tira le panneau inférieur et tourna le volant de blocage.

— La passerelle est-elle arrimée pour plonger ?

Apparemment, Rusanov n'avait pas compris.

— La passerelle. Avez-vous descendu le pare-brise de la baignoire et l'avez-vous saisi ? Vous êtes-vous assuré que rien là-haut ne pouvait vibrer ?

— Oui, commandant, répondit Rusanov. Nous allons stopper d'ici peu afin que les plongeurs puissent déverrouiller le berceau de fixation.

Vornado prit une profonde inspiration et tourna la tête vers la carte. Il aperçut alors une mince silhouette penchée sur le mât du périscope. Elle avait des cheveux noirs coupés ras et faisait une demi-tête de moins que Vornado. La peau de sa lèvre supérieure, de son menton et de ses joues était légèrement sombre, mais elle avait des traits féminins.

— Excuse-moi, murmura Vornado, mais tu ne me trompes guère.

— Ce n'est pas toi que j'essaie de tromper, répondit Svetlana d'une voix grave, celle qu'elle prenait pour parodier les hommes lorsqu'elle se moquait de quelque chose qu'un stupide individu lui avait dite.

— C'est parfait, dit Vornado.

À la manière dont les Ahel al-Beit méprisent les Russes, ils lui jetteraient à peine un deuxième coup d'œil.

Rusanov se tenait près de Vornado, les sourcils froncés.

— Qui êtes-vous ? demanda-t-il.

— Eh Andrei, répondit Svetlana, toujours de sa voix mâle.

Il la regarda attentivement.

— Svetlana ?

— Non, dit-elle, comme insultée. Mon nom est Ivan. Ivan Mironov.

— Bien sûr, continua Rusanov. Commandant ?

— C'est très bien, Andrei. Les Ahel al-Beit n'apprécient guère les femmes à bord. Placez Ivan ici dans le tour de quart. Il l'assurera comme tout le monde.

— Nous sommes à l'arrêt, commandant, l'interrompit Maslov. Le *Kirovski* va nous lâcher sous peu.

— Comment saurons-nous qu'il s'agit du moment pour nous de nous séparer ?

Rusanov intervint.

— Lorsque le *Kirovski* nous aura lâchés, avec les purges ouvertes, nous remplirons les ballasts et coulerons. Le fond est assez faible ici pour que nous nous posions. Une fois que le *Kirovski* aura dégagé, nous pomperons dans le ballast de réglage, équilibrerons le sous-marin et nous pourrons partir.

Vornado acquiesça calmement mais, intérieurement, il commençait à avoir quelques doutes au sujet du sous-marin. Il n'avait pas effectué d'essais et appareillait avec un équipage inexpérimenté. Il ne connaissait pas non plus ses performances tactiques. Il serait heureux quand cette damnée escapade serait terminée, même si demeurait le problème Svetlana.

27

— *CO de sonar, un millier de transitoires en provenance de* Master One, annonça la voix du maître principal Keating sur le réseau du système de combat.

Dillinger jeta un coup d'œil vers Steve Flood, qui avait déjà enfilé ses lunettes infrarouges au cas où ils devraient passer à l'immersion périscopique. L'Alfa avait stoppé, de même que le *Mammouth*. Ces quinze dernières minutes, le cargo avait émis des bruits des plus étranges, très forts. Ils avaient été classés transitoires parce qu'au lieu du bruit régulier d'une hélice ou d'une turbine de génératrice, ils étaient éphémères. Les transitoires incluaient le bruit de chute d'une clé sur le sol, le claquement de fermeture d'un panneau, le grondement d'un générateur à vapeur qui s'arrête, ou même la musique trop forte d'une chaîne stéréo.

— Qu'en penses-tu ? demanda D'Assault à Keating.

— *CO de sonar, il est possible qu'ils aient des difficultés à larguer la remorque. Dans ce cas, que va-t-il se passer ?*

— Sonar de CO, bien reçu.

D'Assault regarda Dillinger.

— Au moins nous le tenons, commandant.

Elle masqua son micro de la main et se rapprocha de lui, les yeux levés vers les siens.

— Nous pourrions lancer sur lui à présent, commandant.

Il secoua la tête.

— Le cargo est sur zone. Il serait témoin de l'explosion. Les ordres d'opérations l'interdisent. Ou, pire, nous pourrions atteindre ce damné cargo. Je ne veux pas avoir à en rendre compte à Joe Kraft.

Elle hocha la tête en s'éloignant. Il tourna le dos à l'écran du sonar, un œil sur les points s'inscrivant sur l'affichage de la console BSY-1 du système de combat. Si l'alignement des points était vertical, cela voulait dire que la solution présumée – route, vitesse et distance du contact – correspondait aux données réelles. Lorsque la ligne divergeait d'un côté ou de l'autre, cela signifiait que les suppositions ne correspondaient pas à la réalité. Les officiers aux consoles du système de combat devraient alors introduire des éléments plus proches de la réalité quant à la distance, la route et la vitesse afin de réaligner les points. Si le but se déplaçait de façon stable, et s'ils faisaient des crochets de trois minutes sur la route, avec des directions de vecteurs suffisamment éloignées de la route du but, l'ordinateur pourrait alors déterminer une solution unique de lancement, c'est-à-dire une seule combinaison de route, vitesse et distance, qui donnerait une ligne verticale sur l'écran. Les indications de vitesse étaient fournies par le sonar. La mesure de la rotation de l'hélice révélait une faible vitesse du but, ou bien qu'il remorquait quelque chose, et ces informations pourraient être utilisées pour afficher une vitesse supposée. La distance pourrait aussi être évaluée rationnellement. Un but à grande distance pourrait être tenu en bande étroite avec réflexion sur le fond, à plus de dix milles nautiques. Un contact proche en large bande, visible peut-être au périscope, conduirait le système de combat à entrer des distances plus proches.

Mais si le but évoluait ou avait identifié leur présence, cela poserait un problème. La solution manuelle et celle de l'ordinateur divergeraient.

— Le commandant recommande l'immersion périscopique pour jeter un coup d'œil, affirma D'Assault. S'il éprouve des difficultés pour libérer sa remorque, peut-être pourrons-nous le voir et prendre une photo périscopique.

— C'est la deuxième meilleure idée de la nuit, conclut Dillinger, se demandant si D'Assault avait saisi son sous-entendu.

— Sonar de commandant, nous allons effectuer une remontée verticale à l'immersion périscopique.

Lorsque Abdas al-Sattar entra avec sa djellaba blanche flottante et sa coiffure rouge sang, son cimeterre se balançant contre sa cuisse, la tension monta dans le PCNO. Si l'absence de ses lieutenants lui pesait, il n'en laissait rien paraître.

— Commandant Vornado, je désirerais vous parler.

— Pas maintenant, Votre Sainteté, répondit Vornado sans daigner regarder l'Égyptien. Nous sommes occupés.

Un fort bruit résonna dans le bâtiment au-dessus d'eux. Le sous-marin se détachait du *Kirovski*. L'immersion affichée au CO montra qu'ils coulaient rapidement – Andrei avait rempli complètement le ballast de réglage. Le pont s'inclina vers l'avant. Rusanov était assis au central, à la console située à l'angle arrière bâbord du local. Il actionnait frénétiquement les commandes pour éviter que le nez ne percute le fond.

Abdas saisit une rambarde de la plate-forme périscopique. Vornado ne l'avait jamais vu bouger aussi rapidement. Il se déplaçait toujours avec grâce et calme, mais, à cet instant, il devait ressentir la même anxiété que Vornado.

— Bordel, Andrei, vidangez le régleur avant rapidement à la mer, pompe au maximum.

— Je pompe, commandant. Immersion 50 mètres.

L'assiette du bâtiment se redressa lentement.

— Pas trop, Andrei. Arrêtez le pompage.

Le pont était presque horizontal, mais le bateau coulait encore trop vite.

— Vidangez au central.

Rusanov pompa, et le taux de descente se ralentit.

— Quelle est l'immersion ?

Rusanov était occupé à sa console. Vornado se rendit à l'arrière tribord du PC et disposa l'affichage sonar pour faire apparaître la sonde du fond. Il régla le programme pour n'obtenir qu'une seule émission. Sous la quille, un petit hydrophone émit un bip bref, à haute fréquence, puis attendit le retour de l'écho. Le temps écoulé entre l'émission et le retour de l'écho était calculé par l'ordinateur et converti en hauteur d'eau en tenant compte de la température de la mer.

— 280 mètres, annonça Vornado.

— Immersion 200 mètres, annonça Rusanov. Nous sommes stables, nous montons peut-être un peu.

— Avez-vous le contrôle ?

Si Rusanov avait le contrôle, il n'était pas nécessaire de poser le sous-marin sur le fond. Ils pouvaient rester à cette profondeur, immobiles en immersion, et puis se déplacer doucement vers l'avant pour se dégager du *Kirovski*.

Vornado regarda Ivan, penchée sur la console de navigation. Un écran présentait une carte marine. Les logiciels provenaient du commerce et la carte des fonds de la marine russe. Ils avaient été obtenus par Kaznikov selon la méthode habituelle : avec des dessous-de-table.

Rusanov approuva de la tête.

— J'ai le contrôle. Stable à 205 mètres.

— Central, remontez doucement à l'immersion périscopique, ordonna Dillinger sèchement.

— Reçu, commandant, répondit Flood. Chef de quart, masquage des feux. Officier de plongée, remontée verticale à 20 mètres.

L'optique du périscope sortit lentement du puits. Flood s'accroupit et saisit les poignées en plaçant les yeux sur l'oculaire avant que l'appareil ne soit monté à plus de 60 centimètres hors du puits. Il se redressa avec le périscope, s'assurant de la main droite que le réglage était au minimum, sa main gauche pointant l'appareil vers le haut.

— Je vois la surface, dit-il, la voix amortie par l'optique du périscope. Les vagues miroitent.

— 30 mètres.

— Très bien, rien à l'horizon.

Flood tournait le périscope toutes les deux secondes. Loin au-dessus, les vagues ondoyaient. Il réduisit lentement la profondeur de champ pour essayer de percer l'obscurité et voir plus loin.

Le CO était parfaitement silencieux. Dillinger attendait, les yeux rivés sur la console du système de combat. Une fois que Flood aurait éclairci l'écran, il en prendrait le contrôle. Il valait mieux ne pas paraître trop anxieux. L'équipage pourrait s'en rendre compte. Il devait leur donner l'impression d'être inébranlable. Dans la lueur verte du CO, il pouvait percevoir les yeux de D'Assault sur lui, et il aspirait à la regarder également, mais il savait qu'il ne pouvait se le permettre, ou il perdrait sa concentration.

— 21,30 mètres. Remplissez le contrôle de profondeur deux. 21 mètres. 20,60. Tenez bon pour le remplissage. 20 mètres, commandant.

Sur la plate-forme des périscopes, Flood fit une triple rotation rapide. Les lumières du cargo lui apparurent au nord-ouest, puis elles disparurent, laissant seulement l'horizon sombre et une faible ligne de falaises éloignées sur la côte russe. Rien à proximité, il ralentit sa recherche.

— Pas de contact proche, annonça-t-il.

Il orienta le périscope vers le cargo. Dans la clarté lunaire de la nuit, les vagues étaient faibles, fouettées par un vent de 8 nœuds. Le cargo était là, immobile sur l'eau, ses feux de navigation allumés. Rien ne paraissait anormal, hormis qu'il était à l'arrêt.

— Laisse-moi voir, fit Dillinger sur l'épaule de Flood.

— Petit navire à l'horizon, gisement 350.

Dillinger prit le périscope, l'oculaire était réchauffé par le visage de Flood. Là, dans le réticule, le cargo était à l'arrêt. Ses superstructures étaient éclairées par plusieurs lampes intérieures et quelques lampes sur les échelles entre les plates-formes extérieures. Les lampes des cabines brillaient dans l'obscurité. Il n'y avait pas l'activité qu'il attendait du côté de la rampe arrière, où il pensait voir une équipe de vingt hommes défaire un lourd câble de remorque. Il tourna le périscope pour une recherche à fort grossissement. De toute évidence, l'Alfa avait fait surface tout près, mais ils ne pouvaient le voir, car il ne devait pas avoir allumé ses feux de navigation pour rester discret. Et son tour d'horizon ne lui indiqua rien.

— Sonar de CO, j'ai un visuel sur but 8, mais rien sur *Master One*. Avez-vous encore *Master One*?

— *Commandant de sonar, l'antenne remorquée descend à vitesse nulle, nous avons perdu la bande étroite, mais nous avons de nouveau* Master One *en large bande. Le signal est élevé. Des tas de transitoires, il est à proximité.*

— Quel est le site ? demanda D'Assault.

Le site se référait à la possibilité qu'avait la sphère sonar de situer un écho vers le haut ou vers le bas. Avec un contact sonar sur l'Alfa en large bande, les hydrophones de la sphère indiqueraient à quel site et à quel azimut l'émetteur était le plus actif.

— *Coordinateur de sonar, nous avons un site nul sur le but, je répète, site nul.*

Cela signifiait que le sous-marin était près d'eux, à la même profondeur.

— Sonar de CO, qu'est-ce que c'est que ce foutoir? demanda D'Assault d'une voix irritée. Chef de module au CO.

— À vos ordres, commandant, fit Keating derrière elle.

— Pourquoi vous a-t-il fallu tant de temps ?

Keating garda les sourcils froncés.

— Il y a un os, commandant, second. L'Alfa n'est ni sur le fond ni en surface. Il se situe à notre profondeur.

— Cela ressemble effectivement à un os, merci, continua Dillinger.

Keating se retira au sonar.

— Adjoint de quart, prends le périscope, ordonna Dillinger au lieutenant de vaisseau Nick « Neon » Keondre. Coordinateur, officier de quart, au CO, continua-t-il, abaissant son micro et le couvrant de la main.

Les deux autres officiers l'imitèrent.

— Qu'en pensez-vous ? murmura-t-il.

— À mon avis, il faut attendre quelques minutes, dit D'Assault. Il est ici, sous l'eau. Nous avons obtenu de fortes détections large bande, et il doit être en train de se libérer de sa remorque.

Dillinger réfléchit un moment, puis approuva d'un signe de tête.

— Andrei, la machine est-elle chaude ?

Vornado avait une impression qu'il n'avait jamais connue. Il était sous l'eau, il était le commandant. C'était un sentiment d'exaltation que personne d'autre ne pouvait comprendre. Peut-être était-ce comparable au pilotage d'un avion de chasse exécutant des barillets à vitesse supersonique ou à une expédition dans l'espace ou à des rebonds sur la lune. Dans quelques heures ou quelques semaines, tout cela serait terminé, et il retrouverait la vie civile. Il mit de côté ses interrogations et se concentra sur l'instant présent.

— Oui, commandant, elle est embrayée, on vire la machine. Paré à manœuvrer.

— Très bien, en avant très lent. Surveillez l'immersion et le cap.

Vornado se pencha sur l'épaule de Rusanov.

— Essayez la barre dès que nous serons à 3 nœuds.

— Bien, commandant.

Rusanov saisit le levier de commande et le poussa doucement en avant.

Vornado regardait l'indicateur de vitesse du sous-marin qui monta doucement de 0 à 1 nœud. Il regarda en arrière. Dmitri Maslov surveillait le réacteur.

— Puissance du réacteur ?

— Elle progresse, commandant. Les températures sont normales. Puissance du réacteur cinquante pour cent.

— 2 nœuds, commandant, 3 nœuds.

— Vérifiez la barre.

— Bien, commandant.

Rusanov saisit une poignée sur la console. La disposition de l'écran de contrôle, la pédale de la barre et la poignée rappelaient un avion de combat. Rusanov régla le levier à sa taille. En d'autres circonstances Vornado aurait trouvé cela comique, mais c'était on ne peut plus sérieux.

Rusanov posa le pied sur la pédale de la barre.

— Vérification de la barre à droite.

L'indicateur de barre sur le panneau montrait que le safran s'orientait correctement. Vornado porta son attention sur le compas, qui commençait à passer doucement de l'ouest au nord.

— 5 nœuds, commandant.

— Vérification de la barre à gauche.

Si la barre coinçait, la mission serait terminée.

Rusanov appuya sur la pédale gauche. L'indication changea et montra que le safran revenait dans l'axe du bâtiment puis le dépassait sur la gauche.

— Bien, Andrei. Faites route au 2-9-0.

Lorsque Rusanov fut de nouveau en route vers le nord-ouest, Vornado ordonna l'essai des barres de plongée avant, puis arrière. Après dix minutes de tension, il apparut que tout fonctionnait. Si une barre de plongée était déficiente à grande vitesse, ils pouvaient disparaître en quelques secondes, en particulier si les barres de plongée avant se bloquaient en position de descente.

— Andrei, l'antenne remorquée est-elle prête à être sortie ?

Rusanov choisit un autre écran d'affichage. Il hocha la tête.

— Affirmatif, commandant.

Le système hydraulique de sortie de l'antenne remorquée était alimenté par le circuit hydraulique principal, celui qui commandait les barres de plongée. Puisque celles-ci avaient fonctionné, l'antenne devrait se déployer. Le câble de 60 mètres de long était enroulé dans un tube entre les coques extérieures, au-dessus des portes des tubes lance-torpilles.

— Sortez l'antenne remorquée.

Tandis que Vornado regardait l'antenne sur l'écran, il pensa à sa fille Marla, à son fils et sa femme. Et à sa vie.

— L'antenne est entièrement sortie, commandant.

Vornado regarda Svetlana, qui les avait rejoints au CO. Il ne l'avait pas remarquée pendant qu'il était occupé avec Rusanov. Cela semblait mal venu, car Abdas al-Sattar était aussi présent.

— Ivan, appela-t-il.

Elle leva les yeux vers lui et il reprit :

— Réglez le système sonar en mode bande étroite. Passez le programme de l'antenne remorquée de la position « stockage » à « remorquée » et démarrez une recherche multifréquences.

Svetlana hocha la tête, probablement parce qu'elle n'avait pas confiance dans sa « voix masculine » au voisinage d'Abdas, et commença une recherche sonar avec l'antenne remorquée.

Vornado se dirigea alors à l'arrière pour vérifier la console du réacteur, puis il revint aux écrans de contrôle. Il hésitait entre effectuer des essais en mer ou alors sortir tranquillement vers l'Atlantique Nord. La prudence aurait été de se limiter au minimum, de partir lentement, tranquillement, sans risque, de déclencher la mutinerie en route et de se débarrasser d'Abdas avant qu'il ne soit habitué à l'immersion, mais son instinct lui disait qu'Abdas et ses hommes étaient en alerte maximum. Il valait mieux laisser passer plusieurs quarts, et attendre qu'ils soient indisposés. Attendre le milieu de la nuit prochaine. D'ici là, Vornado aurait rencontré Danalov et sorti les armes. Ils auraient mis leur plan au point. Il vérifia sur la carte les fonds qui se présentaient à eux. Ils se trouvaient dans une fosse profonde qui allait jusqu'au cap Nord en Suède et au-delà dans la mer de Norvège, avec des profondeurs pouvant atteindre 1 800 mètres. Il n'y avait pas de doute, s'il poussait la vitesse au maximum, il connaîtrait les capacités du bâtiment.

Mais qu'adviendrait-il s'ils étaient pistés par un bateau occidental ? Ce pourrait être une bonne chose, pensa Vornado. Un sous-marin américain en pistage serait son allié. La CIA désirait sûrement Abdas et son sous-marin. Si tel était le cas, partir à grande vitesse serait très bruyant, et pourrait constituer un signe à l'intention du sous-marin pisteur.

— CO de sonar, quelque chose a changé, rendit compte Keating. Les transitoires ont disparu. Nous avons Master One *en large bande et en bande étroite. Les deux indiquent qu'il est en route.*

Dillinger regarda Flood, puis D'Assault. L'attente était terminée.

— À nous de jouer, lança Dillinger. Officier de quart, 8 nœuds nord-nord-ouest, fais un vecteur en large bande.

— Central avant deux tiers, dit Flood.

— *CO de sonar,* Master One *accélère.*

— Sonar, avez-vous les tours d'hélice ? demanda D'Assault.

— *CO de sonar, pas encore,* répondit Keating.

Dillinger observa l'affichage du poste de combat, ainsi que la table traçante et la carte de navigation. Le *Tucson* faisait route au nord-ouest, son antenne remorquée se tendait. Les données sur l'Alfa, *Master One*, continuaient d'entrer en cascade dans la bande étroite du BQQ-5 et maintenant dans les calculateurs du sonar en large bande. Dillinger avait confiance, *Master One* était à eux.

— Allons-y, Andrei. Montez à 15 nœuds.

— En manuel ou en automatique, commandant ?

— Restez en manuel pour l'instant.

— 15 nœuds, commandant.

Vornado observait, pendant qu'Andrei poussait le levier lentement en avant. Le pont ne vibrait pas du tout. Il regarda l'affichage de la profondeur. Celle-ci était correcte. Il se tourna vers l'affichage réacteur.

— Tout va bien ?

— Parfait, commandant, répondit Maslov. Nous passons la puissance réacteur à vingt pour cent. Les pompes de circulation d'eau de mer principales ont stoppé automatiquement. Nous sommes sur réfrigération par sillage.

L'indicateur de puissance du réacteur avait à peine bougé de sa position de repos, celle-ci se situant à vingt-cinq pour cent. Les pompes de circulation principales étaient à présent stoppées, la vitesse du bâtiment introduisant l'eau de mer de réfrigération dans les condenseurs. Avec des tubes de condenseurs propres, ici dans l'Arctique glacé, le bâtiment devrait être plus rapide que jamais. Peut-être plus rapide même qu'autrefois, pensa Vornado, et atteindre 57 ou 58 nœuds.

— Andrei, réglez à 25 nœuds.

— Bien, commandant, 25 nœuds.

Il poussa doucement le levier de commande en avant. Le pont resta encore calme, comme s'ils étaient à l'arrêt.

Vornado se déplaça de nouveau en arrière. L'indicateur de puissance réacteur avait finalement décollé, il indiquait à présent cinquante pour cent, le niveau où les pompes principales de réfrigération devaient passer en grande vitesse et devenir bruyantes.

— 25 nœuds, commandant.

— Bien, 30 nœuds.

De nouveau Rusanov accéléra, et le bâtiment se comporta parfaitement. Vornado ordonna 40 nœuds, puis 45. C'était supérieur de 5 nœuds à tout autre sous-marin.

— 50 nœuds.

Rusanov accéléra, et toujours pas de vibration sensible. L'énorme poussée faisait la différence, pensait Vornado, un sourire sur le visage en se penchant sur la console de contrôle du bâtiment. Il se retourna pour observer l'affichage du réacteur – encore vingt pour cent disponibles. C'était le moment de le pousser et de voir ce que valait le Lira.

— *CO de sonar,* Master One *sort rapidement. J'ai un affaiblissement signal-bruit en large bande sur les deux fréquences. Je recommande de monter à la vitesse maximum.*

— Maximum ? demanda Dillinger sur le réseau. Bon sang, chef, tu perds la tête ?

— *CO de sonar, le signal-bruit sur les deux fréquences en large bande diminue encore. CO de sonar, perte du signal en large bande.*

— Central, vitesse maximum, ordonna Dillinger, se pressant vers le local sonar.

Il fit glisser le rideau d'un air furieux.

— C'est quoi ce bordel ?

Keating l'interrompit et le regarda intensément.

— Commandant, nous avons perdu *Master One.*

— Andrei, entendez-vous avec Maslov pour monter à cent pour cent de la puissance du réacteur. Voyons ce dont il est capable.

— Bien, commandant.

Rusanov agrandit la lecture de la puissance du réacteur sur sa console, puis il poussa doucement le levier de commande. L'énergie prélevée dans le cœur par les turbines à vapeur s'accrut ; le système de contrôle des barres commanda leur retrait pour augmenter la puissance. Vornado ne dépasserait pas cent pour cent, mais il serait possible de monter en toute sécurité à la puissance thermique maximum du cœur.

La puissance du réacteur atteignit la zone des quatre-vingt-dix pour cent. À quatre-vingt-dix pour cent, à 59 nœuds, une légère vibration du pont se fit sentir. Vornado consulta l'indicateur de vitesse. Ou bien il était sorti de sa plage de calibrage, ou bien le bateau dépassait toutes les prévisions. L'indicateur de vitesse s'établit à 61 nœuds. La vibration continuait, mais restait insuffisante pour renverser une demi-tasse de café. Ce sous-marin était une pure merveille.

À cette vitesse, un simple petit problème hydraulique ou une faute d'attention de Rusanov pouvaient les tuer. Cela n'en valait pas la peine. Il réserverait cette vitesse incroyable pour le jour où il serait poursuivi par une torpille, mais courir devant un sous-marin ennemi n'était pas son destin. Sa seule préoccupation actuellement était de savoir comment contenir Abdas et sa bande de terroristes.

— Cela suffit, Andrei. Stoppez la machine. Laissez courir sur l'erre.

— Stop la machine, commandant.

Andrei ramena le levier sur STOP.

Le levier de commande avait une course stop et une course décalée. Pour passer en marche arrière, il devait, à partir de la position STOP, pousser le levier en position décalée et le tirer en arrière. Mais passer en marche arrière à cette vitesse pourrait soumettre l'hélice à des contraintes suffisantes pour la casser, et si elle se brisait, l'eau envahirait la coque.

Le sous-marin ralentit lentement à 6 nœuds.

— Les pompes principales à eau de mer ont démarré automatiquement, commandant, rendit compte Maslov.

— Andrei, réglez à 15 nœuds.

— 15 nœuds, commandant

— Ivan, l'antenne remorquée est-elle toujours présente ?

Svetlana se retourna de sa console sonar et acquiesça de la tête. Satisfait, Vornado se rendit à la console de navigation où se tenait Viktor Danalov. Vornado le regarda dans les yeux un instant, puis il se pencha sur la carte.

Abdas al-Sattar les rejoignit.

— Commandant Vornado, le moment est-il plus propice maintenant ?

— Certainement, Votre Sainteté. De quoi s'agit-il ?

Abdas regarda Vornado.

— Pouvons-nous parler en particulier ?

— Ma chambre ?

— Non, ici, devant « le plan ».

— Vous voulez dire la carte marine.

Abdas regarda Vornado avec froideur. Sa Sainteté n'admettait pas d'avoir dû attendre, ni d'être corrigé, mais c'était son problème, pensa Vornado. Il sentait le poids réconfortant du Smith & Wesson 45 sur sa cuisse, le Walther P99 dans son discret étui d'épaule et le Walther PPK dans son étui à la cheville.

— Viktor, pouvez-vous m'excuser ? Pourquoi ne relèveriez-vous pas Ivan au sonar ?

Il ne serait pas bon que Svetlana se trouve dans sa chambre, pas avec les Égyptiens qui croyaient avoir affaire à un certain Ivan Mironov. Il voulait s'assurer qu'elle ne retournerait pas dans sa chambre, sinon pour prendre ses affaires.

— N'avez-vous pas besoin d'installer vos affaires dans votre chambre ? Chambre 5 si je ne me trompe ?

Elle acquiesça de la tête et se leva pour laisser le siège à Danalov, puis elle disparut vers l'échelle de descente. Abdas ne leva pas les yeux de la carte.

— Où se situe le point le plus proche pour tirer sur Tel-Aviv ? demanda Abdas.

Vornado pressa la touche placée à l'arrière de la table de navigation. L'échelle de la carte changea et apparut une vue de l'Europe. Il plaça Tel-Aviv au centre de l'écran et d'un cercle de 3 000 kilomètres autour de la ville.

— La portée des missiles Granat est de 3 000 kilomètres, dit Vornado calmement, un œil sur Maslov et Rusanov, l'autre sur Abdas. Comme vous pouvez le constater, nous sommes ici, en dehors du cercle. La seule façon d'entrer dans le cercle de portée est de passer le détroit de Gibraltar, ici. Même ainsi, nous entrerons dans le cercle seulement au nord d'Alger.

Adbas semblait satisfait.

— Combien de temps pour y arriver ?

— J'ai ordonné un transit à 15 nœuds.

Vornado toucha l'écran et une calculatrice apparut. En touchant l'écran, il pouvait faire des calculs et des conversions d'unités – outil dont il ne disposait pas à bord de ses sous-marins antérieurs, mais il y avait un tas de choses qu'il souhaitait emprunter au Lira et ramener au pays. S'il avait la présence d'esprit de rapporter l'ordinateur portable, il aurait tous les détails de la construction du Lira ainsi que ses caractéristiques. Au diable tout cela, pensa-t-il, si le plan réussissait, il ramènerait tout le sous-marin.

— Cela nous situe à environ dix jours et deux heures d'Alger à partir de maintenant.

— Vous pourriez aller facilement deux fois plus vite. Quatre fois la vitesse, d'après ce que j'ai vu.

Vornado était sur le point de répondre lorsque Abdas leva la main.

— Attendez avant de dire quoi que ce soit. Je veux que vous fassiez demi-tour.

— Eh bien quoi ? Pourquoi ? Je pensais que vous désiriez poursuivre votre programme.

Vornado était sur le point de prononcer le mot « mission », mais il se retint.

— Parce que je désire vous parler dans votre chambre. Mais avant de vous y rendre, renvoyez le sous-marin vers l'est, doucement.

Vornado haussa les épaules.

— Andrei, ralentissez à 10 nœuds et retournez route au 0-9-0.

Rusanov accusa réception et entama un virage. Vornado se tourna vers Abdas.

— Donnez-moi cinq minutes. C'est en désordre. Je souhaite pouvoir vous recevoir convenablement.

— Très bien.

Vornado descendit rapidement l'échelle, espérant que Svetlana avait compris qu'il lui fallait évacuer sa chambre. Lorsqu'il arriva, tout était en place et les bagages de Svetlana avaient disparu. Il ouvrit la porte de son cabinet de toilette – les cheveux sur le sol avaient été balayés et tous les objets de toilette de la jeune femme ramassés. Il ressentit sur le coup une certaine tristesse. Il lui avait fallu si peu de temps pour en faire son domaine. Ciel, pensa-t-il, comment pourrait-il retourner à son ancienne vie ?

Rachel serait-elle au courant ?

— Bordel de merde, cria Dillinger courroucé en regardant D'Assault. Tu avais raison, second. Nous aurions dû le torpiller lorsque nous en avions l'occasion.

— C'est O.K., commandant, dit-elle, les yeux sur le répétiteur sonar, comme si, en le regardant intensément, l'Alfa reviendrait.

Comment pouvait-on supposer que ce putain de bateau filerait comme un éclair ?

L'Alfa avait disparu sans laisser de trace. Les fréquences qu'ils avaient identifiées, les pics à 246 et 308 Hz, étaient détectables seulement quand ils étaient proches. Ils n'avaient jamais obtenu une analyse en basse fréquence pour déterminer combien de pales avait ce satané engin.

Il va falloir payer à présent, songea Dillinger avec morosité. La perte de l'Alfa pendant une mission où ils avaient l'ordre de le torpiller ferait probablement l'objet d'une enquête. Il perdrait son commandement. Et s'il était démis de ses fonctions, il se demandait si D'Assault continuerait à l'aimer. Pensée idiote, se morigéna-t-il. Elle ne méritait pas cela. Il la regarda. Elle lui retourna un regard empli de compassion et de tristesse partagées. Il se sentit profondément ému. Son désespoir s'atténua. Ils combattraient, ils trouveraient l'Alfa.

— Commandant, dit D'Assault tranquillement. Nous devrions extrapoler sa position d'après sa route initiale et lui envoyer un Subroc. Si nous sommes proches, nous devrions le toucher, même si nous n'avons pas de contact sonar.

Dillinger ferma les yeux une seconde. C'était tentant, extrêmement tentant. Mais il ne serait jamais capable de confirmer une neutralisation. En outre, ils n'avaient jamais obtenu une route suffisamment bonne pour envoyer un Subroc dans un rayon de 20 nautiques, et même cette précision signifiait qu'ils devaient estimer une vitesse. Laquelle pourraient-ils afficher, 40 nœuds ? 50 ? 60 ? L'Alfa pouvait faire route à une vitesse, reposante pour lui, de 45 nœuds, ou bien naviguer à 58. Il y avait trop de doutes. À la fin de cette mission, Dillinger se retrouverait face à Smokin'Joe Kraft pour rendre des comptes. Lancer impulsivement une bombe nucléaire sur l'ombre d'un ennemi en fuite ne représentait pas la meilleure solution pour le détruire.

— Non, répondit-il enfin. Beaucoup comme moi désireraient lui envoyer deux bombes à hydrogène maintenant, seulement nous serons incapables d'affirmer que nous l'avons touché.

— Nous pourrions passer en mode actif et voir ce que nous pouvons en tirer, dit Flood.

Dillinger lui fit signe.

— Voilà sept minutes que nous l'avons perdu. D'après sa vitesse, il pourrait avoir parcouru déjà 12 kilomètres.

— C'est dans la zone d'efficacité du sonar, commandant, intervint D'Assault.

Émettre en sonar actif signalerait leur position et Dillinger ne le voulait pas. Il décida que la bataille n'était pas perdue. Il avait ordonné toute la vitesse vers le nord-nord-ouest pour essayer d'acquérir de nouveau le signal de l'Alfa, mais, en se penchant sur la table à cartes, il décida de changer de tactique. Il conduirait le *Tucson* pour effectuer une trajectoire à grande vitesse le long de la ligne de côtes sur la route commerciale vers l'Atlantique Nord, où l'Alfa avait à l'évidence fait route.

C'était la première chose qu'il pouvait entreprendre. La seconde serait encore plus efficace. Son sous-marin pouvait filer à 39 nœuds. Mais une de ses torpilles était capable d'atteindre 55 nœuds.

— ASM, dit-il au capitaine de corvette Lionel Tonelle. Peux-tu programmer une torpille et la lancer sur sonar actif Q-5 comme nous l'avons fait pour l'*Albany* ?

Tonelle le regarda sérieusement.

— Je peux, commandant, mais cela va demander du temps, douze minutes.

Cette fois, s'il obtenait un contact avec la torpille pilotée à distance, il relèverait d'abord les éléments pour attaquer l'Alfa, et, en second lieu, il emploierait une seconde leçon de l'exercice *Stolen Arrows*, il programmerait un Subroc et l'enverrait vers la position détectée. Ils avaient tous été coupables de sous-estimer l'Alfa. Ils ne commettraient pas une seconde fois cette erreur.

— On y va, ASM, ordonna-t-il. Schluss, prends la console de contrôle armes, et Vauxhaul, relève Schluss.

D'Assault leva un sourcil. Pendant qu'ils attendaient, il aurait pu tout aussi bien la mettre au courant de sa tactique.

Dans la chambre du commandant, Abdas l'attendait. Comme d'habitude, le terroriste s'était mis à l'aise, s'asseyant dans la chaise de commandant à haut dossier. Vornado se dit en lui-même qu'il devrait faire comme si de rien n'était, mais il réalisa que ce serait une mauvaise chose. Il semblait que chaque instant partagé avec Abdas tournait à la confrontation.

— Levez-vous de mon fauteuil, grommela Vornado.

Abdas sourit, mais il se leva et s'assit sur un autre siège.

— Bon, dit Vornado, s'enfonçant dans son fauteuil de commandant, plus confortable que celui du *Hampton*. Pourquoi dois-je faire route vers l'est plutôt que vers l'ouest, et qu'est-ce qui est tellement secret que vous devez m'en tenir à l'écart ?

— Le cargo.

— Le *Kirovski*?

— Oui. Vous avez des torpilles à bord ?

Vornado acquiesça, les yeux froncés.

— Eh bien, je souhaite que vous le couliez.

Vornado laissa passer un moment, mais Abdas n'avait apparemment nulle intention de lui en dire davantage. Il se leva à moitié de son siège comme prêt à s'en aller.

— Attendez, pour l'amour de Dieu.

Abdas fronça les sourcils.

— Pourquoi dois-je couler le cargo ?

— Raison de sécurité, répondit Abdas, comme si cela expliquait tout. Si quelqu'un sur le cargo parle, nous serons arrêtés avant d'avoir accompli notre sainte tâche.

Les choses commençaient à devenir plus claires dans l'esprit de Vornado.

— Il y a eu une explosion vers Mourmansk. Avez-vous fait exploser le Terminal ?

Abdas le regarda sans ciller des yeux. Vornado était prêt à l'étrangler. Il se leva brusquement et quitta sa chambre, claquant la porte avec violence. Hors de lui, le visage en feu, il pénétra dans le CO.

— Oui, commandant, dit Rusanov.

Vornado ne dit rien, mais alluma le tableau auxiliaire du système de combat. Les affichages apparurent dans l'angle tribord à l'avant du local. Dans l'heure qui allait suivre, il saurait si les torpilles fonctionnaient. Il ne pouvait croire qu'il était sur le point d'effectuer un tel acte, mais il essaya de se calmer. Tandis que les affichages se mettaient en place, il se demanda combien de crimes avaient été commis pour préserver une histoire de couverture.

28

Vornado essayait de dominer son dégoût pour ce qu'il était sur le point d'accomplir, mais il avait du mal. Ce n'était pas comme si le *Kirovski* n'avait été qu'un bâtiment de guerre. C'était seulement un cargo sans défense, avec un équipage de vingt âmes sur le point de se retrouver flottant dans la mer glacée, au milieu de la nuit. Abdas voulait torpiller le cargo pour faire disparaître toute preuve de l'existence du Lira et l'équipage était cette preuve.

Les Ahel al-Beit traiteraient certainement de la même façon l'équipage du Lira, pensait Vornado. Cela rendait plausibles les raisons de la mutinerie projetée par Danalov. Vornado se demanda s'il serait souhaitable de hâter cette opération et de prendre le contrôle du bâtiment maintenant, mais Arsalaan le violent frère de Abdas arpentait les trois premières tranches, son MAC-10 à la ceinture. S'ils déclenchaient une mutinerie, il faudrait que ce fût pendant le sommeil d'Arsalaan et d'Abdas, ou au moins d'Arsalaan. Une fois que Danalov aurait pris les armes dans la chambre de Vornado et les aurait distribuées, le cauchemar toucherait à sa fin.

Tout l'équipage s'était retrouvé au CO. Rusanov prit le module de contrôle du bâtiment. Dmitri Maslov s'assit au contrôle de la machine. Mikhail Maslov s'installa au module de navigation, où Abdas al-Sattar se trouvait, inactif. Svetlana était à la console sonar, et Danalov était assis à la console du système de combat, ce qui était parfait, car Danalov était celui que Vornado savait avoir été envoyé par Hank Lewis. Il n'aurait aucune hésitation lorsqu'il s'agirait de tirer sur le cargo.

— Attention, diffusion générale, dit Vornado. Notre client nous a ordonné d'accomplir un acte grave, mais nous devons néanmoins le faire. Dans quelques minutes, lorsque nous intercepterons le cargo *Kirovski*, nous le torpillerons. Cela afin de tâcher de s'assurer que le départ du Lira n'est connu de personne. Si quelqu'un a un problème avec cela, qu'il le dise maintenant.

— *CO de sonar, annonça Keating. Nouvelle acquisition de* Master One *!*

— Sonar de commandant, rendez compte, dit Dillinger.

Lionel Tonelle essayait tant bien que mal de connecter le système actif du sonar de la Mark 48.

— *J'ai* Master One *en bande étroite, son taux de signal-bruit augmente. Je crois que l'Alfa se rapproche de nous. Il est possible qu'il tourne.*

Dillinger scruta le répétiteur sonar. Le relèvement de l'Alfa était ouest-nord-ouest.

— Maître de central, dit Dillinger. Fais un crochet pour voir si la théorie de Keating tient la route.

Un lancement instantané était une tactique empruntée aux Russes par les Américains. À cause de l'infériorité des Russes en acoustique, les Soviétiques avaient mis au point des méthodes de lancement de torpille sur la première détection de sous-marin hostile. Si un commandant était incapable de lancer une torpille dans un délai de soixante secondes après la détection d'un ennemi, que ce soit de jour ou de nuit, il était révoqué, et le second se retrouvait promu sur place. La console BSY-1 d'attaque en mode instantané représentait une vue de dessus de deux bateaux. Le « but » se situait dans la partie supérieure, le « bâtiment lanceur » en dessous. Une « ligne de visée » les reliait. Les angles du bâtiment lanceur et du but par rapport à la ligne de visée étaient déterminés par les relevés sonar et l'estimation, mais même une estimation grossière du déplacement du but devait permettre de l'atteindre et, sinon, être suffisante pour l'effrayer et le convaincre de s'éloigner.

Après dix minutes tendues, Dillinger vira et fit route vers le sud. Les points sur les deux consoles de tir commencèrent à s'empiler verticalement. D'Assault le regarda.

— Il retourne. Comment comprends-tu cela ?

— Il retourne peut-être à la maison. Un court voyage de noces. Ou peut-être une pièce vitale est-elle hors service. Il lui sourit. Ils ont peut-être seulement oublié quelque chose.

— De toute façon, commandant, nous avons une solution de tir. Je recommande les procédures de tir au tube 2.

— Très bien. Sonar de commandant, azimut de *Master One*?

— *Commandant de sonar, azimut 2-8-5, doute levé dans le nord-ouest.*

— Très bien, maître de central, tir instantané tube 1.

— Tir instantané tube 1, bien commandant, dit D'Assault.

Elle se pencha sur la position une, où le lieutenant de vaisseau Patrick Schluss orientait la ligne de visée au 2-8-5 vrai. Le bâtiment lanceur était automatiquement placé en route au 2-9-0, à gauche du but.

— Position une, orientation dans une distance de mille mètres, route 1-0-0, ordonna D'Assault. Nous pouvons rectifier si *Master One* se rapproche. Sa route devrait correspondre à un retour à Mourmansk.

— Affirmatif, maître de central, dit Schluss, faisant apparaître sur le panneau ce que D'Assault désirait y voir. Paré.

— *Stand by*, dit Tonelle.

— Lancez ! ordonna Dillinger.

— Feu ! cria Tonelle.

Les mécanismes de mise à feu des tubes lance-torpilles ébranlèrent le CO.

— Unité une lancée, dit Tonelle.

— *CO de sonar, torpille lanceur partie, lancement nominal.*

— Commandant, dit D'Assault. Je vous demande ainsi que l'officier de quart au CO.

— Que se passe-t-il, coordinateur ? murmura Dillinger.

— Commandant, nous pourrions lancer le Subroc maintenant. Notre solution n'est pas très satisfaisante avec la Mark 48, mais nous sommes assez près de lui pour le nucléaire.

— Non, contesta Dillinger. Si nous avons une chance de toucher l'Alfa avec une Mark 48, nous la prendrons. Mais, notez bien que, si pour quelque raison, il se dérobe encore, je suis décidé à le pilonner avec un Subroc. Pour l'instant, il revient vers l'est. Nous lui avons lâché une torpille droit dans la gorge. Saisissons l'avantage de la situation et bottons-lui l'arrière-train.

Les Maslov prirent durement la nouvelle. Mikhail, le plus jeune, regarda Vornado, la bouche ouverte.

— Commandant, balbutia-il, recueillerons-nous les survivants ?

— Non, dit Vornado. Je ne veux mentir à aucun d'entre vous. Le but en tirant sur le cargo est d'exterminer tout l'équipage. C'est regrettable mais nécessaire. Nous ne pouvons nous permettre la moindre fuite. Notre mission est trop secrète.

Maslov restait là, debout, la bouche s'ouvrant et se fermant comme celle d'un poisson échoué sur la plage.

— Oh, pour l'amour de Dieu, Mikhail, descends si tu ne peux supporter cela, lança Dmitri.

Mikhail Maslov quitta les lieux brusquement.

— Je présente mes excuses pour mon jeune frère, dit Dmitri. Il est encore très jeune sur certains points.

Vornado se tourna, sans commentaire. Il ne blâmait pas le jeune Maslov, mais il ne pouvait pas laisser le reste de l'équipage imaginer qu'il pardonnait ce qui apparaissait comme une désobéissance à un ordre.

Dillinger se pencha sur la table traçante. Ils avaient viré et dégagé vers le nord, rapidement mais dans le calme. Ils avaient encore un contact sonar avec l'Alfa, mais toujours seulement dans la bande étroite.

— *CO de sonar,* Master One *est passé au-delà de la transversale. Il se situe dans le second demi-secteur.*

— Sonar de CO, affirmatif, acquiesça Flood.

— Qu'en penses-tu, maître de central ? demanda Dillinger à D'Assault.

— Cela est cohérent, commandant. Nous faisons cap au nord, donc *Master One* devrait sortir du secteur ouest et passer dans le secteur sud-ouest.

— Seulement s'il est plus près que ce que nous avons sur la deuxième solution possible, dit Dillinger. Entre quelque chose plus près dans la solution deux et vois comment cela évolue.

— Possibilité deux, ordonna D'Assault à Mercury-Pryce. Entre une distance plus faible.

L'écran de Merc était constitué d'un brouillard de points, avec chacun un intervalle d'enregistrement moyen de trente secondes de relèvement sonar. En large bande, Merc aurait eu un tracé rectiligne net des FIDU, mais en bande étroite, le paquet de relevés se trouvait partout sur ce maudit écran. Si les suppositions de Merc quant à la route du but correspondaient à la réalité, les points des FIDU seraient verticaux, montrant que les prévisions de relèvement de *Master One* concordaient avec les données.

Mercury-Pryce s'approcha du cadran des distances et le fit tourner de 20 000 à 10 000 mètres. Les taches verticales de FIDU passèrent sur le côté. Cela ne correspondait pas.

— Essaie une vitesse plus faible, dit D'Assault.

Mercury-Pryce afficha une vitesse de 35 à 20 nœuds. L'ensemble des points se rapprocha de la ligne centrale. À 12 nœuds, l'empilement des points était à nouveau vertical.

— Nous devons manœuvrer, commandant, fit D'Assault. Sans un autre vecteur pour cette solution, l'Alfa pourrait être n'importe où.

À moins que le bâtiment ne tourne et fasse une analyse de mouvement de la cible pour lever cette ambiguïté, trop de suppositions au sujet de la vitesse et de la distance de l'Alfa subsistaient. Si le bâtiment faisait cap au sud, seule une vitesse et une distance feraient s'empiler les points.

Steve Flood descendit près de D'Assault.

— Si nous changeons de cap pour établir un autre vecteur sur *Master One*, commandant, nous pourrions le perdre. S'il transite dans les secteurs les plus étroits, il se rapproche. Si nous attendons, il peut disparaître en fin de secteur, et l'ambiguïté sera rejetée. Nous pourrions tourner par l'est pour garder le contact, et cela donnerait une mesure grossière. Suffisamment bonne pour tirer sans perdre le contact.

Dillinger réfléchit, conscient de la frustration qu'une perte de contact avec l'Alfa provoquerait.

— Maître de central, nous nous contenterons de cette solution pour le moment. Je souhaite garder le contact avec l'Alfa. Nous tournons de cent quatre-vingts degrés ; il faudra dix minutes pour stabiliser.

— D'accord, commandant, mais je recommande vivement un tour lent, de grand rayon par le nord-ouest. Nous resterions en dehors du cône de recherche des Mark 48 mais à petite distance de l'Alfa. Nous avons des chances pour que son ratio signal-bruit devienne plus fort. Nous pourrons de nouveau obtenir un contact en large bande sur lui si nous nous rapprochons. Lorsque nous l'aurons en large bande, il ne pourra plus nous échapper.

Dillinger aimait entendre cela.

— Attention, console système de combat, nous manœuvrons vers le nord-ouest pour nous rapprocher de l'Alfa et améliorer le ratio signal-bruit en bande étroite. Central, venir au nord-ouest.

Augmenter la vitesse jusqu'à la stabilité sur la nouvelle route, puis redescendre à 10 nœuds.

Tandis que le bâtiment tournait, Dillinger se surprit à prier. S'il vous plaît, ne nous laissez pas perdre l'Alfa. Il eut une réponse immédiate.

— *CO de sonar, nous avons l'Alfa en large bande, azimut 2-0-5.*

Dillinger aurait embrassé Keating.

Le second annonça :

— *CO de sonar, la torpille 1 a stoppé.*

La torpille qu'ils avaient lancée contre *Master One* avait épuisé son carburant.

Bon Dieu de Mark 48, pensa Dillinger. Son cône de recherche était trop étroit. Si le but ne se situait pas dans les six degrés du cône, elle le manquait. C'était comme si on envoyait une équipe faire une recherche dans une forêt avec une lampe-torche à faisceau étroit et qu'on lui ordonnât de chercher droit devant. À moins que la positon du but ne soit connue, une torpille lancée sur une supposition manquait immanquablement sa cible.

L'Alfa avait-il été alerté par la torpille ? Avait-il entendu le lancement ? Ou avait-il repéré son déplacement tandis que, aveugle, elle naviguait maladroitement dans l'océan ?

Il était trop tard pour s'en inquiéter, pensa Dillinger. Les hasards de la guerre possédaient leur loi. La torpille tirée au hasard avait fait un raté mais, à présent, ils avaient quelque chose qui valait mieux que de l'or : *Master One* de retour en large bande sonar.

— ASM, coupe le fil du tube 1, ferme la porte extérieure et recharge-le. Qu'il soit totalement disponible.

— Attention, contrôle armes, mon intention est d'effectuer un vecteur de trois minutes sur *Master One* tenu en large bande, et de tirer avec les tubes 2 et 3. On tient bon. Central, tournez à gauche et mettez-nous en travers de la ligne de visée, route au 1-5-0. Rapide la manœuvre.

— Bien reçu, commandant. Sonar de CO, nous tournons sur la gauche. Central, en avant normal, la barre à gauche dix degrés, route au 150.

La tension montait tandis que le bâtiment tournait. Dillinger se demandait si les dieux le puniraient de ne pas avoir tiré avant de virer. Il était de ceux qui retiennent les leçons de l'expérience et, ici, dans cette bataille, celle-ci semblait lui dire que de lancer des torpilles sans but, c'était comme essayer de capturer un poisson avec un filet en ayant seulement une idée grossière de l'endroit où il se trouvait. Et s'il lançait une torpille dans le gisement de l'Alfa, ce foutu salopard se déroberait de nouveau dans un de ses sprints incroyables. Il disparaîtrait des écrans sonar pour ne jamais y réapparaître. Il n'y aurait plus de lancement inutile, décida Dillinger. Cette fois, ils se rapprocheraient furtivement de ce salaud, découvriraient exactement sa position et sa direction, et lui lanceraient une torpille en plein milieu du cœur.

29

La carte de navigation leur indiquait leur point de plongée. Si le *Kirovski* avait fait demi-tour vers l'est-sud-est, en route à 12 nœuds, sa vitesse de croisière, ils l'intercepteraient d'ici dix minutes. Il observa Danalov à la console de tir.

Celui-ci paraissait pâle dans la lumière diffuse du local. Vornado présuma qu'il était malade, en perspective de la tâche qu'ils devaient accomplir.

— Danalov, s'il vous plaît, alimentez la torpille UGST du tube 6.

Sur le *Hampton*, il aurait commandé « l'arme prête à tous égards », et l'officier ASM se serait occupé de tout, mais ici, il était le seul à savoir ce qu'il faisait. C'était une bonne idée en fin de compte, pensa-t-il, car lorsque Danalov se mutinerait et pointerait son pistolet sur Vornado, Abdas croirait que sa mission était terminée.

— J'ai besoin d'aide, commandant.

Vornado se tenait derrière lui et se préparait à le guider pour la mise sous tension du gyro et la vérification des liaisons entre le tube et la torpille à travers le long câble de guidage enroulé. Mais apparemment Danalov désirait seulement parler à Vornado.

— Que faites-vous ? demanda Danalov, tout en manipulant le tableau.

— Je vais lancer sur le cargo, répondit Vornado. Ai-je d'autres choix ?

— Déclenchez la mutinerie maintenant.

— Nous ne pouvons pas, affirma Vornado. Les clients sont tout excités. Je n'ai jamais vu des gens aussi vigilants. Ils soupçonneraient instantanément votre projet. À présent silence, nous sommes surveillés.

— Vous faites une grossière erreur. Vous pourriez utiliser vos armes personnelles.

— Arsalaan possède un MAC-10 automatique, murmura Vornado. Je l'ai vu. Il le sort et mes pétoires seraient dépassées aussitôt.

— Je dis : faites face au démon maintenant.

Vornado l'ignora et se concentra sur le tableau. Il avait consacré les longues heures d'attente d'achèvement du Lira à étudier l'UGST et son tableau d'interface. Après le chargement des torpilles, avec Andrei Rusanov, ils avaient connecté chaque arme à l'alimentation et à la source du signal du tube, puis ils avaient testé chaque torpille. Contre l'avis des clients, les tubes lance-torpilles 1 à 4 et 6 avaient été chargés avec des UGST. Le tube 5 était chargé avec l'un des quatre missiles de croisière à tête nucléaire Granat RK-55. Les trois autres missiles étaient stockés sur leurs rances dans le local torpilles. Vornado savait que cette heure ne viendrait jamais, en tout cas s'il avait son mot à dire. Il conduirait son attaque contre le cargo, en dépit des objections de Danalov, mais il préférait mourir plutôt que de lancer une bombe nucléaire sur une ville.

La torpille avait été alimentée et les vérifications étaient satisfaisantes. Vornado jeta un coup d'œil sur la carte. Il était temps de ralentir.

— Rusanov, en avant un demi, réglez à 12 nœuds.

— 12 nœuds, commandant.

Le sous-marin ralentit. Depuis l'arrière du local, Dmitri Maslov annonça :

— Les pompes à eau de mer principales sont démarrées en automatique, commandant.

La circulation par sillage devenait insuffisante pour assurer la réfrigération des condenseurs principaux et les pompes prenaient alors le relais.

— Très bien, Maslov. Mironov, surveillez le sonar particulièrement dans les azimuts 0-8-0 à 1-0-0, où j'attends le cargo.

— Danalov, remplissez et purgez le tube 6.

— Le tube 6 est plein, commandant, dit Danalov. Vanne de purge fermée, vanne de remplissage fermée.

— Ouvrez la porte extérieure tube 6.

— Porte extérieure tube 6 s'ouvre.

— Commandant, intervint Svetlana. Le sonar relève le cargo au 0-9-3.

S'ils pouvaient l'entendre, cela suffisait pour programmer la torpille UGST.

— Envoyez le relèvement du cargo à l'UGST tube 6.

— Relèvement envoyé, commandant.

— Commandant, dit Danalov, la porte extérieure du tube 6 est ouverte et verrouillée.

— Bien. Attention pendant que je configure l'arme, Danalov.

Vornado sélectionna le programme.

— Objectif navire de surface. Retour sur sillage par autoguidage actif, vitesse d'approche de la torpille moyenne. Nous avons le choix entre le mode actif ou passif pour le sonar. Bien, nous sélectionnons passif. Amorçage à la fois par contact direct et magnétique. Maintenant nous verrouillons les réglages. Lorsque j'annoncerai une distance but, entre lui à nous, vous l'introduirez ici. Je vous donnerai une distance de sécurité, qui est celle que l'arme parcourra avant armement. Vous cliquerez ici. Bien vu ?

Danalov hocha la tête.

— Rusanov, disposez la pompe de transfert de ballast avant sur la bâche de la rampe tribord des tubes lance-torpilles et fait démarrer la pompe.

Andrei accusa réception, pressurisant la bâche au moyen de la pompe de réglage d'assiette. Sur le *Hampton*, l'air haute pression actionnait un piston plongeur qui pressurisait la couronne de réservoirs d'eau d'éjection des torpilles, mais les Russes avaient éliminé sur le Lira la machinerie et le bruit du système à piston plongeur en utilisant simplement une pompe d'assiette.

— La pompe est démarrée, commandant, et la bâche tribord est complètement pressurisée.

— Danalov, sélectionnez la vanne de chasse du réservoir arrière et positionnez-la en « tir automatique ».

— Bien, commandant, vanne de chasse arrière disposée en automatique.

— Communication générale. J'ai l'intention de venir à l'immersion périscopique pour envoyer un relèvement en finale au système de contrôle de tir, et pour observer le naufrage du cargo.

Vornado regarda Abdas.

— Il est important que le client voie que nous avons exécuté ses ordres, il pourra lui aussi observer le naufrage du cargo.

Abdas ne réagit pas.

— Danalov, éteignez les plafonniers du PC.

Le local se trouva dans l'obscurité, éclairé seulement par les écrans d'affichage. Cela évitait les reflets sur les écrans. Vornado conserverait peut-être cette disposition après l'attaque.

— Rusanov, la machine stop, rendez compte, vitesse 6 nœuds. Remontez à 30 mètres.

— Machine stop, trois zéro mètres. Vitesse 11 nœuds, commandant.

— Très bien.

Vornado attendit que le sous-marin ralentisse doucement. Le pont s'inclinait vers le haut tandis qu'il remontait.

— Vitesse 6 nœuds, commandant.

— Très bien. En avant très lent à 4 nœuds et réglez à 20 mètres.

Vornado se faufila entre les rambardes du périscope et posa la main sur les commandes au-dessus de sa tête. Au lieu d'un anneau de commande comme sur les sous-marins américains, il y avait un simple levier de manœuvre hydraulique. Vornado le mit en position « monter », et le périscope commença à glisser hors du puits, vers le haut. L'optique et les performances ne valaient pas celles des types 18 ou 22, mais elles étaient suffisantes. L'oculaire sortit du puits, s'élevant à hauteur de poitrine. Vornado saisit les poignées du périscope et appuya son visage contre le caoutchouc froid de l'oculaire.

— *CO de sonar, nous avons des transitoires de* Master One, annonça Keating.

— Sonar de commandant, décrivez les transitoires.

— *Commandant, un bruit de grognement. Ce pourrait être le hissage du mât du périscope.*

Dillinger regarda D'Assault. Elle observait l'affichage du poste 2, puis de nouveau, Dillinger.

— Il est en train de monter à l'immersion périscopique, commandant. Attends une minute.

Elle se pencha sur l'affichage du poste 1 et murmura à l'oreille de Schluss.

— Commandant, peux-tu me donner un vecteur au nord-ouest à nouveau, j'ai une hypothèse.

Dillinger acquiesça de la tête. Il ordonna à Flood de remettre le bâtiment au nord-ouest. Deux minutes furent nécessaires pour le stabiliser sur la nouvelle route et deux autres pour que D'Assault et Schluss recueillent leurs données. Pendant tout ce temps, Dillinger gardait les yeux sur la trajectoire brillante, vers le sud, de *Master One.*

— Coordinateur, rends compte, demanda Dillinger, impatient de lancer contre ce damné Alfa.

— Notre hypothèse apparaît sur l'affichage, annonça triomphalement D'Assault. Regarde, commandant, l'Alfa retourne vers but 8, l'écho du cargo. Rappelle-toi, nous essayions d'imaginer pourquoi le cargo était complètement arrêté pendant plus d'une heure ? Et maintenant sa vitesse est à peine de 5 nœuds. Le cargo doit être en difficulté, et l'Alfa vient lui porter assistance.

L'écran montrait l'Alfa retournant de l'ouest-nord-ouest vers but 8. Sa route le ramènerait droit sur le cargo. Dillinger regarda Flood, qui avait parfaitement saisi la situation.

— Commandant, nous voici de retour à la case départ, dit Flood. Si nous le tirons en vue du cargo, nous violons notre ordre d'opération. Et si l'Alfa est à l'immersion périscopique ou en surface, nous ne pouvons pas mettre un plafond d'immersion. Cela signifie qu'une Mark 48 pourrait manquer l'Alfa et toucher le cargo. On se retrouverait alors avec un navire civil en train de couler et un très fâcheux sous-marin Alfa, bien armé, qui sait d'où sont venues les torpilles.

— Commandant, intervint D'Assault d'un ton désespéré. Nous nous sommes arrêtés la dernière fois en raison de la proximité du cargo. Je recommande de ne pas tenir compte de cette partie de notre ordre d'opération. Il vaut mieux risquer que le cargo soit témoin de l'explosion qui coulera l'Alfa que de perdre celui-ci, probablement pour de bon. Ils supposeront que c'est un nouveau *Kursk* ou un autre *Scorpion.*

— Si nous le coulons ici, il pourrait être renfloué, dit Flood. Les Russes pourraient découvrir qui l'a frappé.

— Pas si nous lançons cinq coups sur lui, affirma Dillinger. Rien ne resterait. Mais de toute façon, ce n'est pas notre problème. Notre mission est de couler l'Alfa. Le faire en privé serait l'idéal, mais il faut compter avec la présence du cargo.

— Comment ferons-nous pour éviter de toucher le cargo ?

— Nous surveillerons le relèvement que nous mettrons dans le programme de tir, et si les torpilles s'écartent, nous rectifierons leur route ou nous les arrêterons, répondit Dillinger.

— Et si nous perdons le fil comme sur la torpille 1 ?

On pouvait distinguer les grands yeux de Flood derrière ses verres rouges.

Dillinger fronça les sourcils. Ce sera alors un foutu mauvais jour pour le cargo, pensa-t-il. Il pourrait être traduit en cour martiale pour ces paroles, mais il ne s'en souciait pas. Il se retourna vers le PC armes.

— Attention PC armes, mon intention est de tirer sur l'Alfa dès que nous bénéficierons d'une solution de tir.

Il fallut trois minutes pour effectuer un dernier tour vers le sud-ouest, stabiliser la route demanda soixante secondes. Ils l'avaient à une distance de 7 kilomètres, azimut 1-9-8, en route à l'est à 5 nœuds. Même un officier subalterne du cours basique de l'école de navigation sous-marine pourrait le toucher avec ces données.

— Commandant, dit D'Assault, nous avons une solution de tir. Je recommande de tirer avec le tube 2.

Il n'y eut aucun bruit. Une soupape s'ouvrit dans la tuyauterie à l'arrière du tube, introduisant l'eau de la bâche, pressurisée sous haute pression par la pompe de transfert de ballast. L'eau éjecta la torpille hors du tube. Un ordinateur commandait alors le démarrage de la turbine d'entraînement de la pompe ; celle-ci avalait l'eau par ses conduits et la rejetait à l'arrière. Sur le tableau de contrôle de tir, le voyant vert s'éteignit et plusieurs autres s'allumèrent. L'un d'entre eux indiquait que la torpille avait été lancée.

— Torpille signalée lancée, commandant.

— Procédure de tir, dit Dillinger, les nerfs à vif. Tube 2, *Master One.*

— Bâtiment prêt, répondit Flood.

— Prêt pour les armes, dit Tonelle.

— Prêt pour la solution, dit D'Assault.

— Verrouillé, dit Mercury-Pryce.

— Stand-by, dit Tonelle.

— *CO de sonar,* interrompit Keating. *Torpille à l'eau !*

L'Alfa venait de tirer une torpille contre eux.

Dillinger l'ignora.

— Lancez, ordonna-t-il, ne se souciant de rien sinon de réussir le lancement.

Il s'occuperait de la torpille de l'Alfa dans dix secondes mais, pour l'instant, il désirait la mort de ce bâtard.

— Feu ! cria Lionel, en actionnant la clé de tir.

Un grondement retentissant claqua dans les tympans de Dillinger, un son qu'il aimait plus que tout.

— Torpille dans l'eau, azimut 1-9-5 ! annonça Keating.

— Procédures de tir tube 3, *Master One*, continua Dillinger, gardant son calme face à la torpille venant du sud.

Damnée torpille, pensa-t-il.

— Verrouillé !

— Stand-by.

— Lancez.

— Feu !

Un autre grondement résonna dans tout le sous-marin.

— Tube 3 allumé électriquement, rendit compte Tonelle.

— Manœuvre, en avant toute, barre à droite toute, route au 3-6-0 ! Sonar de commandant, situation dans le nord.

— Le commandant prend le quart, annonça Flood.

— *CO de sonar, lancement nominal. Commandant, vous avez mis la torpille dans les baffles.*

— Barre, en route au 3-4-5.

Cela permettrait d'entendre la torpille de l'Alfa.

— Commandant, je recommande de dégager à vitesse maxi, intervint Flood.

Dillinger secoua la tête. Cela signifierait disposer les quatre pompes de recirculation du réacteur en grande vitesse, ce qui triplerait leur signature acoustique et le bruit qui en résulterait serait une invite pour une autre torpille. Attends de voir ce que fait la torpille, pensa-t-il. C'est peut-être un lancement au hasard aussi misérablement programmé que nos premières torpilles. Même si le *Tucson* était touché, l'Alfa le serait également, contrairement au lancement de leurs premières torpilles, les deux Mark 48 en auraient raison.

— Ivan, prenez le périscope, ordonna Vornado.

Il ne souhaitait pas être témoin de l'explosion du cargo. Il se retira du périscope tandis que Svetlana prenait la veille. Il se pencha sur la console de tir, observant les indications transmises en retour par la torpille. Les ailerons étaient déployés. Le propulseur pompe avait démarré au maximum de sa vitesse à la sortie de la torpille du tube, puis il avait ralenti pour se stabiliser à vitesse moyenne. La torpille était montée à une immersion de 5 mètres, à la recherche des remous du sillage du cargo. La console s'alluma pour indiquer que la torpille l'avait détecté. Elle continua sa poursuite, avec un retour de données plus rapide. Finalement, en phase terminale, la torpille accéléra à 48 nœuds et se dirigea sur la coque du but.

Tout à coup, les indications s'effacèrent.

— C'est quoi ce bordel ? jura Danalov. Pas de données, elle a mal fonctionné !

— Oh mon Dieu, fit Svetlana, épouvantée, depuis le périscope.

— Non, intervint Vornado. L'arme n'existe plus, elle ne peut donc plus envoyer de données.

Une énorme explosion retentit alors. Vornado se boucha les oreilles avec les mains, mais il dut les enlever pour se retenir tandis que le pont se dérobait sous ses pieds. Au périscope, Svetlana criait, mais il n'était pas sûr de savoir si c'était à cause de l'intensité sonore ou de ce qu'elle avait observé. Vornado se tourna et une lumière orange illumina ses orbites – en surface, le cargo était la proie des flammes.

— *CO de sonar, la torpille a un relèvement constant. Je crois qu'elle ne se dirige pas vers nous.*

— Manœuvre, stoppez partout ! ordonna brièvement Dillinger.

Fuir une torpille qui vous manquerait à coup sûr était suicidaire, car tourner à grande vitesse était si bruyant que l'Alfa pourrait rectifier la trajectoire de sa torpille – si elle était filoguidée – ou en lancer une autre, mieux programmée.

À 15 nœuds, Dillinger décida de virer à l'ouest. Cela placerait la torpille dans la zone de détection sonar plutôt que de risquer de l'avoir dans les baffles.

— Manœuvre, gardez cinq degrés à la barre, venir route au 2-7-0.

Le bateau tournait. Dillinger regardait la table traçante.

— Coordinateur, sur quoi diable a-t-il tiré ?

L'explosion les atteignit alors, faisant vibrer la tôle et se répercutant à travers la coque. Dillinger se boucha les oreilles avec les mains. Ses oreilles se mirent à bourdonner. À l'avant, au local sonar, sous l'effet de la douleur, le maître principal Harlan Keating jeta ses écouteurs à terre en poussant un cri. Le pont trembla et quatre livres tombèrent de l'étagère de la plate-forme du périscope. Dillinger empoigna la rambarde du CO.

— Sonar de commandant, rendez compte de la situation. Au nom de Dieu, que se passe-t-il ?

— Laissez-moi voir, dit Abdas, poussant Svetlana de l'épaule et regardant à travers le périscope.

Il se mit à chanter quelque chose dans une langue étrangère, sa djellaba ondulant comme il dansait derrière le périscope.

Vornado avait changé d'avis. Il venait de tuer des innocents. Il se devait de regarder le résultat de ce massacre.

— Votre Sainteté, s'il vous plaît, permettez-moi de regarder, dit-il.

Avec réticence, Abdas s'écarta et Vornado colla son visage sur l'oculaire tiède et luisant. Sous l'effet de l'explosion de la citerne de combustible du cargo, le bâtiment coulait. Le ciel était aussi clair qu'en plein midi. L'avant du cargo s'enfonçait dans l'eau. La mer était couverte d'épaves flottantes, la plupart en feu. L'estomac révulsé, il se recula violemment. Il repoussa le viseur.

— Allez-y, dit-il à Abdas.

Il permit aux terroristes d'examiner son œuvre. Vornado jeta un coup d'œil à sa montre. L'or massif pesait à son poignet ; le cadran azur, biseauté, brillait dans la lueur des écrans d'affichage. Une demi-heure s'était écoulée depuis qu'ils avaient commencé l'approche du cargo.

— Abdas, il est temps de reprendre le transit vers l'ouest. Il est nécessaire de quitter cette zone avant d'être repérés.

Abdas observa encore une minute, mais il rendit finalement le périscope à Vornado, qui regarda une dernière fois. La proue disparut de la surface dans un bouillonnement d'écume. Il ne restait rien que des flammes, quelques épaves, et quatre hommes. Vornado zooma et il distingua leurs visages. Trois d'entre eux étaient frappés de panique tandis que l'eau glacée commençait à les engourdir. Le quatrième homme était figé d'horreur, le côté gauche du visage en feu. Vornado ferma les yeux et rentra le périscope.

— Rusanov, la barre à gauche 10, venir au 2-9-0, descendre à 100 mètres, régler à 15 nœuds.

— Commandant, appela Svetlana de sa voix normale. Vornado lui envoya un avertissement du regard, mais Abdas al-Sattar était déjà descendu par l'échelle avant, probablement pour informer ses troupes.

— Oui ? Soyez prudent, Ivan.

Elle avait l'air totalement effrayée. De l'endroit où il se trouvait, il pouvait la voir trembler.

— Des torpilles, dit-elle.

Une poussée d'adrénaline avertit Vornado que le temps s'accélérait. Il repoussa Svetlana du siège de la console sonar et observa l'affichage. L'alerte clignotait, l'ordinateur ayant détecté une torpille, puis une deuxième. L'enregistrement datait de plusieurs minutes. Ils avaient été trop occupés au périscope pour imaginer qu'ils puissent être pistés.

Qui diable leur tirait dessus ? se demanda Vornado. Et pourquoi ?

Parce que le sous-marin en embuscade sur leur route avait entendu leur torpille et avait supposé qu'elle lui était destinée. C'est en quelque sorte un tir défensif, réfléchit Vornado. Un tir instantané, probablement mal programmé. Deux tirs instantanés, se corrigea-t-il.

Le relèvement des torpilles était au nord, ce qui leur interdisait de faire route dans cette direction, mais essayer de les fuir par le sud serait un suicide. Il restait l'est ou l'ouest, le bâtiment faisait déjà route à l'est-nord-est. Tout ce qu'il pouvait faire, c'était d'accélérer à la vitesse maxi dans cette direction.

— Andrei, la machine en avant toute ! Barème *urgent* de montée en puissance !

Vornado se hâta vers la console de contrôle du bâtiment tandis que Rusanov poussait le levier en avant. Le bureau vibrait légèrement pendant que le bateau atteignait 30 nœuds. Cette vibration n'existait pas auparavant, pensa Vornado.

— Vite, Andrei, montez à quatre-vingt-dix pour cent.

Vornado se précipita à la console « propulsion ». Seigneur, songea-t-il, je suis le seul ici à savoir ce que je fais. À cette pensée, un mal de tête apparut.

— Maslov, j'ai besoin de la surcharge du réacteur. Pouvez-vous neutraliser les circuits de protection et les verrouillages ?

— Non, commandant. Il faut que j'entre dans le programme pour neutraliser la limite de puissance, celle de radioactivité et celles de température. Cela nécessiterait trop de manipulations, commandant. Je peux essayer de les neutraliser, mais si j'en manque une, nous perdrons toute la propulsion. Il est peut-être plus sûr, commandant, de rester à 61 nœuds.

— Ce n'est pas suffisant.

Ils pouvaient être poursuivis par des ADCAP Mark 48. Elles étaient capables de 33 nœuds, et sa vitesse maxi était seulement supérieure de 3 nœuds. Elles pourraient être actuellement sur son gouvernail.

— Bon sang, Maslov, neutralisez-les une par une, et vite.

Les bâtiments américains disposaient d'un interrupteur de combat qui, d'une seule manœuvre, neutralisait tous les verrouillages des sécurités, de sorte qu'elles ne brident pas le réacteur lors d'une évasion. Pourquoi n'y avait-il pas pensé pendant la construction ? se morigéna-t-il. Il n'avait tout simplement pas imaginé devoir fuir devant une torpille, ou d'en lancer une lui-même. Les torpilles qu'il avait embarquées étaient destinées au départ à un plan de secours dont il n'avait parlé à personne, et qui n'avait rien à voir avec un sous-marin ennemi.

— Je pense que nous pouvons atteindre 110 pour cent en sécurité, commandant, dit Maslov avec hésitation.

Vornado avait commis une erreur en croyant que le sous-marin en embuscade le pisterait à distance de sécurité. Celui-ci devait avoir la détente facile, car il avait répliqué aux torpilles UGST. Qui que soit son commandant, pensa Vornado, il devait se trouver lui aussi dans une grande incertitude. Si son erreur se révélait juste, Smokin'Joe Kraft lui retirerait ses dauphins.

Il était à présent sur le point d'accomplir quelque chose qui pourrait constituer une troisième erreur, à savoir neutraliser les circuits de protection du réacteur, ce qui pourrait provoquer une panne de celui-ci. Le bâtiment s'arrêterait, alors que deux torpilles les suivaient à 58 nœuds. S'il parvenait à éviter ces deux torpilles, le commandant ennemi ne lancerait certainement pas d'autre arme.

Il est temps de prendre une décision, pensa Vornado. Il retourna à la console sonar et tenta de définir la distance des torpilles, mais le système était dépassé. Il ne pouvait que connaître le relèvement des torpilles. Sur l'écran, leur bruit paraissait très élevé. Alors, il se décida.

— Andrei, affichez cent neuf pour cent de la puissance du réacteur, ordonna-t-il. Quelle est votre vitesse ?

— 61 nœuds, commandant, peut-être un peu moins.

— Accélérez doucement.

Andrei Rusanov empoigna résolument le levier de commande de vitesse et le poussa doucement en avant. L'indicateur de puissance du réacteur monta de cent à cent un, cent deux, puis au-delà. Vornado respirait mieux. À 104, le pont commença de trembler, et à cent cinq pour cent le bâtiment vibra violemment. Qu'il tremble, pensa Vornado.

— 62,5 nœuds. Cent cinq pour cent de puissance réacteur.

— Continuez.

Alors que Rusanov poussait encore le levier, les lumières s'éteignirent. Toutes les consoles devinrent noires et une sirène retentit dans le local. Les vibrations du pont se calmèrent.

— Réacteur stoppé ! cria Maslov dans le local obscur. Bon Dieu, commandant, j'ai surchargé cette machine, mais elle nous a lâchés.

Avec des torpilles qui les poursuivaient à 58 nœuds, le sous-marin Lira commença à ralentir. Son installation à vapeur se fermait à la suite de la descente automatique des barres de contrôle dans le cœur.

Trois erreurs, pensa Vornado. Trois erreurs qui le condamnaient à mort. Comme il se précipitait à nouveau vers la console de Maslov, il s'imaginait mourir dans ce poste de commandement obscur, dans son cercueil de titane, sous 160 mètres de mer glaciale. Valait-il mieux mourir ainsi ou dans un lit d'hôpital, ou encore dans sa maison, entouré de sa famille et de ses amis ?

Et que ferait B.K. Dillinger dans cette situation, songea Vornado, désespéré. Il combattrait, lui cria une voix intérieure. Il combattrait jusqu'à la mort, sans regrets.

B.K. me manque, pensa Vornado, se demandant s'il s'agissait là de sa dernière pensée sur terre.

30

L'*USS Tucson* réduisit sa vitesse à 8 nœuds, en route vers l'ouest. Derrière eux, au sud-est, l'explosion satura tout un secteur de l'écran sonar large bande.

— *CO de sonar,* intervint la voix de Keating sur le réseau.

C'était la première fois depuis que Dillinger le connaissait que sa voix était hésitante.

— *Je peux à peine croire ce que je vois, commandant. L'Alfa a tiré contre le cargo. Un coup direct. J'entends des bruits de rupture de cloisons et de torsion d'acier. Il y a eu une seconde explosion, probablement une soute à combustible.*

D'Assault parla la première.

— Superviseur à contrôle.

Lorsque Keating sortit du local sonar, il semblait abasourdi.

— Chef, es-tu certain ? Cela n'a pas de sens. Il ne tirait pas sur nous ?

— En aucune façon. Le relèvement ne colle pas. Nous sommes sur son avant gauche. J'avais des transitoires, commandant. Je pense qu'il a donné un coup de périscope et a placé une torpille droit dans l'azimut du cargo. C'était délibéré, commandant.

Dillinger regarda Keating.

— Chef, c'est difficile à croire. Es-tu absolument sûr ?

Keating hocha de la tête.

— Si j'avais le temps de venir à l'immersion périscopique, chef, je voudrais bien. Terminons-en avec *Master One* d'abord.

Keating retourna au sonar. Dillinger regarda le panneau de contrôle des armes.

— ASM, situation de nos torpilles ?

— Encore en vérification. Elles devraient être disponibles sous peu.

D'Assault s'approcha de lui.

— Nous devrions passer du mode de recherche passif au mode actif, dit-elle. Tout le bruit provoqué dans l'eau par l'explosion du cargo réduit le taux signal-bruit de *Master One.*

— Bonne idée. ASM, passe les deux sonars de mode passif à actif.

— Recherche active, bien, commandant. Les armes seront en recherche active sur le point désigné. Trois, deux, un. Torpille 1 disposée, commandant. Torpille 4 disposée. Les torpilles sont en mode actif.

— Sonar de CO, dit D'Assault, avez-vous le signal des torpilles ?

— *CO de sonar, affirmatif.*

— Une réponse de *Master One* ?

Nous te tenons à présent, espèce de salaud, pensa Dillinger. Quel abruti torpillerait un cargo sans défense, le bâtiment qui l'a sorti de la rivière ? Pas étonnant que ComSubLant et le groupe d'intervention du ministère de la Défense souhaitent que ce type soit envoyé au fond. C'est certainement une sorte de sous-marin pirate qui se livre à la destruction du trafic commercial dans les eaux internationales. Combien d'innocents marins viennent de périr ? se demanda Dillinger.

— *CO de sonar,* Master One *accélère. Il revient à la vitesse supersonique.*

— Bon Dieu, maudit Flood. Ce gars peut à nouveau gagner une torpille de vitesse, commandant. Et qui sait, il peut plonger assez profond pour échapper à la torpille. Comparé aux possibilités d'immersion de ce gars, nos torpilles implosent à de faibles profondeurs, et il y a du fond ici.

— ASM, demanda Dillinger, avons-nous une détection ?

Il commençait à envisager de lancer un Subroc sans attendre. Si Flood avait raison, l'Alfa était capable de surpasser une Mark 48.

— *CO de sonar, des transitoires de* Master One. *CO,* Master One *ralentit.*

Comme les consoles du système d'armes clignotaient, à nouveau alimentées par les batteries avant, réactivant les quatre cents permutateurs des systèmes, Peter Vornado eut une idée. Il avait encore une flèche à son arc !

Il pouvait utiliser la vapeur résiduelle pour la propulsion, en mettant à profit la température élevée du liquide réfrigérant métallique, pour produire de la vapeur dans les générateurs. Cela présentait le grand risque d'abaisser la température du réfrigérant si rapidement qu'il se contracterait en se refroidissant, jusqu'à se figer. Il pouvait en résulter de telles pressions thermiques dans la cuve du réacteur qu'elle se fracasserait. Ce serait le pire des accidents nucléaires. Le combustible nucléaire fondrait ensuite dans le compartiment du réacteur, puis dans la coque et atteindrait la mer. L'explosion de vapeur déchirerait la cloison avant du compartiment réacteur. Ils seraient tués en quelques secondes, grillés par la vapeur radioactive.

Naturellement, c'était le pire des scénarios. Mais Vornado utiliserait au plus juste la vapeur qui lui était nécessaire et le réacteur le supporterait. S'il lui fallait absolument mourir, il mourrait en combattant.

Combattre sans regrets jusqu'à la mort.

— Commandant Vornado ? Commandant Vornado ?

C'était la voix d'Abdas al-Sattar.

— Vornado !

C'était maintenant Arsalaan, le mauvais frère du saint, celui que Vornado avait presque descendu au CO.

— Que se passe-t-il ? demanda Abdas.

Vornado les ignora.

— Andrei, prenez les dispositions pour utiliser la vapeur résiduelle, vite.

— Oui, commandant, je suis prêt, dit Rusanov, d'une voix forte dans cet espace silencieux.

— La machine en arrière très lent, Andrei.

— En arrière, commandant ?

Les yeux de Vornado s'étaient accoutumés à la lumière diffuse fournie par l'affichage des consoles sur alimentation de secours. Il pouvait voir Andrei mettre la commande de vitesse en position arrière et tirer doucement le levier. Le compte-tours indiquait que l'hélice tournait en arrière.

— Dix tours en arrière, commandant.

— Réglez à vingt, puis trente tours.

Rusanov poussa la commande en arrière.

— Vous savez que vous risquez un choc thermique sur le circuit primaire ?

— Je le sais.

À travers la coque, le son d'un sonar de torpille siffla très fort dans le CO, celui d'une Mark 48. Elles sont tout près, pensa Vornado. Elles avaient certainement été configurées pour passer en mode actif lorsqu'elles auraient un contact, ce qui signifiait que le Lira était détecté. C'était parfait car, dans ce mode, elles étaient aussi programmées pour éliminer tous les sons qui retournaient sur la fréquence d'émission. C'était un filtre Doppler qui évitait qu'une torpille attaque les ondulations sur le fond lorsqu'elles renvoyaient des échos du sonar actif. Une chose inerte n'était pas enregistrée. Il était donc préférable de se tenir immobile lorsqu'une Mark 48 arrivait, toute autre mesure était vouée à l'échec. Quand une torpille était en mode de recherche actif, il valait mieux rester stationnaire plutôt que de réduire stupidement de 20 à 15 nœuds.

— Quarante tours, Andrei. Quelle est la vitesse ?

— 8 nœuds en avant. Réglés à quarante tours en arrière, commandant.

— La température du réacteur chute, cria Maslov.

Une plainte stridente parvint du compartiment réacteur dont l'épais métal protestait. Il n'appréciait pas de passer de mille trois cents degrés à huit cents en soixante secondes alors que les turbines à vapeur prélevaient au réfrigérant son énergie thermique. Encore un peu plus et le métal liquide figerait, le réacteur ne redémarrerait plus dans le meilleur des cas et, dans le pire, subirait une destruction rapide par implosion thermique. Ce type d'incident nucléaire pouvait survenir seulement sur un réacteur à réfrigérant métallique liquide.

— Machine stop, Andrei !

— La machine est stoppée, commandant.

— Vitesse ?

— 1 nœud. Non, moins. 0,60, nous ralentissons.

Vornado inspira profondément. Le sonar de la torpille se rapprochait. Ce fut le seul bruit dans le CO jusqu'à ce qu'Abdas parle à nouveau.

— Commandant Vornado ! J'insiste pour que vous me disiez ce que vous manigancez, demanda Abdas. Qu'avez-vous fait de l'éclairage ?

Il n'y a pas autre chose à faire à part attendre les torpilles, pensa Vornado. Ce faisant, il pourrait tourner la situation à son avantage, combattre le bâtiment ennemi et s'occuper d'Abdas en même temps. Mais chaque chose en son temps. Il se tourna vers Maslov.

— Dmitri, pouvez-vous récupérer le réacteur ?

— Je ne sais pas, commandant. La température du réfrigérant principal est à moins de huit cents degrés Celsius. La cuve du réacteur a résisté au choc thermique, mais elle peut être fragilisée à présent et pourrait ne pas supporter le réchauffage.

Il suffit qu'elle fonctionne une fois, pensa Vornado.

— Nous prenons le risque. Réchauffez et faites démarrer le réacteur, Maslov.

Dans la faible lumière du local, il distinguait le regard brillant de Svetlana tourné vers lui. Il se remémora leurs rencontres dans sa chambre et il se rappela les armes qui s'y trouvaient. Il tira Danalov vers lui et lui murmura à l'oreille.

— Gauche 80, droite 19, gauche 58. Tu as retenu ?

Danalov avait l'esprit rapide. Sans même un signe de tête, il sortit et se rendit dans la chambre du commandant.

L'émission sonar diffusait toujours son « blip », fort et plus proche. Plusieurs minutes s'étaient écoulées depuis que le réacteur avait stoppé. Le son augmenta encore. La puissance sonore nécessaire pour détecter un sous-marin à dix nautiques était considérable, et, tout près, il aurait rendu sourd un nageur. Vornado était tenté de se boucher les oreilles avec les doigts, mais, au lieu de cela, il attira Abdas près de lui.

— Vous entendez ce son ? Ce sont des torpilles en rapprochement. Nous sommes attaqués, Votre Sainteté. Nous étions attendus ici par un sous-marin en embuscade. Il vous attendait. Il essaie de vous tuer.

Abdas resta silencieux un long moment. Les torpilles émettaient maintenant des sons stridents, leurs émissions sonar blessaient les tympans douloureux de Vornado.

— L'engin de sauvetage, Votre Sainteté. Si vous et votre équipe y prenez place, vous pouvez quitter le bâtiment. Vous serez en surface. Vous échapperez à la colère du sous-marin ennemi. Nous, nous combattrons sous l'eau. Si nous survivons, nous vous récupérerons. Sinon, vous aurez la vie sauve. Je suppose que vous êtes équipés de téléphones et de radios par satellite ? Vous pourrez appeler à l'aide ?

Une ombre couvrit le visage d'Abdas, mais il sembla à Vornado voir son expression passer de la peur à un sourire rusé, et enfin à l'inquiétude.

— Et au sujet des missiles de croisière ?

Les Mark 48 étaient proches à présent, peut-être à une longueur seulement de bâtiment. Vornado ne souhaitait pas avoir à s'emporter contre Abdas, et il n'était pas sûr que sa tactique réussisse. À l'entraînement, ce procédé trompait les torpilles seulement une fois sur trois. Il se demandait si la coque extérieure en acier et la coque intérieure en titane pourraient encaisser un coup direct d'une torpille et résister, comme le prévoyaient les critères des études des années 1950. Celles-ci avaient pris en considération les torpilles de cette époque, qui ne pouvaient être comparées aux ADCAP qui étaient actuellement à leur poursuite.

Il leva la main vers Abdas et le laissa s'asseoir à la console sonar. L'écran du sonar était complètement saturé par les signaux des torpilles qui filaient vers eux. Tandis qu'il le scrutait, l'affichage changea, et le bruit strident des Mark 48 devint un bourdonnement assourdi.

Elles étaient passées sans faire but ! La tactique avait réussi, du moins pour l'instant.

— Une minute, dit D'Assault. Chef, il ralentit ?

— *CO de sonar, affirmatif. Il sort en grand de la large bande. Je crois qu'il bat en arrière. C'est incroyablement fort. Il ralentit même davantage.*

— Oh merde ! dit Flood.

— Comment ? demanda Dillinger.

— Commandant, il doit être au courant de nos filtres Doppler. En recherche active, les torpilles filtrent les échos des objets immobiles. Si *Master One* stoppe et fait le mort, les torpilles ne le détecteront pas.

— Et si nous les passons sur mode passif ?

Tonelle se tourna et secoua la tête.

— Il y a encore trop de bruit après le naufrage du cargo, commandant.

— Quelque détection des torpilles ?

— Rien, commandant.

— *CO de sonar, contact perdu sur* Master One. *Perte de la large bande et de la bande étroite sur* Master One. *Il a peut-être stoppé. Il fait le mort et a arrêté son réacteur, commandant. Je n'ai rien du tout dans cet azimut.*

Qui que fût le commandant de l'Alfa, il était adroit. Et il était bien instruit des tactiques américaines. Il y n'avait à présent qu'une seule chose à faire, pensait Dillinger. Cette fois, il n'y aurait pas de concertation avec Flood et D'Assault. Cette fois, il imposerait sa décision.

Vornado entendit Rusanov et Maslov se congratuler, alors que Danalov réapparaissait dans la pénombre du local, les poches gonflées. Vornado capta son regard et se retourna vers Abdas.

— Que se passe-t-il ? demanda Svetlana.

— Les torpilles nous ont manqués, dit Vornado en lui faisant un clin d'œil.

— Les torpilles ont raté leur cible, commandant. Ne pouvons-nous pas rester à bord ? Nous ne pouvons pas abandonner les missiles de croisière, dit al-Sahar.

— Les torpilles vont réapparaître, Votre Sainteté.

Le bruit des torpilles changea de nouveau. Les engins avaient fait demi-tour et leur sonar actif émettait de nouveau ses « blips ».

— Les Américains appellent cela une « réattaque ». S'ils perdent la trace, ils reviennent pour un second essai, puis un troisième. Éventuellement, leurs calculateurs enregistrent ce retour vers le but, ou le bâtiment lanceur les reprogramme pour supprimer les filtres Doppler. Dans ce cas, ils nous verront, même si nous sommes à l'arrêt. Il est nécessaire que vous évacuiez jusqu'à ce que nous ayons gagné cette bataille. Vos missiles de croisière resteront ici, Votre Sainteté. Nous les garderons en bon état. Nous combattrons pour la survie du bâtiment. Je vous le promets, aucun équipage ne combattrait aussi rudement. Si nous pouvons survivre à ce combat, nous survivrons. Lorsque nous aurons réussi, nous ferons surface et nous vous récupérerons. Si nous n'apparaissons pas, vous pourrez appeler vos contacts à l'aide. Il y a du chauffage, de l'air et de la nourriture dans le module de sauvetage, et si la mer est calme, vous pouvez ouvrir le panneau supérieur pour avoir de l'air frais.

Abdas ne prononça pas un mot. Il se précipita vers la coursive d'accès, entraînant Arsalaan avec lui.

— Que diable êtes-vous en train de faire ? demanda d'une voix sifflante Danalov.

— Regardez, dit Vornado.

— C'est de la folie, ils vont s'échapper et nous allons mourir. Nous devions les abattre ici, puis ramener ce bâtiment au pays.

— Vous ne les aurez pas tous, Vik. Ils se cacheront au pont milieu avec leurs armes. La seule façon de se débarrasser de rats sur un bateau est de couler le bateau.

— Est-ce cela que vous êtes en train d'accomplir avec l'aide de ce sous-marin ennemi ? Nous laisser couler ?

Vornado écouta. Le bruit des torpilles avait changé. Il se dirigea vers la console sonar et sourit. Les deux unités avaient stoppé. Les Mark 48 avaient épuisé leur combustible. La tactique de Vornado s'était révélée payante. S'il réagissait bien, il n'y aurait pas de deuxième fois, car il ne donnerait pas au sous-marin ennemi l'occasion de lancer à nouveau.

— Les armes sont mortes, dit Vornado. Monsieur Maslov, situation de démarrage du réacteur ?

— J'ai relevé les barres de contrôle et je monte en température maintenant, commandant. Je suis à vingt minutes de faire démarrer la propulsion.

— Pourquoi ce délai ?

— Les contraintes de la tête de cuve réacteur, commandant.

Ils étaient en situation tactique, mais il décida de permettre un démarrage lent. Dans le cas improbable, mais non impossible, où ils seraient à nouveau pris pour cible, il hâterait le démarrage et prendrait le risque de fissurer la cuve du réacteur.

— Eh bien ? demanda Danalov. Qu'allez-vous faire au sujet du sous-marin ennemi ?

Vornado se tourna vers Danalov.

— Rien. Chut, ils arrivent.

Les Égyptiens arrivèrent en courant dans le CO. Ceux du rang le moins élevé portaient leurs affaires. Que prennent des terroristes pour une sortie de ce genre ? se demanda Vornado. Les livres de prières ? Radios, téléphones par satellite, ordinateurs ?

— Andrei, faites-vous remplacer au poste de contrôle et aidez les Ahel al-Beit à rallier l'engin de sauvetage. Montrez-leur comment fonctionne le panneau supérieur, le chauffage et les lampes.

Il allait ajouter la trousse de première urgence mais se mordit la langue. Les terroristes n'avaient pas besoin de savoir qu'ils seraient en danger dans le module de sauvetage.

— Rends compte lorsque le panneau inférieur est prêt à être fermé.

— Oui, commandant.

Les yeux de Danalov trahissaient la frustration.

— Vornado, comment peut-on intervenir ?

— Fais-moi confiance, dit-il.

Les Égyptiens finissaient presque de monter dans le grand module de sauvetage. Vornado était surpris de constater qu'ils avaient obtempéré aussi rapidement. Il avait plutôt imaginé que cela se terminerait par une bataille de coups de feu ou par la prise en otage de l'un d'entre eux. Il avait peut-être sous-estimé la frayeur que deux torpilles pouvaient provoquer.

Puisque les Égyptiens se montraient aussi coopératifs, il était temps pour Vornado de mettre son plan de rattrapage en œuvre.

— Ivan, armez la console sonar, et surveillez attentivement une éventuelle arrivée de torpille.

C'était plutôt pour impressionner les Égyptiens, qui pouvaient encore entendre les ordres dans le CO.

— Danalov, armez la console du système de combat. Préparons les armes dans les tubes 1 et 4.

Il répéta avec Danalov la séquence de préparation du tir de la torpille UGST contre le cargo. Au moins, les morts du cargo auraient peut-être leur revanche.

Rusanov retourna au CO. Son visage avait une expression bizarre. Le choc peut-être, pensa Vornado.

— Tous les Égyptiens sont dans l'engin, commandant. Nous sommes parés à fermer le panneau inférieur.

— Armez le système de largage, ordonna Vornado.

Il se dirigea vers l'avant, par le passage entre les consoles qui donnait sur l'accès vertical. Il ouvrit la porte et gravit deux marches sur l'échelle. Les lampes étaient allumées dans la capsule, l'intérieur était mal ventilé et froid

— Votre Sainteté, dit Vornado, la voix tremblante d'émotion.

Il monta complètement dans la capsule. Tous les terroristes d'Ahel al-Beit y étaient entassés. Un niveau principal était surmonté d'un demi-niveau d'étagères qui pouvaient servir de couchages.

— Oui, commandant ?

— Je voulais vous demander de dire une prière pour nous, prononça Vornado, une expression sérieuse sur le visage. Pour nous, pour la sécurité de votre missile de croisière, et pour que nous puissions continuer notre mission.

Le visage du chef devint calme et distrait, comme s'il méditait.

— Ce sera fait. Allez dans la paix d'Allah, commandant Vornado. Nous attendons votre succès dans la bataille et nous prierons pour vous jusqu'à votre triomphe.

— Adieu, Mon Maître, dit Vornado, en retournant vers le panneau. Qu'Allah soit avec vous, dit-il aux terroristes.

Puis il tira le panneau et tourna le volant de blocage, descendit les barreaux à travers le panneau inférieur et le verrouilla. Il regarda le tableau de l'homme mort et dégagea la protection du couvercle de l'interrupteur à bascule de commande. On l'appelait le tableau de l'homme mort, car s'il devait être utilisé pour éjecter l'engin de sauvetage, l'homme restant à bord pour le manœuvrer coulerait avec le bateau.

— Qu'Allah soit avec vous, dit-il à nouveau, la main sur l'interrupteur de largage. Ou plutôt, rejoignez Allah, enfants de putain.

Il actionna l'interrupteur et, immédiatement, un choc ébranla le sous-marin. Le bruit martela les oreilles de Vornado et accrut l'intensité du mal de tête qu'il ressentait depuis que les premières torpilles avaient été lancées. Le grondement se prolongea un moment. Il regarda le panneau, qui indiquait « engin libéré ».

La loi de Abdas al-Sattar sur le Lira était définitivement terminée.

— Attention, système de combat. Il est probable que nous ne puissions pas atteindre *Master One* avec une Mark 48. Ou bien il a été mis au courant de nos tactiques ou bien il a des intuitions géniales. De toute façon, il sait que nous sommes ici, et il va lancer contre nous sous peu. Je n'ai pas l'intention d'attendre que *Master One* nous tire dessus. Je souhaite fixer sa position maintenant. Une émission sonar ne nous trahira pas. Lorsque nous aurons sa distance et son azimut, nous lancerons le Subroc. Lancement vertical tube 1 sur *Master One*. Allez-y. ASM, position du Subroc tube 1 ?

— Réchauffé, en attente de la solution. Je recommande immersion stationnaire 25 mètres.

— Bien. Officier de quart, prenez le commandement, immersion stationnaire 25 mètres. Sonar de commandant, nous allons stopper et nous mettre en attente de tir d'un Subroc. Préparez un tir contre *Master One*.

— *Commandant de sonar, tube 1 en attente.*

— Barre, stoppez partout, ordonna Flood. Maître de central, stationnaire à 25 mètres.

Dillinger examinait sa montre avec impatience, sachant qu'un certain temps était nécessaire pour activer le missile. Dans le pire des cas, ils dévoileraient leur position sans voir encore l'Alfa.

— Sonar de CO, transitoires de *Master One*.

— Quelque chose d'identifiable, sonar ? demanda D'Assault.

— *Oh là ! Fort transitoire de* Master One, répondit Keating. *Il a provisoirement perdu sa discipline habituelle. Cela ressemble à une explosion. Peut-être une implosion.*

— Situation des torpilles, ASM ? s'enquit Dillinger.

— En mode réattaque, commandant.

— *CO de sonar, en première analyse, j'ai d'importants bruits de surface.*

Vornado se hâta de retourner au CO. Danalov le regardait avec un air de reproche.

— Vous nous avez trahis, Vornado.

— Je n'ai pas encore commencé à combattre, dit Vornado, citant John Paul Jones, une autre histoire qu'il avait eu à réciter à Victor Kaminski de nombreuses années auparavant. Attention, diffusion générale. Mes intentions sont d'envoyer une torpille UGST dans l'engin de sauvetage.

Tout à coup, le CO retentit de bravos. Vornado regarda, enchanté, les membres de l'équipage dans le compartiment. Les lèvres de Danalov s'ouvrirent en grand et son visage s'éclaira d'un sourire.

— Salaud, dit Danalov, en secouant la tête. Tu avais prévu cela depuis longtemps.

— C'était une vague idée, instinctive. Un plan de rattrapage que nous avons eu la chance de pouvoir mettre en œuvre, dit Vornado.

Il regarda en l'air, pensant que les Ahel al-Beit étaient encore en surface, et que sa tâche n'était pas achevée.

— Rusanov, remontez à 19,5 mètres, faible taux de remontée. Sortez le périscope.

Tandis que l'oculaire sortait lentement, il y plaça son visage, se redressa en suivant le hissage du périscope.

Les lueurs de l'aube commençaient à éclairer la surface. Le ciel était nuageux, la mer striée, les vagues roulaient en une longue houle, poussées par un vent bien établi, de 20 nœuds peut-être, avec des rafales à 30. Il fit lentement un tour de périscope et s'arrêta sur l'engin de sauvetage. Toute la partie supérieure du massif était remontée avec la capsule. Vornado regretta que l'engin représentât un trop petit but, mais il semblait que cela dût suffire.

— J'envoie le relèvement au système d'armes maintenant, dit-il, en appuyant sur le bouton de relèvement.

— Relèvement pris par le système d'armes, continua Danalov.

— Distance 10 mètres.

L'arme était en mode but surface, le « *homing* » neutralisé, fusées de détection magnétique et de contact direct armées.

— Système de combat accepte le relèvement, mais les torpilles sont verrouillées par les sécurités d'interconnexions. Comment vas-tu tirer sur l'engin de sauvetage ? Il est juste au-dessus de nous.

— Dans l'Ouest, ça s'appelle un tir par-dessus l'épaule. Nous tirons la torpille vers le nord. Elle parcourt un millier de mètres, puis fait demi-tour et revient.

— Mais elle reviendra droit sur nous.

— J'introduis une limite d'immersion. J'aurais aimé voir exploser la capsule, mais il nous faut nous maintenir en dessous de la limite d'immersion afin que notre propre torpille ne nous atteigne pas.

Vornado ajusta la limite d'immersion à 50 mètres.

— Paré, commandant, lança Danalov, ayant retrouvé son attitude coopérative initiale. Les verrouillages des sécurités sont hors service. La torpille accepte les instructions du contrôle de tir.

— Lancez l'UGST, ordonna Vornado, regardant par-dessus l'épaule de Danalov.

L'absence de bruit de ce second lancement lui semblait de nouveau étrange. L'écran de contrôle montrait la position de la torpille filant vers le nord.

— Rusanov, descendez verticalement à 200 mètres.

— 200 mètres, répéta Rusanov. Remplissage du ballast de réglage central.

— Très bien, rentrez le périscope.

Pendant qu'ils descendaient, Vornado se concentra sur l'écran du système de combat. L'UGST se dirigeait vers le nord à 35 nœuds, puis elle fit un retour vers la position de tir et monta à 2 mètres de profondeur.

Le sonar de la torpille réapparut, émettant des impulsions rapides. Vornado regardait l'écran de contrôle. Si une erreur avait été commise dans le calcul de la limite d'immersion, ou si le programme était défectueux, la torpille pourrait se diriger directement sur eux.

— Sonar de coordinateur, est-il possible que *Master One* fasse surface ? demanda D'Assault.

— *CO de sonar, négatif.*

— Commandant, je recommande de vérifier le tir sur le Subroc. S'il est en surface, la charge sous-marine sera beaucoup moins efficace.

— Commandant, la torpille 2 s'est arrêtée.

— Bordel de merde, jura D'Assault.

— *CO de sonar, un tube lance-torpilles s'est ouvert.*

— Torpille 3 arrêtée, dit Tonelle.

— Bordel, murmura Dillinger.

Ses deux torpilles, tirées avec des mesures satisfaisantes, avaient manqué leur but. Ce damné Alfa était trop habile, pensa-t-il. C'était comme s'il était protégé par un bouclier divin. Bien, se jura Dillinger, cela ne durera pas plus longtemps.

— Attention système de combat. Procédure de tir, Subroc unité 1, tube 1, *Master One.*

— *CO de sonar, torpille à l'eau.*

Dillinger ne fut pas surpris. Il fallait maintenant qu'il prenne une décision. Après avoir combattu cet Alfa insaisissable toute la nuit qui avait échappé à quatre torpilles, seule une charge nucléaire sous-marine en viendrait à bout. Devait-il différer l'attaque et fuir les torpilles de l'Alfa, ou avait-il intérêt à tenir sa position encore quelques minutes et tirer la Subroc ?

Pas étonnant que l'École navale leur ait enfoncé dans la tête les valeurs de courage et de sacrifice au combat. Beaucoup de gens considéraient qu'il suffisait de pousser un bouton pour faire disparaître l'ennemi. S'ils savaient seulement combien d'incertitudes comporte ce métier, pensa Dillinger. Et maintenant, il se trouvait face à deux options : fuir devant les torpilles russes et perdre l'Alfa encore une fois, ou combattre et prendre le risque d'être atteint par une torpille.

— Sonar de commandant, pistez la torpille. Officier de quart, stoppe partout et tiens l'immersion à 20 mètres.

Si cette tactique d'évasion réussissait à l'Alfa, elle pourrait valoir aussi pour le *Tucson.* De plus, c'était la profondeur de lancement du Subroc.

Durant les minutes qui suivirent, le bruit d'émission de la torpille UGST alla crescendo. Elle était si proche que Vornado pouvait entendre ses propulseurs pompes. Les bruits venaient du dessus.

— Elle arrive, dit Svetlana. Félicitations d'avance, continua-t-elle en lui souriant.

Il hocha la tête dans sa direction, une expression sérieuse sur le visage. Il attendait l'explosion de la torpille. En cas de mauvais calcul, elle pouvait venir percuter le Lira et les tuer d'un seul coup.

Tout ce qu'il pouvait désirer, c'était de mourir sans souffrir. Il capta alors le regard de Svetlana, et espéra qu'elle survivrait. Au cours de cette mission, il avait commis des crimes qu'il ne se pardonnerait jamais, tuant les hommes du *Kirovski*, tournant son mariage en dérision et déshonorant sa femme et ses enfants. Il pouvait accepter sa propre mort, mais Svetlana ne méritait pas un tel destin. Il n'eut pas le temps de finir sa litanie de reproches. Le bruit du sonar de la torpille leur perçait à présent les tympans, et il crut entendre un claquement métallique. Instinctivement, il ferma les yeux, se demandant si sa quatrième erreur n'avait pas été d'ordonner une explosion de torpille si près de son sous-marin.

— *CO de sonar, la torpille de* Master One *présente un Doppler bas.* Master One *a fait virer sa torpille. CO de sonar, la torpille de* Master One *semble retourner sur son relèvement d'origine.*

Secouant la tête avec étonnement, Dillinger demanda à D'Assault :

— Il a retourné sa torpille contre lui ? C'est un suicide ?

— *CO de sonar, la torpille de* Master One *est activée. Son relèvement est le même que celui de* Master One.

31

— Votre Sainteté, je crois entendre quelque chose, dit Hameem Faruhk.

Ce dernier, devenu commandant en second d'Abdas, en était aussi le plus proche parmi tous les Ahel al-Beit. Il était grand, mince, sérieux, jeune, totalement dévoué à la cause, bien que la nature impitoyable et madrée d'Abdas lui-même lui fît peut-être défaut. Lorsque Abdas avait lui-même été numéro deux des Ahel al-Beit de Surayj, il avait eu de l'ambition. Il avait ainsi provoqué la mort de Surayj lors d'une horrible attaque à la bombe dans un café. L'explosion avait valu à Abdas plus que la direction de Ahel al-Beit, elle lui avait valu la sagesse. La sagesse de réaliser que, sous son régime, il ne tolérerait jamais l'ambition d'un subordonné.

Peu de temps après sa prise de pouvoir, Abdas procéda à une purge. Tous ceux qui étaient restés fidèles à Surayj avaient été exécutés. Quand Abdas était bien disposé, ils finissaient dans les prisons souterraines et secrètes d'Ahel avec les mains et la langue coupées. Depuis lors, la fortune d'Ahel s'était multipliée et avait servi à financer un groupe de combattants dont le but était d'éliminer de la face de la sainte terre d'Allah, le fléau constitué par l'État israélien.

Cette mission sous-marine n'était pas l'idée d'Abdas. Il avait dit à ses soutiens financiers de s'attendre à quelque chose de spectaculaire en provenance des mers, conformément à la prophétie. Le sous-marin Lira, bien qu'impressionnant, l'avait déçu.

Abdas se trouvait à présent assis au fond d'un module de sauvetage, protégé du froid par une parka arctique jetée sur ses épaules osseuses. L'engin se balançait doucement sur les vagues tandis qu'Abdas attendait patiemment l'issue du combat.

— Seigneur, les radios sont prêtes au cas où le commandant Vornado perdrait la bataille, dit Hameem.

Abdas al-Sattar avait levé les paumes des mains pour réclamer le silence.

— Non, Hameem, le commandant Vornado ne perdra pas cette bataille. J'en suis intimement persuadé. Je l'ai bien observé, et je crois qu'il est prêt à rejoindre Allah sur les genoux. Il désire gagner, et nous serons bientôt de retour à bord avec lui pour accomplir notre sainte tâche devant Allah. Les Israéliens brûleront dans le feu purifiant que nous leur apporterons.

Naturellement, lorsque la mission serait terminée, le commandant Vornado et le sous-marin Lira seraient détruits, de la même façon que le Terminal et le *Kirovski*. Aucune trace de la mission d'Ahel al-Beit ne devait subsister. Chose étrange, Abdas avait ressenti un profond respect pour le jeune commandant Vornado. Cela ferait de la peine à Abdas de le tuer, mais son âme, bien qu'infidèle, irait rejoindre Allah. Peut-être que la collaboration de Vornado durant cette mission l'aiderait une fois devant le vrai Dieu, pensait Abdas avec un sourire intérieur.

— Votre Sainteté, peut-être le commandant Vornado a-t-il lancé une torpille ?

Le bruit que Hameem avait signalé, un vrombissement, s'atténuait, mais ils pouvaient l'entendre nettement à travers le titane épais de l'engin de sauvetage.

— Eh bien, Hameem ! Cela signifie qu'il ne nous reste pas longtemps à attendre. Le sous-marin ennemi va être pulvérisé.

Abdas ferma les yeux, comme en prière.

— J'ai froid, se plaignit Arsalaan d'une voix brutale.

Abdas leva les yeux vers lui avec irritation.

— Ton confort a toujours été plus important pour toi que l'intérêt de la cause, dit-il calmement. Allah met à profit cet événement pour essayer de t'enseigner quelque chose.

— Cela me conviendrait parfaitement si Allah apportait un peu de chaleur ici. Hameem, peux-tu mettre le chauffage ?

— Votre Sainteté, demanda Hameem, ne sachant pas s'il devait exécuter les ordres d'Arsalaan qui n'avait pas les faveurs du maître. Souhaitez-vous que je le fasse ?

— Prions, dit Abdas. Prions pour que la torpille qui se dirige sur le Lira manque son objectif. Prions pour le commandant Vornado.

Le bruit perçant se transforma en une série de pulsations, augmentant constamment d'intensité.

— Allah, dans votre sainte intention, vous semblez avoir voulu nous écarter de ce combat, et de cela nous vous remercions, pria Abdas, sa voix dominant le bruit infernal de la torpille. Nous venons à présent vers vous en toute humilité pour vous demander de nous bénir.

L'explosion désagrégea le module de sauvetage en milliers de morceaux. Le souffle et l'onde de choc pulvérisèrent les hommes de l'Ahel al-Beit, ne laissant qu'un éparpillement de corps et de fragments d'os. Les débris métalliques tombèrent lentement vers les mille mètres de fond de la mer de Barents. Parmi eux, la lame d'un cimeterre plaqué or descendait vers le fond de l'océan. Après une chute de cinq minutes, elle vint se ficher dans un petit banc de sable entre deux rochers.

L'explosion était si proche que le pont fit un écart sur tribord, projetant Vornado contre la console. Svetlana tomba contre lui ; sa tête heurtant violemment son dos. Les lampes s'éteignirent et les consoles perdirent de nouveau leur alimentation électrique. Vornado tâta sa tête. Il avait heurté l'écran de la console assez rudement pour en briser le verre. Une bosse de la taille du pouce grossissait sur son front. La douleur se diffusa dans son crâne, s'ajoutant aux migraines qu'il ressentait derrière les yeux. Jusqu'à présent, il avait réussi à les ignorer, mais elles commençaient à lui rappeler celles de l'*Albany*. J'espère que la tumeur ne revient pas, pensa-t-il.

— Andrei, n'y a-t-il pas quelque chose que nous puissions faire pour le 400 Hz ? dit-il irrité en frottant son front blessé.

— Les inverseurs des batteries de secours sont en fonction, dit-il.

Les écrans des consoles s'éclairèrent, leur redonnant vie.

— Tu es O.K., Svetlana ?

— Ça va, chéri, dit-elle, en se frottant l'épaule. Oh, désolée. Je suis un peu trop décontractée depuis tu t'es débarrassé des Égyptiens.

— Merci de m'y faire penser, dit-il. Nous devons regarder là-haut pour être sûrs que nous avons touché le module de sauvetage. Rusanov, montez à 19,5 mètres. Hissez le périscope.

Comme le périscope émergeait, il découvrit une large étendue d'eau couverte d'écume et de milliers de débris. Il distingua un gilet de survie, une couverture, une lampe de secours, mais aucun corps.

— Rentrez le périscope, monsieur Rusanov. Descendez à 200 mètres. Monsieur Maslov, situation du réacteur ?

— Commandant, il est chaud et prêt à démarrer la vapeur. Toutes les turbines seront parées dans quelques minutes.

— *CO de sonar, perdu la torpille de* Master One.

Un grondement d'explosion lointaine traversa la coque depuis le sud-est.

— *CO de sonar, la torpille de* Master One *a explosé.*

— C'est clair, affirma Dillinger. Sonar, contrôlez-vous encore *Master One*?

Peut-être que ce combat était terminé, et que *Master One* leur avait fait une faveur. Eh bien ! cela mériterait une petite explication à Smokin'Joe Kraft, pensa Dillinger.

— *CO de sonar, nous avons perdu* Master One *en large bande. Trop de bruit dû à l'explosion. Mais nous avons* Master One *en bande étroite. Il a encore du mordant.*

— Un jour, il faudra que nous reconstituions ce qui s'est passé exactement, dit Dillinger à D'Assault. Sonar, êtes-vous prêt à passer en mode actif ?

— *CO de sonar, affirmatif.*

— Sonar de commandant, passez en mode actif sur *Master One.*

L'émission sonar fut assez forte pour faire grincer les dents de Dillinger. Il pouvait l'entendre se répercuter à travers l'océan. D'une certaine manière, il détestait ce son. Il semblait dire : « Je suis ici, venez me chercher. » Mais, dans le cas présent, il souhaitait tellement épingler l'Alfa qu'il ne s'en soucia pas. Entre la fâcheuse tendance de l'ennemi à fuir à vitesse supersonique et sa façon d'échapper aux torpilles en stoppant, il n'avait aucune idée sur la manière de lui envoyer une charge nucléaire. Toutes les autres tactiques avaient échoué, et ses ordres étaient clairs, l'Alfa devait disparaître. Aussi, si le mode actif est nécessaire, alors allons-y, pensa-t-il.

Une seconde émission traversa l'océan. Dillinger avait espéré qu'une seule serait nécessaire au sonar, mais apparemment il avait des difficultés.

— *CO de sonar,* rendit compte Keating d'une voix figée. *Nous le tenons. Azimut 1-6-4, distance 24 000 mètres. Données affichées.*

Cette annonce ne soulagea Dillinger que modérément. La spécification de tir en distance était de vingt-cinq nautiques, soit 45 000 mètres. Lancer sur l'Alfa signifiait que la charge nucléaire exploserait à treize nautiques. Il pouvait réduire ce délai en se rapprochant, mais le temps de vol d'un Subroc était d'un peu plus de quatre-vingt-dix secondes. Il ne pouvait aller très loin en une minute et demie. Il devait prendre une décision. Ou bien il prenait un risque et coulait l'Alfa, ou bien sa mission avortait et son sous-marin était sauf. Si son sous-marin en souffrait, eh bien qu'il en soit ainsi ! pensa-t-il.

— Dispositions de tir, lancement vertical tube 2, *Master One*, ordonna Dillinger.

Un faible bruit traversa la coque, un sifflement aigu, électronique. Une seule chose pouvait provoquer un tel son, un sonar BQQ-5, comme ceux installés sur les sous-marins de type Los Angeles. Vornado se rendit rapidement à la console sonar. L'affichage était en niveau de pression de son multifréquence, la version russe de l'affichage large bande. Sur l'écran sonar, qui était blanc en absence de contact et noir pour indiquer un contact sonar, un gros trait noir correspondait au bruit entendu à travers la coque.

Le gémissement se manifesta de nouveau. Il n'y avait pas d'erreur. Vornado n'oublierait jamais la tonalité de ce bruit. Il y avait là-bas un sous-marin américain. Il se sentit d'abord soulagé. Puisqu'il était américain, lui et l'équipage étaient en sécurité. Si le bâtiment avait été britannique, français ou russe, on ne sait quelles instructions leur gouvernement leur avait données au sujet de l'Alfa. Il venait de couler le cargo, un sous-marin étranger pouvait donc le considérer comme hostile et aurait eu une raison de lancer contre lui. Il savait maintenant que les deux torpilles qu'il avait craintes étaient défensives, tirées en hâte, en réponse à celles tirées sur le cargo. Ils avaient certainement cru que les torpilles leur étaient destinées, et avaient tiré en retour. Mais à présent qu'il savait qu'il s'agissait d'un sous-marin américain, ce serait bientôt réglé.

Vornado s'interrogeait sur ce qu'il fallait faire à présent. De toute évidence, le sous-marin type Los Angeles essayait d'entrer en contact avec eux.

Vornado savait coupler un micro sur le sonar actif, de manière à réaliser une sorte de téléphone sous-marin, mais cela demandait du temps. Peut-être pourrait-il leur renvoyer un signal ?

— Tir sur le but, ordonna Dillinger.

— Paré.

— Prêt.

— Feu !

— Feu ! cria Tonelle en dégageant les mains de la console avec un sourire aux lèvres.

Le bruit des gaz d'expulsion pouvait être entendu à l'avant.

— Allumage du générateur de gaz et éjection du missile, continua-t-il triomphalement.

Le bruit s'estompa aussi vite qu'il était apparu et un autre, beaucoup plus fort, gronda à l'avant – l'allumage du combustible solide du missile.

— *CO de sonar, allumage du missile.*

— Avant toute, ordonna Dillinger. Gouvernez au 3-2-0 ! Immersion 300 mètres.

— *De PCP, commandant, nous cavitons !*

Il n'y avait rien d'autre à faire à présent qu'à se dégager rapidement de l'Alfa et prier pour que le Subroc atteigne son but. D'Assault chercha le regard de Dillinger. Elle le poussa de l'épaule.

— Bien joué, commandant, dit-elle tranquillement.

— Je n'aurais pu le faire sans toi, coordinateur, dit-il. Sonar de commandant, veillez au grain sur *Master One.* Si le Subroc rate, nous lancerons immédiatement une salve de Mark 48.

Vornado configura une émission active sur l'écran du module sonar. Comme il allait envoyer un nouveau signal au sous-marin américain, Danalov se manifesta.

— Commandant, dit Danalov, regardez ceci.

Vornado observa sur l'affichage multifonction un tracé noir bien plus marqué que celui de la précédente émission sonar. Cependant, ce bruit ne traversait pas la coque. Vornado enfila un casque d'écoute. Il orienta la sphère des hydrophones au nord. Il n'était pas expert en écoute sonar, mais il pouvait jurer que ce qu'il entendait était un missile. L'azimut changeait rapidement. Cela signifiait qu'il était proche ou très rapide. Le bruit s'estompa, et la trace, initialement noire, devint grise, mais le missile continuait à se rapprocher. Durant la phase d'accélération, l'azimut du missile passa du nord au nord-nord-ouest en quelques secondes, pour se stabiliser ensuite au 3-3-0 environ.

Quel engin pouvait être à l'origine de l'allumage d'un moteur de missile ? Un missile Tomahawk ? Quel était son but ? À moins que ce ne fût un Subroc. Un Subroc nous arrive dessus ! se dit Vornado. Que faisait le sous-marin type Los Angeles ? N'avait-il pas eu les instructions ? Les torpilles avaient été lancées par erreur, Vornado en était certain. Mais cela ne pouvait être une erreur. Le sous-marin américain essayait de les détruire avec une arme nucléaire !

Lorsque le capitaine de corvette Lionel Tonelle appuya sur le bouton « feu », le circuit de tir envoya du courant au mécanisme d'allumage du combustible du générateur de gaz du tube 2, constitué par du combustible solide emmagasiné dans la partie basse d'un réservoir d'eau désionisée. Le combustible de la fusée s'alluma et envoya un grand jet de flammes vers les réservoirs d'eau. Ils émirent de la vapeur et augmentèrent mille fois de volume. Sous la pression de la vapeur en expansion, le missile RUR-5Mid Delta Subroc fut rapidement éjecté du tube.

La surface du missile n'était pas mouillée, car il s'élevait dans une bulle de vapeur qui formait une sorte de tunnel. Le missile sortit de l'eau, encore mû par la force de son éjection du tube. Il ralentit, car la gravité le ramenait vers le bas. L'ordinateur du missile ferma le circuit d'allumage et mit feu à ses accélérateurs à combustible solide. Les flammes sortirent par l'arrière et, pendant un bref instant, il se tint juste au-dessus de l'eau bouillonnante tandis que la poussée de la fusée s'établissait. Il accéléra alors vers le haut, d'abord lentement, puis plus vite, jusqu'à ce qu'il atteigne Mach 1 dans son ascension. La première réserve de combustible solide était faible, seulement suffisante pour atteindre une altitude de 300 mètres et, aussi rapidement qu'ils s'étaient allumés, les propulseurs s'éteignirent, épuisés. Un anneau de vingt-quatre boulons explosifs détona. La partie supérieure des accélérateurs fut rejetée à la mer, tandis que l'arme continuait sur sa trajectoire.

En phase ascensionnelle, les ailerons s'étaient déployés, donnant à l'ordinateur le contrôle directionnel. Sous le ventre cylindrique du missile, un conduit d'air s'ouvrit, introduisant de l'air à grande vitesse à travers les ailettes du compresseur, les chambres de combustion, les turbines et le nez arrière. En premier lieu, l'air ne fit que traverser le missile, entraînant le compresseur et l'ensemble turbine en rotation en moulin-à-vent. Le missile continua son ascension, atteignant au sommet de sa parabole un second point d'accélération nulle. Les surfaces de contrôle tournèrent, ramenant le missile vers la mer en un plongeon à pic.

L'ordinateur contrôla l'injection de combustible, la pompe à combustible tournant plus vite et alimentant les chambres de combustion. L'ordinateur alluma les six bougies des chambres, et la combustion démarra dans le missile. Comme les fronts de flammes se stabilisaient dans les chambres de combustion, la pression augmenta à l'entrée de la turbine, le moteur commença à tourner de plus en plus vite et le compresseur accéléra et augmenta la compression de l'air d'alimentation jusqu'à ce que le moteur à réaction soit complètement stabilisé. L'ordinateur commanda la mise à pleine puissance du moteur et orienta les ailerons, faisant sortir le missile de sa trajectoire de plongée rapide juste avant de s'écraser dans les eaux froides de la mer de Barents.

Le missile stabilisa sa navigation et orienta son nez selon le vecteur d'attaque, et comme il tournait, son système de navigation GPS confirma qu'il faisait route dans la bonne direction. Alors seulement les circuits d'armement de la bombe nucléaire sous-marine furent connectés – la bombe à hydrogène était tout à fait prête.

Vornado se précipita de la console sonar au poste de contrôle propulsion.

— Maslov, j'ai besoin de la puissance immédiatement. Où en êtes-vous ?

— J'ouvre les aboutissants. Les tuyauteries seront réchauffées dans dix minutes.

— Non, elles doivent être réchauffées dans dix secondes. Ouvrez les vannes d'arrêt principales et lancez les turbo générateurs maintenant !

— Nous allons les détériorer avec les gouttelettes d'eau, commandant ! Les ailettes des turbines vont se retrouver dans le compartiment !

— Vous êtes relevé, cria Vornado, poussant Maslov hors de sa chaise.

Il observa les paramètres de contrôle et actionna toutes les commandes pour lancer le turbo générateur bâbord. Il le fit monter à 3 000 tours minute, puis enclencha le disjoncteur du turbo générateur et fit démarrer les deux pompes de réfrigération du réacteur en vitesse lente. Il lança la turbine tribord de la même façon, la mit en parallèle sur le tableau électrique principal et passa les deux pompes de réfrigération en grande vitesse puis embraya.

— Andrei, la machine en avant toute ! Le réacteur à cent pour cent de sa puissance. Rendez compte de la puissance du réacteur et de la vitesse, route au 3-3-0.

Il était debout. Maslov le regardait comme s'il était un jeune chien sans défense qui avait reçu un coup de pied d'un maître cruel et sans cœur.

— Reprenez la machine, Dmitri, et bravo. Votre réacteur vient de nous sauver la vie.

— Que diable se passe-t-il ? interrogea Danalov.

— Le sous-marin en embuscade vient de lancer un missile avec une charge nucléaire contre nous.

— Puissance cinquante pour cent, 47 nœuds, restez en route au 3-3-0.

— Comment ? Un missile nucléaire ? Vous êtes sérieux ?

— Puissance soixante-dix pour cent, 55 nœuds.

Vornado ignora la question et s'assit à la console sonar.

— Cent pour cent, 55 nœuds.

— Eh bien, qu'allez-vous faire ?

— Ce que je vais faire ? Que puis-je faire ? M'éloigner aussi vite que possible et espérer que l'enfer présente un raté.

Le visage de Danalov se fit menaçant.

— Cherchez quelque chose, Vornado. Défendez ce bâtiment. Trouvez un moyen. Faites quelque chose.

Vornado regarda fixement Danalov. Celui-ci avait raison. Il devait y avoir quelque chose à faire pour combattre le sous-marin américain. Mais pourquoi avaient-ils attaqué avec des moyens aussi disproportionnés ? Il lui vint à l'idée qu'ils essayaient de couler le Lira parce qu'ils avaient découvert qu'il était sous le contrôle de l'Ahel al-Beit. Comment auraient-ils pu apprendre que Vornado et l'équipage venaient de débarrasser la Terre de ces terroristes ? Le même problème se serait présenté si le projet de mutinerie de Danalov avait été exécuté. Le résultat était que l'attaquant suivait des ordres rationnels.

Cela était clair pour lui à présent. La CIA devait avoir réalisé que le projet de mutinerie avait échoué lorsque Vornado avait attaqué le cargo. Ils devaient penser que jamais il n'aurait exécuté un ordre aussi brutal. C'est le moment où le combat a tourné, pensa-t-il. Lorsque le Lira attaqua un navire innocent en pleine mer, ils avaient cru que Vornado avait été tué. Et si Vornado était manifestement mort, la CIA avait certainement estimé que Danalov ne pourrait pas ramener tout seul le bâtiment à Norfolk. Laisser le sous-marin quitter la mer de Barents entre les mains des Ahel al-Beit, sans Vornado, était trop dangereux. La CIA avait pris en considération tout cela pour établir son plan de rattrapage. Et le plan, lorsque tout le reste échouait, impliquait le torpillage du Lira. Et lorsque les premières torpilles avaient manqué leur but, sachant la vitesse exceptionnelle que le Lira pouvait atteindre, le sous-marin type Los Angeles avait lancé un Subroc.

Tout cela était logique, songea Vornado, car il aurait fait de même s'il avait agi pour le compte de la CIA. Il ne pouvait blâmer ni Hank Lewis ni la CIA, ni l'équipage du sous-marin américain. Il avait commis une terrible erreur en tirant sur le cargo. Danalov avait raison, après tout. Vornado aurait dû le laisser déclencher la mutinerie à ce moment. Mais cela s'était passé si vite, il n'avait pas eu le temps de réfléchir à toutes les conséquences. Et maintenant, à cause de ses propres erreurs, il avait signé son arrêt de mort.

Voici la fin. Tout ce travail pour rien. Tous ses plans partaient en fumée. Lui, Rusanov, Danalov, Svetlana, les frères Maslov et le Lira lui-même seraient bientôt effacés.

Bon sang, pensa-t-il en colère. Qu'aurait fait B.K. Dillinger ? La réponse lui vint immédiatement. Dillinger n'aurait pas hésité. Passé la première demi-seconde de culpabilité après le torpillage du cargo, il n'aurait pas tenu compte de la nationalité américaine de son assaillant. Il se serait assis à la console du système de combat, aurait chargé un des missiles RK-55 Granat et lancé contre le sous-marin attaquant, en légitime défense.

Mais cela fonctionnerait-il ? se demanda Vornado. Le RK-55 était un missile terre. Il ne pourrait exploser sous la mer. Il était cependant équipé d'une bombe à hydrogène de 200 kilotonnes dont la détonation pourrait survenir au-dessus de la surface de la mer. La charge était deux cents fois supérieure à celle d'un Subroc. Une telle explosion aurait de sévères conséquences sous l'eau. La vague de pression serait capable de découper un sous-marin en rondelles si elle se produisait suffisamment près.

Mais il ne désirait pas couler l'autre sous-marin. Il voulait seulement effrayer son commandant, assez longtemps pour que

Vornado puisse tirer le Lira de ce mauvais pas. Oui, se disait Vornado, sortir d'ici, se diriger vers l'Atlantique et, de là, rentrer au pays.

Vornado se jeta dans le siège du système de combat pour programmer le missile Granat dans le tube 5. Par chance, cette opération était aussi simple que de régler l'UGST, contrairement aux systèmes complexes américains. Il consulta le module sonar et estima la distance du sous-marin américain, son azimut d'après celui où le missile était sorti de l'eau. L'autre sous-marin s'était dérobé à ce moment-là. Mauvais pour lui, bon pour le Lira. Le commandant du sous-marin avait dû s'écarter prudemment du point de lancement. Où serait-il allé ? Son mal de tête le saisit comme il essayait de mettre ses idées en ordre et de réfléchir. Est, pensa-t-il, il était parti à l'est pour s'écarter de la zone de lancement. Vornado décida de viser à l'ouest. S'il pouvait provoquer l'explosion à trente ou quarante nautiques de l'autre sous-marin, il pourrait stopper son réacteur et ouvrir tous les disjoncteurs électriques sous l'effet du choc. Le sous-marin américain serait assommé mais pas coulé, et ils pourraient quitter l'enfer de Barents.

Il pointa la position du but sur la mer, se servant du module sonar pour la navigation, puis la reportant sur l'affichage sonar. Il revint au module du système de combat pour programmer la position de l'explosion.

— Attention, communication générale. J'ai l'intention de lancer un missile de croisière RK-55 Granat contre le sous-marin occidental. Nous estimerons une distance du but et tirerons le missile vers cette position. La tête explosera légèrement au-dessus de la surface, mais l'onde de choc sous-marine suffira pour paralyser l'attaquant ou le faire réfléchir à deux fois avant de poursuivre le combat. Si nous y parvenons, et si nous échappons à ce missile, la bataille sera terminée.

Vornado quitta la console sonar pour la console du système de combat. Il emplit et ventila le tube 5 tandis qu'il alimentait les circuits de puissance du missile de croisière. Pendant que ce dernier chauffait, il ouvrit la porte extérieure.

— Rusanov, pressurisez la rampe torpille tribord avec la pompe de transfert de ballast.

— Bien, commandant. La pompe est en fonction.

Vornado plaça le tube en contrôle automatique, désigna l'arme et verrouilla le point d'explosion, en le vérifiant une seconde fois.

Il avait supposé que l'autre sous-marin avait viré vers l'est. C'était ce que Vornado aurait fait.

Le RK-55 était enfin prêt. Il hésita, réalisant que le bâtiment allait trop vite. S'il lançait l'arme à une vitesse supérieure à 16 nœuds, le missile se briserait sous la force des filets d'eau le long de la coque.

— Andrei, la machine STOP.

— Machine stoppée, commandant.

— La machine en arrière, Andrei. Réglez à cinquante pour cent la puissance réacteur !

Le bâtiment fut secoué comme s'il avait été agrippé par la main d'un dieu courroucé.

— Nous risquons une rupture de ligne d'arbres, dit Rusanov.

— Quelle vitesse ?

— 20 nœuds.

— Tenez comme ça, mais dites-moi quand nous serons à 5 nœuds.

— 5 nœuds.

Maintenant ! se dit Vornado en lui-même, en saisissant la clé de commande du lancement. L'arme fut éjectée du tube. Il écouta, le tube de lancement avait éjecté le conteneur du missile de croisière sans bruit. Puis il l'entendit clairement à travers la coque. Le conteneur était arrivé à la surface et le grondement soudain du missile emplit le local, il se réduisit rapidement à un murmure avant le retour au calme.

— Andrei, la machine en avant toute, barème urgent de montée en puissance ! Réglez la puissance à cent pour cent !

— Nous montons en puissance, commandant.

La coque recommença à vibrer. Vornado envisagea de lancer un second Granat, mais cela nécessitait de charger un autre missile. Il se déplaça vers la console sonar pour voir si le missile était à l'œuvre. L'azimut du missile changea du nord-nord-ouest à sud-sud-est en une fraction de seconde. Cet engin infernal venait de passer au-dessus de leur tête à une vitesse quasi supersonique.

Le missile continua, rasant les vagues à simplement 10 mètres au-dessus de l'océan, jusqu'à ce que le système de navigation lui indique le signal. Les ailerons dirigèrent le missile dans une ascension presque verticale, son altitude augmentant tandis que sa vitesse diminuait. Au sommet de l'arc, l'arme se tourna de nouveau vers la mer, mais avant qu'il puisse accélérer, le moteur à réaction stoppa, la vanne de combustible se ferma. Six panneaux à la surface de la tête se séparèrent sous l'action de boulons explosifs et la charge sous-marine se sépara du missile. Le corps du missile continua à voler pour s'écraser dans l'eau. La charge sous-marine éjecta un petit parachute et, pendant les minutes qui suivirent, elle descendit vers la mer de Barents. Finalement, les vagues grossirent et la charge atteignit l'eau.

Un capteur à la surface de l'engin, court-circuité par l'eau, commanda le verrouillage du circuit de sécurité. Un transmetteur bathymétrique enregistra l'augmentation de profondeur pendant que la charge s'enfonçait, jusqu'à atteindre 250 mètres. Le dernier capteur de profondeur se déverrouilla, et l'engin commença l'armement final. À la profondeur de 330 mètres, l'ordinateur de l'arme commanda l'explosion.

Nous y voilà, pensa Vornado, ce bruit dans le sud-ouest. C'était l'endroit où les autres parties de la bombe nucléaire sous-marine étaient tombées, directement sur leur arrière. Il ne s'écoula que quelques secondes avant que la charge touchât la surface de l'eau avec un second bruit d'impact. Il était parfaitement conscient de sa peur et il lisait sur les visages qui l'entouraient la même terreur. À l'heure précise, le module sonar enregistra le second impact. À présent, la charge sous-marine coulait. Le réglage d'immersion était programmé à 300 mètres. La chute durerait environ deux minutes. Vornado regarda sa Rolex en or une dernière fois, observant l'aiguille des secondes tournant régulièrement sur le beau cadran azur.

— Communication générale. Dans environ vingt secondes, vous allez entendre la plus grosse déflagration de votre vie. Si nous avons réussi à mettre une distance suffisante entre le point d'impact et notre position, nous survivrons et continuerons le combat. Tenez bon.

Vornado venait à peine de se taire lorsque l'onde de choc les atteignit.

32

Dans la demi-seconde qui suivit la déflagration, les charges multiples à faible puissance explosèrent, chacune selon la même géométrie prévue pour que l'action de la bombe à uranium soit incluse dans une sphère précise. Presque immédiatement, les réactions de fission s'amorcèrent jusqu'à ce que la température de la masse d'uranium atteigne une température aussi élevée que celle du soleil. La boule de feu se dilata et rencontra les éléments de deutérium de l'eau lourde, emmagasinée dans la tête du missile.

La température atteignant des valeurs dépassant l'imagination, le deutérium commença à fondre. Ses protons fusionnèrent pour former de l'hélium – chaque fusion libérant une énergie énorme.

Presque aussitôt, l'océan absorba l'énorme énergie de la boule de feu, les gaz se dégagèrent verticalement en un gigantesque panache de vapeur et d'eau. Les restes de la boule de feu s'effondrèrent en des trillions de particules qui remontèrent lentement vers la surface. Une onde de choc sphérique se propagea à la vitesse du son, rebondissant sur le fond, se réfléchissant sur la surface et se déplaçant de façon circulaire en une violente vague de pression. Puis elle se propagea concentriquement, prête à détruire tout sur son passage et, après avoir rencontré le fond, elle atteignit le quart arrière bâbord du sous-marin Lira qui dégageait rapidement vers le nord-est.

Tandis qu'il tombait, il se demanda s'il était déjà mort. Il fut projeté lentement vers les consoles à l'arrière, mais elles disparurent avant qu'il les atteigne dans un énorme nuage duveteux de fumée grise qu'il traversa dans une trajectoire chaotique.

Il tournait dans la fumée sombre qui emplissait l'espace. De grandes vagues de brouillard se déplaçaient rapidement, obscurcissaient tout autour de lui. Puis il entendit quelque chose. Une voix, celle de Rachel, puis celles de ses enfants. Puis Joe Kraft commença à parler. Il se croyait au milieu d'une réception. Il reconnaissait les voix sans comprendre ce qui se disait. Puis ce fut au tour d'Hank Lewis de parler, puis de George Willey, son vieil officier en second, et son ex-équipage du *Hampton*, et enfin, B.K. Dillinger. Il entendit les voix de l'équipage de Dillinger, et ensuite celle de Viktor Danalov. Mais ce n'était pas Danalov, c'était la voix de Victor Kaminski, celle de vingt ans auparavant qui s'adressait à lui dans sa chambre de midship, l'interrogeant au sujet du raid contre Whitehead, et puis ce furent les cris aigus du midship Whitehead lui-même. Il put encore entendre Yuri Belkov et les Kaznikov, Abdas al-Sattar et son frère Arsalaan. Étrangement, les voix s'estompèrent, puis il perçut les voix de son père et de sa mère. Il y avait si longtemps qu'il n'avait pas entendu la voix douce de sa mère, décédée depuis bien des années déjà. Il en resta interloqué et, cependant, il ne versa pas une larme.

Car il n'avait pas d'yeux.

Il essaya de parler, mais il n'avait pas de bouche.

L'homme qu'avait été Peter Vornado tournoyait en spirale à travers les nuages gris à une vitesse incroyable jusqu'à ce que la lumière commence à diminuer. Le gris devint noir. Des sensations de chaleur et d'euphorie le submergèrent.

C'est la fin, se dit-il, mais je suis en sûreté.

Tout était fini. Sa carrière dans la marine, son temps de mari et de père, son engagement contractuel avec la CIA, sa relation avec Svetlana Belkov et son commandement du sous-marin Lira. Avant que la grisaille ne devienne complètement noire, une voix résonna dans sa tête, affirmant quelque chose dans une langue étrangère, mais qu'il comprit. Tandis que la voix parlait, un éclair parut zébrer le rideau de fumée.

Cette voix semblait s'adresser à quelqu'un d'autre : *Reviendriez-vous ?*

Non pas *reviendrez* mais *reviendriez*. Il faut faire la distinction, pensa-t-il. Mais si la question lui avait été posée, son cœur aurait répondu *non*. Il revit toutes les situations douloureuses de son existence – le décès de sa mère, le départ pour l'École navale, le premier combat de sa carrière contre Whitehead, la longue lutte pour obtenir un commandement de sous-marin, son malaise intérieur lors de l'enterrement de son père, son cancer en phase finale, l'attaque contre les innocents du *Kirovski*, la douleur de savoir qu'il avait trompé Rachel et, pire que tout, d'avoir manqué la mission du Lira. Il se sentait responsable de la mort de tous à bord. Encore un autre groupe de malheureux innocents qui lui avaient fait confiance et qui en pâtissaient.

Pourquoi, se demanda-t-il sans parvenir à trouver les mots justes, voudrait-il retrouver tout cela ? Il n'était pas sûr de ce qui se passait après la vie mais, dans son esprit, à présent, rien ne pourrait être pire que l'enfer qu'il venait de quitter – une vie misérable, brisée. Il était fini. C'était terminé.

Une image apparut alors. Pas seulement une image, mais une réalité, plus réelle que toutes les expériences de sa vie. Il avait de nouveau un corps, il pouvait sentir l'étoffe du jean contre ses jambes, le tissu du T-shirt sur la peau de son dos, le sol dur sous ses genoux et l'eau tiède et savonneuse du bain sur sa main. Il observa devant lui et, dans le bain bouillonnant, il vit Erin, âgée de deux ans, riant de s'éclabousser, ses cheveux blond platine en halo autour de sa jolie tête, ses grands yeux bleus – les yeux de sa mère – le regardant fixement. Elle sourit, leva les yeux vers lui, et dit, de sa voix de petite fille : « Papa. »

Alors il pleura. Les larmes trempèrent son T-shirt, ses épaules frémirent et son nez se mit à couler. Il prononça les mots qui faisaient la différence : « Bien sûr, je reviendrai. »

Instantanément, Peter Vornado était de retour dans le poste de commande vertical. L'instant d'après, il heurta la console de contrôle de la propulsion, et ressentit une douleur fulgurante dans tout le corps. Le monde commença à s'effacer. Le noir gagnait vers le centre et il ne resta bientôt qu'un petit point de lumière qui, lentement, se fondit dans le néant.

L'onde de choc écrasa le sous-marin Lira, la mer transformée en enclume, déformant et brisant la coque extérieure. La vague mit à rude épreuve le titane de la coque intérieure mais celle-ci, beaucoup plus résistante, ne se brisa pas ni ne se déchira. Dans une brutale accélération, le sous-marin subit une secousse d'une force suffisante pour déchirer les cloisons et désolidariser la cuve du réacteur de ses supports. Sans les nouveaux amortisseurs, la cuve du réacteur aurait été projetée contre la cloison hémisphérique de la tranche réacteur et aurait violemment endommagé le CO jusqu'à la tranche torpilles. Mais les nouvelles fixations résistèrent au terrible impact.

Comme le Lira s'arrêta brusquement, une voie d'eau se déclara dans la tranche machine et il prit de l'assiette positive. Tous les disjoncteurs s'ouvrirent, et le bâtiment se trouva dans le noir complet. Un groupe électrogène rompit ses fixations et s'encastra dans la cloison du compartiment. À l'arrière, dans la tranche des auxiliaires, un des turbos générateurs connut le même sort.

Au CO, les six membres d'équipage gisaient sur les consoles arrière au milieu des débris de verre.

L'assiette du bâtiment devenait extrêmement dangereuse. Jusqu'à présent, son immersion avait été stable à 200 mètres, mais il s'alourdissait. Le Lira commençait à couler.

Dix secondes après le passage de l'onde de choc sur le Lira, une autre, atténuée, atteignit l'USS *Tucson*, en immersion. Le *Tucson* fut légèrement ébranlé. La moitié de ses disjoncteurs électriques s'ouvrirent sous le choc, mais il n'y eut pas d'autre dommage.

En quelques minutes, le *Tucson* se rétablit. L'équipage réenclencha le disjoncteur de la batterie et l'éclairage revint. Les groupes électrogènes furent redémarrés et avec eux les tableaux électriques principaux. Ce fut ensuite le tour des quatre cents installations électriques. Dans le CO, les électriciens sécurité s'efforcèrent de rétablir rapidement l'installation de contrôle incendie.

Au local sonar, le maître principal Keating s'employait à reconfigurer le sonar. Il ne pouvait admettre que son équipement fût mis hors service par une coupure électrique au combat. Sourd, le bâtiment pouvait être détruit en un instant. La sueur coulait sur son front et ses aisselles étaient trempées. Comme il l'avait espéré, deux minutes après que l'électricité fut rétablie, le sonar fonctionnait. Keating essaya de prendre sa voix la plus naturelle tandis qu'il annonçait au CO :

— *CO de sonar, sonar disponible.*

Le bâtiment n'avait pas encore de réacteur, car celui-ci avait stoppé lorsque la puissance électrique s'était arrêtée. Il faudrait au moins dix minutes pour faire redémarrer la machine.

Keating rétablit d'abord le sonar large bande, gardant un œil sur le relèvement de *Master One*. Comme il l'avait envisagé, tout depuis le sud jusqu'à l'ouest n'était que bruit dû à l'explosion nucléaire. Mais son regard fut attiré par une trajectoire en rapprochement rapide, s'incurvant depuis le sud et changeant tout à coup de direction du sud au nord.

Ou bien ils venaient d'être survolés par un jet, ou bien un missile venait de passer au-dessus d'eux à basse altitude.

— *CO de sonar, avion à la verticale,* annonça-t-il rapidement. Gerbe sur tribord !

Il régla son sonar sur le gisement, écoutant avec attention.

— *CO de sonar, nous avons une gerbe, azimut 3-5-0 ! Je ne crois pas qu'il s'agisse de bouées acoustiques.*

La voix de Dillinger intervint sur le réseau.

— Vous pensez que c'est une fusée montée sur une torpille ?

— *CO de sonar, seconde gerbe. Commandant, pensez-vous que les Russes disposent des Subroc ?*

Au CO, Dillinger ouvrit grand les yeux tandis qu'une frayeur soudaine s'emparait de lui.

Le missile RK-55 Granat, baptisé SS-N-21 par l'Otan, avait une brillante histoire. Il avait été développé grâce à une action combinée de plusieurs bureaux d'études russes. Il avait anticipé la plupart des caractéristiques des missiles de croisière américains Tomahawk. Le plus grand secret avait présidé à son élaboration et le Tomahawk devint l'enfant chéri des militaires. Mais le missile ne se souciait pas de telles considérations. Il attendait, inerte et endormi, il attendait le moment où l'on aurait besoin de lui.

Cette heure était arrivée. Sous l'impulsion du réservoir d'expulsion, le missile sortit rapidement du tube lance-torpilles 5 du sous-marin Lira. Dès que la partie arrière du conteneur étanche fut dégagée du tube, deux ailerons s'ouvrirent dans un bruit sec, chaque aileron orienté vers le bas afin d'agir pour abaisser la queue et orienter le nez vers le haut. Il monta rapidement vers la surface jusqu'à ce que sa tête sorte de l'eau.

Deux capteurs disposés dans le cône avant détectèrent qu'ils n'étaient plus en contact avec la mer. Trente-six boulons explosifs à l'avant du conteneur étanche explosèrent simultanément et le cône avant disparut en tournoyant doucement dans la nuit. Puis les moteurs de la fusée s'allumèrent, la poussée des gaz projetant le missile hors du conteneur et rejetant ce dernier dans l'eau. La pointe conique du missile sortit rapidement du conteneur, puis le corps du missile, et finalement la queue, se dégagèrent de la partie supérieure du cylindre. Comme la queue se libérait, quatre ailerons de queue se déployèrent et un conduit NACA s'ouvrit dans la partie inférieure du missile pour alimenter le compresseur d'air.

Sous l'effet de la poussée du propulseur, le missile s'éleva, décrivant un grand arc parabolique dans le ciel. Tandis qu'il volait au-dessus de la surface de la mer, la détonation sous-marine du Subroc projeta quarante millions de litres d'eau de mer vers le ciel, les gerbes de vapeur et de liquide atteignant presque le point le plus haut de la trajectoire du missile.

Celui-ci atteignit le sommet de son parcours alors que le combustible de son propulseur était épuisé. Celui-ci se sépara et le réacteur de l'engin démarra. Le missile plongea vers la mer, volant vers sa destination, son système de navigation inertielle se corrigeant de lui-même sur la position réelle. Si le Granat avait reçu l'ordre d'attaquer une ville, il pouvait suivre le relief, rasant le sol à seulement quelque 10 mètres d'altitude. Même une falaise imprévue ne pouvait pas tromper le système de guidage. Il pouvait être programmé sur des points précis, comme une ville. Durant son vol, il identifia devant lui, dans la mer, un banal point comme étant son but.

Il ne se souciait pas que celui-ci fût un point dans l'océan plutôt qu'une ville. Il s'éleva dans les nuages, tourna ses ailerons et revint vers la surface de la mer, vérifiant les positions exactes du but. Celles-ci confirmées, il arma sa charge et se dirigea rapidement vers le bas. Le radar altimétrique intervint pour faire coïncider le moment de l'explosion avec le réglage en altitude de l'arme, à 5 mètres au-dessus du niveau de la mer. Le missile volerait donc à cette faible altitude et, avant que le cône du nez touche la surface, la charge aurait intégralement explosé. Le radar altimétrique décompta en descendant. 100 mètres, 80, 60, 40. Le circuit final activa le déclenchement de l'explosion de la tête. 20 mètres… 15…

L'amorce explosive s'enclencha et, avant que le missile eût parcouru un autre mètre, l'uranium 235 avait été concentré et explosait en une énorme boule de feu nucléaire, dévorait les réservoirs d'eau. La température dégagée par la fission fournit la chaleur nécessaire pour provoquer la fusion. La boule de feu grossit au-dessus de l'eau et presque 6 kilomètres cubes d'eau de mer furent vaporisés instantanément. L'onde de choc descendit au fond de l'océan, prête à écraser tout sur son passage.

Elle fut ressentie 50 nautiques à la ronde, tuant à l'entour tous les organismes marins vivants. Mais un de ces organismes était plus résistant que les autres, constitué d'un acier dense. L'onde de choc l'atteignit et l'écrasa, ébranlant tout l'intérieur, déchirant la chair de tous les organismes dans ses entrailles. Elle arracha le massif et ses ailerons, puis elle pulvérisa le cône avant en fibre de verre. Elle continua sa course imperturbablement, et rencontra une autre machine en acier. Elle fut moins agressive pour celle-ci, car ce second engin était déjà en train de mourir. Finalement, l'onde de choc se dissipa dans la mer, avec pour seule trace un nuage de bulles de la dimension d'une petite ville là où le missile avait explosé.

Pendant des heures, l'océan bouillonna sous la furie des bulles engendrées par les deux explosions nucléaires. Les seuls sons qui rivalisaient provenaient du grondement du métal des cloisons des deux engins qui flambaient sous la pression des profondeurs.

En une seconde, Dillinger se retrouva projeté sur le pont du CO. Son visage palpitait contre le sol dur et froid, dans une obscurité totalement silencieuse.

Quelque chose vola et le heurta à l'arrière de la tête. Il resta étourdi et le monde commença à tournoyer autour de lui. Il sentit du sang coaguler sur sa nuque. Son estomac se contracta, puis il vomit. L'horrible douleur se précisa, lourde, écrasante – il ne pouvait plus respirer.

Alors qu'il pensait avoir atteint le paroxysme de la souffrance, un jet d'eau de mer glacée l'atteignit. Il essaya de soulever la tête car l'eau était partout, sur le pont, dans ses narines ; elle pénétrait dans sa gorge, et il se souvint, en remarquant combien elle était salée.

De l'eau de mer.

De l'eau de mer salée à la plage.

Son père dans les rayons du soleil, son bras s'allongeant lentement, tandis que le Frisbee s'élevait dans les airs au-dessus du sable, le disque se rapprochant de Burke, alors âgé de sept ans.

Ne m'appelle pas Burke. Mon nom est B.K.

Mon beau chéri, disait sa mère en plaisantant. *Viens déjeuner, B.K.*

Le monde tournoyait autour de lui. L'air sentait le sel, l'océan. L'océan poissonneux tel qu'il l'avait senti lorsqu'il était sorti de la voiture à Annapolis. Il était près de l'eau, mais plus en Virginie du Nord.

Annapolis. Les midships en uniformes.

Mettez la tenue de travail blanche alpha par-dessus votre tenue de sport, enfoiré... enfoiré... enfoiré...

Tenue de travail alpha et tenue de sport dessous.

Tenue de travail alpha.

Alpha.

Alpha.

Sous-marin.

Voie d'eau.

Feu.

Naufrage.

Noyé.

Mourant.

Mort.

33

Nous coulons, pensa Rusanov. Sa tête lui pesait et un liquide visqueux coulait sur son visage. Il essaya de lever la main gauche, mais une douleur fulgurante lui traversa le bras. Il parvint à lever le bras droit et à palper sa figure. Le côté droit lui sembla sérieusement atteint. Son œil était enflé et il ne pouvait l'ouvrir. Il devait souffrir de fractures. Il pouvait à peine garder la tête droite.

Lorsqu'il y parvint enfin, il réalisa qu'il se trouvait au milieu d'un amas de corps. Il essaya de se soulever, luttant contre les nausées et la peur de se trouver submergé dans un local plongé dans une totale obscurité. Une odeur de sang planait. Tout, autour de lui, était imprégné de sang. Mais c'était l'obscurité qui l'effrayait le plus. Il faisait plus sombre que dans un puits de mine.

Cependant, son œil gauche percevait le scintillement diffus d'une lumière. Il tenta de la regarder, mais réussit seulement à voir un reflet dans la glace brisée d'une console. Il réalisa que la lumière provenait du feu qui brûlait en dessous. Quand le mot « feu » lui vint, il eut une poussée d'adrénaline et son esprit sembla s'éclaircir. L'odeur de l'isolant qui brûlait emplissait l'air et le fit tousser. Mais le feu était un problème secondaire. Le plus préoccupant était le pont. Au lieu d'être horizontal, il était incliné, presque à la verticale.

C'était seulement une vue de son esprit, pensa-t-il. L'angle devait être sans doute supérieur à cinquante-cinq degrés, mais sur un sous-marin, c'était une limite suffisante pour rendre leur perte irrémédiable.

Mais il y avait à bord des problèmes bien pires que cette simple inclinaison.

Il se trouvait confronté à une situation d'urgence, et dans ce cas, sur un sous-marin, on enclenche le bouton d'alerte. Mais celui-ci était placé au-dessus de la console de contrôle du bâtiment, bien loin au-dessus de sa tête. Il essaya de l'atteindre, mais seule la pile de corps le supportait. Il fut effrayé à l'idée de piétiner le visage de quelqu'un.

Un grondement impressionnant retentit, se propageant à travers tout le bâtiment. Le sous-marin doit descendre vers des profondeurs fatales, pensa-t-il. Il fallait atteindre l'interrupteur.

Un autre bruit se répercuta autour de lui – la coque se contractait. Ce bruit était terrifiant. Le bâtiment allait se désintégrer. Il se résigna à piétiner les corps.

« Désolé pour cela », dit-il, réalisant que le son de sa voix était étrange. Sa bouche était emplie du même liquide visqueux qu'il avait sur le visage. Il cracha une demi-douzaine de dents. Cela n'avait pas d'importance. Il était en vie et respirait, et il fallait qu'il vienne en aide au sous-marin qui disparaissait. Il s'allongea pour atteindre le fond du fauteuil du poste de contrôle. À bout de souffle, à l'aide de son bras droit, il réussit tout de même à escalader le siège. Son bras gauche le lançait. Doucement, il réussit à le toucher. Il avait doublé de volume, mais les os fracturés n'avaient pas transpercé la peau. D'un bond, il atteignit le passage du mât d'antenne et, de là, le siège du poste sonar. Il sauta jusqu'aux rambardes qui entouraient le périscope et rampa pour atteindre l'angle avant bâbord du PCNO. Depuis les rambardes du périscope, il grimpa sur le siège du poste de contrôle et se redressa sur le dossier pour atteindre la partie supérieure de la console.

Le tableau d'alerte d'urgence était minuscule. Un couvercle de plastique protégeait cinq interrupteurs à bascule munis de caches. Le premier interrupteur fermerait toutes les vannes de coque contrôlées hydrauliquement grâce à un ingénieux dispositif composé d'une bouteille d'air et d'un petit accumulateur hydraulique installés près de chaque vanne. Les servomoteurs hydrauliques d'urgence étaient sa propre idée. En cas d'avarie majeure exigeant le recours au tableau d'alerte, les dégâts risquaient d'être suffisamment importants pour avoir entraîné la rupture des tuyauteries du circuit hydraulique principal qui courent comme des veines à travers le bord. Il dégagea le premier cache et atteignit l'interrupteur. Il put entendre des bruits au-dessus de lui, certainement la fermeture des vannes des deux premières tranches. Cela pourrait arrêter une voie d'eau consécutive à une avarie de tuyautages, mais si elle était due à une avarie de coque ou aux joints de ligne d'arbres, c'était fini.

Le second interrupteur commandait l'explosion des charges du générateur de gaz du ballast avant. En raison de l'assiette du sous-marin, il vaudrait mieux déclencher d'abord les charges du ballast arrière. Cela devrait aider le bâtiment à se redresser. Ces générateurs de gaz étaient constitués de grenades à main installées dans le ballast avant, entre la coque épaisse et la coque extérieure. C'était un système de la dernière chance, car il pouvait entraîner la rupture de la coque extérieure, le remède devenant alors pire que le mal, mais il avait l'avantage d'être en volume et en poids bien plus intéressant qu'un système à air comprimé avec son compresseur. En temps normal, on utilisait le diesel de secours pour chasser l'eau des ballasts. À l'évidence, cela était impossible. Rusanov atteignit l'interrupteur du ballast arrière et entendit immédiatement la détonation, loin dessous. Il attendit pour voir si le pont se redressait. Il bougeait.

L'arrière se relevait en effet doucement. L'assiette se réduisait, le pont cessa enfin de ressembler à un mur vertical. Rusanov manœuvra alors le second interrupteur, celui des générateurs de gaz du ballast avant. Il put entendre l'explosion des grenades à main au-dessus de lui, les gaz chauds expulsant l'eau de mer. Le bâtiment allait être allégé de plusieurs tonnes à présent. Une capacité à eau libre équipée de générateurs de gaz d'urgence était également disposée dans la partie centrale. En temps normal, il serait impensable de l'utiliser, car cela donnerait au bâtiment une flottabilité qui pourrait entraîner son chavirage, mais si le bâtiment avait coulé par l'arrière, il était évident que c'était de là que se situait la voie d'eau.

Rusanov dégagea le cache de la réserve de flottabilité centrale, espérant ne pas faire d'erreur. Il toussa, la fumée commençait à emplir la partie supérieure du compartiment. Il actionna l'interrupteur et entendit la détonation du générateur de gaz. Ils remontaient à présent à toute vitesse vers la surface. Restait le système d'extinction d'incendie. Il noyait dans le halon tous les compartiments électroniques, ce qui éteignait les feux électriques sans risque mortel pour l'équipage. Mais peu d'appareillages électroniques résisteraient au halon, ce qui signifiait que le système d'alimentation du tableau de contrôle ainsi que tous les tableaux d'affichage seraient mis définitivement hors service. Il souleva le cache et mit l'interrupteur sur marche sans hésiter.

Le local s'emplit immédiatement d'une vapeur blanche de halon, émise depuis l'arrière du CO. Rusanov s'inquiéta un long moment, se demandant si les ingénieurs ne s'étaient pas trompés et si les hommes ne risquaient pas de suffoquer. Il toussa, réalisant que l'atmosphère était contaminée. Dès que le bâtiment ferait surface, il devrait s'efforcer d'ouvrir le panneau d'accès au massif pour faire entrer de l'air frais dans le bâtiment empli de fumée.

Heureusement, les batteries n'explosèrent pas. Si l'eau de mer entrait en contact avec l'acide des batteries, le chlore dégagé pouvait les tuer en quelques minutes. La déflagration consécutive à la réaction aurait fait exploser la coque malgré le titane, qui, pourtant, avait résisté à l'explosion nucléaire.

Rusanov en avait terminé avec le tableau d'alerte d'urgence. Le feu à l'arrière s'était éteint, replongeant le compartiment dans l'obscurité la plus totale, mais le pont avait retrouvé une assiette horizontale. Et la coque arrivait à présent au milieu des vagues ! Ils étaient en surface. Rusanov repéra l'interrupteur d'un fanal de secours dont la lampe éclaira faiblement le CO.

Il se tourna vers ses compagnons. La première règle des secouristes consiste à ne pas déplacer les blessés, mais il n'y avait pas d'autre façon de les aider. Ils gisaient les uns par-dessus les autres. Aussi doucement que possible, il les dégagea. Il aperçut le corps de Vornado.

— Commandant Vornado, dit-il, la voix tremblante et brisée.

Le visage de Vornado était couvert d'une épaisse couche de sang. Son corps semblait intact, sa peau était encore tiède, mais il ne respirait plus. Rusanov soupira. C'était évident, le commandant Vornado était mort.

Rusanov n'était ni religieux ni sentimental. Mais, lorsqu'il vit le corps de Vornado gisant, il sanglota et se jeta impulsivement sur sa poitrine. Vornado avait élevé Rusanov de la condition de simple employé de chantier à celle de second au commandement et il lui avait fait confiance comme personne auparavant. Vornado avait seulement dix ans de plus que Rusanov, mais il avait été pour ce dernier un véritable père, le père qu'il n'avait jamais eu. Les larmes qui lui inondaient les yeux ne l'empêchèrent cependant pas de réaliser que le commandant n'aurait pas souhaité qu'il reste là, pleurant comme un idiot, alors que les autres membres de l'équipage avaient besoin d'assistance. Il s'efforça de reprendre de l'assurance et détourna son regard du corps sans vie de Vornado.

À côté de ce dernier se trouvait celui de Dmitri Maslov. Maslov était presque complètement décapité – sa tête reposait sur ses épaules, reliée au buste par quelques lambeaux de chair sanguinolents.

Svetlana avait une fracture multiple de la cuisse. Les os ensanglantés avaient percé sa combinaison de travail. Il lui tâta la gorge. Elle aussi était tiède. Il approcha l'oreille de sa bouche. Elle respirait à peine.

Sous ce qui avait été une console sonar, Viktor Danalov était étendu, la poitrine couverte de sang, mais on entendait nettement sa respiration sifflante. Rusanov n'était pas sûr de le reconnaître. Lorsqu'il s'approcha, il comprit pourquoi. Un morceau de verre transperçait sa poitrine. Que devait-il faire, l'extraire ou le laisser ainsi ? On lui avait appris qu'extraire quelque chose du corps d'une personne qui avait été empalée relevait de la compétence médicale. En effet, enlever ce morceau de verre pouvait le tuer. Mais ils étaient dans la mer de Barents, il retira donc l'éclat.

Puis il entendit un toussotement, mais il fut incapable de le situer. Il s'avança vers l'avant du local, où le jeune Mikhail Maslov s'était effondré. Le gamin était descendu lorsque Vornado était sur le point de torpiller le cargo. Il avait dû revenir au CO au début du combat contre le sous-marin américain.

Maslov n'avait pas eu plus de chance que son frère, pensa Rusanov. Ses jambes étaient couvertes de sang. Une artère devait avoir été coupée. Il posa sa main sur sa gorge. Elle était froide, sans aucune pulsation. Son œil gauche était ouvert, dirigé vers le haut. Rusanov le ferma. Un nouveau toussotement le fit se retourner.

L'obscurité s'atténua. Une légère ombre se dessinait. Une clarté devenait perceptible.

Il ne ressentait rien, il n'avait ni souvenir ni pensée.

Cependant un mot perçait :

Vivre.

L'odeur arriva en premier.

La fumée.

L'isolant qui brûle. L'électronique. Les produits chimiques.

Il était dans le noir.

Tout était silencieux.

Sauf le tintement d'une cloche éloignée. Ses oreilles bourdonnaient. Il entendit un glissement sur le sol et un grognement humain.

Il essaya de sentir quelque chose. Rien que le vide, comme s'il n'avait pas de corps, seule la pensée de ce qui l'avait effrayé, et puis il sentit son cœur accélérer dans sa poitrine.

Elle lui fit mal. Son bras devint douloureux. Son bassin fut parcouru de terribles élancements. Ses jambes répercutèrent des douleurs dans sa colonne vertébrale. Et puis vint le mal de tête, assommant, entre ses tempes et derrière ses yeux.

Il avait dans la bouche un goût de cuivre. Il toussa fort.

Sa main atteignit son visage qui n'était plus qu'un bloc de sang coagulé.

Il s'essuya les yeux et put enfin battre des paupières. Autour de lui, le CO, sens dessus dessous. Quelqu'un était étendu au-dessus d'un corps. C'était Svetlana.

Elle était morte.

Il lui ferma les yeux et toussa de nouveau.

Alors qu'il la regardait, il réalisa que sa poitrine se soulevait puis retombait. Elle respirait.

Il eut un soupir de soulagement.

— Qui est-ce ? demanda la voix de Rusanov. Commandant !

Il se précipita auprès de Vornado.

— Je pensais que vous étiez mort !

— Je pense que vous aviez raison, grommela Vornado.

Il retira du sang de son visage et saisit la partie inférieure du mât d'antenne radio.

— Sommes-nous en train de couler ?

— Commandant, le bâtiment est à l'horizontale. J'ai actionné le déballastage d'urgence. Il y avait le feu dans les armoires électroniques, j'ai déclenché le halon.

— Sommes-nous en surface ?

— Oui, commandant. Le massif est détruit, le panneau étanche fonctionne. La coque a été gravement endommagée, mais notre étanchéité est assurée.

— La batterie a-t-elle explosé ?

— Elle est en état.

Vornado sourit faiblement.

— Aidez-moi.

Rusanov aida Vornado à s'asseoir.

— Êtes-vous blessé ?

— Des vertiges, répondit Vornado.

— Vous avez une entaille à la tête.

Rusanov tira une longue bande chirurgicale et en enveloppa la tête de Vornado.

Vornado lui fit signe de s'écarter.

— Et vous ? Votre visage n'est pas beau à voir.

— J'ai dû perdre un œil, dit Rusanov. Mon bras gauche est fracturé. Commandant, vous m'aviez promis que vous assureriez ma sécurité. Il regarda autour de lui le CO dévasté. Ceci n'est pas précisément ce qu'on peut appeler la sécurité.

Vornado essaya de rire, mais cela lui fit mal.

— J'ai menti. Dans quel état est l'équipage ?

— Les Maslov sont morts.

Vornado ferma les yeux une seconde, envahi de tristesse.

— Les autres ?

— Svetlana et Viktor sont vivants mais très sérieusement blessés.

Vornado regarda la jambe de Svetlana qui saignait.

— Nous devons mettre un pansement là-dessus. Et compresser.

Vornado essaya de se déplacer vers Svetlana mais retomba sur le pont, vomissant encore plus de sang.

— Commandant, vous m'inquiétez.

— Aidez-moi à mettre un pansement sur cette blessure.

Ils placèrent un bandage sur la blessure de Svetlana.

— Viktor ?

— Un éclat de verre dans la poitrine. Le poumon est perforé.

Vornado se rapprocha.

— Qu'avez-vous comme bandage ?

Rusanov lui montra le contenu de la trousse de secours. Il tira le haut de la fermeture à glissière de la combinaison de Danalov. Il retira l'éclat comme il put. Dans un premier temps, le tesson résista puis il sortit, et avec lui un flot de sang. Danalov gémit. Vornado banda la blessure et redressa Danalov en position assise.

Vornado leva les yeux.

— Disposons-nous d'une radio de détresse ?

Rusanov secoua la tête.

— Est-elle en état ?

Rusanov se rendit à l'arrière, vers les armoires électroniques et revint avec un air abattu.

— Complètement brûlées.

— Aidez-moi à me lever.

Rusanov le releva doucement. Ils clopinèrent jusqu'à l'accès au tambour vertical où Vornado grimpa lentement hors de la coque. Il faisait un froid incroyable à l'extérieur. Un bateau flottait à proximité. Un sous-marin.

Son avant sortait de l'eau, la coque avait une gîte importante. Le carénage de fibre de verre à l'avant avait disparu, seule restait la sphère endommagée du BQQ-5. Le cylindre de la coque descendait vers l'arrière, baigné par les vagues à mi-longueur. Quelque chose manquait, se disait Vornado. Il réalisa qu'il s'agissait du massif et des barres de plongée avant.

— Nous devons les aider, lança Vornado. Prenez un canot pneumatique et trouvez quelques parkas. Et munissez-vous d'une trousse à outils !

Le bateau pneumatique tapait dans les vagues de la mer de Barents. Le petit moteur à deux temps toussa, puis s'arrêta. Vornado le redémarra. Le vent remplissait le bateau d'écume et les trempait d'une eau glaciale. Ses doigts étaient totalement engourdis. Ils s'approchèrent du sous-marin américain.

Vornado ne s'était pas trompé. Bien qu'il fût à peine reconnaissable, le bâtiment était un sous-marin de type Los Angeles. L'eau sur la coque gelait déjà.

— Restez dans le bateau pneumatique ! cria Vornado à Rusanov tandis que lui sautait sur la coque.

Il agrippa la lourde caisse à outils. Il n'était pas sûr de réussir à ouvrir le panneau.

Il grimpa en vacillant sur le pont jusqu'au massif endommagé. Des restes de mâts et de circuits hydrauliques ainsi que les tôles tordues du massif subsistaient sur la coque. Il se fraya un chemin jusqu'au tunnel d'accès au panneau inférieur de la passerelle. Avec de la chance, il devrait parvenir à ouvrir le panneau à mains nues. Il saisit le volant circulaire et tourna, mais il était bloqué. Il trouva dans la caisse à outils une clé. Il l'adapta sur le volant et tira de toutes ses forces jusqu'à ce qu'il bouge. Il dut faire dix tours avec la clé avant de parvenir à ouvrir le panneau.

— Commandant ! cria Rusanov depuis le pneumatique, faites vite, commandant ! Le sous-marin est en train de couler. Il reste tout au plus dix minutes.

Vornado lui fit un signe et souleva le panneau. Immédiatement, une bouffée de fumée brûlante lui sauta au visage. C'était comme s'il venait d'ouvrir la porte de l'Enfer. Il aurait dû prendre un masque à oxygène sur le Lira, il s'en voulait, mais à présent il était trop tard avant que le sous-marin ne s'enfonce encore.

Il avait l'impression d'être là depuis une heure. Il se dit qu'il devrait faire demi-tour, retourner sur le Lira et attendre de l'aide. Le destin de ce sous-marin était déjà joué, il allait disparaître. Il n'avait aucune raison d'agir ainsi, se disait-il. Il n'était pas un héros. Le torpillage du cargo le prouvait. Il devait retourner sur le Lira. Il était mari et père. Jusqu'à présent, il avait été épargné, mais cette terrible mission était terminée. La seule chose qu'il devait faire était de se sauver lui-même. Se sauver et retourner à la maison en oubliant ce cauchemar. Vieillir auprès de Rachel et mener une vie longue et heureuse.

Sauve-toi, se commandait-il à lui-même. *C'est la seule chose à faire.*

Peter Vornado prit une profonde inspiration, ferma fortement les yeux et engagea les jambes à travers le panneau enfumé.

Son premier objectif était de trouver un masque à oxygène dès qu'il serait à l'intérieur. Il savait exactement où se situait le placard sur le *Hampton* et l'*Augusta*, et espérait qu'il en serait de même sur ce bâtiment. Une idée étrange lui vint à l'esprit – et si ce sous-marin était son vieil *Hampton*, et qu'il fût présent à ses funérailles ?

Il repoussa cette idée et descendit rapidement l'échelle, faisant violence à son corps douloureux, le cœur battant très fort. Si de là-haut cela lui semblait être l'Enfer, ce n'était rien en comparaison de l'intérieur du sous-marin. Ses bottes touchèrent le pont, mais il était fortement incliné, trop lisse et trop humide pour pouvoir se déplacer. Il eut un moment l'impression que c'était du sang qui rendait le pont glissant.

Il conserva les yeux fermés à cause des émanations nocives. Il faisait sombre et les volutes de fumée emplissaient la coursive. Il sentait les larmes se former sous ses yeux fermés. Ce n'était pas *comme* l'Enfer, pensa-t-il, *c'était* l'Enfer.

Il se dirigea vers ce qui aurait dû être le CO. Là, en haut, à tribord, entre la porte du PC et celle du sonar, il devait y avoir un placard avec une vingtaine de masques à oxygène. Il y parvint, mais trouva seulement le laminé de la cloison. Rageusement, s'entaillant le poignet sur une déchirure de métal, il sentit quelque chose de mou de l'autre côté. Du caoutchouc ! Il le tira et le masque descendit du plafond. Il espérait qu'il n'avait pas déchiré le tuyau sur le métal endommagé. Rapidement il l'enfila, régla les sangles, saisit le régulateur et le fixa à sa ceinture. Il trouva ensuite le raccord du circuit haute pression. Il connaissait toutes les clarinettes de branchement sur le *Hampton* – chaque sous-marinier devait les trouver les yeux bandés. Il parvint à atteindre la clarinette, qui était à sa place. Presque asphyxié, il enclencha le raccord d'air.

Ça y est, pensa-t-il. Si le circuit de distribution d'air de secours avait été détruit ou était vide, il mourait. L'air lui manquerait et il ne retrouverait jamais son chemin jusqu'au panneau. S'il devait mourir avec un sous-marin pour tombe, il préférerait que ce soit un sous-marin américain.

La maison, songea-t-il. *Rachel. Marla. Peter. Erin.* La colère montait en lui et il refoula ses idées morbides. Il en avait déjà trop fait pour mourir bêtement ici. Il inspira fortement, sachant que, si le système ne fonctionnait pas, il absorberait une bouffée de fumée toxique qui l'étoufferait immédiatement.

L'air était nauséabond, mais c'était de l'air. Sec, cuivré et sentant la mort et le poisson, mais néanmoins suffisant pour respirer. Il inspira très fort, avec le sentiment d'être en train d'accomplir la chose la plus folle de son existence. Il prit une autre profonde inspiration et débrancha son flexible d'air de la clarinette, son esprit lui recommandant de retourner vers le panneau et d'évacuer cet enfer brûlant. Il savait que personne ne l'en blâmerait. On dirait qu'il avait fait tout son possible.

Mais on aurait tort.

Il se trouvait au CO. La majeure partie de l'équipage devait être là.

Les dés étaient jetés : le personnel à l'arrière ne pourrait être sauvé. Les compartiments machine étaient sous l'eau et continuaient probablement à se remplir, entraînant le bâtiment vers le fond.

Mais ici, au CO, il pouvait y avoir deux douzaines de personnes, tout près du panneau avant. Il suffisait que Vornado les traîne sur quelques mètres vers le haut du panneau. Il sentit un corps tout près de lui, le pilote. Il le dessangla, le releva et l'entraîna vers l'échelle et, en faisant appel à toutes ses forces, il le tira en haut du panneau.

Rusanov était là pour remonter l'homme. La situation à l'extérieur était inquiétante. Le bateau pneumatique flottait trois mètres seulement plus bas que le panneau. Le bâtiment coulait. Vornado laissa le pilote et retourna en bas chercher quelqu'un d'autre. Il connecta son masque, prit trois inspirations rapides, puis saisit un autre membre de l'équipage. Il s'empressa de l'entraîner vers le panneau où Rusanov, ignorant sa fracture du bras, tira de nouveau le corps sur le bateau pneumatique. Vornado redescendit. Trois autres inspirations, et un troisième corps sauvé.

Pendant cinq minutes, Vornado dégagea vers l'extérieur tous les corps qu'il put trouver.

— Commandant Vornado ! cria Rusanov à travers le grondement de l'incendie. Dépêchez-vous ! Le panneau est presque au niveau de l'eau.

Vornado trouva un autre corps, celui d'une femme cette fois. Il l'extirpa de sous une étagère et la transporta jusqu'au panneau. Il ne put trouver personne d'autre dans l'obscurité et la fumée. Il courait vers le panneau lorsqu'il trébucha sur un dernier corps. Il le remonta, la barbe de trois jours de l'homme frottant sur son bras. Il le tira hors du panneau à travers lequel l'eau commençait à entrer.

Les muscles de Vornado accusaient les efforts déployés. Il pouvait à peine bouger. Il sortit la tête de l'homme à travers le panneau submergé. Rusanov le saisit tandis que Vornado le poussait vers le haut. Et alors, il put distinguer l'insigne brodé sur la poche de l'homme : B.K. DILLINGER.

Au moment où il ouvrait la bouche de stupéfaction, l'explosion le précipita de l'échelle et le monde s'effaça en un torrent de brillantes étincelles enflammées.

Aucun tunnel, pas de brouillard sombre, pas de voix, seulement l'obscurité qui absorbait toute sa conscience.

Cette fois, c'était réellement la fin.

Épilogue

Rachel. Le nom fut prononcé dans un gémissement. *Je suis désolé.*

La lumière était blanche. Éclatante à certains endroits. Douce à d'autres.

Il se sentait lui-même. Une douleur intense l'envahit. Ses jambes étaient chaudes, ses bras froids. Sa tête le lançait.

Il voyait flou mais il pouvait distinguer une forme près de lui. Il sentait un parfum. C'était *elle.* Il se souvenait de tous les moments qu'ils avaient passés ensemble.

Il cligna des yeux. Il sentit des doigts longs et frais lui toucher le front. Il vit du jaune. La soie ondulée de ses cheveux blonds. Ils auraient dû être courts, mais couvraient la moitié de son front et commençaient à cacher ses oreilles. Il eut peur pour elle. Les clients pourraient la voir. Mais il oublia ses craintes. Il n'y avait plus de clients.

Il ferma les yeux et tout lui revint à l'esprit. Pendant quelques instants, la bataille fit rage derrière ses paupières avant qu'il les ouvrît de nouveau. Dans la chambre se tenaient deux personnes, Svetlana Belkov vêtue d'un tailleur ajusté, et Burke Dillinger vêtu d'un uniforme bleu. Ils se tenaient près du lit d'hôpital et le regardaient. B.K. arborait ce sourire suffisant, habituel lorsqu'il avait un secret. Inquiète, Svetlana fronçait les sourcils.

Il essaya de parler. Tout d'abord, il ne put prononcer le moindre mot. Avec effort, il parvint à marmonner.

— Combien de temps ?

Svetlana s'exprima la première.

— Presque trois semaines. Tu es resté dans le coma.

Quelque chose sonnait faux, pensa-t-il. Elle parlait anglais.

— Où ?

Dillinger répondit.

— L'hôpital naval de Bethesda. Pas loin de la maison.

La maison. Rachel. Les enfants. Il leva les yeux. *Et Svetlana.*

— B.K., est-ce que tu peux me laisser un instant seul avec Svetlana ?

Dillinger sortit et Svetlana s'assit sur le lit.

— Nous ne pouvons pas rester ensemble, dit lentement Vornado. Tout ce que je t'ai raconté au sujet de mon mariage... ce n'est pas vrai. Il baissa tristement les yeux.

Comment allait-elle réagir ? se demanda-t-il. Lorsqu'il releva les paupières, il rencontra un regard compréhensif.

— Je sais, dit-elle. J'étais ta responsable.

Il la regarda, les yeux écarquillés.

— Comment ?

— Mon chef n'était pas Sergeï Kaznikov mais Hank Lewis.

— Oh, marmonna-t-il en replongeant dans son oreiller.

Il soupira en sentant la tristesse envahir son âme. Ni l'un ni l'autre n'avaient agi naturellement. Il avait craint qu'elle ne brise son mariage et il se rendait à présent compte qu'elle avait durant tout ce temps joué la comédie. Tout cela n'était donc qu'une histoire ?

— Non, dit-elle calmement en lui caressant les cheveux.

Il voulut lever la main et la toucher mais il était trop faible pour bouger le bras.

— Je vivais sous ma fausse identité, tout comme tu vivais sous la tienne. Mais j'étais plus proche de toi que qui que ce soit d'autre et je devais vivre avec toi nuit et jour. Comment ne pas devenir ton amante ?

Tout cela n'était que mensonge. Il pensa avec peine qu'il s'était comporté en goujat. Il observait toujours le mur derrière elle.

— Demande à B.K. de revenir, dit-il d'un ton rauque.

Il ne voulait pas qu'elle voie ses yeux. Il avait reçu comme une poussière et ils étaient humides.

Elle se tenait à la porte.

— Peter ?

Il lui fit signe de s'en aller, mais elle reprit tout de même d'une voix douce, dans un anglais aussi sensuel que lorsqu'elle avait joui dans sa langue maternelle.

— Parfois, à la fin des films, les actrices tombent véritablement amoureuses de leurs chefs.

Elle marqua une pause puis reprit :

— Je le sais parce que c'est ce qui s'est produit cette fois.

Il se tourna pour la regarder mais, avant qu'il eût pu prononcer une parole, elle avait disparu. Il ferma les yeux, honteux, plein de désir, d'amertume et de remords.

Dillinger s'approcha. Il sentit sa main presser son épaule.

— Je sais tout à son sujet, dit-il calmement. Elle m'a tout raconté. Tu dois oublier, Peter. Tu as fait ton devoir. Tout est fini à présent. Nous revenons tous à notre point de départ.

— Sauf ceux qui sont morts.

— Je sais, Peter. Nous avons perdu tout l'équipage, à part ceux que tu as réussi à extraire du CO. Tu m'as sauvé la vie. Tu as sauvé leur vie.

— Qui est-ce qui l'a fait ? demanda Vornado.

— Tu as récupéré tous mes jeunes officiers au poste de combat, à part Fortunato et ceux qui étaient de quart à l'arrière. Tu as sauvé l'officier de quart, les pilotes, mes sonaristes de quart et le chef du module sonar. Et mon second et moi. D'après ce que j'ai compris, cela tient du miracle. L'eau entrait à flots par le panneau lorsque tu m'as poussé à l'extérieur et la batterie a explosé à ce moment-là. Ton homme t'a tiré juste avant que la coque ne coule, ou du moins ce qui en restait. C'était un mauvais jour de mer, Peter.

Vornado tendit lentement le bras et saisit la manche galonnée d'or de Dillinger.

— Je ne te voulais aucun mal, B.K. Je voulais simplement provoquer une grosse détonation afin de distraire ton attention pour pouvoir m'échapper. Je pensais qu'après que nous avons lancé, tu te dirigerais vers l'est. Que s'est-il passé ?

Dillinger fit une moue.

— J'ai choisi l'ouest.

Vornado soupira.

— Seigneur Jésus, quelle foutue mission !

Tous deux restèrent silencieux durant un long moment. Autour de Vornado la pièce commença à tourner. Il sentit son regard se troubler.

— Repose-toi, Peter. Je veillerai sur toi.

— Bienvenue à tous. Entrez et prenez place à la table de conférence.

Hank Lewis leur sourit à tous les trois.

— Du café ?

Peter Vornado acquiesça d'un signe de tête.

— Un café américain.

Il s'assit. Par la fenêtre, les arbres dépouillés de cet après-midi de décembre gris s'agitaient dans la brise. Une couche de neige tombée la semaine précédente entourait le nouveau bâtiment administratif de la CIA.

Svetlana Belkov secoua la tête. Vornado regarda son badge : « Priscilla Whittaker ». Un nom qui lui paraissait plus étranger que sa fausse identité russe. Victor Kaminski, ex-Viktor Danalov, accepta une tasse fumante.

— Eh bien, dit d'un ton satisfait Lewis, je vois que vous vous êtes tous bien remis.

Priscilla Whittaker avait subi deux interventions chirurgicales de la jambe gauche et avait passé deux semaines en rééducation. Elle se déplaçait encore avec une canne. La perforation du poumon de Kaminski avait cicatrisé et, à part cela, il était en parfaite santé. Ils avaient été récupérés par une frégate de la marine américaine envoyée dans le nord de la mer de Barents avec ordre de remorquer le Lira hors des eaux russes avant que la République de Russie n'enquête sur les explosions. À part le fait que le *Tucson* avait coulé sous 2 700 mètres d'eau glacée après l'explosion de sa batterie et la rupture en deux parties de sa coque, Vornado n'avait encore aucune idée concernant la fin de la mission.

— Physiquement, peut-être, dit Kaminski.

— Et vous, monsieur Vornado ? Vos maux de tête vous ont abandonné ?

Vornado se frotta le crâne. Une cicatrice recousue par vingt points de suture descendait de la limite de ses cheveux jusqu'à l'œil. Dillinger prétendait que cela le faisait ressembler à un pirate.

— Les médecins m'ont fait passer tous les scanners possibles. Ils m'ont affirmé que j'allais bien. Aucune trace de réapparition d'une quelconque tumeur non plus.

— Très bien. Commençons. Je voulais tout d'abord vous remercier tous pour votre extraordinaire coopération, vous attribuer au nom du pays reconnaissant des primes et vous transmettre les excuses du directeur pour l'erreur commise.

— Que s'est-il passé ? demanda Vornado.

On lui avait promis de lui fournir le fin mot de l'affaire lors de cette réunion.

— Pourquoi le *Tucson* a-t-il reçu l'ordre de nous attaquer ?

Lewis secoua la tête.

— Je n'ai jamais vu le directeur dans une telle colère. Apparemment, le bureau opérations a commis une erreur dans la transmission de l'ordre. Le *Tucson* a reçu les ordres de secours au lieu des ordres principaux. Il était supposé rester dans les parages afin de se rendre compte de la réussite de la mutinerie. Au cas où vous ne seriez pas venus à bout des terroristes, le plan de secours stipulait de couler le Lira. De toute évidence, nous ne pouvions pas laisser partir le Lira avec des missiles de croisière sous le contrôle d'Ahel al-Beit. Cela ne faisait pas grande différence car, lorsque vous avez torpillé le cargo, le plan de secours aurait de toute façon été mis en route. Vous nous avez surpris. Jamais nous n'aurions pensé que vous attaqueriez le cargo, entraînant le *Tucson* à lancer et à vous combattre pour vous mettre hors circuit et tuer les terroristes. Bien joué, mais vous auriez dû confier à quelqu'un tout ce que vous alliez entreprendre.

— Comment diable aurais-je pu savoir que cela se déroulerait ainsi ? demanda Vornado. Je suppose que la CIA n'a pas de poste à me proposer ?

Lewis secoua la tête.

— Désolé, Peter. Ainsi que je l'ai dit, le directeur était furieux. En partie parce qu'il pensait que vous étiez un impulsif. Il estime qu'on ne peut pas vous contrôler.

Svetlana lui lança un coup d'œil, puis se tourna vers Lewis, qui reprit.

— En tout état de cause, acceptez ceci avec les compliments de la CIA.

Il lui tendit une enveloppe, puis fit de même pour Svetlana et Kaminski. Vornado ouvrit la sienne. Elle contenait un chèque bien plus substantiel que celui stipulé dans le contrat.

— Hank, qu'est-il arrivé au Lira ? demanda Kaminski.

— La frégate remorquait l'Alfa jusqu'à la base navale britannique de Faslane, en Écosse, relativement peu distante du site du naufrage du *Tucson*. Malheureusement, la remorque a cassé et, alors qu'ils essayaient de récupérer le bâtiment, l'Alfa a pris l'eau et a coulé. À l'heure où nous parlons, il se trouve au fond de la mer de Norvège.

Peter Vornado baissa les yeux et regarda la table, abattu par la nouvelle. Il avait travaillé si dur sur ce sous-marin et cela avait représenté tellement d'efforts pour en faire une prouesse technologique. C'était comme si l'on venait de lui apprendre la mort de son enfant. *Ce n'était qu'une machine*, se dit-il en lui-même, mais cela ne réglait pas son problème. Sa voix tremblait lorsqu'il regarda Lewis et parla :

— Ont-ils au moins récupéré l'ordinateur portable dans la chambre du commandant ? Il contenait tous les plans, toutes les spécifications et tous les calculs de conception du Lira. Avec ces éléments, nous pourrions en construire un à l'identique.

Lewis secoua la tête.

— Personne ne savait. Il a coulé avec le bâtiment. La frégate a prétendu avoir entendu une implosion alors qu'il coulait. Il ne reste probablement rien de plus épais qu'une feuille de papier.

Le reste de la réunion se poursuivit sans incident. À la porte, Vornado serra la main d'Hank Lewis.

— Merci d'avoir pensé à moi. J'espère simplement que je pourrai reprendre du service.

— Avec ça, dit Lewis en pointant l'enveloppe du doigt, vous n'aurez plus jamais besoin de travailler.

Ce n'est pas le problème, pensa Vornado. L'argent n'était jamais un problème.

— Une dernière chose, dit Lewis en regardant la Rolex en or de Vornado. Je crains que ceci ne reste chez nous. La politique de l'agence : pas de trophées.

Vornado regarda tristement la montre en pensant à Yuri, Sergeï et Leonov, tous les trois morts dans l'explosion du Terminal. Yuri, de toute évidence, n'était pas le père de Svetlana, mais un autre agent de Lewis. Sa disparition lui faisait tout de même de la peine. Et les Kaznikov, tout criminels internationaux qu'ils avaient été, s'étaient bien comportés à son égard. Peut-être que le directeur avait raison. Il n'avait certainement aucun avenir en tant qu'espion. Il soupira, enleva sa montre et la tendit à Lewis. Hank lui donna une tape sur l'épaule et sortit dans le hall.

Victor Kaminski s'approcha et Vornado lui serra la main.

— Merci encore, Vic. J'ai été très heureux de te revoir.

— Me revoir ?

— Tu as été mon chef d'escouade pendant quelques semaines à l'École navale. J'étais l'un de ceux qui ont concocté le raid contre Whitehead. Tu m'as absous.

Kaminski le regarda.

— C'était toi ?

Vornado hocha la tête.

— Je savais que je te connaissais, mais je ne savais pas d'où. Je me souviens de tous mes anciens, mais de presque aucun de mes fistots. Surprenant. J'ai donc bien agi ce jour-là. À l'époque je n'en étais pas sûr. De toute façon, bonne chance pour la suite.

Il sortit et traversa le hall.

Vornado se tourna vers Svetlana. Il tendit la main. Elle sourit et passa un bras autour de lui, soutenue de l'autre par sa canne. Il l'entendit renifler lorsqu'elle l'embrassa. Elle s'écarta et le regarda dans les yeux.

— Au revoir, Peter Vornado. Je ne t'oublierai jamais.

Elle fit demi-tour et s'en alla lentement dans le couloir.

Vornado la regarda jusqu'à ce qu'elle disparaisse. Il revint dans la salle de conférences et regarda par la fenêtre la grisaille du jour. Il prit son veston et son manteau et se dirigea vers la sortie. Il rendit son badge « visiteur » au poste de sécurité, haussa les épaules et fit quelques pas lentement en cet après-midi froid et plombé.

Sur un banc du parc, un homme vêtu d'un pardessus noir était assis. Il se leva à l'approche de Vornado. Il mesurait une tête de moins que celui-ci. Il se fendit d'un large sourire en le voyant arriver. Il lui tendit ses deux poings dans lesquels Vornado frappa.

— B.K., dit Vornado, que fais-tu là ?

— Réunion, comme toi. Les survivants ont tous été convoqués. Il semblerait que nous ne soyons jamais allés en mer de Barents. Juste une patrouille de routine en Atlantique Sud qui a mal tourné en raison d'une stupide explosion de batterie défectueuse. Mon équipage n'a pas disparu au cours d'un honorable combat. Une simple et stupide explosion de batterie.

Dillinger soupira, la mâchoire serrée. Il regarda Vornado dans les yeux, puis il reprit.

— Écoute, j'ai demandé à ton chauffeur de repartir. Tu peux venir avec nous.

Dans la limousine se trouvait son second, le capitaine de corvette Nathalie D'Assault.

— J'ai déjà rencontré ton second, dit Vornado. Comment allez-vous, Nathalie ?

— Hello, Peter.

Elle lui serra la main et sourit chaleureusement.

— Elle n'est plus mon second, dit Dillinger.

— Oh, jusqu'à ce que tu reçoives un nouveau commandement.

— À ce propos, j'ai reçu des nouvelles aujourd'hui. Smokin'Joe Kraft vient de me nommer au commandement du *Hampton*. Je suis désolé, Peter. Je sais que ce n'est pas une bonne nouvelle. Je sais aussi combien tu aimes ce bâtiment. Mais après tout, c'est moi qui en aurai la charge, et personne d'autre ne l'estimerait à sa juste valeur.

— Ne t'inquiète pas, je suis très heureux pour toi, B.K.

Il le pensait vraiment même si cela restait une blessure. Puisqu'il ne commanderait plus jamais le *Hampton*, il préférait le savoir entre les mains de B.K.

— Et le capitaine de corvette D'Assault restera ton second?

— Non. Ce n'est plus le capitaine de corvette D'Assault. Je te présente la future madame Burke Dillinger.

Elle le bouscula gentiment.

— N'annonce pas ça ainsi. Dis simplement : « Peter, nous sommes fiancés. »

— Regarde-moi ça, on dirait déjà le boss.

Vornado les observa tous les deux. D'Assault regardait Dillinger, de toute évidence profondément amoureuse. Dillinger rayonnait.

— Mes félicitations, dit Vornado. Ça te ressemble bien de trouver l'amour en plein conflit.

— Accepteras-tu d'être mon témoin?

— Bien sûr, répondit Vornado en souriant.

— En parlant de bataille, Peter, dit D'Assault, vous nous en avez fait voir.

— Vous voulez connaître mon secret? lui demanda Vornado. Je me suis simplement demandé comment agirait Dillinger dans ces situations. Et je connaissais la réponse. Il combattrait à mort, sans aucun regret.

Dillinger le regarda un long moment.

— Merci, Peter. J'apprécie.

Dans une partie abandonnée de la base de la Royal Navy à Faslane, en Écosse, les laissés-pour-compte de la marine britannique étaient amarrés à des pontons rouillés. La peinture des vieux destroyers et des frégates s'écaillait. Derrière une longue rangée de frégates abandonnées, un grand hangar rubigineux s'étirait le long de la mer. Plusieurs années auparavant, ce hangar à dirigeables avait été reconverti pour mettre à l'abri de la pluie et du froid du nord de l'Écosse les bateaux en chantier. De l'extérieur, on ne devinait ni lumière ni aucun signe d'activité. Le bâtiment ne comportait aucune fenêtre et les portes étaient fermées avec de lourdes chaînes.

À l'intérieur, de puissants projecteurs illuminaient un sous-marin flottant sur l'eau sombre d'un bassin. Le bâtiment avait connu des jours meilleurs. Sa coque était comprimée d'un côté, ses flancs partiellement écrasés. Au-dessus de la coque cylindrique, à l'emplacement du massif, il ne restait que des supports de structure et des morceaux des mâts et du périscope. Un homme sortit du panneau avant qui avait été autrefois l'avant d'un massif. Il avait un ordinateur portable. Il se tint sur le pont et tendit l'ordinateur à son compagnon de travail.

— Incroyable, non ?

Le second homme acquiesça de la tête.

— Un sous-marin automatisé capable d'être mis en œuvre par un nombre réduit d'hommes au CO. Incroyable !

— Alors, combien de temps pour le reconstruire ?

— Il faudrait au moins un an pour comprendre ce foutu engin, mais on peut commencer à le retaper avant. Les Amerloques le veulent simplement étanche et capable de faire la traversée jusqu'à un chantier secret sur la côte est.

— À ton avis, que vont-ils en faire ?

— Je ne pense pas qu'ils le sachent eux-mêmes.

Les lumières du séjour étaient éteintes, mais celles, plus douces, du sapin de Noël éclairaient la pièce. Peter Vornado mit une bûche dans la cheminée et retourna sur le canapé où il s'assit près de Rachel. Il l'embrassa, doucement d'abord puis avec passion.

Elle écarquilla les yeux, inquiète.

— Peter, les enfants sont encore réveillés, lui dit-elle en se blottissant contre lui. Tu m'as vraiment manqué. Dieu merci, tu ne travailles plus dans ce vieux chantier poussiéreux au Pérou. Je parie que tu es content de retrouver notre bon hiver froid de Virginie.

— Sans aucun problème, dit-il.

— La marine te manque toujours ? demanda-t-elle.

Il secoua gravement la tête.

— Eh bien, je ne peux pas dire que j'en sois déçue. Au moins, pendant que tu étais au Pérou, je savais que tu étais en sécurité au fond de ton bassin.

— En sécurité ? C'est là-bas que j'ai récupéré cette cicatrice à la tête.

— Je sais, mais ce n'est pas comme si ta vie était mise en jeu. Pas comme B.K., qui est presque mort dans cet accident bizarre. Je n'ai pas dormi une seule nuit quand tu étais sur ce foutu *Hampton.*

— Tu parles trop, dit-il.

Il se pencha pour l'embrasser de nouveau lorsqu'on sonna à la porte d'entrée.

— Qui ça peut être ? demanda-t-elle en s'essuyant la bouche.

Elle fouilla dans son sac pour y prendre une palette de maquillage et, d'une main experte, se remaquilla alors que Vornado allait ouvrir la porte.

C'était l'amiral Joseph Kraft en manteau d'uniforme noir, la casquette sous le bras, un large sourire sur le visage et une bouteille de champagne à la main. Derrière lui, le capitaine de frégate Burke Dillinger et le capitaine de corvette Nathalie D'Assault.

— Bonsoir, dit Vornado, pas très sûr de la signification de cette visite.

— Désolé de vous importuner ainsi un vendredi soir, dit Kraft. Mais les nouvelles sont trop bonnes et le téléphone ne suffit pas. Je les ai reçues alors que le capitaine de frégate Dillinger se trouvait dans mon bureau et il a demandé à m'accompagner avec son second.

— Entrez, je vous en prie.

Vornado présenta Rachel à Nathalie. Les deux femmes sourirent et éclatèrent de rire.

— Alors, quelle est cette grande nouvelle ? finit par demander Vornado.

Kraft eut un large sourire.

— Vous vous souvenez du commandant de la commission médicale qui ne cessait de me renvoyer mes demandes de révision à votre sujet ? Il se trouve qu'il s'agit d'un certain capitaine de corvette qui vient de se voir refuser une promotion, du nom de Whitehead. Il vient d'être relevé de ses fonctions. On a appris qu'il avait une liaison torride avec son second, même durant les heures de service. Est-ce que vous vous rendez compte ? Il a été muté. Un nouveau commandant l'a remplacé. Il m'a personnellement appelé et m'a annoncé qu'il avait reçu un coup de téléphone du chef d'état-major de la marine en personne. Pas le directeur du personnel. Ni l'amiral responsable des questions médicales. L'amiral quatre étoiles chef d'état-major. Il m'a demandé de reprendre les états de services de M. Vornado. Peter, le fin mot de l'histoire est que, depuis 5 heures cet après-midi, vous êtes de nouveau qualifié sous-marin.

Le visage de Vornado s'éclaira.

— Oh mon Dieu, vous plaisantez.

Il regarda Rachel. Elle paraissait interloquée.

— Il y a encore mieux, Peter. L'USS *Texas*, un type Virginia tout neuf, vient d'être rattaché à mon escadrille. Il est pour vous, Peter. Si vous voulez, bien entendu. Qu'est-ce que vous en dites ?

Vornado regarda Kraft un long moment. Puis il tourna lentement les yeux vers Rachel, s'attendant à la voir secouer la tête, surtout après les confidences qu'elle venait de lui faire. Mais elle remuait la tête de haut en bas et leva un pouce en l'air avant de sourire.

À son tour, Peter Vornado sourit.

— Amiral, ce sera un honneur.

Kraft ouvrit la bouteille de champagne et le futur commandant de l'USS *Texas* leva son verre tout en souriant à sa femme, à son chef et à son meilleur ami.

Note de l'auteur

Le programme expérimental de vaccination qui a guéri Peter Vornado est une réalité. Il est dirigé par le Dr Allan Friedman du Centre d'étude sur le cancer de Duke University. Le glioblastome est la forme la plus mortelle de cancer du cerveau et ne laisse aucun espoir de guérison. Au printemps 2002, l'un de mes amis s'est vu diagnostiquer cette maladie. Il n'avait que trente-sept ans, vivait heureux avec sa femme et ses deux jeunes enfants. Avec un traitement conventionnel, les médecins lui accordaient deux semaines à vivre. En tant que patient du programme expérimental de vaccination du Dr Friedman, il a vécu une miraculeuse mais courte rémission. Quelques mois plus tard, une nouvelle tumeur est apparue, compliquée d'un hydrocéphalus. L'issue fut fatale en quelques semaines. À son décès, notre ami avait connu sept mois de rémission depuis le diagnostic initial du glioblastome. En poursuivant les recherches, et avec plus de moyens, cette terrible maladie pourrait être vaincue. La Fondation Brad Kaminski s'est donné pour objectif de lutter contre le glioblastome et autres formes de cancer du cerveau.

*

Le sous-marin russe (projet 705 « Lira ») décrit dans le roman existe réellement. Ses caractéristiques sont exactes, tout comme l'histoire du sous-marin, de même que l'inquiétude qu'il a produite au sein de la CIA et du ministère de la Défense. Mais le roman déforme un certain nombre d'éléments concernant l'Alfa, en particulier sa vitesse, bien plus importante que celle mentionnée dans le document déclassifié. Il est réellement capable de naviguer plus vite et plus profond que les torpilles pre-ADCAP Mark 48, mais il est si bruyant que son utilité peut être mise en doute. Il reste cependant l'un des modèles de sous-marin les plus innovants et pourrait ressusciter aujourd'hui doté de machines moins bruyantes et d'une technologie plus moderne. Ce formidable engin pourrait alors provoquer un nouveau branle-bas de combat au Pentagone et à Langley.

En plus d'être une merveille de technologie, l'Alfa représente une erreur monumentale pour les services secrets des deux blocs de la guerre froide. L'Ouest n'a pas su prendre en compte les avancées techniques que proposait l'Alfa. Alors que les Américains estimaient que l'invincibilité d'un sous-marin était liée à sa vitesse et à la profondeur d'immersion, qui devaient être supérieures à celles des torpilles, les Russes optaient pour la discrétion. Ce malentendu révèle parfaitement la guerre que mènent les services secrets, à moins que les agences ne publient délibérément leurs faiblesses avec l'habile intention que leur ennemi les sous-estime, moyen assuré de rendre le succès plus probable. Dans tous les cas, il est fort possible que les triomphes de la CIA ne seront connus qu'avec plusieurs dizaines d'années de retard.

À bientôt à l'immersion maximale.

Michael DiMercurio
Princeton, New Jersey

CHEZ LE MÊME ÉDITEUR

TOM CLANCY

Code SSN

« 2002. La Chine vient d'envahir les îles Spratly, situées entre les Philippines et Bornéo, qui possèdent d'immenses réserves pétrolières. L'ONU intervient ; la Troisième Guerre mondiale menace. À partir de ce scénario catastrophe, Tom Clancy imagine plusieurs développements possibles. Une idée originale, qui fait de *Code SSN* le chaînon manquant entre le roman classique et le *wargame*. »

Subaqua

ISBN 2-84187-157-6 / H 50-2325-4 / 264 p. / 14,95 €

MICHAEL DIMERCURIO

Le Sous-marin de l'apocalypse

« À la fin des années 90, la guerre froide n'est plus qu'un souvenir. Sauf pour un homme, l'amiral Alexis Novskoy, commandant en chef de la Flotte du Nord russe. Malgré les bouleversements politiques, il agit, comme il l'a toujours fait, sans tenir compte des ordres de Moscou. De délicate, la mission d'espionnage confiée à Michael Pacino, le commandant de l'USS *Devilfish*, devient presque impossible... »

Cols bleus

ISBN 2-84187-031-6 / H 50-2159-7 / 352 p. / 19,95 €

Seawolf : mission de la dernière chance

« Les pays musulmans coalisés en un Front islamique unifié déclarent la guerre sainte aux nations occidentales. Leur chef, Mohammed al-Sihoud, détient un atout susceptible de lui assurer la victoire : l'*Hégire*, un sous-marin équipé d'un missile au plutonium. Il a l'intention de rayer Washington de la carte. Un seul homme peut contrer son projet : Michael Pacino, le commandant du *Seawolf*. »

L'Alsace

ISBN 2-84187-064-2 / H 50-2203-3 / 464 p. / 21,50 €

Coulez le Barracuda !

« 2002. L'amiral Pacino est aux prises avec la flotte japonaise. Du résultat de ce bras de fer dépend le sort de la planète. Se sentant menacé, le Japon lance une offensive en territoire mandchou. Seul Pacino croit encore possible de restaurer la paix en Extrême-Orient. Grâce aux sous-marins *Piranha* et *Barracuda*, il va tenter de réduire à néant les visées hégémoniques du Japon. »

La Presse de la Manche

ISBN 2-84187-117-7 / H 50-2270-2 / 396 p. / 21,50 €

Piranha, tempête en mer de Chine

« En mer du Chine, six sous-marins japonais disparaissent. Dick Donchez, ancien commandant de la marine américaine, a compris : il s'agit d'un acte de guerre. Il le sait, le contre-amiral Chu, Chinois idéaliste sans scrupules rêvant de réunifier la Chine divisée, s'est emparé des submersibles japonais pour pouvoir mener sa guerre. »

La République du Centre

ISBN 2-84187-234-3 / H 50-2429-4 / 396 p. / 21,50 €

Menace en haute mer

« Un criminel de guerre russe s'évade de prison grâce à l'intervention d'une organisation mafieuse qui souhaite lui confier le commandement du *Vepr*, un sous-marin dernier cri. Pour tester ce submersible aux performances inégalées, il se fixe pour objectif de couler un croiseur transportant tout l'état-major de la marine américaine… »

Le Bien public

ISBN 2-84187-299-8 / H 50-2530-9 / 418 p. / 21,50 €

La Dernière Torpille

« Le haut commandement de la marine des États-Unis est décapité. La plupart des officiers généraux ont péri à bord du *Princess Dragon,* désintégré par des torpilles à plasma au large de la Virginie. Les terroristes peuvent désormais lancer leurs armes de destruction massive contre la Maison Blanche et le Pentagone. L'amiral Pacino arrivera-t-il à les contrer ? »

Terre Magazine

ISBN 2-84187-464-8 / H 50-2752-9 / 418 p. / 21,50 €

Opération Seawolf

« Pour récupérer un bâtiment arraisonné par l'armée chinoise, Washinton décide d'envoyer le Seawolf, le sous-marin le plus indétectable de la flotte. »

La Gazette Provençale

« Jamais la vie à bord d'un sous-marin n'avait été décrite de façon aussi saisissante. »

Défense

Nouvelle édition
avec préface originale de l'auteur

ISBN 2-909241-80-7 / H 50-2097-7 / 352 p. / 19,95 €

JAMES W. HUSTON

Pluie de flammes

« Pilote chevronné, Luke Henry a vu sa carrière brisée à la suite d'une erreur commise au cours d'un vol d'entraînement. Il fonde alors sa propre école de pilotage, dans le Nevada, où ses élèves apprennent à combattre sur des Mig-29. Parmi eux, un groupe d'islamistes pakistanais prépare un attentat sur le sol américain... Un technothriller prémonitoire, écrit quelques mois avant le 11 septembre 2001 par un ancien gradé de l'US Navy. »

Libération Champagne

ISBN 2-84187-439-7 / H 50-2711-5 / 374 p. / 20,95 €

Les Ailes de la vengeance

« Dans la veine de Tom Clancy, James W. Huston, qui fut lui-même pilote de chasse, livre un roman plein d'action et de suspense, riche de quelques combats aériens minutieusement reconstitués. »

Spectacle du monde

ISBN 2-84187-549-0 / H 50-2863-4 / 440 p. / 21,95 €

DALE BROWN

Feu à volonté

« Juin 1988. La tension monte entre les deux Corée. Un seul homme est capable d'empêcher le monde de s'embraser : le général McLanahan, de l'US Air Force, qui entraîne une équipe de têtes brûlées rompue au maniement des B-18 "Bone", les bombardiers supersoniques dernière génération. Mais l'escadrille sera-t-elle prête à temps pour éviter la déflagration ? »

Terre Magazine

ISBN 2-84187-357-9 / H 50-2600-0 / 550 p. / 22,95 €

JAMES COBB

Mission Seafighter

« En 2009, un général à la tête de l'Union d'Afrique occidentale prépare la déstabilisation d'États frontaliers pour agrandir son empire. Ses troupes agissent dans l'ombre, mais l'US Navy veille. Pour agir vite, elle mise sur un nouveau type de vaisseau : un hovercraft, dont le capitaine qui tient les commandes… est une femme de poigne ! »

La Gazette Provençale

ISBN 2-84187-653-5 / H 50-2989-7 / 418 p. / 22,95 €

Cet ouvrage a été composé
par Atlant' Communication
aux Sables-d'Olonne (Vendée)

Impression réalisée sur CAMERON par

BRODARD & TAUPIN

GROUPE CPI

La Flèche (Sarthe)
en mai 2005
pour le compte des Éditions de l'Archipel
département éditorial
de la S.A.R.L. Écriture-Communication

Imprimé en France
N° d'édition : 785 – N° d'impression : 29905
Dépôt légal : juin 2005